D1993416

BASTEI
LÜBBE
TASCHENBUCH

Weitere Titel der Autorin:

Die Saat (auch als Hörbuch erschienen)

Titel in der Regel auch als E-Book erhältlich

Über die Autorin:

Fran Ray, 1963 geboren, lebt, nach Jahren in München und Australien, heute an der spanischen Mittelmeerküste auf einer Finca mit vielen Tieren. Sie liebt Ausflüge mit ihren Hunden und Pferden und ist eine leidenschaftliche Köchin. Ihr Thriller-Debüt DIE SAAT wurde auf Anhieb zum Bestseller und hat sich in zahlreiche Länder verkauft. DAS SYNDIKAT ist ihr zweiter Roman, in dem sie sich wieder einem ebenso brisanten wie aktuellen Thema widmet.

Fran Ray

DAS SYNDIKAT

Thriller

BASTEI
LÜBBE
TASCHENBUCH

BASTEI LÜBBE TASCHENBUCH
Band 16 630

1. Auflage: April 2012

Dieser Titel ist auch als E-Book und Hörbuch erschienen

Bastei Lübbe Taschenbuch in der Bastei Lübbe GmbH & Co. KG

Originalausgabe

Dieses Werk wurde vermittelt durch die
Michael Meller Literary Agency GmbH, München

Copyright © 2012 by Fran Ray
Copyright Deutsche Originalausgabe © 2012 by
Bastei Lübbe GmbH & Co. KG, Köln
Lektorat: Gerke Haffner
Textredaktion: Lutz Steinhoff, München
Titelillustration: © sironpe/iStockphoto;
carlosalvarez/ iStockphoto, Michelle M/Photocase
Umschlaggestaltung: Sandra Taufer, München
Satz: Urban SatzKonzept, Düsseldorf
Gesetzt aus der Garamond
Druck und Verarbeitung: GGP Media, Pößneck
Printed in Germany
ISBN 978-3-404-16630-5

Sie finden uns im Internet unter
www.luebbe.de
Bitte beachten Sie auch:
www.lesejury.de

Der Preis dieses Bandes versteht sich einschließlich
der gesetzlichen Mehrwertsteuer.

Dieser Roman ist reine Fiktion.
Jede Ähnlichkeit mit Firmen, Institutionen, lebenden oder verstorbenen Personen ist rein zufällig.

Für meine Eltern

1

San Diego

Als Ann McLaughlin mit dem Saft für die Kinder und dem Tee für sich und ihre Freundin Virginia in den Garten ging und hinauf in den Himmel sah, spürte sie ein unangenehmes Schaudern. Vor einer Stunde waren die Wolken grau und weit weg gewesen, doch jetzt hatten sie sich über den Ozean herangeschoben, düster und im Innern violett schimmernd, ein gewaltiges Gebirge, das die Berge, die sich jenseits der Gartenmauer erstreckten, jeden Moment zu überrollen und zu erdrücken drohte. In den zwei Jahren, die sie und Marc mit der kleinen Liza hier lebte, hatte sie noch nie einen solchen Himmel gesehen. So gewaltsam und irgendwie unheimlich. Früher, in New York, da hatte man zwischen den Häusern und Mauern immer nur Ausschnitte des Himmels erkennen können. Als wäre er Hintergrund, Dekoration, nicht aber Gewalt.

»Hoffentlich gibt's kein Gewitter. Der Kleine mag das überhaupt nicht. Nicht wahr, William?«

»Wie bitte?« Ann war so in Gedanken vertieft, dass sie ihre Freundin ganz vergessen hatte, die mit dem ihr eigenen sanften Lächeln ihr Baby betrachtete und den Kinderwagen schaukelte. »Ich sagte, hoffentlich gibt's kein Gewitter. William mag das überhaupt nicht.«

Virginia James lebte seit fünf Jahren hier, nur ein paar Häuser weiter, mit ihrem Ehemann, dem inzwischen fünfjährigen Shaun und dem Baby William. Sie war es gewesen, die Ann mit anderen Müttern bekannt gemacht hatte, als sie und Marc von New York hierhergezogen waren, weil man ihm einen guten Job angeboten hatte.

»Und du magst auch keine Gewitter, was, Sam?« Ann blickte zu ihrem schokofarbenen Labrador, der gierig das Tablett betrachtete, das sie gerade auf den Gartentisch stellte. Sam machte sitz und sah Ann mit schiefgelegtem Kopf treuherzig und geduldig an. »Ja, du bist ein guter Hund.« Sie schenkte ihm einen liebevollen Blick. Sam war Teil ihres neuen Lebens. Marc hatte ihn mitgebracht. Der Hund hatte eines Tages einfach vor seinem Auto gelegen, als hätte er sich eine neue Familie ausgesucht. Marc wusste nicht, woher er kam. Ausgesetzt vielleicht, hatten sie gedacht. Ann hatte ihn gleich ins Herz geschlossen. Sie seufzte. Ja, sie war glücklich. In New York hätte sie nie daran gedacht, einen Hund zu haben. Aber hier war alles anders – ruhiger, friedlicher. Wenn heute nur nicht diese merkwürdige Spannung in der Luft läge …

Ann setzte sich Virginia gegenüber an den runden Gartentisch. »Ich glaube, das ist was ganz Archaisches.« Sie goss den grünen Tee in die beiden Tassen. »Diese Angst vor Donner und Blitz.«

Virginia lachte und nahm ihre Tasse. Ann spürte, wie etwas in ihr rebellierte. »Ich meine das ernst«, sagte sie schroffer als gewollt. Sogleich bemerkte sie ein Zucken um Virginias Mundwinkel.

»Hast du ein bisschen Zitrone?«, fragte Virginia knapp. »Ich hol sie mir auch selbst.«

»Im Kühlschrank.«

Virginia stand auf und ging zum Haus. Ann sah ihr nach, wie sie über den gepflegten grünen Rasen ging, vorbei an den Terrakotta-Blumentöpfen, in denen Ann liebevoll Zitronen- und Orangenbäumchen gepflanzt hatte, die glücklicherweise alle angewachsen waren. Es musste an diesem Wetter liegen, dass sie heute so gereizt war, an dieser drückenden, schwülen Luft.

Sams feuchte Hundeschnauze stupste sie an ... Manchmal konnte sie ihrem eigenen Glück nicht trauen, dann war sie sicher, dass sie irgendwann dafür zahlen müsste. Dass sie so etwas wie eine Rechnung erhalten würde, auf der der Preis für ihr Glück stand. Aber war das nicht Unsinn? Sie sollte Vertrauen haben und das Glück einfach annehmen.

»Mom!« Die fünfjährige Liza und Shaun standen wenige Meter von Ann und dem Gartentisch entfernt vor dem Ahornbäumchen, das Marc beim Einzug gepflanzt hatte.

»Was ist, Honey?«

»Die hat den Ball da hoch geschossen!«, rief Shaun und deutete mit ausgestrecktem Arm hinauf in die Baumkrone. Ann stand lächelnd auf. Der kleine Wildfang, dachte sie zärtlich. »Na, Liza, du bist mir eine.«

»Was für eine, Mom?« Liza sah Ann mit Unschuldsmiene an. Genau so eine, dachte Ann, eine raffinierte kleine Lady. Aber das sagte sie nicht laut, sonst hätte Liza sicher gleich wieder gefragt, was das bedeutete.

Nur noch zwei Schritte trennten Ann von den Kindern und dem Ahornbäumchen, als Virginias Handy klingelte und im selben Moment ein lauter, schriller Schrei ertönte. Ann fuhr herum. Alles schien gleichzeitig zu passieren: Der Kinderwagen kippte, Virginia stürzte auf etwas Wildes, Dunkles zu. Liza schrie, Shaun schrie ...

»Sam! Sam!« Ann rannte auf den tobenden Hund zu, er zerrte an etwas, schleifte es übers Gras, und Virginia schlug auf ihn ein ...

»Nein!« Virginia stolperte, warf sich auf den Hund, der ein schreckliches Heulen ausstieß und sich losriss. Seine Beute hatte er immer noch nicht losgelassen ...

Ann bekam ihn an den Hinterläufen zu fassen, zog und zerrte. »Sam!«

»Mom!«, brüllte Liza und klammerte sich an Anns Beine.

»Lass mein Baby los!« Virginia schlug auf den Hund ein.

Nein! Das war nicht möglich! Das nicht... Ann versuchte, die Hinterläufe festzuhalten, doch der Hund wand sich mit unheimlicher Kraft. Ein wildes Tier, dachte sie. Die Läufe entglitten ihr. Der Hund ... Mein Gott, das ist nicht mehr Sam, das ist nur noch ein Hund ... Er flüchtete unter die Eibenhecke und kauerte sich zwischen die Stämme.

Ann warf sich auf die Knie und sah ihm in die gelb funkelnden Augen. Aus seinem Maul hing ... Anns Herz setzte aus ... etwas Blauweißes ... der Strampelanzug ... Nein! »Sam«, brachte sie flüsternd heraus. »Sam, bitte.« Eine gähnende Schwärze tat sich in ihrem Innern auf. Ihr Hund hatte Virginias Baby gerissen, wie ein hungriger Wolf ein schwaches Lamm ... Das Blut sackte ihr aus dem Kopf, ihr wurde schwindelig. »Bitte, Sam ...« Sie streckte die zitternde Hand nach ihm aus.

Der Hund gab ein grollendes, drohendes Knurren von sich, ihre Hand zuckte zurück. Was war aus ihrem Hund geworden?

Da hörte sie Virginia laut schluchzen. Mein Gott ... Virginia ... Sie wollte ihr nicht in die Augen sehen, aber sie musste es tun. Die Zeit dehnte sich unendlich, Ann drehte sich um. Virginia hatte sich aufgerichtet, sie hielt das nackte Baby an sich gedrückt.

»Virginia!«, stieß Ann hervor, so unendlich erleichtert. Sie wollte noch mehr sagen, aber es gelang ihr nicht, sie konnte sich nicht rühren, konnte nichts mehr denken, bis ihr Blick auf Liza und Shaun fiel, die sich hinter Virginia versteckten. Mein Gott, es hätte auch Liza treffen können ...

»Mom!«, heulte Liza, während sie sich an Virginia klammerte.

»Er hat mein Baby angefallen!«, kreischte Virginia und presste das nackte Baby noch fester an sich. »Dein verdammter Hund wollte mein Baby fressen! Diese Bestie! Töte ihn!« Ihre Stimme überschlug sich. »Du musst dieses Monster töten, sofort!«

Flecken bildeten sich auf Virginias Hals, das blonde Haar klebte ihr strähnig im Gesicht. Sie zitterte, ihr Atem ging stoßartig.

Alle starren mich an, als wäre ich an alldem schuld, dachte Ann. Dabei hat Marc ihn mitgebracht. Doch sie war sofort einverstanden gewesen, ihn zu behalten, als er sie mit seinen treuen Hundeaugen angesehen hatte. Nicht eine Sekunde hatte sie gezögert, und schnell wurde er *ihr* Hund, viel mehr als Marcs. Er wich ihr nicht mehr von der Seite. Ob sie in den Garten zum Blumengießen ging oder in die Küche. Und er schlief neben ihrem Bett.

»Dein ... dein verfluchter Köter!«, schrie Virginia wieder.

»Virginia! Hör auf!«, befahl Ann grob. Eine seltsame Verwandlung war in ihr geschehen. Sie fühlte nichts mehr.

»Geht ins Haus«, sagte sie mit ruhiger, entschlossener Stimme.

»Mom!«, wimmerte Liza.

»Es wird alles gut, Darling, geh mit Virginia ins Haus. Und zieht die Vorhänge zu.«

Virginia sah sie befremdet an, den Kopf des Babys schützend an ihre Schulter gepresst. Sie rührte sich nicht.

Das Knurren wurde lauter. Virginia wich zurück.

»Bitte, Virginia«, sagte Ann, und endlich bewegte Virginia sich und führte die Kinder ins Haus. Als sie die Terrassentür von innen geschlossen und die Vorhänge zugezogen hatte, ging Ann zum Gartenschuppen. Sam kauerte noch immer unter der Hecke. Sein Knurren klang schauerlich. Fremd, wie von einem anderen Wesen. Nicht wie von Sam. Nicht wie von diesem gutmütigen Hund, der ihr so sehr ans Herz gewachsen war.

Ann wandte sich ab. Sie zog die quietschende Tür auf, ging zur rechten hinteren Ecke, in der neben dem Rasenmäher die Gartengeräte standen. Zwei Schaufeln, ein Rechen, ein Beil, eine Axt und dahinter die unscheinbare Kunststoffkiste mit alten Gartenpolstern und der stets geladenen Schrotflinte. Für Schlangen – und Notfälle. Sie nahm das Gewehr, verließ den Schuppen, ging zur Hecke. Plötzlich war es still. Kein Knurren, kein Wind, kein Vogellaut. Nichts. Eine zeitlose, raumlose Stille, wie sie sie nur aus Träumen kannte.

Als Ann vor dem Hund stand, blickte er auf. Die Pupillen hatten sich zu schwarzen Strichen zusammengezogen. Er hat doch nie solche Augen gehabt, dachte Ann. Wolfsaugen. Wilde Wolfsaugen. Als sei etwas Unbekanntes in ihn eingedrungen und habe Besitz von ihm ergriffen. Das ist nicht mehr Sam, sagte sie sich, als sie daran dachte, was sie gleich tun würde. Der Hund fing wieder an zu knurren, fletschte die Zähne, spannte den Körper zum Sprung.

Sie hob die Flinte, zielte genau zwischen die Augen und drückte ab. Einmal. Zweimal.

Blut spritzte auf ihr Sommerkleid und ihre nackten Beine.

Entsetzt starrte sie an sich hinunter, und erst jetzt fragte sie sich, wie sie so etwas hatte tun können.

Sie sank auf die Knie neben den toten Hund und fing an zu schluchzen. Über ihr hing ein schwarzer Himmel, und ihr war, als würde er jede Sekunde auf sie herabstürzen und sie neben Sam begraben.

Wie konnte so etwas nur passieren? Sam hatte noch nie … Er hatte noch nicht einmal ein Kaninchen, eine Katze oder einen Vogel angegriffen. Ein ruhiger, friedlicher Hund war er gewesen … Sie streckte ihre Hand nach ihm aus, berührte seine Schnauze … Es war so still, so unheimlich still.

Ein Donnerschlag machte der Stille ein Ende. Ein greller Blitz zuckte, und dann regnete es. Wassermassen schossen vom Himmel, doch Ann rührte sich nicht, immer wieder streichelte sie das schokobraune Fell vor ihr im Gras und weinte.

2

Brüssel

Karen Burnett trat von einem Bein aufs andere, aber ihr wurde nicht wärmer.

»Michael, bitte, das kann doch nicht so schwer sein«, sagte sie zitternd und schlang die Arme um den Körper, dabei trug sie schon ihren gefütterten Wintermantel. Eine Ewigkeit, so kam es ihr vor, versuchte er, den Mercedes anzulassen, und jetzt hatte er auch noch die Motorhaube geöffnet. Dabei wussten beide, dass er zwar eine komplizierte Rede auf Maltesisch simultan ins Englische übersetzen konnte, dass er aber keine Ahnung hatte von Anlassern, Autobatterien und Zündkerzen. Selbst Reifen wechseln konnte sie schneller als er. Sie zog die Kapuze noch tiefer ins Gesicht. Eine Ewigkeit hatte sie gebraucht, um ihre Frisur einigermaßen hinzukriegen, und jetzt machte der Schnee alles wieder zunichte.

»Verfluchte Kiste!«, brummte er.

»Dieses bisschen Schnee wird uns doch nicht aufhalten, Michael!«, sagte sie gereizt. Warum hatte er seinen BMW auch gestern Abend in der Stadt stehen lassen müssen? Weil er mit Kollegen ausgegangen war und zwei Bier getrunken hatte. Während sie sich zu Hause mal wieder mit einer Flasche Brandy verkrochen hatte. Sie dachte an die Tabletten in ihrer Handtasche. *Großartig, Karen, und dann schläfst du ein vor dem Mikro. Außerdem hast du erst vor einer halben Stunde eine Tablette genommen.* Wenn es doch nur nicht so kalt wäre! Die Narbe in ihrem Gesicht brannte. Und ihre Füße in den Stiefeln kribbelten unangenehm. Sie würde sich eine Blasenentzündung holen, bestimmt. Seit ... der Sache – sie verbot sich weiterzudenken – war sie extrem kälteempfindlich. Nein, nicht nur kälteempfindlich, all ihre Nerven lagen blank, wie Drähte, von denen man die schützende Plastikhülle heruntergerissen hatte.

»Das *bisschen* Schnee?« Michael kam hoch und wies zum offenen Garagentor hinaus. Ein dichter Schneevorhang wehte von einem grauen Himmel.

Den ganzen Tag war es nicht richtig hell geworden. Als wäre die Erde plötzlich in eine andere, sonnenfernere Umlaufbahn geraten, dachte sie.

»Karen, das ist ein ... ein *Blizzard.*«

»Ein Blizzard in Brüssel? Ach, Michael, du hast noch keinen erlebt.« Der Blizzard in Toronto vor zwei Jahren fiel ihr ein. Zwei Stunden war sie im Auto eingeschneit. An den letzten Sommer hatte sie damals gedacht, an die Blumen und die Sonne und ob sie sie wirklich nie wiedersehen würde, und je weiter die Zeit fortschritt, desto mehr bedauerte sie, dass sie so vieles nicht gelebt hatte.

»Aber *du* natürlich«, sagte er genervt. »*Du* hast ja schon *alles* erlebt.«

Nichts war mehr einfach zwischen ihnen. Und dieser Satz von ihm, der noch immer wie eingefroren in der kalten Schneeluft hing, zeigte ihr, wie zerbrechlich ihre Beziehung geworden war. Hastig steckte er den Kopf wieder unter die Motorhaube und murmelte etwas Unverständliches. Eine Entschuldigung?

Sie sollte netter zu ihm sein, er gab sich doch Mühe. Und wie so oft in letzter Zeit tat er ihr sogar leid.

»Ich ruf ein Taxi«, sagte sie. Sie rieb sich die Hände, die trotz der warmen Handschuhe eiskalt waren und sich anfühlten, als gehörten sie nicht zu ihrem Körper. Ausgerechnet heute fuhr auch die U-Bahn nicht, wegen Gleisbauarbeiten. Warum nahm sie nicht einfach ein paar Tabletten, legte sich ins Bett und zog die Decke über den Kopf?

Er ließ die Motorhaube zufallen, sie zuckte zusammen.

»Wahrscheinlich die Batterie«, sagte er, »du hättest in den letzten Tagen den Motor öfter mal anlassen sollen.«

»Natürlich, ich setze mich jeden Morgen eine halbe Stunde in die Garage und lasse den Motor laufen. Warum hast du mir das nicht gesagt? Ich sitze gern in der Garage! Da ist es so schön ruhig und ...«

»Mein Gott, Karen! Musst du immer so sarkastisch sein?«

Er hat ja recht, dachte sie. Der Schnee fiel immer dichter, als wollte er all die unsinnigen und überflüssigen Worte verschlucken und sie ungesagt machen.

»Es tut mir leid«, sagte sie und versuchte ein Lächeln.

Er nickte, aber sein Lächeln wirkte matt, als habe ihn das Zusammensein mit ihr erschöpft.

Versuchen Sie, in Ihren Alltag zurückzufinden, Freude an kleinen Dingen zu empfinden – sie versuchte es ja, jeden Tag, aber irgendwie erfolglos.

Sie streifte die Handschuhe ab, kramte in ihrer Handtasche nach dem Handy, zögerte kurz, als sie die Tablettenpackung sah, nahm dann aber doch nur das Handy heraus und wählte die gespeicherte Nummer des Taxiunternehmens.

Mozart. Eine kleine Nachtmusik. In einer endlosen Tonschleife. *Mozart, Karen, kann jeder lieben. Beethoven dagegen muss man verstehen.* Ja, Mom, wie du, dachte sie.

»Rechnen Sie mit zwanzig Minuten, überall ist Stau wegen dem Wetter«, sagte die Frauenstimme am Telefon.

»Zwanzig Minuten!«, brauste sie auf. »Bis dahin bin ich ja zu Fuß längst da! Es gibt … Es wird doch wohl möglich sein …«

»Es tut mir leid, wollen Sie nun einen Wagen bestellen oder nicht?«, unterbrach die Frau sie.

»Würde ich Sie sonst anrufen?«, gab sie zu patzig zurück, nannte aber dann doch ihre Adresse.

Zwanzig Minuten! Noch mal zwanzig Minuten Fahrt, macht vierzig Minuten …

»He, wir schaffen's schon!« Michael rieb sich die Hände so gründlich an einem Lappen ab, als hätte er gerade einen ganzen Motor auseinandergenommen und wieder zusammengebaut. Sie wusste nicht genau, was er meinte. Dass sie wieder zueinanderfanden oder dass sie rechtzeitig zur Preisverleihung kamen.

Er warf ihr ein aufmunterndes Lächeln zu, aber sie wusste, dass er sich dazu zwang. Was hab ich nur gegen ihn? Er ist aufmerksam, intelligent, sieht gut aus mit seinen kurzen grauen Haaren und der olivfarbenen Haut, die Frauen drehen sich nach ihm um. Sie fühlte sich unwohl, ungenügend und gefangen. Warum bist du nicht ein bisschen fröhlicher, Karen? Ich kann nicht, es geht einfach nicht.

Sie machte einen Schritt nach draußen, hob das Gesicht zum grauschwarzen Himmel und spürte die wässrigen Schneeflocken wie Nadeln, die schmerzhaft in sie eindrangen. Schnell trat sie zurück in die Garage. Ausgerechnet heute. An ihrem wichtigen Tag. Ausgerechnet heute schneite es. Ausgerechnet heute sprang das Auto nicht an. Ausgerechnet heute steckte das Taxi fest. Es kam ihr vor, als hätten sich irgendwelche Kräfte verbündet, um sie von etwas zurückzuhalten. Sie griff in die Handtasche und tastete nach der Packung. *Eine Tablette, und die Welt tritt einen Schritt zurück.* So einfach war das. Manchmal. Michael warf ihr einen fragenden Blick zu, und sie machte die Tasche wieder zu. Sie würde es auch ohne schaffen. Die paar Stunden wenigstens.

Endlich näherten sich zwei gelbliche Scheinwerfer durch den tiefgrauen Schneevorhang, blieben schließlich in der Hecke vor dem Garagentor hängen. Das Taxi, endlich.

»Das ist ja ein Weltuntergangswetter!«, sagte der Taxifahrer gut gelaunt, während sie sich auf die Rückbank schoben. »Am besten, man bleibt zu Hause.«

»Ja, aber wir müssen weg«, sagte Michael. Auf einmal war auch er gut gelaunt. »Wir müssen auf dem schnellsten Weg zur BA Banque & Assurance, Place de la Bourse, meine Frau bekommt dort in genau ...«, er sah auf seine Armbanduhr – eine *Maurice Lacroix*, von der er sich einfach nicht trennen wollte, obwohl Karen sie nicht mochte, für sie war es eine Altherrenuhr, »... vierzig Minuten den Press Award verliehen. Und wenn sie nicht rechtzeitig kommt, dann ist das eine ...«

»... eine Katastrophe«, beendete der Taxifahrer den Satz. »Alles klar.«

Michael lächelte erst den Taxifahrer an, dann sie. Wenn Michael so leutselig wurde, kam es ihr vor, als machte er das absichtlich, um ihr zu demonstrieren, was für ein netter Kerl er doch war und wie verquer sie sein musste, wenn sie nicht genauso empfand. Karen stöhnte leise auf, während sie sich mit dem Sicherheitsgurt abmühte.

»Kenn ich Sie nicht aus dem Fernsehen?« Der Taxifahrer musterte sie im Rückspiegel.

»Karen Burnett«, antwortete Michael für sie, »sie ist es, ja.« Er warf ihr ein Lächeln zu. Dieser blöde Sicherheitsgurt, sie stocherte immer noch am Verschluss herum.

»Aber ...« Der Taxifahrer drehte sich zu ihr um. »Waren Sie nicht ... vermisst?«

»Sie meinen Jane Burnett, meine Mutter.« Sie klang unfreundlicher, als sie wollte. Michael drückte ihr beschwichtigend die Hand.

»Oh, entschuldigen Sie, aber diese Ähnlichkeit«, sagte der Taxifahrer erschüttert. »Fürchterlich! Meine Frau und ich haben alle ihre Reportagen gesehen, und wenn sie in den Nachrichten kam ... Sie war immer so ... so mutig, ich hab sie bewundert. Es tut mir leid, das mit Ihrer Mutter.«

»Könnten Sie sich bitte beeilen«, sagte Karen nur, und Michael drückte ihr wieder die Hand.

»Ich tu, was ich kann«, sagte der Taxifahrer rasch, »aber das Wetter ... Alle Straßen sind verstopft, und die Tram hängt an jeder festgefrorenen Weiche fest. Tja, höhere Gewalt.« Dann gab er endlich Gas, und der Wagen schlitterte über die vereiste Straße.

Höhere Gewalt ... Gewalt ...

In letzter Zeit tauchte dieses Wort ständig in ihrem Leben auf. Sie hatte sich eine Sig Sauer besorgt. Handlich. Zuverlässig. Schießübungen hatte sie schon vor Afghanistan gemacht. Nach ihrer Rückkehr aus Kabul war sie vier Tage lang nicht mehr ohne die Waffe aus dem Haus gegangen, hatte sie in ihrer Handtasche sogar zum Einkaufen mitgenommen. Bis sie ihr rausfiel, an der Kasse, als sie gleichzeitig nach ihrem Portemonnaie und dem klingelnden Handy kramte. Die Leute in der Schlange hatten sie entsetzt angesehen, und die Kassiererin war bleich geworden. Karen hatte sich wortlos gebückt und die Waffe wieder in die Handtasche gesteckt.

Dann hatte sie gezahlt, ihre Tüten genommen und war gegangen. Natürlich ließ sie sich dort nicht mehr blicken.

Und selbst heute, sie war schon fertig angekleidet, war sie noch mal ins Arbeitszimmer gegangen, hatte unter den Schreibtischsessel gegriffen und den Lauf berührt. Ruckartig hatte sie die Hand weggezogen und die Zimmertür zugeknallt. Wenn sie sie in der Handtasche hätte, würde sie den ganzen Abend an dieses Schießeisen denken.

»Warum bleiben die Leute nicht einfach zu Hause?« Michael pochte gegen das Seitenfenster. Das metallische Geräusch kam von seinem Ehering. Unwillkürlich berührte sie ihren. Ihren neuen, nachdem sie ihr den alten weggenommen hatten. Michael hatte ihn gleich am Tag nach ihrer Rückkehr aus Afghanistan gekauft. Als hätte sich nichts verändert.

Ketten von gelben und roten Autoscheinwerfern zogen sich über die Fahrbahnen. Auspuffqualm stieg auf. Weiter vorn glühten Neontafeln im feuchten Nebel.

»Gibt's keinen anderen Weg?«, fragte sie ungeduldig.

»Nein«, der Taxifahrer ließ die Hände aufs Lenkrad fallen. »Wir müssen hier durch.«

Eine Weile konzentrierte sie sich auf den Sekundenzeiger ihrer Armbanduhr. Sie zählte. Doch das machte sie noch nervöser. Seit sechs Minuten schon steckten sie fest. Obwohl die Ampel regelmäßig auf Grün schaltete, bewegten sich die Autos vor ihnen nicht.

Eingeklemmt ... ein Fahrzeug vor ihnen, eines hinter ihnen, drei Männer, keine Möglichkeit auszuweichen ... Sie hat es kommen sehen, alle haben es kommen sehen, befürchtet ... und dann passiert es. Das vordere Auto bremst, das hintere rammt sie, da schießen sie schon, der Fahrer sackt zusammen, sie kommen, zerren sie aus dem Auto …

Sie spürte, wie sich etwas Schweres auf ihre Brust legte und ihr die Luft abdrückte. Ihr brach der Schweiß aus. Sie musste … musste raus.

»Ich steig aus.« Die eine Hand löste den Gurt, die andere schnappte nach dem Türgriff.

»Hier?«, Michael hob übertrieben die Brauen.

»Du kannst ja hier drin sitzen bleiben!« Sie stieß die Tür auf. Schneeregen klatschte ihr ins Gesicht. Egal.

»Warte!« Michael zahlte den Taxifahrer und stieg aus. Er lief hinten um das Taxi herum und folgte ihr über einen Wall aus Schneematsch.

Sie stolperte, trat in eine Pfütze, fluchte, ihr Haar löste sich unter der Kapuze, Schneeregen peitschte ihr ins Gesicht. Das Make-up hätte sie sich sparen können. Sie musste aussehen, als wäre sie gerade aus dem Überlebenscamp geflohen. Ausgerechnet heute.

»Karen«, rief Michael hinter ihr, »wahrscheinlich ist sowieso keiner pünktlich. Die stecken alle im Stau. Warum schickst du nicht eine SMS? Sie sollen dir das Ding per Post senden.«

Abrupt blieb sie stehen. »Ich geh da rein und hol mir dieses verfluchte – wie du es nennst – Ding! Und nichts und niemand hält mich davon ab!«

Er lachte kurz auf. »So kennen und lieben wir sie alle: Die Burnett, trotzt sogar einem Blizzard! Stürzt sich in jedes Abenteuer!«

»Es ist kein Blizzard, Michael«, sie sah ihn herausfordernd an und stapfte wieder los, »und ich bin nicht *die* Burnett,

Herrgott noch mal!« Das war ihre Mutter, immer noch, nein – noch mehr, seitdem sie tot war. Starjournalistin für die Londoner Times und die New York Times, und dann im Fernsehen bei CNN. Jane Burnett, die immer eine Lösung parat hatte, die Auszeichnungen und Preise abräumte, für die es nur *die Wahrheit und nichts als die Wahrheit* gab, wie sie gar nicht bescheiden – das war sie nie gewesen – ihre Autobiographie genannt hatte.

Und natürlich hatte das Buch sechs Wochen oder sogar sieben auf der New-York-Times-Bestsellerliste gestanden, und natürlich hatte sie den Booker Prize gewonnen und noch ein paar andere Auszeichnungen. Sie hatte es geschafft, sich zu inszenieren, ob wort- und weltgewandt in Talkrunden oder zornig mit zerzaustem dunklen Haar auf brennenden Ölfeldern in Kuwait und vor traurigen Trümmern im Kosovo. Jane Burnett hatte sich stilisiert zur Ikone der Kriegsberichterstattung.

»Karen, he, das war ein Spaß!«, rief er und versuchte, mit ihr Schritt zu halten. »Ich wollte dich ein bisschen locker machen.«

»Danke, darin bist du wirklich gut«, sagte sie.

»Ich verstehe überhaupt nicht, was du gegen deine Mutter hast – und überhaupt gegen deine Eltern. Wirklich. Warum bist du nicht einfach stolz auf sie? Deine Mom, die kompromisslose Journalistin! Und dein Vater: ein Held! Im Krieg für Amerika gestorben! Du hast echte Patrioten als Eltern. Meine waren mittellose Immigranten.«

Sie erwiderte nichts. Ihre Mutter war eine Egozentrikerin gewesen, hatte sich schon immer um *die Wahrheit und nichts als die Wahrheit* gekümmert anstatt um ihre kleine Tochter. Und ihren Vater, Major John Kelly, hatte sie gar nicht erst kennengelernt. Sie, Karen, war nicht mehr als eine kurze, sehr kurze Episode während einiger kalter Wüstennächte gewesen, in denen zwei Menschen mit viel Adrenalin im Blut zueinanderfanden, erleichtert und dankbar, dass sie wieder einen Tag überlebt hatten.

Er war ein sehr tapferer, intelligenter und liebenswerter Mann, Karen. Ihr hättet euch sicher gut verstanden. Er war viel, viel geduldiger als ich. Er konnte gut zuhören, wusste etwas zu erzählen, besaß Charakter, Autorität, Verständnis, wurde ihre Mutter nicht müde zu betonen, und manchmal fügte sie noch hinzu: *Er war im Grunde ein besserer Mensch als ich.* Und das aus dem Mund ihrer Mutter!

Nur einen Monat nach ihrer gemeinsamen Zeit in der Wüste, ihre Mutter war schon längst in einem anderen Teil des Landes, wurde Major John Kelly bei einem Angriff in Kuwait getötet. Geheiratet hatten sie nie.

Wahrscheinlich habe ich deshalb so früh geheiratet, dachte Karen manchmal, weil ich nicht sein wollte wie sie. Journalistin wollte sie eigentlich auch nie werden. Und so schlug sie sich mit Politik- und Wirtschaftswissenschaft herum, bis sie begriff, dass sie eigentlich die Nähe zu Journalismus-Kommilitonen suchte, weil sie sie beneidete.

»Karen – du bist diejenige, die heute einen Preis bekommt. Nicht deine Mutter. Du hast keinen Grund, dich schlecht zu fühlen«, hörte sie Michael sagen.

Als bräuchte man immer einen Grund, Michael.

Er schob den Arm unter ihren. »Jetzt geht es um dich, okay? Allein um dich. Du kriegst diesen Preis für deine Reportage über das Flüchtlingslager in Patras. Du hast ihn verdient.«

Sie schüttelte seinen Arm nicht ab, ja, sie war ihm sogar dankbar für diese Geste. Er hatte recht. Sie sollte endlich mal nicht an ihre Mutter denken.

»Okay«, sie nickte. »Es geht um mich.«

»Genau.« Er lächelte. »Und jetzt gehen wir da rein ...«

»... und ich hol mir dieses Ding.«

»Jawohl!«

Für ein paar Sekunden fühlte sie sich wieder mit ihm verbunden, so wie früher.

Mit Schneeflocken auf den Haaren und Mänteln und mit nassen Schuhen, aber fünf Minuten vor der Zeit stapften sie ins golden glänzende Foyer. Im Toilettenraum versuchte Karen, nicht vor dem Gesicht zu erschrecken, das ihr da entgegensah. Rote Nase und Wangen, verschmierter Lidschatten, nasse blonde Strähnen.

Und ihr Blick erst. Sie versuchte ein Lächeln. Komm schon, Karen!

Sie machte sich daran, zu retten, was zu retten war. Ein bisschen Puder, ein bisschen Lippenstift, Haare unter den Händetrockner halten, dann raus. Michael gab gerade ihre Mäntel ab, da kam schon eine ausgestreckte Hand auf sie zu.

»Madame Burnett! Sie haben es geschafft! Aber wir haben sowieso keinen Moment daran gezweifelt! Kommen Sie! Wir bedauern es sehr, dass wir Ihnen kein besseres Wetter bestellt haben.« Er stellte sich als Jean-Michel Lamorinière vor, hager, mit der gebeugten Haltung vieler großer Menschen. Er gab sich offenbar Mühe, ihre Narbe zu übersehen, aber seine kurze Befangenheit entging ihr nicht. Nach siebenundzwanzig Jahren hatte sie sich an die Reaktion ihrer Mitmenschen gewöhnt, aber seit Afghanistan spürte sie die Narbe wieder öfter, jeden der sechzehn Zentimeter, die vom Ende ihrer rechten Augenbraue in einer gebogenen Linie am Haaransatz entlang über die Wange bis zum Unterkiefer verliefen.

Sie setzte ihr charmantes Lächeln auf und folgte Lamorinière in den Saal.

3

Ganz schwarz gekleidet, die Mützen tief in die Stirn gezogen, waren die drei Männer im Dunkel des Wagens fast unsichtbar. Auch der Wagen selbst, eine drei Jahre alte dunkelblaue Peugeot-Limousine, fiel im nächtlichen Brüsseler Stadtverkehr nicht auf. Aber wer hätte auch schon vermutet, dass in der schwarzen Sporttasche auf dem Rücksitz keine Sportschuhe verstaut waren, sondern zwei Handgranaten?

»Und du bist sicher, dass du das schaffst, wenn wir nicht schneller fahren als zwanzig?«, fragte Gilles vom Steuer aus und warf einen Blick über die Schulter nach hinten.

Auch Gaddafi, der so genannt wurde, weil er angeblich eine gewisse Ähnlichkeit hatte mit dem Libyer vor dreißig Jahren – breites, flächiges Gesicht mit Pockennarben, die früher vollen schwarzen Haare kurz geschoren, aber die dunklen Augen mit demselben intensiven Brennen wie früher –, drehte sich zum Rücksitz um, sagte aber nichts.

»He, ihr traut mir wohl gar nichts zu, was?«, gab Tiger Kaugummi kauend von hinten zurück.

Nicht viel, hätte Gaddafi am liebsten geantwortet, aber er war Profi genug, um zu wissen, dass sie nur zusammen funktionieren würden. Und wenn dieser schlaksige Tiger auch nicht viel konnte – er war ein exzellenter Werfer. Gaddafi begriff nicht, wie man einen solch schmächtigen Typen mit dünnen Armen und Beinen und mit dem knochigen Pferdegesicht *Tiger* nennen konnte. *Mücke* wäre passender oder noch besser *Arschloch*, aber Tiger? Wahrscheinlich hat er sich den Namen selbst ausgesucht, dachte Gaddafi, eingebildet wie er ist.

4

Karen fühlte sich auf ihrem Stuhl in der ersten Reihe des großen holzgetäfelten – und vollbesetzten – Saals, als wäre nur ihre körperliche Hülle anwesend. Stressbewältigung kannte sie: Dissoziation, die Distanzierung von sich selbst, das Sich-woandershin-Denken. Doch die Selbstanalyse half ihr heute nicht, noch eine Tablette war ihr zu riskant, sie war sowieso schon gestolpert und hatte sich an Lamorinières Arm festhalten müssen – und die Drinks gab es erst später, und dann auch nur Sekt und Orangensaft, fürchtete sie. *Da vorne sprechen sie von dir, Karen*, machte sie sich klar. Zuerst der Präsident des Presseverbands, dann der Pressevertreter der Bank. Sie hätte stolz sein können. Aber sie sehnte sich nach einem Drink und danach, unsichtbar zu werden, sich einfach aufzulösen.

»Jeden Abend konnten wir im Fernsehen ihre Reportagen und Berichte über Afghanistan sehen. In vielen ihrer Reportagen hat sie sich den Schwachen gewidmet, insbesondere den verfolgten Frauen. Sie hat ihr Leben riskiert in Flüchtlingscamps im Sudan, hat eine tief bewegende Reportage über Frauen und Mädchen in Afghanistan verfasst und wurde dann selbst Opfer. Sie wurde gekidnappt, aber glücklicherweise nach drei Tagen freigelassen. Die Jury ehrt die Tochter der berühmten Journalistin Jane Burnett, Karen Burnett, für ihre engagierte, bewegende Reportage über die schrecklichen Verhältnisse im Flüchtlingscamp im griechischen Patras.«

Na, jetzt haben sie dich doch erwähnt, Mom, zufrieden? Karen atmete tief durch, stand auf, ging zum Rednerpult, schaffte es, nicht zu stolpern, zitterte zwar, aber dann hielt sie endlich den Preis in der Hand, ein vergoldetes Papierknäuel. Ein Papierknäuel, weil in den zusammengeknüllten verworfenen Ideen die größte Wahrheit stecke, hieß es in der Erklärung des Preises. Dann könnte sie ja jetzt die Wahrheit sagen, dass sie eine Pistole hatte, dass sie jeden erschießen würde, der es noch einmal wagen sollte, ihr Gewalt anzutun.

Was würden sie tun? Das Mikrofon abstellen? Oder klatschen? Was würde morgen in den Zeitungen stehen?

Mehr als zweihundert geladene Gäste sahen sie an, erwartungsvoll, neugierig, was Karen Burnett, die Tochter der bekannten Jane Burnett, zu sagen hatte. Sie schluckte, umklammerte das vergoldete Papierknäuel und merkte, wie es in ihre Handflächen schnitt. »Ich danke Ihnen«, hörte sie ihre Stimme durch den Saal hallen, »und ich fühle mich sehr geehrt. Ich wollte den Menschen – den Frauen und Kindern, über die ich berichtet habe, in Darfur oder in Afghanistan, den Flüchtlingen in den Camps in der Ukraine oder in Patras – Gehör verleihen. Ihnen, die keine Papiere haben, keine Rechte, die man einsperren und abschieben kann, denen man Gewalt antun kann, ohne dafür belangt zu werden.«

So etwas haben sie erwartet, Karen, bravo! So kennen sie dich!

So lieben sie dich.

Die Pause nach dem Ende ihres Satzes erschien ihr unendlich lang, sie glaubte schon die Zuhörer auf ihren Stühlen herumrutschen zu sehen, runzelten Einzelne nicht schon die Stirn, fragten sich womöglich, ob sie einen Blackout hatte? Die Arme, sie war sicher immer noch traumatisiert, würden sie denken. Sie räusperte sich, und dann, endlich, sagte sie:

»Ich danke Ihnen für die Aufmerksamkeit, die Sie durch diese Ehrung auch diesen Menschen entgegenbringen. Möge die Zeit kommen, in der solche Preise nicht mehr nötig sind.«

Stille. Dann Applaus. Erst zögernd. Dann zustimmend. Überzeugt. Empathisch. Für einen kurzen Augenblick spürte sie ein Gefühl von Verbundenheit mit der Welt und den Menschen, dann aber verkrampfte sich wieder ihr Magen.

Kaum nahm sie wahr, dass man ihr einen Scheck über fünftausend Euro überreichte, dazu einen Blumenstrauß aus Grünzeug, roten Tulpen und Blumen, die sie weder kannte noch mochte, sie schüttelte Hände, versuchte zu lächeln und auf ein paar Fragen zu antworten. Dann war es endlich vorbei.

Michael hielt ihr den Wintermantel hin. »Und, wie fühlt man sich mit so einem goldenen Ding, Karen Burnett? Du hättest da oben ruhig ein bisschen freudiger klingen können.«

Sie war schon froh, dass sie es wenigstens so geschafft hatte.

»Außerdem haben wir uns gar keine Gedanken gemacht, wo wir feiern.« Er zog seinen Mantel an.

»Ich … ich glaube, ich will nach Hause, Michael.«

»Okay, wir holen's nach, oder?«

Ihr entging nicht, wie viel Mühe er sich gab, seine Enttäuschung nicht zu zeigen. »He, dein Handy.« Er deutete auf ihre Handtasche. »Wäre peinlich geworden!«

Sie hatte tatsächlich vergessen, es auszuschalten.

»Hier ist David«, meldete sich eine vertraute Stimme. »French.«

»David!«

»Herzlichen Glückwunsch. Ich hab's nicht geschafft, eine Einladung zu kriegen.« Seine Stimme tat ihr gut, holte etwas zurück, ein altes Gefühl von … Nähe. Sie mochte David, sie vermisste die Arbeit mit ihm und die Art und Weise, wie sie mit ihm reden konnte.

»Na ja, ich hab nicht gerade die Rede meines Lebens gehalten.« Sie musste sogar ein bisschen lächeln.

»Karen ... Ich ... würde dich gern sehen. Ich bin in Brüssel, leider nur heute ... aber wenn du mit Michael ...«

Nein, er sollte jetzt nicht wieder auflegen, nicht wieder verschwinden, wo er doch gerade erst aufgetaucht war. »Nein ... Wo bist du?«

»Fast um die Ecke. Im *Le Chameau Noir*, Rue des Poissoniers.«

»Ich komme«, sie zögerte, »... mit Michael.«

Michael wartete, bis sie fertig war. »David. Er schnippt mit dem Finger, und du springst. Wenn du mit ihm sprichst, bist du ganz verändert. Keine Spur mehr von dieser verfluchten depressiven Stimmung, von dieser Last und Qual, mit der du dich durchs Leben schleppst und alles um dich herum niederdrückst. Geh allein hin.«

Sie wollte David sehen. Jetzt. Plötzlich erschien ihr Davids Anruf als die einzige Rettung aus diesem bodenlosen Sumpf aus Depression, in dem sie schon wieder zu versinken drohte. »Warum willst du nicht mitkommen?«, fragte sie lau.

»Ich wollte den Abend mit dir verbringen. Nicht mit dir – und ihm.« Er knöpfte seinen Mantel zu. »Und wenn du ehrlich bist, willst du gar nicht, dass ich mitkomme.«

Sie antwortete nicht. Ein Mann im schwarzen Anzug wollte sie ansprechen, doch sie tat so, als bemerkte sie es nicht. Nein, sie konnte jetzt nicht über ihre Arbeit diskutieren.

»Siehst du«, sagte Michael, »ich hab recht. Und trink nicht so viel. Alkohol verträgt sich nicht mit deinen Medikamenten.« Er zuckte resigniert und gekränkt mit den Schultern. »Ach ... Soll ich dieses ...«, er zeigte auf den Preis in ihrer Hand, »... dieses Ding mit nach Hause nehmen?«

»Nein.« Sie sagte ihm nicht, dass sie sich daran festhielt.

»Wie du willst.« Mehr sagte er nicht. Dann ließ er sie stehen.

Sie sah ihm nach, wie er einfach ging.

Davon hätte sie eben im Saal auch sprechen können. Wie ihre Arbeit ihre Ehe zerstörte. Aber vielleicht stimmte das ja gar nicht. Vielleicht hatten sie nie zusammengepasst. Vielleicht hatten sie sich beide von Äußerlichkeiten täuschen lassen. Er, der von ihrem Wagemut und ihrer Leidenschaft fasziniert war – sie, die genoss, dass er sie bewunderte, sie umsorgte und ihrem vorher so unsteten Leben Halt gab.

Ohne die Blicke der Menschen zu erwidern, eilte sie zum Ausgang. Eisig kalte Luft sprang sie aus der Dunkelheit an. Sie zog die Schultern hoch und stapfte über den von schmutzigen Schneeinseln bedeckten Bürgersteig die Rue Auguste Orts hinunter. Die Kälte legte sich wie eine Messerklinge auf ihre Luftröhre, ihre Augen tränten, und ihre Narbe tat weh. Ein Wagen fuhr vorbei, schmutziges Eiswasser spritzte auf ihre Stiefel. Egal. Sie spürte, wie Leben in sie zurückkehrte.

5

Metz, Frankreich

Neblig, feucht und kalt war die Nacht herangekrochen, hatte das letzte schwache Sonnenlicht verschluckt, seine Wärme erstickt, und nun herrschte sie über die Menschen und Wesen, bis zum Morgengrauen. Bedrohlich nah war das tagsüber harmlose Wäldchen, das sich hinter der Reihenhaussiedlung erstreckte, herangerückt, hatte seinen kalten Schatten über die Einfamilienhäuser gelegt, in denen sich Eltern und Kinder mit ihren Hamstern, Hunden und Spielsachen verbarrikadierten und auf den nächsten Morgen warteten. So jedenfalls empfand es Thierry Traessart, wie er da im Garten seines Hauses stand, die Hände geballt in den Taschen der Adidas-Trainingshose. Und er konnte nichts dagegen tun! Nichts gegen die Nacht, die sich gewaltsam die Herrschaft sicherte, und nichts gegen dieses andere Dunkle in ihm. Und wenn es nur in seinem Kopf war? Mit beiden Händen fuhr er sich durch die kurz geschorenen Haare, rieb über den Kopf, als könnte er die Gedanken wieder an ihren richtigen Ort schieben, Ordnung in seinem Gehirn schaffen. Und wenn er es sich nur einbildete? Wenn er ... Er gab auf, denn er wusste, es waren immer wieder dieselben trügerischen Hoffnungen. Die Wirklichkeit war hart und deutlich, und sie war schwarz auf weiß zu lesen.

»Thierry, willst du nicht eine Jacke ...?«, kam es von drinnen.

Marie. Sie versteht das alles nicht, wie sollte sie auch? Auch er verstand es ja nicht. Wusste nur, dass irgendwas nicht stimmte mit ihm und dass es mit Afghanistan zu tun haben musste.

Doch da war dieser Zeitungsartikel. Hundert Mal hatte er ihn schon gelesen. Rausgeschnitten aus der Tageszeitung von vorvorgestern. Zigaretten und die Tageszeitung. Bei Gérard in seinem Laden mit den nikotingelben Wänden gekauft. Im Café hatte er die Zeitung durchgeblättert. Im Café, weil er verflucht noch mal nicht nach Hause wollte. Nicht in Maries vorwurfsvolles Gesicht sehen und nicht mit Schuldgefühlen kämpfen. Die hatte er sowieso schon.

Thierry spannte alle Muskeln an in seinem hart trainierten Körper, aber es half nichts, das Böse kämpfte sich nach oben, machte sich breit, durchströmte und vergiftete ihn ...

Das war ja nicht sein erster Einsatz gewesen, er kannte Wut

und Rache, blindwütige Wut auch, wenn vor ihm ein Kamerad fiel, so wie Yves, der zum letzten Mal den Job machen wollte, nur noch ein Mal Afghanistan, weißt du, und dann Schluss. Ich hör auf. Such mir was anderes. Will meine Familie um mich haben. Will das Töten vergessen. Als ob man das jemals vergessen könnte! In die unterste Schublade schieben, ganz nach hinten, aber nicht vergessen.

Aber dieses Mal war es anders gewesen. Da war mehr als diese Wut, viel, viel mehr ... Gewalt und ... Rausch ... Blutrausch ...

Thierry rieb sich übers Knie. Diese verfluchte Kälte machte alles noch schlimmer.

Er kann die Kinder nicht mehr ansehen, sie machen ihm Angst, ihre großen Augen, die ihm Fragen stellen, auf die er nichts antworten kann, er weiß nichts mehr, kann sich nicht mehr erinnern ...

Er trat von einem Bein aufs andere, auch auf das kaputte, und zündete sich eine Zigarette an.

Kann die Kinder nicht mehr ansehen ... Kann nicht sagen, steckt dem anderen das Messer in den Bauch, bevor der es tut, es geht ums Überleben, um nichts anderes geht es, tut es, bevor der andere es tut!

Er pumpte den Rauch mit der kalten Winterluft so lange in die Lungen, bis der Husten ihn schüttelte. Husten war gut, verlangsamte das Programm, so kam es ihm jedenfalls vor. Es muss mit einer Uhrzeit zu tun haben, oder mit irgendwelchen komplizierten Vorgängen im Körper, von denen er nichts weiß. »Thierry, du hast nur ein T-Shirt an, und es schneit!«

»Ja, ja.« Er winkte ab. Marie, sie wusste doch langsam, dass ihm das nichts ausmachte, nicht Kälte, nicht Hitze, gar nichts. Er fühlt nichts und fürchtet nichts. Wie schön! Das wollen doch alle, nichts fürchten, nichts spüren, wenn es wehtun müsste. Aber nichts ist nichts, also ist es auch nicht das Gute und Schöne. Nichts ist nichts ist nichts.

Die Zigarette brannte an seinen Fingern, er warf sie weg, in den Schnee, darunter war Gras, grünes Gras, es war grün, bevor er in die Hölle ging, grün, so grün und unschuldig, und als er zurückkam, war es braun, braunrot, wie getrocknetes Blut, und überhaupt war alles anders, und Marie und die Kinder starrten ihn mit großen Augen an, und er konnte keine Antworten geben.

Manchmal überkam es ihn ohne Vorwarnung. Als wäre eine Zeitschaltuhr in ihm, die etwas anknipste. Er musste zum Gartenschuppen, Tür auf, Axt raus und los. Hacken, hacken, hacken, bis aufs Blut ...

Das Hämmern seines Herzens. Es geht los, es geht los, es geht endlich los, sagte es atemlos und erregt, es will loslegen, seine Muskeln füllen sich mit Blut, spannen sich, werden dick und fest. Wie sie zucken, wie sich alles bewegt und atmet und dehnt, lebendig wird und wild und ... animalisch.

Genau so hat es sich angefühlt, während er da im Gebüsch lag ... und jetzt spürte er wieder den Geschmack von Eisen in seinem Mund. Jetzt!

Er lief an der Seite des Hauses vorbei in den hinteren Garten, zum kleinen Schuppen aus Kunststoff, drehte den Schlüssel im Schloss, riss die Tür auf und schnappte sich im Dunkel die Axt. Wog sie in den Händen, stürmte hinaus, ins Freie, in den Schnee, zum Holzpflock neben dem Schuppen, hob ein schweres Stück Eiche von dem Holzhaufen, stellte es aufrecht auf den Pflock, hob die Axt über den Kopf, ließ sie niedersausen, exakt in die Mitte des Scheits, zwei Hälften flogen durch die Luft, landeten im Schnee. Gespalten mit einem Schlag.

Er riss das nächste Stück vom Haufen, stellte es auf, spaltete es, stellte auf, spaltete, stellte auf, spaltete, einen Scheit nach dem anderen, einen Schädel nach dem anderen, einen Knochen nach dem anderen …

Einen Menschen nach dem anderen … und all das Blut und all das Leben, das in den Kampf geworfen war … Er hackte und hackte, bis die Lungen brannten und das Herz langsamer schlug. Dann sah er hinauf zum schwarzen Himmel über sich, hinauf zur kalten Mondsichel.

6

Brüssel

Das *Le Chameau Noir* existierte schon seit dem siebzehnten Jahrhundert, Anfang des letzten Jahrhunderts war das Gebäude neu errichtet worden, wobei man darauf geachtet hatte, so viele Details wie möglich zu erhalten.

In der ersten Zeit, als sie wegen Michael nach Brüssel gezogen war, waren sie öfter dorthin gegangen, zum Abendessen oder auf einen Drink. Immer wenn sie von irgendwo aus gefährlichen, schmutzigen Ecken der Welt zurückgekommen war, hatte sie das luxuriöse Ambiente besonders genossen. Wer weiß, woher David gerade mit seiner Kamera zurückgekehrt war? Aus brasilianischen Rubinminen? Aus dem kongolesischen Busch? Oder aus dem Washingtoner Intrigendschungel?

Durch die großen Scheiben fiel warmes Licht auf die vereisten Schneereste am Bordstein, sodass sie weiß glitzerten.

Sie entdeckte ihn an einem Fensterplatz. Und er winkte ihr von drinnen zu. Sein Lachen – als wollte er die ganze Welt damit anstecken. Er würde nie alt werden, würde immer der jungenhafte, neugierige Fotojournalist sein, der optimistisch blieb, auch wenn er so oft das Böse sah.

Wärme, gedämpfte Stimmen und der besänftigende Duft von gutem Essen empfingen sie, und sie fühlte sich plötzlich, als kehrte sie heim. Was für ein Unsinn, dachte sie, denn zu Hause hatte es selten nach Essen geduftet. Ihre Mutter hasste es, zu kochen, sie hatte nie Zeit gehabt und war selten zu Hause gewesen. Michael kochte auch nicht gern. Und sie selbst – sie war eine miserable Köchin.

»Karen!«

Als er sie umarmte, wäre sie beinahe in Tränen ausgebrochen.

»Meinen herzlichen Glückwunsch!«, sagte er lächelnd, als sie sich voneinander lösten. Und mit Blick auf ihre Trophäe, die sie aus der Manteltasche zog: »So sieht er also in Wirklichkeit aus, der Press Award. Darf ich ihn mal anfassen?«

Sie hielt ihm das vergoldete Papierknäuel entgegen.

»Du hast es verdient«, sagte er und nahm es vorsichtig in die Hand.

»Es gibt viele, die ihn verdient hätten. Ich hab ihn halt bekommen.«

»He, nicht so bescheiden.« Er gab ihr den Preis zurück, und sie stellte ihn mitten auf den Tisch.

»Wo ist Michael?«, fragte er und sah sich um.

»Nach Hause gefahren.«

»Hm.« Er hob die Brauen, nur ein wenig, und sie brauchte nicht hinzuzufügen, dass sie sich fast gestritten hätten.

Es war nicht richtig, dass sie jetzt hier war. Es war nicht richtig, und doch fühlte es sich richtig an. Es fühlte sich besser an als alles, was sie in der letzten Zeit gefühlt hatte.

Der große Raum hinter ihr irritierte sie. All die Menschen an

den Tischen, die Bedienungen, das Klappern von Geschirr ...
»David ... Können wir ...«

»... den Platz tauschen?«, beendete er ihren Satz.

Sie nickte. »Ich hab ständig das Gefühl, dass hinter mir einer ...«, ... einer auf mich zielt, dachte sie. Unwillkürlich zog sie die Schultern hoch, als würde das etwas ändern.

Auf dem neuen Platz fühlte sie sich besser. Jetzt lag das Restaurant vor ihr, im Rücken hatte sie die schützende Wand, rechts die große Fensterscheibe. Sie hatte alles im Blick. Es kann nichts passieren, Karen, es ist alles okay. Du bist nicht in Afghanistan.

Er musterte sie im warmen Licht des Restaurants. »Dir geht's nicht gut, was?«

»Ich könnte als Erstes einen Drink vertragen«, sagte sie ausweichend und bestellte zwei Scotch. Das war schon immer ihr gemeinsamer Drink, mit dem sie einen überstandenen Tag feierten.

Sie hätte eigentlich mit Michael hier sitzen und ihren Preis feiern sollen, sagte ihr Gewissen, und zugleich war sie froh, dass sie nicht mit ihm hier saß, sondern mit David.

»Also, wie geht's dir wirklich?«

»Oh, ich dachte, wir verbringen einen lustigen Abend.«

»He«, er lächelte aufmunternd, »so schlimm? Wir kennen uns lange genug, oder?«

Sie hatte ihm noch nie etwas vormachen können, dafür hatten sie schon zu viel miteinander erlebt. »Ach, David, ich weiß gar nicht, wo ich anfangen soll.« Sie rang sich ein Lächeln ab. »Erzähl lieber von dir. Wo warst du?«

»Später«, sagte er ernst. »Karen«, er beugte sich vor und sah ihr in die Augen, »du brauchst mir nichts vorzumachen, Karen, ich ...« Er brach ab.

Der Kellner brachte den Scotch. Sie kippte ihn auf einmal

hinunter. David hatte Geduld, er konnte warten. Sie spielte mit ihrem Glas.

»Ich bin noch ein bisschen ... mitgenommen. Kann schlecht schlafen, nerve Michael. Ich darf mich nicht wundern, dass er in letzter Zeit öfter die Geduld verliert ...«

»Das ist alles?«, fragte er ungläubig.

»Na ja, ich hab wohl so was wie Depressionen.« Sie zögerte. »Ehrlich gesagt, ich dreh langsam durch. Ich trinke zu viel, nehme Tabletten, habe das Gefühl, nie wieder etwas auf die Reihe zu kriegen, ich habe Angst vorm Einschlafen, schalte das Licht nicht mehr aus, ich habe eine Pistole in meinem Nachttisch, manchmal auch in meiner Handtasche, ich fühle mich verfolgt, manchmal gehe ich tagelang nicht aus dem Haus, ich habe Angst, wenn das Telefon klingelt ... Ich habe Angst vor dem Tod – und vor dem Leben, ich kann nicht mehr arbeiten, und mein früherer Idealismus, meine hehren Prinzipien erscheinen mir nur noch lächerlich. Und meine Albträume, uralte von früher, suchen mich fast jede Nacht heim. Und weißt du was?« Das Paar am Nebentisch wandte sich ihr zu, und sie merkte, dass sie lauter geworden war. »Ich denke jeden Tag daran, mich zu rächen.«

Seine Hand griff nach ihrer.

»Verflucht, David!« Rasch zog sie die Hand weg und wischte sich über die Augen. »Ich nehme mich zusammen, dass es keiner merkt, aber dann lasse ich meine ganze Wut an Michael aus, dabei kümmert er sich um mich ...« Sie schüttelte den Kopf. »Warum musste es *mir* passieren?«

Er lehnte sich zurück, und sie folgte seinem Blick zum Fenster. Es schneite wieder, im Licht der Laternen leuchteten die Schneeflocken wie Funken. Sie glaubte, er wollte etwas sagen, und wartete. Als er sie wieder ansah, wirkte er unsicher. »Denkst du noch an deine Mutter?«

Diese Frage hatte sie am wenigsten erwartet. »Ja, klar«, sagte sie lapidar. Dass sie sich ihretwegen heute schon wieder mit Michael fast gestritten hatte, erwähnte sie nicht. Auch nicht, dass sie das Wort *Wahrheit* am liebsten aus ihrem Wortschatz streichen würde.

Er zeigte auf das vergoldete Knäuel, ihre Trophäe. »Sie wäre stolz auf dich.«

»Ich glaube, sie würde als Erstes die Zusammensetzung der Jury kritisieren.«

»Auch wenn es dich nervt, Karen, sie war eine gute Journalistin.«

»Ja, das war sie.« Sie wollte noch einen Schluck vom Scotch trinken, aber sie hatte vergessen, dass das Glas leer war. Wieder fielen ihr die unzähligen Telefonate ein, mit der australischen Polizei, der Küstenwache und verschiedenen Organisationen, die Menschen halfen, vermisste Angehörige wiederzufinden.

Karen war erleichtert, dass der Kellner in diesem Moment an den Tisch kam. Sie bestellten einen französischen Cabernet Sauvignon und das Rinderfilet.

»Ich hab's immer noch nicht zur Vegetarierin geschafft«, sagte sie.

»Tut mir leid«, sagte er nach einer Pause.

»Was?«

»Ich hätte mich melden sollen.«

Ja, hättest du. Nach alldem, was wir gemeinsam erlebt haben, dachte sie und wartete.

»Ich wusste einfach nicht, was ich dir hätte sagen können. Es wäre alles so banal gewesen.« Er lächelte unbeholfen.

Der Kellner brachte den Wein. Karen betrachtete das Glas. *Lava,* wollte sie denken, aber sie dachte: *Blut*. Sie trank einen großen Schluck. »Du hast dich also gedrückt.« Er wollte etwas einwenden, doch sie redete weiter. »Ich hab mich sicher gefühlt, David, endlich, nach all den Tagen der Ungewissheit, ob sie mich nicht vielleicht doch erschießen oder köpfen oder sonst was Grausames mit mir anstellen. Und dann sagen sie, ich bin frei, man hat das Lösegeld gezahlt. Ich sehe noch den Jeep heranfahren. Zwei Soldaten steigen aus, helfen mir auf den Rücksitz. Und da sitzt Paolo, du weißt schon, der italienische Journalist. Er sieht völlig fertig aus. Auch ihn hatten sie als Geisel genommen. Aber das wusste ich nicht. Am Flughafen soll eine Maschine bereitstehen, um uns nach Brüssel zu fliegen. Und dann fragt der Beifahrer, ob wir'n Kaugummi wollen. Ich beuge mich vor, und im selben Augenblick schlägt was durch die Heckscheibe. Ich ducke mich, schreie, Kugeln prasseln, es ist aus, denke ich, jetzt haben sie uns doch gekriegt. Doch da startet der Jeep durch, die Soldaten sind total hektisch, reden was von *friendly fire*, dass das doch *ihre* Leute waren, und Paolos Kopf ist …«

»Karen …«

… eine breiige Masse. Haut, Knochen, Blut, Gewebe … seine Augen … Die Bilder ließen sich nicht zurückdrängen. Sie griff zum Glas und merkte, dass ihre Hand zitterte. »Weißt du, was mir in dem Moment klar wurde?« Noch immer war sie entsetzt über diese Erkenntnis. »Wir sollten nicht lebend zurückkommen. Und ich hatte einfach nur …« Sie wollte *einen Schutzengel* sagen, aber sie sagte: »Glück.«

David runzelte die Stirn. »Aber … Wieso, welchen Sinn hätte es gehabt? Sie haben ein Lösegeld gezahlt …«

»Das wird behauptet, ja, aber niemand hat mir gesagt, wie viel und wer es bezahlt hat. Die Redaktion? Irgendein Staat? Welcher? Wer hat das Lösegeld gezahlt?« Sie war wieder laut geworden, am Nebentisch sah man wieder zu ihnen herüber.

Je länger sie über ihre Freilassung nachdachte, desto mehr Ungereimtheiten fielen ihr auf. Sie beugte sich über den Tisch und sagte etwas leiser: »In so vielen Nächten hab ich mich gefragt, was ich wohl gesehen habe – und nicht sehen durfte.«

»Und was?«

Sie zuckte mit den Schultern. »Wir haben das Feldlazarett besucht und wollten wieder zurück nach Kabul. Das war alles. Es gab nichts – nichts, was irgendwie merkwürdig gewesen wäre.«

»Aber du meinst trotzdem, es gab einen Plan, dich auszuschalten?«, fragte er nachdenklich.

»Genau.« Sie trank ihr Glas leer und sah ihm ernst in die Augen. »Ich nehme mich vielleicht zu wichtig, David, aber ich kann einfach nicht glauben, dass wir zufällig in dieses *friendly fire* geraten sind.« Genau das hatte sie auch Michael gesagt, aber er hatte gleich wieder davon angefangen, dass in unserer chaotischen Zeit die Menschen dazu tendierten, in allem einen »Sinn« zu suchen, nur um nicht einsehen zu müssen, dass ihr Leben nichts weiter war als ein Zufallsprodukt miteinander verschmolzener Zellen, die einer Kette zufälliger Ereignisse ausgeliefert waren.

»Ich hätte sterben sollen, David. Ich muss irgendwas gesehen haben.«

David betrachtete sie aufmerksam, und auf einmal klangen ihre eigenen Worte absurd. So erging es ihr öfter in der letzten Zeit. Solange sie die Gedanken in ihrem Kopf behielt, waren sie logisch und nachvollziehbar. Doch sobald sie mit Michael darüber sprach, verwandelten sie sich in verschrobene Ideen einer kranken Psyche.

David erwiderte noch immer nichts, und Karen nahm wieder das gedämpfte Gemurmel der Gäste an den Nebentischen wahr, das Klirren von Gläsern, ein Lachen, das Scheppern von Tellern, die die Bedienung gerade am Nebentisch abräumte. Es war alles so ... unglaublich normal – wenn bloß ihre Gedanken nicht wären.

Eine Bewegung lenkte ihren Blick zum Fenster. Es schneite immer noch, Schneematsch spritzte hoch, wenn Autos vorbeifuhren. Obwohl es schon weit nach elf war, gingen noch immer Menschen vorüber, gerade schlenderte ein Pärchen vorbei, beide sahen kurz herein und blickten sich dann an, zwei blasse Gesichter, verfroren – aber war das nicht Glück in ihren Augen, dachte Karen, Liebe?

Davids Stimme holte sie zurück. »Haben die uns beobachtet?«

»Wieso?« Reflexartig drehte sie sich wieder zum Fenster, doch die beiden waren verschwunden. Warum sollten sie uns beobachtet haben, wollte sie fragen, doch er räusperte sich.

»Hör zu, Karen. Ich muss dir etwas sagen ...« Sein Gesicht veränderte sich, er wirkte auf einmal besorgt.

7

»Ich hatte einen Termin in Val d'Isère«, sagte David langsam.

»Du warst beim Skifahren?«

Er sah zum Fenster und sagte knapp: »Es hat sich so ergeben.«

Sie wartete.

»Ich hatte mich mit einem Informanten verabredet, an einem der Skilifte«, fing er an, »wir fuhren zusammen den Berg hinauf, oben trennten wir uns wieder. Als ich runtergefahren bin ins Tal, hab ich meinen Informanten noch mal gesehen. Er lehnte an einem Baum. Tot, in der Hand eine Pistole ohne Schalldämpfer. Zwei tödliche Schüsse in den Kopf. Ich hab ihn fotografiert. Es heißt, er hätte sich selbst erschossen.

»Zwei Schüsse in den Kopf? Wie soll das gehen?«

Mit gesenkter Stimme fuhr er fort: »Die Information, die er mir gegeben hat, war noch nicht einmal konkret. Oberst Grévy. Er sollte vor Gericht aussagen, wegen einer Sache in Afghanistan.«

»Grévy?« Nein, den kannte sie nicht.

»Er hatte angekündigt, dass er etwas Ungeheuerliches enthüllen würde. Er hat wohl geglaubt, wenn er das in den Medien ankündigt, ist sein Leben versichert. Weil niemand wagen würde, ihn anzugreifen, im Licht der Öffentlichkeit.«

»Wieso hat dieser Grévy sich an dich gewandt? Kanntest du ihn?«

»Nein, nicht persönlich, Karen ...«, er beugte sich noch weiter über den Tisch und sah sie eindringlich an. »Karen, lass uns wieder zusammenarbeiten. Ich hab noch keine Ahnung, wohin das alles führt, aber wenn es jemanden gibt, der den Mut dazu hat, dann du. Und zusammen sind wir unschlagbar ... oder nicht?« Er lächelte.

»David, ich ...« Karen verspürte plötzlich ein Frösteln. Sie wusste nicht, was sie erwidern sollte.

»Karen, ich hab dich was sehr Wichtiges gefragt.«

»Ich weiß nicht. Ich hab das Gefühl, dass ich nichts mehr zustande bringe. Ich ...« Ihre Hände begannen zu zittern, und sie wunderte sich, dass ihre Stimme so ruhig klang. »Panikattacken, sie überfallen mich ... und ich ... ich kann nichts dagegen tun ...« Sie versuchte, mit der einen Hand die andere festzuhalten. »Ich muss immer an meine Mutter denken. Sie hätte eine Story daraus gemacht, hätte einen neuen

Bestseller geschrieben ...«, sie konnte ihre Verbitterung nicht verbergen, »während ich mir Tabletten reinpfeife ...«

»So darfst du nicht denken.«

Wie oft hatte sie das schon versucht.

»Es tut mir leid, Karen. Ich verstehe. Es ist zu früh ... Ich hätte es wissen müssen. Und eigentlich wollte ich dir etwas anderes sagen ... Karen, ich ...« Sein Blick wurde weich, und er legte seine Hand auf ihre. »Als du in Afghanistan warst ... als sie dich gefasst hatten ... da ... da hab ich nur eins gedacht ...«, er schluckte, und Karen spürte, wie sich ihr Magen zusammenzog, »... da hab ich nur eins gedacht«, redete er weiter, »... warum hab ich dir nie gesagt, dass ich dich ... ach, Karen, ich hab begriffen, du bist der einzige Mensch, den ich ...«

»Nein!«, sagte sie schnell, bevor er etwas aussprechen würde, das alles zwischen ihnen verändern, das ihre Freundschaft vielleicht zerstören könnte.

Lass dir von niemandem in dein Herz sehen, liefere dich niemals einem Menschen aus! Dieser verfluchte Satz ihrer Mutter hatte sich in ihr festgehakt.

Sie war dreiunddreißig, er fünfunddreißig, sie waren zusammen im Irak gewesen, in Afghanistan, hatten unzählige Reportagen zusammen gemacht, sie verstanden sich, sie fühlte sich gut in seiner Nähe – aber ...

»David, wir sollten damit aufhören ...« Sie zog ihre Hände zurück.

In seinem Blick lag etwas Trauriges. »Ich hab nachgedacht, Karen. Da passiert so was wie in Afghanistan oder ... auf dieser Skipiste ... oder wer weiß wo. Wie viele Jahre bleiben uns wohl noch? Die Hälfte unseres Lebens ist vielleicht schon vorbei. Wir werden alt und einsam und ...« Er brach ab, sah sie nur noch an.

Das war alles zu viel. »Entschuldige mich, ich ...« Sie schob den Stuhl zurück.

»Ich hab dich überfallen, ja?«

»Nein, oder ja, ich ... Ach, was soll's David, ja – ja, du hast mich überfallen. Ich ... ich kann das jetzt nicht ...«

»Aber warum?«

»Warum?« Sie konnte nicht weitersprechen, konnte ihm nicht diese Leere, dieses Bodenlose, diese Orientierungslosigkeit erklären, die sie in sich spürte. Sie hatte Herzklopfen, und ihre Lippen waren trocken. Hastig stand sie auf und bahnte sich einen Weg zwischen den Tischen hindurch in den hinteren Teil des Restaurants. Sie stieß die Tür des Toilettenraums auf. Zu heftig, die Tür schlug mit einem dumpfen Knall gegen den Gummistopper.

Und jetzt? Was erwartete er? Verflucht, David, warum kommst du gerade jetzt, wo mein Leben aus den Fugen geraten ist und ich selbst nicht mehr weiß, wer ich bin und was ich will? Als sie sich im Spiegel betrachtete, musste sie sich eingestehen, dass sie nicht gerade aussah wie eine glückliche Preisträgerin – und ganz sicher nicht wie eine Frau, der ein Mann gerade eben seine Liebe gestehen wollte.

Sie drückte eine Ranitidin gegen ihre Magenschmerzen aus der Packung und spülte sie mit einem Schluck Wasser hinunter. Ihr Magen war wie eine geballte Faust, die sich erbarmungslos in ihren Leib bohrte. Alkohol sollte sie jetzt besser keinen mehr trinken. Doch seit wann hielt sie sich an gute Ratschläge? Die Magenschmerzen quälten sie schon seit Monaten, und so lange betäubte sie sie mit Pillen, genauso wie die Kopfschmerzen. Mit hängenden Armen stand sie da und betrachtete sich im Spiegel. Dann, als wäre es ihre letzte Chance, kramte sie ihr Handy aus der Handtasche, die sie auf die Ablage neben dem Waschbecken gestellt hatte, und rief Michael an.

Freizeichen.

Michael, geh ran! Sag, dass du mich liebst, trotz allem, dass wir es schaffen ...

Immer noch Freizeichen.

David, warum tust du das? Jetzt ist es zu spät, längst zu spät. Und Michael? Was hält dich noch bei mir? Es war nicht leicht für ihn, wenn sie wochenlang unterwegs war und dann ausgepowert zurückkam, wütend über die Ungerechtigkeit in der Welt. Immer ließ er ihr Zeit, sich wieder einzufinden, hörte ihren endlosen Monologen zu und brachte sie auf andere Gedanken, buchte für sie beide ein längeres Wochenende zum Skifahren oder zum Wandern oder einen Kurztrip nach London. Nein, sie konnte Michael nicht vorwerfen, dass er sich keine Mühe gab. *Sie* war diejenige, die sich keine Mühe gab.

Ich muss wieder zu mir kommen, sagte sie ihrem Spiegelbild. Sonst gerät alles aus den Fugen. Erst jetzt nahm sie die leise Klaviermusik wahr, mit der der Raum berieselt wurde. Mozart, dachte sie, Mozart verfolgt mich heute.

Entschlossen zog sie die Lippen nach, ließ den Lippenstift in die Handtasche gleiten und ging zurück. David, ich schätze dich als Freund ... nein ... Das ist nicht gerade ein guter Zeitpunkt ... Ich fühle mich geschmeichelt ... David, aber es ist zu spät ... Mein Gott, sie hatte keine Ahnung, was sie ihm jetzt sagen sollte.

David sah in ihre Richtung und lächelte. Sie wollte zurücklächeln, doch da wurde ihre Aufmerksamkeit von einer schnellen Bewegung draußen hinter der Scheibe abgelenkt, ein Schatten schoss heran, ein Wagen, Lichtreflexe blitzten in der Karosserie, und im selben Moment flog etwas auf sie zu, Sekundenbruchteile später zerplatzte die große Scheibe, und eine Explosion sprengte alles in die Luft, riss alles auseinander, Glas klirrte, und dann stürzte alles in einen Abgrund.

Instinktiv warf sie sich zu Boden. Splitter, Mauerreste, Scherben prasselten auf sie herunter, Schreie gellten, das Licht war ausgegangen. Sie kroch vorwärts, richtete sich auf, stolperte über zerbrochene Tische und Stühle, über Scherben von Geschirr, Besteck, Glassplitter, immer wieder über Glassplitter und …

Sie taumelte durch diese Welt des Untergangs, Rauch und Staub nahmen ihr die Sicht. Irgendwo in der Tiefe dieser Hölle schimmerte ein Licht. Sie verlor die Orientierung. Zwei Männer stolperten auf sie zu, das Entsetzen auf ihren Gesichtern konnte sie sogar in dieser Dunkelheit erkennen. Sie flohen ins Freie.

Die Flaschen hinter der Bar waren zu Bruch gegangen, Tausende Splitter bedeckten den Tresen, jeder einzelne so scharf wie eine Klinge. Sie schrie auf, als sie über etwas stürzte und ihre Hand reflexartig Halt suchte. Ein umgefallener Barhocker – darunter ein Körper. Sie riss sich los von dem Anblick und stolperte zum Ausgang.

Dort fand sie ihn.

Mit bloßen Händen wühlte sie durch die Scherben. Immer schneller und tiefer griff sie hinein in die Glassplitter, doch auch der Schmerz konnte die Stimme nicht zum Schweigen bringen, die ihr eine Wahrheit sagte, die sie nicht hören wollte. David ist tot.

»Kommen Sie raus hier!« Jemand beugte sich über sie, wollte ihr aufhelfen. Sie wehrte sich, kauerte sich zusammen.

»Kommen Sie!«, jemand nahm sie am Arm. Da griff ihre andere Hand noch einmal in die Splitter und drückte zu.

Dann wurde sie hochgezogen, und es wurde kälter, und die Luft wurde klarer, und da waren kreisende blaue Lichter.

»Man kann ihn nicht so liegen lassen …«, stammelte sie.

»Jemand kümmert sich um ihn«, sagte der Mann, der sie

stützte. Sie sah in ein blasses sommersprossiges Gesicht, in das eine rötlich blonde Strähne fiel.

Das war nicht David. David sah ganz anders aus.

»Aber …« Sie drehte sich um, schwere graue Schwaden stiegen in den dunklen Nachthimmel.

»Wer sind Sie?«

Ein Sanitäter in leuchtend roter Uniform kam auf sie zu, und der Mann lief zurück in die rauchenden Trümmer. Wie aus einer fremden Welt war er aufgetaucht, und jetzt löste er sich im grauen Qualm einfach auf.

Ein spitzer Schmerz fuhr durch ihre linke Hand. Sie öffnete die Faust, betrachtete sie, als müsste sie erst begreifen, was sie dort sah.

Blut lief ihr über den Unterarm.

8

Der Peugeot glitt lautlos durch die Straßen. Keiner der Männer sagte etwas, und obwohl jeder der Männer ein Profi war, roch es im Auto nach Stressschweiß.

»Da!« Gaddafi deutete durch die Windschutzscheibe auf ein kreisendes blaues Licht. »Rechts rein!«

Gilles riss das Steuer herum und gab Gas. »Scheißbullen!«

Tiger wischte sich mit dem Ärmel die Schweißtropfen von den Augenbrauen. »Mann, fahr nicht so schnell!«

»Ich fahr nicht schnell! Sollen die uns anhalten, weil wir den ganzen Verkehr aufhalten, oder was?«

»Schon gut«, sagte Gaddafi, »keine Panik.«

»Sag das zu dem da hinten, nicht zu mir«, sagte Gilles.

»He!« Tiger steckte sich ein Kaugummi in den Mund. »Ich

hab keine Panik, klar? Ich hab nur gesagt, du sollst nicht so rasen!«

»Wer fährt? Du oder ich?«, gab Gilles zurück.

»Haltet jetzt die Fresse!«, rief Gaddafi dazwischen.

Sofort schwiegen beide.

Die Straße schien endlos geradeaus in die Nacht zu führen, hinaus aus der Stadt. Ins Nirgendwo, dachte Gaddafi.

»Wohin geht diese Scheißstraße?«, fragte Gilles und schlug aufs Lenkrad. »Hat einer von euch eine beschissene Ahnung, wohin diese Scheißstraße geht?«

»Drei Spuren, sieht nach was Größerem aus«, meinte Tiger.

Gaddafi sah suchend aus dem Fenster.

»Was Größeres!« Gilles schlug wieder aufs Lenkrad. »Scheiße, das seh ich auch, dass das kein beschissener Fahrradweg ist! 'Ne scheiß große Straße in 'ner scheiß großen Stadt!«

»Und wie kommen wir jetzt zu diesem Scheißhotel?«, fragte Tiger von hinten.

»Genau«, sagte Gilles, »das frag ich mich auch. Ohne Navi ist das die letzte Kacke!«

»Halt die Klappe, Gilles!«, sagte Gaddafi. »Er hat gesagt, kein GPS, keine Möglichkeit, uns zu orten. Und daran halten wir uns. Wir fahren bei der nächsten Möglichkeit raus und wieder zurück. Wenn wir wieder in der Innenstadt sind, kenn ich mich aus.«

»Hat dir schon mal wer gesagt, dass deine Vernunft manchmal zum Kotzen ist?«, murrte Gilles.

Gaddafi verschränkte die Arme vor der Brust und sah geradeaus. Ja. Aber er sagte es nicht laut.

9

Frankfurt

In der Wohnung im ersten Stock eines erst vor Kurzem restaurierten Altbaus aus der Gründerzeit im Frankfurter Westend liefen Bilder von dem Bombenattentat in Brüssel über den Monitor. Rauch, der in den Nachthimmel stieg, Rettungswagen, Polizisten und eine vor Entsetzen stumme Menschenmenge, die sich an der Absperrung drängte.

Die Kamera fing eine Überlebende ein, eine Frau, der man eine Decke umgehängt hatte.

Vic drehte sich gerade eine neue Zigarette und leckte über das Zigarettenpapier, als die Kamera kurz das zerfetzte Schild des Restaurants streifte, auf dem nur noch *oir* zu erkennen war.

»Scheiße!«

Er schob die Brille höher und sah sich die Bilder noch einmal an. »Komm schon, sag, wie es heißt!«

Nein. Nur *oir.* Sonst nichts.

Er rollte mit dem Bürosessel in die Mitte des Raums, sodass er durch die Tür ins Wohnzimmer sehen konnte. »Helen! Scheiße! Komm her!«

»Du sollst nicht immer *Scheiße* sagen!«, kam es müde und übel gelaunt zurück.

Er verzichtete auf eine Entgegnung, denn in diesem Zustand war sie unerträglich, und er sagte stattdessen:

»In Brüssel ist eine Bombe hochgegangen.«

»Was?«

Er war nicht sicher, ob sie begriff, was er gerade gesagt hatte. Sie war wieder mal in ihre Welt geflohen, in der sie sich für nichts zu interessieren schien außer für sich und ihre Vergangenheit, und es hätte keinen Sinn, sie gewaltsam zurückzuholen. Er würde nur ihre schlechte Laune abkriegen. Also rollte er mit seinem Bürosessel zurück an den Schreibtisch. Ruhe bewahren, sagte er sich. Vielleicht machte er sich umsonst Gedanken.

oir konnte sonst was heißen, und obwohl er noch nie dort gewesen war, wusste er, dass es in Brüssel Hunderte, wenn nicht Tausende von Restaurants gab. *oir* … könnte auch von *voir* kommen oder von *au revoir*, so viel Französisch konnte er.

Irgendwo im Netz würden sie den Namen des Restaurants schon nennen. Hier: Der Newsticker von Focus online brachte die Meldung bereits.

»Helen!« Jetzt sprang er auf und ging ins Wohnzimmer.

Sie lag in eine Decke gehüllt auf den Sitzkissen und schlief tief, ihr Mund stand ein kleines bisschen offen. Unmöglich, sie zu wecken. Er beugte sich zu ihr, zog die Decke noch ein Stück höher, damit sie nicht fror, wenn sie aufwachte, und ging zurück zum Monitor. Dort rief er eine Handynummer an. »Geh ran, Kumpel!« Doch niemand nahm ab.

Er steckte sich eine neue Zigarette an und sah auf die Uhr. Eine halbe Stunde würde er ihr noch geben, dann würde er sie wecken.

10

Brüssel

Wie viel Zeit verstrichen war, konnte Karen nicht einschätzen, erst allmählich verzog sich der Nebel, in dem sie sich verirrt hatte. Und als die Straße, die Polizeiwagen mit den kreisenden Sirenen, die Feuerwehrleute und Sanitäter in ihren rot leuchtenden Jacken wieder in klaren Umrissen vor ihr erschienen, tauchte auch das letzte Bild vor der Explosion wieder auf. David am Tisch. David, der ihr zuwinkte. Und über dieses letzte Bild legte sich ein weiteres: David, der von etwas getroffen wird, der nach hinten kippt …

»Karen!«

Michael. Er lief durch die Absperrung auf sie zu, unendlich langsam, kam es ihr vor, und es schien, als müsse er nicht nur Raum überwinden, sondern auch Zeit, um sie zu erreichen. Er nahm sie in die Arme, aber das spürte sie nicht, denn sie war weit, weit weg. »Ich hab den BMW geholt, wollte heimfahren, doch … Ich fahre am Lokal vorbei, ich weiß nicht, wieso …«, hörte sie ihn sagen, »… Plötzlich höre ich die Explosion … Ich dachte, du bist tot.«

»David ist tot.« Ihre eigene Stimme klang ihr fremd in den Ohren. Und nicht nur die Stimme. *David ist tot.* Nein, das konnte nicht sein, aber dann, dann kamen sie doch, die schneidenden Schmerzen, sie nahmen ihr die Luft, rissen sie mit sich. Ein Polizist kam auf sie zu und wollte Fragen stellen. Sie war Michael dankbar, dass er ihn bat, morgen anzurufen.

Aus dem Auto konnte sie Menschen sehen, die entsetzt in die rauchende Dunkelheit starrten, dorthin, wo sonst Laternen einladend leuchteten. Sie ließ sich tiefer in Michaels dicken Wintermantel sinken, doch der Geruch seines Rasierwassers störte sie, dabei hätte er sie doch trösten sollen, oder? Sie starrte aus dem Fenster. Alles sah so unwirklich aus. Und einen Augenblick lang machte sie sich vor, sie wäre im Kino gewesen.

Der Mann da, mit dem Handy, war das nicht der von vorhin?

Seine rötlich blonden Haare leuchteten im Scheinwerferlicht. Seine Augen hatten etwas Eindringliches gehabt, erinnerte sie sich.

»Du musst unbedingt ins Krankenhaus …«, hörte sie Michael sagen.

»Nein.« Sie tastete mit ihrer nicht verbundenen Hand über das Pflaster an der Augenbraue. Ein paar Schnittwunden, das war alles. *Du hast überlebt!*, brüllte die Stimme in ihr, *mit welchem Recht? Warum du?*

Sie hörte nicht mehr zu. »Ich will nach Hause«, sagte sie nur, *und mich bewusstlos trinken.*

»Aber wenn du eine Kopfverletzung –«

»Fahr mich nach Hause!« Sie wollte in einen traumlosen Schlaf fallen und nie wieder aufwachen.

Die Hälfte unseres Lebens ist vielleicht schon vorbei. David, was für eine Täuschung …

»Islamfundamentalisten«, Michael schlug aufs Lenkrad, »was haben wir euch getan? Höllenhunde! Geht zum Teufel! Bringt euch doch selber um!«

Im letzten Moment brachte er den Wagen vor einer roten Ampel zum Stehen. Er schluckte, sah zu ihr hinüber und sagte mit gepresster Stimme: »Karen, ich … ich will dich nicht verlieren.«

Sie wollte auch etwas sagen, etwas wie *Ich dich auch nicht* oder *Ich liebe dich*, sie wollte sich an ihn schmiegen, weil das vielleicht das Einzige war, was diese klaffende Schlucht zwischen ihnen überwinden würde, aber sie konnte sich nicht rühren, alles in ihr war erfroren, so kam es ihr vor, und ihr Herz war ein kalter Kristall.

In Afghanistan, in Kabul, hatte sie jeden Tag damit rechnen müssen zu sterben. Der Tod konnte auf dem Markt lauern, auf der Straße im Stau, in den Säcken auf dem Rücken der Esel, überall. Wie lange hatte sie gebraucht, um nach ihrer

Rückkehr nicht in jedem Mann, der ein Handy in der Hand hielt, einen Attentäter zu sehen und nicht in jedem Abfallsack eine Bombe zu vermuten? Und dann ... heute ... in einem harmlosen Restaurant, in einer zivilisierten Stadt, schlug er zu, der Tod, und traf nicht sie, sondern David. Sie konnte das alles nicht begreifen, verzweifelt suchte sie nach einer Logik, aber sie fand keine.

Natürlich sollte sie dankbar sein, dass sie überlebt hatte, aber da waren nur diese Fragen. Warum er? Warum nicht ich? Warum all die anderen Menschen? So viele Tote ... Warum dieses Restaurant? Wie so oft gab es womöglich gar keine Antwort. *Karen, manchmal gibt es keine Logik hinter den Dingen, weil die Menschen meist nicht aus Logik handeln, sondern aus Emotion.* Zitat Ende: Jane Burnett.

»Es tut mir leid ...« Seine Stimme drang zu ihr, und sie war nicht sicher, ob er schon mehr gesagt hatte, ob sie es einfach nicht gehört hatte. »... dass ich vorhin so reagiert habe ... Wirklich, es tut mir leid wegen David.«

»Schon gut«, sagte sie leise. Es spielte keine Rolle mehr.

Sie starrte weiter durch die Scheibe auf all die zuckenden, flackernden Lichter der Autos, der Ampeln und der Leuchtreklamen, und auf einmal glaubte sie, sie pulsierten alle im selben Rhythmus, als gehörten sie alle zu einem gigantischen Organismus, der von einer dunklen, fremden Kraft gesteuert wurde.

»Hotel *Bristol* ...«, murmelte sie. »Fahr da vorn rechts rein.«

»Aber das ist ein Umweg.«

»Na und!«, schrie sie.

Schweigend bog er rechts ab.

Dort hatte David immer übernachtet, wenn er in Brüssel war.

Hotel *Bristol.* Die Leuchtbuchstaben über dem Eingang wurden immer größer.

Sie pochte gegen das Fenster. »Hier, halt an!«

»Was willst du denn da?«

Sie wusste es nicht. Da war nur dieser Drang, ihn nicht gehen zu lassen, nicht so einfach. Sie wollte in sein Hotelzimmer, seinen Koffer sehen, seine Sachen anfassen ... *Ich hab ihn fotografiert ... zwei tödliche Schüsse in den Kopf ...* Und plötzlich wusste sie, warum sie dorthin musste. David hatte ihr ein Vermächtnis hinterlassen. Deshalb hatte sie überlebt, das wurde ihr jetzt klar, es war die einzige Erklärung. Die Wahrheit – sie musste die Wahrheit finden, damit David nicht umsonst gestorben war. An diesen Gedanken klammerte sie sich. Die Wahrheit, *nichts als die Wahrheit ...*

»Du willst doch wohl nicht im Ernst ... Was soll das für einen Sinn haben?«

Was hat schon einen Sinn?, dachte sie bitter, während ihre verbundene Hand sich mit dem Türgriff abmühte. Sie würde notfalls auch aus einem fahrenden Auto springen, was wäre das schon? Nach alldem. »Halt an!«

Mit einem Ruck blieb der Wagen stehen. Knapp hundert Meter vor dem Hotel. Die Leuchtbuchstaben bohrten sich in den Nachthimmel, wie ein schlechtes Omen.

Michael rief irgendwas hinter ihr her, doch sie war schon draußen, stapfte durch den Schneematsch, hin zu diesen Neonbuchstaben, während Michaels Rufe verhallten, als kämen sie aus einer anderen Zeit.

11

Durch die Drehtür und dann direkt zur Rezeption, sagte sie sich, nicht zögern. Zimtaroma stieg ihr in die Nase, sie sollte Behaglichkeit vorgaukeln, genauso wie die Düfte im *Chameau Noir. Alles Täuschung!*, würde sie am liebsten herausbrüllen, und da spürte sie, wie ein Gefühl in sie zurückkehrte. Wut. Kalte Wut. Gut, dachte sie, die brauch ich jetzt.

Das unsichere Grinsen des Angestellten galt ihrem Aussehen, fiel ihr ein. Als sie an sich hinunterblickte, sah sie das zerrissene, blutverkrustete Kleid unter Michaels viel zu großem Mantel, und als sie wieder aufblickte, sah sie die Hand des Angestellten schon unter dem Tresen, wo sich wahrscheinlich ein Alarmknopf oder der Auslöser einer Kamera befand.

»Ich möchte zu David French.«

Der Angestellte bemühte sich um ein professionelles Lächeln. »Wen darf ich melden?«

»Eine Kollegin. Aber er geht nicht ans Telefon, ich habe es schon probiert.« Ihre Stimme klang hohl und unwirklich. Mit einem arroganten Unterton fügte sie hinzu: »Welche Zimmernummer?«

Sie konnte nur hoffen, dass der Portier nur für die Nachtschicht zuständig war und keinen der Gäste kannte.

»Warten Sie, ich rufe ihn an.«

»Ich habe Ihnen doch gesagt, dass er nicht ans Telefon geht! Hören Sie, mein Name ist Karen Burnett, ich bin Journalistin, ich habe in Ihrer Stadt gerade einen Preis verliehen bekommen, es ist dringend!« Ihre Stimme zitterte, merkte sie, und es fehlte nicht viel, und sie würde ihn am Hemdkragen packen und über den Tresen ziehen. Die kalte Wut, da war sie.

Er sah sie mit einem gequälten Lächeln an und sagte: »Herzlichen Glückwunsch, aber es tut mir leid, ich muss mich an die Vorschriften halten, ich kann Sie nicht einfach nach oben lassen.«

Sie würde nicht weggehen. Sie würde hier warten, dort, in der Ecke bei der Sitzgruppe, sie würde warten, so lange, bis er sie vergessen hätte, oh, sie hatte Erfahrung mit solchen Situationen, nein, sie würde ... »Gut, wie Sie wollen, dann klopf ich jetzt einfach an alle Türen ...« Schon hatte sie sich den Aufzügen zugewandt, schon kamen sein Protest, seine Drohung, die Polizei anzurufen, als plötzlich vom Eingang kalte Luft hereinwehte. Karen drehte sich um, durch die Drehtür kam ... Er musste sie erkannt haben, ließ sich aber nichts anmerken, während er zur Theke kam und mit behandschuhten Händen aus der Tasche seines eleganten dunklen Wintermantels einen Ausweis hervorzog.

»Sûreté d'État, Xavier Thibault.« Geheimdienst? Sein Französisch hatte einen starken Akzent, fiel ihr wieder auf. Und dann seine Augen. Er wirkte gehetzt, erschöpft. Er war vom Geheimdienst? Sofort regte sich Widerstand. »David French wurde Opfer eines Attentats. Welche Zimmernummer?«

»Attentat?«, wiederholte der Angestellte und schluckte schwer. Karen fühlte sich unwohl. Wieso war der belgische Geheimdienst so schnell im Restaurant gewesen? Und was wollte der Mann in Davids Zimmer?

Thibault trommelte mit den Fingern auf den Tresen. »Welche Zimmernummer?«

Der Angestellte warf einen kurzen Blick in den Computer und sagte in zackigem Ton: »Hundertfünfzehn, erster Stock.«

»Was ist? Kommen Sie mit oder geben Sie mir die Karte zum Öffnen?«, fragte Thibault.

Der Angestellte zögerte einen Moment, dann entschied er sich, die Magnetkarte herauszurücken.

»Die Aufzüge sind …«, fing er an, doch Thibault wandte sich an Karen: »Sie kommen am besten mit.« Er dirigierte sie zum Treppenaufgang neben den Aufzügen. »Die Treppe«, sagte er. »Wieso?« Sie sträubte sich, aber er schob sie weiter.

»Kommen Sie schon«, sagte er leise, »schnell.«

»Geheimdienst? Was haben Sie mit David zu tun?«, fragte sie, während sie hinter ihm die Treppe hinaufkeuchte. Auf einmal spürte sie die Erschöpfung, den Schock und die Medikamente, die sie ihr gegeben hatten – und den Alkohol. Reiß dich zusammen, Karen, hämmerte sie sich ein, reiß dich verflucht noch mal zusammen.

»Und Sie?«, fragte er, anstatt zu antworten. »Sie sind gerade erst mit dem Leben davongekommen. Haben Sie das vergessen?«

Sie war außer Atem, als sie den Flur erreichten. Der rote Teppich, die vergoldeten Türklinken und die goldenes Licht verströmenden Lampen, die leise Wohlfühlmusik, alles steigerte ihre Wut. Alles Täuschung! Und Thibault? Ihre Abneigung gegen Geheimdienste war abgrundtief, wahrscheinlich von ihrer Mutter ererbt, wenn nicht, dann ganz sicher im Laufe der Jahre als Journalistin gewachsen.

115, die Ziffern prangten in falschem Gold auf einer edlen Holztür, die doch bloß Furnier war. Es kam ihr vor, als blickte sie plötzlich hinter die Fassaden, hinter die Maskierungen und die falschen Spiegelungen. Und da wurde ihr etwas klar.

»Sie sind nicht vom Geheimdienst.« Das wusste sie auf einmal, sie konnte es sich nicht erklären, es gab Momente, in denen offenbarte sich die Wahrheit, wenn man offen war dafür, das hatte sie schon öfter erfahren. Er log, nichts, nichts war real, außer ... außer Davids Tod.

»Sie sind nicht vom Geheimdienst, richtig?«, wiederholte sie, doch er antwortete wieder nicht, sondern zog die Magnetkarte durch den Kartenleser.

»Ich hab ein Recht auf eine Antwort«, beharrte sie, sie musste doch Davids Sachen schützen, er hatte sich ihr anvertraut, oder nicht? Sie hatte auf jeden Fall das Recht, die Erste zu sein ...

»Wir glauben alle, das Recht auf eine Antwort zu haben«, sagte er lapidar und drückte die Tür auf.

»Ich weiß, was Sie sind.«

»Gut«, sagte er beiläufig.

»Sie sind ein arrogantes Arschloch!«

Dass er als Reaktion nur einen Mundwinkel in seinem schlecht rasierten Gesicht hochzog, ärgerte sie noch mehr. Sie würde ihn zur Rede stellen, später, denn jetzt wurde sie überwältigt von Davids Nähe.

Ein benutztes Handtuch auf dem Bett, über dem Stuhl ein Pullover, eine angebrochene Flasche Mineralwasser auf dem Nachttisch. Und dann der Geruch. Davids Aftershave hing noch im Raum, und ihr war, als wäre er kurz ins Bad gegangen und käme gleich wieder heraus, lächelnd, frisch geduscht und umgezogen.

Aber jemand hatte ihn aus diesem Leben gebombt, einfach so. Ein Leben – in Sekunden vorbei. Nein, jetzt nicht zusammenbrechen, jetzt war nicht die Zeit zum Weinen, zum Trauern, sie brauchte Davids Computer, seine Memorysticks, CD-ROMs, auf denen er seine Fotos speicherte. *Zwei Schüsse in den Kopf ...*

Thibault oder wer immer er in Wirklichkeit war klemmte sich Davids Notebook unter den Arm, sie schnappte sich die

CD-ROM in der grünlichen Plastikhülle, als sie plötzlich das Knarren des Aufzugs hörte.

Intuition oder Instinkt, egal, Karen spürte die Gefahr, auch Thibault bewegte sich nicht mehr.

Der leise Ruck, das Scharren der sich öffnenden Türen.

Karen reagierte als Erste, sie riss die Balkontür auf, kalte Luft schnitt ihr ins Gesicht.

»Raus, los!«, sagte er hinter ihr, aber da war sie schon auf dem Balkon. Sie hörte noch ein Surren, dann sprang die Zimmertür auf. Im Bruchteil einer Sekunde erfasste Karen drei dunkel gekleidete Männer mit Waffen, dann schaltete sich ihr Fluchtprogramm ein, sie riss Thibault mit auf den Balkon, gemeinsam stiegen sie auf die Brüstung und sprangen hinunter in die Dunkelheit. Erster Stock, Schnee, war das Einzige, was sie in diesem Moment dachte.

Er war schneller wieder auf den Beinen, griff ihre unverletzte Hand und zog sie in den Schutz der Hausmauer. Da fiel auch schon ein Taschenlampenstrahl herunter, tastete über den Schnee, kroch auf sie zu wie eine züngelnde Schlange. Karen presste sich neben ihn an die Hauswand, atmete in Michaels Mantelkragen, um keine verräterischen Atemwolken aufsteigen zu lassen ... Der Lichtkegel glitt an ihnen vorbei, bewegte sich weiter über den Parkplatz und verschwand schließlich in der Dunkelheit. Erleichtert löste Karen sich von der Mauer, da schlug ein Schuss genau vor ihr in den Boden ein. Sie warf sich zur Seite, doch Thibault riss sie hoch und zog sie weiter, immer an der Hausmauer entlang, bis zu einem schmiedeeisernen Tor. Da müssen wir rüber, das war alles, woran sie denken konnte. Das Programm lief weiter ab: Deckung suchen, Hindernisse überwinden, laufen, sich auf den Boden werfen ... das Training für Journalisten, bevor sie in Krisenregionen geschickt wurden. Bei der Entführung hatte es ihr nichts genutzt.

Er half ihr, sie stieg auf seine Hände und zog sich dann über die Tür, anschließend schwang er sich darüber, gerade als eine Kugel gegen die Eisenstäbe prallte. Weiter!, hämmerte es in ihr, weiter! Sie schlüpfte noch rechtzeitig durch eine Hecke, dann gingen die nächsten Schüsse los. Zweige peitschten ihr ins Gesicht, eisige Kälte umklammerte sie, sie kämpfte gegen Schwindel und Kopfschmerzen an, ihr Herz pumpte und pumpte, aber sie wusste, wenn sie jetzt aufgäbe, würden die anderen sie erwischen. Die Angst vor dem Tod trieb sie weiter, presste die letzten Reserven aus ihr heraus. Sie überwand eine Mauer, und endlich, endlich stand sie auf einer Straße, einer unbelebten Seitenstraße.

Und er?

»He!«, hörte sie jemanden leise rufen. Da wurde sie auch schon von einer Hand in den Schatten eines parkenden Autos gezogen.

»Alles in Ordnung?«, fragte er. Seine Haare leuchteten rot im kalten Licht der Nacht.

»Wer sind Sie wirklich?«, fragte Karen.

Noch bevor er antworten konnte, kam ein Auto langsam die Straße herauf, Reifen knirschten auf dem festgefahrenen Schnee, während die Scheinwerfer lautlos darüber hinwegkrochen.

»*Lanzelot*. Schon mal gehört?«

»Karen?« Das war Michael. »Karen?« Seine weiße Atemwolke schwebte aus dem Fenster in den dunklen Himmel. Der Schnee flimmerte vor den Scheinwerfern.

»*Lanzelot*? Wollen Sie mich auf den Arm nehmen? Das klingt nach einem idiotischen Videospiel.«

Er packte sie am Arm. »Was hat David Ihnen erzählt?«

»Karen, bist du das?«, hörte sie Michael rufen. Sie wollte sich zu ihm umdrehen, doch der andere hielt sie zurück. Sein

Gesicht kam immer näher, in seinen Augen lag wieder dieser eindringliche Blick.

Er schob den Ärmel ihres Mantels hoch und schrieb mit Kugelschreiber eine Zahlenreihe auf ihren Arm. »Rufen Sie diese Nummer an. Geben Sie sie niemandem. Und reden Sie mit niemandem über mich.«

Verwirrt trat sie aus dem Schatten, rannte auf den Wagen zu und riss die Beifahrertür auf.

»Was ist denn passiert?«, fragte Michael, das Lenkrad fest umklammert, den Kopf nach vorn gereckt. »Ich hab gesehen, wie da ein dunkler Wagen angerast kam, aus dem dunkel gekleidete Typen raussprangen und …«, sagte er aufgelöst, aber sie konnte ihm nicht antworten, er war so weit weg, so weit … Ihre Augen suchten den anderen, er war die Verbindung zwischen David und der Wahrheit – oder der Lüge, doch er war weg.

»Fahr einfach los«, sagte sie. Sie ließ sich auf den Beifahrersitz fallen und zog die Tür zu. Sofort wurde ihr Kopf gegen die Kopfstütze gedrückt, als Michael Gas gab, viel zu viel, der Wagen schlingerte, Michael drehte hektisch am Lenkrad, während er all diese Fragen stellte, die sie nicht beantworten konnte.

Wer war dieser Mann? Was wollte er von dir? Was wollten diese Leute und was ist überhaupt da drin passiert? …

Sie dachte an die Telefonnummer auf ihrem Arm. »Er hat mir seinen Namen nicht gesagt.« Im Rückspiegel versuchte sie mögliche Verfolger auszumachen, aber da war nur die dunkle Straße.

Als sie die Augen schloss, verblasste all das, was sie gerade eben erlebt hatte, und es blieb nur ein einziges Bild: David sah vom Tisch aus zu ihr herüber, und dann explodierte die Scheibe.

12

Metz

Drei Stunden Holz hacken. Jetzt begann er zu frieren, und dort, wo das Feuer in seinem Innern gewütet hatte, war nichts als Asche.

Es waren Momente zufriedener Erschöpfung. Sie würden nicht lange dauern. Bevor sie vorüber wären, raffte er sich auf und stellte die Axt zurück in den Schuppen.

Seine Hände zitterten, er schnaufte, sein T-Shirt war vollkommen durchgeschwitzt, als er den Schuppen abschloss. Zum Schluss warf er einen Blick auf seine Arbeit, zwei Haufen Holzscheite hatte er geschafft, genug, um vier Tage den Kamin zu heizen. Dabei hatten sie Zentralheizung.

Unendlich müde humpelte er über den gefegten Weg zum Haus zurück. Marie hatte ihn gefegt. Weil sie glaubte, dass äußere Ordnung auch aufs Innenleben wirkt. »Thierry, so geht es nicht weiter, du musst etwas unternehmen. Es gibt Ärzte. Es gibt andere, die dasselbe erlebt haben wie du.« Marie stand im Flur und sah ihn an, besorgt, und wenn er nicht so müde und erschöpft gewesen wäre, dann wäre jetzt all der Schmerz zu ihm zurückgekehrt, den er für ein paar Stunden aus sich herausgeschrien hatte, damit er nicht so wehtat. Doch ihre Worte berührten ihn nicht, sie verhallten irgendwo im Hausflur.

Er schob sich an ihr vorbei, hielt sie nicht fest, obwohl sie ihm ihre Arme hinstreckte, küsste sie nicht und flüsterte ihr auch nicht zu, dass alles wieder in Ordnung käme, sie müssten nur fest glauben an ihre Liebe.

Wortlos ging er die Wendeltreppe hinauf, in den ersten Stock, wo die Kinderzimmer waren, das Schlafzimmer und das Badezimmer, schloss sich im Bad ein, sank auf den Toilettendeckel und vergrub das Gesicht in den Händen.

»Thierry?«, hörte er sie durch die Tür rufen. »Bitte, bitte versprich mir, dass du dir nichts antust.«

Er war zu müde, um zu antworten. Zu müde, zu kalt.

»Thierry? Bitte …«, flehte sie. »Denk an die Kinder … Thierry?«

Aufhören! Sie soll aufhören, etwas von ihm zu verlangen, von dem sie keine Ahnung hat. Denk an die Kinder! Die Kinder … Es ist alles nicht wahr, was man uns als Kinder gelehrt hat. In der Schule, in der Kirche … dass das Gute belohnt wird und das Böse bestraft. Dass man dem anderen nicht antun darf, was man selbst nicht angetan bekommen will …

Ich muss es tun, sonst tut es der andere vor mir.

Wenn er irgendwo im Kampf gefallen wäre, im Kongo, im Irak oder in diesem verfluchten Afghanistan, dann könnten sie stolz sein auf ihren Vater.

Aber ein toter Vater mit aufgeschnittenen Pulsadern in der Badewanne? Ein toter Vater mit Schlaftabletten auf dem Klodeckel?

Nein, er mutete ihnen schon genug zu. Wenn sie älter wären, würden sie begreifen, was er nur des Geldes wegen getan hatte.

Und trotzdem reichte es nicht für das Leben, das er gerne gelebt hätte. Argentinien. Eine Hazienda mit Pferden, Schafen, Rindern …

Eine falsche Geburt. Eine falsche Familie. Ein falsches Land. Ein falsches Leben.

Großer Gott, warum muss ich das durchmachen? Sofort wurde ihm die Anmaßung klar, die in dieser Frage lag. Gütiger Gott, du hast deinen Sohn geopfert …

Er stand auf und ging zum Waschbecken. Als er die Ohrstöpsel aus dem Spiegelschrank nahm, blickte er in ein unrasiertes Gesicht mit dunkel umschatteten Augen, die ihn stumpf anstarrten. Das Gesicht eines Irren, mit dem niemand etwas zu tun haben wollte.

»Thierry!«

Er steckte die Stöpsel in die Ohren, zog sich aus, seine Sachen fielen auf den Boden, er setzte sich in die Badewanne und ließ Wasser ein. Ganz langsam stieg es höher, und bald zerfloss sein Körper, löste sich allmählich auf im warmen Wasser, das ihn umspülte. Jetzt einfach ertrinken ...

13

Brüssel

Hinter den beigen Leinenvorhängen mit den erdfarbenen Gräsermotiven graute der Morgen, und einen Augenblick lang dachte Karen, es sei wieder das Licht, das durch den Türspalt dringt, durch diesen Türspalt am Ende des dunklen Tunnels, aus dem auch dieser beißende Geruch dringt ... doch diesmal war sie nicht in ihrem fünfundzwanzig Jahre alten Albtraum gefangen. Schlimmer noch, sie begriff: Das Licht war der Morgen danach – nach Davids Tod. Und wenn doch alles nur ein böser Traum war ... Nein, sie wusste es besser, und mit jeder Sekunde wurde es zur Gewissheit: David war tot.

Der Geschmack von Alkohol im Mund und die dumpfen Kopfschmerzen ließen sie an das große Glas Brandy denken, das sie heruntergestürzt hatte, als sie heimgekommen waren. Als könnte sie damit das ewige Abspulen des Abends unterbrechen. Was wäre denn gewesen, wenn sie Nein gesagt hätte zur Verabredung? Dann wäre David gar nicht ins Restaurant gegangen ... Warum hatte sie nicht einfach mit ihrem Mann gefeiert? Weil das Gefühl, David sehen zu wollen, stärker gewesen war. Sie war schuld, weil sie ... weil sie Michael nicht mehr so liebte wie früher. Sie drehte sich zu ihm. Er schlief fest. Ausnahmsweise hatte er eine Schlaftablette genommen, Michael, der jeden Morgen warmes Wasser mit Zitrone und Honig trank, der in pedantischer Regelmäßigkeit eine Gallen- oder Leberkur absolvierte oder sonst irgendetwas Gesundes, aus Angst, alt und krank zu werden, er nahm *niemals* Schlaftabletten – während sie ihr Leben und ihre Gesundheit oft riskierte, ungesund aß, Alkohol trank, Schmerztabletten konsumierte wie andere Gummibärchen ... Der Becher Kaffee nach einer endlosen Nacht auf einem harten Feldbett in einem stickigen Zelt bedeutete die Erfüllung für sie.

Warum wollen Sie sich selbst zerstören, Karen?, hatte der Psychiater immer wieder gefragt, und sie hatte nie geantwortet.

Trotzdem hatte sie immer wieder überlebt. Es musste doch einen *Sinn* haben, dass sie noch am Leben war – oder?

Sie berührte Michaels Haare und dachte an David, der nie wieder aufwachen würde. Plötzlich fiel ihr Blick auf die Telefonnummer auf ihrem Unterarm. *Lanzelot*. Thibault oder wie er in Wirklichkeit hieß. Wer sagte ihr, dass sie ihm vertrauen könnte?

In ihrem Innern musste es eine Art Motor geben, etwas, das durch solche Fragen und Rätsel zum Laufen kam, das sie am Leben hielt – und das sie dazu brachte, trotz allem wieder aufzustehen.

Während sie Michael einen Kuss auf die Stirn drückte, hatte sie das Gefühl, als müsste sie sich nur ein bisschen mehr anstrengen, als müsste sie sich nur ein bisschen mehr Mühe geben, damit sie ihn wieder lieben könnte. War er nicht der einzige Mensch, der ihr geblieben war? »Ich vermassele es nicht, Michael, versprochen«, sagte sie ganz leise und rollte zur Seite. Ihr Motor lief. Das Feuer brannte.

Als sie die Füße auf den Boden setzte, wurde ihr schwindlig, und gleich darauf pochte der Schmerz in ihren Händen. Ihre Ohren rauschten, als würde ein Wildbach durch ihren Kopf tosen. Sie schluckte zwei Aspirin, zog ihren Jogginganzug an, das Einzige, was sie auf die Schnelle finden konnte, ohne einen Schrank öffnen oder Licht anmachen zu müssen. Mühsam zog sie sich an, schlich aus dem Schlafzimmer auf den Flur, vorbei an den kongolesischen Holzskulpturen – die Michael so liebte, die Karen aber immer an die barbarische belgische Kolonialmacht denken ließen – in ihr Arbeitszimmer und schloss die Tür hinter sich.

Ursprünglich hatte sie es nur aus Geldmangel getan, doch inzwischen hatte sie sich so daran gewöhnt, dass sie es nicht mehr ändern wollte: Ihr Arbeitszimmer war eingerichtet wie ein Provisorium in einem Armeezelt. Ein Klapptisch aus olivgrünem Metall, davor ein faltbarer Leinenstuhl, auch in Olivgrün, an der Wand ein Feldbett. Die Fotografien hatte sie mit Heftpflaster an die Wände geklebt. Nur die Regale waren fest an die Wand montiert. Karen setzte sich an den Schreibtisch und schaltete ihr Notebook ein.

Mit der verbundenen Hand tat sie sich schwer, die richtigen Tasten zu treffen, aber schließlich hatte sie *Oberst Grévy* eingegeben.

»Karen? Was machst du?«

Erschrocken sah sie sich um. Michael stand in der Tür, der Schlafanzug zerknittert, die Haare zerrauft, die Augen dunkel umrändert und müde. Er kam näher und sah ihr über die Schulter. »Was machst du da?«

»Oberst Grévy. Er sollte vor dem Europäischen Gerichtshof aussagen wegen einer Sache in Afghanistan. Angeblich hat er sich umgebracht. David hat ihn gefunden, mit zwei Schüssen im Kopf.«

»Ich weiß nicht, warum du dich jetzt damit beschäftigst? Du solltest verdammt froh sein, dass du dieses verfluchte Bombenattentat überlebt hast.« Er berührte ihre Schulter. »Ist dir klar, dass es ein Wunder ist, dass du überlebt hast? Wie oft muss dir das noch passieren, bis du endlich mit diesem ... mit diesem Zeug aufhörst?«

»Mit diesem Zeug?« Sie wollte nicht begreifen, was er da eben gesagt hatte. »Zeug? Für dieses Zeug ist David gestorben!«

Er stöhnte auf. »Karen, bitte, lass uns nicht wieder streiten. Nicht jetzt.«

»Ich hab nicht damit angefangen.« Da züngelte sie schon wieder, die Wut. Michael, hör auf, wollte sie sagen, mach es nicht noch schlimmer, lass mich einfach in Ruhe, doch sie sagte es nicht, und er redete weiter.

»Karen! Schreib ein Buch, einen Roman, was auch immer. Du hast eine tolle Auszeichnung gekriegt, aber halte dich da raus.«

»David –«

»David ist tot, Karen. Und ich will nicht, dass dir dasselbe passiert.«

Sie schwieg. Der Tod. Aus dem heiteren Himmel.

Er ließ sich erschöpft auf den Leintuchsessel sinken und musterte sie. Sie wandte sich ab und las die Überschrift.

»*Oberst begeht Selbstmord.* Die Meldung stammt von gestern. *Wie erst heute bekannt wurde, hat sich Oberst Hugo Grévy, Leiter der EU Battlegroup in Afghanistan, vorgestern in Val d'Isère das Leben genommen. Seine Leiche wurde am Rand einer Skipiste gefunden. Wie das Hotelpersonal* –«

»Karen, hör auf!«

»Was?«, fragte sie.

Stöhnend lehnte er sich im Sessel zurück, beugte sich aber gleich wieder nach vorn, seine typische Angriffshaltung, die kannte sie.

»Weißt du, was ich mich oft gefragt habe, wenn du nicht da warst? Warum verlässt sie mich immer wieder und setzt ihr Leben aufs Spiel?, hab ich mich gefragt. Warum läuft sie diesen Kriegen hinterher? Hier in Europa gibt's massenhaft Arbeit für Journalisten. Also, warum? Und weißt du, welche Antwort ich gefunden habe?« Er sprach nicht weiter. Die Luft in dem kleinen Raum kam ihr vor wie elektrisch aufgeladen, als könnte sie sich jeden Moment entzünden.

»Du setzt dein Leben aufs Spiel, weil du den Kick brauchst, weil es dir zu langweilig ist, das Leben mit mir.« Sein Gesicht war hart geworden. »Genau deshalb.«

»Nein, das stimmt nicht ...« Doch sie wusste längst, dass er recht hatte. Da draußen, mitten in den Gefahren, da spürte sie, dass sie lebte. Sie lebte, wenn sie in der nächtlichen Wüste fror, wenn sie unter dem Gewicht der Ausrüstung und der Schutzkleidung zusammenzubrechen drohte, wenn sie vor Angst schlotterte, wenn sie mit den Überlebenden um die Toten trauerte, wenn ihr Menschen, ob Kollegen, Soldaten oder Einheimische, ihr Schicksal anvertrauten, wenn sie mit ihnen fühlte, trauerte oder sich freute. Dann wurde das Leben kostbar. Bedeutungsvoll und intensiv.

Man wird süchtig danach, hatte David ihr vor Jahren gesagt. Und sie hatte schon nach kurzer Zeit verstanden, was er meinte. Süchtig nach starken Emotionen, das war es, und jedes Mal, wenn sie wieder nach Hause gekommen war, hatte sie sich isolierter gefühlt und leerer.

»Ich bin dir gleichgültig.« Er starrte aus dem Fenster.

Nein, das ist nicht wahr!, hätte sie sagen müssen. Darauf wartete er. Sie hätte *Ich liebe dich* hinzufügen und ihm um den Hals fallen müssen. Ja, ja, sie kannte das Drehbuch. Stattdessen saß sie einfach da und wollte nur eines: den Artikel weiterlesen und herausfinden, was es mit diesem Oberst auf sich hatte. Ja, Michael hatte recht. Das Einzige, was sie jetzt interessierte, war der Artikel. *Das ist nicht normal, Karen, du kannst nicht lieben, daran liegt es. Du bist kalt, herzlos und …*

Unvermittelt stand er auf und ging hinaus. Sie atmete durch und schob alle Gedanken, wie es nun weitergehen sollte zwischen ihnen, weit weg.

Wie das Hotelpersonal aussagte, las sie, *wollte der begeisterte Skifahrer drei Tage bleiben und sich erholen. Auf ihn wartete eine Anhörung vor dem Europäischen Gerichtshof in Den Haag, wo er sich wegen des harten Vorgehens der von ihm geführten Soldaten in Afghanistan verantworten sollte. Bei dem Einsatz waren mehr als 15 Zivilisten ums Leben gekommen, vor allem Frauen und Kinder. Oberst Grévy diente 27 Jahre in der belgischen Armee und war im nächsten Jahr für die Beratungskommission der EU vorgesehen.*

Wie von Arbeitskollegen und auch Freunden zu erfahren war, litt der Oberst bereits seit Jahren unter Depressionen, weswegen er regelmäßig starke Medikamente einnahm.

Karen lehnte sich zurück und schloss die Augen. David hatte recht: Kein Wort von den zwei Kopfschüssen …

Es gab Geräusche, die schalteten ihr Fluchtprogramm ein. Das Bellen eines Hundes hatte sie früher nie wahrgenommen.

Doch seit Afghanistan hörte sie es. Hunde kündigten Besucher an, Freunde oder Feinde. Sie sah auf die Uhr. Es war sieben. Zu früh für den Postboten.

14

Sie ging in die Küche und sah aus dem Fenster. Es schneite nicht mehr. Ein Hund mit braun gelocktem Fell hockte vor ihrer Gartentür, als wollte er sie bewachen, er hatte gebellt. Jetzt lief er davon. Ein Wagen war am Bordstein stehen geblieben, Türen wurden aufgestoßen. Zwei Männer in wattierten beigen Wintermänteln stiegen aus, öffneten das Gartentor und kamen über den verschneiten Weg. Schon klingelte es an der Tür.

Michael kam aus der Dusche, ein Badetuch um die Hüften geschlungen. »Es ist gerade mal sieben!«, schimpfte er und trat hinter sie.

Sie stand noch immer am Fenster, unfähig, eine Entscheidung zu fällen. »Woher kennen die meine Adresse?«, murmelte sie.

»Du hast dem Sanitäter unsere Adresse gegeben und dem Polizisten auch. Ich hab ihn gebeten, morgen zu kommen«, sagte Michael. Sie drückte sich näher ans Fenster, weg von seinem Körper, dessen Nähe sie bedrängte. Nein, diesmal würde es nicht so einfach gehen. Ein Mal Sex, und Michael konnte sich wieder vormachen, dass alles okay war zwischen ihnen.

Es klingelte wieder.

Zwei Mal. Fordernd.

Alles war wieder da. Kabul, die vermummten Männer, die plötzlich aus dem Auto sprangen und auf den Jeep schossen, die Türen aufrissen, erst den toten Fahrer herauszerrten, dann sie und Paolo und dann ... Sie begann zu zittern. Mein Gott, nicht noch einmal ...

Wieder klingelte es. Ein Mal, zwei Mal. Michael ging zur Wohnungstür und drückte die Sprechanlage, während sie Daunenjacke, Mütze und ihre festen Schuhe schnappte und in ihr Arbeitszimmer floh. Sie musste weg, egal, wohin, nur weg, weg, weit weg ... Im Arbeitszimmer hörte sie, wie Michael die Tür öffnete und eine Männerstimme nach ihr fragte. Hastig zog sie Jacke und Schuhe an, setzte die Mütze auf und griff unter ihren Schreibtischstuhl, wo sie die Sig Sauer versteckte. Da ging die Tür auf. Schnell zog sie die Hand zurück.

Die Fremden sagten nichts. Sie kannte diese Art von Männern. Auch wenn sie sich äußerlich voneinander unterschieden, ihre Haltung und ihr Blick waren immer gleich. Menschenverachtend und autoritätshörig.

»Guten Morgen, Madame Burnett, gut, dass wir Sie noch antreffen, wie es aussieht, wollten Sie gerade spazieren gehen.« Mit einem widerlichen Grinsen hielt der Ältere von beiden einen Ausweis in Augenhöhe. »SE.«

Sûreté. Belgischer Geheimdienst. Und wenn Thibault doch zu ihnen gehörte? Wieso hatte sie ihm überhaupt geglaubt? Sie warf Michael, der im Türrahmen stand, einen hilfesuchenden Blick zu. Er wirkte weder unruhig noch besorgt.

»Wir untersuchen den Anschlag auf das *Chameau noir* von gestern Abend«, sagte der Mann.

Sie wartete.

»Wir möchten das gern im Büro erledigen.«

Da war sie wieder, die Panik mit ihrer Pranke, die ihr den Hals zudrückte.

»Wir können es jetzt auch gleich hier erledigen«, sagte sie.

Sie merkte, wie der Boden unter ihren Füßen zu wanken begann.

»Wir würden es begrüßen, wenn Sie uns freiwillig begleiteten, Madame Burnett«, sagte der Mann.

Sein Lächeln ließ sie frösteln. »Wieso, ich meine ...« Ihre Hände tasteten nach hinten, zu ihrem Schreibtischstuhl, wo die Sig Sauer ... Glaubte sie wirklich, sie könnte die Männer damit bedrohen? *Lass das Karen, es ist geradezu absurd.* Die Stimme glich der ihrer Mutter.

»Sie wollen mich zwingen?«

Wieder das frostige Lächeln des Älteren. Der Jüngere verzog keine Miene.

»Madame Burnett, es sind lediglich ein paar Fragen, die wir an Sie haben, dann können Sie wieder gehen.« Er deutete über die Schulter zu seinem Kollegen. »Er fährt Sie sogar wieder heim, nicht wahr?«

Das Nicken des anderen kam zögernd. Nein, sie würde ein Taxi nehmen.

Als sie an Michael vorbeiging, sagte sie: »Wenn ich bis morgen um diese Zeit nicht zurück bin, ruf Henrik an oder, besser noch, Jonas. Jonas.«

Henrik, der Chefredakteur von Breaking News, der Nachrichtensendung, für die sie auch aus Afghanistan berichtet hatte, wäre vielleicht zu zögerlich, sein Posten wackelte, aber Jonas vom Hamburger Nachrichtenmagazin, für das sie öfter – dank ihrer perfekten Deutschkenntnisse – arbeitete, würde sofort handeln, da war sie sich sicher. Er wartete nur darauf, Behörden – vor allem Geheimdiensten – Fehlverhalten und Willkür nachzuweisen. Michael nickte. Sie gab ihm keinen Kuss, es erschien ihr nicht richtig.

Sie trat mit den beiden Männern vor die Tür, ging zwischen ihnen über den Schnee bis zur Gartentür, blieb dort kurz stehen und blickte hinauf ins trübe Licht der Morgensonne.

Da war auch wieder der braune Hund. Er saß am Tor und sah sie an.

Sie versuchte noch, das alles zu deuten, doch da sagte der ältere Agent schon: »Kommen Sie!«

Sein Kollege zog die hintere Tür eines dunkelblauen Audi mit getönten Scheiben auf.

Zuerst nahm sie den Geruch der Ledersitze wahr, dann erst den Schatten. Auf dem Rücksitz saß schon jemand. Sie zögerte, dann setzte sie sich zu ihm. Der ältere Agent schob sich neben sie und zog die Tür zu.

»Guten Morgen, Mrs. Burnett«, sagte der Mann links von ihr auf Englisch. Er flüsterte nur. Sein rundlicher, halsloser Körper strahlte etwas aus, das sofort Unbehagen und Widerstand in ihr hervorrief. »Sie sprechen zwar fließend Französisch, aber Englisch ist Ihnen lieber, ja?« Seine wulstigen Lippen glänzten blass.

»Was wollen Sie?«, fragte sie absichtlich auf Französisch. »Wer sind Sie?«

»Gut, wie Sie wollen. Geheimdienst, Abteilung Terrorabwehr«, sagte er, seine Stimme war immer noch leise. »Übrigens, Glückwunsch zu Ihrer Auszeichnung.«

Sein dünnes Lächeln ließ sie zusammenzucken. »Wenn Sie mir gratulierten wollen, hätten Sie auch eine Karte schicken können.« Sie merkte, wie ihre Stimme zitterte.

Er lächelte schwach.

Und sie hatte Angst.

»Wir brauchen Ihre Hilfe, Mrs. Burnett. Sie sind die einzige überlebende Zeugin der Explosion.« Seine Augen hatten einen wässrigen Glanz.

Sie wollte so schnell wie möglich weg aus seiner Nähe,

raus aus diesem Auto. Die Enge nahm ihr allmählich die Luft.

»Sie sagten dem Kollegen am Tatort, dass sie sich mit einem Kollegen namens David French dort getroffen haben«, begann er.

David also. Sie kamen wegen David … Das Würgen im Hals wurde stärker.

»Ja?« Sie konnte sich an den Polizisten nicht mehr erinnern, alles, was nach der Explosion geschehen war, hatte sie wie in einem Nebel wahrgenommen. Aber sie war sich sicher, dass sie David nie erwähnt hatte.

»Worüber haben Sie sich unterhalten? Sie – und David French?« Seine hellrosa Lippen glänzten feucht, und das Bild von zwei Regenwürmern drängte sich ihr auf. Sie versuchte, ihren Blick auf die schwarze Rückenlehne des Fahrersitzes zu konzentrieren, und sagte: »Ich verstehe nicht, was das mit dem Attentat zu tun haben soll.« Sie bemühte sich, ruhig zu bleiben, während er wieder sein Lächeln aufsetzte.

»Bitte, beantworten Sie einfach meine Frage, je schneller wir fertig sind, desto eher sind Sie wieder daheim.«

Erst jetzt bemerkte sie, dass der Agent rechts von ihr auf einem Notebook mitschrieb. Sie spürte, wie sein Oberschenkel ihren berührte.

Ein Protokoll. Ein Verhör. *Alles, was Sie sagen, kann gegen Sie verwendet werden.* Die Enge im Wagen schien sich um ihren Körper zu legen und sich langsam zusammenzuziehen. »Ich will einen Anwalt.«

»Mrs. Burnett, wir können die ganze Sache natürlich aufblasen, dann bekommen Sie und Ihr Anwalt ziemlich viel Arbeit – oder aber wir unterhalten uns jetzt ganz ungezwungen.«

Immer wieder diese Sprüche. Und sie funktionierten. Jedes

Mal. Sie überlegte. Es gab nichts, womit man sie festnageln konnte, Geheimdienste konnten allerdings sehr unangenehm sein. Wenn es um Terrorabwehr ging, ganz besonders. Mike Coben fiel ihr ein. Es war purer Zufall, dass sie gerade hinter ihrer Hotelzimmertür stand und das seltsame Schleifgeräusch hörte, das Schuhspitzen machen, wenn sie über einen Teppich gezogen werden. Durch den Türspalt sah sie Mike Coben im Aufzug verschwinden, gegen seinen Willen festgehalten von zwei gelackten Typen, bei einem entdeckte sie ein Schulterhalfter. Coben war Mitarbeiter einer englischen Hilfsorganisation, sie und David hatten mit ihm in der Hotelbar gesessen und ein paar Drinks gehabt. Ihre Recherchen über Cobens Verbleib hatten ins Nichts geführt. Erst ein Jahr später hatte sie gehört, dass er aus Guantanamo freigelassen worden war.

»Wir haben über alte Zeiten geredet und ... über Afghanistan«, sagte sie.

»Und über Oberst Grévy?«

Die Fotos, dachte sie, sie wissen von Davids Fotos.

Der Agent sah ihr mit provozierender Gleichgültigkeit in die Augen.

»Nein.«

»Nach dem Anschlag, was haben Sie da gemacht?«

»Mein Mann hat mich nach Hause gefahren.«

»Oh, Ihr Mann war auch im Restaurant?«, fragte er viel zu überrascht. Sie wussten längst alles.

Wut kochte in ihr hoch. Aber das wollte er ja nur, dass sie Nerven und die Beherrschung verlor.

»Nein, er hat von dem Anschlag gehört und hat mich abgeholt«, antwortete sie so gleichmütig wie möglich.

»Und dann sind Sie nach Hause gefahren. Auf direktem Weg?«

»Natürlich.« Sie zuckte nicht mit der Wimper.

Er hielt ihr ein Foto hin. Sie brauchte nur einen kurzen Blick darauf zu werfen, um zu wissen, worum es sich handelte.

Er musterte sie. »Das sind Sie, richtig?«

»Aus dieser Entfernung ...«

»Wir können auch gleich ins Hotel *Bristol* fahren und Sie dem Portier gegenüberstellen. Er hat Dienst.«

Er zog ein anderes Foto aus einer Akte auf seinem Schoß.

Es musste von einer Überwachungskamera im Hotel aufgenommen worden sein. Links, an der Rezeption, stand sie, in Michaels viel zu großem Mantel, von rechts kam er, Thibault, unverkennbar, mit seinen längeren rötlichen Haaren, und zum ersten Mal dachte sie an einen Surfer. An einen Surfer, der gleich sein Brett vom Autodach schnallen würde ... Was für Gedanken! Flucht, wusste sie, Fluchtgedanken. Dissoziation. Jetzt, jetzt haben sie dich!

»Woher kennen Sie ihn? Welche Verbindung besteht zwischen Ihnen? Was –«

»Ich weiß nicht, wer er ist!«, unterbrach sie ihn. »Warum fragen Sie mich das alles?«

»Sie sind mit ihm zusammen in Frenchs Hotelzimmer eingedrungen. Was wollten Sie dort?«

Er fragte einfach weiter. Gut. Sie schwieg beharrlich. Noch war sie nur in einem Auto, noch nicht in einer Zelle ... oder sonstwo. So schnell kriegen die mich nicht!, dachte sie. Irgendwie hatte sie es geschafft, ihre Panik zu überwinden. Sie hatte das Attentat überlebt, sie hatte Afghanistan überlebt, was also konnte dieser blasse Agent ihr antun?

Wie hat sich dieser Mann genannt? Wie haben Sie Kontakt zu ihm aufgenommen? Erzählen Sie! Was wollte er? Warum waren Sie beide im Hotel? Wieso ... Das Verhörsystem kannte sie. Sollte er ruhig fragen. Sie würde ihm keine einzige Antwort geben, stattdessen fuhr sie ihn an: »Worum geht es hier überhaupt?«

»*Lanzelot* … Was sagt Ihnen der Name *Lanzelot?*«

»Keine Ahnung!« Selbst wenn sie es wüsste, wäre dieser Agent der Letzte, dem sie es sagen würde. »War das nicht einer der Ritter von König Artus' Tafelrunde?«

Ein spöttisches Lächeln flog über sein Gesicht. Er deutete auf das Foto mit Thibault.

»Er heißt Jens Nyström. Nach ihm wird gesucht, mit internationalem Haftbefehl. Er handelt mit Daten. Ein Hacker, Verräter und Terrorist. Seine Organisation heißt *Lanzelot*, sie veröffentlicht geheime Dokumente. Und das richtet er damit an.«

Karen blickte auf ein anderes Foto. Körper von Kindern, Körper von Frauen, blutig, zerrissen …

»Das sind Flüchtlinge in Darfur. Sie sind in einen Hinterhalt geraten, aufgrund einer Information, die *Lanzelot* veröffentlicht hat.«

Solche Bilder kannte sie, sie hatte das alles mit eigenen Augen gesehen. Sie wusste nicht, ob sie ihm glauben sollte.

»Und? Was wollen Sie von mir?«, fragte sie so kühl, wie es ihr möglich war.

»Vertrauen Sie ihm nicht. Helfen Sie uns, ihn zu finden. Er ist wie ein Fisch, er schlüpft einem durch die Finger. Zu Ihnen hat er offenbar Vertrauen.«

»Ich soll für den Geheimdienst arbeiten?« Fast spuckte sie ihm die Frage ins Gesicht.

Er quittierte es mit einem angewiderten Lächeln. »Sie sind eine anerkannte, respektierte Journalistin. Ihnen werden die Menschen glauben, dass *Lanzelot* auf der falschen Seite steht.«

Er legte eine Akte auf ihren Schoß. »Vielleicht kann dieses Detail Sie ja überzeugen.«

Sie öffnete sie. Obendrauf lag ein Foto. Eine junge Frau, blond, hübsch, mit freundlichem Blick, auf einem Felsen am See, im Hintergrund ein Fichtenwald.

»Seine Frau, Astrid Nyström. Sie wollte sich von ihm scheiden lassen, die Kinder mitnehmen.«

Karen legte das Foto zur Seite, darunter lag ein zweites. Eine Frau mit einer Drahtschlinge um den Hals, die Augen verdreht, die Zunge aufgequollen, das Gesicht blau angelaufen.

»Er hat sie umgebracht.«

»Das ist absurd! Wieso ist er dann nicht im Gefängnis?«

»Er hat ein leider wasserdichtes Alibi.«

»Dann ist die Sache doch klar. Wieso behaupten Sie dann, dass dieser Nyström der Mörder ist?« Das alles kam ihr wie eine schlechte Inszenierung vor, um sie einzuschüchtern und zu manipulieren. Ihre Panik hatte sich gelegt, jetzt war sie nur noch wütend.

»Weil die Spuren eindeutig sind. Auf dem Draht sind seine Fingerabdrücke, ein Zeuge hat die beiden zwei Stunden vorher streiten hören, sein Auto stand da …« Sein Seufzen wirkte künstlich. »Also, haben Sie sich entschieden?«

»Sie glauben doch wohl nicht im Ernst, dass Sie mich mit diesen *Beweisen* überzeugen können, das ist lächerlich. Ich will jetzt aussteigen.«

»Bitte.« Er machte ein generöse Handbewegung. Am liebsten hätte sie ihm den Ellbogen in sein grinsendes Gesicht gerammt, aber sie wandte sich einfach ab. Der Wagen hielt.

»Ach, Mrs. Burnett«, schickte der Agent von der Rückbank hinter ihr her, »Ihnen sollte klar sein, dass man Sie womöglich als Komplizin von Nyström ansehen könnte.« Sein Lächeln war widerlich.

Nachdem der Wagen davongeglitten war, blieb sie eine Weile am Straßenrand stehen. Sie ließ sich von den weißen Schneeflocken bedecken, als könnte sie dadurch all den Schmutz loswerden, den diese Begegnung hinterlassen hatte.

»Und?« Michael machte die Tür hinter ihr zu und sah sie besorgt an. Was sollte sie ihm erklären? Dass der Geheimdienst hinter diesem Nyström her war? Dass sie spionieren sollte? Und dass sie Nein gesagt hatte. Er würde sie nicht verstehen.

Sie schnappte sich die Autoschlüssel von der Ablage. »Ich muss noch mal telefonieren.«

»Aber wir haben ein Telefon, Karen«, sagte er und lächelte verständnisvoll. »Und außerdem zwei Handys.«

»Nein, kein Handy«, sagte sie entschieden.

»Wieso kein Handy?«

»Vielleicht haben sie es längst angezapft.«

»Karen!« Besänftigend legte er ihr die Hand auf den Arm. »Wir sind nicht in einem Spionagefilm.«

»Du hast ja keine Ahnung von der Welt!«, fuhr sie ihn an und schüttelte seine Hand ab.

»Karen! Ich stehe auf deiner Seite, kannst du das nicht verstehen?«

Sie sah ihn nur an. Er kam ihr so fremd vor. »Ich muss noch mal weg«, murmelte sie nur und ging.

Als der BMW aus der Einfahrt glitt, bemerkte sie wieder den braunen Hund. Er stand am Gartenzaun und sah sie an. Wer lässt denn seinen Hund bei der Kälte da draußen?, dachte sie, während sie nach rechts auf die Straße einbog. Sie fuhr zur einzigen Telefonzelle weit und breit. Wie ein Relikt aus einer anderen Zeit stand sie dort, am Eingang des Krankenhauses. Nur Drogendealer und die paranoiden Anhänger irgendwelcher Verschwörungstheorien benutzten öffentliche Telefonzellen. Tja, dachte sie, da ich keine Drogendealerin bin, bin ich offenbar paranoid, aber lieber paranoid als tot ... Der Satz hätte glatt von ihrer Mutter stammen können.

Sie hob den Hörer ab, steckte die Münzen in den Schlitz und wählte die Ziffern auf ihrem Arm.

15

Jemand, der heutzutage von einer öffentlichen Telefonzelle aus anruft, fürchtet, abgehört zu werden, oder er will nicht, dass die Telefonnummer gespeichert wird.

Der Mann hinter dem Steuer des dunkelblauen Porsche war sich sicher, dass in diesem Fall beides zutraf. Diese Frau, die gerade aus dem BMW ausstieg und mit großen Schritten auf die Telefonzelle zustürmte, hatte bis vergangene Nacht nicht auf seiner To-do-Liste gestanden. Und wenn gestern alles glattgegangen wäre, wäre sie auch nie auf dieser Liste aufgetaucht, aber es war eben nicht alles glattgegangen, trotz der Profis, die er engagiert hatte.

Zufälle. Er mochte keine Zufälle.

Und dann war sie auch noch im Hotel gewesen – und entkommen. Entweder hatte sie mehr Glück als Verstand, oder seine Leute waren unfähig. Sie hatten sich verspätet, ach was, sie hatten sich verfahren, diese Idioten.

Höchste Zeit, die Sache selbst in die Hand zu nehmen. Aus der Ablage nahm er eine Box mit Pfefferminzbonbons, schnippte sich zwei Stück in die Handfläche und genoss das scharfe Brennen auf der Zunge. Heute Morgen hatte sie Besuch gehabt.

SE. Geheimdienst. Man musste kein Insider sein, um das

zu erkennen. Er war zu spät gekommen, ein paar Minuten zu spät. Was mochte sie ihnen verraten haben?

Er sank ein wenig tiefer in den Sitz, als sie sich in seine Richtung wandte. Karen Burnett, hatte er herausgefunden.

Das Foto auf seinem Schoß stammte von gestern. Er hatte es aus dem Internet kopiert. Den Press Award hatte man ihr verliehen.

»Warum bist du anschließend nicht brav nach Hause gegangen, Mädchen? Und hast deinen Mann ordentlich gefickt?«, murmelte er kopfschüttelnd, öffnete die Autotür und stieg aus. Er stellte den Kragen seiner teuren Lederjacke hoch und machte einen großen Schritt über einen Schneehaufen. Schneeränder auf seinen handgefertigten Lederschuhen würden ihm körperlichen Schmerz zufügen.

Die Frau.

Die Narbe auf ihrer Wange verlieh ihrem blassen Gesicht etwas Apartes. Vollkommene Schönheit war eine wunderbare Sache, aber Schönheit, die die Spuren von Gewalt trug, erregte ihn viel stärker. Er ging auf die Telefonzelle zu.

Zwei Meter … Sie telefonierte noch immer und bemerkte ihn nicht … eins fünfzig …

Jetzt.

Plötzlich klingelte sein Handy in der rechten Seitentasche, gleichzeitig näherte sich ein Krankenwagen mit Blaulicht. Die Frau legte auf und verließ die Telefonzelle. Sie ging an ihm vorbei, ohne ihn anzusehen. Er beobachtete, wie sie in den BMW stieg, und nahm das Gespräch an.

»Ich hab frische Ware«, sagte die kehlige Stimme. »Wann soll ich liefern?«

Die Nachricht dämpfte seinen Ärger über die verpatzte Aktion.

Durfte er sich belohnen? Nein. Aber er musste sich motivieren, in Stimmung bringen. »Heute«, sagte er, während er gerade noch den BMW hinter der Straßenbiegung verschwinden sah. Auf einmal war er sich sicher, dass sie dem Geheimdienst nichts verraten hatte – wenn sie überhaupt etwas wusste. Vertrauen in die eigene Intuition hatte ihn schon immer weitergebracht. Und seine Intuition sagte ihm, dass eine Journalistin ihres Kalibers sich festbiss an einer vielversprechenden Sache. Natürlich wollte sie alles selbst aufdecken. Er war sich genauso sicher, dass sie gerade eben Jens Nyström angerufen hatte. Das Einzige, was sie tun mussten, war, sich an ihre Fersen zu heften. Dann würden sie auch Nyström kriegen.

Er zerbiss die letzten Krümel Pfefferminze und sog die Luft zwischen den Zähnen ein.

16

Los Angeles, Albert Watson School

Die Sporthalle der Albert Watson School in Los Angeles roch genauso wie die in ihrer *düsteren*, wie sie es immer für sich nannte, Kindheit in Detroit. Scharf nach Schweiß, der jahrzehntelang Tag für Tag von den Kindern ausgedünstet und von Wänden und Boden aufgesogen worden war. Selbst ein frischer Anstrich konnte den Geruch nur für kurze Zeit übertünchen. Das war Darlene Redmond durch den Kopf gegangen, als sie in ihren Joggingklamotten – sie hatte bewusst nicht die neuesten aus dem Schrank genommen – neben dem Lehrerkollegium und zahlreichen Fotografen vor die Gruppe von Kindern getreten war.

Rasch hatte sie aufsteigende Übelkeit und Ekel niedergekämpft, so wie damals ihre Minderwertigkeitskomplexe, weil sie keine weiße Haut hatte, und nach ein paar einleitenden Worten sofort mit dem Training begonnen. Lockeres Warmlaufen, abwechselnd rechts und links hochspringen, schließlich Seilspringen. Wieder war sie entsetzt über die ungeübte Motorik der Kinder, obwohl sie inzwischen daran gewöhnt sein müsste, nach anderthalb Jahren Einsatz gegen Fettleibigkeit und Bewegungsmangel bei Kindern und Jugendlichen. *Run and Jump* war inzwischen landesweit zu einem Schlagwort geworden, und dank ihrer brillanten Fähigkeit, Spenden zu sammeln und Sponsoren zu gewinnen, hatten sich zwei große Sportfirmen in das Programm eingeklinkt, indem sie Wettkämpfe unterstützten und Sportschuhe verlosten.

Sie glaubte noch immer fest daran, etwas verändern zu können, wenn sie nur lange und hartnäckig genug dafür arbeitete. Und das tat sie. Die Tour durch die Bundesstaaten hatte sie inzwischen nach L. A. geführt, erst übermorgen würde sie wieder in Washington sein. Wie diese Kinder sie bewunderten und anstrahlten! Sie konnte sich sicher sein, dass sie einen tiefen Eindruck hinterlassen hatte, der vielleicht wenigstens bei einem einzigen Kind etwas verändern würde, so wie damals bei ihr, als sie aufgrund ihrer glänzenden Schulleistungen fürs Stipendium ausgewählt worden war, was ihr die Türen zu einem ganz anderen Leben aufgestoßen hatte.

Sie machte die letzten Seilsprünge und sagte dann mit überschwänglicher Freude in der Stimme:

»Super, das habt ihr wirklich super gemacht! Das war ein tolles Training mit euch! Macht weiter, ja? Das müsst ihr mir versprechen. Ich komme nämlich wieder zum Trainieren, und dann seid ihr noch viel besser als heute. Versprochen?« Sie setzte ihr strahlendes Lächeln auf und ließ ihren Blick über die schwitzenden und vor Anstrengung schnaufenden Kinder gleiten.

Die Kinder nickten, die Lehrer bedankten sich, sie sagte noch einige Worte zum Abschied, worauf die Kinder und die Lehrer applaudierten, dann ging sie winkend hinaus, folgte ihren zwei Bodyguards, Ryan und Toni, durch den schmalen Gang, vorbei an den Umkleideräumen, nach draußen in den Hof, wo die zwei schwarzen Chrysler-Limousinen mit laufendem Motor warteten.

»Chuck Leek ist drin«, sagte Ryan noch und hielt ihr die Tür auf.

Der angenehme Geruch von Lederpolstern stieg ihr in die Nase, vermischt mit dem altmodischen Rasierwasser von Chuck Leek, einem der persönlichen Berater ihres Mannes. Sie gab sich Mühe, ihn zu mögen, Syd zuliebe, weil er behauptete, Chuck sei immens wichtig, weil er seine Augen und Ohren überall habe. Und weil er drei Millionen Spendengelder für den Wahlkampf aufgetrieben hatte, fügte sie für sich hinzu. Chuck Leek, was hatte der in L. A. zu tun?

»Entschuldige, Darlene, dass ich unangekündigt bei dir auftauche, aber dein Terminplan ist ziemlich voll.« Er lächelte sie an, eine von ihren gekühlten Perrier-Flaschen in der Hand. »Kein amerikanisches? Lass das nur nicht die Presse sehen, da haben die wieder was.« Er stöhnte. Wie immer wirkte er gehetzt, sein rötliches Gesicht ließ einen baldigen Herzinfarkt befürchten. Er gehörte zu den Menschen, die glauben, ständig alles unter Kontrolle halten zu müssen. Deshalb ist er gut für uns, antwortete Syd jedes Mal, wenn sie ihn auf Chuck ansprach. Er schützt uns. Trotzdem mochte sie ihn nicht besonders. Sie fragte sich oft, woran das lag. Doch nicht etwa daran, dass er sie an den fetten weißen Polizisten erinnerte, der sie vor inzwischen mehr als zwanzig Jahren an den Haaren aus dem Auto gezerrt hatte, weil sie bei einer Verkehrskontrolle nicht schnell genug ausgestiegen war?

Höflichkeitshalber lächelte sie. »Warum hast du nicht mitgeturnt, Chuck?«

Er lachte gutgelaunt und sah auf seinen Bauch, der sich, wie sie fand, noch schwerer als früher über den Hosenbund wölbte. Sie erschauerte, als ihr Blick auf seine aufdringlich gemusterte Streifenkrawatte fiel.

»Auch eins?«, fragte er.

Sie nickte, und er reichte ihr eine Flasche aus dem Kühlschrank.

Während sie trank, stellte sie fest, dass der Fahrer die Trennscheibe zwischen sich und dem hinteren Teil des Wagens hochgefahren hatte. Ryan stieg auf der Beifahrerseite ein, und der Wagen setzte sich in Bewegung. In einer halben Stunde musste sie in der nächsten Schule sein.

»Da du beim Seilspringen nicht mitgemacht hast, nehme ich mal an, du kommst wegen etwas anderem«, sagte sie und gab sich Mühe, neutral zu klingen.

»Ja«, sagte er und lächelte wieder, während er mit seinen fleischigen Fingern seine Flasche wieder zuschraubte. »Syd schickt mich, aber ich musste sowieso was in L. A. erledigen.«

»Aha?« Syd besprach die meisten Dinge mit ihr persönlich. Also, weshalb dieser Umweg? »Es ist ihm unangenehm, ja?«

Chuck Leek holte Luft und nickte.

»Worum geht es?«, fragte sie.

»Um einen Besuch in Brüssel. Du mit Silva. Ohne Syd. Eine Stippvisite, ganz spontan.«

»Und aus welchem Grund? Und warum soll unsere Tochter mitkommen?« Sie wurde neugierig, zugleich auch argwöhnisch. Wenn man nicht den Präsidenten der Vereinigten Staaten einlud, sondern dessen Frau, konnte es nur zwei Erklärungen geben.

»Will man von irgendetwas ablenken, was Syd tun wird, oder treffe ich mich mit einer *unerwünschten* Person?«, fragte sie geradeheraus.

»Nein, nein.« Er räusperte sich.

Die Angelegenheit war ihm sichtlich unangenehm, stellte Darlene fest und nippte an der Wasserflasche. »Also, Chuck?«

»Es geht um amerikanisch-europäische Beziehungspflege«, fing er an, »nichts, um das man großes Aufhebens machen müsste, eher etwas Selbstverständliches … so was wie ein Freundschaftsspiel.«

»Ein Freundschaftsspiel …«

Er wiegte den Kopf. »Europäisches Festival des politischen Films.«

Sie hob die Brauen. Was hatte das mit ihr zu tun oder mit Amerika?

Chuck winkte ab. »Es zeigt unsere Verbundenheit mit Europa. Die denken doch immer, dass wir sie nicht für voll nehmen. Gerade auch im Film …«

»Das ist alles?« Darlene wunderte sich. Das hätte Syd ihr doch auch selbst sagen können. »Nein, das ist nicht alles, oder?«

Chuck nickte langsam.

»Ich weiß«, sagte sie und versuchte zu lachen, »ich muss wahrscheinlich mit Julie Agogué plaudern und diesem lächerlichen italienischen Gockel die Hand schütteln, stimmt's?«

Die Gattin des französischen Präsidenten hatte sie schon zweimal getroffen, und mit jedem Mal fand sie diese Dame peinlicher. Sie kannte offenbar nur zwei Themen: Sex und Sex.

»Du wirst ein bisschen den Boden bereiten für Syds Gespräche. Eine persönlichere Atmosphäre schaffen, sozusagen.« Er kratzte sich unter dem Hemdkragen.

Er fühlt sich unbehaglich, dachte sie. »Das ist noch nicht alles, Chuck, ich weiß es.«

Sein Grinsen misslang. »Es ist … am 23. Februar.«

»Am 23. Februar? Unmöglich!« Sie müsste Syd anrufen, er schuldete ihr eine Erklärung. »Das werden die Menschen nicht verstehen. Die Medien werden uns Eheprobleme vorwerfen und mir mal wieder Extravaganz.« Sie griff zum Handy, um ihn anzurufen. »Syds Geburtstag! Das wird unsere Umfragewerte noch weiter in den Keller treiben.«

»Er weiß es, Darlene.«

Sie konnte nichts sagen. Sie sah auf das Handy in ihrer Hand, ihr war, als müsste sie sich daran festhalten.

»Du musst nur zu diesem Festival.« Er hielt mit den Händen ein imaginäres Schild in die Luft. »*Die First Lady besucht das Europäische Festival des politischen Films*, du wirst in allen Klatschzeitungen sein, die Europäer werden dich – und Amerika – lieben. Imagepflege. Du kannst ein bisschen die intellektuelle Seite von uns Amerikanern zeigen und demonstrieren, wie wichtig Amerika der offene politische Diskurs ist.« Er strahlte sie an. »Na?«

Sie schüttelte den Kopf. »Und wie wirkt das auf die Menschen in unserem Land? Die sind mit anderen Problemen beschäftigt. Arbeitslosigkeit, Armut, Irak, Afghanistan, die Atomkatastrophe …«

»Darlene! Die Menschen sehnen sich nach ein bisschen Glamour in ihrem tristen Leben! Das muss ich dir doch nicht sagen! Erinnerst du dich, dass du mir erzählt hast, wie du als kleines Mädchen die Zeitungen mit den Hollywoodstars geliebt hast? Die meisten Menschen lieben Könige und Königinnen, sie verschlingen Zeitungs- und Fernsehberichte über deren Prunk! Paläste, teure Kleider, Schmuck, Jachten … Das ist wie bei den Filmstars. Die Menschen brauchen

Märchen! Sie bringen ihnen Freude, Hoffnung, Träume … Darlene, darüber waren wir uns doch schon bei den Wahlen einig.«

»Chuck, hör auf. Ich rede mit Syd. Er wird mir eine bessere Erklärung für diesen Plan geben.«

Sie seufzte. Seit einiger Zeit war sie häufig in Hochglanzmagazinen abgebildet, man lobte ihren eleganten und teuren Stil. Aber es gab schon leise Stimmen, die genau das kritisierten. Die teuren Kleider, den hohen Stellenwert von Äußerlichkeiten. Eine Reise nach Brüssel würde ganz sicher vielen nicht gefallen.

Darlene spürte, wie ihre Wut hochkochte, aber sie hatte in den vielen Jahren in der Politik gelernt, dass Wut zeigen Schwäche bedeutete, und so kämpfte sie das Zittern in ihrer Stimme nieder. Wie konnte Syd so etwas gutheißen? In all den Jahren hatten sie ihre Geburtstage immer miteinander gefeiert.

»Könnten wir die ganze Sache nicht verschieben?«

»Leider nein, unmöglich. Es ist dringend, hat man mir gesagt.« Chuck stellte die Wasserflasche auf den Boden zwischen seine staubigen Schuhe.

»Wer hat es dir gesagt?«

Er schob den Krawattenknoten hin und her. »Syd, Syd hat es gesagt.«

Irgendetwas stimmte nicht. Sie musste unbedingt mit Syd reden.

Chuck klopfte an die Trennscheibe. »Ich steig hier aus. Muss noch was besorgen. Christine und ich haben Hochzeitstag, ich flieg nachher zurück und will sie mit was Nettem überraschen.«

»Sag ihr schöne Grüße.« Darlene war in Gedanken schon bei ihrem Gespräch mit Syd.

»Mach ich.« Der Wagen hielt, er stieg aus, dann beugte er

sich noch einmal zu ihr hinunter. »Ich schicke dir ein paar amerikanische Mineralwasser zur Probe.«

»Tu, was du nicht lassen kannst.«

Der Wagen fuhr wieder los.

Sie war sich sicher, es steckte noch etwas anderes hinter dieser Idee, sie ausgerechnet an Syds Geburtstag nach Brüssel zu schicken. Vielleicht hatte er etwas vor, von dem sie nichts wissen sollte ... oder von dem ihr Besuch in Brüssel ablenken sollte.

17

Brüssel

Es schneite nicht mehr, als Karen um kurz nach neun das Haus verließ. Sie hatte Angst.

Métro-Station Comte de Flandre, zweiundzwanzig Uhr. Kommen Sie allein, kein Handy, vergewissern Sie sich, dass Ihnen niemand folgt, sagen Sie niemandem etwas.

Sie hatte seine Stimme sofort wiedererkannt. Merkwürdigerweise fühlte sie sich ein wenig ruhiger. Dabei hatte sie keine Ahnung, wer Nyström war und worauf sie sich einließ. Sie wusste nur: Er war eine Spur, die sie weiterführte.

Michael war zu einem Meeting gegangen. Hatte er nicht etwas von der Organisation einer Segelregatta bei Malta gesagt? Er war noch nicht wieder zurück.

Als sie von der Telefonzelle zurückgekommen war, hatte er schon die Haustür aufgerissen, als hätte er die ganze Zeit dahinter gewartet.

»Du hörst mir jetzt zu!«, hatte er angefangen und all ihren Widerstand geweckt. Er packte sie an den Schultern. »In den letzten vierundzwanzig Stunden hab ich dich zwei Mal aus einem totalen Schlamassel rausgeholt. Du bist beinahe getötet worden bei einem Bombenanschlag. Du bist von irgendwelchen Männern gejagt worden. Und jetzt willst du mir nicht sagen, was vor sich geht? Was das alles zu bedeuten hat? Glaubst du, du kannst alles mit mir machen, wie es dir gerade gefällt?«

Und sie? »Du tust mir weh«, hatte sie mit einem Blick auf ihre Schultern gesagt und sich an ihm vorbei in die Küche geschoben. Was sollte sie ihm erklären? Er würde nicht verstehen, dass sie nicht einfach wegsehen konnte und so tun, als ginge sie das alles nichts an.

Wer hat David umgebracht? Und warum? Wer war Nyström? Und was hatte er mit dem Anschlag zu tun?

Sie sah aus dem Fenster, es schneite wieder. Und der braune Hund war auch wieder da. Er kam über die Straße und setzte sich vors Gartentor, als würde er auf etwas warten. »Weißt du, wem der Hund gehört? Er sieht hungrig aus«, sagte sie und wandte den Kopf.

Michael stand im Türrahmen und starrte sie an. Seine Lippen bebten vor Zorn, und seine olivfarbene Haut war auf einmal kalkweiß. Abrupt drehte er sich um und ging hinaus.

Sie blieb noch eine Weile am Fenster stehen und sah wieder hinaus.

Man müsste ihn reinholen. Ihm was zu fressen geben, ihn abtrocknen, hatte sie gedacht. Da war er plötzlich aufgestanden und weitergetrottet.

Bevor sie das Haus verlassen hatte, hatte sie überlegt, ob sie Michael eine Nachricht hinterlegen sollte, einen altmodischen Zettel auf dem Esstisch, doch dann hatte sie es gelassen. Was, wenn der Geheimdienst in die Wohnung eindringen würde? Je weniger Spuren und Anhaltspunkte sie fanden, desto besser.

Am Nachmittag hatte es zweimal geläutet, aber sie war nicht hingegangen, war einfach auf der Couch sitzen geblieben, hatte dauernd an ihre Schmerztabletten gedacht und auf den ausgedruckten Zeitungsartikel über Jens Nyström gestarrt.

Computerhacker auch Mörder?

Gegen den Computerhacker Jens N. (34) wird erneut Anklage erhoben. Er soll seine Ehefrau (31) erdrosselt haben, weil sie ihm mit Scheidung drohte.

Jens N. leugnet. »Das ist wieder ein Versuch, mich auszuschalten.« Er sitzt derzeit in Untersuchungshaft. Sein Anwalt vermutet eine Verschwörungskampagne gegen seinen Mandanten. »Politische Kräfte versuchen, auf diese Weise Jens N. zum Lügner und Verbrecher zu stempeln. Wir setzen alles daran, die Wahrheit aufzudecken und die wahren Schuldigen zu finden.«

In einem früheren Interview beschrieb Jens N. seinen Datenklau als »Akt der Aufklärung«. Er ist bereits wegen Urkundenfälschung und Datendiebstahls verurteilt. Die Strafe ist zur Bewährung ausgesetzt worden.

Sie öffnete das Gartentor und ging die Straße hinunter. Der braune Hund war nicht mehr zu sehen. Vielleicht hat er doch ein Zuhause, dachte sie. Die Sig Sauer steckte hinten in ihrem Gürtel. Dass die ihr bei einem Bombenattentat nichts nutzen würde, war ihr klar, aber so hatte sie wenigstens die Illusion von Sicherheit. Als sie den Bus um die Ecke kommen sah, rannte sie los und stieg als Letzte ein. Sie setzte sich auf die hintere Bank und blickte durch die Heckscheibe, ob sie verfolgt wurde. Vielleicht war das übertrieben. Vielleicht hatten sie längst einen Peilsender irgendwo installiert. Ihr Handy fiel ihr ein. Kein Handy, hatte Nyström am Telefon gesagt. Es wäre ein Leichtes für den Geheimdienst, an ihre Daten zu kommen und ihre Position ausfindig zu machen. Sie fummelte den Akku heraus und steckte ihn in die Jackentasche. So einfach würde sie es ihnen nicht machen.

An der nächsten Haltestelle drängten Leute herein, es wurde voller. Karen blieb weiter wachsam.

Ein dunkler Wagen kam näher und setzte sich direkt hinter den Bus. Es war zu dunkel, um die Insassen zu erkennen.

Plötzlich wurde ihr bewusst, dass sie hier hinten in der Falle saß. Sie konnte zwar den ganzen Bus überblicken, aber sie konnte nicht entkommen. Sie stand auf und drängte sich nach vorn, blieb zwischen dem vorderen und dem mittleren Ausgang stehen. Der Bus hielt. Zwei Frauen stiegen aus, drei Männer stiegen ein, keiner von ihnen war einer der Agenten von heute Morgen. Natürlich nicht. Die Türen schlossen sich, der Bus fuhr an, Karen atmete auf.

An der nächsten Haltestelle dasselbe Spiel. Noch zehn Minuten bis zum Gare Central, dort würde sie in der Menschenmenge untertauchen und unsichtbar werden.

An der übernächsten Haltestelle stand ein Pärchen auf und schob sich an ihr vorbei zum vorderen Ausgang, die junge Frau trat ihr auf den Fuß, entschuldigte sich, Karen nickte nur und sah sich rasch um, die hinteren Türen schlossen sich schon wieder, da fiel ihr der junge Mann auf. Jung, Anfang zwanzig. Kurzer Haarschnitt. Das Gesicht leer und ausdruckslos, bis auf die kalten Augen. Nein, sie kannte es nicht, aber für einen Moment hatte der Mann sie angestarrt, oder nicht? Er musste gerade erst hereingekommen sein. Bildete sie sich ein, dass er sie fixierte? Sie arbeitete sich nach vorn, zur noch geöffneten Tür. »Moment!«, rief sie und drängte sich an einer korpulenten Frau vorbei, der Mann folgte ihr. »Ich muss noch aussteigen!«, rief sie dem Fahrer zu, doch da schlossen sich schon die Türen, und der Bus fuhr an.

Die Waffe drückte ihr in den Rücken. Denk nicht mal dran! Hier, mit all den Menschen!

Der Mann hielt sich an einer Stange fest, starrte durch Karen hindurch.

Wenn sie eines gelernt hatte auf ihren Reportagen in Kriegsgebieten, dann das: Vertraue deinem Instinkt.

Und ihr Instinkt sagte ihr, dass dieser Typ sie verfolgte.

Wenn er einen Helfershelfer hätte und der würde an der nächsten Haltestelle vorne einsteigen, säße sie hoffnungslos in der Falle.

Und wenn sie Nyström fassen wollten, mussten sie ihr unauffällig folgen, dann durften sie ihr nichts tun.

Ihr Instinkt sagte ihr jedoch etwas anderes.

Eine Frau stand auf, der Mann bewegte sich, drängte sich nach vorn, als wäre er an dem Sitzplatz interessiert. Karen konnte nicht weiter. Sie stand schon ganz vorn. Sie musste unbedingt raus an der nächsten Haltestelle. Der Verkehr kroch. Nur noch zwei Fahrgäste standen zwischen ihnen. Da setzte sich der eine auf den frei gewordenen Platz, jetzt stand nur noch ein grauhaariger Mann zwischen ihnen, schon glaubte sie den Atem des Verfolgers im Nacken zu spüren. Ihr Herz hämmerte, Adrenalin schoss ihr in die Adern, sie war bereit.

Gare Central. Der Bus hielt, die Tür öffnete sich, sie stürzte hinaus und dann hinunter in die nächstbeste U-Bahn. Erst als sich die Türen hinter ihr schlossen, fühlte sie sich einigermaßen sicher.

Wie verabredet stieg sie an der Station Comte de Flandre aus.

Sie sah sich um, konnte aber weder den Verfolger aus dem Bus entdecken noch einen, der in ihr ein ähnlich unangenehmes Gefühl auslöste. Vielleicht hatte es ja auch gar keine Verfolger gegeben und ihre Nerven spielten verrückt. Ein Brandy wäre jetzt recht, ja, der würde sie beruhigen. Halt die Klappe, sagte sie zu ihrer inneren Stimme.

Nyström wollte sie abholen, hatte er am Telefon gesagt. Aber er war nicht da. Brüssel besetzte an sich schon einen Spitzenplatz, was die Kriminalitätsskala europäischer Städte anging, aber die Gegend hier und weiter Richtung Rue de la Perle zählte zu den gefährlichsten. Sie wurde von algerischen Jugendbanden terrorisiert, die mit Drogen und gestohlenen Kleidungsstücken handelten. Zwei Kollegen einer irischen Zeitung waren hier unlängst überfallen worden.

Karen wartete. Es fing wieder an zu schneien. Dieser Winter hört nie auf, dachte sie, und dann sah sie sich wieder nach der Preisverleihung zum Restaurant gehen, David hinter der Scheibe und …

»Karen?«, flüsterte eine Stimme hinter ihr.

Der Mann in schwarzer Daunenjacke war eindeutig nicht Jens Nyström. Er war größer als Nyström, seine Haut war dunkler, und seine Augen waren mandelförmig, wie bei einem Asiaten, eine schwarze Strickmütze verdeckte seine Haare. Das war schon alles, was sie auf die Schnelle und in der Dunkelheit erkennen konnte.

»Ich bin Lee. Ich soll dich abholen. Wo hast du dein Handy?« Er sprach Englisch.

»Ich hab den Akku rausgenommen.«

»Okay. Ist dir jemand gefolgt?«

»Nein, ich glaube nicht.« Den Vorfall im Bus erwähnte sie

nicht, vielleicht hatte sie sich das alles ja auch nur eingebildet.

Er musterte sie, als könnte er ihre Gedanken lesen, dann sagte er: »Gehen wir.«

Sie folgte ihm auf die andere Straßenseite und schlüpfte hinter ihm unter einem hochgebogenen Drahtzaun hindurch auf einen großen Parkplatz. Dort, im Schutz eines parkenden Lkws drehte er sich zu ihr um, etwas Metallenes glänzte in seiner Hand.

Sie erschrak. Also doch! Er hatte sie getäuscht!

»Sorry«, sagte er, »ich muss das tun.«

Jetzt erst identifizierte sie das metallene Ding als einen Scanner.

»Bleib stehen und streck die Arme aus.«

Die Pistole fand er natürlich sofort. »Gib sie mir«, sagte er nur.

»Nein.« So einfach würde es nicht gehen.

Er überlegte einen Moment.

»Okay«, sagte sie, »ich nehm das Magazin raus.«

Dass er nicht widersprach, wunderte sie.

Der Scanner piepste, als er über ihren Rücken fuhr. Zwischen seinen Fingern hielt er einen knopfgroßen Sender.

»Im Bus«, sagte sie langsam, »da war so ein Typ.« Also doch keine Einbildung, aber sie wusste nicht, ob sie erleichtert sein sollte oder noch beunruhigter. Verfolgte der Geheimdienst sie also doch?

Er warf den Sender in den Gully.

»Der schwimmt jetzt ins Meer, oder?« Sie versuchte, locker zu klingen, auf keinen Fall besorgt oder unsicher.

Er zuckte mit den Schultern. »Wahrscheinlich zuerst in eine Kläranlage.«

Ach ja, so viel Humor! Dabei war er doch Engländer, oder?

Das milchige Licht einer Laterne fiel auf Lees Gesicht, und für einen Moment trafen sich ihre Blicke. Irgendetwas ließ sie zurückzucken, sofort verschloss sie sich.

»Okay, gehen wir?«, fragte sie rasch.

Schweigend ging er los.

Dunkelheit umfing sie, keine der Straßenlaternen funktionierte, überhaupt wirkte die Gegend, als hätten ihre Einwohner schon vor langer Zeit ihr Leben hier aufgegeben und wären weggezogen. Ein Schatten lenkte Karens Blick zu einem Hauseingang.

»Wer wohnt hier?«, fragte sie leise, sie blieb dicht an Lees Seite.

»Illegale, Junkies ...«

Für diese Seite Brüssels hatte sie sich nie interessiert, musste sie sich eingestehen. Ja, Michael hatte recht, sie musste immer weit wegfahren, um Missstände aufzudecken, als ob es hier, vor ihrer Haustür, keine gäbe. Vielleicht wollte ich mir ja die Illusion von Sicherheit in meiner nächsten Umgebung bewahren, dachte sie.

Sie versuchte, sich den Weg zu merken. Eine Angewohnheit. Zu oft schon war sie in Situationen geraten, in denen es darauf ankam, so schnell wie möglich zum Ausgangspunkt zurückzukommen, dorthin, wo das Auto stand oder ein Unterschlupf war.

Sie wich einem Hund aus, der an den Hauswänden vorbeistreifte und seine Duftmarken hinterließ, und ihr fiel der braune Hund ein. Irgendwie hatte sie das Gefühl, als wollte er ihr etwas sagen, aber sie verstand ihn nicht, und da gab er auf. Auf einmal tat er ihr leid. Es war kalt, und er war sicher hungrig. Sie hätte ihn einfach reinholen sollen. Warum hast du es nicht getan?, fragte sie sich. Wovor wolltest du dich drücken? Wieder mal vor deinen Gefühlen?

Lee wandte sich ihr zu. »Alles okay?«

Sie nickte rasch.

Die Gasse wurde dunkler und enger. Bröckelnde Fassaden, morsche Fensterrahmen, finstere Hofeingänge. Ein dumpfer, modriger Geruch stieg aus den Kellern auf, wie ein dichter werdender Nebel kroch er aus den undichten blinden Kellerfenstern und aus den Ritzen vernagelter Eingänge.

Immer wieder warf sie einen Blick über die Schulter, aber da war niemand, niemand, der sie verfolgte – und niemand, der ihre Hilfeschreie hören würde.

Ein Krachen ließ sie zusammenzucken, unwillkürlich duckte sie sich hinter Lee, der einfach weiterging. Nyström unter Mordverdacht. Machst du dir in die Hose, Karen?

»Bleib dicht hinter mir«, sagte er nur.

Das Krachen war von der gegenüberliegenden Straßenseite gekommen. Karen sah eine dürre Gestalt durch das Dunkel taumeln und gleich wieder irgendwo zwischen den Mauern verschwinden.

Unvermittelt blieb Lee vor einem Eingang stehen, das Gebäude war genauso verwahrlost wie die anderen. Er drückte eine morsche Tür auf.

»Pass auf, wo du hintrittst.«

Sie machte einen Schritt hinein in die gähnende Dunkelheit. Gelbliches Licht fiel in ein mit Graffitis beschmiertes enges Treppenhaus, nein, es war eher ein Schacht, denn von der nach oben führenden Holztreppe waren nur noch Reste übrig. Aber das Schlimmste war der beißende Geruch, ein Geruch, der immer dieselben Bilder hervorrief, ihren Albtraum. Unwillkürlich griff sie sich an die Wange, ihre Finger glitten über die Narbe, und die Bilder blitzten wieder auf, Bilder des uralten Films, den sie seit siebenundzwanzig Jahren nie bis zum Ende sah.

Der dunkle Gang, der Tunnel und der Streifen Licht, der durch einen Türspalt am Ende des Gangs fällt, es ist warm, und dann diese Geräusche, das Schaben und Schreien, und der Geruch, der Gestank nach …

»Katzenpisse«, sagte Lee und deutete nach oben. »Die hausen da irgendwo.«

… und der brennende Schmerz im Gesicht – und dann Mickey Mouse …

Sie sah hinauf, konnte aber nichts erkennen.

»Alles in Ordnung?«, hörte sie Lee fragen.

»Ja. Ja, schon gut.« Es war nur eine … eine Erinnerung, und es hatte sich wieder dieser Abgrund aufgetan. Ein dunkler Schlund, in den sie zu stürzen drohte, sobald sie zu nah an den Rand trat. Es war in Disneyworld gewesen. Sie war hingefallen, gleich nachdem sie mit ihrer Mutter durch die Piratenwelt gefahren war, der Schnitt musste genäht werden. Die Erklärung war simpel, und doch konnte sie sich nie so richtig daran erinnern.

»Sicher?«, fragte er.

Sie nickte nur.

»Gleich kommt eine Treppe«, sagte er, »ich gehe voraus.«

Die Eisentreppe, die steil nach unten führte, sah neu aus, sie war offenbar erst vor Kurzem eingebaut worden, auf diese Details konzentrierte sie sich, keine schlechten Gedanken mehr, Karen! Sie folgte Lee, und der metallische Klang ihrer Schritte auf den Stufen hallte von den in kränklich gelbes Licht getauchten Wänden wider. Plötzlich war da eine Eisentür vor ihnen, daneben eine Schalttafel mit Ziffern.

»Dreh dich um«, sagte Lee.

Wortlos gehorchte sie. Dann hörte sie, wie er einen Zahlencode eingab.

18

Unterwasserwelt, dachte Karen, als sie in dem blauen Raum stand. Sie wusste nicht so recht, was sie davon halten sollte. Ein leises Summen kam von den in Reihen aufgestellten Rechnern, die sich wie Blöcke aus grauem Eis in die Tiefe des Raums erstreckten. Sonst war es still. Unterwasserstill.

Nyström stand vor ihr. Zum ersten Mal nahm sie die Farbe seiner Augen wahr. Blau. Hellblau. Er trug Jeans und ein weißes Hemd. Und teure Schuhe.

»Willkommen bei *Lanzelot.*« Er machte eine Verbeugung. »Mein Reich.«

Ihr Blick wanderte durch den Raum. Gegenüber von den Rechnern standen Schreibtische mit Monitoren drauf. Indirektes Licht fiel auf die Wände, sie leuchteten in unterschiedlichen Blautönen, die bläuliche Flüssigkeit in den Lampen zwischen den Monitoren zerfloss träge in immer neue Formen.

»Wir müssen vorsichtig sein, deshalb die ganze Tarnung und diese, na ja, nicht gerade feine Gegend. Alle sind hinter uns her«, erklärte Nyström mit einem breiten Grinsen. Anscheinend machte ihm das Versteckspielen Spaß, und Karen fragte sich, ob das nicht alles nur eine Riesenshow war.

»Wer ist hinter euch her? Wer sind *alle?*«, fragte sie. Sie bemerkte ein Aquarium in der linken Ecke des Raums mit roten, blauen und gelben Fischen. War das Wirklichkeit? Oder Täuschung?

»Geheimdienste, Polizei, Konzerne ...« Er zuckte mit den Schultern, als berührte ihn das gar nicht. »Sie warten nur darauf, dass ich ihnen ins Netz gehe.«

»*Lanzelot*«, sagte sie, »der in Ungnade gefallene Ritter von König Artus' Tafelrunde. Bist du *Lanzelot?*«

»Lanzelot durfte den Heiligen Gral nicht suchen, aber …«, er machte eine ausladende Handbewegung, »er tut es doch.« Er schüttelte sich eine rötliche Strähne aus der Stirn.

Jetzt erst fiel ihr ein Mann auf, der an einem Monitor arbeitete. Sie sah nur seine dunkle Silhouette, die sich gegen das Licht des Bildschirms abzeichnete.

»Und was ist für *Lanzelot* der Heilige Gral?«, fragte sie.

»Geheimnisse, geheim gehaltene Wahrheiten, Wahrheiten, die unter Verschluss gehalten werden, weil sie die Weltordnung bedrohen würden.«

Karen musterte ihn. War er größenwahnsinnig? Oder ein Rebell? Oder ein Spinner? Ihr waren schon alle möglichen sonderbaren Typen über den Weg gelaufen.

Über die Monitore liefen Daten, das konnte sie aus der Entfernung sehen. »Ihr hackt euch also in Datenbanken ein«, stellte sie so nüchtern wie möglich fest.

»*So* was Schlimmes tun wir, Teecee?«, fragte er und zwinkerte.

»Ja«, kam es von dem braunen Lockenkopf.

Teecee also, na gut.

»Die Stadt ist vollgestopft mit Überwachungskameras«, erklärte Nyström und klopfte Teecee auf die Schulter. »Er schafft es regelmäßig, ein paar Kameras in der Stadt auszuschalten.

Teecee, zeig uns mal was.«

Hacker, dachte sie. Sie war also in die Hackerszene eingedrungen.

Teecees Finger flogen über die Tasten, und plötzlich tauchte auf dem Bildschirm die Ansicht eines Bahnsteigs auf.

»Die Überwachungskamera am Gare Central«, erklärte Nyström, »such dir einen aus, Karen. Einen von den Leuten da.«

»Was macht ihr mit ihm?«, fragte Karen vorsichtig.

Nyström grinste. »Wir verleihen ihm übermenschliche Kräfte.« Teecee kicherte. »Lass dich überraschen.«

Karen beobachtete die Menschen auf dem Monitor. Ein Pärchen kauerte aneinandergeschmiegt auf einer Bank und starrte auf die Gleise. Eine rothaarige Frau in kurzem Mantel und Stöckelschuhen sprach aufgeregt in ihr Handy, ein Mann um die fünfzig, er trug einen Parka, ging auf und ab. Weiter hinten entdeckte Karen noch andere Menschen, auf einmal schob sich ein junger Mann mit Strickmütze und weißer Daunenjacke ins Bild. »Den da.«

»Okay«, sagte Teecee und ließ per Tastendruck die Kamera heranzoomen.

»Wir können uns in einige Überwachungssysteme einhacken. Das Gute ist, die meisten Datenbanken arbeiten mit der Software von *Legend*, damit kennen wir uns super aus, was Teecee?« Nyström klopfte ihm auf die Schulter.

Teecee gab ein Grunzen von sich.

»Wir können uns auch in Dienste wie *Foursquare* oder *Google Latitude* einhacken«, fuhr Nyström fort. »Bei diesem Dienst loggen sich die Nutzer mit ihrem aktuellen Aufenthaltsort ein, um ihre Freunde zu informieren. Die geben ihnen dann Tipps oder schreiben, dass sie in der Nähe sind.«

Ja, das wusste sie alles, aber sie hatte nie Gebrauch davon gemacht.

»Wenn erst mal alle Handys mit GPS ausgestattet sind und noch präziser arbeiten, kann man auch über das Satellitensystem Informationen leiten«, Nyström lächelte hintergründig, »und man kann jeden mit seinem Handy punktgenau orten. Jetzt weicht es noch um ein paar Meter ab.«

»Und was macht ihr mit dieser Information?« Sie sah sich nach Lee um, doch der war verschwunden.

»Augenblick«, sagte Nyström. Teecee ließ das Gesicht des Jungen einfrieren. »*Augmented Reality.* Zum Beispiel: Gesichtserkennungsprogramm. Ist längst auf dem Markt. Es kommt nur darauf an, die Daten mit denen aus anderen Datenbanken zu vergleichen. Ganz einfache Programme suchen auf Befehl die Bilddateien auf deinem Computer nach Gesichtern ab und speichern sie dir in einer separaten Datei.«

Nyström selbst gab ein paar Befehle in einen anderen PC ein, worauf sich seitlich ein neues Fenster öffnete. »So, und schon hab ich unseren Freund, er hat ein ziemlich ausführliches Porträt auf Facebook hinterlegt. Name: Nils Schrothmann, geboren 1987, lebt in Frankfurt, Deutschland. Und jetzt gehen wir nach Frankfurt, ins Telefonbuch.«

Er tippte wieder.

»Ich hab ihn!«, rief Teecee von seinem Bildschirm herüber. »Mainzer Landstraße 311 ...«

»Ihr könnt euch in deutsche Datenbanken einhacken?«

»Es gibt längst europäische Datenbanken«, Nyström winkte ab, »das Schengener Sicherheitssystem III hat uns das beschert: Es erlaubt und ermöglicht die Vernetzung von verschiedenen Datenbanken. Alle Sicherheitssysteme, Überwachungskameras, digital lesbare Pässe sind miteinander vernetzt. Und nicht nur die. Alles!

Wir tun nichts anderes, als Datenbanken miteinander zu verknüpfen. Wir hacken uns zum Beispiel in die Datenbank der Passämter ein. Dank neuer Bestimmungen sind dort auch die biometrischen Daten gespeichert. Die vergleicht unser Programm mit denen, die die Überwachungskamera aufzeichnet. Willst du seine Handynummer wissen?«

Wieder klackten Tasten, ein neues Fenster öffnete sich. Eine Nummer erschien. »Warte«, sagte Nyström.

Teecee wählte auf den Tastenfeldern die Ziffernfolge, während die Kamera dem jungen Mann auf dem Bahnsteig folgte. Tatsächlich! Er griff in die Innentasche seiner Jacke und zog ein Handy heraus.

»Hallo?«, hörte man ihn durch die Lautsprecher am Computer sagen.

»Hallo Nils, guck mal in die Kamera über dir«, sagte Nyström auf Deutsch ins Mikrofon. Am Bildschirm konnte Karen sehen, wie Nils sich überrascht umblickte.

»Viel Spaß noch in Brüssel«, schickte Nyström hinterher.

Teecee klickte weiter auf die Tasten, und drei neue Fenster öffneten sich. »Seine Versicherungen, seine Kreditkarte«, kündigte er an. Der Bildschirm zeigte seinen Kontostand. Minus 4.289 Euro.

»Technikfreak«, kommentierte Teecee und wies auf die vor Kurzem erfolgte Abbuchung des Elektronikanbieters *Saturn Hansa* in Höhe von 998 Euro und die über 764,30 Euro für einen Flachbildschirm bei *ebay*.

»Wenn er an einem Scanner vorbeigeht oder jemand geht mit einem Kartenleser an ihm vorbei, kann man die Daten von den Kreditkarten oder Pässen mit Chip direkt ablesen«, sagte Nyström. »Es sei denn, er hat seine Geldbörse dick in Alufolie eingewickelt.«

Ja, das hatte sie alles schon gehört, aber irgendwie war es nie so richtig in ihr Bewusstsein gedrungen.

»Und seit die Deutschen mit ELENA arbeiten – leider werden sie es ja schon bald wieder abschaffen –, ist es noch ein bisschen einfacher geworden«, sagte Nyström.

»ELENA?«, fragte Karen, sie kam sich völlig unbedarft vor.

»Elektronischer Entgeltnachweis«, erklärte Nyström. »Auf einer Karte mit Chip werden alle für Arbeitsamt, Versicherungen und Arbeitgeber relevanten Daten gespeichert. Also Fehltage, Urlaubstage, Elternzeit … Auf diese Weise können die dem Arbeitgeber zustehenden Sozialleistungen ausgerechnet werden. Für die Behörden gibt das ein wunderbares Dossier von jedem einzelnen Angestellten.«

»Danke, ELENA!«, sagte Teecee und klatschte in die Hände.

Auf dem Schirm tauchte der Name Holzwirth und Söhne auf, der Arbeitgeber von Nils Schrothmann, eine Firma, die Maschinenbauteile herstellt.

»Unser Nils hat schon zehn Tage Urlaub gehabt und, he!, er ist seit drei Tagen krankgeschrieben. Grippe. Die hat er sich wohl für einen Kurztrip nach Brüssel aufgeschnappt!« Lachend zoomte Teecee ihn heran. »Krank sieht er jedenfalls nicht aus.«

»Wir könnten noch weitermachen, wir kommen auch an die Datenbanken von Europol und an die der meisten nationalen Polizeistellen«, sagte Nyström. »Wir können alle diese Daten abrufen und können sie ergänzen mit Facebook-Informationen. Also nehmen wir mal unseren Nils.«

Die Facebook-Seite öffnete sich und zeigte 358 Freunde. »Wir picken uns einen von denen raus«, Teecee klickte auf *Mandy*, »vergleichen zum Beispiel ihre Kreditkartenabrechnungen oder die Daten ihrer Urlaubstage – und stellen fest, he!«, er tippte weiter, »die beiden waren am 18. Februar im Hotel Jever.« Teecee kam in Fahrt. »Aber auf ihren Facebook-Seiten kein Ton davon, und … Moment, unser Nils war laut ELENA am 18. November letzten Jahres auch krank. Schauen wir doch mal, mit wem er hier in Brüssel abgestiegen ist.« Teecee kicherte. »Und dann können wir noch in die Daten von der Volkszählung der Deutschen rein. Alles easy!«

Karen hatte genug. »Und was macht ihr mit diesen Informationen?« Ihr Ton klang missbilligender, als sie beabsichtigt hatte. »Verkauft ihr sie?«

Nyström richtete sich auf. Das Licht des Bildschirms fiel nur auf eine Gesichtshälfte, und zum ersten Mal sah sie sein Profil, die hohe Stirn, die gerade Nase, das eckige, leicht vorstehende Kinn mit dem Dreitagebart, die eingefallene Wange und die dunkle Augenhöhle. Ein Workaholic, einer, der zu wenig schlief, weil dann die Dämonen kamen. Einer wie sie. Wovor läufst du davon, Nyström?, fragte sie sich.

»Das war nur eine Spielerei«, sagte er leichthin, »um dir einen kleinen Eindruck zu vermitteln. Nils kann krankfeiern, wann und mit wem er will, stimmt's, Teecee?«

»Jau!«

»Uns geht's um die großen Dinge. Um so was wie den vertuschten Mord an Grévy. Wir fügen Puzzleteile zusammen.«

Auf einmal ärgerte sie dieser Umgang mit der Realität. Als wäre alles nur ein Videospiel. »Und dass durch euer Puzzeln Menschen sterben? Wie diese Frauen und Kinder in Darfur oder wie David?« Die Wut, da war sie wieder. Sie fixierte Nyström.

»David hat uns unterstützt«, sagte Nyström ruhig und hielt ihrem Blick stand. »Und das mit den Frauen und Kindern ist nicht wahr. Der Angriff fand genau zehn Minuten vor der Veröffentlichung des geheimen Dokuments statt. Wer behauptet so was?«

»Der Geheimdienst.«

»Der hat dich belogen. Was wollten sie von dir?« Seine Züge verhärteten sich, und Karen spürte, dass er ihr misstraute.

Sie zögerte.

»Warte ...«, er fing an zu grinsen, »du sollst mich verraten, ja?«

»Findest du das lustig?«

»Nein, nein! Es ist nur ... immer dasselbe. Sie wollen mich kriegen, aber sie wollen nicht einsehen, dass sie zu blöd dazu sind.« Er verschränkte die Arme hinter dem Kopf und wippte mit seinem Sessel. »Also«, fragte er amüsiert, »verrätst du mich?«

»Sie haben mir Fotos von deiner Frau gezeigt«, sagte sie unbeeindruckt, »sie glauben, dass du es getan hast.«

Sein Lächeln verschwand. »Ich wurde freigesprochen. Du glaubst das doch nicht, oder?« Er sah sie einen Moment nur an, dann fuhr er fort: »Es war der schlimmste Tag in meinem Leben, als ich sie in unserem Schlafzimmer fand.« Seine Stimme wurde leiser. »Sie hatten alles verwüstet, herausgerissen, durchwühlt, Schmuck, Geld, Computer, alles mitgenommen. Warum haben sie sie auch noch ...?« Er brach ab, lehnte sich vor zu den Monitoren, und eine Weile sagte niemand etwas, nur das Klacken der Tasten und die Lüftung drangen durch den Raum.

Warum hat David mir nie von *Lanzelot* erzählt?, fragte sie sich, oder von Nyström? Hat David ihm vertraut? »Und wer hat David umgebracht?«

»Wahrscheinlich dieselben, die Oberst Grévy erschossen haben.«

Er bewegte sich nicht, irgendwas war ihm unangenehm, spürte sie.

Plötzlich verstand sie, das Entsetzliche bekam einen Sinn. »Sie, wer immer das ist, haben angenommen, du wärst auch im Restaurant ... Sie wollten nicht nur David ... sie wollten hauptsächlich dich töten.«

Sie konnte ihre Wut kaum noch im Zaum halten. »Machst

du es dir immer so einfach? Du tauchst also einfach ab, hier, in diese, diese heile blaue Welt?«

»Es ist keine heile Welt, Karen«, sagte er scharf. Er blickte sie wieder an, seine blauen Augen flackerten auf. »Es ist ein Keller in einem abgefuckten Viertel voll von Kokssüchtigen und Durchgeknallten. Und wir leben und arbeiten hier. Da hab ich mir erlaubt, meine Lieblingsfarbe auszusuchen. Blau. Meerblau. Okay?«

Sie starrte ihn an, starrte in diese eindringlichen Augen, in dieses entschlossene Gesicht mit den Sommersprossen und dem Dreitagebart, und plötzlich verschloss sich etwas in ihr.

»Ach ja«, fügte er hinzu, »und eine Espressomaschine hab ich mir auch geleistet. Sie war sogar richtig teuer. Machst du uns einen, Lee?«

Wieder hatte er dieses überlegene Lächeln aufgesetzt, das sie so wütend machte, aber sie sagte nur: »Ich will keinen Kaffee.«

Eine Weile sagte niemand etwas.

Karen erinnerte sich wieder an die letzten Minuten mit David, wie hinter der Scheibe die Schneeflocken leuchteten. Dann stoppte sie den Film und fragte: »Und, was machen wir jetzt?«

»Wir?« Nyström musterte sie. »Du willst also mitmachen?«

»Ich will wissen, wer David umgebracht hat«, sagte sie. »Und warum.«

»Das wollen wir auch«, sagte er. »Gut, dann zeig ich dir jetzt was.«

19

Nyström klickte auf die Tasten. Ein Bild tauchte auf. Schneebedeckte Gebirgslandschaft. Ein einzelner Baum. Daran lehnt ein Mann im blauen Skianzug, den Kopf zur Seite gelegt, als sei er eingenickt.

Nyström klickte weiter. Der Mann wurde größer, Karen erkannte Einzelheiten. Über die bleiche Wange des Mannes wand sich ein dunkelroter Faden. Blut. Offenbar rann es unter der schwarzen Skimütze hervor.

Klick. Nahaufnahme. Die Mütze war ein Stück hochgeschoben. Ein schwarzes Loch, kaum größer als ein Fingernagel, daneben noch eins. Nyström zoomte noch näher heran. Karen beugte sich vor. »Zwei Schüsse.«

Nyström nickte. »Das Foto, das David hatte.«

»Kein Selbstmord«, sagte sie, »eine Hinrichtung.«

Nyström nickte und wandte sich zum Monitor daneben. »Jetzt zeig ich dir, wofür Grévy sich verantworten sollte. Das Video wurde uns von einem Kontaktmann geschickt. Außer uns hat es angeblich niemand. Das heißt, auch nicht die Untersuchungskommission in Den Haag. Sie kennen nur die Fakten. Aber nicht die Bilder.«

Ein grobkörniges Schwarz-Weiß-Video startete. Es war offenbar in der Dunkelheit von einem Helikopter aus aufgenommen worden. Man sah eine Art Gehöft, wie sie sie in Afghanistan oft gesehen hatte. Einfache Ziegelbauten, umgeben von einer Mauer. Auf dem Gelände wurden Getreide, aber auch Cannabis oder Schlafmohn angebaut. Auf diesen Bildern sah man jedoch keine Pflanzen, die Erde war kahl, abgeerntet vielleicht oder gar nicht bepflanzt.

»Hier sollten sich laut einem Informanten Taliban versteckt haben«, erklärte Nyström. »Grévy, Befehlshaber der EU-*Battlegroup*, hat – mit Erlaubnis seiner Vorgesetzten – die *Contractors* der privaten Sicherheitsfirma *Globe* für diesen speziellen Einsatz zu Hilfe gerufen. Er hatte angeblich einen todsicheren Tipp, dass sich dort über fünfzehn wichtige Taliban aufhalten sollten.«

Der Hubschrauber kreiste, auf einmal stürmten von allen Seiten Soldaten in das Gehöft. Explosionen und Rauch waren zu sehen, Wände stürzten ein.

»Das sind Frauen und Kinder«, sagte Karen entsetzt.

Sie flohen direkt ins Maschinengewehrfeuer der Soldaten. Alle wurden erschossen. Immer noch stürzten Steine von eingebrochenen Mauern, der Hubschrauber kreiste weiter.

»Sieh hier«, Nyström zoomte auf die auf der Erde liegenden Menschen. Eine Frau bewegte sich, Karen sah ihr Gesicht, sah, wie sie versuchte, sich zwischen den toten Körpern aufzurichten. Nyström zoomte wieder weiter weg, und Karen sah, wie die Frau in Richtung eines Soldaten blickte, der das Gewehr auf sie gerichtet hatte. Dann ein Zucken, ihr Körper wurde herumgeschleudert und brach auf den anderen Toten zusammen. Jetzt erst ließ der Soldat sein Gewehr sinken, dann zeigte er seinem Kameraden den erhobenen Daumen und stieß mit dem Fuß gegen den Arm der Toten. Nyström hielt das Video an.

Karen war starr vor Entsetzen.

»Das ist noch nicht alles.« Er ließ das Video weiterlaufen.

In den rauchenden Ruinen bewegte sich etwas, Karen erkannte ein Kind, das über die Mauerreste kroch, langsam, mühsam, offensichtlich war es verletzt ... Den Schuss hörte man nicht, aber man sah das Zucken, das durch den kleinen

Körper ging, dann wurde er nach hinten geschleudert. Rechts ragte der Lauf eines Gewehrs ins Bild …

»Hör auf! Ich will das nicht länger sehen!«, rief Karen.

Nyström reagierte nicht.

Karen wollte wegsehen, aber sie konnte nicht. Das Grauen schien sie zu lähmen.

Wie rasend fielen die Soldaten über die Toten her und verstümmelten sie. Die einen hatten Messer in der Hand, die anderen prügelten mit Holzpfählen auf die Toten ein, in einer wilden Metzelei hackten und schlugen sie auf die leblosen Körper der Frauen und Kinder ein …

Endlich gelang es Karen, sich abzuwenden.

»Diesen Teil kennen die Ermittler in Den Haag nicht«, hörte sie Nyström sagen.

Als sie sich wieder umdrehte, war der Monitor schwarz.

Aber in ihr lief ein grell zuckender Filmtrailer ab, rasant zusammengeschnitten von ihrem Gehirn, alles mischte sich, die zerspringende Scheibe, David, wie er sie anlächelte, Paolo, wie sein Kopf explodierte, der brennende Körper auf der Straße, die Dunkelheit in der Zelle, der Flur mit dem Türspalt, Bilder, Farben, zu kurz, um sie zu erkennen, und dazwischen immer wieder die Orgie der Gewalt aus dem Video …

»Gibt's auch was anderes als Kaffee?«, fragte Karen rasch.

»Tee?«, fragte Nyström.

»Eher so was wie Whiskey, Brandy, Wodka …« *Karen, du wolltest doch nicht,* meldete sich eine Stimme, aber sie hörte nicht hin.

Nyström stand auf und holte eine fast volle Flasche Lagavulin und ein Glas, und es wunderte sie, dass er auf ein spöttisches Lächeln verzichtete.

Sie goss sich großzügig ein, trank den ersten Schluck, und der Film wurde leiser, langsamer, und er verblasste und verstummte schließlich – und sie konnte endlich wieder denken.

War es wirklich so tragisch, dass Grévy ermordet wurde? Er war doch der Verantwortliche für dieses Gemetzel.

»Vielleicht war der Mord an Grévy ein Racheakt?«, meinte sie nach dem zweiten großen Schluck.

»Von wem? »Nyström schüttelte den Kopf. »Es gab ja keine Überlebenden.«

Karen suchte in seinem Gesicht nach Anzeichen von Entsetzen, aber sie fand nichts. Entweder hatte er das Video schon so oft gesehen oder er war einfach so.

»Der Einsatz sollte untersucht werden«, Nyström verschränkte die Arme vor der Brust, »und: Nicht nur Oberst Grévy ist tot, auch acht der zehn *Globe-Contractors.*«

»Sind sie bei dem Einsatz ums Leben gekommen?«, fragte Karen.

»Nein«, er legte den Kopf schief, als wollte er ihre Reaktion genau studieren, »sie sind während der letzten beide Monate gestorben.« Nyström klickte einen Namen an. Autounfall in Limoges, konnte Karen lesen. Er klickte einen anderen Namen an. Herz-Kreislaufversagen. Mit einunddreißig. Die nächsten beiden Soldaten waren an einem Gehirnschlag gestorben, ein weiterer hatte sich aus dem Fenster seiner Wohnung im fünften Stock gestürzt, wo er mit Frau und zwei Kindern wohnte, ein anderer hatte sich mit Schlaftabletten umgebracht, und zwei starben an einem Herzinfarkt.

»Alle Todesfälle lassen sich erklären mit posttraumatischem Belastungssyndrom, mit emotionalem Stress, Schuldgefühlen, Depressionen, auch mit Drogenkonsum … Es gibt keinen einzigen Hinweis auf einen Täter und auf einen Plan.«

»Und was unternimmt *Lanzelot?*« Der Whiskey ließ sie tiefer durchatmen.

Nyströms Augen blitzten auf. »Wir veröffentlichen.«

»Aber zwei der zehn Männer leben doch noch, oder? Falls ein System dahintersteckt, bringt ihr die Leute in Gefahr. Man wird versuchen, auch noch die letzten Überlebenden auszuschalten.«

»Das ist nicht unsere Sache«, sagte Nyström und fuhr sich mit den Händen durch die Haare, dann schüttelte er den Kopf und strich sie wieder nach hinten.

Du kannst ein ganz schön ignorantes Arschloch sein, Nyström, dachte Karen.

»Wir veröffentlichen geheime Dokumente«, fuhr Nyström fort, »weil die Öffentlichkeit ein Anrecht darauf hat, zu erfahren, was wirklich passiert. Die Bürger zahlen diesen Politikern das Gehalt, sie wählen sie, sie setzen sie ein, und diese Kerle halten es noch nicht einmal für nötig, ihren Geldgebern reinen Wein einzuschenken.« Teecee nickte.

»Und was wollt ihr nun machen?«, fragte Karen.

»Ganz einfach«, sagte Nyström, »wir veröffentlichen die Fakten. Das Video. Die Liste mit den Beteiligten.«

»Dann hat der Geheimdienst also doch recht«, sagte Karen, »und ihr habt durch eure Veröffentlichungen zwei Morde auf dem Gewissen.«

»Wieso?«, meldete sich Teecee.

»Wieso?« Karens Wut wurde immer größer. »Habt ihr hier überhaupt eine Ahnung, wie es im richtigen Leben zugeht? Was glaubt ihr wohl, was mit den beiden passiert? Vorausgesetzt, die, die ihre Kameraden auf dem Gewissen haben, sind nicht schneller ... Die Männer werden gelyncht!«

»Hast du vergessen, was sie getan haben?«, fuhr Nyström sie an. »Du hast es gerade gesehen! Sie haben unschuldige Menschen niedergemetzelt! Hast du dieses Kind gesehen?«, sagte er heftig. Seine Augen funkelten.

»Und jetzt entscheidest du, die Typen haben nichts anderes verdient, oder?«

Nyström schwieg. Teecee wandte sich ab, als sie zu ihm blickte.

Und wenn Nyström recht hat? Warum sollte man diese Männer nicht einfach ihrem Schicksal überlassen? Was mischte sie sich überhaupt ein?

Als Journalistin musst du Distanz wahren können, Liebes, sonst findest du nie die Wahrheit heraus. O-Ton ihre Mutter. Karen konnte selten Distanz wahren. Immer flammte etwas in ihr auf. Leidenschaft, Wut ... Und diesmal gelang ihr es erst recht nicht. David. Sie tat es wegen David – oder nicht? Oder wegen der Wahrheit? Oder ... oder weil sie immer noch an etwas glaubte, an so was wie Menschlichkeit und Gerechtigkeit.

»Es geht um die Wahrheit, Karen«, sagte Nyström.

»Auf Kosten von Menschenleben?«, gab sie zurück.

»Jede Wahrheit erfordert Opfer«, warf Teecee dazwischen.

Die Wahrheit, nichts als die Wahrheit ... Sie wollte es nicht mehr hören. »Ihr tut so, als wäre die Wahrheit ein Gott«, sagte sie, »ein Gott, dem geopfert werden muss.«

»Na ja, so drastisch ...«, begann Nyström.

Sie schnitt ihm das Wort ab. »Wenn du das hier veröffentlichst, sind die beiden überlebenden Söldner so gut wie tot.«

»Jens hat doch schon gesagt, dass das nicht unser Problem ist«, sagte Teecee.

Oh, er mag mich nicht. Gut, ich mag dich auch nicht, dachte sie. Bevor sie etwas erwidern konnte, hob Nyström beschwichtigend die Hand. »Lass, Teecee. Karen hat recht. In diesem Fall.«

Sagte er das jetzt aus Überzeugung oder nur, weil ihm die Argumente ausgegangen waren?, überlegte Karen.

»Okay«, sagte sie, »dann müssen wir die ganze Wahrheit herausfinden. Das, was dahintersteckt.«

Nyström sah sie lange an, schließlich nickte er. »Eine gewisse Anna Scarafia in Den Haag leitet den Untersuchungsausschuss in der Sache Grévy.«

»Du hast also vorgehabt, sie einzuweihen?«

»Nein. Wir wollten uns in ihre internen Mails einhacken«, sagte Teecee.

Klar, was sonst, dachte Karen. Sie trank das Glas leer. David, ich finde heraus, wer dir das angetan hat. Ich finde die Wahrheit heraus.

Leben war in sie zurückgekehrt, sie hatte schon fast vergessen, wie sich das anfühlte.

20

Den Haag

Anna Scarafia war an diesem Abend schon früh zu Bett gegangen. Ein Migräneanfall hatte sie den ganzen Nachmittag lang gequält, schließlich hatte sie eine Tablette genommen und war endlich eingeschlafen.

Wenige Stunden später klingelte das Telefon auf ihrem Nachttisch.

Sie gehörte zu den Menschen, die ihr Handy niemals ausschalteten. Armer Édouard, er hatte es nie geschafft, sich damit abzufinden, dass es so etwas wie telefonische Unerreichbarkeit für sie nicht gab. Und auch nicht, dass sie eine schwindelerregend steile Karriere machte.

Während er seit zwanzig Jahren in seiner gediegenen holzgetäfelten Anwaltskanzlei Ehen schied, über Unterhaltszahlungen und Sorgerecht stritt, gab sie als Mitarbeiterin der Anklage am Europäischen Gerichtshof Fernsehinterviews, jagte perverse Kriegsverbrecher und vernahm Models, die von afrikanischen Tyrannen Diamantringe geschenkt bekamen.

Édouard schlief jetzt wahrscheinlich tief und fest neben seiner fünfundzwanzig Jahre jüngeren Frau, die ihr Handy nicht mit ins Schlafzimmer bringen durfte. Das ging Anna Scarafia während der wenigen Augenblicke durch den Kopf, die sie brauchte, bis sie das Telefon ertastet hatte.

»Ja?«

Sie war sofort hellwach, als sie den Namen Grévy hörte. Die Journalistin, die sich als Karen Burnett vorstellte und Französisch mit englischem Akzent sprach, behauptete Ungeheuerliches und schickte ihr zwei Fotos aufs Handy.

Scarafia war inzwischen aufgestanden, in ihr Arbeitszimmer gegangen und betrachtete die vergrößerten Fotos auf ihrem Notebook.

»Man kann jedes Foto manipulieren«, sagte sie und beugte sich näher zum Bildschirm, um die beiden Einschusslöcher in Grévys Kopf zu erkennen. »Außerdem gab es eine Obduktion. Glauben Sie denn, dem zuständigen Pathologen ist der zweite Schuss in den Kopf entgangen?«

»Nein. Aber er wollte ihn offensichtlich nicht sehen«, sagte die Journalistin frech. Wenn sie irgendetwas nicht ausstehen konnte dann waren es Frechheit und Dreistigkeit, die brachten sie auf die Palme, warum, wusste sie auch nicht so genau.

»Und woher nehmen Sie die Gewissheit, Madame?« Scarafia wurde allmählich wütend. Ganz langsam, aber sie spürte es genau, erwärmte sich ihr Blut. Ihr italienisches Blut. »Und woher haben Sie eigentlich meine Nummer?«

»Sagen wir mal … ich hab sie einfach. Womöglich wurde der Pathologe unter Druck gesetzt oder … gekauft.«

»Und wieso soll ich Ihnen das so einfach glauben?«

»Nur noch zwei Soldaten sind am Leben. Alle anderen sind im vergangenen Monat gestorben.«

»Überbelastung. Stress. Auch ihnen drohte eine Untersuchung.« Während sie das sagte, kam es ihr auf einmal merkwürdig vor. Aber wieso? Doch nur, weil diese Journalistin sie auf eine bestimmte Spur bringen wollte, oder? »Also, ich bitte Sie, wenden Sie sich zu den normalen Bürostunden an ...« Sie kam nicht weiter.

»Glauben Sie etwa, ich erzähle Ihnen Märchen am Telefon?«, brauste die Journalistin auf.

Oh, Madame Burnett ist keine von denen, die sich einschüchtern lassen, dachte Scarafia und sagte: »Nehmen wir an, es stimmt, was Sie sagen, warum sind diese Menschen gestorben?«

»Sie sind nicht einfach gestorben. Autounfälle, Selbstmorde, Schlaganfälle, Herzinfarkte ... Es waren alles Männer unter vierzig. Das ist nicht gerade normal.«

»Womöglich haben alle unter großem Stress gelitten. Schuldbewusstsein, die Unfähigkeit, ins normale Leben zurückzukehren, Eheprobleme, Beziehungskonflikte ... Wir wissen doch alle, dass ein großer Teil der Soldaten Antidepressiva nimmt oder Amphetamine. Prozac, Zoloft ...«

»Und durch Zufall sterben alle innerhalb eines Monats?«, fiel ihr die Journalistin ins Wort.

»Wissen Sie, dass allein im letzten Jahr hundertfünfzig amerikanische Soldaten, die im Irak und in Afghanistan gekämpft haben, Selbstmord begangen haben? Und das *trotz* all der Medikamente?«

»Wollen Sie damit sagen, dass Sie das alles für normal halten? Statistisch gesehen?«

»Moment, Madame Burnett«, sie holte Luft, es konnte nicht angehen, dass sie sich von einer Journalistin – ja, überhaupt von irgendjemandem – andauernd ins Wort fallen ließ. Anna Scarafia hörte man zu, man unterbrach sie nicht. »In jenem Gehöft«, fing sie also an zu erklären, »sollten sich ausschließlich Talibankämpfer aufhalten, deshalb hat Oberst Grévy Mitarbeiter der Firma *Globe* zur Verstärkung angefordert. Sie waren auf einen harten Kampf eingestellt ...«

»Und waren auch dann nicht mehr zurückzuhalten, als sie sahen, dass dort nur Frauen und Kinder waren?«, unterbrach die Journalistin sie schon wieder. »Grévy war Soldat, daher war er verantwortlich, er hatte gemäß der Vierten Genfer Konvention Zivilpersonen zu schützen, insbesondere Frauen und Kinder. Artikel siebenundzwanzig, aber den kennen Sie sicher besser als ich. Das hat er nicht getan. Warum nicht? Vielleicht hat es ihm jemand verboten ...«

»Sie wagen sich ziemlich weit vor, Madame Burnett.«

»Das muss man manchmal.«

»Ich werde darüber nachdenken«, sagte Scarafia nur und beendete das Gespräch.

Nachdenklich ging sie in die Küche und setzte Wasser auf für einen starken Kaffee. Grévys Selbstmord war wie ein Eingeständnis seiner Schuld, also seines Fehlverhaltens gewesen. So hatte man das bisher gesehen. Der Prozess war erst einmal vertagt worden, natürlich, und es stellte sich die Frage, ob er überhaupt jemals eröffnet werden würde. Problematisch waren die Verfahren gegen die Mitarbeiter von *Globe*, die ja offiziell keine Soldaten waren. Ihr völkerrechtlicher Status war noch umstritten, eine Tatsache, die Grévy und seine Vorgesetzten sich womöglich zunutze gemacht hatten.

Das Wasser kochte, sie goss es über den gestern gemahlenen Kaffee. Édouard würde die Nase rümpfen, auch darüber hatten sie sich am Schluss gestritten, dass sie den Kaffee nicht tassenweise frisch mahlte. *Unglaublich, womit man seine Lebenszeit verschwendete!* Sie ließ den Kaffee ziehen.

Im Verteidigungsministerium und auch in der EDA, der Europäischen Verteidigungsagentur, war man sich sehr schnell darüber einig gewesen – was selten genug vorkam –, dass man durch eine großzügige Geldspende den Bau einer Schule und eines Krankenhauses im nächstgelegenen afghanischen Ort vorantreiben wollte, um den Angehörigen der Getöteten ein Zeichen der Versöhnung zu senden. Obwohl es ja eigentlich an *Globe* gewesen wäre, hier einen finanziellen Beitrag zu leisten.

Wenn nun aber diese Journalistin mit ihrer Behauptung recht haben sollte und Grévy einem Attentat zum Opfer gefallen war, wer stand dann hinter der Sache? Die Flamme des Ehrgeizes züngelte wieder. Wie konnte es sein, dass diese Journalistin mehr wusste als sie?

Sie drückte den Kaffee durch und goss sich eine Tasse ein. Sie trank ihn schwarz und ohne Zucker. Jetzt war sie hellwach, ihre Migräne verflogen. Sie ging zurück ins Arbeitszimmer und gab *Karen Burnett* in den Computer ein. Sie wusste gern, mit wem sie es zu tun hatte. Voilà!

Der Name war ihr bekannt vorgekommen. Aber sie hatte *Jane* gemeint, *Jane Burnett*, die Mutter und Starjournalistin, die vor drei Jahren in Australien ums Leben gekommen war. Ein Tauchunfall, erinnerte sie sich, weil sie es so bizarr gefunden hatte.

Jetzt aber zur Tochter. Karen Burnett nahm sich in ihren Artikeln und Features der Vergessenen, der Übersehenen an, auch in Ländern, die nicht oft im Fokus der Berichterstattung standen. Anwältin der Benachteiligten, der Vergessenen, las sie, als unerschrocken, kämpferisch und dabei doch immer mitfühlend wurde sie beschrieben.

Vergangenes Jahr: Afghanistan. Wollte vom Afghanistan-

Hype vielleicht auch ein Stück abhaben oder mit ihrer Mutter konkurrieren, dachte Scarafia. Gefangennahme in Afghanistan. Drei Tage Geisel. Dann Freilassung gegen Lösegeldzahlung. Wie viel und von wem, stand nicht dabei. Bei der Freilassung wieder unter Beschuss geraten, die eigenen Leute, hieß es hier, verwechselten das Fahrzeug mit einem, in dem Talibankämpfer drinsitzen sollten. Wieder Glück. Sie überlebte, ein Kollege nicht. Es sah aus, als ob sie deshalb erst richtig bekannt geworden war – und jetzt bekam sie auch noch in Brüssel den Press Award verliehen. »Karen Burnett verdient einen Preis – keine Entführung«, sagte ein Menschenrechtler.

Und immer wieder Querverweise auf Jane Burnett. Geboren 1951 in Boston, Vater Philosophieprofessor, Mutter Übersetzerin, Jane studierte in Yale, arbeitete dann für die New York Times, Übersiedlung nach London, später Paris, 1999 nach Berlin, wo sie bis zur ihrem tragischen Tod lebte. Arbeitete für BBC News und zahlreiche renommierte Zeitschriften. Vor allem aus dem Fernsehen kannte Scarafia sie, da war sie die unbestechliche, mutige Journalistin. Sie erinnerte sich an ihr dunkles Haar, wie es im Wind über den Schlachtfeldern wehte. Diese Frau gehörte zu den Persönlichkeiten, mit denen sie gern einmal einen Abend lang geplaudert hätte.

Scarafia blieb an einem Textzitat aus Jane Burnetts bekanntestem Buch hängen: *Die Wahrheit und nichts als die Wahrheit.*

Heutzutage wähnen wir uns gut aufgehoben in der Demokratie. Und wenn Milliardäre hin und wieder etwas Gutes tun, sind wir zufrieden und denken nicht weiter. Aber: Für die Demokratie gibt es wohl kaum eine größere Gefahr als Mega-

reichtum. Mit Geld wird Macht geschaffen und erhalten. Je mehr Geld – desto mehr Macht.

Und das gilt nicht nur in den USA, wo die Präsidenten durch Geld in ihr Amt gehoben werden. Nein, auch Europa ist keine Ausnahme.

Die hundert reichsten Europäer konnten ihr Vermögen in den letzten dreißig Jahren verzehnfachen. Nicht etwa durch höhere Produktivität ihrer Unternehmen, nein!, sondern allein durch Geldgeschäfte.

Es gilt also: Wer viel Geld besitzt, wird noch mehr Geld besitzen.

An einer anderen Stelle las Scarafia:

Der Megareichtum lässt eine gesellschaftliche Schicht entstehen, die über die notwendigen Mittel verfügt, um die Politik zu bestimmen, die Rechtsprechung zu beeinflussen und sich Zugang zu verschaffen zu allen möglichen Informationen, was ihren Reichtum noch weiter vermehrt – und damit ihre Macht zementiert.

Scarafia hielt einen Moment inne. Sie konnte Jane Burnetts Argumentation nicht widersprechen, im Gegenteil. Die Reichen kauften das Recht, kauften Zeugen, engagierten die findigsten, skrupellosesten Anwälte. Wie oft hatte sie schon kapitulieren müssen? Jane Burnetts Gegner, las sie weiter, bescheinigten ihr amerikanische Ostküstenarroganz, dennoch hatte sie, die längst *Die Burnett* genannt wurde, viele Bewunderer, sie räumte so ziemlich alle Journalistenpreise ab, die Liste war lang. In einem Artikel wurde sie als eine Mischung aus Oriana Fallaci und Susan Sontag beschrieben, zwei überaus streitbaren und selbstbewussten Journalistinnen.

Dass es die Tochter nicht leicht hatte, gegen eine solche Mutter anzukommen, war klar. Deswegen wagte Karen Burnett sich wohl auch erst gar nicht an die großen politischen Themen, sie trieb sich lieber im unbeachteten Alltag der Benachteiligten herum. Scarafia war sich sicher, dass Mutter und Tochter sich nicht sonderlich gut verstanden hatten.

Der Kaffee war genau so, wie sie ihn jetzt brauchte.

Es war mal wieder Zeit, ihre Karriere voranzutreiben. Und sie hatte das unbestimmte Gefühl, dass dieser Fall ihr dabei helfen könnte.

21

Brüssel

»Diese Scarafia ist einfach nur arrogant.« Karen rutschte von der Tischkante. »Keine Ahnung, ob sie irgendwas unternimmt. Und wenn ja, wann? Ich will mich nicht auf sie verlassen. Wir müssen unbedingt mit den Überlebenden Kontakt aufnehmen. Es sind nur noch zwei.« Ja, es tat ihr gut, etwas zu tun. In den vergangenen Stunden hatte sie nur zwei Mal an ihre Tabletten gedacht. »Die Soldaten gehörten also zu *Globe*«, fasste sie zusammen und ging dabei vor den Monitoren auf und ab. »*Globe*, ein privates Sicherheitsunternehmen, Arbeitgeber für arbeitslos gewordene Soldaten aus den USA, aus Russland, Großbritannien, Südafrika. Nachdem die verkleinerten Heere ihre Leute ausgemustert haben.«

Sie warf einen Blick zu Nyström, der, die Arme hinter dem Kopf verschränkt, ihr zuhörte, und fuhr fort: »Sie sind gut ausgebildet, haben Erfahrung und suchen einen neuen Job. Gleichzeitig sind die Waffensysteme komplizierter geworden, man braucht Spezialisten. Die privaten Sicherheitsfirmen übernehmen Beratung, Training, Verwaltung von Kriegsgefangenenlagern, auch die technische, logistische und operative Unterstützung von Kampfhandlungen. Und die hat Oberst Grévy bekommen.«

Nyström öffnete den Mund, um etwas zu sagen, doch sie ließ ihm keine Zeit. Erst musste sie ihm die Grundlagen erklären. »Und wenn Mitarbeiter dieser Unternehmen bei einem Einsatz ums Leben kommen, tauchen sie in den Statistiken der nationalen Armeen nicht auf. Völkerrechtlich können diese Leute meistens nicht belangt werden. Im Sinne der Genfer Konvention sind es Zivilisten, sie müssen geschützt werden. Außer sie nehmen an Kampfhandlungen teil. Sie können also nur nach nationalem Recht angeklagt und verurteilt werden. Falls man sie überhaupt erwischt … Das heißt: Sie sind äußerst nützlich. Sozusagen für die Drecksarbeit.« Fertig. Jetzt durfte er.

»Hast du darüber promoviert?«, fragte Nyström. Er grinste breit.

»Ich hab mit diesen Leuten oft zu tun gehabt«, sagte sie ernst. »Bedenklich ist die Tatsache, dass private Sicherheits- und Militärunternehmen ein wirtschaftliches Interesse an der Weiterführung von Kriegen haben. Sie machen dasselbe, was ihr mit den Geheimnissen macht.« So, Nyström, das hast du von deinem blöden Grinsen.

Das verschwand auch schlagartig.

»Ihr seht zu, dass euch die Geheimnisse nicht ausgehen«, sagte Karen und fügte ein angriffslustiges *Oder* mit Fragezeichen hinzu.

»Ach«, sagte er mit demselben provozierenden Unterton, »dann hat David also nur für ein neues Geheimnis gesorgt?«

»Das hab ich nicht gesagt!«

»Nein? Was hast du dann gesagt?« Er hob die Brauen.

Karen, es ist kindisch, es geht um David ... »Okay«, sagte sie einlenkend, »es geht jetzt um die beiden Überlebenden.«

»Und, was willst du ihnen sagen? Die wissen doch längst, dass ihre Kameraden tot sind.« Nyström wippte ungeduldig mit seinem Sessel.

»Ich sage ihnen die Wahrheit.« Ja, die Wahrheit, nichts als die Wahrheit. Karen konnte das Wort schon nicht mehr hören.

»Das tust du nicht!«, sagte er entschieden.

Schon wieder. Er schaffte es, sie wütend zu machen, von einer Sekunde auf die andere. »Ach? Und wieso nicht?«

»So haben wir nie gearbeitet. Wir veröffentlichen, wir kümmern uns nicht um einzelne Schicksale«, sagte er. »Unsere Aufgabe ist die Veröffentlichung, wir ergreifen niemals Partei. Wir sind weder Polizisten noch ... Geheimagenten.«

»Du musst ja auch nicht anrufen. Ich brauche die Nummern«, erwiderte sie unbeeindruckt.

»Selbst die ...«

»Pass auf!«, sie stützte sich auf den Tisch und sah ihn provozierend direkt an. »Hier geht es um Menschenleben und um eine ganz wichtige Frage: Wie konnte das passieren? Wie konnten die Soldaten so ausrasten? Passiert es wieder? Es geht nicht um irgendwelche Prinzipien. Du kannst dich nicht einfach aus allem raushalten und dich hinter deinen gehackten Dokumenten verschanzen.«

Er hielt ihrem Blick stand. »Wieso bestimmst du plötzlich, was ich darf und was ich nicht darf, wie ich zu arbeiten habe?«

Wie lange wollte sie sich noch mit ihm streiten? »Mach, was du willst, Nyström, es ist mir egal, ich will nur die Liste mit den Namen der Überlebenden. Und sag jetzt nicht, dass das nicht vereinbar ist mit deinen Prinzipien! Sonst prügele ich jeden einzelnen Buchstaben und jede einzelne Ziffer aus dir heraus.«

Einen Moment lang herrschte Stille.

Schließlich seufzte Nyström. Und Karen meinte, sie müsste etwas erklären: »Ich hasse das alles, die ganze Gewalt, okay? Mit meinen Reportagen will ich Mitgefühl wecken. Die Schicksale hinter den sachlichen *News* zeigen. Es ist mir nie um die Anzahl der Toten gegangen, immer um jeden einzelnen, um das Leben, das ihm genommen wurde, das wollte und will ich zeigen. Und um diejenigen Menschen, die allein zurückbleiben, Kinder, Frau, Mann, Eltern, Verlobte ...«

»Tust du das alles eigentlich für ihn oder ...?«

Sie wandte sich ab, irritiert von seiner Frage, auf die sie eigentlich eine Antwort wissen müsste.

22

Lüttich

Céline Cocteau stellte gerade ihren Kaffeebecher in die Spüle, als der Klingelton sie erschreckte. Das war nicht ihr Handy. Das war seins! Verärgert, weil sie in der wenigen Zeit, die ihr morgens blieb, auch noch seine Anrufe annehmen musste, ging sie durch das verhasste enge Apartment zur Wohnungstür. Von dort kam das Klingeln. Natürlich, Jorge hatte das Handy einfach in der Tasche seines blauen Kapuzenpullis stecken lassen! Er scherte sich einen Dreck darum, wie es ihr ging. Wie sie mit ihrem Knochenjob als Krankenschwester zurechtkam. Seit Monaten diese verfluchten Rückenschmerzen, keine Nacht konnte sie richtig schlafen. Aber er meinte ja, nur er hätte Probleme. Als ob sie sich nicht auch deswegen sorgte? Sie hatte ihn geheiratet, gut, das war fünf Jahre her. Kinder kamen keine. Warum wohl? Weil sie nicht mehr glücklich waren miteinander, weil es keine Schwingungen mehr gab, so wie früher. Sie lebten nebeneinander her. Alles drehte sich um ihn – und ums Geld. Dieses Mal war alles noch schlimmer geworden, seit er aus Afghanistan zurückgekommen war. Jetzt verstand sie die Sorgen anderer Soldatenfrauen, die sich einerseits jeden Tag wünschten, ihre Männer würden so schnell wie möglich zurückkommen, die sich andererseits aber genau davor fürchteten. Weil sie sich verändert hatten. Jeder Einsatz machte etwas mit ihnen. Oft schon hatte sie sich gewünscht, endlich diese Seite in ihm kennenzulernen, die immer stärker wurde, die nichts mit ihr zu tun hatte und mit ihrem gemeinsamen Leben, diese kämpferische, gewalttätige Seite. Sie hatte Zeitungsartikel gelesen, er erzählte ja nichts, schwieg, ging weg, schwieg wieder … und sie ahnte, dass er dabei gewesen war, sie ahnte es.

Das Handy klingelte immer noch.

Schließlich nahm sie doch ab. »Hallo?«

Als das Wort *Journalistin* fiel, wollte sie sofort auflegen. Dass sie es nicht tat, lag daran, dass sie nicht so schnell die richtige Taste fand. Und dann sagte die Frau etwas von Attentaten und dass schon acht Soldaten gestorben seien und dass Jorge unter den letzten Lebenden sei.

»Was reden Sie da überhaupt?«, unterbrach sie die Frau.

»Wissen Sie, wo er jetzt ist?«, fragte die Journalistin.

»Auf unserer Baustelle.« Seit sechs Uhr schon. »Wir bauen ein Haus. Er muss die Arbeiter überwachen.« Sie schluckte, als könnte sie die Zweifel, die ihr zum ersten Mal kamen, damit niederkämpfen.

»Um diese Uhrzeit?«

»Er hat Angst, dass irgendwelche Sachen geklaut werden. Manchmal übernachtet er sogar da draußen.« Stimmte das überhaupt? Was wusste sie denn noch von diesem großen, starken Mann, von dem sie sich früher so beschützt gefühlt hatte.

»Bei dieser Kälte?«, sagte die Stimme aus dem Telefon.

»Die macht ihm nichts aus. Hören Sie, dieses Haus hält ihn aufrecht. Die Arbeit dort hilft ihm über den Tag. Ohne sie wäre er wahrscheinlich längst Alkoholiker oder drogenabhängig.« Die Worte drängten aus ihr heraus. Wie kam sie überhaupt dazu, einer Fremden am Telefon ihre Ängste anzuvertrauen? Sie redete ja noch nicht einmal mit ihren Freundinnen darüber. Weil man sie immer davor gewarnt hatte, einen Soldaten zu heiraten.

»Madame Cocteau, sind Sie noch dran?«

»Ja.«

»Wie kann man ihn erreichen?«

»Erreichen? Gar nicht. Er hat sein Handy ja nicht mitgenommen.« Mit diesem Ding telefoniere ich gerade mit Ihnen, haben Sie das nicht kapiert?, wollte sie ins Telefon brüllen, alles herausbrüllen, was sie die letzten Jahre ausgehalten und in sich verschlossen hatte.

»Bitte, es ist wirklich dringend«, fing die Journalistin wieder an, »Sie müssen ihn warnen. Er ist in Gefahr.«

»Warum sagen *Sie* mir das und nicht die Polizei?«, sagte sie barsch. Ich hab genug zu tun!, wollte sie schreien, ich kann nicht mehr, denkt denn keiner mal an mich?

»Sie müssen zu ihm!«

»Und Ihnen soll ich jetzt einfach so glauben?« Sie bemerkte, dass sie vor dem Spiegel an der Garderobe stand. Sie betrachtete sich, den Kopf zur Seite geneigt, einen Arm in die

Hüfte gestützt. Diese tief gezogenen Mundwinkel. Wie alt sie geworden war. Fünfunddreißig. Und verbittert.

»Lieben Sie Ihren Mann?«, kam es plötzlich aus dem Telefon.

Sie sah sich in die Augen. Liebe ich ihn? Liebt er mich noch? Es ist anders geworden zwischen uns. Aber geht das nicht allen Menschen so, die schon länger zusammenleben? Liebe ich ihn noch? Ihr Blick bohrte sich in die Augen ihres Spiegelbildes. Sie hatte ihn verloren. Er war in eine andere Welt abgedriftet. Liebe fühlte sich an wie Verlust, wie eine Wunde.

»Was geht Sie das eigentlich an?«, blaffte sie ins Telefon und holte Luft, sie musste sich diese Person endlich vom Halse schaffen.

»Nichts. Aber falls Sie ihn lieben, dann beeilen Sie sich, verstecken Sie sich ein paar Tage oder Wochen. Irgendetwas passiert ...«

»Sie sind wohl verrückt? Ich hab eine Stelle. Ich bin Krankenschwester! Denken Sie, ich kann einfach so gehen?« Sie hob die Brauen, schüttelte den Kopf und beobachtete sich dabei im Spiegel.

»Wie viel ist Ihnen Ihrer beider Leben wert, Céline?«

Darauf konnte sie nicht antworten. Sie sah auf die Uhr, sie musste endlich los, sonst käme sie zu spät zur Arbeit.

»Jorges Kameraden sind schon tot. Ich weiß nicht, ob Ihnen noch viel Zeit bleibt. Holen Sie Ihren Mann von der Baustelle und suchen Sie sich einen sicheren Ort, sagen Sie niemandem, wo sie sind!«

Kaum hatte Céline aufgelegt, schoss die Angst in ihr hoch. Sie schnappte sich die Autoschlüssel, nahm den Wollmantel, eilte aus der Wohnung, hinunter auf die Straße, hin zu ihrem Wagen und fuhr los. Noch war die Sonne nicht aufgegangen, die Scheinwerfer tauchten die Bäume in ein geisterhaftes Licht. Sie achtete nicht auf den Schnee, nicht auf die glatten Straßen, sie raste durch den Ort und bog schlitternd in die Straße zum Neubaugebiet ein. Etwas in ihr wollte sie davon überzeugen, dass sie sich umsonst aufregte, dass der Anruf der Journalistin ein dummer Scherz gewesen war. Doch dann meldete sich die Vernunft. Warum sollte die Frau denn einen Scherz machen? Ein Lastwagen tauchte hinter einer Kurve auf, sie konnte gerade noch ausweichen, rutschte dabei fast in den Graben. Da konnte sie sie vor sich erkennen, im Licht der Scheinwerfer, fünf Rohbauten, die in Reih und Glied aus der Wiese herauszuwachsen schienen, zwischen Bergen von Erde und Baumaterial. Sie steuerte vorsichtig vor das Haus genau in der Mitte und war erleichtert, als sie den goldfarbenen Fiat davor parken sah, sie hielt dahinter an, nahm die Taschenlampe und stieg aus.

»Mist!« Ihre Halbschuhe versanken im Matsch. »Jorge?«, rief sie und stapfte weiter, balancierte über das Brett in den Eingang, der noch keine Tür hatte, die sie erst aussuchen wollten im Baumarkt. »Jorge?«, rief sie wieder, während sie durch den kalten, zugigen Rohbau ging und der Kegel der Taschenlampe herumirrte. Das Dach hatte er in aller Eile noch vor dem Winter errichtet. »Jorge …« Auf dem staubigen Boden des Raums, der einmal die Küche werden sollte, stand seine Werkzeugtasche. Er war also hier. Vielleicht stand er irgendwo oben und rauchte. Seitdem sie aufgehört hatte, rauchte er auch nicht mehr in der Wohnung, nur noch draußen, auf dem Balkon, oder hier.

Sie legte den Kopf in den Nacken und folgte dem Schein der Taschenlampe hinauf in den Giebel. Im ersten Augenblick dachte sie, es sei ein Fetzen schwarzer Folie, der da an einem Seil von dem Dachbalken herunterhing. Aber es war keine Folie.

Sie erkannte seine schwarzen Stiefel.

23

Brüssel

Der Raum musste warm und feucht sein, außerdem heruntergekommen, abgefuckt. Und das Kokain musste bereitliegen. Dafür zahlte er Nasser, diesem Nigger, schließlich genügend Kohle. Fackellicht hatte Roth für heute Abend bestellt – um sich zu motivieren –, und Nasser hatte es ihm auch geliefert, es machte die Illusion eines römischen Kerkers perfekt. Nackte Säulen, nackte Mauern, sehr gut. Und Eisenketten hatte der Nigger besorgt. Das muss man ihm lassen, dachte er, der Nigger versteht was von seinem Geschäft. Ein dumpfer Bass gab den Rhythmus vor, er genoss den Anblick der mit Ketten gefesselten dunkelhäutigen Sklavin, die da vor ihm kniete, er griff ihr ins Haar und zog sie näher heran. Ihr Widerstand ließ sein Herz hüpfen, pumpte ihm immer mehr Blut in die Lenden.

Er riss ihren Kopf zurück, zwang sie auf den Rücken und sah in ihre vor Angst aufgerissenen Augen. Dieser Blick des Untermenschen! Wie er ihn genoss!

»Du Drecksschlampe«, zischte er ihr gerade ins Ohr, als ein Klingeln ihn brutal aus seiner Welt riss. Die ganze sorgfältige Inszenierung! Die ganze Mühe! Aus! Ausgerechnet jetzt.

Er musste drangehen. Er musste. »Bleib!«, herrschte er sie

an. Noch immer zitternd vor Erregung ging er zur Tür, wo der Stuhl stand mit seiner Kleidung, und zog das Handy aus der Hosentasche.

»Ja?«

»Station Comte de Flandre.«

»Und?«

»Sie ist nicht mehr da.«

»Wie?«

»Keine Ahnung ...«

Wütend beendete er das Gespräch. Dieser Nyström hat mehr Glück als Verstand! Aber er war auch nur ein Mensch! Und Menschen machten Fehler. Er würde ihn schon noch erwischen. Und diese Journalistin dazu. Er würde es nicht zulassen, dass sie den *Großen Plan* gefährdeten. Jetzt zitterte er vor Zorn. Er hasste Fehler. Offenbar hatte er zwei Idioten engagiert. Er hätte es selbst machen sollen ...

Aus der Ecke kam ein Stöhnen. Wie sie am Fuß der Säule kauerte und ihn hündisch ansah!

»Ich bin noch nicht fertig mit dir!« Rasch zog er den Gürtel aus seiner Hose auf dem Stuhl, legte ihn ihr um den Hals, drehte sie auf den Bauch und rammte ihr einen Stiefel ins Steißbein. Er zog den Gürtel zu, genoss ihr Winden und Zerren, er zog immer stärker – und dann kam er.

Als alles vorbei war, wählte er Nassers Nummer. »Schaff sie weg«, sagte er nur, zog sich an und trocknete sich mit einem sauberen Taschentuch die schweißbedeckte Stirn. Ausgeglichen, eine innere Ruhe spürend, verließ er den Raum und ließ die Eisentür hinter sich zufallen. Jedes Mal danach fühlte er sich wie neu geboren, gereinigt, ja, gestärkt und voller Lebensfreude.

Diese klare Luft! Tief sog er sie ein und warf sich ein *Fisherman's Friend* in den Mund. Die Neonschilder der Clubs und

Bars erhellten die Straße. Sicherheitshalber ging er ein Stück, bevor er lässig ein Taxi heranwinkte und natürlich nicht die Straße nannte, in der er wirklich wohnte. Im Taxi lehnte er sich zurück und schloss entspannt die Augen, doch wieder meldete sich sein Handy.

»Waren Sie zufrieden mit der Ware?«, fragte Nasser und schniefte wie üblich. Ein vollgekokster Verräter an seinen eigenen Landsleuten. Lockte die Frauen mit Versprechungen nach Europa, um sie dann als Nutten ohne Papiere ihre Überfahrt abbezahlen zu lassen. Was sie nie schafften. Weil sich der Preis immer wieder erhöhte. Aber, das musste man ihm lassen, dem Kerl, er hatte ihn stets gut und prompt bedient – und die Schnauze gehalten. Dumm war Nasser nicht. Er wusste, dass er, Roth, die besseren Verbindungen hatte zu Polizei und Justiz. Nasser würde ihn nicht verraten. Warum auch? Schließlich war er ein guter Kunde.

»Nächste Woche bekomme ich frische Ware, frisch, extra für Sie.« Schleimiger Nigerianer, dachte Roth und versprach sich zu melden. Gerade wollte er sich wieder seinen Erinnerungen widmen, als sein anderes Handy klingelte. Das für ganz besondere Gespräche.

»Einen schönen guten Morgen, Hapé! Können Sie auch nicht schlafen? Haben Sie die Sache wieder unter Kontrolle?«, näselte die Stimme.

Roth sah ihn vor sich, wie er in seinem bonbonfarbenen Schloss saß, wahrscheinlich im Bademantel und mit Pantoffeln an den Füßen. Er litt unter Schlaflosigkeit, der Alte.

»Ich bin dabei, kein Grund zur Sorge«, sagte Roth gelassen, um ihm den Wind aus den Segeln zu nehmen. »Es war nicht vorauszusehen, dass er die Verabredung im Restaurant nicht einhalten würde.«

»Ehrlich gesagt, es interessiert mich nicht, was angeblich

nicht vorauszusehen war«, sagte der Alte mit nöliger Stimme. »Wenn er die Fotos hat und veröffentlicht, haben wir ein Problem. Sie wissen, was auf dem Spiel steht. Es war Ihre Aufgabe, daran erinnern Sie sich doch? Oder?«

»Doch, sicher, natürlich erinnere ich mich.«

»Das beruhigt mich. Vergessliche Menschen sind die Pest.« Er lachte auf. »Entschuldigen Sie den Wortwitz. Sie persönlich tragen die Verantwortung dafür. Habe ich mich klar ausgedrückt?«

»Selbstverständlich, Herr Baron, natürlich. Ich werde sofort …«, sagte Roth eifrig. Er hasste diesen unterwürfigen Ton.

»Und wie stehts mit unserem Filmfest?«

»Der Film ist bestellt, er wird, wie geplant, per Luftfracht eintreffen.«

»Schön.«

Aufgelegt. Dieser alte Sack hatte einfach aufgelegt! Hatte ihn behandelt wie den letzten Dreck. Wie einen … einen Sklaven. Und nur weil er so reich war, weil er glaubte, die Welt gehöre ihm mit seinen Milliarden.

»Wir sind da, Monsieur«, hörte er den Taxifahrer sagen.

»Wir sind da? Was reden Sie da?«, brauste er auf. »Das ist die falsche Seite! Sehen Sie das nicht! Fahren Sie gefälligst rüber!«

»Monsieur, ich darf hier nicht einfach … Da ist eine durchgezogene Linie …«

»Na und! Was geht mich Ihre durchgezogene Linie an!«, schrie er. Der kam ihm gerade recht. Dieses aufgeblasene Arschloch wollte ihn belehren? »Ich will auf die andere Straßenseite!«

»Monsieur … bitte …« Der Taxifahrer hob beschwichtigend die Hände.

»Ich kann Sie ... anzeigen, ich kann ...!« Das Adrenalin jagte durch seinen Körper, der sich eben noch so wunderbar entspannt angefühlt hatte. Dieser dreckige Kanake!

Rasch löste er seine Boss-Krawatte und zog sie unter dem Hemdkragen hervor. »Woher kommen Sie überhaupt? Tunesien? Libyen? Haben Sie Papiere? Haben Sie ...« Er schlang die Krawatte um den Hals des Fahrers und zog zu. Der Mann zappelte, aber er kam nicht an gegen Roths Kraft. Als er ruhig wurde, zählte Roth bis zwanzig. Die Krawatte steckte er in seine Manteltasche, dann stieg er aus.

Diese klare Luft! Beim Einatmen spürte er ein angenehmes Brennen auf der Zunge, das die Pfefferminze hinterlassen hatte. Er spürte, wie sein Selbstwertgefühl zurückkehrte. Die Nacht war viel zu dunkel für Augenzeugen.

24

Washington

Darlene blickte nur kurz über die Schulter, als er hereinkam, und legte den Stapel Pullover aufs Doppelbett.

»Du packst schon?«

Sie antwortete mit einem »mh« und wandte sich wieder zum Kleiderschrank um.

Wenn Syd sie nicht so gedrängt hätte, würde sie nicht nach Brüssel fliegen. Jedenfalls ganz sicher nicht mit Silva. Aber niemand – noch nicht einmal ihre beste Freundin Olivia – wollte ihren Ärger verstehen, ach, es war mehr als Ärger, es war ... Kränkung. Ist doch eine schöne Reise, Darlene, hatte Olivia beim letzten Lunch gemeint, ein Filmfestival! Außerdem soll Brüssel sehr schön sein! Und: Sei doch froh, du fährst nicht einfach nur privat, die hast eine politische Aufgabe!

Dass es ihr darum gar nicht ging, konnte Olivia, konnte niemand begreifen. Als sie Olivia anvertraut hatte, sie fühle sich wie ein Stein in einem Spiel, das sie nicht kannte, hatte die nur ihre groß gelockte dunkle Mähne geschüttelt und gemeint, sie sei ein bisschen paranoid. Dennoch, sie wurde dieses Gefühl nicht los, auch nicht, dass Syd ihr nicht ganz offen begegnete, was er natürlich jedes Mal, wenn sie es ansprach, vehement leugnete.

»Es soll drüben wärmer sein als hier«, sagte er jetzt.

Sie reagierte nicht gleich, sondern wartete ein wenig, bis sie schließlich fragte: »Und was wirst du an deinem Geburtstag machen?«

Sie legte noch ein Kleid heraus und wollte es wie beiläufig klingen lassen, wollte ihm vormachen, dass es ihr inzwischen gleichgültig sei, aber sie musste sich eingestehen, dass es sich anders anhörte. Bitter und wütend. Und er?

Gerade zurückgekommen von einer Besprechung mit seinen Militärberatern, stand er da, in Hemd und gelockerter Krawatte, mit hängenden Schultern und gequältem Gesichtsausdruck. Er, der mächtigste Mann der Welt. In diesem Augenblick hasste sie ihn für seine Schwäche. In diesem Augenblick hätte sie sich einen Mann gewünscht, der sich nicht ständig rechtfertigte, der nicht vernünftig und lauwarm und auf Kompromiss aus war, sondern einen ... so einen wie ... wie ... *wie Ross, seinen Konkurrenten von den Republikanern? Das ist nicht dein Ernst, Darlene. Ross ist ein großkotziger – wenn auch sehr attraktiver – Tyrann.* Nein, es war auch nicht ihr Ernst, aber Syds Jammernummer konnte sie auch nicht ertragen.

»Darlene, du weißt doch, ohne dich ist es kein richtiger

Geburtstag. Ich werde wie gesagt ein paar alte Parteifreunde treffen. Es gibt Bier und Hamburger.«

»Klingt aufregend.«

Sie hörte ihn aufstöhnen, während sie irgendein anderes Kleid vom Bügel riss.

»Wir feiern nach, wenn du zurück bist, okay?«, probierte er es wieder.

»Das ist nicht dasselbe.«

»Ja, aber …«

Es reichte, sie hatte genug. Und das sollte er auch sehen.

»Schon gut«, sagte sie und stemmte die Arme in die Hüfte, »du brauchst dir keine neuen Erklärungen aus den Fingern zu saugen. Reden wir nicht mehr darüber.«

Wenn er doch nur ein Mal richtig losbrüllen würde, ein Mal seine Selbstkontrolle aufgeben würde! Dann könnte sie auch schreien, es wäre so befreiend, und danach könnten sie sich in den Armen liegen.

»Ich sage das Meeting heute Abend ab«, er sah auf die Uhr, »dann könnten wir zusammen noch mal über alles reden …«

»Ich habe keine Zeit«, fiel sie ihm ins Wort. »Sarah will mit mir noch ein paar PR-Artikel durchsprechen.« Sie machte die Schranktür zu. Ende der Diskussion. »Die Krawatte passt übrigens nicht zu deinen Schuhen.« Damit verließ sie den Raum und ließ ihn einfach stehen.

25

Brüssel

Der Winterhimmel glühte rostrot, als das Taxi Karen vor ihrem Haus absetzte, die frühmorgendliche Kälte ätzte sich in ihre Glieder und machte ihren Atem zu weißem Nebel. Sie stieß die Gartentür auf und bemerkte etwas Dunkles vor der Haustür. Als hätte dort jemand eine Decke abgelegt. Aber es war keine Decke. Es war ein braunes Bündel, und es bewegte sich. Der braune Hund. Er hatte sich auf der Fußmatte zusammengerollt, jetzt hob er den Kopf und sah sie aus braunen Augen an. Irgendwie fühlte sie sich erleichtert. Er war nicht einfach weggegangen.

Karen bückte sich, und er fing an, ihre Hand zu lecken.

»He ...«, sagte sie und streichelte ihn. »Wo kommst du denn her? Vielleicht sucht jemand nach dir?« Sein Fell war nass von getautem Schnee, und er zitterte. Ausgesetzt? Weggelaufen?

Sie suchte eine Tätowierung im Ohr, fand aber keine. Vielleicht trug er einen Chip mit den Daten seines Besitzers. Sie müsste zum Tierarzt.

Als Kind hatte sie sich immer einen Hund gewünscht. Für so was haben wir keine Zeit, hatte ihre Mutter daraufhin erwidert. Und später war sie selbst viel zu oft unterwegs gewesen.

Sie schloss die Haustür auf, der Hund stand auf, schüttelte sich und trottete hinter ihr her, als hätte er nur auf sie gewartet.

In der Wohnung stieg sie aus den Stiefeln und warf ihre Jacke über die Garderobe. Als sie aus dem Badezimmer zurückkam, saß er immer noch da und sah sie mit geduldiger Aufmerksamkeit an. Widerstandslos ließ er über sich ergehen, dass sie sein Fell abtrocknete, und beobachtete sie anschließend, wie sie Haferflocken in eine Schüssel füllte und mit Wasser einweichte.

»Leider hab ich kein Hundefutter.« Sie stellte die Schüssel neben die Spülmaschine und sah zu, wie er sich heißhungrig darüber hermachte.

Seltsam, Michael war noch gar nicht in die Küche gekommen. Er musste sie doch längst gehört haben.

Sie fühlte sich ausgelaugt, sie fror, war müde, und sie hatte Hunger. Vielleicht schlief er noch? Im Schlafzimmer war er nicht, sein Bett war gemacht, die Schranktür stand offen, wie immer, nachdem er sich angezogen hatte, aber es fehlten seine Sachen, Hemden, Hosen …

Während sie durch die Wohnung eilte, versuchte sie sich zu erinnern, ob er ihr etwas von einer Reise gesagt hatte? Von einem Kongress? *Vielleicht hab ich es vergessen?* Sie vergaß viel in der letzten Zeit.

In der Küche stand kein Geschirr. Noch nicht mal ein benutztes Glas oder seine Teetasse.

Der Hund hatte sich in eine Ecke gekauert, sich klein, fast unsichtbar gemacht. *So hab ich's auch bei meiner Mutter immer gemacht. Sie hätte mir den Kopf abgerissen, wenn ich sie beim Schreiben oder Telefonieren gestört hätte. Aber ich bin nicht Jane. Ich bin Karen. Also, du musst dich nicht so klein machen.*

Der Hund legte den Kopf schief, als hätte er alles verstanden.

Sie ging zurück in den Flur, wollte ihr Handy holen, Michael anrufen, da bemerkte sie ihn.

Den Zettel.

Auf der Kommode unter der Garderobe.

Ich brauche Abstand, bevor ich anfange, dich zu hassen. Michael

Ein Satz. Sie zählte die Wörter. Neun und sein Name. Neun Wörter, die alles sagten. Neun Wörter, die alles veränderten.

Fünf Mal, zehn Mal ließ sie es bei ihm klingeln. Die Mobilbox schaltete sich nicht ein.

Die Stille kam ihr vor wie eine Lücke, eine Unterbrechung auf der sonst so zuverlässig fortlaufenden Linie der Zeit.

Sie schenkte sich ein Glas Brandy ein. Während der wenigen Minuten, die sie brauchte, um es zu leer zu trinken, wurde sie wütend. Warum ging er gerade jetzt? Jetzt, wo sie ihn brauchte? Wo sie in einer Krise steckte? *Du machst es dir ganz schön einfach, Michael! Verdrückst dich! Hast du erlebt, was ich erlebt habe? Entführung, Anschläge, Tod? Meinst du, das könnte ich so einfach wegstecken, indem ich ab sofort brav zu Hause bleibe und alles vergesse? Was denkst du dir eigentlich?*

»Was denkst du dir eigentlich?«, schrie sie und goss sich nach.

Beim zweiten Glas wurde sie sentimental. *Wie kannst du mich nur hassen? Wir haben uns doch mal geliebt, oder nicht?* ... Die Konferenz in Rom. Er übersetzte vom Maltesischen ins Italienische. Thema: Flüchtlingsproblematik in Südeuropa. Ihr erstes Treffen an der Hotelbar. Sie war gerade aus dem Sudan angekommen, kraftlos, mit den Nerven am Ende. Er war nett zu ihr, endlich mal jemand, der ihr zuhörte, ohne ständig von sich selbst und seinen Heldentaten zu reden. Seine Augen waren sanft, genau das, wonach sie sich gerade sehnte. Sie konnte sich fallen lassen, das merkte sie gleich, und als sie mit ihm in seinem Zimmer war, spürte sie endlich Frieden, als hätte sie gefunden, was ihr immer gefehlt hatte in ihrem Leben ... *ach, Michael* ...

Beim dritten Glas tat sie sich wieder leid. Sie fing gerade an zu heulen, als ein Bellen sie aus ihrer düsteren Welt herausriss. Sie saß inzwischen auf dem Boden, ans Sofa gelehnt, ein Kissen in ihren Armen. *Mein Gott Karen*, wies eine Stimme sie zurecht, *lass dich doch nicht so gehen*.

Sie sah auf. Der Hund stand in der Tür, bellte wieder, ein trockenes, eindringliches und ernstes Bellen, als wollte er sie zurückholen. Als er nicht zu ihr kam, stand sie mühsam auf, dabei stieß sie die halb leere Flasche um.

»Und was soll ich jetzt tun?«, fragte sie den Hund. Er bellte wieder. Da fiel ihr ein, dass er wahrscheinlich raus musste. Frische Luft, die würde sie vielleicht retten.

26

Den Haag

»Sie sagen, er hätte sich in seinem eigenen Haus aufgehängt«, sagte Anna Scarafia, als sie hereinkam, und warf ihren Mantel auf den Besuchersessel.

Ihr Assistent Han stand im Türrahmen. »Wer?«, fragte er. »Wer hat sich aufgehängt?«

Abrupt blieb sie vor ihm stehen. »Das mag ja sein. Aber«, sie streckte ihren Zeigefinger mit dem auffälligen roten Rubinring aus, »die Frage ist doch: Warum? Warum jetzt? Hat jemand ihm den Befehl dazu gegeben?«

»Hm. Würdest du mir erklären, worum es eigentlich geht?«

»Mein lieber Han. Das tue ich gern. Holst du mir vorher einen Kaffee?«

Lächelnd stieß er sich vom Türrahmen ab und verschwand.

Vor anderthalb Stunden – sie war gerade aus der Dusche gekommen – hatte die Journalistin sie vom Tod eines weiteren Soldaten unterrichtet.

Kein Zufall, hatte sie entschieden, und in diesem Augenblick hatte sie gewusst, sie musste verhindern, dass die Akte Grévy geschlossen wurde.

Es ist schlichtweg unmöglich, dass diese Todesfälle eine natürliche Ursache haben, hatte sie sofort gedacht. Davon abgesehen … James T. Ashley würde nächstes Jahr in Pension gehen. Sie mochte den Ausblick von seinem Büro. Nur der Schreibtisch, der musste raus.

Sie hatte eine knappe Stunde gebraucht, um sich anzuziehen, ihr kurzes dunkles – nun gut, ja, gefärbtes – Haar zu frisieren, sich zu schminken. Die großen Augen hatten einen extra dunklen Schatten bekommen, und ihre Lippen, noch immer ganz ansehnlich, einen extra teuren Gloss.

Dann war sie in der Tiefgarage in ihren schwarzen Mercedes SL gestiegen und ins Büro gefahren.

Anna, der Bullterrier hatten sie sie früher an der Uni genannt. Hatte sie sich einmal ein Ziel in den Kopf gesetzt, ließ sie nicht mehr davon ab. Die Leichen der Soldaten mussten exhumiert werden. Und zwar so schnell wie möglich. Der Pathologe musste befragt werden, aber vor allem musste sie gleich, genauer gesagt, in einer Stunde, James Ashley von der Dringlichkeit der Ermittlungen überzeugen. Und das war eine nicht gerade leichte Aufgabe. Pedantisch, zwanghaft fast, wachte er über jede Minute Arbeitszeit, die seine Mitarbeiter möglicherweise nicht effizient nutzten. Dabei, da war sie sich sicher, ging es ihm nicht um verschwendete Steuergelder, ihm, James T. Ashley, ging es allein um Kontrolle.

»Dein Kaffee.« Mit einer kleinen Verbeugung stellte Han ihr die Tasse auf den Schreibtisch.

Sie trank einen Schluck, und als sie ihm alles erzählte, verstärkte sich ihre Überzeugung, dass die Todesfälle kein Zufall waren.

»Du meinst …« Han stand noch immer unbeweglich da, als hätte man ihm verboten, sich von der Stelle zu rühren, »… du denkst an so was wie in diesem alten Film, in dem Leute angerufen und dabei hypnotisiert werden und dann versteckte Raketen abfeuern? Und in unserem Fall bringen sich diese Leute um?«

»Han, bitte, wir sind nicht in Hollywood. Und außerdem ist das wirklich ein uralter Film. Es wundert mich, dass du den überhaupt kennst.«

»Meine Mutter …«, er räusperte sich.

»Schon gut, Han, so genau wollte ich es gar nicht wissen.« Gespräche über das Alter waren ihr verhasst, vor allem mit einem zwanzig Jahre jüngeren Mitarbeiter. Sie wollte einfach nicht daran erinnert werden, dass sie im Oktober fünfundfünfzig wurde. Dabei fühlte sie sich wie dreißig – oder, nun ja, wie vierzig.

»Schaff mir den zuständigen Pathologen ans Telefon«, bat sie, »nicht dass wieder so ein Idiot zwei Kopfschüsse übersieht! Er soll ihn zwei Mal aufschneiden. Oder drei Mal! Gleich muss ich Ashley davon überzeugen, dass er uns machen lässt.«

Han nickte und ging, sie nahm sich die Informationen vor, die per Mail eingetroffen waren.

Die Männer der Truppe gehörten ausnahmslos zur privaten Sicherheitsfirma *Globe*. Sie war gespannt, welche Erklärung die Firma bereithielt. Im fernen San Diego würden sie gleich Dienstschluss haben, sie versuchte es trotzdem. Sie hatte Glück und wurde zu einem gewissen John Whiteman aus der Rechtsabteilung durchgestellt.

Der erklärte ihr gut gelaunt und mit vielen Worten, dass die Todesfälle nichts anderes seien als Zufälle, bedauerliche allerdings, ja, gewiss, sehr bedauerliche. *Globe* habe den Angehörigen ihr tiefstes Mitgefühl ausgesprochen, selbstverständlich, »... aber, Mrs. Scarafia, Fakt ist doch, dass die Männer schon seit Monaten von ihrem Einsatz zurück sind. Da kann man ja nun wirklich keinen Zusammenhang mehr konstruieren, noch dazu, wo die Todesursachen doch sehr unterschiedlicher Art waren, nicht wahr? Suizid, Herzversagen, Schlaganfall ... Außerdem kann ich Ihnen versichern, dass *Globe* sich sehr um seine Mitarbeiter kümmert, ihre Gesundheit und Unversehrtheit liegt uns sehr am Herzen, also, Sie können *Globe* ganz und gar vertrauen. *Globe* will den Weltfrieden erhalten oder wiederherstellen, wenn er irgendwo gestört ist und ...«

Sie hatte genug. »Das werden wir noch sehen, Mister Whiteman. *Globe* wird ganz sicher einiges zu erklären haben. Auf Wiederhören und noch einen schönen Abend.«

Sie wickelte einen Kaugummi aus. Früher hätte sie sich mit großer Geste eine Zigarette angesteckt, sich zurückgelehnt, den Rauchringen nachgeblickt und eine Idee gehabt.

Die Welt ist so arm geworden, dachte sie.

Nur wenig später spuckte sie das Kaugummi ins Papier und warf es weg.

»Anna«, sagte Han, als er hereinkam, »der Pathologe ist in Urlaub gefahren.«

»Unglaublich.« Sie schüttelte den Kopf.

27

Brüssel

»Michael?« Irgendetwas hatte Karen aus dem Schlaf gerissen, kein Traum, etwas Reales, ein Rascheln vielleicht? Oder war es das Knurren des Hundes? Sie fuhr hoch von der Couch, auf die sie sich nach dem kurzen Spaziergang gelegt hatte. Sie spürte den Brandy in ihrem Kopf – wie konnte sie nur? –, entdeckte Michaels Nachricht auf dem Boden, stand auf und ging in den Flur. Der Hund knurrte die Tür an, seine Nackenhaare waren gesträubt.

Ihre Hand zitterte, als sie zur Jacke an der Garderobe griff und die Waffe aus der Tasche zog. Und wenn Michael da draußen stand? *Ich hab mir alles noch mal überlegt, Karen, es tut mir leid*... Nein, er hatte geschrieben: ... *bevor ich anfange, dich zu hassen*... Michael kam nicht einfach so zurück. Nicht nach einer solchen Nachricht.

Langsam setzte sich ihr Denken in Bewegung. Der Geheimdienst wollte ihre Zusage, dass sie *Lanzelot* verriet. Oder... die Männer in den Kampfanzügen... die Schüsse auf sie und Nyström ... Sie merkte, dass sie nicht mehr zitterte. Vielleicht war es der Brandy oder der Hund oder irgendetwas anderes, das sie mit einer kalten Ruhe erfüllte. Rasch zog sie ihre Sportschuhe an, ohne die Pistole aus der Hand zu legen. Ihre Finger schlossen sich um den Griff der Waffe. Sie würde abdrücken, wenn da draußen etwas wäre, das sie bedrohte. Sie würde schießen. Bestimmt.

Als hätte der Hund ihre Gedanken gelesen, hörte er auf zu knurren, stellte sich neben sie, die Ohren gespitzt, den Hals gereckt, jeder Muskel zum Angriff gespannt.

Okay, Karen, jetzt! Mit der linken Hand riss sie die Tür auf, sprang zur Seite und richtete die Sig Sauer nach vorn –

Die Dunkelheit des Winterabends gähnte ihr entgegen, fahl schimmerte der Schnee, und am Himmel glommen diffus ein paar Sterne. Kein Agent, kein Michael, keine Kampftruppe.

»Du bist paranoid, Karen«, murmelte sie leise, spähte nach rechts und links, stellte fest, dass wirklich niemand da war. Doch der Hund knurrte wieder, jetzt wagte er sich hinaus, schnüffelte im Schnee auf dem Gartenweg. Sie merkte, dass ihre Hand mit der Waffe wieder zitterte. Du würdest eine großartige Schützin abgeben, Karen!

Gerade wollte sie wieder zurück ins Haus, als sie schockiert stehen blieb. In der dünnen Schneeschicht auf den Platten waren Fußabdrücke. Aber ... Vielleicht stammten sie von ihr selbst? Sie ging hinaus und stellte den linken Fuß mit dem Sportschuh in den Abdruck.

Sie schluckte.

Vielleicht war Michael doch da gewesen und wieder gegangen? *Siehst du Spuren, die zurück zur Straße führen, Karen?* Jemand mit mindestens Schuhgröße 42 war zum Haus gekommen und dann? Wie war er weitergegangen? Über den schmalen Kiesweg am Haus entlang? Er war vom Dach geschützt, dort lag kein Schnee. Der Kiesweg endete an der Eibenhecke zum Nachbarhaus. Jemand war also zum Haus gekommen und dann zum Nachbarhaus gegangen. Sie wartete, die Sig Sauer jetzt in beiden Händen, nach vorn auf die Hecke gerichtet. Der Hund knurrte, und im selben Moment begriff sie, dass, wer immer es sein mochte, genauso gut in die andere Richtung hätte gehen können. Der Kiesweg verlief auch links vom Eingang zum anderen Nachbarhaus. Sie wirbelte herum, da sprang der Hund los, stürzte sich auf etwas Dunkles, im ersten Moment erkannte sich nichts, dann zischte etwas an ihrem Kopf vorbei, sie sah etwas aufblitzen, hörte ein dumpfes Ploppen, sie warf sich auf den Boden, wollte feuern, aber dann hätte sie den Hund erwischt, der mit schaurigem Knurren auf eine dunkle Gestalt losging. Sie rappelte sich auf, ging hinter einem Busch in Deckung und schoss in die Luft. Auch der andere schoss, der Hund jaulte auf, dann war er still. Der Hund!

»Wer sind Sie?«, schrie sie. Der Hund kroch auf sie zu. Ohne Zögern feuerte sie auf die schemenhafte Gestalt, auf den Schatten, mehr sah sie nicht. Weg! Sie musste weg, sie konnte unmöglich auf alles schießen, was sich bewegte!

»Komm!«, flüsterte sie und streckte die Hand nach dem Hund aus, jetzt war er bei ihr, er war ganz still, aber als sie ihn berührte, fühlte sie sein Zittern. »Komm, Kleiner! Komm!« Geduckt rannte sie zum Gartentor.

Ein Schuss zischte, sie warf sich hinter einen Busch, sah über die Schulter. Wo war der Hund? Sie hörte ein Hecheln hinter sich, da war auch sein brauner Kopf, aber seine Beine knickten ein. Sie steckte die Waffe weg, hob den Hund hoch, drückte ihn an sich und lief los, so schnell sie konnte, mit zehn, fünfzehn Kilo auf dem Arm. *Du darfst nicht sterben. Nicht du auch noch.*

Sie rannte, rannte um zwei Leben, ihre Kehle brannte, ihre Lunge auch, und ihre Arme verkrampften sich. Aber sie musste weiter, die Straße hinunter, weiter und dann ... Vor ihr, an der Kreuzung, an der Haltestelle, stand ein Taxi, als hätte es auf sie gewartet. Sie riss die Tür auf und schob sich auf die Rückbank.

»Zur Station Comte de Flandre.«

Der Fahrer drehte sich um. Sie folgte seinem Blick, sah auf ihre Hände, auf ihren Pullover. Blut, alles war voller Blut. Am

Nacken des Hundes war das Fell dunkel und nass. »Der Hund muss raus.«

»Er ist verletzt! Jemand hat auf ihn geschossen!«

»Tut mir leid. Er muss raus.« Er schickte ein falsches Lächeln hinterher.

»Haben Sie Angst, er scheißt in ihr Taxi?«

»Tut mir leid, es gibt Regeln.« Rollkragenpulli und Lederjacke, seine grauen Haare sahen ungepflegt aus. Gescheiterter Journalist, dachte sie.

Er verschränkte die Arme und wartete, dass sie ausstieg. Nein, so nicht. Sie zog die Pistole, drückte sie ihm an den Hinterkopf. Seine rechte Hand zuckte vom Notrufknopf. »Noch einmal, und Sie sind tot. Losfahren, sofort.«

Er gehorchte. Mein Gott, so weit war sie schon, sie hielt einem Taxifahrer die Pistole an den Kopf, weil er die Regeln befolgte ... Sie wollte lieber nicht weiter darüber nachdenken. Verrohung, fiel ihr ein, Menschen verrohen, wenn sie ständig Gewalt erleben. Nie hatte sie gedacht, dass es so weit kommen würde mit ihr. Der Hund lag auf ihrem Schoß. Er hatte ihr das Leben gerettet. Sie streichelte ihn.

Er sah sie an, ergeben, als wäre es seine Aufgabe gewesen, als hätte er all die Tage vor dem Gartentor nur darauf gewartet, für sie zu sterben ...

Sie merkte, wie ihre Hand mit der Pistole zu zittern anfing. Und nicht nur ihre Hand, auch ihre Beine fingen an und ihr Kiefer. Gleich würde sie losheulen. Die Hundeschnauze lag in ihrer Hand, trocken und heiß. *Nicht sterben. Du darfst nicht sterben. Du bist doch gerade erst in mein Leben gekommen ... Gibbs. Ich nenne dich Gibbs, ja? Gibbs, nicht sterben, hörst du?*

Der Hund schnaufte tief, dann schloss er die Augen.

Bitte, Gibbs ...

28

Sobald sie ausgestiegen war, würde der Taxifahrer die Polizei rufen, keine Frage. Sie musste Zeit gewinnen. Nur noch zwei Straßen bis zur Station Comte de Flandre. Also drückte sie ihm weiter den Pistolenlauf an den Kopf. »Fahren Sie weiter.«

»Aber die Metro-Station ist gleich ...«

»Tun Sie, was ich sage!«, befahl sie. Sie hörte sich schon an wie eine Verbrecherin, aber jetzt war keine Zeit für Empfindlichkeiten. Hier musste irgendwo der große Parkplatz sein, erinnerte sie sich. Lichter wischten vorbei, zersplittert vom ewigen Schneeregen.

»Aber ...«, fing er wieder an.

Manche Menschen begriffen einfach nicht, wann es Zeit war, den Widerstand aufzugeben. Warum hielt er nicht den Mund und tat, was sie ihm sagte?

Sie stieß ihm den Lauf hinters Ohr. »Geradeaus!« Wo war bloß der verfluchte Parkplatz? Sie wollte das hier hinter sich bringen. Gibbs atmete flach. Halte durch, Gibbs, bitte! Angestrengt sah sie aus dem Fenster, endlich, da, links – die Toreinfahrt.

»Hier rein!«, befahl sie.

Der Taxifahrer zögerte, sie drückte ihm den Lauf noch fester an den Kopf. Toll, Karen, und wo ist dein Plan B?

»Zwischen die Lieferwagen!«

Er steuerte den Wagen in die Lücke, direkt vor die Rampen zu den Lagerhallen.

»Stellen Sie den Motor ab!«

»Was haben Sie vor?« Seine Stimme klang dünn.

»Die Schlüssel!« Sie hielt ihm die Hand hin. Gibbs knurrte.

»Das Taxi gehört mir, ich muss alles selbst verdienen und …«, versuchte er es noch einmal, weinerlich diesmal.

»Sie kriegen es wieder.«

Gibbs fletschte die Zähne, sein Knurren klang schaurig, sein Fell sträubte sich. Sie erschrak.

Der Taxifahrer ließ die Schlüssel in ihre geöffnete Hand fallen.

»Die Jacke aus! Schnell! Und den Pullover auch.«

Schon riss Gibbs am Ärmel der Lederjacke. Der Taxifahrer konnte sie gar nicht schnell genug ausziehen.

Als er den Pullover über den Kopf ziehen wollte, packte sie die beiden losen Ärmel und verknotete sie fest hinter seinem Rücken. Der Pullover saß fest über seinem Kopf.

Jetzt so schnell wie möglich hier weg! Der Parkplatz wirkte wie ausgestorben, rundherum Lagerhallen, und so würde es hoffentlich eine Weile dauern, bis jemand den Taxifahrer hörte. Sie nahm Gibbs auf den Arm, stieß die Tür auf, stieg aus und warf den Autoschlüssel in hohem Bogen weg. Dann lief sie los. Von einem Hauseingang aus rief sie Nyström an.

Es dauerte ziemlich genau zehn Minuten, bis sie sah, wie eine Gestalt sich aus der Dunkelheit löste. Sie trug einen glänzenden schwarzen Parka, die Kapuze hatte sie über den Kopf gezogen. War das Lee?

Sie blieb vor ihr stehen, da sah sie das Gesicht. Die Sommersprossen, die rötliche Strähne in der Stirn.

»Karen!« Erschrocken sah er sie an.

Da erst blickte sie an sich herunter. Ihre Hände, ihr Pullover waren blutverschmiert.

»Nein, ich bin okay. Gibbs ist verletzt.«

Nyström musterte sie, als müsse er sich vergewissern, dass

sie nicht doch verletzt war, dann bückte er sich und streichelte den Hund, der sich neben Karen gekauert hatte und flach atmete.

»Er hat einen Schuss abgekriegt«, sagte sie.

Nyström hob ihn hoch. »Ich seh gleich nach ihm.«

»Bist du auch Tierarzt?«

»Ich kenn mich aus mit Schusswunden.«

Er redete nicht weiter, und so gingen sie los, durch den feuchten Schleier der Nacht, zwei Menschen, einer mit einem Hund auf dem Arm.

Sie hätte ihn gern so vieles gefragt, über sein Leben mit Astrid, über sein Leben im Untergrund, aber da war etwas in ihr, das ihr das verbot.

Als sie die blaue Unterwelt betraten, überfiel Karen für ein paar Sekunden das Gefühl, als sei dies alles gar nicht wirklich, Nyström, Lee, Teecee und sie selbst, als seien sie Figuren in einem Videogame, kreiert aus Algorithmen und Pixeln, doch da drehte Nyström sich zu ihr um und sah ihr in die Augen, und da wusste sie, dass er Wirklichkeit war. Sie wollte etwas sagen, aber sie wusste nicht, was. War es nicht verrückt, dass sie immer etwas sagen wollte, wenn sie irritiert war?

»Das Blut ...« Teecees Stimme klang schrill. Er war von seinem Platz am Monitor aufgesprungen und starrte auf Gibbs.

»... ist echt«, bemerkte Nyström kühl und legte den Hund auf die Couch.

»Wo gibt's Verbandsmaterial?«, fragte Karen.

»Im Bad«, sagte Nyström.

Gibbs winselte nicht, als sie zurückkam, er lag einfach auf der Couch und sah sie an. Jetzt hatten seine Augen wieder den sanftmütigen Ausdruck, nichts erinnerte mehr an das kampfbereite Wesen, das er vorhin noch gewesen war. Karen kniete sich neben die Couch und riss das Verbandspäckchen auf.

Nyström reinigte die Wunde. »Sieht nach Streifschuss aus«, sagte er.

Schussverletzungen waren auch für sie nichts Unbekanntes, bei ihren Reportagen in Krisengebieten und zuletzt in Afghanistan hatte sie mehr als genug davon gesehen. Wieso er Bescheid wusste, fragte sie nicht. Er half ihr, die Wunde zu verbinden.

»Glück gehabt, Gibbs«, sagte sie und streichelte die Hundeohren, die sich schon wieder aufrichteten. Zufällig berührte sie Nyströms Hände – und zuckte zurück.

Sein Blick fragte etwas, aber sie wich ihm aus.

»Benz«, sagte er dann, »meiner hieß Benz. Ich war zehn. Mein Vater hatte ihn mitgebracht, er hatte ihn irgendwo auf dem Feld gefunden. Einen Welpen. Drei Jahre ist er bei uns geblieben. Ist jeden Abend wiedergekommen, wenn er unterwegs war. Aber eines Abends ist er einfach nicht mehr gekommen. Ich hab ihn wochenlang gesucht.« Gedankenversunken streichelte er Gibbs' Fell. »Noch Jahre später hab ich mich nach jedem Hund umgedreht, der ihm ähnlich sah, und hab seinen Namen gerufen.« Er schüttelte den Kopf und lächelte. »Vielleicht wär's einfacher gewesen für mich, wenn er gestorben wäre und ich hätte ihn gefunden.«

»Muss dir ziemlich wichtig gewesen sein, dieser Hund«, meinte Lee, und Teecee sagte: »Vielleicht ist der da auch jemandem davongelaufen. Ihr solltet mal nach seinem ID-Chip sehen.«

»Scheiß auf deinen ID-Chip«, sagte Lee barsch.

Teecee drehte sich beleidigt weg und setzte sich wieder vor seinen Monitor.

»Der Verband ist erst mal okay«, sagte Nyström sachlich und stand auf. »Nachdem du angerufen hast, haben wir eine Suche gestartet. Nach Überwachungskameras.«

Auf sein Zeichen hin startete Teecee ein grobkörniges Video. Eine Kreuzung in einer ruhigen Wohngegend. Am rechten Bildrand konnte Karen Bürgersteig, Vorgärten und mehrere Reihenhäuser erkennen.

»Wir haben eine Überwachungskamera gefunden. Es wundert mich, dass sie dir noch nie aufgefallen ist«, sagte Nyström.

Die Kamera musste an der Ampel vor der Kreuzung, schräg vor ihrem Haus, angebracht sein. Vielleicht war sie ihr schon mal aufgefallen, aber sie hatte wohl gedacht, dass die Kamera nur die ersten Autos vor der Ampel einfangen würde, nicht auch noch ihren Garten und den Hauseingang.

»Wir haben uns die Uhrzeit gesucht, in der es passiert sein muss.« Nyström ließ das Video weiterlaufen.

Von rechts unten kam ein dunkler Wagen, ein Porsche, meinte sie zu erkennen, er parkte vor dem Nachbarhaus. Vor der Ampel hielten drei Autos, bei Grün fuhren sie weg. Jetzt öffnete sich die Fahrertür, der Mann, der ausstieg, war schlank, mittelgroß, sofort zog er sich eine schwarze Maske über den Kopf. Keine Chance, ihn zu erkennen. Der Mann ging zum Haus.

Nyström spulte vor, dann sah sie sich selbst aus der Tür kommen, erst in die eine, dann in die andere Richtung gehen, Gibbs kam hinzu, es folgte die Schießerei – ohne Ton sah es aus wie eine seltsame Pantomime. Und der Mann blieb die ganze Zeit unsichtbar.

Das Bild fror ein. »Wir versuchen, das Kennzeichen zu entziffern«, sagte Nyström. »Teecee tut sein Bestes.«

»Danke«, sagte sie. Sie ging zurück zur Couch und ließ sich neben den Hund sinken. Gibbs atmete gleichmäßig, es beruhigte sie, dass durch den Verband kein Blut sickerte.

Was war passiert? Ein Mordanschlag, Gibbs angeschossen, sie hatte einen Taxifahrer mit einer Pistole bedroht, Michael hatte sie verlassen. … *bevor ich anfange, dich zu hassen …* Wo war er jetzt? Bei wem?

Sie spürte, sie war zu erschöpft für irgendwelche Gefühle, für Bedauern oder Trauern. Sie war froh, dass Gibbs da war, der ihr nichts vorwarf, der keine Erklärungen forderte, der keine Fragen stellte, der nichts verlangte – der einfach nur da war. Sie streichelte das warme braune Fell. Es war noch immer feucht vom Schnee.

29

Metz

»Schatz?«

Marie. Thierry starrte in das Gesicht, in diese Augen hinter der Brille und versuchte Maries Rufe auszublenden.

Sie hatte schon zweimal die Treppe hinaufgerufen, und Thierry hatte es nicht geschafft, ihr zu antworten. Jorge ist tot, hat ihm seine Frau Céline gemailt. Hat sich erhängt. Auf der Baustelle, in seinem eigenen Haus. Stark wie ein Bulle, hat die schweren Reifen für die Lkws mit einer Hand geschleppt. Einer, der nur Wasser getrunken hat, der Fitteste überhaupt, und immer einen Witz parat, hängt sich einfach so auf …

Thierry schlug sich an die Stirn. Wer glaubt denn so was! Noch einmal las er Jorges letztes Mail.

Wir haben's getan. Und wir wissen nicht, warum. Wir bitten um Vergebung, wir waren nicht wir selbst. Und doch waren wir es. Und wir hatten ein gutes Gefühl dabei. Hemmungslose Aggression – wie eine Befreiung! Es gab keine Regeln mehr. Kein Du darfst nicht, *nein, du darfst alles, alles rauslas-*

sen, deine ganze Wut. Und doch fragt man sich am Ende, wenn alles vorbei ist, ob es die eigene Wut war.

Wenn man sieht, wie viele Leben man ausgelöscht hat, sinnlose Tode, viel zu früh. Warum haben wir's getan? Was ist mit uns passiert? Waren wir auf Speed? Waren wir Kampfmaschinen? ... Und dann das Vergessen. Oder kann einer von euch sich noch genau an das erinnern, was er getan hat? Hat einer von euch noch ein Gesicht vor Augen, in das er geschossen hat? Und weiß einer von euch noch, wie alles angefangen hat? Und wie es geendet hat? Irgendwann saßen wir in den Fahrzeugen, die uns abgeholt haben, die Hubschrauber waren weg.

»Schatz?« Marie klopfte. »Thierry?« Ihre Lippen müssen fast das Holz berühren, so nah klingt es, dachte er. Sie kam aber nicht rein. Das hatte er ihr verboten. Nicht ohne vorher anzuklopfen. Ich bin so konzentriert, dass ich erschrecke, wenn du reinkommst, ohne vorher anzuklopfen. So hätte er es ihr erklären können, ruhig und mit freundlicher Stimme. Hatte er aber nicht. Hatte »Raus hier!« gebrüllt, und dann hatte er auch noch die Hand gegen sie erhoben. Danach war sie nie wieder reingekommen, ohne vorher anzuklopfen.

»Moment, bin gleich fertig!«

»Thierry, bitte, du musst was essen. Du hast seit gestern nichts gegessen«, drang es durch die Tür.

»Keinen Hunger.«

»Aber was trinken.«

»Ich hab Wasser hier. Jetzt lass mich noch arbeiten.«

»Thierry, bitte ... bitte, so geht das doch nicht weiter ...«

Das Blut. Es fing wieder an zu kochen. Er spürte es brodeln, seine Finger verkrampften sich auf den Tasten. Bleib fdruhig, mahnte eine innere Stimme, hör einfach nicht hin ... Er wollte doch nur seine Arbeit zu Ende bringen. Seine Gedanken sammeln. Er konnte doch nicht warten, bis auch er an einem Herzinfarkt krepieren oder sich aufhängen würde. Aber das konnte er ihr ja nicht sagen. Und was wäre dann mit den Kindern?

»Bitte, Marie ...«, brachte er gerade noch zustande, »geh runter und lass mich ...«

»Thierry, nein! So geht das nicht weiter!« Sie stand immer noch ganz dicht hinter der Tür.

Es reicht! Er sprang auf und riss die Tür auf, ihr entsetzter Blick traf ihn ohne Vorwarnung. Mein Gott, dachte er und wandte sich ab. Er setzte sich wieder an den Schreibtisch und starrte auf den Monitor, bis er hörte, wie sie die Tür schloss und die Treppe hinunterging.

Er versuchte zu atmen, langsam und tief, und sah dann doch wieder auf die Zeitungsartikel vor sich auf dem Tisch. Vorhin hatte er sie ausgeschnitten.

Husky tötet drei Monate altes Baby

Tragisches Ende eines Wochenendes. Der Husky einer Familie aus Nantes fiel über das erst zwölf Wochen alte Baby her und tötete es. Die Eltern stehen unter Schock. »Der Hund gehörte zur Familie«, sagte der Polizeisprecher am Montag.

Er tötet es, stürzt sich einfach auf das Baby, reißt es in Stücke, reißt und beißt, die rote Wut in sich, sie brennt, brennt alles aus ihm heraus, bis alles tot ist, er selbst auch ...

Genau so muss es gewesen sein, wie für diesen Hund. Genau so.

Der Husky hatte am Sonntagabend, während die Eltern fernsahen, das Baby aus seinem Bett gezerrt. Der sofort her-

beigerufene Notarzt konnte es nicht mehr retten. Der kleine Junge starb noch auf der Fahrt ins Krankenhaus an seinen schweren Bissverletzungen. Die Eltern stehen unter Schock und konnten noch nicht vernommen werden. Die Staatsanwaltschaft leitete Ermittlungen gegen die Eltern ein wegen des Verdachts der fahrlässigen Tötung. Außerdem wolle man herausfinden, ob es schon früher Anzeichen gab für ein aggressives Verhalten des Tieres.

Warum der Hund den Säugling angriff, können sich die Ermittler nicht erklären. »Vielleicht war das Tier eifersüchtig, weil es nach der Geburt des Kindes nicht mehr so viel Aufmerksamkeit von der Familie bekam«, vermutete der Sprecher der Staatsanwaltschaft. Der Hund wurde eingeschläfert.

Wir waren nicht eifersüchtig, dachte er. Wir *wollten* töten. Es kam über uns wie der Heilige Geist.

Weiter mit dem Zeitungsausschnitt. Er kannte ihn schon auswendig.

Die Tragödie in Nantes ist kein Einzelfall. Vor zwei Monaten fiel ein sechs Wochen alter Säugling in Dijon einem Schäferhundmischling zum Opfer. Der Vater erschoss das Tier mit einem Jagdgewehr. Im vergangenen Oktober fielen zwei Kampfhunde in Marseille über einen sieben Jahre alten Jungen her und bissen ihn tot. Die Polizei erschoss die Tiere. Auch aus den USA werden ähnliche Fälle gemeldet. In San Diego fiel ein Labrador über ein Baby her. Es konnte jedoch gerettet werden.

Er sah auf, blickte wieder in das Gesicht. Blass, schmal, die Augen hinter den Brillengläsern ausdruckslos. Oder kalt? Desinteressiert. Wer bist du? Was hast du mit uns gemacht?

Du wirst es mir sagen. Ich finde dich. Seine Hand begann zu zittern.

30

Brüssel

Karen schrak hoch. Ein paar Augenblicke lang wusste sie nicht, wo sie war, ob sie noch lebte oder ob sie schon tot war, bis ihr klar wurde: Der Mann im weißen Hemd, da vor dem Monitor, war Jens Nyström, Hacker, Computerfreak, einer, dessen Welt aus Byte und Ram bestand, aus Informationen und Daten und dem ganzen technischen Kram, von dem sie nicht den blassesten Schimmer hatte. Sie war in den geheimen Unterwelten von *Lanzelot*, und das Schwere, Warme auf ihrem Oberschenkel war Gibbs' Schnauze. Jetzt nahm sie sein gleichmäßiges tiefes Atmen wahr, und sie stellte fest, dass der Verband sich noch immer nicht rot färbte.

Dann erst sickerten wieder die schrecklichen Worte in ihr Bewusstsein. *Ich brauche Abstand, bevor ich anfange, dich zu hassen.* Hass.

Warum hatte er nicht geschrieben, *bevor ich nicht mehr kann* oder *bevor unsere Liebe endet* oder … aber nein, er schrieb *hassen*.

Sie wollte nicht gehasst werden. Manchen Menschen machte es vielleicht nicht viel aus, aber sie bemühte sich doch, Gutes zu tun, sie stürzte sich in Gefahr, um in ihren Reportagen über die Opfer zu berichten, sie wollte Mitgefühl wecken, aufrütteln. Man *musste* sie doch lieben! *Genau das ist dein Problem, Karen, du kannst es nicht ertragen, dass du nicht geliebt wirst. Was willst du? Immer noch die Aufmerksamkeit deiner Mutter? He, Karen, Jane Burnett ist tot. Game over.*

»Kaffee?« Lees Stimme riss sie aus ihren Gedanken. »Ist mit Zucker«, sagte er nur und reichte ihr eine Tasse.

»Danke.« Karen fragte sich, warum er sich so reserviert gab. *Was hat er gegen mich? Siehst du, Karen, schon wieder. Und wenn schon, dann hat er eben was gegen dich. Das wirst du doch ertragen können, oder?*

Sie war einfach nicht an Fürsorge gewöhnt. Michael umsorgte sie zwar, wenn sie von ihren Reisen zurückkam, aber sie fühlte sich dabei immer irgendwie krank und schwach. Michael … Warum meldete er sich nicht? Ahnte er denn nicht, dass es ihr miserabel ging?

Und dann dachte sie wieder an ihre Mutter. Selbst als sie mit Mumps im Bett lag, damals war sie sechs gewesen, hatte ihre Mutter ihre Termine nicht abgesagt.

Ihre Mutter war ständig unterwegs gewesen oder am Telefon, wo sie an ihrem weltumspannenden Netzwerk wob. In ihren Wohnungen gingen die Leute ein und aus. Sie lebte das Klischee der amerikanischen Elite-Journalistin, die sich über die Kunstgeschichte des 16. Jahrhunderts genauso kritisch und pointiert äußern konnte wie über Willy Brandt, die amerikanische Steuerpolitik, die neueste Opernaufführung in Wien oder einen bestimmten Kommentar über China der *New York Times*.

Alles andere wollte ich werden, nur keine Journalistin, dachte Karen, natürlich aus Protest, schließlich wolltest DU immer, dass ich werde wie du. Aber ich hatte auch Angst, denn ich wusste, dass ich immer in deinem Schatten stehen würde. Nicht im Licht – wie du. Und natürlich hattest du mal wieder recht. Die Semester Englische Literatur, Philosophie und Kunstgeschichte waren nichts anderes als ein Um-den-heißen-Brei-herum-Studieren. Kapitulation nach zwei Jahren.

»Na, ausgeschlafen?« Nyströms Stimme riss sie aus ihren Gedanken, er schwang herum auf seinem ledernen Drehsessel, die Hände hinter dem Kopf, die angewinkelten Ellbogen wie Flügel in die Luft gereckt. »Und wie geht's unserem Hund?«, fragte er gut gelaunt und pustete sich eine Haarsträhne aus der Stirn.

Gibbs hob den Kopf.

»Er hat deine Couch ruiniert«, sagte sie. In diesem Moment mochte sie ihn.

»Ist okay. Wir kaufen eine neue. Türkis, was meinst du? Darf ich mir angesichts des Elends da draußen eine türkisfarbene Couch kaufen, Karen?« Er sah sie mit einem Blick an, den Karen nicht anders als spöttisch nennen konnte.

»Wie bist du eigentlich so geworden, Nyström?«, gab sie zurück. »Ist die Wirklichkeit nur ein … ein Computerspiel für dich? Nimmst du überhaupt irgendwas ernst? Du sitzt hier in Sicherheit, in diesem blauen Keller vor deinen Monitoren, und draußen sterben deinetwegen Menschen. David … deine Frau …«

»Lass Astrid aus dem Spiel!«, fuhr er sie an, und seine Augen wurden plötzlich schmal. »Und David habe ich nicht gezwungen, sich mit Grévy zu treffen oder diese Fotos zu machen. Es war allein seine Sache. Er kannte Grévy. Grévy ist auf ihn zugekommen.«

Behutsam schob sie Gibbs von ihrem Bein. »Wieso hat die Polizei eigentlich angenommen, du hättest deine Frau umgebracht?«, fragte sie weiter, so einfach wollte sie es ihm nicht machen.

»Wieso? Ich hab eine Menge Feinde, Karen. Eine ganze Menge.«

»Und deshalb musste David sterben«, sagte sie bitter, »und all die Menschen im Restaurant, oder? Weil du Feinde hast.«

»Vielleicht. Vielleicht auch nicht«, sagte er heftig. »Aber klar ist: Nicht ich bin schuld! Die anderen sind es, die …«

»... die Bösen«, sagte sie matt, »ja, ich weiß. Haben dir das deine Eltern eingebläut?«

Sie wusste, dass es dumm und kindisch war, ihm alles anzuhängen, und sie rang noch mit sich, ob sie ein *tut mir leid* hinterherschicken sollte, da rief Teecee von seinem Monitor herüber: »He, Leute! Ich hab ihn, unseren Überlebenden!«, und Karen stand auf, irgendwie froh darüber, dass sie sich nicht entschuldigen musste.

Er hieß Thierry Traessart, lebte in Metz. Kein Handy. Jedenfalls fand Teecee keine Mobilnummer.

»Er muss eins haben, alle haben eins«, sagte Karen, worauf Teecee sich zu ihr umdrehte, ihr in die Augen sah und gedehnt, jedes Wort betonend, sagte: »Er aber hat keins.«

»Ist okay, hab's verstanden«, sagte Karen. »Kein Telefon. Kein Handy. Wahrscheinlich auch keine Mailadresse ...«

»Was sollten wir ihm denn schreiben?«, fragte Nyström aus seinem Ledersessel heraus. »Steig ja nicht in ein Auto? Geh nicht vor die Tür? Häng dich nicht auf? Oder wie wär's damit: Geh zurück auf Null ...«

»Ich finde das nicht lustig«, sagte Karen, ohne ihn anzusehen.

»Muss daran liegen, dass er Schwede ist«, sagte Teecee und gluckste.

»Was gegen Schweden?«, fragte Nyström barsch.

»*Nope*«, sagte Teecee.

Karen verlor allmählich die Geduld. »Ich brauche seine Adresse. Und ein Auto.«

»Du willst da selbst hin?« Nyström runzelte die Stirn. »He, du hast auf dem Video gesehen, was die Leute getan haben!«

»Ich kann nicht einfach hier rumsitzen und in diese Kisten glotzen.«

»*Kisten?*« Teecee verzog das Gesicht. »Weißt du, wie viel diese *Kisten* hier wert sind?«

»Kommt überhaupt nicht in Frage!«, sagte Nyström und schüttelte entschieden den Kopf. »Der Typ ist wahrscheinlich völlig durchgeknallt.«

»Er wäre nicht der Erste ...«

Nyström sprang auf. »Du nimmst die Sache nicht ernst, Karen! Das war nicht bloß ein Video, das haben die in Wirklichkeit gemacht! Kapierst du das endlich, Karen? Geht das rein in deinen verflucht dicken Journalistinnenschädel?« Er stand direkt vor ihr, die Adern an den Schläfen pochten, und sah auf sie herunter.

Sie ließ seine Worte verhallen, dann stand sie auf und sagte ganz ruhig: »Du musst mich nicht beschützen, Nyström, klar?« Sie schob sich an ihm vorbei zur Couch und wartete auf die nächste spöttische Bemerkung.

»Okay«, sagte er schließlich.

Sie drehte sich um, aber da war keine Spur von Spott in seinem Gesicht. »Ich komme mit.«

»Nein.« Sie schüttelte den Kopf. »Ich fahre allein.«

»Aber wieso?«

»Ich bin die dickköpfige Journalistin.« Sie schaffte ein Lächeln, es sollte überlegen aussehen. Nein!, wiederholte sie für sich, sie wollte all die Gründe für dieses Nein aufzählen. Aber sie fand nur einen und den wiederholte sie, bis sie nicht mehr daran zweifelte: Er kam ihr zu nahe.

31

Brüssel

Diese wilde Bestie hat alles durcheinandergebracht! Er hatte nicht richtig zielen können, und da war es passiert. Sein Unterarm schmerzte, der Arzt in der Unfallstation hatte die Bisswunde versorgt und verbunden und ihm eine Injektion verpasst. Im Aufzug aus der Tiefgarage blickte Roth im rauchgetönten Spiegel in entsetzt geweitete Augen.

Er atmete tief ein und aus, wollte das alles draußen lassen, sich ein wenig Entspannung gönnen, neue Kraft sammeln. Ein paar Sekunden stand er so vor der Tür seines Apartments, er hörte auf seinen Herzschlag, verlangsamte ihn, verlangsamte seinen Atem, und er wurde ruhig. Erst als er sich wieder eins fühlte mit sich, schloss er auf. Automatisch floss ein goldenes Licht durch sein Apartment. Der Anblick der sanft schimmernden edlen Oberflächen seiner Möbel, das weiche Leder seiner Sessel beruhigte ihn sofort. Wie schön, selbst die Edelstahlelemente der ultramodernen Küche schickten milde goldene Lichtreflexe durch den Raum. Balsam. Balsam für die Seele.

Seine Welt.

Der Mantel war hin. Geflickte Sachen hasste er. Er wechselte die Schuhe, ging ins Badezimmer, duschte vorsichtig, ohne den Verband nass zu machen, betrachtete kritisch seinen durchtrainierten Körper, konnte außer dem Verband keinen Makel entdecken, ölte sich ein und zog den frisch gewaschenen Bademantel an.

Noch während er im Badezimmer war, meldete sich eines seiner Handys. Das besonders Wichtige.

»Hapé!« Der Baron nannte ihn immer so. »Na, haben Sie die Sache in Ordnung gebracht?«

»Ich bin dabei«, sagte er und versuchte den Schmerz in seinem Arm zu ignorieren.

»Ich muss Sie nicht an unser letztes Gespräch erinnern, mein Freund, nicht wahr?«

»Nein, natürlich nicht, Herr Baron.« Er hasste sich für seine Kriecherei.

»Gut. Haben Sie sich schon ein Ticket für das Filmfestival besorgt? Der Film kommt doch an, oder?«

»Selbstverständlich, der Film ist per Luftfracht unterwegs. Alle Vorbereitungen sind getroffen, unsere Leute sind auf dem Weg.«

»Ich habe nichts anderes von Ihnen erwartet, Hapé!«

Darin war er ein Meister, der Herr Baron, Menschen so zu behandeln, wie es ihm gerade passte. Und jetzt passte es ihm, Roth Zuckerbrot zu geben. Am liebsten hätte Roth ihn umgebracht.

Er bewunderte niemanden, aber wenn er jemanden bewundern würde, wäre es der Baron. Ein Mann mit einem faszinierenden Riecher für Geschäfte. Aus dem Eisenwarenladen seines Vaters hatte er ein gigantisches Firmengeflecht aus Investmentgesellschaften, Versicherungen und Beteiligungsgesellschaften geschaffen.

»Danke, Herr Baron. Ich tue mein Bestes«, sagte er. Er bemühte sich, nicht ganz so unterwürfig zu klingen.

»Natürlich. Und jetzt, mein Lieber, bringen Sie gefälligst die Sache mit diesem Hacker in Ordnung! Au revoir, Hapé.«

Er hatte ihm nichts von dem Köter erzählt, warum auch, der Baron wusste gar nichts von dieser aparten Journalistin. Um die würde er sich persönlich kümmern. Und er hatte ihm auch verschwiegen, dass ein Soldat noch immer am Leben war.

Der alte Baron schaffte es jedes Mal, dass Roth sich schlecht fühlte. Schlecht und ungenügend. Nachdenklich betrachtete er seinen Ring. Die blaue Weltkugel mit dem goldenen Band.

Er hörte ein dumpfes *Plopp* und blickte zur deckenhohen Verglasung neben dem Küchenbereich.

»Janina, entschuldige!«, sagte er, leise und liebevoll, wie er immer mit ihr sprach. »Ich wollte dich nicht vernachlässigen.«

Danke, Mister Vonnegut. *Sie wissen doch, zu jedem Menschen passt ein Tier, Roth. Das ist für Sie. Sie hat lange genug bei mir gelebt.*

Und dann hatte Vonnegut die weißen Zahnreihen entblößt und ihm die Box überreicht.

Die meisten Menschen fürchteten sich vor dem Animalischen in sich – er aber hatte vor langer Zeit gelernt, es sich zunutze zu machen, damit er überlebte, und dabei hatte er es lieben gelernt.

Er nahm die Streichhölzer, zündete die beiden Kerzen auf dem kleinen Altar in der Wandnische vor seinem Schlafzimmer an und streute das Kokain auf den Spiegel. Mit der Fernbedienung schaltete er die Musikanlage an, leise Sphärengeräusche durchfluteten seine Welt.

Noch ein tiefer Atemzug in diesem Zustand quälender Erwartung, dann betätigte er den Bodenschalter. Zeitlupenlangsam ging das Licht hinter der Scheibe an.

32

Grenoble

Noch nie hatte Dr. Paul Cortot etwas für solche Empfänge übrig gehabt, und so oft wie möglich drückte er sich davor, aber die Einladung der Universität konnte er in seiner Position keinesfalls ausschlagen. Wieder – es fiel ihm selbst auf – rückte er die Brille zurecht und griff an den Krawattenknoten, als würde eine verrutschte Brille oder ein zu lockerer Krawattenknoten ihn als unzuverlässig und nachlässig ausweisen oder – schlimmer noch – irgendwie stigmatisieren. Manchmal hatte er sogar an eine Therapie gedacht, aber er wusste schon, worauf das hinauslief. Stellen Sie sich, Dr. Cortot, gestehen Sie, was Sie getan haben, dann werden Sie sich wieder besser fühlen.

Aber das kam nicht in Frage. Niemals. Er würde sich auch durch diese Situation lavieren, wie er es immer in seinem Leben getan hatte.

»Was ist los mit dir, Paul?« Thérèse drängte sich vor ihm zwischen den Menschengrüppchen hindurch und zog ihn hinter sich her, als wäre er ihr ... Hund. Natürlich gefiel sie ihm, blond und schlank und auf eine gewisse Weise auffallend, aber er fühlte sich neben ihr noch farbloser, noch unscheinbarer, noch durchschnittlicher mit seiner blassen Haut, den schütteren Haaren und seinen gerade mal eins dreiundsiebzig. Er konnte sich seine Auszeichnungen als Wissenschaftler ja nicht als Schild um den Hals hängen. Geld würde seinem Ego helfen, hatte er geglaubt, aber jetzt konnte er nicht mehr schlafen, und die Angst saß ihm im Nacken.

»Nichts, was soll mit mir sein?«, erwiderte er. Am liebsten

wäre er auf dem Absatz umgekehrt, wieder durch die Saaltür gegangen und nach Hause gefahren.

Sie blieb stehen und drehte sich um. »Du wirkst so nervös.« Sie sprach laut, um gegen die Stimmen und die Musik anzukommen.

»Ja?« Sein Lächeln sollte überrascht und amüsiert aussehen. »Das meinst du nur, Liebes. Ich hole uns was zu trinken.«

»Da kommt schon jemand«, sagte sie knapp.

Aus Alkohol machte er sich nicht besonders viel, auch nicht aus Sekt oder Champagner, aber jetzt griff er doch nach einem Glas, auch wenn er sich daran nur festhalten und Lässigkeit vortäuschen wollte.

Ungeschickt stieß er dabei zwei andere Gläser um.

»Paul!« Thérèse zuckte zurück.

Wie peinlich! Seine Hände zitterten, stellte er mit Unbehagen fest, und je mehr er versuchte, sie ruhig zu halten, desto mehr entzogen sie sich seiner Kontrolle. Wovor fürchtete er sich denn? Dass auf seiner Stirn das Wort *Verräter* aufleuchtete?

»Kein Problem«, sagte der Kellner rasch und verschwand mit dem Tablett.

Thérèse zog die Mundwinkel nach unten. »Siehst du, du bist doch nervös.«

»Unsinn. Die stellen zu viele Gläser aufs Tablett, damit sie nicht so oft laufen müssen«, protestierte er. »Die machen das doch alle als Nebenjob. Was glaubst du wohl, was die bezahlt kriegen? Lächerlich. Also ich würde mich da auch nicht besonders anstrengen, ich ...« Er redete sich in Rage, und es tat ihm gut, seine Angst zog sich immer mehr zurück. »Ich wüsste zu gern, wie oft ihm das heute Abend passiert. Einen Rüffel holt er sich sicher auch ...« Thérèse fiel ihm grob ins

Wort. »Wenn du doch einfach mal sagen könntest: *Ja, Thérèse, du hast recht, ich bin nervös.*«

Er ärgerte sich, setzte aber schnell ein nachsichtiges Lächeln auf. Nur keine dieser Szenen, die Thérèse so gut inszenieren konnte. »Ich liebe dich so sehr, dass ich auch gern für dich lüge. Also: Du hast recht, ich bin nervös.« Er schickte ein Lächeln hinterher. »Und? Bist du jetzt zufrieden?«

»Ach, es ist mir doch egal.« Brüsk drehte sie sich um und schlüpfte zwischen zwei Grüppchen hindurch.

Bravo, Dr. Cortot! Wieder mal der wunderbare Beginn eines Streits! Gleich darfst du ihr nachlaufen und dich entschuldigen. Er sah sich unauffällig um, ob irgendjemand die Szene beobachtet hatte. Das wäre sehr peinlich. Da hinten musterte ihn jemand. Sofort fühlte er sich wie ein Junge, den man beim Stehlen ertappt hatte. Den Mann kannte er nicht, umso beunruhigender, dass der ihn noch immer ansah, nein, anstarrte. Seine Hände wurden feucht, und sein Herz schlug schneller. Wieso sollte man ihn beobachten? Die Sache war doch abgeschlossen, er hatte nichts mehr damit zu tun. Sie konnten doch nicht ihn ... doch nicht ihn verantwortlich ...

Er schloss die Augen und hörte einen Moment auf, gegen die Erinnerungen anzukämpfen ...

Er war wieder in Málaga, am Flughafen, und er fühlte sich endlich einmal nicht zu klein – die einheimischen Männer hier am Flughafen, manche von ihnen hielten Schilder mit dem Namen von Unternehmen hoch, waren auch nicht größer als eins fünfundsiebzig. Allerdings etwas fülliger als er, was sie irgendwie männlicher aussehen ließ. Wieder einmal wurde er auf die Frage gestoßen, ob seine Ehe mit Thérèse glücklicher, befriedigender wäre, wenn die Rollen klarer, irgendwie altmodischer verteilt wären und wenn er sich nicht dauernd bemühen müsste, verständnisvoll zu sein wie eine Freundin.

Geld bedeutet Macht, so war es nun mal. Und mächtige Männer waren sexy. Damals, am Flughafen, hatte ihn eine befreiende Leichtigkeit erfasst, als er daran dachte, was ihn in ein paar Stunden erwartete, und seine Zweifel an dem, was er tat, lösten sich in dem Moment auf wie die dünnen Wolken, die der Wind auseinanderblies. Wie sexy und mächtig war ein Mann erst, wenn er auch Macht an andere vergeben konnte? War es nicht genauso wie Waffen verteilen und seine Armee bestausgerüstet in den Kampf schicken? War er – ja, war er nicht so etwas wie ein *Feldherr?* Bei diesem Gedanken erfüllte ihn ein erregendes Gefühl. Seinen Kollegen hatte er erzählt, er würde über das verlängerte Wochenende mit Thérèse nach Paris fahren. Und ihr hatte er eingeschärft, nichts anderes zu behaupten.

Er erinnerte sich, wie die Türflügel des Flughafengebäudes zurückgewichen waren … Was für ein Licht! Was für eine Wärme!

In Grenoble war es grau und kalt gewesen, sogar im August. Hier müsste man leben, hatte er gedacht. Ein Haus mit Meerblick, Pool, Garten, Terrasse. Thérèse würde es sicher gefallen. Sie liebte Strand und Sonne. Sie müsste nicht mehr arbeiten gehen, denn er würde natürlich viel mehr verdienen. Ein erster Schritt hin zu einem neuen – alten – Rollenverständnis. Warum sollte es so schlecht sein?

Ja, warum sollte es so schlecht sein?, fragte Cortot sich und öffnete die Augen.

Er reckte sich, von Thérèse keine Spur. Er sah auf seine Schuhspitzen hinunter, zwei auf Hochglanz polierte schwarze Vierecke, die aussahen wie Briketts und die die elegant geschwungenen Teppichornamente verschandelten, sofort fühlte er sich noch ein bisschen mehr fehl am Platz. Rasch gönnte er sich noch ein paar Gedanken an Málaga.

Eine schwarze Mercedes-Limousine hatte plötzlich zwischen den Taxen angehalten. Auf dem Pappschild, das der Fahrer hochhielt, erkannte er das Emblem: eine blaue Weltkugel, der blaue Planet Erde, sozusagen, den ein breiter goldener Ring – eher eine goldene Metallmanschette – umgab.

»Das erste Mal in Málaga?« Der Fahrer setzte die dunkle Sonnenbrille nicht ab.

Cortot nickte, es störte ihn, mehr noch, es verunsicherte ihn, wenn Menschen, mit denen er sprach, ihre Sonnenbrille aufbehielten. Aber hier, unter dieser Sonne, er blinzelte mit seinen ohnehin sonnenempfindlichen Augen hinter seiner Sonnenbrille, galten andere Gesetze.

Das, zum Beispiel, dass es kein Verrat war, wenn ein Mitarbeiter des Forschungsinstituts des französischen Verteidigungsministeriums, also er, dafür sorgte, dass ein Projekt vom Labor endlich in die klinische Phase wechselte. Würde man alle Vorschriften befolgen, alle Gremien durchlaufen, landesweit, europaweit, dann wäre man sicher noch fünf Jahre blockiert. Fünf lange Jahre, in denen …

Ein »Guten Abend, Cortot!« riss ihn aus seiner sich immer tiefer grabenden Erinnerung. Es war Peyroux. Sie nickte ihm zu. Beinahe hätte er sie nicht erkannt, im Institut trug sie nie einen schwarzen Hosenanzug und auch keine Perlenohrringe. Er hob die Hand und lächelte zurück, aber da drehte sie sich schon drei geschniegelten Typen zu. Banker, dachte er, so lässig, wie die die Hände in ihren Taschen hatten und dabei breit grinsten, konnten das nur Banker sein. Rücksichtslos und großspurig, weil es ja nie um ihr eigenes Geld ging. Der Stachel der Wut bohrte sich schon wieder in sein Fleisch.

»Monsieur!« Der Kellner schon wieder. Lächelnd hielt er ihm ein Tablett unter die Nase, und Cortot hatte sofort den Verdacht, dass es eine versteckte Beleidigung sein sollte. Nur ein einziges Glas stand darauf. Ein Glas Sekt. Er murmelte etwas und nahm es – ohne dass es umfiel. Dann drehte er sich weg.

Wann könnte er endlich wieder nach Hause gehen? Auf seinem Nachttisch stapelten sich wissenschaftliche Zeitschriften, tagsüber kam er nie dazu, sie zu lesen. Und Thérèse mochte nicht, dass er im Bett las und stundenlang das Licht brennen ließ.

Wo war sie eigentlich? Mit wem unterhielt sich Thérèse, ohne ihn? Sie kannte hier doch niemanden, oder? Da hinten stand Leclerc, dieser Angeber. Es würde ihn nicht wundern, wenn der nur um ihn, seinen Chef, zu demütigen, mit Thérèse flirten würde. Entschlossen und mutig durch die Wut auf die Banker stellte er das alberne Glas einer gerade vorbeikommenden Bedienung aufs Tablett und bahnte sich den Weg durch die Menge, direkt und ohne Umwege. Das konnte er Leclerc nicht durchgehen lassen. Er würde sich was überlegen und ihm ein paar Überstunden aufbrummen, am nächsten Freitag zum Beispiel, freitags hatte der eitle Leclerc nämlich immer was vor.

»Ach, Dr. Cortot?«

Er fuhr herum und prallte zurück vor dem sympathisch aussehenden Herrn ihm gegenüber. »Oh ...?«, er begann zu stammeln, nein, mit ihm hatte er nicht gerechnet. »Ich ... ich hatte nicht erwartet, Sie hier ...«

»Wir kennen das ja, Verpflichtungen«, unterbrach ihn sein Gegenüber mit einer lässigen Handbewegung und verströmte beim Lächeln einen scharfen Pfefferminzgeruch.

Unvermittelt neigte sich der Mann zu ihm und sagte mit gedämpfter Stimme: »Ich habe für meinen Auftraggeber der Universität einen Scheck von anderthalb Millionen überreicht.«

Cortot nickte nur. Sein Gegenüber zwinkerte ihm zu. »Amüsieren Sie sich noch und grüßen Sie Ihre Frau.«

Cortot sah, wie er sich elegant durch die Menge bewegte und verschwand.

»Paul?« Thérèse! Sie kam doch tatsächlich auf ihn zu. Allein, nur mit einem Glas in der Hand. »Was ist denn mit dir los? Wer war das?«, fragte sie mit ihrem typischen müden Augenaufschlag, der ihm zeigte, dass sie genug getrunken hatte.

»Nichts, nur ein ehemaliger Kollege«, log er.

Umständlich drehte sie sich um und hielt sich dabei an seinem Arm fest. »Wer?«

»Du kennst ihn nicht. Thérèse, lass uns gehen, ich muss noch arbeiten.«

»Immer musst du arbeiten! Warum trinkst du nichts? Dann würdest du ein bisschen lockerer werden.«

»Thérèse, bitte ...« Er hielt den Atem an. Gleich würde es losgehen, dabei hatte er es unbedingt vermeiden wollen.

»Was *bitte?*«, fuhr sie ihn an. »Du bist langweilig! So unendlich langweilig, Paul!«

Leise stieß er einen Seufzer aus.

Finden Sie nicht auch, dass die meisten Kriege viel zu lange dauern?, hatte der sympathische Mann, der sich *Rouge* nannte und Französisch mit deutschem Akzent sprach, ihn auf dem Kongress in Brüssel gefragt, und er, Cortot hatte zugestimmt. Zum Beispiel Afghanistan. Dieser Krieg muss ein Ende haben, allein schon aus wirtschaftlichen Gründen, hatte *Rouge* gesagt. Die Kriege haben Amerika in den Ruin gestürzt – und nicht nur Amerika. Aber Sie, genau Sie, könnten daran etwas ändern, hatte *Rouge* gesagt und ihm eine Visitenkarte überreicht.

Ich ..., dachte Cortot und sah Thérèse immer noch auf ihn einreden, aber er hörte nicht mehr hin, ich ...

33

Belgien, E 411

Was ist es, das uns wirklich lenkt, das unsere Entscheidungen trifft, das unsere Prinzipien auswählt? Wie frei sind wir überhaupt? Werden wir immer noch von unseren Erfahrungen als Kinder gesteuert?

Karen jagte den 300-PS-Lexus-SUV durch die Dunkelheit, eigentlich viel zu schnell bei diesem dichten Schneeregen. Ihre Gedanken kreisten in einer immer enger werdenden Spirale, bis sie schließlich in sich selbst zusammenfielen und Karen sich eingestehen musste, dass sie keine Antworten hatte. *Ich komme mit. Nein.* Warum nicht *Ja?*

Du lässt doch niemanden an dich ran … O-Ton Michael.

Sie wünschte sich, sie wäre anders. Ein bisschen mehr wie diese Menschen, die miteinander so glücklich wirkten. Sie war wütend auf sich selbst, darauf, dass sie nicht aus ihrer Haut konnte.

Gibbs lag zusammengerollt im Fußraum des Beifahrersitzes und schlief.

Ihr scheint großzügige Spender zu haben, hatte sie zu Nyström gesagt, als der im Hinterhof die Plane von einem nagelneuen weißen Allrad-Lexus herunterzog.

Nyström hatte ihr einfach nur die Schüssel gegeben und gesagt, pass auf den Hund auf – und auf dich.

Sie bedauerte, dass sie das mit den Spendern gesagt hatte. Sie mochte ihn doch, oder? Warum konnte sie ihn das nicht ein bisschen spüren lassen?

Im Rückspiegel hatte sie noch beobachtet, wie er hinter ihr her sah, dann war sie abgebogen.

Zieh allein durch, was du allein durchziehen kannst.
Dir allein kannst du vertrauen, sonst keinem.
Die meisten wollen dich nur benutzen.
Und: Lass niemanden in dein Herz sehen.

Selbst aus dem Universum hallte Jane Burnetts Stimme zu ihr. Gibbs bellte plötzlich, und die Stimme ihrer Mutter verstummte augenblicklich.

»Danke, Gibbs«, sagte sie.

Der Hund steckte die Schnauze wieder in sein Fell.

Also, fasste Karen zusammen: Thierry und Marie Traessart, seit elf Jahren verheiratet, zwei Kinder, sechs und acht. So alt waren die Kinder auch, die er niedergemetzelt hatte. Konnte er damit überhaupt noch leben? Und wenn, wie?

Vielleicht war er ein treusorgender Vater, ein Mann mit zwei Gesichtern ...

Wenn die Männer systematisch ausgeschaltet wurden, überlegte Karen weiter, warum überlebte Thierry dann so lange? Gut, Karen, frag dich das doch gleich mal selbst: Warum überlebst du immer? Habt ihr einfach Glück? Oder einen Schutzengel? Nein, Karen, nicht schon wieder.

NoThing, hatte ihre Mutter immer gesagt, ***No, there is no God.*** Selbst Santa Clause hatte die aufgeklärte Jane ihrer Tochter vorenthalten. Kinderkram, so was glaubst du sowieso nicht.

Bremslichter flogen auf Karen zu, gerade noch rechtzeitig scherte sie aus. *Pass auf den Hund auf – und auf dich ...*

Ihr Herz pumpte heftig, und plötzlich konnte sie kaum noch schlucken. Gibbs war aufgewacht und sah sie fragend an.

»Es tut mir leid, alles okay!«, beruhigte sie ihn, und wie auf Kommando steckte Gibbs die Schnauze wieder zwischen seine Vorderpfoten und schlief weiter.

Vertrauen hat dieser Hund, dachte sie, dabei hat er keine

Ahnung, wohin wir fahren, wer ich bin und was ich vorhabe. Er vertraut mir einfach.

Was würde sie in Metz wohl vorfinden? Ein Haus mit Toten? Familienvater löscht ganze Familie aus – als Schlagzeile in der Lokalzeitung? Konzentrier dich auf die Straße, auf die nächsten Autos vor dir und auf die Straßenschilder. Mehr nicht.

An einer Autobahnraststätte fuhr sie raus, sie brauchte unbedingt Koffein, den bittersüßen Geschmack von Kaffee und Zucker, und festen Boden unter den Füßen. Außerdem musste Gibbs. Er sprang ihr auch gleich freudig entgegen, trotz seines Verbandes, und sie führte ihn abseits der Straße zu ein paar Bäumen. Anschließend kaufte sie sich einen Becher Kaffee zum Mitnehmen, nur nicht zu viel Zeit verlieren. Wenn nur dieser Schneeregen endlich aufhören würde!

Scarafia hatte eine Nachricht auf dem Handy hinterlassen, wahrscheinlich hatte sie das Klingeln draußen nicht gehört. Doch als sie zurückrief, schaltete sich die Mailbox ein. Karen legte auf und trank den Kaffee, der viel zu schnell kalt wurde.

Und wieder endlose Autobahnkilometer.

Sie tastete über ihre Narbe, die wieder angefangen hatte zu brennen.

Ich liebe auch die Narbe an dir, hatte Michael gesagt, früher, als es noch diese Momente zwischen ihnen gab, in denen man glaubt, das Glück gefunden zu haben.

Michael, warum meldest du dich nicht einfach mal?

... bevor ich anfange, dich zu hassen ...

34

Metz

Thierry wunderte sich darüber, dass Marie nicht schon längst getrennte Schlafzimmer eingefordert hatte. Vielleicht, um ihm ihre Liebe zu demonstrieren, ihm, den man doch gar nicht mehr lieben konnte, nach alldem. Das und all die anderen Dinge, die schon seit längerer Zeit sein Leben und seine Gedanken bestimmten, gingen ihm durch den Kopf, während er wach dalag.

Berufssoldat war er gewesen, bis er irgendwann kapiert hatte, dass er sein Leben viel zu billig riskierte. Im Kongo war es gewesen, dort war er mit zwei *Contractors* von *Globe* ins Gespräch gekommen. Und als sie ihm sagten, dass sie dreimal mehr am Tag verdienten als er, beschloss er, umzusatteln. Er verließ die französische Armee und unterschrieb bei *Globe*. Nach dem ersten Einsatz – drei Monate im Kongo – ging er mit Marie zur Bank und beantragte den Kredit für ihr Haus.

Der Einstellungstest war Kinderkram gewesen. Als Schütze war er immer gut gewesen, schon als Jugendlicher auf den Jahrmärkten. Schießstände hatten ihn interessiert, sonst nichts, keine Schleudersitze oder irgendwelches Zeug, bei dem die Mädchen kreischten und sich an den Arm ihres Freundes krallten.

Die Blumen, die er gewann, schenkte er seiner Freundin, er hatte immer eine. Sie liefen ihm hinterher, dabei machte er sich gar nicht viel aus ihnen, gab sich auch nicht sonderlich Mühe – und trotzdem. Sie bewunderten ihn. Nur Marie nicht. Sie lachte, als er ihr die zwei Plastikrosen überreichte. Ein bisschen spöttisch sogar. Ihr Lachen sagte: Ich hab dich durchschaut, Thierry, dich und deine billige Nummer, und trotzdem gefällst du mir …

Ohne es zu wollen, streckte er die Hand nach ihr aus, um ihr Haar auf dem Kissen zu berühren, das feste, immer noch kastanienbraune Haar, und ihre helle, weiche Haut im Nacken, es könnte alles wieder gut werden, so wie früher, und einen Augenblick lang glaubte er es sogar, doch dann verharrte seine Hand in der Luft. Nein, es würde nie mehr so werden.

Er musste raus aus dem Bett, es machte ihn unruhig, so still dazuliegen, seine Muskeln verspannten sich, er musste raus und irgendetwas tun. In der Garage Gewichte stemmen zum Beispiel, aber bei der Saukälte kein Vergnügen, er würde sich einen Muskelriss holen und Rückenschmerzen, und für sein Knie war das ganze Gewichtestemmen sowieso das reinste Gift. Nein, keine gute Idee.

Er hörte ein Motorengeräusch. In der Straße kamen nicht sonderlich viele Autos vorbei, in der Nacht erst recht nicht. Sein Misstrauen hatte ihm schon oft das Leben gerettet. Wie auf dem Markt in Kabul. Als ihm der Alte mit dem freundlichen Lächeln einen kleinen Esel zeigte. Die anderen waren ganz gerührt, die harten Jungs, lachten und meinten, sie sollten den kleinen Esel kaufen. Wozu, fragte er? Damit ihr sentimental werdet? Lasst uns abhauen. Wir sind schon zu lange hier. Doch sie konnten sich ja nicht losreißen, und wenn er nicht die zwei Gestalten bemerkt hätte, die sich von hinten an sie heranschoben, wären sie alle tot gewesen, der verdammte kleine Esel wahrscheinlich auch. Blitzschnell hob er die Waffe und zielte auf den Kopf des Größeren, drückte ab, da wachten seine Kameraden endlich auf und ballerten los.

Nichts wie weg vom Markt, rein ins gepanzerte Fahrzeug und ab die Post.

Später hieß es, es seien vier Taliban-Kämpfer mit Schnellfeuergewehren gewesen. Außer denen hatten sie noch fünf Zivilisten erschossen. Niemals sentimental werden!, das hatte er seinen Leuten immer wieder eingeschärft, aber die wenigsten hielten sich dran. Telefonierten mit der Freundin, und im nächsten Augenblick waren sie tot, weil sie in Gefühlen schwelgten und die Feinde nicht kommen sahen.

Thierry sah sie durchs Schlafzimmerfenster. Aus einem dunklen Peugeot stiegen zwei junge Typen in Kapuzenpullis aus. Dass sie jung sein mussten, verrieten ihm die schlaksigen Bewegungen, die Lässigkeit, mit der sie um das Auto herumgingen, hinaufschauten und sich ins Kreuz griffen, dort, wo ihre Knarren steckten. Es war also so weit. Irgendwie hatte er es sich anders vorgestellt. Er hatte an einen Zusammenbruch gedacht, sogar an einen Herzinfarkt, plötzlich, beim Holzhacken oder auch im Schlaf. Denn wieso sollte er als Einziger davonkommen? Er war der Letzte. Aber dass sie Killer schickten, machte es einfacher. Gegen die konnte er kämpfen. Gegen die hatte er eine Chance.

Warum kam sie jetzt nicht, die gewaltige Woge aus Wut? Die alle Kraft in ihm bündeln würde, bis er in blindwütigem Toben explodierte, jetzt, wo er sie gut brauchen konnte? Vielleicht besser so. Besser kaltblütig bleiben. Er tastete unters Bett und zog das doppelschneidige lange Messer aus der Halterung.

35

Kurz vor Metz, E 411

Fast unmerklich ging die Nacht in den Tag über. Aus einem Schwarzgrau wurde ein schmutziges Grau, das wurde allmählich heller, ein Sonnenstrahl schaffte es nicht, die Schicht aus dichten, schweren Wolken zu durchdringen. Und es sah aus, als würde auch dieser Tag genauso enden wie der davor und all die anderen Tage in diesem endlosen Winter. Karen hielt sich am Lenkrad fest und riss die Augen auf. Auch diese Fahrt, so kam es ihr vor, war endlos.

Marie Traessart war schließlich doch ans Telefon gegangen, und kaum hatte Karen Thierry und Afghanistan erwähnt, fing sie auch schon an zu schluchzen und legte auf. Zehn Minuten später rief sie wieder an und sagte, sie habe erst einmal Erkundigungen über sie, Karen Burnett, eingeholt. Und ja, wenn Sie sich ausweisen könne, sei sie bereit, Karen zu empfangen. Was ist mit Ihrem Mann, wollte Karen noch wissen, doch da hatte Marie Traessart schon aufgelegt …

Metz. Karen erinnerte sich an ihren bisher einzigen Aufenthalt in Metz. Ihre Mutter – natürlich – hatte dort ein Interview zu führen und hatte sie, damals kaum älter als fünf, mitgenommen. Sie aßen in einem Café und besichtigten die Kathedrale. Aber dazwischen lagen lange Stunden mit ihren Malsachen. So war es immer: Malsachen raus, Mutter weg. Wer weiß, mit ein bisschen mehr Talent wäre sie womöglich noch Malerin geworden. Stattdessen hasste sie bald Malbücher, Malstifte, einfach alles, was sie an diese leeren Stunden erinnerte, wenn sie an fremden Orten darauf wartete, dass ihre Mutter endlich wieder zurückkam und mit ihr nach Hause fuhr.

Als sie noch ein Kind war, lauerte ständig diese Angst in ihr, dass ihre Mutter sie vergessen könnte. Und dann, viele Jahre später, kam Jane Burnett tatsächlich nicht mehr zurück.

Nachdem der amerikanische Botschafter sie vom tragischen Tauchunfall unterrichtet hatte, war Karen sofort nach Cairns in Australien geflogen. Man hatte nur noch die Pressluftflaschen gefunden, eingekeilt in einem Korallenriff. Haie, hieß es. Seit der Zeit wurde Karen die Bilder nicht mehr los, wie sie selbst von einem Boot aus untätig zusehen musste, wie ein Hai auf ihre tauchende Mutter zuschoss und sie verschlang.

Karen schüttelte den Kopf, als könnte sie so die Bilder loswerden. In den letzten Jahren waren sie zwar verblasst, aber noch immer farbig und scharf ...

Zu dicken, abweisenden Mauern aus Schnee waren die akkurat geschnittenen Hecken der Reihenhausgärten geworden und der von den Bürgersteigen gefegte Schnee lag sauber aufgehäuft zwischen den parkenden Autos. Fast an allen Türen hingen getöpferte Namensschilder. Hier also hat er sich seine heile Welt geschaffen, das Böse sollte draußen bleiben, die Gewalt, das Töten, das sollte woanders geschehen. Hier, zu Hause, wollte er alles vergessen, aber das Böse findet immer einen Weg, dachte Karen, während sie vor dem gepflegten Reiheneckhaus am Waldrand parkte.

Irgendetwas hielt sie zurück, sie stieg nicht gleich aus. Die ganze Strecke über war sie wie gehetzt gefahren, und jetzt, am Ziel, blieb sie sitzen. Bisher war alles doch noch in der Schwebe gewesen, vielleicht ging ja doch alles gut, aber jetzt war sie da, die grausame Gewissheit.

Gibbs schüttelte sich.

»Ich muss los«, sagte sie. »Du bleibst hier.« Sie müsste zum Tierarzt mit ihm, überprüfen lassen, ob er einen Chip hatte, vielleicht war er jemandem davongelaufen, einem Kind, das ihn jahrelang suchen würde, so wie Nyström. Jetzt wünschte sie sich, er wäre doch mitgekommen. Hör auf, Karen, steig endlich aus.

Die Kälte nahm ihr einen Augenblick lang den Atem, und sie blieb stehen. Es hat keinen Sinn, Karen, du musst da rein, du kannst nicht mehr aufhören, du steckst schon mittendrin. Dann tauchten die Szenen aus dem Video auf, das Abschlachten, das Kind, das über die Trümmer kroch ... Los, Karen! Finde heraus, warum sie es getan haben! Sie warf die Autotür zu.

Sie drückte die Klingel an der Gartentür. Vielleicht war die ganze Fahrt ja auch umsonst gewesen und der letzte Überlebende wollte nicht mit ihr reden. Schließlich hatte ja nur seine Frau angerufen. Seine Frau. Sie war es auch, die öffnete. Eine zierliche, nicht sonderlich große Frau mit blasser Haut und weichem, kurz geschnittenem kastanienbraunen Haar. Wenn sie sich ein bisschen Mühe gäbe, würde es modern und jugendlich aussehen, dachte Karen. Marie Traessart war sicher erst Mitte dreißig, aber sie wirkte viel älter, so ausgebrannt und gehetzt, wie sie war. Sie trug Jeans und eine grob gestrickte, viel zu weite Strickjacke. Vielleicht gehörte sie ihrem Mann.

»Er ist ... heute Morgen weggefahren«, sagte Marie Traessart, noch bevor sie einen Blick auf Karens Ausweis warf. »Ich hab ein Auto gehört«, sagte sie, »und dann geh ich in die Garage, und da steht das Auto noch! Und dann ... Ich wollte die Polizei holen, aber ... Thierry sagte immer: Auf keinen Fall die Polizei, die stecken alle unter einer Decke ...« Sie hatte atemlos gesprochen, jetzt erst holte sie Luft. »Es ist da.« Ihre magere Hand zitterte, als sie sie hob.

Karen sah zum Gartenschuppen. Ein großer Haufen Holzscheite lag dort, als habe jemand vor, ein riesiges Feuer anzuzünden.

»Was ist da?«, fragte Karen, doch Marie Traessart schien sie gar nicht zu hören, sie stapfte schon in ihren Hüttenschuhen über die gefegten Waschbetonplatten.

»Ich hab ihn auch da drin gesucht«, sagte sie und zog den Riegel auf. Es war einer dieser graugrünen Plastikgartenschuppen aus dem Baumarkt, in dem man Gartengeräte aufbewahrte und vielleicht noch die Liegestühle für den Sommer. Dunkelheit gähnte ihnen entgegen, gefolgt von einem Geruch nach Metall.

»Das sind *seine* Sachen!«, sagte Marie Traessart verzweifelt. »Ich hab alles wieder dahingelegt.«

Karen starrte auf ein Bündel blutgetränkter Kleidungsstücke, das Marie Traessart vom Deckel einer Tonne nahm. Trainingshose, Sweatshirt, Regenjacke.

Also doch, dachte Karen, ich bin zu spät. Der Letzte ist auch tot.

»*Mach dir keine Sorgen*«, Marie Traessart schüttelte wieder und wieder den Kopf, »das hat er auf den Zettel geschrieben.« Ihr Gesicht war Schmerz und Verzweiflung. »Wie kann er das von mir verlangen?« Sie betrachtete das blutige Kleiderbündel in ihren Händen und schluchzte. »Seine Sachen voller Blut, und dann schreibt er so was! Wie kann er das von mir verlangen?«

»Können Sie ihn nicht anrufen?«, fragte Karen. Vielleicht war Thierry Traessart ja doch noch am Leben.

»Er benutzt schon lange kein Handy mehr. Er sagt, da kommt das Böse raus.«

»Das Böse?«

Marie Traessart nickte gedankenverloren. »Aber, wenn irgendwer Thierry umgebracht hat, warum hat der ihm dann die Sachen ausgezogen?« Sie schüttelte das Kleiderbündel, als wollte sie es zwingen, endlich zu reden. »Und wenn es vielleicht gar nicht Thierrys Blut ist, wessen Blut ist es denn dann? Und … und wie kommt dieses fremde Blut an die Sachen von Thierry? Das ergibt doch keinen Sinn!«

Karen sagte nichts.

»Wo ist Thierry?«, fing Marie Traessart wieder an. »Und warum steht sein Auto in der Garage? Ich versteh das alles nicht.« Sie knetete die blutverklebten Sachen, bis Karen sie ihr sanft aus der Händen nahm und sie zurück auf den Tonnendeckel legte. Dann nahm sie Marie Traessart am Arm und führte sie zum Haus zurück.

»Er hat sich so verändert …« Thierrys Frau schüttelte immer wieder den Kopf, als sträube sie sich, die Realität in ihre Gedanken zu lassen. »Ich weiß einfach nicht … Es war schon immer schwierig nach seinen Einsätzen, aber diesmal …«

»Könnte ich mir die Hände waschen?«, fragte Karen, als sie in der Diele standen.

Wortlos wies Marie Traessart zur Gästetoilette.

Dass ihr Mann der Mörder sein könnte, hat sie gar nicht in Erwägung gezogen, dachte Karen, während sie sich die Hände abtrocknete. Das Licht im Bad beleuchtete ihre Narbe. Sie tastete darüber, vom Ende der rechten Augenbraue über die Wölbung des Wangenknochens hinunter bis zum Unterkiefer. Fast ihr ganzes Leben lebte sie nun schon damit, aber jedes Mal, wenn sie sie sah oder berührte, reagierte sie unsicher und befremdet. Seit Afghanistan fiel sie ihr wieder öfter und stärker auf, und sie fragte sich, warum. Als müsste es einen Zusammenhang geben, einen Bogen, der sich von damals bis heute spannte, von ihrem vierten bis zu ihrem dreiunddreißigsten Lebensjahr …

Das Wohnzimmer der Traessarts war modern und nüchtern eingerichtet. Rechts ging eine Wendeltreppe nach oben. Dahinter stand eine viel zu große über Eck gehende beigefarbene Couch. Nirgendwo stand oder lag etwas herum, keine Zeitung, nichts – jedes Kissen war an seinem Platz, eine Decke lag ordentlich zusammengefaltet auf dem Sessel. Solche Wohnungen kannte Karen, hier war jemand peinlich darauf bedacht, nicht die Kontrolle zu verlieren.

Marie Traessart hatte ihr den Rücken zugekehrt, sie sah durch das Wohnzimmerfenster auf die Terrasse und den kleinen Garten hinaus. Ein Schneemann stand dort, kaum größer als ein Sechsjähriger, im Gesicht eine gelbe Karotte als Nase, die Augen aus blauem Plastik, als Kopfbedeckung trug er eine Baseballkappe. Ringsherum kam bräunliches Gras zum Vorschein.

Stimmt, die Traessarts haben ja Kinder, fiel Karen ein. Wo sind eigentlich Ihre Kinder?, wollte sie gerade fragen, als Marie Traessart anfing: »Es muss etwas Schreckliches ...« Sie drehte sich zu Karen um. »Sie haben gesagt ... es geht um sein Leben? Was ...«

Ein Poltern auf der Wendeltreppe, bevor Karen antworten konnte.

»Maman?« Zwei blasse Kinder, beide blond, kamen von oben, blieben auf der untersten Stufe stehen.

»Luc, Leon, ihr solltet in euren Zimmern bleiben!«

»Aber Papa ist doch gar nicht zu Hause!«, protestierte der Größere vorsichtig.

»Ihr solltet trotzdem oben bleiben!«, rief ihre Mutter zu laut und zu schrill.

»Aber ...«

»Nichts aber! Rauf!«

Sie rannten polternd wieder hoch.

Sie leben in Angst, Karen konnte es erkennen an ihrem

unruhigen Blick, an ihren Bewegungen, an ihrer Haltung. Ein wenig geduckt, stets auf der Hut vor den Schreien ihrer Mutter – oder ihres Vaters? Was wusste Karen schon, wie Marie und Thierry miteinander lebten?

»Verstehen Sie«, sagte Marie Traessart, »er hat gar nichts getan! Das sag ich ihm immer wieder! Thierry, du hast nicht geschossen! Du hast da im Gebüsch gelegen, dein Knie war verletzt!«

»Wie bitte?«

»Beim Sprung aus dem Hubschrauber hat er sich verletzt! Er hat alles gesehen, aber er hat nichts *getan!* Verstehen Sie? *Er hat nichts getan! Er ist unschuldig!*« Marie Traessart sah Karen verzweifelt an. »Aber er sagt, Marie, glaub mir, ich wollte mitkämpfen! Ich *wollte* töten, ich hätte es genauso getan wie die anderen! Ich hatte noch nicht mal Schmerzen. Ich konnte nur nicht aufstehen, weil mein Bein weggeknickt war!« Marie Traessart stöhnte auf. »Er geht nicht zum Arzt wegen diesem postsymptomatischen ...«

»Posttraumatischen Belastungssyndrom.«

Marie Traessarts Finger verhakten sich ineinander. »Ich bin schuld, dass er zu dieser Firma gegangen ist. Wenn du dein Leben riskieren musst, dann lass es dir wenigstens besser bezahlen, hab ich gesagt. Dabei ... dabei wollte ich doch, dass er überhaupt mit diesem Job aufhört! Und er hat nur gesagt: Was soll ich denn sonst machen?«

Sie sah die Treppe hinauf, doch die Kinder kamen nicht zurück.

»Madame Traessart«, fing Karen an, »hat Thierry ein Arbeitszimmer? Einen Computer? Vielleicht können wir so herausfinden, was passiert ist oder wohin er verschwunden ist.«

Marie Traessart packte Karen am Arm. »Er sagt, es ist in ihm.«

»Was?«, fragte Karen ungeduldig. Ihnen lief die Zeit davon. »Was meint er damit?«

Marie Traessart schien sie nicht zu hören, sie starrte zu Boden und schwieg.

»Bitte, zeigen Sie mir seinen Computer, vielleicht finden wir etwas.«

»Bitte?«, fragte Marie Traessart verwirrt, als begriffe sie gar nicht mehr, worum es überhaupt ging. »Was finden wir?«

»Ich ...«

»Warum spricht denn keiner mit mir?«, schrie Marie Traessart. »Warum sagt mir keiner die Wahrheit? Seh ich so aus, als würde ich sie nicht verstehen? Warum fragen Sie keinen anderen? Warum ausgerechnet Thierry?«

Sie weiß es also nicht. Die Wahrheit, Karen, sag die verdammte grausame Wahrheit!

»Weil er der einzige Überlebende ist. Alle anderen sind gestorben. Herzinfarkt, Autounfall, Gehirnschlag, Selbstmord ...«

Marie Traessart erstarrte. »Wie ...« Sie ließ Karens Arm los und krallte sich an der Couchlehne fest. »Was soll das heißen, der einzige Überlebende?«

Karen erklärte es ihr so knapp und nüchtern wie möglich und dass sie herausfinden wollte, was bei dem Einsatz mit Oberst Grévy passiert war.

»Jemand will ... will Thierry ... töten?« Marie Traessarts Stimme überschlug sich. »Wer? Wer will das?« Ihre Augen flackerten wütend.

»Das wollen wir herausfinden«, sagte Karen. Sie wartete auf die Frage, wen sie mit *wir* meinte, aber Marie Traessart war wohl noch zu sehr mit ihrer Wut beschäftigt, sie fragte nicht, sondern nickte mehrmals, holte tief Luft und sagte dann gefasst: »Er hat mir verboten, in sein Zimmer zu gehen.

Er … Früher war er nie gewalttätig, wissen Sie.« Sie deutete zur Wendeltreppe. »Es ist oben, unter dem Dach.«

Endlich, dachte Karen und folgte Marie Traessart nach oben.

»Maman?« Ein Kopf tauchte in einem Türspalt auf. Luc oder … Wie hieß der andere? Leon?

»Ihr bleibt in euren Zimmern!«, befahl Marie Traessart. Sofort schloss sich die Tür wieder.

Noch ein paar Stufen, dann blieb Marie Traessart stehen.

»Eigentlich sollte es mal ein Spielzimmer für die Kinder werden«, sagte sie, »er schließt sich dort oft ein. Manchmal hab ich Angst, dass er sich was antut. Ich hab eigentlich immer Angst, dass er sich was antut. Er schließt sich auch im Bad ein, badet stundenlang …« Sie schüttelte wieder den Kopf. »Ich sitze dann unten am Esstisch und sehe dauernd auf die Uhr und warte, dass er wieder rauskommt. Ich kann nichts anderes mehr denken … ich …« Sie brach ab.

Karen wusste nichts Tröstliches zu sagen. Alles, was ihr einfiel, klang banal.

Die Tür am oberen Ende der Treppe war aus hellem Kiefernholz. Sie wirkte einschüchternd mit den Schnitzereien und der klobigen schmiedeeisernen Klinke. Ein geheimes, verbotenes Reich. Marie Traessarts Hand zuckte zurück.

»Lassen Sie mich«, sagte Karen. Sie drehte den Schlüssel um und öffnete die Tür.

Hitze quoll aus dem holzverkleideten Raum und ein scharfer Geruch nach Schweiß.

»Er hat die Heizung ganz aufgedreht, und dann beschwert er sich über die Heizkosten!«, rief Marie Traessart wütend.

Als ob das jetzt wichtig wäre, dachte Karen, während Marie Traessart sich energisch an ihr vorbeidrängte und die

Heizkörper unter den beiden Fenstern in der Dachschräge abdrehte. Weißes Schneelicht fiel herein.

Der Raum war ganz mit hellen Kieferholzpanelen verkleidet. Er hätte ein schönes Spielzimmer für die Kinder abgegeben, Kinder liebten so etwas, weil es ein bisschen wie ein Blockhaus oder ein Baumhaus aussah. Aber Luc und Leon hatten dieses Spielzimmer nie für sich bekommen.

»Was ist das?«, hörte Karen Marie Traessart entsetzt fragen.

36

Frankreich, A 31

Schmutziggraue Landschaft zog an den Autoscheiben vorbei, mit Schneematsch bespritzte Autos, nassdunkle Hausmauern, kahle Bäume, und über allem lastete dieses undurchdringliche, erdrückende Weiß des Himmels. Thierry rieb sich die brennenden Augen und spülte die Dexedrin mit einem Schluck kalt gewordenem Kaffee von der letzten Tankpause hinunter.

Sie waren gekommen, um ihn zu eliminieren. Damit keiner mehr übrig war. Das war ihm sofort klar geworden, als er sie vom Schlafzimmerfenster aus gesehen hatte, die zwei Typen vor seinem Haus …

Ruckzuck zog er sein Messer aus der Halterung im Bettrahmen und schlich die Treppe hinunter, weiter über die Terrasse, sprang über die Hecke zu den Nachbarn links von ihnen, lief über den Rasen, bog um die Ecke, drängte sich durch eine zweite Hecke, und dann war er hinter ihnen auf der Straße, konnte ihre Kapuzenjacken und die breiten Schultern sehen. Er war noch immer gut in Form, trotz seines Knies.

Sie hatten ihre Waffen gezogen. Knarren für kleine Angeber.

Thierry wartete nicht. Mit einem Satz sprang er dem einen auf den Rücken, hing an ihm wie eine Wildkatze, die sich festbeißt in ihr Opfer, er biss nicht, aber er klammerte sich fest, drückte ihm die Klinge an die Gurgel. Der andere zögerte, checkte ab, ob er es wagen sollte, auf offener Straße loszuballern und dabei zuzusehen, wie seinem Kumpel die Kehle durchgeschnitten wurde. Nein, das war wohl nicht nach seinem Geschmack.

Thierry zischte: »Waffe auf den Boden, du Arschloch, Hände aufs Autodach. Und jetzt will ich wissen, wer euch schickt.«

Es ging schnell, in der Kälte kam ihm das Blut noch wärmer vor, als es über seine Hand lief. Er wuchtete die beiden Leichen in den Kofferraum ihres Autos, fuhr hinein ins Wäldchen, warf sie in ein Erdloch, das ein umgefallener Baum hinterlassen hatte, schaufelte Schnee darüber und hoffte, dass es dieses Jahr noch lange kalt blieb.

Später, auf dem Weg zurück bis hinter seinem Haus, ging ihm die Frage durch den Kopf: Wie soll ich es ihnen erklären? Marie, Kinder, setzt euch mal brav auf die Couch. Und jetzt hört gut zu, was eurem Papa in der Nacht passiert ist. Versprecht mir, dass ihr es niemandem sagt. Hört ihr? *Niemandem!* Oh, sie wären mucksmäuschenstill und würden ihn mit ihren großen Augen ansehen. Also, da waren zwei Männer vor dem Haus. Ihr habt sie nicht gesehen, es war ja noch viel zu früh. Aber ich hab sie gesehen, denn ich kann nicht mehr schlafen. Papa hat die beiden bösen Männer ... Ob die Kinder schon wussten, was *eliminieren* heißt?

Im Wald, nein, da gehen wir die nächste Zeit nicht spazieren, Kinder ...

»Ich musste es tun«, sagte er jetzt laut zu sich, erklärte es der Welt – und Gott. »Ich musste sie töten. Sie hätten uns alle umgebracht. Uns alle. Marie und die Kinder auch. Ich musste sie töten.«

Der Scheibenwischer radierte die Worte aus, er musste sie immer und immer wieder sagen.

37

Metz

»Mein Gott«, flüsterte Marie Traessart immer wieder, »mein Gott ... Was ist das?«

Das Zimmer eines Paranoiden, dachte Karen sofort.

»Was bedeutet das alles?«

»Sie waren nie hier oben?«

Marie Traessart schüttelte den Kopf. »Er hat es mir verboten.«

Ein Windstoß fuhr durchs Zimmer, die unzähligen Zettel an der Giebelwand raschelten gespenstisch. Zeitungsausschnitte, Computerausdrucke, Landkartenschnipsel, Fotos von Kindern und Hunden. Dicke rote Pfeile verwiesen von einer Meldung zu einer anderen, quer über die ganze Wand. Und in der Mitte: ein Gesicht. Überlebensgroß.

Karen trat näher heran und begann zu lesen:

Jeder sechste US-Soldat in Afghanistan und jeder achte im Irak nimmt Berichten des Pentagon zufolge täglich stimmungsaufhellende oder stabilisierende Medikamente. Eine wachsende Zahl von kämpfenden Soldaten nimmt täglich Antidepressiva.

Karen wendete sich einer anderen Meldung zu.

Laut der Studie des Forschungsinstituts der britischen Streitkräfte muss die Armee jedes Jahr mehrere Hundert Soldaten wegen Drogenkonsums entlassen. Das Militär verliere mehr Personal durch Drogen als durch Todesfälle und Verletzungen während der Kampfeinsätze im Irak und in Afghanistan, heißt es. Vor allem habe sich die Zahl der Kokainabhängigen erhöht.

Ein Sprecher des Verteidigungsministeriums dementierte, dass es einen Zusammenhang gebe zwischen dem Anstieg des Drogenkonsums unter den Soldaten und dem Beginn der Militäreinsätze im Irak und in Afghanistan.

AFP/cn

Ein dicker roter Pfeil wies auf eine weiter oben hängende Nachricht hin.

Im Frühjahr 1944 wurde der Wunsch von dem deutschen Vizeadmiral Heye geäußert, ein Medikament zu erhalten, das den Soldaten der Deutschen Wehrmacht kampfstärker und selbstbewusster machen sollte. Dasselbe hatte bereits ein SS-Chef für seine Spezialeinheiten gefordert.

Tatsächlich wurde daraufhin von einem Team in Kiel die sogenannte D-IX-Tablette entwickelt. Sie bestand aus fünf Milligramm Kokain, drei Milligramm Pervitin, fünf Milligramm Eukodal (ein schmerzstillendes Morphinpräparat) sowie einem synthetischen Kokain der Firma Merck. Letzteres war schon im Ersten Weltkrieg bei Jagdfliegern im Einsatz gewesen.

Getestet wurde das Präparat an Gefangenen des KZs Sachsenhausen.

Besonders herausgestrichen wurden das extrem verringerte Bedürfnis nach Schlaf und die offensichtliche Ausschaltung des eigenen Willens.

Ausschaltung des eigenen Willens … wiederholte Karen in Gedanken.

»Ich verstehe nicht, warum er das alles …« Weiter kam sie nicht. Entsetzt starrte sie auf eine andere Nachricht.

Wie erst jetzt bekannt wurde, fiel vor zwei Wochen im südfranzösischen Fourcalquier ein Labrador ein Baby an. Er soll es aus dem Kinderwagen gezerrt haben. Die Mutter, die zu Besuch bei der Hundebesitzerin war, konnte ihm ihr Baby entreißen und es retten. Der Hund war zwei Jahre zuvor der Familie zugelaufen. »Er hat noch nie so etwas getan, er war überhaupt nicht aggressiv, selbst Katzen jagte er nicht«, sagte die völlig verzweifelte Hundebesitzerin, selbst Mutter eines fünfjährigen Mädchens. Der Hund wurde getötet. Ihm war ein Jahr zuvor ein sogenannter Kastrations-Chip eingesetzt worden, der die Bildung von Testosteron unterdrückte und damit sein Sexualverhalten steuerte. Die Hundebesitzerin will nun klären lassen, ob ein defekter oder fehlgesteuerter Chip das plötzliche aggressive Verhalten ausgelöst haben kann.

Die Firma schloss bereits eine solche Möglichkeit aus. »Es sind Tausende von Hunden auf diese Weise temporär sterilisiert worden. Ein solches Verhalten ist noch niemals aufgetreten.«

Die Hundebesitzerin aus Fourcalquier sucht durch eine Internetkampagne nach möglichen weiteren Betroffenen. »Es muss verhindert werden, dass so etwas wieder passiert«, sagte sie.

»Er ... er sagt ... sie hätten ihm was eingepflanzt ...«, Marie Traessart griff sich an die Stirn, »... was eingepflanzt, das ihn steuert ..., ja, das hat er gesagt.«

Karen dachte an die Menschen, die fest davon überzeugt waren, dass sie UFOs gesehen hätten – und niemand glaubte ihnen.

»Aber was, hat er nicht gesagt?«

Sie schüttelte wieder den Kopf. »Nein, nein, das hat er nicht gesagt. Er hat an diese Firma geschrieben.« Sie hielt ein Stück Papier in der Hand, Karen sah, dass die ganze linke Seite der Wand mit ähnlichen Schreiben beklebt war. Es war an *Globe* gerichtet.

Bitte erklären Sie mir, weshalb wir so gehandelt haben. Weshalb leide ich unter Kopfschmerzen, weshalb habe ich das Gefühl, ich gehöre mir selbst nicht mehr?

»Er hat hundert Mal geschrieben. Sie haben nur ein Mal geantwortet. Mit einem nichtssagenden Brief«, sagte Marie Traessart leise und sah zur Wand.

Karen entdeckte noch eine Meldung, die vom Tod von Oberst Grévy. Der Name *Grévy* war rot umkringelt, daneben stand in roter Schrift: *Grangé*.

»Was bedeutet das?« Marie Traessart legte die Stirn in Falten. »Grangé? Er hieß doch Grévy, oder?«

Karen nickte und deutete auf das große Foto.

»Wer ist das?« Das übergroße Porträtfoto mitten zwischen den Zeitungsausschnitten zeigte ein fein geschnittenes blasses Gesicht. Die Augen hinter der Brille wirkten abweisend, kalt, auch ängstlich. Er trug eine Wüstenfleck-Uniform. Fotopapier. Kein Zeitungsausschnitt.

Marie Traessart warf nur einen kurzen Blick darauf, Karen nahm ein Zucken ihrer Mundwinkel wahr. »Ich weiß es nicht. Er hat mit mir ja nicht geredet über das hier.« Ihre Stimme klang bitter und enttäuscht. Wie konnte Thierry Traessart das alles vor seiner Frau geheim halten?, dachte Karen. Und sie, sie hat dieses Zimmer nie betreten? Kaum zu glauben.

Auf dem Tisch stand ein aufgeklapptes Notebook. Glück gehabt, dachte sie. »Darf ich?«, fragte sie Marie Traessart, die noch immer fassungslos die Wand mit den Ausschnitten anstarrte und wie abwesend nickte.

Schnell hatte Karen die entsprechende Bilddatei gefunden. Das Originalfoto dieses Mannes mit der Brille hatte er am 3. August gemacht. Es zeigte jenen Mann in militärischer Tarnkleidung, im Hintergrund war ein Teil eines Wohncontainers zu erkennen, darüber strahlend blauer Himmel. Das Foto gehörte zu einer ganzen Reihe von Aufnahmen von anderen Männern in Wüstenfleck-Uniform, die meisten lachten in die Kamera.

»Spanien«, sagte Marie Traessart, die ihr jetzt über die Schulter sah, »da war er im Trainingscamp von *Globe*, bevor er nach Afghanistan ging.«

»Aber er hat nicht gesagt, wer dieser Mann ist? Immerhin war er auch dort, in diesem Trainingscamp.«

»Nein«, Marie Traessart schüttelte den Kopf, »nein, er hat nichts erzählt. Nichts.«

Karen sah sich weiter um, versuchte sich vorzustellen, was in diesem Mann vorging, wenn er sich in diesem Zimmer einschloss.

»Vielleicht ist Ihr Mann zu jemandem von *Globe* gefahren?«

Marie Traessart starrte schon wieder ins Leere. »Ich will, dass er wieder so wird wie früher. Er war immer so … so fröhlich.« Sie ließ den Blick durchs Zimmer gleiten. »Das kann doch nicht schon alles gewesen sein, oder? Wir wollten doch noch so viel zusammen ...«

Nyström müsste etwas tun können, fiel Karen ein, er müsste herausfinden können, wer dieser Mann auf dem Foto war.

Am Auto drehte Karen sich noch einmal um. Marie Traessart stand in der Tür des Reihenhauses, rechts und links ein Kind an der Hand, als müsse sie sich an ihren beiden Söhnen festhalten.

Karen suchte ihr Handy, sie hatte es doch auf den Sitz gelegt, oder?

Ihr Blick fiel auf Gibbs, der aus dem Fußraum zu ihr hochsah. Das Handy im Maul.

»He!« Sie beugte sich zu ihm, um ihm das Handy abzunehmen.

Ein grollendes Knurren ließ sie zurückzucken. »Gibbs! He, was ist los mit dir?«

Er sah sie an, sein entschlossener Blick wurde ganz langsam weicher. Bis er sich schließlich das Handy aus dem Maul nehmen ließ.

Ihre Hände waren feucht, als sie wieder zurückging zum Haus der Traessarts.

38

Den Haag

Verärgert eilte Anna Scarafia zurück in ihr Büro.

Exhumierungen? Nein, damit bin ich ganz und gar nicht einverstanden. Mit welchem Grund, liebe Kollegin? Es sind doch korrekte Totenscheine ausgefüllt worden, oder nicht? Schlaganfall oder Herzinfarkt kommen nun mal auch bei jüngeren Menschen vor, ganz besonders bei denen, die gefährlich gelebt haben, hab ich nicht recht, Frau Kollegin? Möglicherweise haben sie nach ihrem Einsatz Medikamente genommen, Antidepressiva vielleicht oder sogar Drogen. Schließlich ist es kein Geheimnis, dass Soldaten so was schlucken. Nein, keine Exhumierungen! Und alles andere ist Sache der zuständigen Polizeibehörden. Nein, liebe Kollegin. Nein. Auf ihrem Tisch liegen genügend andere Akten, unsere Behörde erstickt in Arbeit, das wissen Sie genauso gut wie ich, nicht wahr, liebe Anna?

Doch Anna Scarafia war nun mal Anna, der Bullterrier, und der hatte sich festgebissen. Sie wollte Ashleys Job. Und Ashley wollte sich nicht in die Nesseln setzen, das war ihr klar geworden. Vor irgendetwas hatte er Angst, vor komplizierten Verwicklungen oder wer weiß, wovor noch, sie konnte es an seinem viel zu häufigen Augenzucken und an seinem ausweichenden Blick ablesen.

Plötzlich hatte sie eine Idee. Und die roch nach Lederjacke und einem betörenden Rasierwasser. Und die hatte auch einen Namen: Fabio Izquierdo, seit fünfundzwanzig Jahren bei der Polizei in Brüssel. Erst bei der Sitte, dann bei den Drogen und inzwischen beim Mord. Einer der wenigen Männer, mit denen der Sex reizvoll gewesen war. Bei Fabio fühlte sie sich als … als Beute. Ein Gefühl, das sie durchaus genießen konnte … Ach, was hatte sie schon wieder für Gedanken! Ruf ihn endlich an.

»Anna?« Er klang freudig überrascht, auch wenn ihr seine Stimme noch knarzender vorkam als vor einem halben Jahr. Dabei hatte er doch das Rauchen aufgeben müssen.

»Alles in Ordnung bei dir?«

»Klar. Wie komme ich zu der Ehre?«

Er klang müde, aber darauf wollte sie jetzt nicht näher eingehen. Mitfühlen war definitiv nicht ihre Sache.

»Ich brauche deine Hilfe. Inoffiziell.«

»So?«

»Ich wusste, dass du mich verstehst. Oberst Grévy.«

»Aha.«

»Er hat in Brüssel gewohnt.«

»Ja …«

»Wird sein Tod immer noch als Selbstmord behandelt?«

»Wie meinst du das?«

»Oh …« Und dann erzählte sie ihm, was die Journalistin ihr berichtet hatte. »Ich würde gern ein bisschen mehr über ihn wissen. Und … ich denke, ich könnte es einrichten, dass ich nach Brüssel komme.«

»Das klingt gut.«

»Zum Abendessen zum Beispiel …«

Sie hörte ihn leise lachen. »Ruf mich an, wenn du da bist.«

Zufrieden und zugleich angenehm angeregt lehnte sie sich im Sessel zurück. Dann verteilte sie die noch zu erledigende Arbeit an ihre Mitarbeiter und ließ sich ein Zugticket nach Brüssel buchen.

Im Auto zündete sie sich endlich eine Zigarette an, fuhr aber noch nicht los. Minuten der Kontemplation folgten, der

Ehrlichkeit mit sich selbst. Seit einiger Zeit bemerkte sie bei sich selbst ein zunehmendes Misstrauen gegenüber den herrschenden Gesetzen. Als würde in ihrem Innern etwas wachsen, das dort nicht sein durfte, eine Pflanze, die man sofort mit der Wurzel ausreißen musste. Mein Gott, Anna – hörte sie Édouard sagen –, das ist sehr bedenklich. »Da hast du ausnahmsweise recht, mein Lieber«, murmelte sie und blies den Rauch bewusst langsam aus. »Ich weiß nicht, wohin das führt ... Ich will auf jeden Fall Ashleys Job.«

39

Metz

»So viele Bilder ...« Marie Traessart betrachtete die über den Monitor rasenden Bilder, als dürfe ihr nichts, aber auch gar nichts entgehen, als könnte sie durch die Erinnerung an die schönen Momente all das Böse vertreiben. »Sehen Sie, da, die Kinder, da waren sie noch ganz klein ...«

Karen nickte hin und wieder.

»Dürfte für Hacker wie euch doch kein Problem sein«, hatte sie vorhin am Telefon gesagt. Nein, war es auch nicht. Karen war mit Marie Traessart wieder nach oben gegangen, während Nyström ein Programm auf Thierrys Computer geschickt hatte, das die Dateien nach Porträtfotos scannte.

Da, da war es. Karen hielt den Scan an. Thierry hatte tatsächlich noch ein zweites Foto dieses Mannes an der Giebelwand – allerdings nicht selbst aufgenommen, sondern aus dem Internet heruntergeladen. Sie musste nur noch die entsprechende Internetseite aufrufen. Der Mann hieß Dr. Paul

Cortot, er hatte als Mitarbeiter des *CRSSA* am 12. Oktober auf einem Kongress über die französische Sicherheitspolitik einen Vortrag zum Thema *Militärische Forschung heute* gehalten. Das Foto aus dem Netz zeigte ihn am Rednerpult.

Die französischen Biowaffenprogramme unterliegen strengster Geheimhaltung. Die beiden wichtigsten militärischen Forschungszentren sind das CEB *(Centre d'Études du Bouchet) bei Paris und das* CRSSA *in La Tronche, einem Vorort von Grenoble*, las sie bei Wikipedia. *Das* CRSSA *– Centre de Recherches du Service de Santé des Armeés – untersteht dem französischen Verteidigungsministerium.*

Ein Forschungszentrum also, das sich um die Gesundheit der Streitkräfte kümmerte ... Thierry hatte bei Google Earth die Route von Metz nach La Tronche abgerufen.

»Ein Gesundheitsdienst für Soldaten? Vielleicht sucht er dort Hilfe? Dafür sind die doch da, oder?«, fragte Marie Traessart mit neuer Hoffnung in der Stimme.

Dass es sich um ein Forschungszentrum handelte und dass es darin nicht primär um Heilung ging, sondern um Experimente, sagte Karen nicht, auch nicht, dass dieses Zentrum im Zusammenhang mit Biowaffen genannt wurde und dass Thierry an diesem Ort wohl etwas anderes wollte als ein Medikament gegen seine Anfälle. Etwas anderes, Gefährlicheres.

Die Wahrheit.

»Finden Sie ihn«, sagte Marie Traessart, als Karen ging, »bitte ... bevor die Polizei ...«

Und Karen sagte Ja.

Als ob sie das so einfach versprechen könnte. Reflex, dachte sie, jemand erwartet etwas von mir, und ich sage Ja. Typisch.

Drei Stunden von Metz nach La Tronche, gab das Navigationsgerät an. Drei Stunden, in denen sie sich einen Plan machen musste, wie sie mit einem kampferprobten Söldner umgehen sollte, der sich einen bestimmten Mitarbeiter eines Biowaffenforschungszentrums vorknöpfen wollte.

Sie sollte Dr. Cortot warnen, oder?

Sie sollte die Polizei rufen, oder?

Karen, du musst nicht die Welt retten, hatte Nyström gesagt, *und erst recht nicht diesen Typen.*

Sie sollte Nyström Bescheid geben, oder?

Aber sie fuhr einfach weiter, als wäre ein Programm angelaufen, das sie nicht stoppen konnte, ein Programm mit dem Namen *Wiedergutmachung*.

40

Frankreich, A 31

In Spanien hatte ich noch keinen Verdacht, dass *Globe* seinen *Contractors* etwas vorenthielt, dass *Globe* sie für ein Experiment benutzte, dachte Thierry. Seine Augen brannten, er war stundenlang durch die Dunkelheit gefahren. Von einer Kirche zur anderen, er hatte sich Rettung erhofft, stille Einkehr, Reue, Vergebung. Aber nirgendwo hatte er einen Priester gefunden, und so hatte er allein gebetet. Doch Gott hatte nicht geantwortet. Schließlich war er weitergefahren.

Das Dexedrin wirkte. Er war nicht müde, nicht hungrig, noch nicht einmal durstig.

Er hatte *Globe* vertraut. Die Firma zahlte pünktlich und gut. Ein Einsatz in Afghanistan oder im Kongo brachte ihm statt der drei- bis vierhundert Euro als Soldat der französischen Streitkräfte sechs- bis achthundert Euro pro Tag. Und über die neueste Waffentechnik verfügte die Firma auch.

Ums Töten war es ihm nie gegangen. Abenteuer, Pfadfinderleben, Freundschaft und einzutreten für eine gute Sache, das gefiel ihm.

Er hatte sich was vorgemacht. Hatte nicht richtig hingesehen. Während Staaten beim Kriegführen Geld verloren, Steuergelder natürlich, machte *Globe* Geld. Viel, sehr viel Geld. Innerhalb weniger Jahre hatte *Globe* sich in Afghanistan unersetzlich gemacht. *Globe* unterstützte die kämpfende Truppe, Spezialeinheiten wurden mit Spezialwaffen ausgerüstet, *Globe* errichtete Camps, Hospitäler, Flughäfen, Schulen, bildete Einheimische zu Hundeführern aus oder zu Wachpersonal. Ein Krieg ohne *Globe* war nicht mehr zu gewinnen.

Spezialeinheit ... Einst war er stolz darauf gewesen, dazuzugehören. Das war gleich nach dem Geld gekommen. Dazuzugehören zu einer Elite. Und jetzt? Jetzt waren alle tot – außer ihm.

Er schüttelte den Kopf, um die Bilder zu vertreiben, die wieder hochkamen ...

Das Barbecue im *Globe*-Trainingslager.

Als Vegetarier war er nicht gerade gut bedient gewesen. Statt Steak hatte er nur Folienkartoffeln gegessen und seinen Eiweißtrunk angerührt. Um noch hungrig zu sein war er viel zu müde. Das Training war eine Qual gewesen. Zwanzig Kilometer mit schwerem Gepäck, bei fünfundvierzig Grad, das hatte selbst ihn erschöpft – er war einfach noch nicht gewöhnt an diese verdammte Hitze. Aber in Afghanistan war's sogar noch heißer.

Beim Einschlafen hatte Thierry Traessart wie jede Nacht an seine Familie gedacht, an Marie, an Luc und Leon, wie sie zusammen beim Essen saßen, wie Marie die Kinder ins Bett brachte, ihnen noch eine Geschichte vorlas, das Licht löschte und selbst schlafen ging ... Erfüllt von Dankbarkeit für den

Frieden, in dem sie lebten, und für die Liebe, die er für sie empfand, hatte er tief durchgeatmet, sich auf den Bauch gedreht und sich seiner Müdigkeit überlassen.

»Merkst du was?«, kam es vom Bett gegenüber.

»Es ist verdammt heiß und stickig hier drin«, brummte er.

Gleich am dritten Tag war ausgerechnet in ihrem Container die Klimaanlage ausgefallen.

»Das mein ich nicht«, sagte dieser Jorge wieder.

Thierry antwortete nicht, er dachte nur, halt die Klappe, ich will schlafen.

»Das mein ich nicht«, wiederholte Jorge.

»Was dann?« Thierry drehte sich auf die Seite und sah den riesigen Schattenumriss seines Zimmergenossen, der im Bett saß. Hundert Kilo, schätzte Thierry, ohne eine Spur Fett.

»Diese Impfung«, sagte Jorge.

»Was soll damit sein?«

»Diese Impfung heute Nachmittag …«

»Jetzt spuck schon aus, was du sagen willst, und dann lass mich in Ruhe.«

Jorge räusperte sich. »Ich meine … diesen Chip, den sie uns da eingesetzt …«

»Der ist zur Identifikation«, fiel Thierry ihm ins Wort.

»Ich weiß. Aber hast du gewusst, dass sie auch Leichen so was eingesetzt haben, nach dem Tsunami in Thailand, da haben die Teams, die die Toten identifizieren sollten, in jeden linken Oberarm, den sie gefunden haben, so einen Chip eingesetzt, damit sie die anderen Teile dann zuordnen konnten.«

»Meinetwegen. Aber wir gehen ja nicht nach Thailand.« Er drehte sich wieder auf den Bauch.

»Aber, so kann man uns doch die Identität stehlen! Irgendwer klaut dir alle deine Daten und löscht sie oder überträgt sie einem anderen …«

»Ich kenne keinen, der Thierry Traessart sein will.« Er wollte nur noch schlafen.

»Ich meine es ernst«, kam es wieder von Jorge, »wenn jemand die Daten auf deinem Chip liest, kennt er alles von dir, deine Steuernummer, deine Blutgruppe, deine Adresse, dein Geburtsdatum, wahrscheinlich auch noch deine Passnummer und deine Führerscheinnummer.«

»Das haben die bestimmt nicht alles da drauf gespeichert! Es geht nur darum, dass man unsere Angehörigen verständigen kann, wenn wir draufgehen sollten.«

»Das behaupten die. Und dann die Sache mit dem Impfstoff.«

»Der ist doch vernünftig. Oder willst du dir da unten die ganzen beschissenen Krankheiten holen? Ich nicht.«

»Trotzdem. Ich komm mir vor wie unser Hund. Der hat auch so einen Chip.«

»Aber ihm geht's gut, oder?«, brummte Thierry. »Und wenn er wegläuft, kann man ihn schnell wiederfinden.«

»Was hast du gesagt?«

»Wenn er wegläuft, kann man ihn schnell wiederfinden.«

»Das meine ich, Thierry!« Jorge war wie aufgedreht. »Hast du mal daran gedacht, dass die dich überall aufspüren können?«

Der Typ nervte. »Quatsch, Jorge! Ein RFID-Chip sendet nicht. Nur wenn ein Lesegerät drangehalten wird, wird kurzzeitig Energie aktiviert, und dann werden die Daten übertragen.«

»Aber wenn sie uns nicht die ganze Wahrheit sagen?«

»Schlaf endlich.«

»Ich kann nicht.« Jorge stöhnte.

»Dann halt wenigstens die Klappe.«

»Dieser Typ, der uns den Chip reingeschossen hat, der war

irgendwie seltsam. Findest du nicht? So'n Wissenschaftler-Typ, der Menschenexperimente macht. Hast du diesen Film gesehen? Den mit diesem Schwarzen. Wie hieß der noch mal, der Schauspieler? Na, egal, da haben sie Soldaten einen Chip eingesetzt, damit sie vergessen, was sie getan haben. Und dem amerikanischen Präsidenten haben sie auch einen eingesetzt. Die Mutter hat ihn immer angerufen und hypnotisiert ... Mann, Thierry, vielleicht machen die dasselbe mit uns!«

»Wenn du nicht gleich die Schnauze hältst, schmeiß ich dich raus.«

Thierry Traessart drehte sich auf den Rücken und zog trotz der Hitze das Laken über den Kopf.

Jorge hatte tatsächlich den Mund gehalten.

Jetzt war er tot ...

Seine Gedanken kehrten zu Marie zurück. Sie wusste nichts von alldem. Wann hatte er sie zum letzten Mal berührt? Er fühlte sich schmutzig, seit er zurückgekehrt war. Sonst war er immer zur Beichte gegangen, wenn er zurückgekommen war, aus den dunklen, blutigen Winkeln der Welt. Nicht in die Kirche ihrer Nachbarschaft, er hatte sich eine andere gesucht, jedes Mal eine andere. Letztes Mal war er extra nach Nancy gefahren. Aber diesmal wusste er, dass Gott ihm nicht vergab. Egal, was der Priester behauptet hatte. Und so war er wieder zurückgefahren und hatte darauf gewartet, dass Gott ihm sagte, was er tun müsse. Er hatte sieben Tage gewartet. Seine Kameraden starben, und er glaubte, das sei die Antwort: der Tod. Die Tat konnte im Leben nicht mehr gesühnt werden. Also wartete auch er auf den Tod, lag nachts wach und dachte an den Herzinfarkt, der meist zwischen drei und vier Uhr morgens eintrat, wie er mal gelesen hatte. Aber jeden Morgen wachte er wieder auf. Mit dem schmerzenden Knie. Das Knie, das ihn den Job gekostet hatte. Auch einen Schlaganfall bekam er nicht. Er wurde nicht von einem Auto überfahren, und aufgehängt hat er sich auch nicht. Nur diese Wut kam immer wieder, etwas, das sich aufbäumte in seinem Innern und ihn zum Rasen brachte. War das seine Strafe? Die Angst, dass er seine eigenen Kinder abschlachten könnte, seine eigene Frau? Die Angst ließ ihn nicht mehr schlafen. Keinen winzigen Augenblick durfte er unaufmerksam sein, er musste aufpassen. War das die Strafe? Dass er sich selbst einsperrte? Dass er sein eigener Wächter war …?

All das ging ihm durch den Kopf, während er über die Autobahn raste. Den Typen würde er sich schnappen. Und dann würde er ihn ausquetschen. »Die Wahrheit. Ich will die Wahrheit wissen. Was habt ihr mit uns gemacht?«

Vor ihm scherte ein Lastwagen aus. Thierry riss das Steuer herum, und der Wagen schoss auf die Leitplanke zu.

41

Hinter Metz, A 31

Um diese Jahreszeit dämmerte es schon gegen vier, und die schweren Schneewolken sperrten noch früher als sonst das Sonnenlicht aus. Karen hatte die Scheinwerfer eingeschaltet. Wenn es doch auch so einfach wäre, Licht in das Chaos zu bringen, in das Nyström sie gerade mit seiner Information gestürzt hatte.

Eigentlich hatte sie nur die Adresse von Dr. Paul Cortot in Grenoble haben wollen. Nyström hatte sie ihr schon wenig später durchgegeben.

Doch dann kam der Satz: »Übrigens, da gibt es noch was.«

Sie hatte nicht einfach aufgelegt. Natürlich nicht. Obwohl

sie an seinem Zögern hätte merken müssen, dass dieses *noch was* etwas Unangenehmes sein würde.

»Eine zuverlässige Quelle hat uns CIA-Dokumente der Jahre 1986 bis 1997 zugespielt«, begann Nyström, »wir haben sie nach ein paar Schlüsselwörtern durchsucht.«

»Schlüsselwörter?«

»Ja. Gestern haben wir zwei neue eingegeben.«

Sie wartete, während ihr Hirn schon zu rätseln begann. Was er dann sagte, versetzte ihr einen Schock, sie fühlte sich bloßgestellt. Die Schlüsselwörter hießen:

Jane Burnett.

»Du willst mir jetzt doch wohl nicht sagen, dass meine Mutter für die CIA gearbeitet hat?« Nein, das würde sie ihm nicht abnehmen. Das nicht.

»Nein, aber ...«

Auch da hätte sie noch Nein sagen können, stattdessen sagte sie:

»Lies schon.«

Er räusperte sich. »Wir empfehlen, die Journalistin Jane Burnett an der Tschad-Reise teilnehmen zu lassen.« Er hüstelte. »Sie eignet sich als idealer Verteiler. Sie genießt großes Vertrauen bei ihrem Publikum, ist bekannt für ihre Antikriegshaltung, außerdem hat ein erster Kontakt mit Mars stattgefunden. Mars ist davon überzeugt, dass er J. B. führen kann.«

»Führen?«, unterbrach Karen ihn. »Und wer ist Mars?«

»Wissen wir noch nicht. Aber ich habe einen Artikel aus der *New York Times*, in dem Jane Burnett aus dem Tschad berichtet. Sie war also tatsächlich dort.«

»Aha«, sagte sie gereizt. Ihre Mutter hatte nie darüber gesprochen, soweit sie sich erinnerte, aber das wollte nichts heißen. Sie hörte, wie Nyström Luft holte. Na gut, dachte sie, bringen wir's hinter uns.

»Wir treffen ihn am Nachmittag.«

»Moment, wer ist wir?«

»Ein Diplomat, der aus Sicherheitsgründen anonym bleiben soll«, erklärte Nyström. »Ich lese dir jetzt eine Passage aus dem Artikel vor: Die Hitze ist unerträglich, und die Mücken stürzen sich auf uns, als wollten sie uns fressen. Unser Jeep hält an einer Wegkreuzung. Ringsum nichts als Büsche, ein paar Bäume und diese Piste voller Schlaglöcher. Wir warten eine Viertelstunde, und plötzlich ist er da. Er trägt ein Buschhemd und Shorts, seine schwarze Sonnenbrille nimmt er nicht ab. Er verspricht uns, dass er uns zu jemandem bringen wird, der Uran verkauft. Morgen, morgen um dieselbe Zeit.

Am nächsten Tag machen wir die gleiche Fahrt durch unwegsames Buschland. Derselbe Mann am selben Ort. Nur treten diesmal zehn Männer, alle mit Sonnenbrille und Maschinenpistolen, aus dem Gebüsch. Der Diplomat und ich werden von ihm mit einem Kopfnicken begrüßt. Einer seiner Leute bringt einen Metallkoffer. Der Diplomat nimmt eine Messung vor und nickt. Worauf der Diplomat seinen Handkoffer öffnet und ihm die gebündelten Dollarscheine zeigt. 1,5 Millionen.

Der Deal ist gemacht, wir steigen in unseren Geländewagen und fahren auf dem schnellsten Weg zurück. Für den Verkäufer wäre es ein Leichtes gewesen, uns aufzuhalten und uns das Uran wieder abzunehmen. Aber er hält sich an den Deal.

Er würde jedem Uran verkaufen, der ihm einen entsprechenden Preis dafür zahlt. Die Regierung des Tschad behauptet allerdings, ein Handel mit Uran fände in ihrem Land nicht statt.« Nyström holte Luft. »Und so weiter. In einem späteren CIA-Bericht heißt es:

Die Aktion hat, wie erwartet, den gewünschten Erfolg gezeigt. Aufgrund des Artikels von J. B. konnten im Gremium weitere Stimmen dafür gewonnen werden, die Rüstungsausgaben und die Ausgaben für die Geheimdienste zu erhöhen.«

»Es ging um Aufrüstung?« Wirklich? Hatte ihre Mutter sich dafür benutzen lassen?

»Ja«, sagte Nyström, »es war ein abgekartetes Spiel, mit dem Ziel, die Rüstungsausgaben zu erhöhen und auch den Tschad zu kontrollieren. Ich hab hier noch eine Stelle: Grundsätzlich geht es um mehr Präsenz im Tschad und um vor allem zwei Projekte: Vorbereitung und Schutz des Ölpipeline-Projekts aus dem Tschad zur Verladestelle am Atlantik und Vorbereitung der kontrollierten Erschließung der Uran- und Bauxitvorkommen im Norden des Landes. Durch die Behauptung, Uran sei illegal zu kaufen, könnte Druck auf alle beteiligten Seiten ausgeübt werden, auch internationaler Druck auf den Tschad, damit die Sicherheitsmaßnahmen verstärkt werden. Es gilt zudem, die Präsenz der USA zu verstärken gegen das zunehmende chinesische Engagement in der Region.«

»Und es gab eigentlich gar kein Uran zu kaufen? Das war ein Coup der CIA?« Sie wollte das alles nicht glauben. »Meine Mutter wurde von der CIA reingelegt?«

»Na ja«, sagte Nyström ausweichend, »offiziell ist das nie widerlegt oder richtiggestellt worden. Fakt ist: Die Rüstungsausgaben wurden massiv erhöht, aber eigentlich ... ist die Sache Schnee von gestern. Besonders nachdem Jane Burnett ...«, er brach ab.

»... tot ist«, beendete sie den Satz.

»Ja.«

Tja, Mom, wenn du noch leben würdest, hättest du irgendwann zugeben müssen, dass sie dich reingelegt haben, nicht wahr? Ausgerechnet du, die Burnett, hast dich auf solche Weise täuschen lassen. Mars – soll das ein Witz sein?

Noch lange nachdem Nyström aufgelegt hatte, fragte sie sich, wie ihrer Mutter so ein Irrtum unterlaufen konnte.

Und worauf ließ sie sich selbst gerade ein? Sie raste einem traumatisierten Soldaten hinterher, der glaubte, er sei ferngesteuert. Und verantwortlich dafür sei ein Wissenschaftler namens Dr. Paul Cortot.

Sie wusste, sie sollte ihn anrufen. »Pardon, Monsieur, aber es besteht Grund zur Annahme, dass ein Mitarbeiter der Firma *Globe* im Zusammenhang mit den Vorkommnissen in Afghanistan ...« Ja, was sollte sie ihm sagen?

Überhaupt, was sollte ein einzelner Angestellter des *CRSSA* mit Grévys Einsatz zu tun haben? War das nicht absurd? »Pardon, wir fürchten, dass ein Verrückter versucht, Kontakt zu Ihnen aufzunehmen. Seien Sie vorsichtig.«

Ja, genau, das sollte sie sagen. Gibbs hatte sich auf dem Beifahrersitz zusammengerollt, die Schnauze lag auf dem Handy. Ruf Scarafia an, sagte sie sich. Vielleicht kann sie etwas tun, vielleicht kann sie Thierry Traessart aufhalten ...

Sie griff hinüber zu Gibbs – und dann ging alles ganz schnell: Bremslichter flogen auf sie zu, sie versuchte zu bremsen, der Wagen geriet ins Schleudern, Gibbs stürzte sich auf sie.

Schreiend ließ sie das Steuer los, während der Lexus auf der schneeglatten Fahrbahn unaufhaltsam auf die Stoßstange des vorderen Wagens zuschlitterte. Der Schmerz in ihrem Arm nahm ihr die Luft, sie versuchte den Hund wegzuschleudern, trat auf die Bremse, wartete auf den Aufprall ...

Der Lexus stand. Quer auf der Fahrbahn.

Der Hund erstarrte, als habe er erst jetzt begriffen, dass er ihren Unterarm im Maul hatte. Sie starrte auf das Blut, und als sie Gibbs verständnislos ansah, öffnete er das Maul, senkte winselnd den Kopf und verkroch sich tief unten in den Fußraum.

Erst jetzt merkte sie, dass sie am ganzen Körper zitterte. Sie dachte an die Meldungen in Thierrys Dachzimmer. Und wenn Gibbs auch …

Er rührte sich nicht mehr, als wollte er sich unsichtbar machen.

Draußen ging nichts mehr weiter. Stau bis in die nächste Kurve hinein. Sie stellte den Scheibenwischer ab. Schon nach wenigen Augenblicken war das Fenster von einer weißen Schicht bedeckt. Dann fasste sie einen Entschluss. Sie stieß die Beifahrertür auf. Abgase quollen aus den Auspuffrohren, und in den Scheinwerfern flirrten die Schneeflocken. Gibbs hob langsam den Kopf, blickte ihr in die Augen.

»Raus!«

Er rührte sich nicht.

»Raus!«

Beim zweiten Mal stand er auf und sprang aus dem Wagen. Karen wollte nicht hinter ihm her sehen, doch sie konnte den Blick nicht abwenden, wie er mit hängendem Kopf zum Fahrbahnrand trottete. Einen Moment zögerte sie, dachte an die Kälte und daran, dass er schon länger nichts mehr gefressen hatte, doch er kroch, ohne sich noch einmal umzudrehen, unter der Leitplanke hindurch und verschwand in der Dunkelheit.

Im Kofferraum fand sie Verbandsmaterial und eine Decke. Sie setzte sich wieder ans Steuer, versorgte die Wunde, die aufgehört hatte zu bluten, nahm eine Ibuprofen und wartete. Auf die Räumfahrzeuge, auf die Kälte, auf die Müdigkeit … auf ein Winseln. Doch sie wurde nur müde.

42

Frankreich, A 31

Ein schwarzer Mégane steuerte die Raststätte kurz vor Grenoble an. Drei Männer stiegen aus. Diesmal waren sie nicht ganz in Schwarz gekleidet, aber dunkel und unauffällig. Nur Gaddafi wollte nicht auf seine schwarze Strickmütze verzichten. Die trug er immer, im Winter aus Wolle, im Sommer aus Baumwolle. Mann, was versteckst du darunter?, zogen Gilles und Tiger ihn immer mal wieder auf. Eine Metallplatte vielleicht? Oder ein Loch? Kann man dir von oben beim Denken zusehen?

An der Theke bestellte jeder für sich. Tiger und Gilles Kaffee, Gaddafi Kakao. Die Sandwichs aßen sie schweigend, jeder war in seine Gedanken versunken. Erst im Auto redeten sie wieder.

»Ich würd was drum geben, wenn wir die Sache schon hinter uns hätten«, sagte Gilles auf einmal, als sie losfuhren. Gaddafi, der jetzt am Steuer saß, antwortete nicht, dachte aber dasselbe. Tiger auf dem Rücksitz sagte Kaugummi kauend: »Letzte Nacht hab ich einen Scheißtraum gehabt …«

»Behalt deine Scheißträume für dich!«, knurrte Gaddafi. »Wir ziehen das durch. Wie geplant. Keine schlechten Gedanken. Gedanken formen die Wirklichkeit. Alles geht gut.« Er sah Tiger im Rückspiegel in die Augen. »Verstanden?«

Tiger nickte. Und Gilles auch.

Gedanken formen die Wirklichkeit. Seine schob er ganz schnell weg. Weitermachen, einfach weitermachen, bis es vorbei ist.

43

Frankreich, A 31

Grelles Licht weckte Karen. Sie fror. Im ersten Moment wusste sie nicht, wo sie war, dann fiel es ihr wieder ein. Mühsam kratzte der Scheibenwischer den gefrorenen Schnee von der Scheibe, dann sah sie die Räumfahrzeuge und Polizeiwagen, die sich irgendwie den Weg zwischen den stehenden Autos hindurch gebahnt hatten. Gerade wurde ein Lastwagen von der Fahrbahn gezogen. Halb fünf morgens. Gibbs musste Hunger haben, und sie hatte nichts dabei. Sie sah auf den Beifahrersitz, dann bemerkte sie den Verband, und ihr fiel wieder ein, dass sie Gibbs weggejagt hatte.

Sie riss die Tür auf und stapfte durch den Schnee zum Fahrbahnrand.

»Gibbs!«

Sie stieg über die Leitplanke, suchte nach seinen Spuren, doch die waren längst von neuem Schnee bedeckt.

»Gibbs!«

Ihre Rufe verhallten in der Dunkelheit.

War da nicht ein Winseln?

»Gibbs?«

Sie ging weiter, versank tiefer im Schnee, da hinten fing der Wald an, eine schwarze Wand, die sich ihr in den Weg stellte.

»Gibbs!«

Er war erschrocken gewesen, als sie abrupt bremsen musste, es war ein Reflex gewesen, oder nicht? Wer weiß, was er erlebt hatte?

»Gibbs, komm her!«

Sie lauschte. Wahrscheinlich hatte sie sich das Winseln nur

gewünscht. Hinter sich hörte sie, wie Motoren angelassen wurden. Scheinwerfer blendeten auf. Offenbar wurde die Strecke freigegeben. Noch einmal ließ sie ihren Blick über den Schnee und zu den Bäumen wandern, aber sie konnte Gibbs nicht entdecken.

Sie dachte an das, was Nyström ihr über ihre Mutter vorgelesen hatte, sie dachte an Michael, an David – und jetzt hatte sie auch noch den Hund verloren.

Stinkende Abgaswolken stiegen aus den Auspuffrohren auf. Karen ging zurück zum Auto. Bevor sie einstieg sah sie sie sich noch einmal um, aber da war nichts.

Ganz vorn fuhren die ersten Autos langsam an.

Sie versuchte Gibbs zu vergessen, schaltete ihr Handy ein und suchte im Internet nach Informationen über Grenoble.

Wissenschaftler denken bei der Erwähnung von Grenoble nicht unbedingt zuerst an das spektakuläre Gebirgsmassiv des Dauphiné und der Alpen, auch nicht an die Skipisten, es sei denn, sie sind begeisterte Wanderer oder Skifahrer, wahrscheinlich haben sie auch nicht gleich eine malerische Altstadt vor Augen oder frugale Köstlichkeiten wie das Poulet aux écrevisses, das Hühnchen mit Krebsen, oder das bekannte Kartoffel-Käse-Gratin, das Gratin Dauphinois. Mit einiger Sicherheit werden Wissenschaftler an Grenoble-Lyon denken, den bedeutendsten Forschungsstandort Frankreichs. Außer drei Universitäten haben sich dort das Commissariat à l'énergie atomique, *das* Europäische Synchrotron *und eine Außenstelle des* European Molecular Biology Laboratory *angesiedelt. Hinzu kommen viele Unternehmen mit Schwerpunkt Mikro- und Nanotechnologie.*

Unvermittelt warf sie das Handy auf den Sitz und riss die Tür auf, stieg aus, und stapfte entlang ihrer eigenen Fußspuren zum Wald. »Gibbs!«, schrie sie in die Kälte. »Gibbs!«

Sie ging einfach weiter, immer geradeaus. Mit jedem Schritt wuchs ihre Verzweiflung. Sie würde nicht eher fahren, bis sie ihn gefunden hatte.

Das leise Bellen glaubte sie sich einzubilden. Auch das Bündel dort am Baum. Erst als sie sich bückte und unter dem Schnee das Fell spürte, wusste sie, dass es Gibbs war. Er fühlte sich kalt an, rührte sich nicht, als sie ihn hochhob, und erst als sie ihn an sich drückte, spürte sie, dass er noch atmete. Sie trug ihn ins Auto und hüllte ihn in die warme Decke. Mein Gott, Karen, dachte sie, wie konntest du nur?

Der Wagen hinter ihr hupte. Es ging weiter. Der Stau löste sich auf.

44

Über dem Atlantik, Flughöhe 10 034 Meter

Das regelmäßige leise Brummen der Düsentriebwerke schuf zusammen mit der angenehmen Beleuchtung, nicht zu hell, nicht zu dunkel, eine Atmosphäre der Ruhe und Sicherheit, nach der Darlene, solange sie denken konnte, sich immer gesehnt hatte und die sie nun, seit Syd zum Präsidenten gewählt und sie zur First Lady aufgestiegen war, umso mehr zu schätzen wusste. Denn Gefahren, so hatte sie in den mittlerweile drei Jahren Amtszeit gelernt, lauerten immer und überall auf sie, ganz besonders dort, wo man am wenigsten damit rechnete. Daher waren die Phasen der Entspannung, wie zum Beispiel jetzt, immer nur kurz, bis sie sich wieder der überall drohenden Gefahr bewusst wurde. Sie ließ ihren Blick über die vielen leeren Sitzplätze der Maschine gleiten und dann über die, die von den ihr bekannten Sicherheitsleuten und engsten Mitarbeitern besetzt waren. Es ist alles in Ordnung, Darlene. Wirklich. Entspann dich.

»Noch einen Tee, Ma'am?« Der blonde Flugbegleiter war vor ihr stehen geblieben, und sie erschrak ein bisschen, weil sie in ihre Gedanken vertieft war und ihn gar nicht bemerkt hatte.

»Nein, danke, Steve«, antwortete sie lächelnd, »es ist alles okay.«

»Wunderbar. Aber falls Sie es sich doch anders überlegen ...«

»Danke.«

Mit einem freundlichen Lächeln wandte er sich ab, und Darlene sah hinter ihm her, wie er eine Bestellung von Eric, dem Sicherheitschef, entgegennahm. Alles war in Ordnung. Es gab keinen Grund für ihre plötzliche Panik. Diese Attacken befielen sie in letzter Zeit öfter, zwar stets nur für wenige Augenblicke, aber sie fand sie dennoch besorgniserregend, nicht nur weil sie ihrer Selbstsicherheit und ihren Nerven einiges abverlangten, sondern auch weil sie etwas in ihr zurückließen: die Ahnung einer Bedrohung.

Der Abschied von Syd war kühl gewesen, und das trug nicht gerade zu einem besseren und sichereren Gefühl bei. Ach, sie war froh, wenn diese unselige Reise überstanden war.

Darlene stand auf und beugte sich über ihre Tochter, die im Schneidersitz in einem bequemen Drehsessel saß und mit rot geränderten Augen einen Film auf dem Bildschirm verfolgte. Welchen, wusste Darlene nicht, aber sie war sich sicher, dass er für Silvas Alter geeignet war, sonst hätte Oprah ihn nicht ausgesucht. Darlene warf der Kinderfrau hinter Silvas Sessel ein Lächeln zu.

»Schätzchen, schlaf ein bisschen«, sagte sie und strich der Sechsjährigen über ihr lockiges schwarzes Haar.

»Ich bin aber nicht müde, Mom.«

»Dann mach doch einfach die Augen zu. Den Film kannst du dir ein andermal ansehen«, sie tauschte einen Blick mit Oprah, »nicht wahr?«

»Sicher doch«, sagte Oprah.

»Ich will aber nicht.«

Irgendwie mochte Darlene diese Sturheit. Aber sie war schließlich eine Mutter, und so sagte sie: »Deine Augen sind doch schon ganz müde, Honey.«

»Nein, sind sie nicht!«

Sonst gab sie nicht auf, für Darlene war Autorität wichtig, aber gerechterweise musste sie einräumen, dass es keinen wirklich einleuchtenden Grund dafür gab, dass ihre Tochter unbedingt jetzt schlafen sollte.

»Na gut, dann bleib wach«, sagte sie also. »Pass schön auf, ja, und erzähl es mir später.«

»Mach ich, Mom.«

»Schön.« Darlene lächelte ihrer Tochter zu, ging zu ihrem Sessel zurück und streckte die Beine aus. Als sie nach einiger Zeit noch einmal zu ihrer Tochter hinübersah, legte Oprah gerade eine leichte Decke über sie. Silva war eingeschlafen. Na also, dachte sie zufrieden und schloss auch die Augen.

Noch vier Stunden bis Brüssel.

»Darlene …«

Sie öffnete die Augen. Ihre persönliche Beraterin beugte sich vom Gang her zu ihr. »Oh, sorry, ich hab Sie geweckt …«

»Nein, Sara«, Darlene lächelte freundlich, »ich hab nur ein bisschen die Augen zugemacht. Was ist?«

»Ich habe gerade eine Nachricht von unserem Büro bekommen.«

Saras Gesicht wurde ernst. »Es läuft eine Kampagne gegen den Präsidenten.«

Ständig laufen Kampagnen, Sara, dachte sie, aber das wusste Sara natürlich auch. Es musste sich also um etwas Ernsteres handeln. Ausgerechnet jetzt, wo sie nicht zu Hause war.

»Gegen Syd? Welche Kampagne?«, fragte sie so ruhig wie möglich. Wenn sie eines gelernt hatte in den letzten Jahren, dann war es die Maxime: Ruhc bewahren. Ein Leittier gerät nie in Panik. Also lächelte sie.

»Senator Ross und seine Anhänger haben eine Internetkampagne gestartet, in der sie den Präsidenten als Feind des Internets darstellen.« Sara streckte ihr ein Smartphone entgegen wie ein Polizist seine Dienstmarke. »Auf Facebook. Sie haben schon über eine Million Freunde!«

»So ein Unsinn!« Sie versuchte ein Lachen. »Jeder weiß, dass wir bei der Wahl das Internet genutzt haben wie noch keiner vor uns.«

Doch auf dem Display sah sie es schwarz auf weiß. Eine Million dreihundertvierundsechzig Freunde. Und während sie die Zahl betrachtete, wurden es schon drei Freunde mehr.

Eine unglaubliche Verleumdung! Ross war ein hinterhältiges Schwein! Das tat er doch nur, weil er Syds momentane Schwäche ausnutzte.

»Sie behaupten, der Präsident fürchte die Freiheit des Internets«, sagte Sara aufgebracht und nahm das Smartphone wieder an sich. »Angeblich haben sie einen Plan des Präsidenten aufgedeckt, in dem es um Beschränkungen und Kontrollen des Internets geht – und um Überwachung der Internetzugänge! Und dann das hier, unglaublich! Soll ich vorlesen?«

»Ja, bitte!« Darlene spürte, wie die Wut in ihr aufstieg.

Demokratie und Meinungsfreiheit! Wie sie das hasste! Die Menschen verloren jeden Anstand, jeden Respekt! Kritik, nun gut, aber Verleumdung? Lügen? Manchmal wünschte sie, sie könnte Störenfriede und Aufwiegler einfach ins Gefängnis werfen …

»Nachdem der Präsident«, hörte sie Sara sagen, »seine Partei und seine Unterstützer die Macht des Internets erkannt haben, haben sie Maßnahmen zur Unterdrückung ergriffen. Sie wissen: Nicht die gegnerische Partei, nein, das Internet ist der Feind ihrer Macht.« Sara sah auf. »Das ist doch pure Verleumdung!«

»Allerdings!« Darlene fragte sich, wer der Verräter war. Syds Berater hielten diese Maßnahmen, Beschränkungen und effektivere Kontrollen des Internets, für unumgänglich. Das Internet, insbesondere die sozialen Netzwerke, konnten innerhalb kürzester Zeit sorgsam aufgebaute Machtstrukturen und Ordnungen untergraben. Das mochte ja für manche verlockend klingen, aber hatten die sich mal das Chaos vorgestellt, das dann herrschen würde? Gesetzlosigkeit! Verbrechen! Plünderungen! Und am Ende fraß die Revolution ihre Kinder, so war es schon immer gewesen, am Ende siegte der, der die Macht am brutalsten an sich riss – oder am geschicktesten. Die Menschen wollten geführt werden! Freiheit gut, aber nur, wenn ihnen jemand sagte, was sie damit anfangen sollten.

Während ihrer Studienzeit hatte sie noch ganz anders gedacht, bis sie … ja, bis sie Syd kennengelernt hatte.

Sie selbst hatte Syd vehement davon abgeraten, unpopuläre Maßnahmen zu ergreifen, wie zum Beispiel die Reglementierung des Internets. Syd, hatte sie gesagt, sie erinnerte sich genau an ihre Worte, wenn du diesem Plan zustimmst, verlierst du Wählerstimmen, und zwar massiv. Du bringst Millionen Menschen gegen dich auf. Und dann hatte sie etwas hinzugefügt, das niemals, niemals an fremde Ohren dringen durfte: Wenn ein Terroranschlag Amerika trifft, kannst du als Held daraus hervorgehen. Aber nicht, wenn du den Menschen im Vorfeld ihre Freiheit nimmst.

Und er hatte sie mit einem ganz seltsamen Blick angesehen, als wäre sie eine Fremde, und dann hatte er gesagt: Du meinst, lieber einen Terroranschlag riskieren, als das Land im Vorfeld davor schützen?

Und sie hatte genickt. Nach einem Anschlag kannst du jedes Gesetz durchdrücken, und die Menschen werden dich trotzdem wiederwählen …

»Na ja, Sara«, sagte sie und setzte ihr Kopf-hoch-Lächeln auf, »solche Angriffe kennen wir doch schon. Syd wird das Richtige dazu einfallen. Ross ist ja nicht gerade ein unbeschriebenes Blatt.«

Ross trank zu viel und hurte herum. Das wusste sie, sie hatte dieses kleine Geheimnis genauso wie einige andere delikate Informationen über verschiedene Personen in einer Datei gespeichert mit dem – zugegebenermaßen nicht gerade besonders einfallsreichen – Namen *Pandora's Box*.

Sara lächelte nervös. »Ja, aber die Nachricht kursiert nicht nur im Internet, sie ist auch schon im Fernsehen. Dieser Ross! Einfach unglaublich! Soll ich den Präsidenten anrufen?«

Es gefiel Darlene, wie sehr Sara sich mit der Regierung, für die sie arbeitete, identifizierte, sicher, das taten die meisten der Mitarbeiter, aber Sara war emotional sehr viel enger dabei.

»Nein, lassen Sie mal, er wird sich schon melden. Danke, Sara.«

Sie drückte ihren Arm, weil sie wusste, dass Berührung im richtigen Moment das Gesagte tiefer im Unterbewusstsein des anderen verankerte, und lächelte wieder. Als sie dann die

Augen schloss, versuchte sie, die Informationen der letzten Minuten zu analysieren.

Konnte jemand aus Syds Beraterkreis von der Kampagne gewusst haben? Ging es noch um etwas anderes als darum, Syd abzusägen? War es ein Zufall, dass sie ausgerechnet jetzt nach Brüssel geschickt worden war? Allein? Aber Syd konnte doch noch nicht davon gewusst haben, oder?

»Sara?«

»Ja?«

»Ich muss jetzt doch mit Syd sprechen.«

»Er hat gerade eine Konferenz.«

»Die wird ja irgendwann vorbei sein.«

»Ja ... natürlich ...« Sara nickte. »Ich sag gleich Bescheid.«

Darlene warf einen Blick zu ihrer Tochter hinüber. Sie schlief immer noch. Oft wünschte sie sich, Silva könnte wie ein normales Kind aufwachsen, ohne Leibwächter – ohne die Angst ihrer Mutter vor Entführungen und Bombenanschlägen.

45

Grenoble

Gilles, Tiger und Gaddafi waren schon in Grenoble angekommen. Eine Tarnfirma hatte drei Hotelzimmer gebucht. Offiziell waren sie der Einladung zu einem wissenschaftlichen Symposium zum Thema *Nanotechnologie – Lösung der Zukunft?* gefolgt.

Natürlich hatten sie keinen blassen Schimmer von diesem Thema. Sie kannten sich besser aus mit Waffen, Sprengstoff und Kampfführung.

Von den Sehenswürdigkeiten der Stadt bekamen die Männer

nicht viel mit. Und Gebirge hatten sie in ihrem Leben schon etliche gesehen. Höhere, rauere, imposantere. Zudem hegten sie eine berufsbedingte Abneigung gegen Gebirge. Denn in den Ländern, in denen sie zu tun hatten, zogen sich dorthin meist die Rebellen zurück, die die Region beherrschten, die oft auch Unterstützung in der armen Bevölkerung fanden. Jedes Mal, wenn die Männer ins Gebirge vordringen mussten, wussten sie längst, dass der Kampf verloren war. Das Gebirge mit seinen Höhlen, die Unterschlupf boten, und den schmalen Pfaden ins Unbekannte war nicht ihr Revier. Aber bei diesem Job ging es nicht um Kämpfe gegen die Taliban, gegen kongolesische Rebellen oder liberianische Kindersoldaten …

An diesem Morgen hatten sie ihre Aufgaben geteilt. Gaddafi war in einem Lieferwagen losgefahren, Gilles und Tiger warteten in einem schwarzen Mégane in der Rue Mauriac, schräg gegenüber der Hausnummer 15, einem modernen vierstöckigen Terrassenbau, und behielten die Tiefgaragenausfahrt im Auge. Der Himmel war von einem dunklen Grau überzogen, und jetzt setzte leichter Schneeregen ein.

»Netter Ausblick von da oben«, sagte Tiger und legte den Kopf schief, um durch die Scheibe die obere Wohnung zu sehen. »Ist sicher die teuerste Bude. Oben ist immer am teuersten.«

Gilles klopfte aufs Lenkrad und sah auf die Uhr. »Neun vor acht.«

»Wer weiß, wann er seinen Arsch aus dem Bett schiebt«, meinte Tiger Kaugummi kauend. »Wahrscheinlich besorgt's ihm sein Frauchen noch mal vor dem langen Arbeitstag.«

»Halt deine Scheißklappe!«, fuhr Gilles ihn an.

»Mann, spiel dich nicht so auf wie Gaddafi!«, gab Tiger zurück und deutete auf den weißen Lieferwagen, der hundert Meter die Straße hoch parkte. »Ihr braucht nicht zu glauben, dass ihr mich so behandeln könnt, nur weil ihr ein paar Jahre mehr ...«

»Da ist er«, unterbrach Gilles ihn. Beide beobachteten, wie der silberfarbene Renault Kombi die Schräge herauffuhr.

Der Mann hinter dem Steuer sah genauso aus wie der auf dem Foto. Brille, schmales Gesicht, schüttere Haare, der typische Wissenschaftler.

»Na, da bin ich mal auf sein Frauchen gespannt«, meinte Tiger und steckte sich einen neuen Kaugummi in den Mund. Sie warteten, bis der Wagen nicht mehr zu sehen war, dann stiegen sie schnell aus und schlüpften durch das sich gerade wieder schließende Rolltor in die Tiefgarage. Sie nahmen die Treppe in den obersten Stock, Tiger klingelte, Gilles blieb seitlich stehen, stülpte die schwarze Skimaske über und legte die rechte Hand an die automatische Waffe. Drinnen näherten sich Schritte.

»Ihr Mann hat in der Tiefgarage etwas verloren!«, rief Tiger.

Schon wurde die Tür geöffnet. Sofort drückte Gilles die Tür ganz auf, trat auf die Frau zu, presste ihr die Hand auf den Mund und schob sie in die Wohnung, während Tiger die Skimaske überzog, leise die Tür hinter sich schloss und säuselte: »Bonjour, Madame Cortot!«

46

Als Paul Cortot aus der Tiefgarage in den nächsten tristen Tag seines irgendwie falsch laufenden Lebens fuhr, nahm er nur aus den Augenwinkeln die beiden Männer im parkenden Auto an der Einfahrt wahr, aber er war zu müde und deprimiert von dem Streit mit Thérèse gestern Abend – auch heute Morgen glomm er noch –, um näher hinzusehen oder sich darüber Gedanken zu machen. An der roten Ampel grübelte er schon wieder über sein Leben nach.

Seine Gedanken kehrten nach Spanien zurück. Da hatte er gespürt, dass tief in ihm drinnen noch etwas anderes war, etwas, das befreit und gelebt werden wollte, sein wahres Ich.

Dort, im Hubschrauber, hatte er gegen seine panische Höhenangst angekämpft, und im Nachhinein kam es ihm vor, als habe dieser Kampf gegen sich selbst die Tür zu seinem anderen Ich aufgestoßen. Er hatte versucht, tiefer und langsamer zu atmen und nicht nach unten zu sehen, sondern nur nach vorn. Cortot erinnerte sich, wie sie immer tiefer ins Landesinnere geflogen waren, schroffe Gebirge, gelblichbraunes felsiges Land dehnten sich dort unten aus, öde, heiß und lebensfeindlich. Als sie tiefer gingen, erkannte er Jeeps und Zelte und schließlich auch Menschen und den Drahtzaun, der ein bestimmtes Gebiet abgrenzte. Obwohl er beim Verteidigungsministerium arbeitete, war er noch nie in einem solchen Camp gewesen. Im Nachhinein kam ihm dieser Flug, überhaupt dieser Aufenthalt, vor wie eine Initiation.

Die Ampel war immer noch rot. Jeden Morgen dasselbe, er stand Ewigkeiten an dieser Kreuzung, sein Lebensfluss wurde aufgehalten von dieser roten Ampel.

Beim Aussteigen hatte ihn die Hitze an der Kehle gepackt, hatte ihm die Luft genommen, und er hatte an die Hölle gedacht. Er wäre beinahe hingefallen, wenn der bullige Typ in der Wüstenfleck-Uniform nicht über solche Reflexe verfügt und ihn am Arm gepackt und festgehalten hätte.

»Herzlich willkommen im *Globe*-Trainingscamp, Docteur Jeune!« Koolmans hieß er übrigens, wie Cortot sich erinnerte, das hatte auf dem Namensschild gestanden.

»Ich bringe Sie zu Ihrer Unterkunft«, hatte Koolmans gesagt und zum offenen Jeep gezeigt.

»Schön ... schön haben Sie es hier«, sagte Cortot, kletterte auf den Beifahrersitz. Er konnte sich gerade noch festhalten, da fuhr Koolmans schon los. Der Satz war völlig unpassend, dachte er, als Koolmans keine Reaktion zeigte, nicht nur unpassend, sondern auch peinlich. Obwohl, auf eine besondere Weise war es wirklich schön hier. Wie auf einem Filmset für einen Wüstenkriegsfilm. Mit all diesen muskelbepackten, kahl geschorenen Typen im Kampfanzug, die sich an den staubigen Jeeps zu schaffen machten, und mit den Zelten unter den Tarnnetzen. Wenn jetzt Bruce Willis auftauchte, er würde sich nicht wundern. Während er an Bruce Willis dachte, machte Koolmans eine Vollbremsung, und er konnte sich gerade noch festhalten. Diesmal passte er auf beim Herausklettern.

Der Wohncontainer sah aus wie die auf den Baustellen, nur war er nicht orange, sondern beige. Und an der Tür war die blaue Weltkugel mit der goldenen Manschette angebracht, auf der GLOBE stand. Ein angenehmes Kribbeln erfasste ihn. Er war tatsächlich hier. Das hatte er zur Bedingung gemacht. Er wollte es selbst machen. Es sollte *sein* Werk sein.

»Wenn etwas fehlt, sagen Sie Bescheid. In dreißig Minuten werden Sie abgeholt«, sagte Koolmans noch, als er ihm die Tür öffnete.

Angenehm kühler Wind schlug ihm entgegen, eine Klimaanlage, Gott sei Dank, er fühlte sich so klebrig und verschwitzt wie noch nie in seinem Leben. Dabei hatte die Fahrt im Jeep kaum länger als eine Minute gedauert.

Er zog das Jackett aus und sah sich um. Bett, Schrank, Tisch, Stuhl und hinter einer Wand: Dusche und WC.

Trotz der einschüchternd spartanischen Einrichtung standen auf einem Tablett Wasser, Kaffee und Sandwiches bereit. Auf dem schmalen Bett mit dem akkurat gespannten Bettlaken lag ein sorgfältig zusammengelegter Kampfanzug.

Nachdem er sich ausgezogen und geduscht hatte, zog er den Kampfanzug an. In diesem Moment geschah etwas Unerwartetes mit ihm. Das Gefühl wurde so überwältigend, dass es *wahr* sein musste: Endlich gefiel er sich. Die scharfen Bügelfalten, die Schulterklappen, der steife Kragen, das alles gab seinem Körper die Konturen, die er in seiner normalen Kleidung nur als unbefriedigend weich empfand. Zu lange Ärmel oder zu lange Hosenbeine führten ihm auf beschämende Weise seine magere Statur vor Augen. Aber jetzt: Die Uniform hatte sogar die richtige Größe. Und auf der linken Brusttasche prangte die blaue Weltkugel mit der goldenen Manschette.

Ein Klopfen an der Tür riss Paul Cortot aus seiner Selbstverliebtheit. Dass der Soldat, vielmehr der *Contractor*, die gleiche Uniform trug wie er, erfüllte ihn zuerst mit dem Gefühl von Peinlichkeit, er fühlte sich dem anderen zu nah, und irritiert wich er einen Schritt zurück, aber auf einmal tauchte da noch etwas anderes aus seinem tiefsten Innern auf: Ein warmer Strom, so fühlte es sich an, überschwemmte ihn. Endlich gehörte er dazu. Er war aufgenommen in eine besondere Gemeinschaft, zu der andere keinen Zugang hatten. Er gehörte zu diesen muskelbepackten Männern, die mit Waffen umgingen, Autos durch unwegsames Gelände jagten und mit Panzern Mauern einrissen.

Heldenhaft und siegreich würde er sie machen, er, Dr. Paul Cortot. Mit diesen Gedanken und Gefühlen folgte er dem *Contractor* hinaus ins Freie, in das sengende Sonnenlicht …

Drängendes Hupen ließ ihn aus seiner Erinnerung hochfahren. Die Ampel war grün. Was würde der hinter ihm wohl machen, dachte er, wenn er jetzt einfach den Rückwärtsgang einlegen, Gas geben und sein Auto zu Schrott fahren würde? Er warf einen lächelnden Blick in den Rückspiegel.

Aber dann brachte er es doch nicht fertig, er verhedderte sich schon wieder in Eventualitäten und Kleinigkeiten. Und was, wenn … wenn jemand verletzt wurde? Oder wenn er zu wenig Gas ab und nur die Stoßstange eindrückte, immerhin war der Wagen hinter ihm ein Audi, gegen den konnte er nichts ausrichten, da müsste er schon in voller Fahrt …

Er seufzte, legte den ersten Gang ein und fuhr langsam an.

Wie immer.

47

Rue Mauriac. Das Haus war ein moderner, nüchterner, nicht gerade schöner Betonbau, der im Laufe der Jahre das typische Dunkelgrau angenommen hatte, das viele Städte so trist machte, besonders jetzt, im Winter, wenn dem Himmel das Blau fehlte. Immerhin, alle Wohnungen hatten Balkons und große Fenster.

Karen wollte lieber nicht darüber nachdenken, was sie bei Dr. Paul Cortot vorfinden würde, ob Thierry Traessart schon bei ihm war, und auch die Gedanken an die Story ihrer Mutter schob sie beiseite.

Sie musste jetzt konzentriert sein. Sie ließ Gibbs, der sich noch immer in der Decke wärmte, im Auto, stieg aus, ging über die Straße und drückte auf den in einer Messingtafel eingelassenen Knopf, neben dem *Cortot* stand.

Beim zweiten Mal knisterte der Lautsprecher, und eine Stimme krächzte: »Ja?«

»Dr. Cortot?«

»Ja …«

Sie war erleichtert. Sie musste es vor Thierry geschafft haben.

»Karen Burnett«, sagte sie, »ich muss dringend mit Ihnen sprechen. Ich habe versucht, Sie anzurufen, aber ...«

»Ganz oben rechts.«

Der Lautsprecher hörte auf zu knistern, der Summer ertönte, und Karen drückte die Tür auf.

Sie nahm den Aufzug in die oberste Etage und klingelte.

Die Tür öffnete sich. Seltsam, niemand stand dort.

»Dr. Cortot?«, fragte sie in die Leere. Hatte sie nicht Schritte gehört oder war das Einbildung gewesen?

Zögernd betrat sie die Wohnung. »Dr. Cortot?«

Es roch nach Vanille, nach diesem künstlichen Raumaroma. Der dicke, sicher teure Teppich schluckte ihre Schritte. Es war still, viel zu still.

»Dr. Cortot?«

Großformatige Bilder hingen in der Diele, abstrakte Malerei. Ein sorgfältig arrangiertes Ensemble aus Bambuspflanze, Designerstuhl und antikem Holztisch mit einer Frauenzeitschrift fiel ihr auf. Irgendetwas zog sie weiter hinein in diese Hochglanzwohnung. Ein warmes Orange schimmerte ihr aus einem Durchgang entgegen, vom Wohnzimmer wahrscheinlich. Irgendetwas stimmte nicht. Nicht nur die Stille, nein, etwas anderes.

»Dr. Cortot?«

Plötzlich fiel er ihr auf: der Geruch nach scharfem Schweiß, der nicht hierhergehörte, der den Vanilleduft überlagerte, und da begriff sie, dass sie in die Falle getappt war, jemand hatte ihr geöffnet, und dieser Jemand war hier. Abrupt drehte sie sich um, raus hier, so schnell wie möglich ... Gedanken blitzten auf, dann kamen wieder die Bilder aus der Wüste, von dem Jeep, den Männern ... Immer schneller flackerten die Flashs aus ihrem Leben auf, Bruchteile von Sekunden nur, aber währenddessen fühlte sie sich wie gelähmt, unfähig zu fliehen – und als eine Hand ihr Handgelenk packte, kam es ihr vor, als wäre dies schon längst für sie vorgesehen, als hätte es so kommen müssen, jetzt, nachdem sie schon so oft entkommen war. Eine stählerne Kraft drehte ihr den Arm auf den Rücken, sie sackte zu Boden, den beißenden Schweißgeruch nahm sie gerade noch wahr, dann traf sie ein Schlag auf den Kopf, ein Bedauern erfüllte sie, es war wie ein tiefes, trauriges Ziehen in ihrem Körper, dann endete auch das.

48

»He, wieso habt ihr einfach bestimmt, dass Gilles bei ihr bleibt und nicht ich? Sag schon! Ich bin nicht so, wie ihr denkt. Ich hab ein paar richtig gute Sachen gemacht. Sonst hätte mich *Rouge* nicht engagiert, ist ja wohl klar«, sagte Tiger.

»Halt einfach dein Maul«, brummte Gaddafi. Er konnte Kerle wie Tiger nicht ausstehen, die mussten sich immer produzieren. Kleine Arschlöcher waren das, auf die man sich nicht verlassen konnte. Er hätte Nein sagen sollen, als Gilles ihn anschleppte, er hätte noch länger nach einem Ersatz für Quentin suchen sollen. Aber diesmal hatte er einfach keine Energie aufgebracht. Gehirntumor.

»Oder?« Tiger hatte weitergequatscht, das merkte Gaddafi erst jetzt.

Inzwischen waren sie vor dem herrschaftlich aussehenden Wohnhaus in der Rue de Jaurès angekommen.

»Wir sind da«, sagte er.

»Du hast mir nicht zugehört«, fing Tiger wieder an. »Ich hab recht: Ihr nehmt mich nicht ernst, dabei …«

»Halt die Klappe, verdammt noch mal!«, herrschte Gaddafi ihn an, und endlich schwieg Tiger, kaute nur noch auf seinem Kaugummi herum.

»Ne Chinesin ist ja wohl nicht zu übersehen«, brummte er dann doch.

»Vietnamesin«, berichtigte Gaddafi ihn und verdrehte genervt die Augen.

»Schlitzauge bleibt Schlitzauge«, Tiger lachte, »haben alle die gleichen engen Fotzen!«

49

»Hast du alles, Linh?« Lan Peyroux öffnete die Tür des schwarzen Chrysler für ihre Tochter, die zuerst ihre Schultasche auf den Rücksitz warf und dann hinterherkletterte.

»Jaaaa!«

»Du weißt, dass du letzte Woche dein Geografie-Buch vergessen hast. Also, meine Frage ist durchaus berechtigt.« Lan musste sich manchmal viel Mühe geben, damit sie streng genug war mit ihrer Tochter. Aber es musste sein. Ohne Disziplin kam man nicht weit.

»Jaaaa! Aber das war eine Ausnahme! Ich vergesse sonst nie etwas.«

»Oh, das habe ich aber anders in Erinnerung, mein Schatz. Ich sage nur Mathematik, letzten Monat.« Lan sah ihre Tochter eindringlich an, doch die wich ihrem Blick aus und rutschte auf dem Sitz herum, als würde sie versuchen, sich anzuschnallen.

»Den Test haben alle vergessen!«, protestierte die Achtjährige.

»Alle?« Lan hob die Augenbrauen. »Alle außer Sofia und Eric und …«

»Ich hab trotzdem eine Zwei gekriegt«, fiel Linh ihr ins Wort.

»Aber sonst hättest du eine Eins bekommen«, beharrte Lan.

»Eine Zwei heißt Gut, Maman!«

Ihre Tochter rutschte weiter unruhig auf dem Sitz hin und her. Tatsächlich hatte Lan Peyroux schon befürchtet, dass Linh unter ADHS litt, dem Hyperaktivitätssyndrom, und sie hatte sie von der Kinderpsychologin untersuchen lassen. Doch die hatte nichts feststellen können. Ihre Tochter ist völlig gesund! Vielleicht sollte sie sich doch an einen Spezialisten wenden, dachte sie jetzt wieder.

»Ich will nur nicht, dass du leichtfertig mit den Dingen umgehst. Vor allem nicht mit deinen Talenten.«

Nein, sie durfte die Zügel nicht locker lassen. Erst recht nicht als alleinerziehende Mutter. Sie trug schließlich die ganze Verantwortung.

Lan Peyroux setzte sich hinters Steuer, schaltete die Heizung auf die höchste Stufe, fuhr los und fädelte sich in den Verkehr ein. Vorsichtig, denn in der Nacht hatte es wieder geschneit, und jetzt lag dank der Streufahrzeuge glitschiger Schneematsch zentimeterdick auf der Fahrbahn. Sie bremste, fuhr wieder an. Stop and go, wie jeden Morgen auf der Strecke von ihrer Wohnung nach La Tronche, der Sechstausend-Seelen-Gemeinde mit dem *CRSSA* …

Für Nguyen Thi Lan war ein Traum in Erfüllung gegangen, als sie 1991 zu den ersten vietnamesischen Stipendiaten gehörte, die gleich zu Beginn der französischen Bemühungen um eine Annäherung an die einstige Kolonie für ein Studium in Frankreich ausgewählt wurden. Ihre Mutter war stolz. Und ihr Vater schließlich auch, nachdem er sich damit abgefunden hatte, dass sie sich mit der früheren Kolonialmacht verbündete. Lan war glücklich. Sie ließ keinen Kurs ausfallen, schleppte sich ganz selbstverständlich mit Virusgrippe und hohem Fieber ins Seminar, lernte jeden Abend, ging nur samstagabends aus – und das auch nur, weil sie begriff, dass sie, wenn sie in Frankreich bleiben wollte, auch Kontakte knüpfen musste. Kontakte zu einflussreichen Personen an den Universitäten oder in Unternehmen. Denn eines wusste sie ganz genau: Sie wollte nicht wieder zurück. Sie wollte in diesem gemäßigten Klima leben, wo es keine Moskitos gab, wo alle Straßen gepflastert waren, wo alles so sauber und aufgeräumt war, wo man nicht dauernd schwitzte, wo man in den Häusern die Heizung aufdrehte, damit sich eine angenehme Wärme verbreitete, wo es sauberes Wasser gab.

Als überragende Studentin – und als nicht gerade unattraktiv, wie sie selbst fand – wurde sie mit Angeboten überhäuft. Schon während des Biochemie-Studiums war ihr klar geworden, dass die Zukunft in der Mikro- und Nanotechnologie lag. Darauf konzentrierte sie sich, wählte aus den Angeboten ein Unternehmen aus, wurde eingestellt, sammelte Wissen, Erfahrung und neue Kontakte, wechselte zu einem Biotech-Unternehmen, sammelte wieder Wissen und Kontakte, bis sie ihr selbstgestecktes Ziel erreicht hatte: für die französische Regierung zu arbeiten.

Warum?

Endlich fühlte sie sich gleichwertig. Nicht mehr als Mensch zweiter Klasse, weil sie in einem Land wie Vietnam geboren war. Ein wenig empfand sie es auch als Wiedergutmachung Frankreichs, wobei sie wusste, dass man die drei Millionen Todesopfer, die der Vietnamkrieg gefordert hatte, nicht wiedergutmachen konnte, ganz sicher nicht mit einer Stelle im Verteidigungsministerium. Wahrscheinlich war es also doch nur ein persönlicher Triumph. Und ihr war klar: Sie wollte sich nie wieder einengen lassen, wollte sich nie wieder sagen lassen, was sie zu tun und zu lassen hatte. Sie hatte es in eine andere Kultur geschafft, sie hatte einen begehrten, sicheren, gut bezahlten Job bekommen, sie war unabhängig.

Damit war Yves überhaupt nicht zurechtgekommen. Obwohl er hätte wissen müssen, was ihn erwartete: eine Ehe mit einer Frau, die sich nicht ins zweite Glied stellen ließ. Und sie, sie hätte erkennen müssen, dass er sich zwar bemühte, sie so zu akzeptieren, wie sie war, dass er es insgeheim aber gern anders gehabt hätte.

Ich arbeite für das französische Verteidigungsministerium, hatte sie zu ihrem Vater gesagt, der daraufhin erst einmal geschwiegen hatte. Sein Vater hatte gegen die Franzosen gekämpft, beide Beine verloren und war schließlich an Leberkrebs gestorben. Und was mit seiner Mutter geschehen war, darüber redete er nie, seine Schwester auch nicht, aber sie machte immerhin Andeutungen, dass im Krieg so etwas immer den Frauen passiere.

Es kam vor, dass sie nachts hochschreckte, fest entschlossen, am Morgen zu kündigen, weil sie ihren Job nicht mehr mit ihrem Gewissen vereinbaren konnte. Denn sie beschäftigte sich tagtäglich mit dem Krieg. Damit, wie die Franzosen ihn gewinnen würden. War das nicht absurd?

Nach der Scheidung behielt sie den Namen von Yves, denn Nguyen konnte kein Franzose aussprechen. Ihren traditionellen Zwischennamen strich sie und stellte ihren Vornamen Lan, wie in der westlichen Welt üblich, an die erste Stelle des Namens. Lan Peyroux klang in ihren Ohren ziemlich französisch.

War sie deshalb eine Verräterin?

Und wenn schon? Verräter waren frei. Sie lösten sich aus den Strukturen, aus falschen Loyalitäten und Verpflichtungen. Verräter wählten ihren Weg selbst. Sie konnte also ganz gut als Verräterin leben. Diese Einstellung behielt sie jedoch für sich …

Wie jeden Morgen – außer am Wochenende – fuhr sie Linh auf dem Weg zur Arbeit in die Schule. Von ihrem Apartment im Cours Jean Jaurès aus brauchte sie, wenn es keinen Stau gab, nur zehn Minuten zum Verteidigungsministerium, dazu kamen fünf Minuten Umweg zu Linhs Schule am Place du Dr. Girard. Ein weißer Lieferwagen fuhr die ganze Zeit hinter ihr. Obwohl viele dieser Autos unterwegs waren, kam ihr dieser irgendwie verdächtig vor. Er hielt immer ein oder zwei Wagen Abstand, fuhr nie direkt hinter ihr. Natürlich bedeutete das nicht, dass sie von diesem Wagen verfolgt wurde. Trotzdem.

In ihrem Job dachte man dauernd an Terroristen. Und an Krieg. An Anschläge aus dem Hinterhalt. An Strahlungen, an Viren, Bomben …

Wieder sah sie in den Rückspiegel.

50

Karen schmeckte Eisen.

Blut.

Der über zwanzig Jahre alte Albtraum – da war er wieder: *der Gang durch den dunklen Flur auf die Tür zu, der helle Spalt wird breiter, als sie sich öffnet, das gleißende Licht, der scharfe Geruch, ein schrilles Kreischen, ein Brüllen … Die Tür lässt sich nicht weiter öffnen … das Brennen auf ihrer Wange … Blut … und dann Mickey Mouse.*

In ihren Ohren tosten Sturzbäche. Dann tauchte sie auf, stieß durch eine Oberfläche aus milchigem Glas, Erinnerungssplitter blitzten auf zwischen Schmerzen und der Erkenntnis, dass sie gefesselt und geknebelt war, gefangen und ausgeliefert.

Aber ich bin noch nicht tot.

Ein Stöhnen, irgendwo im Raum, sie riss den Kopf hoch. Sie war nicht allein. Eine Frau auf einem Stuhl, zwei Meter entfernt, nicht mehr, Arme und Beine mit Klebeband an den Stuhl fixiert, Mund verklebt. Der Kopf lag auf der Brust.

Tot? Oder noch am Leben? Aber sie hatte gestöhnt, oder nicht? Sofort war sie wieder da, die Angst, die Panik.

Was haben die mit mir vor?, schoss es Karen durch den Kopf. Der Gedanke jagte ihren Puls hoch, ihre Schläfen pochten, und sie schwitzte. Sie atmete schneller und flacher, Teppichflusen sogen sich in ihre Nase, wurden immer dicker, wanden sich wie Würmer, bald würden sie sich bis in ihre Lungen hinein schlängeln, stellte sie sich vor, sie würde … ersticken … nein, so wollte sie nicht sterben. Sie wollte überhaupt nicht sterben, nicht so, nicht hier, nicht jetzt! Und dann kamen die anderen Erinnerungen, die neueren.

Afghanistan.

Die Fahrt im Jeep. Sand überall, dringt in alle Poren, in Ohren und Augen, sie hat ein Tuch über die Nase gelegt und trägt eine Sonnenbrille, aber nichts hilft. Sie will im Lazarett mit verletzten Soldaten und mit den Ärzten sprechen, will diesen verrückten Krieg hinterfragen, will mit Menschen sprechen, nicht mit Majoren und Feldwebeln. Mit Menschen. Menschen, die noch ein anderes Leben haben, zu Hause, das sie vergessen müssen, um hier zu überleben. Die Interviews kommen nicht zustande. Zurück ins Auto.

Dann die Nachricht, auf der Strecke hat es vor zwei Stunden ein Bombenattentat gegeben. Ein Pkw hat sich in einen Konvoi gemogelt und ist explodiert. Fünf Soldaten sind tot. Wenn es gerade einen Anschlag gegeben hat, ist die Wahr-

scheinlichkeit gering, dass gleich danach noch einer auf derselben Strecke passiert. So denkt sie. So denken alle im Wagen. Der Fahrer und auch Paolo, der italienische Journalist, den sie unterwegs mitgenommen haben, weil das Auto seiner Begleiter eine Panne hatte. Vor ihnen fährt ein Pkw, hinter ihnen auch, ein anderer fädelt sich ein, fährt jetzt genau vor ihnen. Mit drei Männern drin. Es sind nur drei Männer, und es ist nur ein Auto. Plötzlich bremst das Auto, die Männer reißen die Türen auf, sind schon bei ihnen, zerren den Fahrer heraus, gießen Benzin über ihn und stecken ihn in Brand …

Karen wollte schreien, aber sie konnte nicht. Das Klebeband … und der Teppich … Sie schloss die Augen. In ihrem Innern rollte etwas heran, Verzweiflung, wie eine gewaltige Woge.

51

Sie, Dr. Lan Peyroux, war Geheimnisträgerin, sie war eine der Teamleiterinnen der Abteilung *Infektiöse Krankheiten und Technologische Entwicklung*. Ausdrücklich wurde sie aufgefordert, jede verdächtige Beobachtung zu melden.

Hör auf, darüber nachzudenken, das ist wirklich absurd.

Wenn der düstere Himmel hält, was er ankündigt, wird es heute Abend, wenn ich dieselbe Strecke zurückfahre, wieder schneien, dachte sie, um sich abzulenken. Sie liebte den Schnee, obwohl sie leider eine miserable Skifahrerin war.

»Wann schreibt ihr euren nächsten Mathematik-Test?«, fragte sie und sah ihre Tochter im Rückspiegel an. Linh war begabt, und ganz besonders in Mathematik und Musik. Wissen und Bildung würden über ihre Zukunft entscheiden, sagte sie sich. Sie liebte ihre Tochter über alles, und sie war stolz auf sie, sie wollte Linh die allerbesten Startmöglichkeiten bieten. Wenn sie schon ohne Vater aufwuchs ...

Yves Peyroux, IT-Spezialist, war nach der Scheidung nach Brüssel gezogen, schwirrte andauernd in der Welt herum und überwies jeden Monat für Linh einen großzügigen Betrag. Geld war nie sein Problem gewesen. Als Berater von Hightech-Unternehmen – und inzwischen auch verschiedener EU-Organisationen – verdiente er ein Vermögen. Sie hatten sich in Grenoble ein Haus kaufen wollen mit spektakulärem Blick auf die Berge und groß genug für ein zweites Kind! Dabei hatte er sich kaum um Linh gekümmert ... Lan spürte noch immer die Wut in sich aufsteigen, wenn sie an ihn dachte. Jetzt konnte sie froh sein, dass sie nur noch Linh hatte.

Linh würde sich um ihre Ausbildung kein Sorgen machen müssen – nicht so wie sie.

»Morgen«, antwortete Linh, ohne aufzusehen. »Morgen ist der Mathe-Test.«

»Wir müssen das heute Abend noch mal durchgehen, ja?«

Linh antwortete nicht, sondern spielte weiter, wie Lan im Rückspiegel sah. Oh, sie war talentiert, ihre kleine Tochter, aber sie war sich dessen auch zu sehr bewusst. Der Zweifel, der in ihr hauste, der an ihr nagte, jede Entscheidung wieder und wieder prüfte, den kannte Linh nicht. Einerseits war Lan froh darüber, dass Linh dieses Gefühl erspart blieb, andererseits bedeutete ein Mangel an Zweifel oft auch Arroganz und einen Mangel an Einschätzungsvermögen.

»Du weißt, dass du oft Flüchtigkeitsfehler machst.«

»Hm«, erwiderte ihre Tochter abwesend und tippte weiter auf ihrem Computer herum.

Sie wollte ihrer Tochter Orientierung geben, Halt, Zuversicht, Glaube an sich selbst, Stärke. All das, was wichtig war, um zu überleben, um nicht am Alltag und seinen Anforderungen zu verzweifeln.

Ehrgeiz, ja, auch der war wichtig, wenn man weiterkommen wollte. Manchmal wünschte sie sich einen Partner, der ihr zur Seite stehen und sie unterstützen würde. Mit dem sie die Verantwortung teilen könnte. Mit dem sie über Probleme und über Entscheidungen reden könnte. Sie hatte nur wenige Freunde. Das lag an ihr, das wusste sie, aber es machte ihr nichts aus, mit Freizeit hatte sie noch nie umzugehen gewusst, es war ihr lieber, keine zu haben. Sie ging zu selten aus, war immer nur im Labor und fuhr dann nach Hause, holte auf dem Heimweg Linh ab. Am Wochenende musste sie oft für ein paar Stunden ins Labor, wenn gerade neue Experimente durchgeführt wurden oder Mitarbeiter ihre Hilfe brauchten. Daran hatte Linh sich schon gewöhnt. Sie wartete dann brav zu Hause, spielte Geige oder saß vor dem Computer. Aber Lan wusste, dass das nicht richtig war. Sie wollte Zeit mit ihrer Tochter verbringen und musste jeden Tag darum kämpfen.

Der Wagen glitt langsam weiter. Wieder sah sie in den Rückspiegel. Jetzt war der Lieferwagen direkt hinter ihr, er fuhr viel zu dicht auf.

»Maman, ich hab heute Geigenunterricht!«, sagte Linh plötzlich und sah von ihrem Computer auf.

»Ja, Linh, ich weiß. Ich hoffe, du hast geübt.«

Sie musste wieder bremsen und achtete nicht auf Linhs Antwort. An der Ecke hinter der Ampel konnte sie schon das Dach der Schule erkennen.

Sie bog links ab und rollte langsam hinter den blauen Audi Kombi, aus dem gerade zwei Kinder ausstiegen.

»Oh, da ist Jeanette!« Linh schnallte sich los.

»Wir stehen noch nicht!«, wies Lan ihre Tochter zurecht. Linh wusste genau, dass sie sich erst losschnallen durfte, wenn das Auto parkte. Wie im Flugzeug, hatte Lan ihr eingetrichtert.

»Ach, Maman!«

»Salut, bis heute Abend, mein Liebling!« Lan drehte sich um und küsste Linh auf beide Wangen.

Linh hatte schon ihre Schultasche gepackt und stieß die Wagentür auf.

»Erst nach hinten sehen, bevor du aussteigst!«, rief sie, doch Linh war schon längst rausgesprungen, hatte die Tür zugeworfen und rannte ihrer Freundin Jeanette entgegen. Lan winkte Jeanettes Mutter zu, die ausgestiegen war.

Dahinter, das war doch der Lieferwagen, oder? Er war in eine Parkbucht gefahren. Das fahle Licht spiegelte sich in den Scheiben, und so konnte sie nicht sehen, ob die Männer drin saßen. Und wenn es doch ein anderes Auto war?

Sie sah auf die Uhr. Sie musste los, wenn sie nicht zu spät zum Meeting kommen wollte. Für eine Laborleiterin machte es sich nicht gut, unpünktlich zu sein. Außerdem widerstrebte es ihr, undiszipliniert zu wirken. Schließlich verlangte sie von ihren Mitarbeitern absolute Disziplin.

Sie stieß zurück und wendete. Im Rückspiegel sah sie ihre Tochter mit drei anderen Kindern durchs Schulhoftor gehen. Der Lieferwagen rührte sich nicht von der Stelle.

»Na und?«, murmelte sie, aber sie meinte es nicht so.

Sie fuhr los. Nur wenige Minuten später erreichte sie die Avenue du Maréchal Randon, sie fuhr über den Fluss und folgte der Straße in die Avenue Maquis du Grésivaudan in La Tronche. Keine Spur mehr von dem Lieferwagen. Genau um 8 Uhr 20, wie sie auf der Digitalanzeige auf dem Armaturenbrett feststellte, rollte sie auf das Tor mit der Sicherheitsschranke zu.

Obwohl die Wachleute sie kannten – heute hatte wieder

der Farbige mit dem ernsten Blick Dienst – ließ sie wie immer die Scheibe herunter und hielt ihm ihren Firmenausweis entgegen. Er nickte, ohne zu lächeln. Die Schranke öffnete sich, und sie fuhr auf das ehemalige Militärhospital zu, in dem jetzt das Centre de Recherches du Service de Santé des Armées, kurz *CRSSA*, untergebracht war.

Die biomedizinischen Forschungen, die dort betrieben wurden, dienten der Gesundheitsvorsorge und dem Schutz der Streitkräfte, hieß es offiziell und nach außen, obwohl die Bevölkerung kaum etwas von diesem Institut wusste – und noch weniger, was man dort in Wirklichkeit machte. Es hätte die Menschen beunruhigt. Die Demonstrationen konnte sich Lan schon vorstellen, wenn bekannt würde, dass dort, fast mitten in der Stadt, mit Anthrax-, Pest- und Ebola-Erregern experimentiert wurde. Nein, offiziell ging es ja gar nicht um Biowaffen.

Ihr Parkplatz lag direkt am Eingang des Gebäudes. Sie schnallte sich los, zog den Schlüssel ab, griff die Mappe vom Beifahrersitz, machte die Tür auf und stieg aus. Zweimal verbot sie es sich, ein drittes Mal schaffte sie es nicht mehr, und so drehte sie sich um und hielt Ausschau nach dem weißen Lieferwagen. Aber da war keiner. Du hast dich geirrt. Es war ein Lieferwagen wie tausend andere auch.

Rasch schloss sie die Tür hinter sich.

52

Belgien, bei Spa in den Ardennen

Das alte Schloss – ein länglicher Bau mit zwei verspielten Ecktürmen mitten in der grünen, jetzt schneeweißen Hügellandschaft der Ardennen – hatte seine besten Zeiten hinter sich, das wusste er selbst. Heute wirkte es nicht mehr sonderlich pompös. Dazu hätte es einer umfangreichen Restaurierung bedurft, vor allem der Fenstersimse, Fensterläden und des Dachs, eines neuen Anstrichs natürlich auch. Abgesehen davon, dass das Zurschaustellen von Prunk und Protz nicht seine Sache war, hasste Baron Gustave Dubois die Vorstellung, monatelang von lärmenden Maschinen und überall herumlaufenden Handwerkern umgeben zu sein. So schnell er in geschäftlichen Angelegenheiten entschied, so sehr zögerte er solche hinaus, die sein privates Umfeld betrafen. Viele hielten ihn für geizig, mit achtzig Milliarden in so einem alten Kasten zu wohnen und nur einen Bentley und einen alten VW Käfer zu besitzen. Da musste man doch geizig sein! Na und? Wahrscheinlich war er geizig. In gewisser Hinsicht. Noch nicht mal der Helikopter gehörte ihm, mit dem Emerson gleich einschweben würde.

Er war in dem Bewusstsein erzogen worden, sparsam zu leben, und er liebte die alten Zeiten, sie waren sein Anker, seine Wurzel, und nur was eine tiefe und solide Wurzel hatte, konnte auch groß und kräftig wachsen. Allerdings hatte er aufgegeben, diese Überzeugung anderen mitzuteilen, wer verstand das denn noch? Heute nahm man sich keine Zeit mehr. Heute zählte nicht mehr die Wurzel, nur der höchste Baum, egal, wie wacklig er stand.

Die Erinnerung war die einzige Sentimentalität, die er sich zugestand, denn er war ein durch und durch pragmatisch denkender und handelnder Mensch. Seine Leidenschaft war einzig und allein das Geldmachen, wer weiß, vielleicht hatte das ja auch etwas mit Geiz zu tun. Schon als Kind, daran dachte er immer wieder, hat er jedes Stückchen Metall aus der Erde oder aus irgendwelchen Trümmerhaufen gepult und seinem Vater gebracht, der ihm irgendwann etwas dafür gezahlt hatte, dann hatte er im Lebensmittelgeschäft seines Onkels zu einem Vorzugspreis Limonade gekauft und sie mit einem ordentlichen Preisaufschlag auf der Straße weiterverkauft. Und so weiter.

Wie man Geld vermehrte, faszinierte ihn, erfüllte ihn mit tiefster Zufriedenheit. Mit Glück. Es machte ihn zu einem Schöpfer.

Im Augenblick fühlte er sich allerdings nicht recht glücklich. Sogar ein wenig unbehaglich. Er lag im Arbeitszimmer auf seiner barocken Chaiselongue, strich sich nachdenklich über den Kopf mit den wenigen noch verbliebenen Haaren und ließ das Blatt Papier sinken.

Himmel! Vonneguts Abhandlungen kamen mindestens einmal die Woche und bereiteten ihm regelmäßig Magendrücken. Visionen zu haben war das eine, schön und gut, die hatte er auch, aber er wurde das Gefühl nicht los, dass sein Freund es ein wenig übertrieb, ja, er schien regelrecht den Boden unter den Füßen verloren zu haben. Ein verrückter Patriot, na ja, immerhin Patriot.

Er musste das unbedingt mit Emerson besprechen.

Emerson, richtig, höchste Zeit, sich anzuziehen, er trug immer noch Morgenrock und Pantoffeln, nach dem Aufstehen hatte er irgendwie die Stunden vertrödelt.

»Hermès!«

Das ausdruckslose Gesicht seines Dieners tauchte im Türspalt auf. Manchmal fragte er sich, ob der Dreiundfünfzigjährige – an Zahlen erinnerte er sich genau – nicht doch ein geheimes Leben hatte. Wie hielt man es aus, sich den ganzen Tag herumkommandieren zu lassen? Aber vielleicht gab es ja tatsächlich solche Menschen, die sich dabei wohlfühlten, und er dachte wieder an das, was er gerade eben gelesen hatte. Trotzdem überfiel ihn manchmal die Lust, Hermès mal so richtig zu schockieren, irgendetwas musste ihn doch aus seiner Gleichgültigkeit reißen, oder nicht? Irgendwann würde ihm schon etwas einfallen.

»Sie wünschen, Herr Baron?«

»Bringen Sie mir meinen Preiselbeersaft, sonst ertrag ich's nicht. Mich juckt's schon überall.« Tatsächlich musste er sich kratzen, am Nacken, auf der Brust, am Hinterkopf …

»Wie Sie wünschen.«

»Halt, warten Sie. Was halten Sie von Ameisen?«

»Wie meinen, Herr Baron?«

»Na, Ameisen, diese schwarzen Krabbelviecher!« Er war sich mal wieder nicht sicher, ob Hermès wirklich begriffsstutzig war oder ob er sich manchmal nur so gab.

Sein Diener hob nur leicht die Brauen. »Nun, sie sind lästig, und wenn ich eine sehe, zertrete ich sie. Wenn es viele sind, sprühe ich Gift.«

»Danke, Hermès!« Der Baron klatschte begeistert in die Hände.

»Der Saft kommt sofort«, sagte Hermès emotionslos.

Ein großartiger Name für einen Diener, dachte Dubois. »Gut, gut«, sagte er nur und erhob sich mühsam. Himmel, das Alter! »Wenn Emerson früher kommt, sagen Sie ihm, ich bin gleich so weit. Er soll schon mal die Steine verteilen.«

»Sehr wohl, Herr Baron.« Hermès verließ lautlos das Zimmer.

Der Baron hob das Blatt Papier. Emerson würde heute ein bisschen warten müssen. Der Text war einfach zu interessant.

Ameisen sind die Lebewesen mit der größten Bevölkerungsdichte auf der Erde. Sie leben in gut organisierten Kolonien, die man auch Superorganismus nennen kann. Durch ein ausgereiftes Kommunikationsnetz sind sie fähig, die verschiedensten Aufgaben ohne Befehlskette zu erledigen. Die einen ziehen Nachkommen auf, die anderen kämpfen und verteidigen, wieder andere schaffen Nahrung heran oder befruchten die Königin.

Er hatte sich ja schon mit allerhand verrückten Sachen beschäftigt, aber das hier …

Wie ist es möglich, dass Kolonien von solcher Größe – oft mehrere Quadratkilometer groß (es gibt eine Kolonie, die sich über halb Südeuropa ausbreitet) – ohne Polizei auskommen, ohne Hierarchie? Ohne Befehlsstruktur? Ein riesiges Ameisenreich also. Die Frage ist doch: Wie steuert sich dieses System?

Dubois faltete das Blatt Papier zusammen und verschloss es in der Schublade seines mit Rokokoornamenten verzierten Schreibtischs. Er ging zum Fenster. In der Ferne des schneeschwangeren Himmels wurde ein schwarzer Punkt allmählich größer. Der gute Emerson schwebte aus London heran, um Backgammon mit ihm zu spielen. Der Baron rieb seinen Siegelring über den Morgenmantel, bis die blaue Weltkugel glänzte.

Ameisen, so was!

Er schüttelte den Kopf.

Hermès ging hinunter in die große Küche. Als er die Frischhalteschüssel aus dem Kühlschrank nahm, entdeckte er auf den Bodenfliesen eine Ameise. Er beobachtete sie eine Weile. Sie streckte ihre Fühler in alle Richtungen, lief ein paar Schritte nach links, kehrte um, lief nach rechts, kehrte wieder um, schien zu warten. Hermès öffnete den Deckel, nahm ein kleines Stückchen Kartoffel heraus, legte es auf den Boden und beobachtete, wie die Ameise es zuerst befühlte und dann mit ihren Scheren zu fressen versuchte. Er schloss die Augen und zählte bis zehn. Als er sie wieder öffnete, liefen schon vier Ameisen aufgeregt um das Stück Kartoffel herum, wobei sie sich gegenseitig mit den Fühlern berührten. Das Stück war zu groß und durch die Mayonnaise zu schwer, sodass sie es nicht abtransportieren konnten. Also machte sich eine auf den Weg hinter den Kühlschrank – um Futter zu melden.

Hermés schüttelte den Kopf. Dann schaltete er die Abhöranlage im Wintergarten an.

53

Grenoble

Mein Gott, was sollte er sagen?

Dr. Paul Cortot ging im Labor auf und ab. Er war allein, seine beiden Mitarbeiter waren im Haus unterwegs. Eine Antwort, bis – er sah auf die Uhr – in zwanzig Minuten. Eine halbe Million. Sie hatten ihn ein Mal gekauft, warum sollten sie es nicht ein zweites Mal probieren?

Es hatte wie ein Befehl geklungen. Und der kam nicht von *Belling*. Aber wer steckte sonst dahinter?

Er putzte seine Brillengläser. Die Bilder waren so klar ... Er in der Wüstenfleck-Uniform, neben Koolmans, marschierte durch das spanische Camp. Vorbei an Wohncontainern bis zu einem großen, zeltartig gespannten Tarnnetz, unter dem Stühle und ein Stehpult standen.

Ein Jeep brauste heran, drei Männer in Uniform sprangen

heraus und marschierten aus der Staubwolke heraus auf ihn zu. Zuerst war er sich nicht sicher, dann aber gab es keinen Zweifel. Dieser hochgewachsene, durchtrainierte Mann mit dem breiten Lächeln und dem kantigen Kinn war Winston Vonnegut persönlich. Es stand sogar auf seiner Uniform. Vonnegut: Chef und Gründer der *Belling* Group, zu der auch *Globe* gehörte als PMC, als Private Military Company. Er müsste schon Ende sechzig sein, dachte Cortot, wirkte aber um Jahre jünger mit seinem elastischen Gang, den flinken blauen Augen, der gesunden Bräune und den dichten weißen Haaren.

Cortot war zufrieden, mehr als zufrieden, geehrt, sozusagen. Man zollte ihm Respekt. Man wusste, wer er war und was er zu bieten hatte. Ganz im Gegensatz zu seinem Arbeitgeber, dem *CRSSA*, das ihn behandelte, als wäre er jederzeit ohne Schwierigkeiten durch einen anderen zu ersetzen.

Vonnegut streckte ihm die Hand entgegen und beugte sich etwas herunter. Cortot wunderte sich, denn der Händedruck war kräftig und konkret, ganz und gar unamerikanisch, wie er fand.

Als Vonnegut sogar noch ein halbwegs französisch klingendes *Bonjour Doc!* zustande brachte, fand Cortot ihn vollends sympathisch, und die letzte Spur von Zweifel oder, besser gesagt, Skrupel vor dem, was er gleich tun würde, verflüchtigte sich.

»Schön, dass Sie dabei sind. Haben Sie sich schon umgesehen? Nennen Sie mich Winston.« Sein Lächeln förderte ein tadelloses kräftiges Gebiss zutage, was in Cortot den nächsten Komplex aktivierte. Seit früher Jugend hatte er beim Lachen die Lippen immer zusammengepresst. Und jetzt auch noch diese Vertraulichkeit mit den Vornamen, wo er sich doch hinter seinem akademischen Titel so sicher aufgehoben fühlte. Der Doktorgrad schützte ihn, entschuldigte seine nur eins dreiundsiebzig, seinen schmächtigen Körper, die schiefen Zähne, die Blässe, seine Brille ...

»Wie war der Heli-Flug? Bisschen gewöhnungsbedürftig, was?« Vonneguts stahlblaue Augen blitzten jugendlich.

Cortot versuchte genauso fröhlich zu sein wie Vonnegut, nein, Winston musste er ihn ja jetzt nennen, er brachte aber nur ein laues »Nun ja, da haben Sie recht« hervor, begleitet von einem zurückhaltenden Lächeln. Gegen Vonneguts erdrückende Präsenz, gegen seine lässige Dominanz und sein strahlendes Äußeres kam er nicht an, auch nicht in der Uniform.

»Wir wollten Ihnen unser Werk in Málaga nicht vorenthalten, sonst hätten Sie gleich nach Sevilla fliegen können, das wäre ein bisschen näher gewesen.« Vonnegut sprach mit lauter, klarer Stimme, und Cortot fiel auf, wie leise er selbst sprach.

Es ging noch ein bisschen hin und her, ein bisschen Small Talk, was Cortot nicht sonderlich gut beherrschte und ihn nervöser machte anstatt entspannter, und der Gedanke durchzuckte ihn, er könnte sich zu weit vorgewagt haben, ja, er fühlte sich wie ein Spieler aus der Zweiten Liga, der glaubt, in der Ersten mithalten zu können. Am liebsten hätte er gleich alles hinter sich gebracht und wäre schon wieder auf dem Weg nach Hause. Oder noch besser, er würde kurz die Augen schließen, und wenn er sie öffnete, wäre ein Jahr vergangen, und er säße mit Thérèse auf der Terrasse ihres Hauses mit Meerblick, und sie würde ihm die Kirsche ihres Cocktails zwischen die Lippen stecken, ihm sagen, ich bin so stolz auf dich, und er würde sie packen und leidenschaftlich ...

Angst – Angst war der größte Gegner genialer Pläne, genialer Ideen und mutiger Taten, hatte Vonnegut ihm in ihrem Vorgespräch leidenschaftlich auseinandergesetzt. Auch Cortot war davon überzeugt. Nicht zuletzt deshalb, wegen dieser Übereinstimmung, hatte Cortot sich zur Zusammenarbeit entschlossen, abgesehen von der finanziellen Seite natürlich.

Grangé – genau, so hieß angeblich der gedrungene Belgier, daran erinnerte er sich, wahrscheinlich auch ein Tarnname wie seiner, Dr. Jeune. Bärenstark, fiel Cortot bei seinem Anblick ein, man musste ja nur mal seine baumstammfesten Unterarme betrachten.

»Sehen wir uns doch noch einmal das beeindruckende Video an, Grangé kennt es noch nicht«, hatte Vonnegut mit seiner amerikanischen Fröhlichkeit gesagt und bat ihn und Grangé in einen Container, in dem die Fenster verdunkelt waren und ein blauer Bildschirm leuchtete. Grangé nickte, aber man sah ihm an, dass er sich auf fremdem Terrain bewegte, und Cortot fragte sich, ob dieser Grangé in Wahrheit vielleicht auch Zivilist war. Allerdings trug Grangé die Uniform mit perfekter Selbstverständlichkeit …

Cortot stöhnte, er merkte, dass er vor dem Fenster stehen geblieben war und auf den Parkplatz starrte.

Er hatte Grangé und Vonnegut das Video mit dem Mäuseversuch gezeigt. Jedes Bild sah er jetzt wieder vor sich.

Die Hände, die die weiße Maus hielten und ihr einen Chip in den Nacken schossen, gehörten Leclerc, den er zuerst nicht in seinem Team haben wollte, weil der lieber zuschaute, anstatt etwas zu tun. Doch inzwischen zögerte er nicht mehr, übernahm sogar freiwillig – mit überraschendem Eifer, wie Cortot neulich fand – das Töten der Mäuse, indem er ihnen mithilfe eines Kugelschreibers das Genick brach. Die Maus im Video zuckte und zappelte, doch Leclercs behandschuhte Hand hielt sie fest. Schließlich setzte er sie in den Käfig zu neun anderen geimpften Mäusen.

»Passen Sie auf, was jetzt geschieht«, hatte er, Cortot, stolz gesagt, worauf eine andere Hand, es war seine, ans andere

Ende des relativ großen Käfigs eine Schlange setzte, die kleinste Boa constrictor, die sie hatten auftreiben können. »Jede Maus würde entweder in eine totenähnliche Starre verfallen oder fliehen«, erklärte er. Ein akustisches Signal ertönte, eine Folge von sechs Tönen, und die Mäuse, alle zehn – früher hatte Cortot diese Szene geliebt, jetzt nicht mehr –, stürzten sich in wilder Raserei auf die Schlange, die auf eine der Mäuse zuschoss und sie mit ihrem Körper umschlang, um sie zu erdrücken, aber die anderen Mäuse bissen in ihren Leib, rissen und zerrten Fleischstücke heraus, die Schlange zuckte und wand sich, ließ tatsächlich die erbeutete Maus wieder frei und versuchte zu fliehen, aber die wilden weißen Mäuse waren zu richtigen Killern geworden, immer rasender wurden ihre Angriffe, bis die Schlange schließlich in zwei Teile gebissen war.

»Erstaunlich«, hatte der Belgier mit einem – wie Cortot fand – angewiderten Ausdruck auf dem Gesicht gemeint, worauf er, Cortot, weiter doziert hatte:

»Die Tonfolge hat die Mikropumpe in den Chips aktiviert, und diese hat eine Hormon- und Medikamentenmischung in den Körper ausgeschüttet.«

»Und wie haben die Mäuse das überstanden?«, hatte der Belgier wissen wollen.

Cortot erinnerte sich, dass er nicht nur dessen herausforderndem Blick standgehalten, sondern ein selbstsicheres Lächeln aufgesetzt hatte. Er bewegte sich auf seinem Terrain, da konnte ihm keiner der Herren etwas vormachen, und sahen sie noch so imposant aus in ihren Uniformen. »Ein gleich im Anschluss freigesetzter Medikamentenmix«, sagte er also, »hat den Energie- und Hormonlevel sofort wieder normalisiert.« Breit lächelnd fügte er – allerdings nicht ganz wahrheitsgemäß – hinzu: »Sie leben heute noch.«

Die Wahrheit war: Vier Mäuse starben eine halbe Stunde

nach dem Versuch an Herz-Kreislauf-Versagen, zwei versanken in Depression und rührten sich nicht mehr, eine andere schaffte es, sich aus dem Käfig zu Tode zu stürzen – ja, letztlich hatte nur eine überlebt. Warum, konnte selbst die Obduktion nicht klären. Doch Mäuse waren keine Menschen, und die Ergebnisse der Tierversuche ließen sich nicht eins zu eins auf Menschen übertragen. Zudem war bei nachfolgenden Versuchen die Überlebensrate der Mäuse deutlich höher gewesen, auch wenn sie nie mehr als vierzig Prozent erreicht hatte – eine Tatsache, die Cortot bei den Vorgesprächen mit Vonnegut nie verschwiegen hatte, die jener aber offenbar für nicht sonderlich besorgniserregend hielt.

»So, Dr. Jeune«, sagte Vonnegut zum Abschluss, »dann darf ich bitten.«

In den folgenden zwanzig Minuten impfte er zehn Männer mit der Substanz, die die Mäuse verabreicht bekommen hatten – und implantierte ihnen einen per Satellit aufspürbaren Chip. Sie alle hatten einen sechsmonatigen Vertrag mit *Globe* abgeschlossen und würden in drei Tagen nach Afghanistan fliegen. Es waren ausschließlich Männer mit langer Erfahrung als Soldaten, hatte Vonnegut ihm noch auf dem Weg zum Hospital-Container erklärt, der hinter dem Tarnzelt in der Sonne brütete. Alle seien gesundheitlich natürlich gecheckt und verfügten über eine ausgezeichnete Kondition.

Dass der Chip nicht nur persönliche Daten enthielt, sondern auch eine Mikropumpe, die Antikörper gegen übliche in Afghanistan vorkommende Krankheiten freisetzte, und bei Empfang einer bestimmten Mikrowellenfrequenz auch Adrenalin und einen neu entwickelten angst- und schmerzhemmenden Stoff, einen Mix aus Metamphetamin, synthetischem Kokain und noch einigen anderen Zutaten, sagte man den Männern nicht.

Danach beeilte er sich, in seinen Container zu kommen, um eine lange Dusche zu nehmen. Er sehnte sich danach, er brauchte viel, viel Wasser, doch leider reichte das Wasser nicht aus, nach ein paar Minuten tröpfelte es nur noch aus dem Duschkopf, und er musste sich schließlich mit dem Gefühl abtrocknen, irgendwie nicht richtig sauber geworden zu sein.

Am Abend nahm er am Barbecue teil. Die Männer hatten einen wagenradgroßen Schwenkgrill aufgebaut, unter dem reichlich Holzkohle glühte. Die Steaks schmeckten außerordentlich gut, fand Cortot, und da er sich nicht viel aus Alkohol machte, fehlte ihm auch nicht der Rotwein dazu, denn im Camp herrschte absolutes Alkoholverbot.

Der Belgier hielt sich etwas abseits, genauso wie Cortot, und setzte sich wohl deshalb zu ihm an einen der langen Klapptische. Und er, Cortot, war sogar ganz froh über die Gesellschaft, denn allein schmeckte es ihm selten, und Vonnegut war in irgendeinem Container verschwunden.

»Er soll abends nichts mehr essen«, sagte Grangé mit vollem Mund. »Er hat seine spezielle Diät, heißt es.«

Cortot zuckte mit den Schultern, er mochte es nicht, wenn über andere, die nicht da waren, geredet wurde. Es war ihm immer wie ein Verrat vorgekommen. Lächerlich, dachte er, im Vergleich zu dem, was ich jetzt tue.

»Sie sind Franzose, ja?«, fragte der Belgier.

»Ja.«

»Von einer Uni?«

»Nein.«

Grangé kaute immer noch. »Institut?«

Cortot legte das Besteck zur Seite, wobei er darauf achtete, dass es überlegen und perfekt aussah, um die Distanz zwischen ihnen deutlich hervorzuheben. Arrogant sagte er: »Ich denke, das sollte hier nicht zum Thema werden.«

Grangé kniff die Augen in seinem rötlich gebräunten Bauerngesicht zusammen. »Gut. Ein geheimes Experiment. Ich weiß. Nur …« Er schnitt einen breiten Streifen Fleisch ab, spießte ihn auf und sah dann Cortot an. »Stimmt es wirklich, dass die Mäuse noch leben?«

»Na ja, ein paar sind bei einem anderen Experiment gestorben oder an Altersschwäche.«

Grangé nickte. »So was hab ich mir gedacht.«

Cortot wartete auf eine Erklärung, aber der Belgier widmete sich wieder seinem Steak.

Schließlich verabschiedete sich Cortot und ging zu seinem Container zurück.

Der Sternenhimmel war außerordentlich, ein Meer aus blinkenden und blitzenden Lichtpunkten. Cortot sog die klare Wüstenluft ein und dachte an Thérèse, wünschte sich, sie wäre hier, neben ihm, beeindruckt von seiner Erscheinung und seiner überlegenen Männlichkeit.

In dieser Nacht träumte er, wie er in Uniform, ausgestattet mit monströsen Maschinengewehren, in einem Jeep durch die Wüste preschte und auf alles schoss, was sich bewegte. Ratatatata … ratatatata …

Er schlief durch bis sechs. Erfrischt und bester Laune machte er sich fertig, bedauerte, dass er die Uniform zurücklassen musste – vielleicht sollte er fragen, ob er sie behalten könnte, dachte er einen Moment, verwarf diesen Gedanken aber wieder –, packte seinen Handkoffer und verließ nach einem letzten, ein wenig wehmütigem Blick seine Unterkunft.

Mit großem Appetit lud er sich schon den zweiten Teller voll mit dem, was das reichhaltige Frühstücksbuffet zu bieten hatte. Eier mit Speck und Würstchen, Toast, Käse und zwei Stückchen Kuchen. Er saß allein an einem der Tische unter dem Tarnnetz, dort, wo gestern Vonnegut eine kurze Ansprache gehalten und auf die Impfung hingewiesen hatte. Weiter hinten hörte er Schüsse ballern und sah Staubwolken aufsteigen. Ein Teil in ihm wäre gern dort, bei den Männern, draußen, mit Waffe und schweren Stiefeln. Der andere Teil in ihm zuckte bei jedem Schuss zusammen und sehnte sich nach einem klimatisierten Hotelzimmer und nach der Sicherheit seines Labors.

Er fühlte sich zerrissen, nicht richtig lebendig, und währenddessen raste sein Leben dem Ende zu. Ja, er war erst einundvierzig, aber die vor ihm liegenden Jahre erschienen ihm wie ein Gang durch eine ewig lange leere Unterführung aus grauen Betonplatten, über der das wahre Leben hinwegbrauste.

Vonnegut hatte ihm eine Nachricht zukommen lassen, er bedauere, sich nicht persönlich verabschieden zu können, aber er müsse schon um fünf Uhr morgens in Madrid sein.

»Na, gut gefrühstückt? Oder sind Sie lieber nüchtern geblieben?«

Mit dynamischem Schritt und gut gelaunt kam der Pilot aus der Baracke auf ihn zu. Braun gebrannt, gut in Form, mit blauen Augen und einem markanten Kinn, das Frauen angeblich so anziehend fanden. Cortot misslang ein Lächeln, er spürte, wie seine Züge erschlafften.

»Guten Morgen«, sagte er nur, stand auf und kletterte auf den Beifahrersitz.

Als der Helikopter abhob und wieder dieses schwankende Schweben begann, konnte er nicht anders, er musste zu der verfluchten Plastiktüte greifen. Und als er neben dem Piloten mit der Ray-Ban-Sonnenbrille sein Frühstück in die Tüte erbrach, begriff er sich selbst in seiner ganzen Jämmerlichkeit. Er fürchtete sich davor, ins Institut zurückzukehren.

Eine regelrechte Panik ergriff ihn. Er würde sich zwei Tage krankmelden müssen.

54

Und jetzt, im Nachhinein, wusste er, dass er einen schrecklichen Fehler gemacht hatte.

Cortot schluckte gegen den Kloß in seiner ausgetrockneten Kehle an.

Unmöglich, würde er sagen. Verstehen Sie, ich bin nicht befugt. Die Abteilung *Ansteckende Krankheiten* untersteht mir nicht. Ich weiß auch nicht ... Ihre Anfrage ... nun ... es ist eine heikle und äußerst gefährliche Angelegenheit. Sie können nicht von mir verlangen, dass ich ... Dann spulte sich wieder dieselbe Information ab:

Normalerweise erfolgt die Ansteckung durch den Biss von infizierten Flöhen, verbreitet wird die Seuche von infizierten Ratten. Die dabei in der Regel auftretende Krankheitsform, die Beulenpest, ist nicht von Mensch zu Mensch übertragbar. Die Lungenpest hingegen ist hochinfektiös und durch Tröpfchen übertragbar. Aber YP 05/a ist ein Aerosol und hochinfektiös ...

Fünfhunderttausend Euro für vier Behälter.

Wir wissen, was Sie für die *Belling* Group in Spanien getan haben, Monsieur Cortot, hatte die Stimme am Telefon gesagt. Ihr Arbeitgeber und die französische Regierung werden nicht sehr erbaut sein, wenn sie erfahren, dass sie einen Verräter beschäftigen. Regierungen mögen es gar nicht, wenn man ihre Geheimnisse verrät. Wie nennt sich das? Hochverrat? Was glauben Sie, wie viele Jahre man Sie hinter Gitter bringen wird, Monsieur Cortot? Zwanzig? Fünfundzwanzig? Und die französischen Gefängnisse ...

Aber selbst wenn er sich dazu bereit erklären würde: Es

gab Sicherheitspersonal, Überwachungskameras – und er leitete die betreffende Abteilung doch gar nicht!

Der Minutenzeiger auf der großen Wanduhr über der Labortür zitterte beim Weiterrücken, und er fühlte sich genauso erbärmlich wie damals im Helikopter, die Tüte auf dem Schoß.

Wie er sich hasste.

Er schwitzte und musste in immer kürzeren Abständen schlucken, er hatte das Gefühl, seine Kehle würde zuschwellen.

Und wenn er einfach Nein sagte? Und die Konsequenzen trug? Er würde sicher mildernde Umstände bekommen, weil er sich geweigert hatte, die Bakterien herauszugeben. Vielleicht also zehn Jahre? Himmel, zehn Jahre, noch nicht mal zehn Tage würde er ertragen in einem Gefängnis.

Nein, ich bin nicht zuständig, ich kann es nicht tun. Es tut mir leid. Suchen Sie sich jemand anders.

Ja, das wäre die einzige Lösung. Die Sache mit den Chips war etwas Einmaliges gewesen. Ab sofort würde er nie wieder Geheimnisse verraten. Es war einfach zu kompliziert. Das entsprach nicht seiner Art, seinem Leben. Er war kein Spieler, kein Zocker, er hatte einer sein wollen, hart, skrupellos, ein Gewinner – und jetzt musste er einsehen, dass er dazu nicht geschaffen war. Dass er ein … Es fiel ihm schwer, den Tatsachen ins Auge zu sehen, aber es ließ sich nicht übersehen, nicht leugnen: Er würde immer in der zweiten Reihe stehen. Ein Wissenschaftler, der sich nach dem richtigen, echten Leben sehnte und der zugleich Angst davor hatte. Zum zweiten Mal in seinem Leben musste er von einer Wunschvorstellung seines Ichs Abschied nehmen. Das erste Mal war es gewesen, als er begreifen musste, dass seine Mutter seinen jüngeren Bruder Elias mehr liebte als ihn. Da war er sieben gewesen. Und was hatte es Elias gebracht? Den Doktorgrad in Psychotherapie, der sich tagein, tagaus den Befindlichkeiten seiner Klienten aussetzen musste und mit denen seiner launischen Frau, die sein sauer verdientes Geld mit vollen Händen ausgab.

Also: Nein, beschloss er.

Er nahm den Hörer in die Hand. Nein, suchen Sie sich jemand anders. Dr. Peyroux. Sie leitet das Projekt. Großartig. Peyroux würde … würde auch Nein sagen. Und die Sache wäre erledigt. So würde er es machen. Er könnte anonym und diskret einen Verdacht streuen, er habe terroristische Aktivitäten bemerkt und so weiter. Vielleicht blufften die ja auch nur, und sie hatten nichts mit der *Belling* Group zu tun und außerdem gar keinen Beweis für die Sache mit den Biochips. Er müsste nur verhindern, dass zu tief gegraben wurde, denn dann würde man sicher auch die zweihundertfünfzigtausend Euro auf den Kanalinseln finden.

Verrat. Zuchthaus. Keine Sonne, kein Meer, seine Träume zerplatzt.

So war das Leben. Zum ersten Mal fühlte er so etwas wie Stolz. Er blieb standhaft, trotz der Verlockungen des Geldes. Man durfte sich nie mit solchen Leuten abgeben, das hätte er doch wissen müssen. Er war größenwahnsinnig geworden, leider konnte er es nicht anders bezeichnen.

Er atmete durch und wartete auf den Anruf.

Das Telefon klingelte pünktlich.

»Und?«, fragte die Stimme, unangenehm leise.

Er straffte den Rücken, holte Luft und sagte dann mit lauter, klarer Stimme, die er sich antrainiert hatte. »Meine Antwort lautet Nein. Ich kann das nicht tun.«

Eine kurze Pause folgte, und Cortot wollte schon nervös fragen, ob überhaupt noch jemand am Telefon war, doch dann sagte die Stimme: »Jemand möchte mit Ihnen sprechen. Legen Sie auf.«

Aha, jetzt stellte man ihn zum Chef durch. Mit seinem klaren Nein hatten sie wohl nicht gerechnet. Ein zaghaftes Gefühl von Triumph regte sich.

Wieder klingelte es.

»Paul!« Thérèse! Das war die Stimme seiner Frau! »Sie sind hier, bei uns zu Hause! Bitte, du musst tun, was sie wollen, sie …«

Jetzt sprach wieder der Anrufer: »Sehen Sie mal auf Ihr Display.«

Er starrte auf sein Handy und sah Thérèse, gefesselt auf einem Stuhl, der Mund zugeklebt! Das war ihr Wohnzimmer! Hinter Thérèse an der Wand erkannte er den Paul-Klee-Druck und die braune Ledercouch, da wurde Thérèse plötzlich eine Pistole an den Kopf gehalten …

Er wollte schreien, aber er brachte keinen Ton heraus.

Sie waren in seine Wohnung eingedrungen, sie hatten Thérèse zu Hause überrascht. Sie würden sie erschießen, wenn er nicht tat, was sie von ihm verlangten.

»Also. Haben Sie es sich noch mal überlegt?«

Sie würden Thérèse freilassen, wenn sie die Behälter hatten und an einem sicheren Ort waren, erfuhr er. Und wo ist sicher?, hatte er wissen wollen. Das werden Sie schon noch rechtzeitig erfahren. Keine Polizei. Wir machen ernst mit ihrer Frau.

»Man braucht nicht nur die ergometrischen Daten von mir, sondern auch die des Abteilungsleiters. Nur mit zwei Berechtigungscodes kann man die Behälter entfernen«, erklärte er. »Außerdem … außerdem gibt es Sicherheitspersonal, Überwachungskameras, Wachtposten vor dem Eingang … Es ist völlig unmöglich, was Sie verlangen!«

»Der Abteilungsleiter, wer ist das?«

Und dann gab er ihnen den Namen. »Peyroux, Dr. Lan Peyroux.«

Es kam ihm vor, als wüssten sie den Namen schon.

55

Belgien, bei Spa in den Ardennen

Durch das Panoramafenster des Wintergartens sah die verschneite graue Landschaft mit den mächtigen knorrigen Bäumen und dem zugefrorenen See aus wie ein gerahmtes Gemälde.

Vor ihm saß der Baron, aber in Gedanken war Ken Emerson bei seiner Jacht. *Golden Legend* – er lächelte, Sues Idee, ein bisschen altmodisch und eitel vielleicht, aber was scherte es ihn. Die *Golden Legend* war die intelligenteste Segeljacht, die jemals in diesem Universum vom Stapel gelaufen war. Auf jede Eventualität war man eingestellt, auf jede noch so kleine Komponente in jedem Detail war geachtet worden. Nichts, aber auch gar nichts würde bei der Regatta dem Zufall überlassen. Diesmal würde die *Golden Legend* den Americas Cup holen, das war so klar wie sonst was, und er freute sich schon ungemein auf Larrys blöde Fresse. Er musste in sich hineinlachen.

»Ken, du glaubst gar nicht, wie ich unsere Spieletage liebe.«

Die Stimme des Alten ließ ihn aufblicken. Der alte Baron blinzelte durch seine lächerlich altmodische Hornbrille, beugte sich steif und schwerfällig über das Spielbrett, streckte langsam seinen Zeigefinger aus, als wollte er auf ihn zielen, und schob einen hellen Stein ein Feld weiter. »Du machst einem alten Mann wie mir eine riesige Freude damit, wirklich, Ken.« Der alte Baron strahlte, ja, er sah tatsächlich glücklich aus, fand Kenneth Emerson, mit seinen rötlichen Hängebäckchen, dem trotz des Alters irgendwie noch herzförmigen Mund und den blinzelnden Augen. Manchmal trug er noch seinen Morgenmantel, aber heute hatte er sich doch tatsächlich in Schale geworfen. Widerwillig betrachtete er die ausgebeulte karierte Golfhose, das blaue Hemd mit den abgestoßenen Manschetten und den zerfransten Kragenspitzen. Die Krönung der Geschmacklosigkeit war allerdings der kanarienvogelgelbe V-Ausschnitt-Pullover mit dem Mottenloch im Ärmel. Unfassbar!

»Ich mach es dir zuliebe«, sagte Emerson und strich sich erst über sein glatt rasiertes und lotiongepflegtes Kinn, dann über seinen neuen superweichen schwarzen Boss-Pulli aus Kaschmirseide, »ich hasse Brettspiele.«

»Keiner hasst Spiele. Du hast es noch nicht begriffen. Alles ist ein Spiel.« Der Alte setzte sein mildes Großvaterlächeln auf, das er je nach Laune aus- und anknipsen konnte, und fing an: »Sieh mal, das Leben: Am Anfang kriegst du ein paar Steine, und dann musst du zusehen, dass du möglichst viele davon ans Ziel bringst. Unterwegs kannst du dir noch andere Steine einheimsen. Es liegt an dir. An deiner Cleverness.« Er tippte sich an die Stirn mit den vielen weißen Flecken, Pigmentstörungen, oder vielleicht auch schon Hautkrebs. »Und weißt du was, Ken, ich hab mich schon öfter gefragt, warum ich immer noch hier bin. Dreiundachtzig Jahre ist eine verflucht lange Zeit. Es ist das Spiel, das mich am Leben hält. Das mich jeden Morgen aufstehen lässt. Es macht mir unheimlich Spaß, meine Steine übers Brett zu schieben und ein paar andere einzuheimsen.« Sein Kichern ging in ein Hüsteln über, dann in ein lautes Husten. »Ich sollte noch mehr lachen. Das schleudert den ganzen alten Dreck raus, wie aus einem alten Heizungskessel!«

Diese Vergleiche! Immer musste der Alte auf seiner Herkunft rumreiten. Mit Eisenwaren, Kesseln und Schrott hatten seine Vorfahren gehandelt, *als Kind hab ich mich nach jedem Stückchen Metall gebückt und es verkauft, und später dann die Limonade aus dem Laden von meinem Onkel…* die Storys kannte er in- und auswendig, immerhin fanden diese *Spieletage* ja schon seit zwei Jahren statt. Einmal im Monat, immer hier.

Emerson flog dann von London nach Brüssel und stieg in Dubois' Helikopter um, der ihn auf dem Landeplatz vor dem Schloss absetzte. Das Schloss! Mann, eine alte rosa Bonbonschachtel! Dubois hatte sie vor mehr als vierzig Jahren mit seinen ersten Millionen gekauft. Und seitdem hatte er so gut wie kein Möbelstück ausgetauscht! Seit dem Tod seiner zweiten Frau – Ken versuchte sich zu erinnern, ob es vor fünf oder sechs Jahren gewesen war – hatte er eine geplante Komplettrenovierung wieder gestrichen.

Ihm mochte es so reichen, aber Emerson nicht. Er liebte Luxus, Wärme, Bequemlichkeit, Ästhetik, Ambiente, gutes Essen, gute Getränke – und Ordnung. Nichts davon bekam er hier geboten. Er musste verrückt sein, dass er sich trotzdem immer wieder darauf einließ.

Emerson massierte seine Wade. Diese verfluchten Campingstühle waren wirklich das Letzte! Dabei standen in diesem verdammten Schloss genügend andere Stühle rum. Sogar Ohrensessel, wenn auch angestaubte. Er hatte dem Alten schon mehrmals vorgeschlagen, ihre Treffen nach London zu verlegen, in sein ultramodernes Haus mit spektakulärem Blick auf die Themse, bequemen Sesseln und allem weiteren Schnickschnack. Da wäre Vonnegut auch vorbeigekommen. Doch der Alte war dickköpfig geblieben. Ein alter Geizhals war er auch, der jeden Penny zweimal umdrehte, und diesen einen Penny auch nur dann ausgab, wenn er ziemlich sicher war, dass er zwei Penny oder mindestens anderthalb zurückbekommen würde.

»Ich bin dir fast vierzig Jahre voraus, Ken«, sagte der Alte, »in vierzig Jahren werden die Menschen wahrscheinlich hundertfünfzig und dann per Knopfdruck erledigt. Versprich mir, dass du mich nicht wieder auferstehen lässt.«

»Versprochen«, sagte Emerson, »aber mit wem spiele ich dann die nächsten hundert Jahre Backgammon?«

»Mit unserem lieben Vonnegut!« Der Baron lachte, dass seine Hängebacken vibrierten. »Aber Vonnegut, der kann ja nicht verlieren. Ich hab ihn letztes Mal beim Schach geschlagen. Da ist er aufgestanden und nicht wiedergekommen. Ist einfach schlafen gegangen. Schenk mir noch ein bisschen Preiselbeersaft ein, Ken, der gibt mir vielleicht noch ein paar Jährchen mehr.«

Kenneth nahm die Flasche vom Fußboden und goss Saft in beide Plastikbecher.

Hier, in diesem alten Haus, umgeben von all der Natur, vermutet man nicht, dass das Zentrum des *Syndikats* nicht weit entfernt ist, dachte er. Nur *Belling* lag im fernen Kalifornien, allerdings hatte es sich die maßgeblichen europäischen Firmen schon längst einverleibt. Und nur eine knappe Autostunde entfernt, nämlich in Brüssel, befanden sich all die kleinen Schaltzentralen der Macht. Lobbyistenbüros, Agenturen, Pressebüros. Na ja, die Wall Street war etwas weiter entfernt.

Der Alte schnäuzte sich und riss ihn aus seinen Gedanken. Mit einem riesigen weißen Stofftaschentuch wischte er sich die roten Saftspuren von den Lippen. »Ich hätte es wirklich gern erlebt, wenn es nur noch unsere ... unsere neue Welt gibt ...«, sagte der Alte. »Dafür hat Gott uns ein Gehirn gegeben, damit wir die Welt nach seinem Willen ordnen ...«, er tippte sich an die fleckige Stirn, »... und sie nicht den Chinesen überlassen! Über achthundertfünfzig Millionen sprechen dieses verdammte Mandarin!«, blaffte er und vergaß dabei immer wieder, dass er, Emerson, mit einer Hongkong-Chinesin verheiratet war – und er vergaß auch, dass sie genau darauf hinarbeiteten, die Welt nach chinesischem Vorbild zu formen, nur dass nicht die Partei die Macht ausübte, sondern das *Syndikat*.

Der Baron schnaubte und schob einen Stein weiter. Dieser alte Fuchs brachte ihn immer wieder in Bedrängnis.

Emerson konterte, und der Baron machte »Hm«.

Aha, jetzt hat der Alte mal ein bisschen zu kauen, dachte Emerson und lehnte sich zufrieden zurück.

Ja, er war zufrieden. Das Imperium dehnte sich aus. Planmäßig.

In absehbarer Zeit sollten die Menschen ausschließlich Terminals mit Zugängen zu Zentralrechnern nutzen. Mit ihrem persönlichen Zugangscode würden sich die User einloggen – und endlich könnte die Regierung den Datenaustausch auf einfache Weise kontrollieren und lenken. PCs würden abgeschafft. Zudem stellte *Legend* Behörden und Firmen – selbstverständlich gegen satte Gebühren – Software zur Verfügung, die Daten in der Cloud filtern, zuordnen, blockieren konnte. Emerson hatte dem Alten letztes Jahr erklären müssen, dass mit Cloud die Datenwolke gemeint war, die sich außerhalb der privaten Rechner befand. Die Wolke wurde mehr und mehr eine *Legend*-Wolke. Denn die Wolke brauchte Datenbanken, gigantische Datenbanken – *Legend*-Datenbanken. Es ging um Effizienz. Kräfte mussten gebündelt werden und durften sich nicht in sinnlosen Kämpfen über individuelle Ansichten gegenseitig aufbrauchen. Es ging um Steuerung, um Lenkung. Darin waren sich alle Mitglieder des *Syndikats* einig. Es kam nur darauf an, die Sache richtig anzugehen, sie richtig zu verkaufen. Dann würde sie auch funktionieren. Das hatte er immer so gemacht. Sich ein Ziel gesetzt, die verschiedenen Wege dorthin analysiert und sich für den kürzesten und effizientesten entschieden. So hatte er die Uni durchgezogen, und wenn es um Mädchen ging, hatte er sich auch nicht anders verhalten. Und was hatte er erreicht, er, der Sohn eines kleinen Bankangestellten und einer Sachbearbeiterin aus einem miesen Londoner Vorort? Hatte ein Stipendium in Oxford ergattert und sich dort auch noch die begehrteste Studentin geschnappt, anders konnte man es nicht bezeichnen, hatte sie allen anderen weggeschnappt, dabei sah er selbst noch nicht mal besonders gut aus. Er war zwar schon immer groß und schlank gewesen, aber seine Züge waren eher weich, sein Kinn zu rund, seine Wangenknochen zu unscheinbar, Augen und Nase zu klein, um seinem Gesicht eine Prägung zu geben. Ein paar kleinere chirurgische Eingriffe hatte er gewagt, doch sie hatten ihm kein wirklich neues Gesicht verschafft. Aber Zielstrebigkeit, das war eine seiner herausragenden Qualitäten. Und wohin hatte ihn diese Zielstrebigkeit geführt? Seine gut aussehenden Kommilitonen hatte er, finanziell gesehen, weit, sehr weit hinter sich gelassen. Und längst schon verblasste der Reichtum von Sues Eltern gegenüber seinem eigenen. Allein der Wert der von ihm persönlich genutzten Immobilien in London, New York und Florida war höher als das gesamte Eigentum der Wongs. Und die waren nicht gerade arm. Mit welch großer Ehrfurcht hatte er damals vor der Tür der Wongs in Belgravia gestanden, um Sue zum Date abzuholen. Es war der 24. September gewesen, das wusste er noch, die Bäume hatten rot und gelb geleuchtet, er hatte ein Taxi genommen, um sich besser zu fühlen, und dann stand er da, vor der schweren schwarz lackierten Eingangstür und wartete, bis jemand öffnete. Er wusste, dass er durch diese verdammte Tür musste, um sein Imperium zu gründen. Und tatsächlich, nach anfänglichem Misstrauen gab Sues Vater ihm ein Darlehen für die Gründung seiner Firma. *Legend*, der Name gefiel dem alten Wong.

»Was gibt's da zu schmunzeln, Ken?« Der Alte sah ihn durch seine lächerliche Brille an.

»Das Spiel«, log Emerson, »es sieht so aus, als wenn du diesmal verlierst.«

»Da wär ich mal nicht so sicher, ihr Jungen seid manchmal zu schnell.«

Emerson entging nicht, wie der Alte nach einem Ausweg suchte. Sollte er es ruhig versuchen!

»Wie sieht es aus, Ken? Hunger?« Dubois legte die Hände auf die Armlehnen. »In meinem Alter soll man keinen Hunger mehr haben, heißt es immer. Ich hab aber immer noch welchen. Machen wir ein Päuschen.«

»Gut, machen wir ein Päuschen«, wiederholte Emerson. Er hatte den alten Fuchs mit seinem Zug doch tatsächlich in Verlegenheit gebracht.

Dubois klatschte in die Hände, und wenige Augenblicke später brachte Hermès, dieser steife Diener, das Essen. Emerson sah auf die Uhr. Natürlich! Punkt zwölf, wie immer! Das Ganze war eine Show, wahrscheinlich genauso wie das Rätseln über den nächsten Zug.

Hermès stellte die Schüssel mit dem Kartoffelsalat und den kalten Grillwürstchen auf den Beistelltisch, wünschte Guten Appetit und verzog sich.

Dubois rieb sich die Hände und lächelte breit. Emerson wusste, was der Alte jetzt dachte. Milliardäre beim Mittagessen! Noch dazu in einer Region, in der es von Gourmetrestaurants nur so wimmelte. Er füllte Kartoffelsalat und ein Grillwürstchen auf einen Plastikteller und gab ihn dem Baron.

»Ist es nicht verrückt, Ken«, sagte der Alte und schnitt ein Stück von seinem Grillwürstchen ab, »wir hocken hier gemütlich im Trockenen bei Kartoffelsalat und Würstchen und draußen schneit's. Draußen passieren Autounfälle. Draußen passieren Pleiten. Kriege.« Dubois schob sich Würstchen und Kartoffelsalat in den Mund und sagte mit vollem Mund: »Und wir müssen noch nicht mal aus dem Haus, um Millionen zu verdienen und die Welt zu steuern. Das ist verrückt, nicht wahr?«

»Das ist es.«

Eine Weile aßen sie schweigend und sahen hinaus in den Schneeregen. Gabeln schabten über die Plastikteller, der Alte schmatzte, ansonsten war es still im Raum.

»So, die Sache läuft also«, sagte Dubois unvermittelt, ohne aufzusehen.

Emerson schluckte den Bissen hinunter und nickte. »Ja, die Sache läuft.« Er warf einen Blick auf die Uhr. »Roth hat unseren Mann wohl gerade angerufen.«

»Hm«, machte Dubois und führte eine volle Gabel Kartoffelsalat zum Mund. »Weißt du was, Ken?«, sagte er kauend. »Ich bin glücklich. Wirklich. Das ist ein Geschenk, glaub mir. Und all das Geld ... bedeutet mir eigentlich gar nichts. Es ist nur ... nur das Spiel. Die Steinchen, weißt du.«

Emerson nickte. »Wie viele davon man einheimsen kann.«

»Genau!« Der Alte lachte, ein Stückchen Kartoffel flog ihm aus dem Mund.

Emerson presste die Zähne zusammen. Er stellte seinen Teller auf den Teewagen. Es reichte.

»Bist du schon fertig?«, fragte der Alte. »Was glaubst du, warum ich so alt geworden bin? Weil ich immer kräftig gegessen habe, deshalb.«

»Und wegen dem Preiselbeersaft, oder?«, versuchte Emerson zu spaßen.

»Den trink ich erst seit meinem einundsiebzigsten Geburtstag, keine Ahnung, ob das Zeug irgendwann Wirkung zeigt.« Der Alte lachte.

»Wie geht's eigentlich deinem Sohn?«

Wumms! Das alte Schlitzohr! Von hinten durch die Brust ins Auge.

Emerson setzte schnell ein Lächeln auf. »Gut, so weit. Er kommt zurecht.«

»Wann steigt er endlich bei *Legend* ein, er ist ein kluger Kopf? Er hätte sicher ein paar gute neue Ideen.«

»Jaja«, sagte Emerson schnell, »ich weiß. Sue und ich reden ständig auf ihn ein, aber ...«, er hob die Schultern und ließ sie wieder fallen, aber es wirkte künstlich, das konnte er spüren, »... aber er will noch ein bisschen Erfahrung sammeln und sich nicht gleich ins gemachte Nest setzen.«

»Ich hab mich ins Nest gesetzt und einen Palast draus gemacht. Sag ihm das mal, vielleicht hilft's ja.«

»Das haben wir schon, aber er hat seinen eigenen Kopf.«

»Jaja, die jungen Leute, sie glauben, sie müssen mit dem Kopf durch die Wand, aber ...«, der Alte beugte sich vor und sah ihm eindringlich in die Augen, »er wird doch nicht zu den Chinesen übergelaufen sein?«

»Zu den Chinesen?« Emerson stieß ein Lachen aus. »Nein, nein, das macht er bestimmt nicht.«

Der Baron lehnte sich zurück und nickte. »Na dann, Ken ... Übrigens, gestern Abend hab ich wieder im Geschichtsbuch geschmökert. Und jedes Mal gruselt's mich, wen ich über diesen Tartarenführer lese.«

»Khan Djam Bek«, sagte Emerson. Sie war einfach in ihm, diese Detailversessenheit. Er konnte sich alles merken, wenn er wollte.

Der Alte machte eine wegwerfende Handbewegung, was Emerson jedes Mal ärgerte. »Jaja, jedenfalls dreizehnhundertirgendwas in Genua.«

»Dreizehnhundertsechsundvierzig in Kaffa«, sagte Emerson wieder, er konnte nicht anders. »Das gehörte zu Genua. Genua war damals ...«

»Kaffa, richtig!« Der Alte schnitt ihm einfach das Wort ab. »Er hat Pestleichen über die Stadtmauern katapultiert, damit sie da drin alle krepieren!« Der Alte schüttelte den Kopf. »Und entsorgt hat er sie auf diese Weise auch noch! Das muss man sich mal vorstellen. Genial! Ist es nicht ein unglaubliches Gefühl, ein neues Spiel anzufangen? So unglaublich ... erhebend?«

56

Grenoble

Lan schlug aufs Lenkrad, was sie nie, nie, nie tat. Ein Zeichen von Unbeherrschtheit, Ungeduld. Dabei wusste sie doch, nur mit Geduld und Beharrlichkeit kam man ans Ziel.

Warum dauerte es so lange, bis die Schranke hochging? Und warum ging die Sekretärin in der Schule nicht ans Telefon? Warum war die Abbiegespur so voll? Warum musste gerade jetzt die Ampel ausfallen? Warum hatte sich alles gegen sie verschworen?

Im *Stop and go* ging es weiter. Beim nächsten Grün würde sie es schaffen. Jetzt! Warum fuhr der vor ihr nicht los? Schlief der? Sie drückte auf die Hupe, lang und mit aller Kraft, als könnte sie dadurch lauter hupen.

Die Ampel schaltete direkt vor ihr auf Rot, doch sie gab Gas und schoss noch über die Kreuzung.

Es war ihr siebter Sinn, der ihr sagte, sie solle sofort zur Schule fahren und Linh abholen. Vielleicht war es auch nur Panik, aber dieser weiße Lieferwagen ging ihr den ganzen Morgen nicht aus dem Kopf, und so war sie kurz entschlossen in den Wagen gesprungen und losgefahren – was ganz und gar nicht ihre Art war.

Wieder versuchte sie es im Sekretariat. Wie konnte das sein? Das Sekretariat war doch immer besetzt!

Rücksichtslos wechselte sie die Fahrspuren, jede Sekunde zählte, vielleicht ... nein, sie wollte noch nicht einmal daran denken ...

Endlich, die Schule! Sie stoppte am Straßenrand, stieg aus und lief durchs Schultor und über den Hof. In welchem Raum war Linh? Sie rannte den Gang hinunter, riss die erste Tür auf. Alle Gesichter wandten sich ihr zu. Die Kinder waren älter als Linh. Sie murmelte eine Entschuldigung, schob die Tür wieder zu und rannte weiter. Linh, Linh, Linh ... Sie riss die nächste Tür links auf.

»Madame?«, fragte die Lehrerin erstaunt.

»Linh«, sagte sie und versuchte, in der Menge ihre Tochter auszumachen. »Linh Peyroux?« Wo war ihre Tochter? Diese Kindergesichter sahen auf einmal alle gleich aus.

»Ach, Linh?«, die Lehrerin lächelte erleichtert. »Linh wurde gerade ins Sekretariat gerufen.«

Wieso gerade jetzt?, dachte sie alarmiert. »Wer? Wer hat sie gerufen?«

»Oh, ein Schüler, er ist wohl beauftragt worden ...«

Sie ließ die Tür offen und rannte wieder los, merkte dann, dass sie ja gar nicht wusste, wo das Sekretariat lag. Den Gang rechts hinunter. Oder links?

Da, endlich, ein Wegweiser! Um zwei Ecken und dann eine Treppe hoch, eine graue Tür tauchte vor ihr auf. Sie trat ein, ohne anzuklopfen.

»Maman?« Linh. Sie war tatsächlich da, stand vor dem Schreibtisch der Sekretärin, Lan wäre vor Erleichterung beinahe in Tränen ausgebrochen.

»Madame Peyroux?«, fragte die Sekretärin erstaunt.

»Es tut mir leid«, sagte Lan rasch, »aber meine Tochter muss unbedingt … unbedingt zum Arzt.« Etwas Besseres fiel ihr in diesem Moment nicht ein. Sie sah, wie ihre Tochter das Gesicht verzog.

»Ist nicht so schlimm, Chérie«, sagte sie und nahm ihre Tochter an der Hand, »aber Dr. Rieu will unbedingt noch etwas abklären.« Zur Sekretärin gewandt, sagte sie seufzend: »Der Kieferorthopäde …«

»Oh, du Arme!« Die Sekretärin lächelte mitfühlend. »Nehmen Sie sie ruhig mit. Es ging bloß um ein paar Daten. Ist schon erledigt.«

»Danke!« Lan schnaufte immer noch. »Komm, Chérie, wir müssen uns beeilen.« Schon war sie durch die Tür und hastete mit ihrer Tochter an der Hand die Treppe hinunter.

»Aber warum müssen wir so rennen, Maman?«

»Das erklär ich dir später, komm einfach, wir müssen zum Auto.«

»Aber meine Schulsachen und meine Geige!« Linh stolperte, Lan hielt sie gerade noch fest.

»Die holen wir später!«

Sie hatten das Schultor erreicht, jetzt kamen sie ins Freie. Sofort zum Auto, dachte Lan und scannte die Umgebung nach Verdächtigem ab. Aber sie konnte nichts erkennen.

»Sonst gehen wir doch immer nachmittags zu Dr. Rieu, ich hab deswegen noch nie gefehlt! Und heute hab ich doch Violinunterri–«

»Es ging nicht anders! Und jetzt steig ein!«

Linh kroch hinten auf den Sitz, Lan warf die Tür zu, ließ sich hinters Steuer fallen, startete den Motor und trat aufs Gaspedal.

»Maman, es macht doch nichts, wenn wir ein bisschen später kommen …«

»Nein, Chérie, das macht nichts, aber ich lass die Leute nicht gerne warten.« Im Rückspiegel vergewisserte sie sich, dass niemand folgte. »Verspätung bedeutet Respektlosigkeit.«

Wohin fuhr sie? Rue Bizanet, registrierte sie, Richtung Fluss, über die Pont Provoire, dann links den Quai Xavier Jouvin entlang.

Ihre Tochter seufzte. »Aber Dr. Rieu ist doch woanders …«

»Ist schon gut …« Sie wollte gerade zu einer Erklärung ansetzen, als sie im Rückspiegel einen Wagen heranschießen sah. Sie gab Gas, der Chrysler schoss davon, sie atmete auf.

»So ein Verrückter! Ist alles in Ordnung, mein Schatz?« Sie drehte sich zu ihrer Tochter um.

Linh nickte erschrocken. »Warum, warum fährst du so schnell?«

Sie hat recht, ich bringe uns beide unnötig in Gefahr. Ich hab mir etwas eingebildet. Paranoia. Das war's. Ich bin überarbeitet und gereizt. »Entschuldige, Chérie«, sie atmete durch und fuhr langsamer. »Ich sag Dr. Rieu ab. Hm?«

»Au ja!«

Lan lächelte, sie griff zum Handy und tat, als würde sie eine Nummer wählen. Als sie ins stumme Telefon sprach und den Termin absagte, beruhigte sie sich damit, dass es eine Notlüge war.

»Dann kann ich ja doch zum Violinunterricht!«

Da erst begriff Lan, dass sie keinen Plan hatte. Ein einziger Gedanke hatte sie beherrscht, Linh aus der Schule zu sich zu holen. Ihr Handy signalisierte einen Anruf vom Labor. Cortot.

Sie nahm ab. In diesem Augenblick nahm sie rechts von sich einen Schatten wahr, dann krachte etwas in die Seite des

Wagens, sie stieg auf die Bremse. Und dann ging alles ganz schnell. Sie rief nach Linh und drehte sich zu ihr um, da wurde schon die Hintertür aufgerissen, eine dunkle Gestalt riss ihre Tochter aus dem Wagen. »Linh!«, schrie sie noch, doch da war schon ein Vermummter neben ihr, und drückte ihr den Lauf einer Waffe an die Schläfe. »Halt dein Maul, oder du bist tot!«, zischte er.

»Lassen Sie meine Tochter aus dem Spiel!«, flehte sie.

»Wenn Sie tun, was wir Ihnen sagen, passiert ihr nichts. Hände ans Steuer und weiter jetzt! Los!«

Ein Profi, dachte sie sofort. Ein Terrorist. Keine Chance, gegen den hast du keine Chance. Aber etwas in ihr wollte losbrüllen, wollte sich gegen ihn werfen, wollte schreien, lassen Sie Linh in Frieden! Stattdessen tat sie, was er verlangte, mechanisch, drehte sich kurz um, wollte sehen, wohin sie Linh brachten, doch sie konnte nur noch den wegfahrenden weißen Lieferwagen erkennen und den dunklen Pkw, der sie gerammt hatte.

»Da abbiegen«, sagte der Maskierte.

Sie würde alles tun, um Linh zu retten. Nur Linh zählte, sonst nichts. Wenn man Linh etwas antun würde ... sie würde diese Leute umbringen ...

»Was machen Sie mit Linh?«

Er deutete nach vorn. »Hier lang.«

Rue Saint Laurent mit ihren Läden und Cafés, sie war schon öfter hier durchgefahren, aber nie ausgestiegen, hatte nie Zeit gehabt ...

Das Handy des Mannes klingelte. Er ging ran und hielt es ihr ans Ohr.

»Madame Peyroux«, sagte eine unbekannte leise Stimme. »Hören Sie gut zu: Wir brauchen vier Behälter Yersinia Pestis YP 05/a. Sie werden uns die Behälter aushändigen.«

Lan erstarrte. »Das ist unmöglich.« Woher kannten diese Leute die interne Bezeichnung für ihre Testreihen? »Sie sind verrückt! Was wollen Sie damit?«

»Heute Nacht übergeben Sie uns die Behälter«, sagte die Stimme genauso leise und ungerührt. »Genaue Instruktionen erhalten Sie später. Bevor Sie womöglich Dummheiten machen, zum Beispiel jemanden – oder gar die Polizei – verständigen, sollten Sie eines wissen: Entweder liefern Sie uns die Ware oder wir liefern Ihnen Ihr Töchterchen. In Einzelteilen.«

Ihr wurde übel. »Sie dürfen ihr nichts tun! Versprechen Sie mir, dass Sie ihr nichts tun! *Versprechen Sie es!*«, schrie sie ins Telefon.

Aufgelegt. Der Mann mit der Maske steckte das Handy wieder in die Brusttasche seiner schwarzen Jacke.

Lan sah ihm in die Augen hinter den schmalen Schlitzen. »Hören Sie«, versuchte sie es noch einmal, »sagen Sie Ihrem Chef, dass ich die Behälter nicht einfach mitnehmen kann. Wie stellt er sich das vor? Es gibt Überwachungskameras, bewaffnetes Wachpersonal, Nummerncodes. Ergometrische Codes …«

»Machen Sie sich keine Sorgen«, kam es knapp durch das Mundloch.

Sie kämpfte mit sich. Sie könnte ihn anfallen, ihm die Fingernägel in die Augen bohren. Dann würde sie seine Waffe …

Der Lauf drückte gegen ihre Schläfe. »Denken Sie nicht mal dran. Und jetzt geradeaus.«

»Aber das Labor liegt …«

»Wir wissen, wo das Labor liegt.«

Sie nickte. Er würde sie nicht erschießen, das wurde ihr in diesem Augenblick klar. Sie wurde gebraucht. Aber Linh … Sie hatte nur Angst um Linh. Nicht so sehr vor dem, was diese Leute mit antibiotikaresistenten Pestbakterien anrichten könnten.

Während sie immer weiter aus der Stadt hinausfuhr, ging sie im Geist alle Fakten durch, hakte sie ab, als würde sie eine Liste schreiben, als hätte das alles nichts mit ihr zu tun, als … ja, als wäre es nur ein hypothetischer Fall, ein möglicher Ernstfall. Auf der WHO-Liste der gefährlichsten biologischen Kampfstoffe findet sich neben Anthrax, dem Erreger des Milzbrands, Pocken- und Ebola-Viren auch Yersinia Pestis, das Pestbakterium. Inkubationszeit: ein bis vier Tage. Symptome: Fieber, Kopf- und Gliederschmerzen, Husten, Bewusstseinsstörungen. Sepsis durch Eintritt der Bakterien in die Blutbahn. Fieber, Schüttelfrost, starke Kopfschmerzen, Haut- und Organblutungen, Tod. Therapie: Frühzeitige Gabe von Antibiotika. Doch die Pesterreger sind antibiotikaresistent. Es hilft nur eine Impfung. Aber in welchen Mengen steht der Impfstoff zur Verfügung?

Lan Peyroux spulte das alles ab, immer und immer wieder. Sie wollten vier Behälter. Achttausend Tote – und dann noch die, die sich bei diesen Achttausend anstecken würden.

Ihr schlimmster Albtraum würde wahr. Die Bakterien würden das Labor verlassen. So viele Tote …

Aber sie dachte nur an Linh. Sie hätte sie impfen sollen …

»Für wen tun Sie das?«, fragte sie. »Was wollen Sie erreichen?«

»Halten Sie an.«

Lan erkannte erst jetzt, dass sie in einen Wald gefahren waren. *Leiche im Wald gefunden … In einem Versteck im Wald festgehalten … Selbstmord im Wald …*, hämmerte es in ihrem Kopf.

»Aussteigen.«

Sie wollte etwas sagen, aber sie brachte kein Wort mehr heraus. Sie gehorchte.

Sie hatte es nicht geschafft, Linh zu schützen. Sie hatte versagt. Sie war schuld, sie ahnte, dass etwas Furchtbares passieren würde, und sie hatte es nicht verhindert, sie war schuld ... *Du hättest nie für die arbeiten dürfen,* hörte sie ihren Vater sagen, *Verräterin.*

57

Cortot hockte hinter seinem Schreibtisch, als sei der eine Bastion, ein uneinnehmbares Fort, und hoffte, dass ein Wunder geschehen würde.

Doch sein Verstand machte ihm klar, dass er nur darauf wartete, dass die Zeit umging. Dass es endlich passieren würde. Und er konnte Peyroux noch nicht einmal warnen.

Er zupfte nervös an seiner Nagelhaut. Seine Frau war auf dem Esszimmerstuhl festgebunden. Was machten sie mit ihr? Er wusste ja noch nicht mal, wie viele Kerle bei ihr waren ... Er riss wieder an der Nagelhaut, er wollte sich nicht vorstellen, was sie mit ihr machten – oder machen würden, wenn etwa schiefging. Konnte er ihnen überhaupt vertrauen?

Es war alles so absurd. Wütend riss er ein Stück Nagelhaut ab, es brannte und begann zu bluten. Seine einzige Hoffnung blieb Peyroux. Dr. Lan Peyroux, die ehrgeizige Wissenschaftlerin, die abweisend wirkende Frau, die es anscheinend nicht nötig hatte, verbindlich zu sein. Kompromisslos, wie sie ihre Forderungen gegenüber der Verwaltung durchdrückte, selbstbewusst, unabhängig. Wie oft hatte er sie um das alles beneidet – und sie deswegen auch gehasst. Jetzt war sie für ihn die Einzige, die in dieser Lage einen Ausweg finden konnte. Aber einen Anruf wagte er nicht. Vielleicht wurde sein Telefon abgehört.

Um vier Uhr ging sie üblicherweise – genau wie er – in die

Cafeteria für eine kurze Pause. Meist tauschten sie ein paar Sätze über die Arbeit, mehr nicht. Er musste Kontakt zu ihr aufnehmen! Er löste sich von seinem Schreibtisch, ging zur Tür, stieß sie auf und eilte durch die beiden Korridore zur Cafeteria. Kurz nach vier. Drei Tische waren besetzt, zwei seiner Mitarbeiter nickten ihm zu.

»Haben Sie Dr. Peyroux gesehen?«, fragte er den einen von ihnen, Ivan Leclerc.

»War sie nicht gerade hier?« Leclerc, der Frauentyp, sah sich um. Der, der die Mäuse so genussvoll tötete, dachte Cortot jetzt.

»Ich hab sie nicht gesehen«, mischte sich sein Gegenüber ein. Auch jünger als er und mit seinen blonden Haaren und den blauen Augen auch ein Anblick, der an seinem Selbstwertgefühl nagte.

Leclerc zuckte mit den Schultern.

Höflich wie er war, bedankte Cortot sich und ging durch den Gang zu ihrer Abteilung, bis ihm eine Glastür – wie in allen Abteilungen üblich – den Weg versperrte. Er gab einen Berechtigungscode ein und seinen Fingerabdruck. Warum noch kein Irisscanner eingerichtet war, wusste er nicht, angeblich gab es Schwierigkeiten mit der Finanzierung.

Die Tür öffnete sich. Peyroux' Büro lag gleich rechts. Als er klopfte, bemerkte er, dass die Tür nur angelehnt war. Ihr Sessel war leer. Seltsam. Er fragte eine vorbeikommende Mitarbeiterin, sie erklärte ihm, Dr. Peyroux sei schon nach Hause gefahren.

»Ist etwas passiert?«, fragte er alarmiert.

»Nein«, die Mitarbeiterin schüttelte den Kopf, »jedenfalls nicht, dass ich wüsste.«

Er bedankte sich und eilte einfach weiter. Wie hieß die Tochter noch? Lis oder so ähnlich. Sie war ungefähr neun, soweit er sich erinnerte. Kinder hatten ihn noch nie interessiert. Vor Monaten hatte sie mal Fotos gezeigt, bei Rogers Abschiedsfeier, erinnerte er sich jetzt. Er, Cortot, war am Wochenende davor aus Málaga zurückgekommen und hatte die ganze Woche darüber nachgedacht, wie es wohl wäre, wenn er irgendwo ein anderes Leben führen könnte. Deshalb war er nicht sonderlich aufmerksam gewesen, er hatte weder Peyroux zugehört, als sie von ihrer Tochter erzählte, noch Thérèse, die ihm von ihrem neuen Job erzählen wollte. Was sollte er jetzt tun? Vielleicht war es längst zu spät, weil sie auch schon unter Druck gesetzt wurde!

Er würde sie doch anrufen. Und wenn sie das in Gefahr brachte? Und Thérèse, jetzt dachte er wieder an sie, sah wieder dieses schreckliche Bild vor sich, seine Frau, den Mund verklebt mit Klebeband, ein Pistolenlauf an ihrem Kopf.

Er fühlte sich müde, es gab einfach keinen Ausweg, am liebsten wäre er zur Polizei gegangen und hätte alles gestanden, von Anfang an. Ja, ich habe Geheimnisse verkauft. Wir experimentierten mit implantierbaren RFID-Biochips, die nicht nur persönliche Daten enthalten, sondern auch mithilfe von frequenzgesteuerten Mikropumpen Medikamente, Hormone und Drogen in den Körper ausschütten. Man hat mir eine Viertelmillion Euro dafür geboten, dass ich sie Mitarbeitern des privaten Sicherheits- und Militärunternehmens *Globe* implantierte. Nein, die Männer wurden nicht aufgeklärt. Gier. Ich habe es aus Geldgier getan.

Warum schrie er nicht einfach los?

Weil sie Thérèse hatten.

Sie sind ein respektabler Wissenschaftler, Monsieur le Docteur, wir haben Ihre Veröffentlichungen gelesen, höchst interessant, ja leider, der Staat zahlt selten so gut wie die Wirtschaft … Mit einem Schlag wäre er seine Schulden los, die ihn ein überstürzter Hauskauf und der gleichzeitige Verlust seiner Stelle bei einem privaten Hightech-Unternehmen beschert hatten. Da war die Viertelmillion gerade recht gewesen ...

Ohne dass es ihm bewusst geworden war, hatte er den Weg zu seinem Labor eingeschlagen. Eine jüngere Mitarbeiterin warf ihm im Vorbeigehen ein herzliches Lächeln zu, das ihm sonst immer schmeichelte, das er aber jetzt nur mit einem knappen Nicken erwiderte.

Und dann, in seinem Labor, blieb er vor dem Glaskasten stehen und starrte die weißen Mäuse an. Auf einmal erkannte er sich wieder in der weißen Maus, die orientierungslos im Glaskasten herumlief. Keine von ihnen war lebend aus diesem Raum herausgekommen.

58

Brüssel

Der Zug lief pünktlich in den Gare Central ein. Vom Fenster aus erkannte Anna Scarafia ihn schon, obwohl er ein wenig im Hintergrund stand. Ganz der Polizist, der aus der Distanz beobachtet, dachte sie noch.

Fabio roch nach einem Aftershave und Tabak, obwohl er nicht mehr rauchte, und sein silbrig grauer Dreitagebart kratzte, als sie sich zur Begrüßung auf die Wange küssten. Die Falten um seine Augen waren tiefer geworden, er sah überarbeitet aus, aber seine Augen waren wach wie immer. Und seine kurzen grauen Haare machten ihn jünger. Keine Spur von Frust und Depression. Wie macht er das mit Dreiundfünfzig, fragte sie sich und dachte an die vielen anderen Kommissare und Detectives, die schon mit Anfang vierzig am Ende waren.

Er winkte ein Taxi heran, ließ sie einsteigen und schob sich neben sie auf die Rückbank.

Nur kurz berührte er ihr Knie, zufällig fast, und nannte dem Fahrer eine Adresse. Ihr gefiel, dass sie im Taxi nicht miteinander sprachen. Die Lichter wischten vorbei, und sie genoss seine Nähe, obwohl – oder gerade weil – sie sich nicht berührten. Nach Brüssel zum Abendessen! Ashley wäre neidisch. Dabei sah man ihm den Feinschmecker gar nicht an. Aber wem sah man schon den Psychopathen oder Serienkiller an?

Ashley, du wirst dich noch wundern!

»Verrätst du mir, warum du dich in dem Fall so engagierst?«, fragte er, während sie sich an einen der hinteren Tische in einem Edellokal setzten.

Nur kurz hatte sie die zwei Michelin-Sterne am Eingang registriert, und nur wenig länger hatte sie einen Blick auf die Speisekarte geworfen ... Moules à la Crème, Vol au Vent, Lapin à la Gueuze, Carbonades flamandes, Filets de sole à lostendaise, Anguilles au vert ... und wusste nicht, ob sie sich überhaupt entscheiden könnte.

»Also, verrätst du's mir?«

»Es ist ganz einfach: Ich mag es nicht, wenn man mich für dumm verkaufen will. Ich soll wohl nicht merken, dass alle Zeugen nach und nach sterben.« Sie beobachtete ihn, wie er die steife weiße Serviette auseinanderfaltete und neben seinen Teller legte, eine ruhige Geste, Tausende Male eingeübt, und sagte: »Außerdem will ich Ashleys Job.«

Er sah auf und reichte ihr die Karte. »Aha.«

»Moules parquées. Wenn ich's nicht überlebe, bin ich wenigstens glücklich gestorben«, sagte sie und klappte die Karte zu. Sein Lächeln kam etwas gequält, und sie musste zugeben, dass sie schon bessere Witze gemacht hatte. »Vielleicht doch lieber Anguilles au vert und dann den Faisan à la brabançonne«, berichtigte sie.

»Schon besser«, er nickte, »und was sagt Ashley zu deinen Ermittlungen?«

»Zugegeben, es war nicht ganz leicht, ihn zu überzeugen. Genau genommen konnte ich ihn gar nicht überzeugen. Ich bin sozusagen in meiner Freizeit hier.«

»Mhm, hab ich mir schon gedacht, dass das Essen nicht auf Spesen geht.« Er lächelte, wie sie es bei ihm mochte, nur ein wenig und nur mit einer Hälfte des Gesichts. »Ich hab Neuigkeiten, die dich sicher interessieren«, sagte er.

In wohliger Erregung lehnte sie sich zurück. »Da bin ich gespannt.«

Er zog sein Smartphone aus der Jacketttasche. Die Lederjacke trug er nicht, wie sie gleich am Bahnhof mit Bedauern festgestellt hatte, aber sie musste zugeben, dass ihm das Jackett auch gut stand. »Übrigens ist Grévys privater Computer verschwunden, und seine Wohnung wurde durchsucht. Nicht von uns. Sieh dir mal die Diashow an.«

Alle Fotos zeigten den untersetzten, kräftigen Oberst in Wüstenfleck-Uniform. Mal mit anderen Soldaten, mal allein, mal vor, mal in einem Jeep, mal mit, mal ohne Gewehr im Anschlag, aber stets in einer trockenen, wüstenartigen Landschaft, über die sich ein strahlendblauer Himmel spannte.

»Seine Afghanistan-Erinnerungen, oder?«, sagte sie ein wenig enttäuscht und gab ihm das Telefon zurück.

»Nein. Das ist nicht die Uniform der ISAF-Truppe. Hier…« Er tippte etwas ein, und der Jeep wurde herangezoomt. Auf der Tür befand sich, allerdings in diskreter Größe, ein Emblem, dasselbe schmückte auch die Taschenklappe von Grévys Uniform.

Die blaue Weltkugel mit dem Goldgürtel.

»Grévy war bei *Globe?*«

Er zuckte mit den Schultern und ließ das Telefon in die Jacketttasche gleiten. »Offiziell jedenfalls nicht.«

Gedankenverloren griff sie zum Glas, das der Kellner gerade gefüllt hatte. »Moment mal, und woher hast du die Fotos, sein Computer war doch weg.«

Er grinste. »Darauf hab ich gewartet. Sie waren noch auf seinem Fotoapparat. Der lag in der Schmutzwäsche.«

»Interessanter Aufbewahrungsort«, meinte sie.

Er ließ seinen Blick über ihr Gesicht wandern, über ihren rot geschminkten Mund und ihre intensiven Augen, als sei es ein Gemälde. Ihr gefiel das, und sie sagte rasch: »Wenn du seinen Fotoapparat hast, dann konntest du sicher auch sehen, wann die Fotos gemacht wurden, richtig? Und vielleicht gibt es auch sonst irgendwelche Hinweise auf den Ort.«

»Clever.« Er zog das Smartphone wieder heraus, langsam diesmal, mit diesem vergnügten, hintergründigen Lächeln.

»Macht es dir Spaß, mich so zappeln zu lassen?«, fragte sie.

»Unglaublichen.«

Er zeigte ihr ein Foto mit einer Kathedrale drauf.

»Spanien?«, riet sie. »Sevilla?«

Er nickte.

Sie winkte ab. »Ich war mit Édouard dort, die Führung nahm kein Ende, da hab ich mich verabschiedet und mich in eine der Bars gesetzt. Édouard hat mir das lange nicht verziehen.« Dass sie, bis er endlich kam, drei Gläser Wein getrunken und sich sehr angeregt mit einem jungen, sehr gut aussehenden Portugiesen unterhalten hatte, erwähnte sie nicht.

»Sevilla also«, sagte sie rasch, mit Fabio sprach sie nie über Édouard und ihre Ehe. »*Globe* hat dort in der Nähe ein Trainingscamp«, fiel ihr wieder ein.

»Genau.«

Sie versuchte einen Sinn hinter den Vorgängen zu erkennen, einen Zusammenhang aufzuspüren. »Warum sterben die am Massaker beteiligten *Globe*-Soldaten? Es gibt nur noch einen Überlebenden.«

»Das ist nicht gut«, sagte er und kniff die Augen zusammen.

»Ich weiß.« Sie seufzte. »Ich hätte früher reagieren müssen.«

»Wo ist er?«

»Das ist es ja. Ich hab keine Ahnung.« Und dann erzählte sie ihm von Karen Burnett.

»Du musst sie wohl anrufen«, sagte er.

Die Kälte machte ihr nichts aus, im Gegenteil, es tat ihr gut, wie die aufgestaute Hitze ihren Körper unempfindlich machte gegen die eisigen Temperaturen. Als sie Burnetts Nummer anrief, schaltete sich nur die Mailbox ein. Sie hinterließ eine Nachricht, bat um Rückruf, und ging wieder zurück in die heimelige Wärme, die ihr auf einmal bedrohlich vorkam. War es richtig, nicht die Polizei zu verständigen? Aber was hätte sie sagen sollen? Dass sie einer Journalistin auf den Leim gegangen war, dass sie die Situation vor lauter Ehrgeiz falsch eingeschätzt hatte? Wie sollte sie beweisen, dass der Pathologe den zweiten Kopfschuss verschwieg?

Und wenn schon der Pathologe bestochen war, wen hatten die Leute noch auf ihrer Gehaltsliste stehen?

Fabio sah auf, als sie hereinkam.

»Ich erreiche sie nicht.« Sie legte ihr Handy neben ihren Teller und setzte sich wieder.

Das Essen wurde gebracht. Und auf einmal kam ihr die

ganze Situation absurd vor. Da draußen wurde jemand gejagt, und sie hatte nichts Besseres zu tun als sich in einem Edellokal verwöhnen zu lassen.

»Ich kann das nicht«, sagte sie und faltete die Serviette zusammen.

»Essen?«

Sie nickte.

Er legte seine Hand auf ihre. »Du kannst im Moment nichts tun.«

»Ich weiß«, sagte sie und zuckte unglücklich mit den Schultern. »Ich würde gern Grévys Wohnung sehen.«

»Hab ich mir schon gedacht. Aber lass uns wenigstens vorher noch ein bisschen essen«, sagte er.

Der Aal schmeckte vorzüglich, das musste sie zugeben.

59

Grenoble

Lautlos kroch die Dämmerung als dichter dunkler Nebel über die Berge. Sie musste mindestens zwei Stunden im Kofferraum gelegen haben. Selbst aus dem Kofferraum heraus hatte sie versucht, ihren Bewacher, der wahrscheinlich die Maske abgenommen hatte, in ein Gespräch zu ziehen, Kontakt aufzunehmen, ihn umzudrehen. So was war doch möglich, sagte sie sich immer wieder.

Haben Sie auch Kinder? Warum tun Sie so etwas? Ich hab ein Foto von Linh. Sie spielt wunderbar Violine. Mögen Sie Musik? Woher kommen Sie? Aber er antwortete nie.

Irgendwann war sie weggedämmert, hatte sich in ihren sich endlos wiederholenden Hoffnungen verstrickt, jemand würde diesen Albtraum unterbrechen, diesem teuflischen Plan ein Ende machen …

Jetzt saß sie wieder am Steuer, starr vor Kälte – und vor Angst.

Ihre aufgeplatzte Lippe brannte. Noch immer spürte sie den Schlag.

»Ich will meine Tochter zurück«, hatte sie gesagt, vorhin noch, draußen.

»Wenn die Sache erledigt ist«, hatte der Maskierte geantwortet.

»Vielleicht haben Sie sie schon umgebracht.«

Dann hatte er ihr das Handy gezeigt.

Linhs Gesicht. Und eine Messerspitze drückte sich an ihr Ohr.

Linhs Schreie bohrten sich ihr ins Herz.

»Nein! Bitte! Ich tue alles, was Sie wollen! Bitte!«

Das Bild verschwand. »Sie bringen die Behälter heraus, dann bekommen Sie Ihre Tochter.«

Ihre Knie zitterten, und ihre Zunge klebte am Gaumen. »Ich glaube Ihnen nicht«, hatte sie gesagt.

Sie sah ihn ausholen, dann spürte sie den Schlag.

Der Schmerz nahm ihr den Atem, sie hörte und sah nichts mehr, kurz dachte sie, er habe sie totgeschlagen. Dann spürte sie etwas Warmes über ihre Lippen laufen, und als sie wieder sehen konnte, war ihre Hand blutverschmiert …

»Hier anhalten«, sagte er, als sie sich wieder in Richtung des *CRSSA* bewegten. Da sah sie schon den weißen Lieferwagen am Straßenrand, ungefähr zweihundert Meter entfernt.

»Haben Sie Linh da drin?«, fragte sie.

Natürlich antwortete er nicht.

Sie kannte die Anweisungen. Reingehen, die Behälter holen,

sie in den Kofferraum legen, rausfahren, Übergabe – und dann: *Sie bekommen Linh wieder.*

Würden sie Wort halten? Zweifel quälten sie, aber sie hatte keine andere Wahl, als ihnen zu glauben, wenn sie nicht verzweifeln wollte.

Ihr Bewacher stieg aus, nahm dabei die Maske vom Kopf, kehrte ihr aber den Rücken zu. Das Einzige, was sie im Dämmerlicht erkennen konnte, waren seine kurz geschorenen silberfarbenen Haare. Warum tun Menschen so etwas?, fragte sie sich. Nur wegen Geld?

Er warf die Tür zu. Sie war allein.

Wie angeordnet fuhr sie die Straße hinauf, bog nach links ab und steuerte auf das *CRSSA* zu. Im Rückspiegel konnte sie den Lieferwagen beobachten, wie er ihr folgte, dann, an der letzten Ecke vor der Einfahrt, blieb er stehen.

Bitte, betete sie zu einer Macht, über die sie sich sonst keine Gedanken machte, bitte, lass alles gut werden, bitte … Sie wischte sich über die Augen. Linh … Linh war alles, was sie hatte. Sie war wichtiger als ihr Job, ihre Karriere, das Geld, das wurde ihr jetzt klar. Wenn alles vorüber wäre, wenn sie Linh wieder in den Armen hielt, würde sie ihr Leben ändern. Sie wusste noch nicht, wie, aber sie würde es tun. Es war seltsam, aber dieser Entschluss stärkte sie. Sie würde das alles durchstehen. Alles würde gut werden. An diesem Gedanken hielt sie sich fest.

Es war beängstigend normal, als sie an die Schranke fuhr. Wie immer zeigte sie den Wachleuten ihren Ausweis und stellte den Wagen auf ihrem Parkplatz ab. Der war so gut wie leer. Die meisten Mitarbeiter waren längst nach Hause gegangen. Sie war abends öfter mal gekommen, manchmal sogar, wenn Linh eingeschlafen war.

Selbst als sie die Tür zu den Laborräumen aufschloss,

hoffte sie noch auf ein Wunder oder auf eine Durchsage, dass dies alles nur ein Test sei, den sie gerade verpatzte.

Das helle Licht blendete sie heute, als sei sie das Böse, das nur im Dunkeln existieren konnte. Und die Flure waren ihr noch nie so still vorgekommen. Nur als fernes Rauschen nahm sie die Belüftungsanlage wahr. Weiter, einfach weiter geradeaus, sagte sie sich. Doch hier waren überall Kameras, man würde sehen können, wie sie die Behälter aus dem Gebäude schleppte. War das denn den Entführern nicht klar?

Sie begegnete einem Wachmann, der wie üblich seine Runde drehte. Er nickte ihr zu, sie nickte zurück. Linh, sie dachte nur noch an Linh dabei. Linh, Linh, Linh.

Immer näher kam sie dem Ende des Gangs und der Metalltür mit dem Fingerabdruckscanner.

Die Menge, die dort drinnen in gesicherten Behältern aufbewahrt wurde, reichte, um mindestens zwanzigtausend Menschen zu infizieren. Ohne sofortige Behandlung – mit einem noch nicht klinisch erprobten Impfstoff – würden sie in weniger als zwei Tagen einen qualvollen Tod sterben.

Sie atmete tief ein und aus, dann gab sie den vierstelligen Zahlencode ein und legte den Daumen auf das Glas des Scanners.

Die Tür schob sich auf, und sie betrat den in gedimmtes Licht getauchten Raum. Dass darin der Tod aufbewahrt wurde, hatte sie noch nie so deutlich wahrgenommen wie in diesem Augenblick.

Links lagerten hinter der Sicherheitsverglasung zehn blitzende Metallbehälter, die aussahen wie etwas zu groß geratene Thermosflaschen, eingespannt in fest verschlossene Halterungen.

Und jetzt?

Die Tür öffnete sich.

Sie drehte sich um: Cortot. Kleiner und schmächtiger, als sie ihn kannte.

»Sie haben Thérèse«, sagte er tonlos, bevor sie fragen konnte.

Sie nickte nur, dann stand er neben ihr. Sie zögerte. Der letzte Schritt … Es gab keinen Ausweg. Sie mussten das hier tun, um Linh und Thérèse zu retten. Darum ging es. Um sonst nichts.

Sie drückten ihre Daumen auf die Scannerscheibe.

Noch nie im Leben hatte sie so sehr gehofft, dass die Technik versagte, dass der Strom ausfiel, dass … dass irgendetwas passieren würde … und dass die Männer einsehen würden, dass ihr Plan nicht funktionierte und sie Linh freiließen – doch die Diode leuchtete auf, die Glasscheibe hob sich und die Halterungen öffneten sich.

»Nein«, sagte sie leise und hielt ihn zurück.

»Was?«

Sie wies mit dem Kinn auf die leeren Behälter weiter rechts.

Er zögerte.

»Los, kommen Sie schon, das merken die doch nicht.« Auf einmal fühlte sie sich wieder stärker. Warum war ihr diese Möglichkeit nicht schon früher eingefallen. Sie machte einen Schritt nach rechts.

»Wir beobachten Sie«, kam es über die Lautsprecher. »Sie sollen die ersten vier Behälter nehmen.«

Sie sah zu Cortot, der zuckte mit den Schultern.

»Sie haben die Überwachungskameras unter ihrer Kontrolle«, sagte er leise.

Als ob sie das nicht auch kapiert hätte. Ohnmacht zu spüren erfüllte sie mit Wut. Sie fühlte sich gedemütigt, und sie wäre zu jeder Gewalttat bereit gegen diese Leute, das wusste sie. Keine Sekunde würde sie zögern, sie zu töten, wenn sich die Gelegenheit bot. Aber es gab keine Gelegenheit. Sie stand hier in diesem Labor mit ihrem Kollegen Cortot, und das Einzige, was ihr zu tun blieb, war, diese Behälter mit den todbringenden Bakterien aus den Halterungen zu nehmen und nach draußen zu bringen.

»Was haben diese Leute vor? Und wer sind die?«, fragte sie leise. »Und warum kommt kein Sicherheitspersonal, wo sind die alle?«

»Vielleicht sind wir nicht die Einzigen, die sie unter Druck gesetzt haben.«

Jeder trug zwei Behälter.

»Was haben die vor? Wer steckt dahinter, Cortot?«, raunte sie ihm noch zu, da erlosch das grüne Lämpchen, und die Sicherung wurde wieder aktiviert. »Wieso sind hier keine Sicherheitsleute? Das ist doch unmöglich!«

»Bitte, Peyroux, ich weiß es nicht, bitte, wir wollen das hinter uns bringen ...« Seine Stimme zitterte, er war leichenblass.

Sie musste sich zusammennehmen, um nicht vor Wut und Machtlosigkeit zu heulen.

»Soll ich fahren?«, fragte er, als ihr beim Öffnen der Autotür der Schlüssel auf den Boden fiel. Normalerweise hätte sie entschieden abgelehnt, jetzt nickte sie nur. Er hob den Schlüssel auf. Zitternd setzte sie sich auf den Beifahrersitz. Cortot fuhr los. Das war alles nicht wahr.

Die Schranke öffnete sich automatisch. Die Wachleute nickten ihnen zu.

»Wieso haben die uns nicht verkabelt?«, fragte sie und tastete über ihren Körper.

»Wozu? Denen ist doch egal, was wir reden. Wahrscheinlich haben sie einen Sender am Wagen angebracht.«

Die Scheinwerfer eines dunklen Kleinwagens blinkten auf. Cortot setzte sich hinter ihn.

Vor ihnen lag Grenoble. Sie schauderte.

60

Cortot versuchte sich zusammenzureißen, doch irgendwann konnte er nicht mehr.

»Es tut mir leid«, brach es aus ihm heraus, und einen Augenblick lang fühlte er sich erleichtert, doch schon bereute er, dass er nicht einfach den Mund gehalten hatte.

»Was tut Ihnen leid?«, fragte Peyroux.

Er schwieg, hoffte, dass sie nicht noch einmal fragte.

»Was tut Ihnen leid?«, fragte sie, diesmal lauter, ungeduldiger.

Der Verrat, dachte er, aber er sagte: »Wir könnten sie abhängen und die Behälter in Sicherheit bringen.«

»Und Linh? Und Ihre Frau? Sie sind wohl verrückt.«

»Und was ist mit unserer Verantwortung?« Seine Worte hörten sich fremd an.

»Wir sollen meine Tochter und Ihre Frau opfern?«

Er schwieg, starrte auf die Straße vor ihnen, und plötzlich wurde ihm klar, dass er doch etwas tun könnte, etwas wiedergutmachen könnte. Dass er sich lange genug durchlaviert hatte. Es brauchte nur ein bisschen Mut, einen kleinen Sprung.

Jetzt war der richtige Augenblick!

Er gab Gas, überholte den Mégane und raste an ihm vorbei.

»He! Sind Sie verrückt!«, schrie Peyroux neben ihm.

»Vertrauen Sie mir!« Er riss das Steuer nach links, ging

vom Gas, damit der Wagen nicht aus der Kurve geschleudert wurde, dann raste er weiter.

»Sie haben meine Tochter!« Sie schlug auf ihn ein, aber er ließ das Steuer nicht los, immer weiter, geradeaus, dann nach rechts. Es fühlte sich gut an. Weiter, nicht stehen bleiben, es gibt noch eine Chance! Und er dachte an die Uniform und die Jeeps und an diese Männer, die ihr Leben riskierten. Er konnte das auch!

»Sind Sie noch hinter uns?«, fragte er.

»Ja! Ja, natürlich! Sie fahren uns in den Tod!«, schrie sie.

»Nein, es ist unsere einzige Chance!« Und er glaubte daran.

Wieder riss er das Steuer herum, streifte den Bordstein, der Wagen hüpfte, neigte sich gefährlich, er musste irgendwo draufgefahren sein, aber egal, nur nicht stehen bleiben ...

»Sie bringen uns um!«, schrie sie wieder und schlug die Hände vors Gesicht. Die Nächste rechts, dann links, geradeaus war ein Parkhaus.

»Ins Parkhaus? Sie sind verrückt!«, schrie sie, als der Wagen durch die Schranke brach. Was für ein Krachen! Das kannte er nur aus Filmen! »Und, kommen Sie hinter uns her?«, fragte er.

»Ja! Sie kriegen uns!«

»Nein!« Er raste die Rampe hinauf bis in die erste Etage. Und dann begriff er. Es war wie in seinem Albtraum, die grauen Betonwände, die gewundene Rampe, die grellen Streiflichter der Neonleuchten, dabei war er noch nie in diesem Parkhaus gewesen. Noch nie, und trotzdem kannte er es. Déjà-vu – ja, er *glaubte* nur, es zu kennen, aber egal, er kannte es – der Wagen schraubte sich höher, immer höher hinauf, Etage um Etage. Je höher er kam, desto weniger Autos parkten dort, diese Etage war fast leer, er raste quer übers Deck, so wie im

Traum, er ließ das Steuer los, so wie im Traum, er war in seinem eigenen Traum angekommen, es gab kein Entrinnen, dieser Traum war sein Schicksal, all die Jahre hatte er die Ahnung von seinem Tod in sich getragen, jetzt würde diese Ahnung sich vollenden, er sah die Nacht auf sich zufliegen, gleich würde der Wagen die Mauer durchbrechen und in die Tiefe stürzen … Der Pilot mit der Ray-Ban-Brille fiel ihm ein, was würde der jetzt wohl tun …? Cortot riss das Steuer herum, der Wagen schleuderte nach links, schoss auf eine dunkle Öffnung zu, auf die Rampe, die nach unten führte, der Wagen jagte hinunter, die Karosserie sprühte Funken an der Betonwand, Metall kreischte, Reifen quietschten, der Motor heulte, Peyroux schrie, und er begriff, dass noch immer er es war, der den Wagen lenkte, er, er, er, dann waren sie wieder auf der Straße, er konnte es kaum glauben, sie waren draußen. Er lenkte den Wagen gleich wieder nach rechts, durch die Unterführung hindurch, bog danach wieder rechts ab, sie mussten für einen Moment verschwinden, abtauchen, aufhören zu existieren, tot sein …

Im Schutz eines Hausschattens hielt er an und stellte den Motor ab.

»Sind …!«

»Psst! Runter!«

Es war wirklich. Wirklich, wirklich, wirklich. Er hatte es geschafft!

»Haben wir sie abgehängt?«, fragte sie schließlich.

Kein Motorengeräusch. »Sieht so aus.«

»Was haben Sie sich eigentlich dabei gedacht? Und wenn sie einen Sender an unseren Wagen angebracht haben?«, fuhr sie auf. Ihr Haar klebte ihr auf der Stirn, ihre Stimme zitterte. »Sie haben Linh!«, sagte sie schrill. »Kapieren Sie? Sie werden sie umbringen! Wir müssen sofort zurück zu diesen Leuten!« Schon begann sie am Lenkrad herumzufummeln.

»Warten Sie!« Er packte sie am Handgelenk.

»Nein! Ich denke überhaupt nicht daran! Geben Sie mir den Schlüssel!« Wieder schlug sie auf ihn ein.

»Lan, bitte, hören Sie mir erst mal zu, bitte!« Er hielt ihre Fäuste fest.

Sie hörte auf und sah ihn an, irgendwie ausdruckslos.

»Gut«, sagte er ruhig, »sehr gut.« Er lockerte den Griff, ließ sie schließlich los und wunderte sich, dass sie sich nicht mehr wehrte. In diesem Augenblick drang eine lächerlich lustige Melodie aus dem Handy. Noch nie war sie ihm so lächerlich vorgekommen.

»Was sollte das denn?«, sagte eine Stimme aus seinem Handy. Sie musste einem der Kidnapper gehören. Bevor sie ihm das Handy aus der Hand reißen konnte, sagte Cortot: »Jetzt machen wir den Deal nach unseren Regeln.«

»Was soll das heißen?«

Die ganze Zeit im Parkhaus hatte er keine Angst gespürt, auch dann nicht, als die Mauer auf ihn zuraste. Im Gegenteil, eine tiefe Ruhe hatte ihn erfasst, er hätte sich beinahe in die Erfüllung seines Schicksals gefügt, doch offenbar gab es noch eine andere Kraft in ihm, eine, die das Lenkrad nach links gerissen und kaltblütig den Wagen zurück ins Freie gesteuert hatte.

»Geld«, sagte er ins Telefon, »wir geben euch Geld für das Mädchen und für meine Frau.«

Peyroux starrte ihn an.

Ja, er hätte sich eine bessere Idee gewünscht. Aber im Moment war ihm nichts anderes eingefallen.

Das Zögern am anderen Ende der Leitung sagte ihm, dass die Idee gar nicht so schlecht war.

»Wie viel?«

Er holte Luft. »Eine Million.«

Peyroux starrte ihn mit entsetzten Augen an.

»Euro«, ergänzte Cortot.

Wieder das Zögern.

»In dreißig Minuten.«

»Das ist unmöglich.«

»Das *ist* möglich!«, sagte jetzt eine andere Stimme. »Sonst hat die Kleine nur noch ein Ohr. Und sie hat so süße Öhrchen, stimmt's, Kleine?«

Ein Schreien drang durchs Telefon. Cortot zuckte zusammen, und Peyroux schrie: »Linh!« Sie riss ihm das Telefon aus der Hand. »Sie kriegen die Behälter. Hören Sie, Sie dürfen ihr nichts tun!«

»Dreißig Minuten, D 512, Route de la Chartreuse, am Chemin de la Frette.«

Peyroux stutzte. »Warum da draußen?«

»Kommen Sie bloß nicht auf die Idee, die Behälter im Labor auszutauschen. Dann machen wir mit der Kleinen kurzen Prozess.« Klack. Aufgelegt.

Sie starrte auf das Telefon in ihrer Hand. »Warum da draußen im Gebirge? Warum nicht in der Stadt, in irgendeiner Tiefgarage?«

»Da sind keine Zeugen«, sagte er. »Vielleicht ist ja die Polizei längst alarmiert und durchsucht die Straßen.« Er wunderte sich allerdings auch über die Wahl des Ortes. Hatten die Typen dort im Gebirge ein Versteck?

Er startete den Motor und fuhr los.

»Wo wollten Sie so schnell eine Million herbekommen?«, fragte sie.

Er zuckte mit den Schultern. »Manchmal muss man bluffen.«

»Es geht um meine Tochter! Und um Ihre Frau, und

da bluffen Sie wie beim Pokern?« Ihre Stimme überschlug sich.

»Sie verstehen das nicht«, sagte er.

»Sie sind ein Idiot, Cortot!«, schimpfte sie. »Ein größenwahnsinniger Idiot!«

Sie hatte recht. Er hatte alles verpatzt. Er war ein Versager, ein Verräter und ... ein Feigling. Lass dich jetzt nicht hängen, sagte er zu sich, und er dachte an den Piloten mit der Ray-Ban-Brille, an dessen coole Gelassenheit.

»Zeit«, sagte er also. »Und sie sollen wissen, dass sie nicht alles mit uns machen können.«

»Glauben Sie im Ernst, *Sie*, ausgerechnet *Sie* könnten es mit diesen Terroristen aufnehmen?«

Ihre Worte trafen ihn wie vergiftete Pfeile. *Sie. Ausgerechnet Sie.*

Nein, lass es nicht zu, dachte er, dass sie dich wieder dahin zurückstößt, wo du herkommst. Er holte Luft. »Und warum nicht *ausgerechnet* ich?«, gab er zurück.

Sie schwieg.

Ja ich!, dachte er, und er wunderte sich, wie viel Klarheit ihm diese Überzeugung brachte.

Es dauerte nicht lange, da wusste er, wie sie die Sache lösen würden.

Irgendwann einmal, auf dem Weihnachtsspaziergang mit Thérèse, war er dort vorbeigekommen. Sie hatten sich fürchterlich gestritten, und dann war ihm nichts Besseres eingefallen, als ihr einen Spaziergang durch die sonnige Winterlandschaft vorzuschlagen. Ausgekühlt und hungrig, aber versöhnt waren sie zurückgekommen, hatten sich heißen Kakao gemacht, in warme Decken gehüllt und vor den Fernseher gesetzt.

Der große, halb in der Erde steckende Tank war ihm aufgefallen, wahrscheinlich ein alter Öltank.

»Wir nehmen einen anderen Weg da hinauf«, sagte er. Klar und deutlich und ohne Angst.

»Was?«

Da fiel ihm noch etwas ein. »Sind Sie geimpft?«

Sie nickte.

»Haben Sie zufällig das Impfserum mitgenommen?« Er wusste, das war eine geradezu alberne Frage.

Sie zögerte.

»Haben Sie?«, fragte er hoffnungsvoll.

Dann schüttelte sie den Kopf. »Nein ...«

»Hätte ja sein können«, sagte er und seufzte leise.

61

Rollen konnte sie noch, es war das Einzige, da sie ihr die Arme auf den Rücken und die Füße gefesselt hatten. Aber auch das war nicht einfach. Karen hatte sich bis zum Stuhl vorgearbeitet und versuchte, die Handfesseln an den Kanten des Stuhlbeins aufzuschneiden, was sich aber schon bald als sinnloses Unterfangen herausstellte. Sie zitterte vor Angst und Anstrengung, und ihre Hände waren feucht.

Erschöpft hielt sie inne. In was war sie hineingeraten? Hatte Michael sie nicht gewarnt? Was nutzte das alles? David wurde nicht wieder lebendig – und sie, sie hatte ihre Ehe zerstört, hatte mit ihrem Engagement – oder war es vielleicht Besessenheit? – den Menschen von sich gestoßen, der sie liebte. Sie hatte Michael nie so sehr geliebt wie er sie, das wurde ihr klar, und sie fühlte sich schlecht dabei. Als hätte sie ihn immerzu betrogen. *Karen, bist du nicht zu hart mit dir? Und überhaupt, lass diese verfluchte Grübelei und sieh zu, dass du hier rauskommst, solange noch Zeit ist. Wer weiß, was sie mit dir vorhaben.*

Durch das Scheuern am Stuhlbein war die andere Frau zu sich gekommen. Wahrscheinlich Cortots Frau. Sie hatte Karen bemerkt und wollte etwas sagen, doch es drang nur ein ersticktes Stöhnen durch das breite Klebeband. In ihrem Blick lagen Entsetzen und Panik. Erst als sie offenbar begriff, dass außer ihnen niemand in der Wohnung war, wirkte sie beruhigter.

Und jetzt?, fragte ihr Blick.

Karen sah sich um. Sie musste zu einer Wand rollen und sich dort aufrichten, in der Küche waren bestimmt Messer. In die Küche also, und zwar schnell. Vielleicht wollte der, wer immer es auch gewesen war, zurückkommen.

62

Brüssel

Place Stéphanie im Brüsseler Stadtteil Ixelles. Großzügige, gepflegte hundertvierzig Quadratmeter im zweiten Stock eines restaurierten Altbaus. So hätte es in einer Immobilienanzeige stehen können. Nicht schlecht für einen alleinstehenden Oberst, der fast nie zu Hause ist, dachte Anna Scarafia und betrat hinter Fabio Grévys Wohnung, deren Versiegelung er gerade geöffnet hatte. Parkettböden, weiße Wände. Und der Geruch nach Waschmittel. Wohnlich würde sie die Atmosphäre nicht nennen, eher kalt.

»Seine Frau ist vor fünf Jahren gestorben«, erklärte Fabio, »aber das weißt du sicher.«

Anna nickte und betrachtete die schmale Glasvitrine neben dem zierlichen Sekretär.

»Woher hat er die ganzen Orden?«

»Von ebay vielleicht«, meinte Fabio und las: »*Volontariis*

Patria Memor 1914–1918, hm, ein Orden für Freiwillige im Ersten Weltkrieg.«

»*1940–1945*«, las Anna, »steht auf dem hier, die Kopfbedeckung sieht afrikanisch aus. Und hier?« Sie betrachtete den Bronzeorden mit dem Band in den belgischen Nationalfarben. »*Loyauté et Dévouement* ... Loyalität und Ergebenheit ...«

»Eine Auszeichnung für die belgischen Soldaten in Belgisch-Kongo«, bemerkte Fabio. »Grévy hatte es wohl mit unserer nicht gerade löblichen Kolonialzeit.« Er schüttelte den Kopf. »Zehn Millionen Tote, das muss man sich mal vorstellen.«

Sie sahen sich auch in den anderen beiden Räumen um. Überall herrschte peinliche Ordnung. Soldatisch eben.

Ernüchtert und bedrückt verließ Anna die Wohnung. Die am Nachmittag noch als so verlockend empfundene Aussicht auf die Nacht erschien ihr auf einmal absurd.

»Enttäuscht?«, fragte er, während sie hinuntergingen. »Hast du auf ein Geheimnis gehofft?«

»Irgendeine entsetzliche Enthüllung, ehrlich gesagt, aber«, sie seufzte und dachte an die Orden, »aber dann ist da nur der ganz normale, durchschnittliche Rassismus.«

Er hielt ihr die Haustür auf. »Du bekommst nie genug, oder?«

Sie antwortete nicht. Was hätte sie auch sagen sollen? Dass man für einen leidenschaftlichen Kampf auch einen leidenschaftlichen Gegner brauchte?

»Und jetzt?«, er blieb stehen und sah sie an, »was machen wir mit dem angebrochenen Abend?«

»Was schon, Fabio? Wir bringen ihn zu Ende, oder? Zu dir oder in mein Hotel?«

Er schüttelte den Kopf und lächelte, wahrscheinlich erleichtert über ihre Direktheit, dachte sie.

63

Grenoble

Es schneite wieder. Auf der gewundenen Bergstraße waren sie mehrmals ins Rutschen gekommen. Lan krampfte ihre Hände um das Lenkrad. Sie hatten getauscht, sie musste etwas tun, sie ertrug es nicht mehr, einfach nur neben ihm zu sitzen. Feindselig und bedrohlich lauerte der dunkle Wald an den Abgründen, und am Himmel war noch nicht einmal der Mond zu sehen.

Das Herz klopfte ihr bis zum Hals, hämmerte ihr gegen die Schläfen, und wenn es für ein paar Schläge aussetzte, fühlte es sich noch schlimmer an. Die Vorstellung, was sie mit Linh machen würden – oder vielleicht schon gemacht hatten, versetzte sie in eine schreckliche Panik. »Wir kommen zu spät«, sagte sie, »wir haben zu lange gebraucht.«

»Nein, wir kommen rechtzeitig«, sagte Cortot mit einer Ruhe, die sie bei ihm nicht kannte. »Da ist es schon.« Er zeigte auf die Haltebucht. Der Lieferwagen stand schon da, den anderen Wagen sah sie nicht. Ihre Hände waren eiskalt und zitterten, als sie sie vom Lenkrad nahm.

Im Rückspiegel sah sie, wie die Türen des Lieferwagens aufgestoßen wurden – und in diesem Augenblick wusste sie, dass sie und Cortot sich geirrt hatten.

»Sie bringen uns um«, flüsterte sie. »Warum haben wir nur geglaubt, sie wollten uns am Leben lassen?«

»Sie bringen uns nicht um. Warum hätten Sie denn sonst die Masken übergezogen?«

Die Männer kamen auf den Wagen zu. Zwei schwarze Gestalten, martialisch und bedrohlich.

Sie zuckte mit den Schultern, noch nie waren sie ihr so schwer vorgekommen. »Sie haben es sich anders überlegt«, sagte sie. »Warum stoßen wir nicht zurück und überfahren die Kerle einfach?« Sie griff zum Autoschlüssel.

»Nein!« Er riss ihre Hand zurück. »Denken Sie an Linh!«

Linh. Ja, dachte sie, aber irgendwie schien sie sie in diesem Augenblick schon verloren zu haben. »Aber sie werden ihr Wort nicht halten.«

»Doch, sie werden.« Er nahm ihre Hand und sah ihr in die Augen. »Denken Sie daran, was wir gerade getan haben. Wir stehen auch das hier durch. Okay?«

Konnte sie, sollte sie daran glauben? Ihr Verstand sagte, es war die einzige Möglichkeit. Wenn es überhaupt noch eine gab.

»Okay«, sie nickte, »wir stehen das durch.«

Er sah auf die Uhr. Sie wusste, dass er die Minuten zählte. Sie drückte seine Hand, und er lächelte ein bisschen.

64

Thierry atmete flach und in seinen Jackenkragen hinein, er wollte nicht, dass seine Atemwolke ihn verriet. In diesem Parkhaus war etwas passiert, was, hatte er nicht genau sehen können, aber er hatte den Pkw herausschießen sehen und später dann auch den Lieferwagen und den Mégane, und er war ihnen so unauffällig wie möglich die gewundene Bergstraße hinauf gefolgt. Er war schließlich an ihnen vorbeigefahren und parkte jetzt in einer kleinen Ausbuchtung, von der aus er unbemerkt – so hoffte er – das Geschehen unter ihm beobachten konnte.

Zwei Männer, ganz in Schwarz gekleidet, stiegen aus dem

Lieferwagen, der Mann im dunklen Mégane blieb sitzen. Er beobachtete, wie die Frau den Kofferraum des Chrysler öffnete. Die Männer beugten sich vor und holten etwas heraus. Vier Behälter. Druckbehälter, glaubte Thierry im Licht der Scheinwerfer zu erkennen. Sie luden sie in den Lieferwagen.

Zwischen den Männern fiel kein Wort. Beide gingen wieder auf den Chrysler zu, langsam und irgendwie anders als vorher. Da sah Thierry die Pistole in der Hand des einen.

Thierry tastete nach seiner Waffe. Aus dieser Entfernung würde er nicht genau genug treffen. Er konnte auch nur einen erledigen, möglicherweise trug der andere auch eine Waffe … Er brauchte Antworten, er durfte nicht zulassen, dass der Mann, der ihm erklären konnte, was passiert war, erschossen wurde! Er durfte nicht zulassen … Da steckte der eine Typ die Waffe in den Hosenbund, wie auf Kommando rissen sie mit einem Ruck Fahrer- und Beifahrertür auf, zerrten Cortot und die Frau heraus, schlugen sie zusammen und hievten sie zurück auf ihre Plätze. Der eine griff ins Auto, startete den Motor und lenkte den Wagen zum Abgrund. Beide schoben an, der Wagen rollte auf den Abhang zu.

Thierry wollte schon hinterherlaufen, den Wagen aufhalten, doch sein Verstand hielt ihn zurück. Er legte an, aber sein Ziel war zu weit weg, er würde nur eine unnötige Schießerei provozieren.

Zu spät. Zu spät!

Der schwere Wagen mähte die dürren Nadelbäume einfach nieder, Thierry hörte es nur noch knarzen und krachen und schleifen, dann folgte der Aufprall, wieder krachte es, noch ein Aufprall, dann war es still. Aber nur für einen kurzen Augenblick, denn jetzt stürzte auch der Mégane in den Abgrund. Ein Unfall, würde die Polizei annehmen …

Thierry beobachtete, wie die beiden Männer in den Lieferwagen sprangen, wie dieser wendete und wieder in Richtung Grenoble fuhr.

Und jetzt?

Seine Antworten ... Er brauchte seine Antworten, deshalb war er aufgebrochen, darum ging es, nur um seine Antworten, alles andere spielte keine Rolle. Ihm war egal, was die Typen in ihrem Lieferwagen durch die Gegend fuhren ...

Er überlegte, ob er nicht einfach zurückfahren sollte, nach Hause. Aber da war etwas in ihm, das ihn genau daran hinderte. Etwas, weshalb er auch Soldat geworden war. Die Mission. Und eine Mission gab man nicht einfach so auf.

Seine Mission lautete: Cortot zur Rede stellen. Cortot zu einem Geständnis bringen. Vielleicht lebte er ja noch. Der kurze irritierende Moment der Unklarheit war vorüber, er rannte los, rannte über die Straße und beugte sich über den Abgrund, aber der Wagen war schon von der Dunkelheit verschluckt.

65

Brüssel

Darlene Redmond sah aus dem Seitenfenster der dunklen Limousine, blickte auf die Motorräder, die ihren Konvoi auf dem Weg vom Flughafen in die Stadt begleiteten, und dachte, wie schön es wäre, sich mit Syd im Taxi kutschieren zu lassen, ohne Leibwächter, einfach durch die Stadt zu schlendern, ungezwungen irgendwo Kaffee zu trinken und einen ganzen Abend ungestört in einem romantischen Restaurant zu verbringen. Ob so etwas überhaupt jemals wieder möglich sein würde? Wahrscheinlich nicht. Nun, dieser Verzicht gehörte auch zu dem Preis, den sie und Syd bereit waren zu zahlen. Während der letzten Stunden war ihr Ärger verflogen, er hatte sich umgewandelt in Sorge um Syd und um Ross' Internetkampagne. Sie hatte nur kurz mit Syd sprechen können, er hatte sie beschwichtigt und ihr gesagt, dass er sie liebe. Jetzt, im Nachhinein, kam ihr Ärger ihr kindisch vor.

Darlene warf einen Blick auf die friedlich schlafende Silva neben sich auf der Rückbank der gepanzerten Limousine. Lichtstreifen liefen ihr übers Gesicht. Darlene drückte ihr einen sanften Kuss auf die Stirn. Wenigstens war ihre Tochter bei ihr. Seltsam, dachte sie, obwohl sie ja wusste, dass sie nach außen hin unabhängig erschien, sie fühlte sich oft sehr einsam, wenn sie allein war, ohne Syd.

Syd.

Sie blickte auf ihre Uhr, nur noch ein paar Sekunden. Sie nahm ihr Telefon. Er war gleich dran.

»Happy Birthday, Sweetheart«, sagte sie.

»Pünktlich auf die Sekunde.«

»So wie du vor achtundvierzig Jahren«, sagte sie.

Er lachte leise.

Sie sah ihn vor sich, und sie wünschte sich, alles wäre wieder so wie früher. »Ich sage dir, in Zukunft werde ich alle Geburtstage mit dir verbringen, ganz egal, was passiert!«

»Okay ...«

»Keine Reden, keine Veranstaltungen werden mich daran hindern ... Syd?«

»Alles bestens, Darlene, ich ... ich danke dir, dass du das für uns tust.«

»Was? Dass wir nicht zusammen feiern?«

Sein Lachen klang verhalten. »Oh, ich glaube, da will mir jemand gratulieren. Rich ist gerade reingekommen. Mach dir einen schönen Tag, das Festival überstehst du mit links, und in zwei Tagen bist du schon wieder hier.« Auf einmal klang er gehetzt, er, der sich immer darum bemühte, souverän zu wirken. »Und gib Silva einen Kuss von mir.«

Als sie aufgelegt hatte, spürte sie nicht, wie sonst immer, dieses wunderbare Gefühl, das nur Syd in ihr hervorrufen konnte: das Gefühl, etwas Richtiges zu tun und gemeinsam für eine Sache einzustehen. Aber er war anders gewesen als sonst, als hätte sich ein Schatten über sein Strahlen gelegt.

66

Grenoble

Thierry Traessart setzte die Stirnlampe auf und blieb einen Moment auf dem Felsvorsprung stehen, um sich zu orientieren. Der Schnee glitzerte im Halogenlicht, dunkel ragten ihm die Krüppelkiefern zwischen schroffen Felsen entgegen. Er musste aufpassen, dass er nicht abrutschte, überall waren vereiste Stellen. Vorsichtig kämpfte er sich weiter, die festen Profilschuhe stieß er in die Felsvorspünge, die Hände klammerte er an die Felsspitzen. Er musste ihn finden. Lebendig. Sonst wäre alles umsonst gewesen. Sein rechter Fuß tastete nach einem Halt, aber da war nichts, er drehte den Kopf über die Schulter, leuchtete hinunter ... Da! Tief unter ihm blitzte etwas auf. Metall. Endlich, sein Fuß fand einen festen Stein. Jetzt sah er noch einmal nach unten, diesmal genauer. Es war das Wrack des Chrysler, er konnte noch nicht einmal erkennen, ob der Wagen auf dem Dach lag oder auf der Seite.

Er konnte nicht überlebt haben.

Aber jetzt wollte er ihn wenigstens tot sehen. Er wollte dem Toten die Fragen stellen, die er dem Lebenden hatte stellen wollen, auch wenn er keine Antworten mehr bekommen würde … Warum habe ich dieses Brodeln in mir? Warum diese Wut, diese Aggression? Warum kommt sie so plötzlich? Was ist in Afghanistan passiert?

Der grellweiße Strahl tastete weiter über den Schnee, über einen kleinen Vorsprung und berührte plötzlich Füße. Füße ohne Schuhe, seltsam verdrehte Beine, einen Körper, einen zur Seite gedrehten Kopf. Cortot … Blut rann aus seinem Mund, die Augen waren geschlossen, Haare klebten auf seinem blutig zerschnittenen Gesicht. Er musste aus dem Fenster herausgeschleudert worden sein.

Thierry kletterte hinunter, so schnell er konnte, kniete sich in den Schnee, zog die Handschuhe aus und griff nach Cortots Handgelenk.

67

Ich bin tot. Oder? Er, Dr. Paul Cortot, war durch sein Leben gerast, grell und kreischend laut war es gewesen, so hatte er sein Leben nie erlebt, und dann, plötzlich, waren die Lichter ausgegangen. Stromausfall. Schluss.

Er schlug die Augen auf. Erwacht in der Hölle, dachte er, aber das Licht, das ihn blendete, war doch eher das Licht des Himmels, oder nicht? Oder war es das Fegefeuer? Er hatte sich das Fegefeuer immer rot glühend vorgestellt wie eben ein Feuer, doch es war so hell, dass es bis in den letzten Winkel der Seele strahlte, alles ausleuchtete, jeden Winkel, in den man sich flüchten wollte. Es gab kein Entrinnen vor diesem Licht. Ja, das war das Fegefeuer.

»Cortot!«, rief das Licht. »Kennen Sie mich?«, fragte eine Stimme aus dem Licht.

Cortot war verwirrt.

»Cortot!« Immer wieder sein Name, wie in der Schule, er musste doch aufstehen und »Hier!« rufen. Aber er konnte nicht aufstehen, er konnte sich nicht bewegen, er spürte gar nichts, außer seinem Kopf, und der tat ihm weh, als wäre er gegen eine Mauer aus Stahl gerannt.

Und dann kamen Fragen. Immer mehr Fragen, und irgendwann hörte er sich selbst sagen: »Ich habe es getan. Aus Gier. Ich bekenne mich schuldig.«

»Was hast du getan?«

»Bitte, bitte nicht«, er versuchte, den Kopf wegzudrehen, »es blendet ...«

Das Licht hatte Erbarmen und bewegte sich weg von seinen Augen.

»Noch mal: Was hast du getan?«

Er musste beichten, jetzt war die richtige Zeit dafür ... »Menschentests. Soldatentests. Die Mikrochips ...«

Das Verhör, er hatte geahnt, dass es so was geben würde, am Ende, wenn man starb ... eine Untersuchung, eine Ermittlung, Beweise, Indizien ...

»Wie funktionieren die?«, fragte die Stimme mit dem Licht.

Er musste eine Antwort geben, oder nicht? Am Ende gab man immer Antworten.

»Es ist ... ein RFID-System, frequenz...gesteuerte Ausschüttung von Medikamenten und Hormonen aus dem implantierten Mikrochip«, sagte er.

»Und das haben Sie den Soldaten implantiert?«, fragte das Licht.

»Ja. Ich ... ich habe es getan ... aus ... Gier. Geldgier.«

Wie befreiend es sich anfühlte, dass er endlich darüber reden konnte.

»Und wer hat die Frequenz gesteuert?«

»Grévy, Oberst Grévy. Es war ... ein ...«, er musste husten, »... Experiment.«

»Ein Experiment, aha, und es hat funktioniert, oder?«, sagte das Licht, und es klang irgendwie höhnisch.

»Die Männer haben sich unerschrocken in den Kampf gestürzt! Der Gegner wurde vernichtet, restlos vernichtet! Aber bei den Soldaten gab es keine Verluste ...«

»Die gab's erst später«, sagte das Licht.

Jetzt war er sich sicher, dass es Hohn war. »Bitte«, flehte er, »ich wollte doch nur helfen, dass dieser Krieg ...«

»Warum sind die Soldaten nach dem Einsatz gestorben?«

»Ja, ja ...«

»Warum sind sie gestorben?«, beharrte das Licht.

»Ich ... wir ...« Das Denken fiel ihm schwer. Aber er musste antworten, er musste diesem Licht antworten. »Die Mikropumpen ...«, fing er an, »sie ... funktionieren vielleicht ... nicht so präzise ... oder ... die Medikamente und Drogen ... sie werden nicht so schnell abgebaut ... oder jemand hat ... hat die Frequenzen weiter gesendet ... oder ...«

Ein Schlag traf ihn im Gesicht. Er schrie auf vor Schmerz, nein, gehörte das zum Fegefeuer? Geschlagen zu werden, immer und immer wieder geschlagen zu werden?

»Wer sendet die Frequenzen?«

»Bitte ... bitte nicht ...«, hörte er sich wimmern.

»Antworte! Wer sendet die Frequenzen?«

Blut, sein Mund war voller Blut. »Sendemasten von Mo bilfunkanbietern ... übers Handy, das man Ihnen gegeben hat ...«, stammelte er, »... und so von dem Chip empfangen ... aber ...«

»Aber *was?*«

»Man kann es ... kann es ... auch zeitlich programmieren.«

»Dass es alle drei Tage oder alle zwei Stunden die Drogen ausschüttet? Scheiße, das ist doch krank! Wer ruft das Handy an?«

Das Blut ... er schluckte ... »Kommt darauf an. Befehlshaber, Computer ...«

»Und wer hat es in Afghanistan gesendet?«

»Wo?«

»In Afghanistan! Verdammt, wo diese verfluchte Scheiße passiert ist!«

»Ein ... ein Versuch ... es war ein Versuch ... ein Experiment ...«

»Scheiße, ja! Und wer hat das geleitet?«

»Ich weiß ...«

Wieder ein Schlag. »Wenn du sagst, das weiß ich nicht, lass ich dich hier verrotten.«

Gleich, gleich wäre er ganz tot. »*Belling* ...«

»Schneid es mir raus!«

Er schmeckte warmes Eisen. »Nein ...«

»Was *nein?*«

»Es ... man kann es nicht entfernen.«

»Wie? Das ist so ein Ding gegen Diebstahl wie bei Klamotten?«

»Ja ...«

»Aber es muss rausgehen!«

»Nein, nein ... es schüttet ... dann eine tödliche Menge ... Adrenalin aus und zerstört sich selbst.«

»Aber warum?«

Wieder ein Schlag.

»Warum?«

»Weil … weil es nicht … nicht übertragbar sein soll …«

»Das ist doch … Ihr seid doch alle verrückt!«

Und dann fiel ihm Thérèse wieder ein. »Bitte … es tut mir leid …«

»Was hast du gesagt?«

»Bitte … ich wollte das alles nicht … Sie haben … meine Frau … bitte …« Mit brutaler Klarheit kehrten die Erinnerungen zurück. Die Pestbakterien … Eine schreckliche Panik wühlte in ihm.

»Denkst du, das juckt mich? Du hast mit denen zusammengearbeitet. Und deshalb sind meine Kameraden tot! Du hast sie umgebracht!«

Die Stimme schrie, er konnte das alles nicht mehr ertragen, warum war es nicht endlich vorbei! Da fiel ihm noch etwas anderes ein. »Bitte … Peyroux?«

»Wer ist das? Die Frau?«

»Sie müssen sie finden!« Er griff mit den Händen ins Dunkle, bekam etwas zu fassen, hielt sich daran fest. »Linh … Das ist ihre Tochter. Sie haben sie … mitgenommen. Bitte … suchen Sie sie!«

Seine Hand wurde abgeschüttelt.

»Es ist so … so kalt …« Etwas legte sich über seinen Körper.

Cortot versuchte noch, die Hand auszustrecken, das Licht festzuhalten, doch seine Arme gehorchten ihm nicht.

Dann wurde es wieder dunkel. Und er war allein. Er hatte immer angenommen, im Fegefeuer sei es heiß, ganz heiß, aber jetzt war es so bitterkalt.

68

Du bist ein Idiot, Thierry, sagte er sich, während er sich immer weiter den Abhang hinuntertastete, die Stirnlampe als einziger Wegweiser. Warum hatte er dem Typen seine Jacke gegeben? Jetzt fror er sich den Arsch ab!

Es war verrückt! Dieser jämmerliche Kerl da hatte ihm dieses Scheißding in den Arm gejagt, das man nicht mehr rausbekam! Musste er sein Leben lang Angst vor Handyanrufen haben?

Mit immenser Wucht hatte der Wagen eine Schneise in den Wald gerissen. Aber wer sagte ihm, dass die Frau nicht auch herausgeschleudert worden und auf einem Felsen aufgeschlagen war? Wie sollte er sie finden, mitten in der Nacht? Warum riskierte er überhaupt Kopf und Kragen für eine Frau, die wahrscheinlich nicht weniger schuldig war als dieser Cortot?

Thierry stapfte weiter, stolperte über irgendetwas, während der Lichtkegel über eine Tür glitt, dann über einen Kotflügel. Das Auto. Wie ein riesiges totes Insekt lag es auf dem Dach.

»Hallo? Ist da jemand? Hören Sie mich? Hallo?«, rief er und wartete. Schnee rieselte von den Zweigen. Doch das Einzige, was er hörte, war das Knacken von Zweigen.

69

Schließlich war Karen auch noch das Messer aus der zitternden Hand gefallen, und sie hatte sich wieder bücken müssen, was mit zusammengeschnürten Beinen alles andere als einfach war. Wann würden sie zurückkommen? Was würden sie mit ihr machen? Sie wollte nicht sterben! Und als dann plötzlich die Tür aufging, hatte sie geglaubt, jetzt ist es so weit.

»Mein Gott!«, hatte die korpulente Frau im Jogginganzug gerufen, und dann kam etwas auf sie zugeschossen ...

»Er hat so gebellt«, sagte Madame Michel, die Hausmeisterin, wie sie sich vorstellte, während sie Karen mit einem Küchenmesser die noch zusammenklebenden Handfesseln aufschnitt, »dass ich zum Auto rübergegangen bin, und als ich die Tür aufgemacht habe, ist er wie ein Blitz über die Straße ins Haus gelaufen – und schnurstracks hier rauf.«

Gibbs fing an, über ihre rot gescheuerten Handgelenke zu lecken. Karen zitterte, eben dachte sie noch, es wäre aus. Und jetzt? »Danke, Gibbs«, flüsterte sie ihm ins Ohr, »danke.«

Sie half Madame Michel, die ohne Unterlass fragte, wie das hatte passieren können und wer die Räuber waren, Cortots Frau loszuschneiden.

Die zerrte wie wild an den Fesseln, die Augen vor Entsetzen geweitet, die Haare klebrig, auf ihren nackten Oberschenkeln rote Striemen.

»Langsam«, sagte Karen beruhigend. Sie merkte, wie ihre Stimme schwankte. »Es ist alles gut.« Vorsichtig zog sie das Klebeband vom Mund.

»Wo ist Paul?«, schrie Thérèse Cortot und stieß Karen weg. »Wo ist er? Sie müssen ihn erpresst haben. Mein Gott!« Sie sprang auf und drehte sich wie kopflos im Kreis, sie taumelte und drohte zu stürzen.

Karen fing sie auf und hielt sie fest. »Wer war das? Wer war in Ihrer Wohnung?«

»Woher soll ich das denn wissen?«, schrie Thérèse Cortot und riss sich an den Haaren, als könnte sie dadurch wieder aufwachen aus diesem Albtraum.

Als sie sich ein wenig beruhigt hatte, zeigte Karen ihr ein Foto. »Der vielleicht?« Das Foto zeigte Thierry Traessart.

»Himmel, sie hatten Masken auf!«, schrie sie. »Zuerst waren sie zu zweit, dann ist einer gegangen. Schwarze Skimasken, wie hätte ich ... Mein Gott, wo ist mein Mann? Wo ist Paul?« Sie stürzte zum Telefon, das zwischen den Sitzkissen auf dem Sofa lag, und versuchte mit zitternden Fingern, die Tasten zu drücken. »Jetzt hab ich sogar seine Nummer vergessen! Ich hab seine Nummer vergessen!« Sie brach in Tränen aus. »Ich hab seine Nummer vergessen, ich kann mich nicht mal mehr an seine Nummer erinnern!« Sie schluchzte. »Weg, alles ist weg ... einfach weg ...« Sie schlug sich mit den Fäusten an den Kopf.

Karen wollte Mitleid mit ihr haben, aber es gelang ihr nicht, vielleicht stehe ich selbst noch unter Schock, sagte sie sich, und sie war froh, als Madame Michel mit beruhigender Stimme sagte:

»Nur mit der Ruhe, das haben wir gleich«, sie hängte Thérèse Cortot einen Morgenmantel um und nahm ihr das Telefon aus der Hand, »lassen Sie mich mal ...«

»Und wenn sie Paul etwas angetan haben?« Sie zupfte ihr kurzes Nachthemd über die dünnen, fast knochigen bleichen Beine, als würde sie erst jetzt begreifen, dass sie immer noch ihr Nachthemd trug. »Er arbeitet für das Verteidigungsministerium! Vielleicht haben sie ihn entführt und foltern ihn!«

»Jetzt denken Sie mal nicht gleich an das Schlimmste, meine Liebe«, versuchte es Madame Michel, und strich ihr über den Rücken. »Die Polizei ist sicher schon alarmiert.«

Karen erinnerte sich an ihr Handy. Sie war überrascht, dass sie es noch immer bei sich trug. Es zeigte acht Anrufe an – von Unbekannt.

Sie wählte die Nummer von *Lanzelot*.

»Karen! Wo bist du?« Es war Nyström, er klang ungewöhnlich aufgeregt. »Ich versuche die ganze Zeit, dich anzurufen. Warum gehst du nicht ans Telefon? Sie haben das *CRSSA* überfallen, Cortots Arbeitsstelle! Karen, sag was!«

Sie erklärte ihm kurz und so ruhig wie möglich, was passiert war.

Dass sie panische Angst gehabt hatte. Dass sie bedauere, ja, dass sie sich über ihre Dickköpfigkeit ärgere, ließ sie natürlich weg.

»Du hättest nicht allein fahren sollen«, sagte er dann.

Nyström hatte seine Quellen, und sie fragte nicht weiter, es war ihr im Augenblick auch egal, woher er es wusste. Aber was genau gestohlen worden war, wusste er nicht.

»Sie kontrollieren die Zufahrten nach Paris«, fuhr er fort, »man rechnet mit einem möglichen Anschlag. Übermorgen findet dort der internationale Kongress *Verbannung von Biowaffen* statt. Karen ... in diesem Institut experimentieren sie mit Anthrax und Ebola-Viren, es könnte ziemlich ungemütlich werden«, er zögerte, »komm zurück, so schnell du kannst.«

Sie reagierte nicht. Eine Frage schoss ihr durch den Kopf: »Wer wusste, dass ich in Cortots Wohnung wollte?«

»Lee, Teecee, ich ... Wieso? Denkst du ... jemand von uns hat dich verraten?«

Sie antwortete nicht. Vielleicht verfing sie sich in einer Paranoia wie in einem Netz. »Wo ist Lee?«

»Er ist ... unterwegs.«

Seine Antwort kam zögernd. Könnte Lee es gewesen sein?

»Karen?«

»Ich melde mich später.« Sie legte auf. Lee. Was wusste sie eigentlich über ihn? Nichts. Weder woher er kam, noch was er vor der Zeit bei *Lanzelot* gemacht hatte. Warum er sich überhaupt bei *Lanzelot* engagierte. Sie hatte ihn nie gefragt. Und Teecee? Und … und was war mit Nyström?

»Was wollten Sie eigentlich in unserer Wohnung?«

Karen schreckte hoch und sah in das Gesicht von Thérèse Cortot. Ihre Lippen waren aufgeplatzt und blutig, das nahm sie erst jetzt wahr, und ihre Augen glänzten fiebrig.

Sie tat ihr leid.

»Ich habe Ihren Mann gesucht«, sagte Karen.

Thérèse Cortot kniff die Augen zusammen. »Wieso?«

Wo sollte sie anfangen? In Afghanistan? Bei Thierry Traessart, bei *Globe*? Karen berührte ihre Narbe, die wieder anfing zu brennen, als müsste sie sie an etwas erinnern. Da war der Schweißgeruch in der Wohnung, auch der erinnerte sie an etwas. *Du hast doch keine Angst! Komm, ich zeig dir was …* Warum wiederholten sich die Sätze aus ihrem uralten Albtraum? Was bedeuteten sie und warum tauchten sie ausgerechnet in den letzten Tagen immer wieder auf? Ihr war, als würde sie tiefer und tiefer in ein düsteres Dickicht aus Träumen und Erinnerungen gezogen und als könnte sie sich nicht dagegen wehren. Es war, wie in einem Sumpf zu ertrinken, je mehr man strampelte und um sich schlug, desto stärker wurde man in die Tiefe gezogen.

»Es ist zu kompliziert«, sagte sie nur. Sie musste so schnell wie möglich zum *CRSSA*, sie musste herausfinden, was passiert war. *Du darfst jetzt nicht einfach aufhören.*

Sie brauchte eine Mission, sonst würde sie nicht überleben.

70

Der weiße Lieferwagen fuhr in unauffälligem Tempo und meist auf der rechten Fahrspur. Noch fast sechs Stunden, dachte Gaddafi und sah durch die Lücke zwischen den Vordersitzen hindurch in die dunkle Nacht. Alles war glattgegangen. Ein Virus hatte die Videoüberwachung gelöscht. Eine fingierte Meldung hatte die Sicherheitskräfte in einen anderen Trakt abgezogen. Bestes Timing also.

»Scheiße«, sagte Gilles am Steuer, »da steht plötzlich diese Tusse vor der Tür. Ich sag Roth Bescheid. Und er will sie haben. Was sollte ich denn machen?«

»Scheiße«, sagte Tiger. »Du hättest sie gleich mitnehmen sollen. Jetzt müssen wir noch mal zurück in die Wohnung. Wer ist das überhaupt?«

»Wir fahren nicht mehr zurück«, sagte Gaddafi. »Zu gefährlich.«

»Du hast sie wohl nicht mehr alle!«, fuhr Tiger ihn an. »Er hat jedem fünftausend mehr versprochen.«

»Die nutzen dir nichts, wenn du im Bau bist.«

»Gilles!«, schrie Tiger »Los, du fährst jetzt in die Stadt zurück! Ich will meine extra fünf Mille.«

»Halt die Klappe«, sagte Gilles, »Gaddafi hat recht. Wenn sie uns schnappen, nutzen dir die läppischen fünf Scheine auch nichts.«

»Ihr seid wie zwei alte Waschweiber! Habt ihr mal überlegt, dass ihr zu alt und zu ängstlich geworden seid für den Job?«

»Schnauze!«, sagte Gaddafi. Er war sowieso schon stinksauer. Gilles und Tiger hatten ihm was verheimlicht. Er hatte nur noch zusehen können, wie der Wagen in den Abgrund stürzte. Das war nicht abgesprochen.

Anweisung von oben, hatten Gilles und Tiger geantwortet und mit den Schultern gezuckt. »Wir sollten es erledigen.«

»Der Typ glaubt, er kann alles kriegen, ja?«, fragte Gaddafi. »Und ihr macht es auch noch. Warum dieser *Autounfall?* Jetzt haben wir noch zwei Morde mehr am Hals!«

»Ein paar mehr oder weniger ...«, sagte Tiger und kicherte.

Gaddafi kratzte sich über sein unrasiertes Kinn. Die Masken hatten sie längst abgenommen. Das Kind ist nur ein Druckmittel, hatte es geheißen, wenn alles vorbei ist, bringt ihr es zurück. Und jetzt? Gaddafi sah zu dem Mädchen hinüber, das noch immer schlafend in der Ecke kauerte. »Und was sollen wir ihr sagen, wohin wir sie bringen?« Je mehr er darüber nachdachte, desto wütender wurde er.

»Wir sagen ihr noch gar nichts«, meinte Gilles. »Sie kennt ihn doch sowieso nicht.«

»Und warum will er, dass wir sie zu ihm bringen?«, fuhr Gaddafi auf, »dieser Typ ist ein sadistisches Arschloch.«

»He, es gibt Kinder, die sind schlimmer dran, du warst doch auch im Kongo, oder?«, sagte Tiger mit einem Blick über die Schulter und zwinkerte.

»Scheiß auf den Kongo!«, sagte Gaddafi. Er hatte eine Stinkwut.

»Mir ist egal, was er ist«, Gilles sah ihn im Rückspiegel an, »ich will meine Kohle und dann ab in die Karibik.«

»Genau!« Tiger grinste breit.

»Und dort habt ihr alles vergessen, oder?«, sagte Gaddafi heftiger als gewollt.

»He, spielst du jetzt den Heiligen, oder was?«, kam es von Gilles.

»Mann, warum hast du überhaupt mitgemacht?«, fragte Tiger.

»Ja, warum?«, fragte Gilles herausfordernd.

Gaddafi antwortete nicht. Er hatte seine Gründe.

»Sie haben mich entführt, stimmt's?« Das Mädchen war aufgewacht.

Gaddafi dachte, scheiße, jetzt ist es so weit. Jetzt müssen wir es ihr sagen.

»Du bist eine ganz Clevere, was?«, brummte Gilles von vorn.

»Und was fordern Sie?«, fragte das Mädchen und sah ihn, Gaddafi, an. Sie war acht, oder?

»Halt die Klappe!«, fuhr er sie an.

»Das ist doch nur eine ganz normale Frage«, sagte sie erstaunlich ruhig.

»Ist sie nicht!«

»Doch. Ich tue doch gar nichts.«

Die Kleine hatte Mumm, setzte ihn schachmatt mit ihren tonlosen Sätzen ... »Die ist eine echte Nervensäge«, sagte er nach vorn.

Tiger drehte sich um. »Wir hätten ihr zwei Schlaftabletten mehr geben sollen.«

»Sie sind mir eine Antwort schuldig«, sagte das Mädchen wieder.

Er packte sie am Arm, sodass sie zurückzuckte. »Pass mal auf, du Neunmalkluge: Wir sind dir gar nichts schuldig.«

Die Kleine antwortete nicht, sondern sah ihn nur mit diesen großen Augen an.

»Kapiert?«

Sie nickte, und er ließ ihren Arm los.

Er lehnte sich zurück und betrachtete links neben sich die Stahlbox mit den Druckbehältern. Mit Viren und Bakterien wollte er nie was zu tun haben. Ein Mal Malaria hatte ihm gereicht. Alles lief falsch.

»Wo ist meine Mama?« Das Mädchen. Ging das schon wieder los? Gaddafi sah weg.

»Sie können es mir doch sagen, ich kann sowieso nichts machen.«

Tiger drehte sich um. »Wo ist meine Mama?«, äffte er sie nach. Gaddafi steckte sich einen Kaugummi in den Mund, steckte das Papier in die Hosentasche, verschränkte die Arme vor der Brust und schwieg. Halt dich raus, dachte er, und dann merkte er, dass er nun auch Kaugummi kaute. Wie Tiger.

»Sie arbeitet in einem Labor mit gefährlichen Sachen. Haben Sie mich deswegen entführt? Sie sind Terroristen, oder?«

Es reichte ihm. »Du sollst aufhören mit deinen Fragen! Hab ich dir das nicht deutlich genug gesagt?«, herrschte er sie an.

Sie nickte langsam, ließ ihren Blick zum Stahlbehälter wandern, sah ihn wieder an und schwieg.

Verfluchtes Kind! Mit Kindern wollte er auch nichts zu tun haben. Und jetzt das.

Er holte das Papier wieder aus der Tasche, spuckte den Kaugummi hinein und steckte es wieder ein. So wenig Spuren hinterlassen wie möglich, lautete das oberste Gebot. Auch wenn sie sofort nach der Sache wegflogen. Weit weg. Tobago.

»Ist da eine Bombe drin?«

Er gab keine Antwort.

»Wohin fahren wir?«

»Jetzt reicht's!« Er griff neben sich, riss ein Stück Klebeband von der Rolle und klebte es ihr über den Mund. Mit einem Kabelhalter fesselte er ihr die Hände auf den Rücken.

Jetzt war endlich Ruhe.

Aber da waren noch ihre Augen, die ihn anstarrten. Er drehte sich weg.

71

Brüssel

Das *Marriott*-Hotel war, wie Darlene erfahren hatte, ein vor allem auch bei Nacht wegen der Beleuchtung imposantes Gebäude, ursprünglich 1870 als Theater erbaut, dann 1922 zum Grand Hotel Central umfunktioniert, nur wenige Minuten vom weltbekannten Grand Place entfernt und den kleinen Gassen, die nicht nur von exklusiven Geschäften, sondern vor allem von unzähligen Restaurants und Cafés gesäumt wurden. Darlene hatte es sofort gefallen.

»Darlene?« Sara stand mit ihrem zusammengeklappten Notebook unter dem Arm vor ihr in der Suite. »Ich würde gern Ihre Rede noch einmal durchgehen. Ich habe ein paar Änderungsvorschläge. Wir sollten auf jeden Fall diese Internetkampagne ansprechen.«

»Ja, unbedingt. Ich würde aber jetzt gern erst mal ein Bad nehmen und mich eine Stunde hinlegen. Wir haben ja noch Zeit.«

»Sicher, rufen Sie mich, wenn Sie so weit sind.«

Sara ging, und Darlene warf noch einen Blick ins Schlafzimmer, wo Silva mit offenem Mund schlief. Mum, ich will aber bei dir in dem großen Bett schlafen, hatte sie gleich gesagt, als sie die Suite betreten hatten. Alles war gut. Sie wurden von fünfundzwanzig eigenen und unzähligen anderen Sicherheitsleuten beschützt. Es gab keinen Grund, sich Sorgen zu machen. Allmählich sollte sie die Angst, jeden Augenblick Opfer eines Anschlags zu werden, überwunden haben. Sie durfte einfach nicht zulassen, dass die Angst so viel Raum beanspruchte. Angst engt ein, macht unfrei, verhindert kühne Pläne, Fortschritt.

Sie war Vorbild. Und deshalb musste sie die Angst überwinden.

Im großen Badezimmer zog sie den schwarzen Hosenanzug aus. Sie realisierte die Fettpölsterchen an den Hüften und am Gesäß, und sie sagte sich wie jedes Mal, dass sie zu ihrer Figur gehörten. Ja, dass sie ihre Figur erst ausmachten und dass sie nicht daherkommen wollte wie eine magere Ziege. Syd mochte das auch nicht.

Dann stieg sie in den duftenden Schaum. Die nächsten beiden Stunden würden nur ihr gehören. Ihr allein. Und sie würde an nichts Beunruhigendes denken. Das nahm sie sich fest vor. Sie wiederholte es, denn ihr Inneres wollte nicht daran glauben.

72

Grenoble

Karen kannte Gefangenschaft, Geiselhaft, sie wusste, wie es war, wenn man der Willkür anderer Menschen ausgeliefert war. Wie aber musste es sich anfühlen, wenn man in einem Körper gefangen war, der nach und nach verfaulte? Wie musste es sein, wenn man allein damit war, weggesperrt von anderen, weil man eine Gefahr geworden war?

Die Lüftung rauschte, und ein blaues Licht schimmerte Karen aus dem Quarantänezelt entgegen.

Marie Traessarts Anruf hatte sie noch in Cortots Haus erreicht. *Thierry hat den Überfall auf das* CRSSA *beobachtet! Sie fahren einen weißen Lieferwagen. Thierry hat die Wissenschaftler gerettet! Sie sind im CHU, im Centre Hôpital!*

Und was ist mit Thierry?, wollte Karen wissen.

Bringen Sie ihn zurück!, hatte sie gesagt und aufgelegt …

»Wo ist Paul?«, fragte Thérèse Cortot immer und immer wieder, selbst jetzt noch, als sie vor dem Quarantänezelt standen. Die Krankenschwester hatte sie hergeführt.

»Nein!«, schluchzte sie. »Das ist nicht passiert! Sagen Sie, dass es nicht passiert ist!«

»Madame Cortot, bitte …«

Infektion durch Pestbakterien, hatte man ihnen anvertraut.

»Aber wie kann so was passieren? Paul ist doch gar nicht in dieser Abteilung!« Thérèse Cortot war völlig verzweifelt.

Durch die Folie erkannte Karen eine Gestalt auf der Liege, verbunden mit so vielen Schläuchen und Kabeln, die zu Geräten und Infusionsflaschen führten, dass es aussah, als würde das Leben nur noch durch sie aufrechterhalten. *Der Türspalt und das gleißende Licht … Du wirst doch keine Angst haben!* Eine Erinnerung lebte wieder auf und tauchte gleich wieder ab. Sie hinterließ eine Ahnung von etwas Fürchterlichem, das da ganz tief in ihrem Innern atmete und das nur auf den richtigen Augenblick wartete, um aus dem Dunkel hervorzubrechen …

Immer und immer wieder hatte sie gefragt, bis ein Arzt endlich mit leiser Stimme das Wort ausgesprochen hatte, das uralte Bilder aufsteigen ließ: blaue Geschwüre, die aufplatzten und eitrige Flüssigkeit absonderten, zerlumpte Gestalten, die sich durch mittelalterliche Gassen schleppten, huschende Ratten, Tote überall, rauchende Feuer, in den Kirchen Weihrauchdämpfe und beschwörende Worte der Priester … und die Angst, der Nächste zu sein …

Die Pest.

Thérèse Cortot hatte aufgeschrien, und Karen und der Arzt hatten sie festhalten müssen, bis sie ganz plötzlich ruhig geworden war, blass und gefasst.

Sie legte die Hände auf die Scheibe, als wollte sie ihren

Mann berühren. Von ihrer Härte war nichts mehr übrig geblieben. Sie krümmte sich und weinte. »Paul …«

»Madame Cortot«, begann Karen, aber sie wusste nicht, womit sie sie trösten sollte.

»Wie konnte das passieren? Warum Paul? Was hat er denn getan?«

»Madame Cortot, Thérèse, wir …«

Doch sie hörte nicht zu. »Er dachte immer, dass er nicht gut genug ist. Dass er mich langweilt, dass …« Sie schluckte. »Ich konnte es ihm nicht ausreden. Es ist einfach in ihm, verstehen Sie?«

Karen nickte, sie brauchte nicht zu antworten, der Frau war es egal, wem sie gerade ihr Herz ausschüttete. »Vielleicht lag es an seinen Eltern, aber … er ist doch alt genug, oder? Mit einundvierzig ist man doch alt genug für ein eigenes Leben, meinen Sie nicht? Aber er denkt immer, die anderen sind besser als er. Und manchmal hat er mich gefragt, warum ich überhaupt mit ihm zusammen bin. Warum bist du mit mir zusammen?« Sie weinte wieder.

Karen wartete, dann fragte sie: »Warum?«

»Er macht sich so viele Sorgen«, sagte sie schluchzend. »Er wird es schaffen, oder?«

Karen atmete tief durch, was sollte sie sagen? »Sie müssen an ihn glauben, er wird sein Bestes tun.«

Sie fing wieder an zu weinen. »Paul, du darfst mich nicht verlassen …« Ihre Knie knickten weg, sie brach zusammen, Karen fing sie auf, hielt sie, bis zwei Krankenschwestern hergeeilt kamen.

»Thérèse«, Karen legte ihr die Hand auf den Arm, »ich muss jetzt gehen.«

Sie bekam einen Weinkrampf. »Warum er?«, schrie sie, »Warum Paul? Was haben sie mit ihm gemacht?«

Karen schluckte gegen den Kloß in ihrem Hals an. Nein, sie ertrug das nicht länger. *Das gleißende Licht, Schläuche ... und das Pumpen, das stampfende Pumpen ...* Eine Erinnerung wollte sich an die Oberfläche kämpfen, doch etwas hielt sie fest, zog sie immer wieder zurück, hinunter in die Tiefe. Karen wusste nicht, ob sie die Kraft haben würde, dies alles anzusehen, gleichzeitig wurde ihr klar, dass die Entscheidung darüber schon längst nicht mehr in ihrer Macht lag, ja, dass sie noch nie in ihrer Macht gelegen hatte. Etwas Unbekanntes, Verborgenes trieb sie weiter, die Spur zu verfolgen, die mit David angefangen hatte und irgendwo – irgendwo ganz woanders, das ahnte sie, enden würde.

Thierry hatte von zwei Personen gesprochen, rief sie sich in Erinnerung.

»Wo ist die Frau aus dem Wagen?«, fragte Karen die Krankenschwestern, die gerade versuchten, Madame Cortot in ein Bett zu legen.

»Ich darf Ihnen keine Auskunft geben«, sagte die eine mit einem schnippischen Unterton, doch Karen würde sich auf gar keinen Fall abweisen lassen. Dazu war es zu spät, viel zu spät.

»Passen Sie auf«, sagte sie und hielt ihr Handy hoch, »wenn ich meine Redaktion anrufe, wird in wenigen Minuten die Nachricht von einer Pestinfektion in Grenoble verbreitet, wollen Sie dafür verantwortlich sein?«

Wenige Minuten später stand sie vor einem anderen Raum mit einem Quarantänezelt.

»Sie bekommt starke Schmerzmittel«, erklärte die Krankenschwester auf einmal mit freundlicher Stimme. »Es war ein schlimmer Unfall. Ein Wunder, dass sie überhaupt überlebt hat.«

»Ist sie auch infiziert? Wie ist das überhaupt passiert?«

»Das wissen wir nicht.«
In diesem Augenblick drehte die Frau den Kopf zu ihr.
»Ich glaube, sie will etwas sagen«, meinte Karen.
Die Krankenschwester schaltete das Mikro frei.

73

Wie schnell konnte man fahren, ohne von der Polizei angehalten zu werden? Karen trieb die Autos auf der linken Spur vor sich her, fegte sie einfach weg. Sie war erleichtert, seit sie das Krankenhaus und Paul Cortots Schicksal hinter sich lassen konnte. Gab es etwas Schlimmeres als Hoffnungslosigkeit? Wie lange würde Paul Cortot noch atmen? Würde seine Frau ihn noch einmal sehen? Wie könnten sie sich voneinander verabschieden? An all diese Fragen wollte sie nicht denken, aber sie drängten herauf, und je entschlossener sie sie unterdrückte, desto lauter riefen sie.

Gibbs sah aus dem Fußraum zu ihr hoch, als sie sich die Tränen mit dem Ärmel abwischte. Sie konnte nichts dagegen tun, die Tränen kamen einfach, als hätten sie sich seit Jahren schon angesammelt.

»Gibbs, du bist der Einzige, der mich weinen sehen darf, okay?«

Der Hund sah sie weiter an, ruhig und ernst, und sie musste noch mehr weinen. Es gab Augenblicke, da glaubte sie, das ganze Leid auf der Welt nicht mehr ertragen zu können, dann sehnte sie sich nach einem Menschen, der sie festhielt, sie, Karen Burnett, die Journalistin mit dem Press Award – und Tochter der unerschrockenen Jane Burnett –, und der sie tröstete ...

Karen, du jammerst hier herum, schalt sie sich, wie fühlt sich erst Lan Peyroux?

Sie haben meine Tochter, hatte sie gesagt. *Sie heißt Linh. Sie müssen sie retten. Ohne Polizei. Sonst töten sie sie.* Dann war sie zurückgesunken, hatte sie, Karen, allein gelassen mit diesem Auftrag.

Aber wo sollte sie suchen? Und wie sollte sie das Mädchen überhaupt finden? Irgendwo in einem Auto auf dem Weg nach Paris, dorthin, wo dieser Kongress stattfinden sollte? Riegelte die Polizei nicht schon alles ab? Sollte sie also doch der Polizei Bescheid geben?

»Gibbs, was soll ich nur tun?«

Der Hund sah wieder zu ihr hoch und wedelte mit dem Schwanz.

»Und was heißt das?«

Manchmal brauchte man Stunden, Tage, Jahre, manchmal reichte ein ganzes Leben nicht, um einen Zusammenhang zwischen zwei Ereignissen zu erkennen, und manchmal brauchte man noch nicht einmal Sekunden.

Die Nachricht kam in diesem Augenblick im Radio.

»Die Frau des amerikanischen Präsidenten ist heute Abend in Brüssel eingetroffen. Die First Lady wird das *Europäische Festival des politischen Films* besuchen, dort und auf den sich anschließenden Empfängen mit mehreren europäischen Regierungschefs zusammentreffen ...«

Die First Lady. Brüssel.

Nur wenig später hatte sie Nyström am Telefon. »Sie fahren nach Brüssel, nicht nach Paris, und es sind Pestbakterien.«

Nyströmt meinte, die Berater von Darlene Redmond würden sie schnellstens ins Flugzeug setzen und nach Hause verfrachten. »Sie werden sie wohl kaum diesem Risiko aussetzen.«

»Nyström, ich bin sicher, der Anschlag soll in Brüssel stattfunden. Du musst Näheres rausfinden!«, drängte sie.

»Wir haben noch keine besseren Quellen«, sagte Nyström, »Karen, das ist nicht mehr deine Sache, okay? Lass die Finger davon.«

Du willst eine gute Journalistin sein? Dann darfst du dich nicht abschrecken und einschüchtern lassen. Und auf keinen Fall einfach aufgeben. Jane Burnett.

»Mom, du wirst mich wohl nie in Ruhe lassen«, murmelte sie.

Linh. Sie heißt Linh. Sie müssen sie retten.

Der Audi vor ihr schwenkte endlich nach rechts, sie zog an ihm vorbei.

»Karen?«, kam es aus dem Telefon.

Sie legte auf.

74

Brüssel

Das goldene Licht streichelte das Interieur. Roth atmete tief durch, während er auf seiner Liege lag. Er wusste genau, was mit ihm passierte. Die erhöhte Ausschüttung von Dopamin und Noradrenalin, deren Ansammlung im synaptischen Spalt erzeugt eine höhere Aktivitiät der Nervenzellen. Herzfrequenz und Blutdruck steigen, Schmerzrezeptoren werden gehemmt. Müdigkeit wird unterdrückt, der Tastsinn beeinflusst. Schauder jagten ihm über den Körper, wie er so dalag und die letzten Minuten genoss, sich in Stimmung brachte, bevor er aufbrechen würde.

Die Linie Kokain hatte er sich freiwillig reingezogen, und er dachte gerade, dass es schon komisch sein musste, wenn sich so ein Zeug durch einen Chip ausschüttete und man keine Ahnung davon hatte, als ihn ein schriller Klingelton zusammenfahren ließ. Er griff neben die Liege auf den Marmorboden und hob sein Handy auf. Tom.

Um diese Zeit rief sein Mitarbeiter selten an. Sofort war er alarmiert. Es war doch wohl nichts falsch gelaufen?

»Ich dachte mir schon, dass Sie noch nicht schlafen«, fing Thomas Lang an, und Roth überlegte, ob der noch drei Stockwerke unter ihm im Büro saß, »in Paris rechnen sie mit einem Anschlag mit Biowaffen. Ich hab gerade die News gecheckt.«

»Oh.« Roth musste lächeln.

»Und in Grenoble haben sie aus einem Forschungslabor des Verteidigungsministeriums ein Pest-Aerosol gestohlen.«

»Woher haben Sie das denn, Thomas?« Er gab sich Mühe, überrascht zu klingen.

»Ich hab meine Ohren und Augen überall, so haben Sie es mir doch beigebracht.«

Roth sah ihn vor sich, den hochgewachsenen, mageren Deutschen, den Überflieger, der vier Sprachen fließend sprach, der über eine enorm schnelle Auffassungsgabe verfügte und ziemlich ehrgeizig war. Roth müsste sich etwas einfallen lassen, um ihn in seinem Team zu behalten.

»Wir sollten Aktien kaufen«, meinte Lang.

»Aha.«

»Es gibt eine Pharmafirma, die anscheinend einen Impfstoff entwickelt hat …«

»Gut.«

»Sie gehört zum Dubois-Konzern. Gustave Dubois … Baron …«

»So?«

»Ja. Achtzigtausend Euro?«

»In Ordnung.«

»Dann noch eine gute Nacht.«

»Gute Nacht, Tom.« Roth musste wieder lächeln. Aus seinem Privatvermögen hatte er längst hundertfünfzigtausend Euro investiert – und zur Sicherheit auch noch eine Einheit Impfstoff.

Er hatte gleich gewusst, dass man die Hinweise auf Paris begierig aufnehmen würde. Sogar sein eigener – und bester – Mitarbeiter war darauf angesprungen.

Es wurde Zeit, er musste sich anziehen. Als Belohnung würde er sich das kleine asiatische Mädchen schenken – und diese Journalistin mit der Narbe. Aber alles der Reihe nach.

75

Gaddafi stopfte den blauen Monteuranzug zu den anderen beiden in die Mülltüte und gab sie nach vorn zu Tiger.

Sie lagen gut in der Zeit. Wenigstens das. Ohne Probleme hatten sie den weißen Lieferwagen in einem Gewerbegebiet, achtundzwanzig Kilometer von Lyon entfernt, unmittelbar neben der A 43, gegen einen bereitstehenden blauen einer Installationsfirma getauscht und waren ungestört weitergefahren. Hinter Beaune, wo sie auf die A 6 nach Paris hätten wechseln müssen, hatte er aufgeatmet, denn ab hier rechnete man nicht mehr mit ihnen.

Der Job war so gut wie erledigt, sie saßen in einem unauffälligen beigen Renault, die Behälter waren mit Zündern versehen und alle bis auf einen im blauen Lieferwagen der Installationsfirma geblieben. Gaddafi sah kurz zu dem Mädchen hinüber. Nur die letzte Aufgabe stand noch bevor.

»Mann, endlich sind wir das Zeug los«, sagte Gilles von vorn. »Stellt euch mal vor, die Dinger wären undicht gewesen.«

»Dann hättest du schon ein paar hübsche Pickel im Gesicht ...« Tiger kicherte.

»Pickel!«, brummte Gilles.

»Scheiße«, sagte Tiger, »wenn man so was abkriegt.«

»Uns passiert nichts«, sagte Gilles, »das hat Roth gesagt. Und es ist ja auch nichts passiert.«

»Die zünden die doch nicht, oder?«, meinte Tiger, seine Stimme klang auf einmal ängstlich, »also ... ich trau dem Roth nicht. Ich geh jedenfalls nicht ohne Knarre zu dem hin.«

Gaddafi sah wieder zu dem Mädchen hinüber. Nein, sie sah ihr überhaupt nicht ähnlich. Es war schlecht, ganz schlecht, wenn er jetzt diese Gedanken hatte. Er kämpfte dagegen an, schon die ganze Zeit, aber die Erinnerungen waren immer stärker geworden, immer zwingender, bis er kapituliert hatte.

Sie hatten ihr den Namen Amalia gegeben. Es war ihr erstes Kind – und ihr letztes. Manchmal, wenn er die Augen schloss, sah er alles vor sich. Die Sonne schien von einem hellblauen Himmel. Einer der ersten Frühlingstage in Tunis. Wochenende. Ein Ausflug ans Meer mit Frau und Kind. Ich liebe dich. Ihr Gesicht, das ihn anlächelt. Haben wir nicht etwas Wunderschönes geschaffen, du und ich?, hatte sie noch im Auto gesagt, hatte sich zu ihm herübergebeugt und ihn geküsst. Amalia auf ihrem Arm. Ihre Lippen so weich und duftend, sie war die schönste Frau, und er wusste, dass er nicht mehr leben wollte ohne sie. So fühlt sich Liebe an, dachte er noch, sie stieg aus, dort, vor dem Café, wo gerade ein Tisch frei geworden war, er wollte einen Parkplatz suchen.

Sie winkte mit dem Kind auf dem Arm, er sah die Parklücke schon, nur dreißig Meter weiter, da, im Rückspiegel schoss etwas heran, ein weißer Lieferwagen, in dem Augenblick wusste er, was passieren würde. Der Lieferwagen raste über den Bürgersteig in die Menschen hinein, ins Café und explodierte in einem Feuerball … Deshalb war er so geworden. Sie hatten ihm alles genommen, und in diesem Nichts gedieh der Hass. Der Hass und nichts anderes, er wuchs wie ein Unkraut, wo nichts anderes wächst. Die Rache an der Welt und an den Menschen war ihm zum einzigen Lebenssinn geworden.

Das Mädchen schlief noch immer. Er hatte ihr vorhin das Klebeband vom Mund gezogen und gedroht, es ihr sofort wieder hinzukleben, wenn sie einen Mucks machte.

»Mann, jetzt haben wir's bald hinter uns«, sagte Gilles und warf einen Blick in den Rückspiegel.

Tiger drehte sich nach hinten um. »Nur noch eine Frage von Minuten.«

»Von Stunden«, sagte Gilles genervt, »wenn das mit dem Scheißverkehr hier so weitergeht.«

»He, nur mit der Ruhe. Wer weiß, was nachher los ist, wenn die die Dinger finden«, sagte Tiger und gluckste.

»Die suchen hier doch gar nicht. Die suchen doch in Paris.«

»Ich weiß nicht, so blöd sind die auf Dauer auch nicht. Und die Berater der First Lady auch nicht«, sagte Gaddafi.

»Was?« Tiger sah sich zu ihm um. »Es geht um die First Lady? Sie wollen die Frau vom amerikanischen Präsidenten …?« Er fing an zu lachen. »Mann! Wieso sagst du das erst jetzt?«

Weil ich dir nicht traue, wollte Gaddafi sagen, aber er hielt den Mund. Keine unnötigen Konflikte, so dicht vor dem Ziel.

»Und du, Gilles, du hast es auch gewusst?«

»Reg dich ab, Tiger!«, gab Gilles zurück und warf Gaddafi im Rückspiegel einen strafenden Blick zu.

Gaddafi sah aus dem Fenster. Dieser ganze Job war ein Fehler gewesen.

»Mann, ich fass es nicht!« Tiger stopfte sich drei Kaugummis in den Mund. »Kennst du *2012?* Oder, Mann, wie heißt dieser andere Film, in dem ganz L.A. vor dem Erdbeben flüchtet, oder war's ein Vulkan? Mann, ist ja auch egal, aber da waren alle auf den Straßen, alle haben ihr Zeug gepackt und …«

»Was für ein Film?«, fragte das Mädchen.

Gaddafi sah zu ihr hinüber. Es war aufgewacht und rieb sich die Augen.

»He, die Kleine kennt ihn auch, was?« Tiger drehte sich um.

»Lass sie in Ruhe, Tiger«, sagte Gaddafi.

»He, spielst du jetzt Papa?«, fragte Tiger.

»Ich hab gesagt, du sollst sie in Ruhe lassen, okay?«

»Oh, Papa Gaddafi hat schlechte Laune«, sagte Tiger herausfordernd.

»Hört jetzt auf, euch zu streiten. Wir haben die Sache gleich hinter uns«, sagte Gilles.

Gaddafi warf einen Blick auf das Mädchen. Sie hofft immer noch, dass wir zu ihrer Mutter fahren, dachte er. Sie weiß nicht, dass ihre Mutter tot ist. Begraben unter Autoschrott.

In diesem Augenblick sah sie zu ihm herüber, nur kurz, aber ihre Blicke trafen sich, und er war sich nicht sicher, ob sie gerade zu ahnen begann, dass die Dinge anders lagen. Ein winziger Augenblick hatte sein ganzes Leben verändert. Warum sollte ein anderer winziger Augenblick sein Leben nicht ein zweites Mal verändern? Er hatte so viel Schuld auf sich geladen … Konnte man so viel Schuld wiedergutmachen? Ja. Los, mach schon.

»Hört mal, wir ändern den Plan«, sagte er.

»Ach?« Beide drehten sich zu ihm um.

»Wir bringen sie auf keinen Fall zu diesem Wichser«, sagte Gaddafi.

»Was? Tickst du noch richtig?« Gilles musterte ihn im Rückspiegel.

»Der Typ ist ein fieses Schwein«, sagte Gaddafi.

»Der Typ ist unser Auftraggeber«, sagte Tiger Kaugummi kauend, »und wenn er sagt, wir sollen sie zu ihm bringen, dann bringen wir sie zu ihm, klar?«

»Er ist ein Sadist«, sagte Gaddafi.

»Das geht uns nichts an«, gab Gilles zurück.

»Passt auf«, sagte Gaddafi, »wir sollten den Typ im Restaurant erledigen und das Zeug aus dem Labor rausholen und in die Stadt bringen. Das war's. Es ging nicht um einen Autounfall, und es ging erst recht nicht um ein Kind.«

»Mann, was ist auf einmal los mit dir?«, fing Tiger an. »Sobald sie bei ihm ist, kriegen wir den Rest der Kohle.«

»Und was glaubt ihr wohl, was er mit ihr macht?«

Das Mädchen sah Gaddafi an. Sie weiß schon viel zu viel, dachte er, aber jetzt konnte er nichts mehr daran ändern.

»Das ist nicht unser Problem, kapiert?«, sagte Tiger.

Was für ein mieses Arschloch!, dachte Gaddafi.

»Nee, wirklich nicht!«, sagte Gilles. »Mann, wir sind gleich mit allem fertig, jetzt mach mal keine Probleme, wo gar keine sind!«

»Genau«, sagte Tiger, »jetzt mach dir mal nicht in die Hose, Gaddafi, klar? Wir machen es wie abgesprochen. Wir liefern die Kleine ab, kassieren unsere Kohle und die Tickets und verschwinden wieder. Ganz entspannt und easy.«

Gilles warf ihm im Rückspiegel einen ernsten Blick zu. »Und du hältst dich auch dran.«

Als wäre die Welt innerhalb von Sekunden eine andere geworden, kam es Gaddafi vor, der begriff, dass er nicht mehr dazugehören wollte, dass sich etwas verschoben hatte in seinem Denken und Fühlen.

»Es war nicht abgesprochen.«

»Na und, dafür hat er uns ja noch was draufgelegt. Mann, du bist ein echtes Weichei, Gaddafi.« Tiger schüttelte den Kopf, während Gilles ihn im Rückspiegel prüfend ansah.

Der Wagen fuhr durch eine Unterführung, Gaddafi kannte sich nicht aus. Blicke sagen mehr als Worte, das wusste er, das stimmte, und da wurde ihm klar, dass er handeln musste. Er würde ein bisschen Schuld abtragen, ein bisschen …

Mit einer Hand drückte er das Mädchen nach unten und mit der anderen zog er seine Waffe. Blitzschnell. Aber Tiger war schneller. Gaddafi fühlte nur noch, wie etwas in seinen Kopf eindrang. Es tat nicht weh, es war nur ein furchtbarer Schlag, der ihn nach hinten an die Kopfstütze schleuderte. Den Aufprall spürte er schon nicht mehr.

76

»Was heißt das, ich soll im Hotel bleiben?«, fragte Darlene ins Telefon. Um ihren Kopf hatte sie einen Handtuchturban geschlungen, und unter dem Hotelbademantel war sie nackt. Ich bin glücklich, sagte sie sich. Doch irgendetwas stimmte nicht mehr. Innerhalb von Sekunden war dieses Glücksgefühl blankem Entsetzen gewichen.

Entspannt, erholt von Bad und einem kurzen, aber tiefen Schlaf, war sie aufgestanden, hatte nichtsahnend die Tür des Schlafzimmers geöffnet, und sofort waren Eric und Sara von der Couch hochgeschossen.

»Wir hatten Anweisung, Sie nicht zu stören«, hatte Sara gesagt, ihr Gesicht war erschreckend blass gewesen. Und Eric hatte ihr das Telefon gereicht. »Der Präsident.«

»Syd, warum kannst du mir nicht einfach sagen, was los

ist?«, fragte sie. Sie begriff nicht, warum er so herumdruckste. Das war doch sonst nicht seine Art. »Warum soll ich das Hotel nicht verlassen?«

»Bitte, Darlene, reg dich nicht auf«, hörte sie ihn in seiner typischen beschwichtigenden Art sagen, die sie sonst so schätzte, die sie aber jetzt vollkommen unpassend fand. »Es wird gleich jemand kommen und dir alles erklären.«

»Was? Was gibt es denn da zu erklären? Und warum erklärst du es mir nicht selbst? Ich wollte von Anfang an nicht nach Europa! Und dann auch noch mit Silva!«

»Wo ist sie?«

»Im Schlafzimmer, sie sieht sich einen Film an.«

»Bitte ... Darlene! Ich bitte dich, bleib ruhig. Du wirst es verstehen. Ich konnte nicht anders.«

»*Was* soll ich verstehen? Wovon redest du?«

»Darlene, bitte! Ich ... ich bin unter Druck ... Ich sehe keine andere Möglichkeit ... Bitte, stell jetzt keine Fragen. Man wird dir alles erklären. Du musst mir vertrauen, Darlene, bitte, es wird alles gut werden.«

»Syd! Wirst du bedroht? Ist jemand bei dir?« Sie fragte, obwohl sie wusste, dass, wenn es tatsächlich der Fall wäre, Syd es bestimmt nicht sagen durfte – oder vielleicht auch nicht sagen wollte, um sie nicht noch mehr zu beunruhigen.

»Darlene, vertrau mir, tu jetzt einfach, was man dir sagt. Und ... Ich liebe dich.«

Aufgelegt. Er hatte tatsächlich aufgelegt!

In dem Augenblick klopfte es. Sie nickte, und Sara öffnete die Tür.

»M'am? Der Präsident schickt mich«, sagte der Mann. »CIA.« Er klappte seinen Ausweis auf, doch sie sah nicht hin. Sie war viel zu sehr damit beschäftigt, im Kopf die Gründe durchzugehen, warum Syd so geheimnisvoll tat.

In diesem Augenblick merkte sie, dass sie noch im Bademantel war. »Bitte warten Sie draußen, ich möchte mich erst anziehen.«

Der Agent, wahrscheinlich gerade mal dreißig, zögerte.

Eric wandte sich zu ihm, fast schob er ihn hinaus. »Bitte, Sir.«

Irgendetwas war passiert, und sie wusste nicht, was. Das machte sie unruhig. Sehr unruhig. Während sie sich eilig anzog und rasch ihr Haar föhnte, ging sie alle Möglichkeiten durch, die ihr einfielen. Jemand hatte ein Drohvideo geschickt, irgendwelche Bedingungen genannt, eine Bombe war irgendwo in der Nähe hochgegangen, die Polizei hatte einen Hinweis auf Terroristen erhalten... Silva... ein Verrückter, ein Psychopath hatte sie im Visier...

Die Angst trieb sie zu ihrer Tochter, um sich zu vergewissern, dass sie wohlbehalten im Schlafzimmer war.

»Mom?« Silva saß im Schneidersitz auf dem Bett.

»Ich wollte nur mal nachsehen, ob dir der Film gefällt«, sagte Darlene so ruhig wie möglich.

»Geht schon«, sagte Silva, »bleib doch da, Mom, wir könnten zusammen gucken.«

»Ach, Zuckerschnäuzchen«, das war ihr rausgerutscht, und beinahe hätte sie sogar eine Träne der Rührung – oder der Wut? Der Wut auf Syd? – nicht zurückhalten können, »ich kann jetzt nicht, aber wir schauen uns zusammen was an, später, ganz bestimmt.«

»Wann denn?«

»Mommie muss noch arbeiten.«

»Versprochen?«

»Aber sicher, versprochen.« Eilig verließ Darlene das Zimmer. Sie hasste es, ihrer Tochter falsche Versprechungen zu machen und sie immer wieder zu vertrösten. Sie atmete durch. *Ich bin Darlene Redmond, ich habe keine Angst …*

Darlene, du musst jetzt ganz tapfer sein. Und dann war sie in dieses dunkle, stille Zimmer geführt worden, in dem ein süßlicher Geruch die Luft so schwer machte, dass man kaum atmen konnte. Kerzen flackerten, und die Vorhänge waren vor die Fenster gezogen. Dann sah sie das große schwarze Ding aus Holz. Da ist dein Dad drin. Er ist in ein Auto gelaufen. Sie wollte den Deckel aufklappen, machte sich an den Schließen zu schaffen, tobte, bis ihre Tante sie wegzog. Das ist ein Sarg, sagte sie, darin fliegt dein Dad in den Himmel. Jetzt bereitet er sich darauf vor, du darfst ihn nicht stören.

Darlene atmete tief durch und sagte zu Eric ruhig und gefasst: »Ich bin so weit.« Dann ging sie mit ihm und dem Agenten zum Aufzug, der mit ihnen hinunter in die Tiefgarage des *Marriott* glitt.

77

A 6, Grenoble-Brüssel

Die Eintönigkeit der Landschaft, die an ihr vorbeizog, beruhigte sie. Das Gespräch mit Nyström hatte sie aufgeregt, aber allmählich konnte sie wieder klar und nüchtern denken.

Es fing damit an, dass sie plötzlich einen Zusammenhang erkannt hatte: Mit welchem Datenbank- und Sicherheitssystem arbeitet eigentlich das *CRSSA*, hatte sie von Nyström wissen wollen, und er hatte ihr schnell die Antwort gegeben, die sie nicht überraschte: Die Überwachungskameras im *CRSSA*, die Datenbank, die Scanner – alles wurde mit Software von *Legend* betrieben. Und dann erinnerte sie sich an

Nyströms Vorführung ganz am Anfang, die mit der U-Bahn-Überwachung, und sie erinnerte sich auch daran, was er über *Legend* gesagt hatte: *Damit kennen wir uns super aus.*

»Jemand hat sich ins *CRSSA* reingehackt«, hatte sie ihm erklärt, »hat die Sicherheitssysteme ausgeschaltet, damit so ein Überfall überhaupt stattfinden konnte. Was ist mit Lee oder Teecee?«

»He! Glaubst du, wir sind ein Haufen Verräter?«, hatte er sie angefahren. »Wer für *Lanzelot* arbeitet, ist loyal. Du solltest dein Misstrauen vielleicht mal auf was anderes lenken.«

Dann war noch etwas gefolgt, das sich auch jetzt noch, nachdem sie aufgelegt hatte, in ihrem Gehirn abspulte:

»Karen … es gibt da noch etwas, das du vielleicht wissen solltest …«

Hätte sie da *Stopp* sagen sollen? *Nein, ich will nichts mehr von deinen Enthüllungen hören?*

Ihr Vater, Major John Kelly, geboren am 3. Februar 1949 in Tampa, Florida, bekam mit zwölf Leukämie, wurde deshalb zwei Jahre lang behandelt: Operation, Chemotherapie, Bestrahlungen. Kurz vor seinem Einsatz 1982 machte er einen Check, denn er wollte heiraten und wissen, ob er zeugungsfähig war. Er war es nicht.

»Das … das ist absurd, Nyström!« So einfach ließ sie sich ihre Welt nicht kaputt machen. Und dann hatte sie ihm ein paar Dinge an den Kopf geworfen. »Du brauchst Kontrolle über Menschen«, hatte sie gesagt, »du willst dich interessant machen, indem du Geheimnisse lüftest.«

»Karen, ich kann verstehen, dass du alles gegen mich wendest«, hatte er einlenken wollen, »aber wir wollten zusammen …«

»Nein, wir wollten gar nichts zusammen! *Ich* wollte. *Ich*

wollte die überlebenden Soldaten retten. *Du* nicht. Erinnerst du dich? *Du* wolltest nur mit deiner Story an die Öffentlichkeit. *Du* wolltest Geld machen, die Story an die meistbietende Zeitung verkaufen.«

»Was ist falsch daran, die Wahrheit zu verbreiten?«

»Nichts! Aber dir geht es nicht um die Wahrheit, Jens Nyström. Dir geht es um Macht. Geld. Du willst vergöttert und zugleich gefürchtet werden, weil du nichts anderes hast. Ist es nicht so?«

»Und du? Du willst dich der Wahrheit nicht stellen, weil du deine Mutter vergötterst, weil du dich immer noch nicht aus ihrem Schatten herausgewagt hast. Du kannst sie nicht vom Sockel stoßen, denn was hättest du denn noch, wohinter du dich verstecken könntest, wenn nicht hinter dem Denkmal deiner Mutter? Du fühlst dich wie eine zweitklassige Journalistin, die von einer kleinen Entführung total aus der Bahn geworfen wird, die anfängt zu trinken und Tabletten nimmt, während ihre Mutter mit so einer Story wahrscheinlich den Pulitzer-Preis gewonnen hätte, genauso denkst du doch, oder?«

»Ich hör mir deinen Psycho-Scheiß nicht länger an«, hatte sie gesagt. Und aufgelegt. Gekränkt, wütend, enttäuscht. Ihre Welt war gerade eingestürzt, mit lautem Krachen und in einer riesigen Staubwolke.

Ihre Narbe brannte wieder, und ihr Kopf drohte zu platzen. »Nur eine«, ermahnte sie sich, griff nach hinten auf den Rücksitz zu ihrer Handtasche, holte die Schachtel heraus und nahm eine Ibuprofen.

Der Scheibenwischer arbeitete ununterbrochen. Wischte klare Halbkreise in den Schneeregen und gab den Blick frei auf das immer gleiche schwarze Teerband, das sich endlos vor ihr ausrollte.

»Was will ich eigentlich, Gibbs? Warum fahre ich hier immer noch auf dieser Straße herum?« *Machst du das wegen ihm, wegen David?*, hatte Nyström ganz am Anfang gefragt.

Zuerst schon. Und dann? Weil sie mittendrin nicht einfach aussteigen konnte, weil … weil sie Teil dieser ganzen Sache geworden war, weil sie sonst Tabletten schlucken würde, weil sie einen Sinn brauchte, eine Aufgabe – und weil irgendetwas sie dazu trieb, immer tiefer zu graben.

78

Brüssel

Die Tiefgarage des *Marriott* wirkte wie ausgestorben. Es war kalt, und die Belüftung rauschte. Ihr war unwohl, ihr Körper kribbelte unangenehm, und sie ahnte, nein, sie wusste, dass sie gleich etwas Schreckliches erfahren würde, etwas, das ihre Vorstellungskraft überstieg. Eric und der CIA-Agent blieben stehen.

Staatsbegräbnis, schoss es Darlene durch den Kopf, als sie die hochglanzpolierte schwarze Stretchlimousine sah, in deren Lack das Licht der Neonröhren geradezu martialisch funkelte.

Die hintere Tür öffnete sich, und eine Stimme sagte:

»Es ist mir eine Ehre, Sie persönlich kennenzulernen, Madame Redmond.« Der Mann lächelte sie an, es war ein offenes, sympathisches Lächeln aus einem freundlichen Gesicht

»Wer sind Sie?«

»Nennen Sie mich *Rouge*. Ich bin nur der Bote«, sagte er mit einem devoten Lächeln. »Der Bote – des *Syndikats*.«

Das ungeheure Ausmaß dessen, was sie dann erlebte, begriff sie erst später. Sie war wieder ausgestiegen, die schwere Autotür war hinter ihr ins Schloss gefallen, sie war in Begleitung von Eric in den Aufzug gestiegen. Dort stand sie jetzt und nahm in der Metallverblendung schemenhaft ihre Gestalt wahr, eine Hülle ohne konkrete Züge, ein Zerrbild, eine schlechte Spiegelung, mehr nicht. Mit einem Mal wurde ihr klar, dass der Mann recht hatte. Sie und Syd waren nur Figuren. Avatare in einem Spiel, das andere sich ausgedacht hatten.

»Alles in Ordnung, Ma'm?«, hörte sie Eric fragen.

»Ja.«

Sara starrte sie erschrocken an, als sie die Tür zur Suite öffnete.

»Bitte nehmen Sie Silva zu sich und lassen Sie mich allein«, sagte Darlene und ging ins Schlafzimmer.

»Mommie?« Silva sprang aus dem Bett auf.

»Geh rüber ins große Zimmer, Sweetheart«, sie schob ihre Tochter in Saras Arme, »ich komme gleich.« Mit einem »Bitte, später!« wehrte sie Saras fragenden Blick ab und schloss die Tür. Sie hätte es wissen müssen. Früher oder später war es so weit, irgendwann war jede Rechnung zu bezahlen.

Sie ließ sich aufs Bett sinken, dorthin, wo Silva gerade noch gesessen hatte, die Stelle war warm, und einen kurzen Augenblick lang wollte sie weinen. Aus Wut, dass jemand es wagte, sie in die Enge zu treiben, aus Enttäuschung über Syd und aus Angst um Silva. Aber sie atmete tief durch, atmete diese Gefühle weg. Sie musste jetzt klar denken.

»*Terroristen planen, Pestbakterien freizusetzen*, wird es gleich in den Medien heißen«, hatte dieser Mann in der Limousine gesagt. »Antibiotikaresistente, tödliche Bakterien. Das hier«, sagte er und öffnete die Faust, »ist ein Chip. Darauf sind alle persönlichen Daten gespeichert sowie ein hundertprozentig wirksames Impfserum, das durch eine Mikropumpe in den Körper ausgeschüttet wird.«

Sie hatte zu erfassen versucht, worauf das alles hinauslief. Dann begriff sie. »Eine Epidemie dient als Vorwand, um die Menschen zu impfen und mit diesem Chip auszustatten. Wir kennen die Idee.«

Er lächelte zufrieden. »Die Schweinegrippe war leider ein nicht ausgereifter und dann auch noch gescheiterter Versuch ... aber diesmal ...«

Die Pest. Und dann erklärte er ihr, dass man den Chip *Antiterror-Chip* getauft hätte, denn ab sofort würden alle Überwachungssysteme wie Kameras und Scanner die persönlichen Daten des Chips lesen, und somit könnte jeder zu jeder Zeit überwacht werden. Und wenn man beispielsweise wollte, dann könnte man mit dem Chip die Menschen in eine Krankenversicherung verpflichten. »Endlich hat der Staat wieder Macht! Das ist doch genial, nicht wahr?«, hatte er stolz gesagt.

»Das ist krank«, hatte sie erwidert ...

Sie wählte Syds Nummer. Das alles konnte nicht wahr sein. Und wenn es doch wahr wäre, wieso hielt Syd sich dann so bedeckt?

»Was ist das *Syndikat?*« schleuderte sie ihm wütend und ohne Einleitung entgegen. »Hier droht ein Biowaffenanschlag! Hast du davon gewusst?«

»Ich ...«

Sie war noch nicht fertig. »Ich glaube einfach nicht, dass kein Geheimdienst davon gewusst hat! Warum werde ich nicht ausgeflogen, Syd? Und bitte, sag mir nicht, dass diese Reise nur ein dummer Zufall ist!«

»Darlene, es tut mir leid, aber ich hatte keine Ahnung, wirklich ...« Sie hörte ihn stöhnen. »Darlene, ich konnte nicht anders. Sie haben mich unter Druck gesetzt.« Er klang verzweifelt.

Sie schloss die Augen, versuchte, klar zu denken, versuchte zu erfassen, was er da gerade sagte. »Das *Syndikat?* Was sind das für Leute?«

»Es ist kompliziert.«

Syd war zu weich, das hatte sie schon immer gewusst.

»Bitte, Darlene, beruhige dich! Diese Leute ... haben ...« Er brach ab.

»Sie haben *was?«*, fragte sie alarmiert.

Sie hörte ihn schlucken. »... mein Studium finanziert.«

Sie wartete einen Augenblick, als könnten sich diese drei Worte als Irrtum herausstellen, als Versprecher, als Fehler in der Mobilfunkverbindung, als irgendetwas, nur nicht als die Wahrheit. Aber er sagte nicht, das war ein Spaß, er sagte nichts, und das war das Schlimme.

»Du hast dich kaufen lassen?«, sagte sie schließlich. Sie sah sich auf einem hohen Gerüst stehen, es ragte bis in den Himmel, und dann fing es an zu schwanken, die ersten Stangen brachen hinunter.

»Es war nicht leicht für mich ...«, sagte er leise.

»Wie konntest du nur, Syd!« Noch nie hatte sie eine Enttäuschung so körperlich gespürt. Alles in ihr schrumpfte zusammen, löste sich auf.

»Wir sind beide gekauft, Darlene.«

Die Knie wurden ihr weich, sie musste sich setzen. »Wie kannst du so etwas behaupten?«

»Hast du dich nie gefragt, wer dein Studium bezahlt hat?« Er klang jetzt ruhig und gefasst, emotionslos fast, und das war für sie schlimmer, als wenn er schreien würde, denn sie spürte, wie er sie ausschloss und sich immer weiter von ihr entfernte.

»Ich hab ein Stipendium bekommen«, betonte sie, während sie in Gedanken schon die Umstände von damals durchging, die Anspannung, die Freude … Ohne Stipendium hätte sie nicht studieren können, ohne Stipendium wäre sie niemals Syds Frau geworden.

Er sagte nichts.

»Syd? Was ist mit dem Stipendium? Wieso behauptest du so etwas?«

»Du glaubst, du hast es wegen deiner Noten bekommen, ja?«, sagte er dann. »Erinnerst du dich noch an Susan Weller?«

»Ja …« Susan, die stets die Beste war in allen Fächern, außer in Sport. Susan, die auch studieren wollte, die …

»Eigentlich hätte sie es bekommen müssen. Sie war besser als du.«

»Ja, aber Susan … konnte das Stipendium nicht annehmen, weil …«

»… weil sie einen Unfall hatte«, sagte Syd, er klang auf einmal matt. Ihr war, als müsste sie jedes einzelne Wort verstehen lernen.

»Willst du damit sagen … jemand … hat Susan absichtlich überfahren«, sagte sie langsam, »damit *ich* das Stipendium bekomme?«

Wieder schwieg er, und in jeder Sekunde, die verstrich, so kam es ihr vor, sagte er Ja, Ja, Ja.

»Ich habe nicht geahnt, dass sie zu solch drastischen Mitteln greifen würden«, sagte er.

Sie sah ihn vor sich, wie er mit hängenden Schultern in seinem Büro stand und auf den Teppich starrte. Sie wollte etwas empfinden, irgendetwas, aber da war nichts. Noch nicht einmal Wut. Sie glaubte ihm nicht.

»Aber du kanntest mich doch kaum, Syd. Erst eine oder

zwei Wochen, erinnerst du dich denn nicht?« Als er nichts erwiderte, kam ihr ein ungeheuerlicher Gedanke. »Sie haben mich ausgesucht für dich ... Ja? War es so? Syd! War es so?« Ihre Stimme war schrill geworden, und als er zu lange zögerte mit einer Antwort, wusste sie, dass sie recht hatte, dass es genau so gewesen war.

»Darlene«, sagte er schließlich, »ich liebe dich. Du bist der einzige Mensch, mit dem ich leben will. Und sie ... sie haben dir ein Leben ermöglicht, in dem du deine Fähigkeiten entfalten kannst, sie haben uns unserer Bestimmung zugeführt.«

Da war nur ein Nein, ein großes, lautes Nein in fetten schwarzen Buchstaben und mit tausend Ausrufezeichen dahinter. Alles in ihr sträubte sich gegen Syds Argumente, sie fühlte sich belogen, betrogen und manipuliert.

»Wir haben immer zusammengehalten«, redete er weiter auf sie ein, »wir lieben uns, ja?«

Fast hätte sie automatisch genickt, aber sie presste nur weiter das Telefon ans Ohr.

»Pass auf«, sagte er, »wir können die Situation für uns nutzen.« Ein wenig Begeisterung schwang auf einmal wieder mit in seiner Stimme, und sie dachte an seine Augen, wie sie leuchten konnten und wie ihr das immer gefallen hatte, aber jetzt erkannte sie es als das, was es war, als Mittel der Manipulation. »Die First Lady«, hörte sie ihn weiterreden, »wird in Europa von Terroristen bedroht. Sind wir in den USA dagegen gerüstet? Nein! Darlene, jetzt kriegen wir endlich die Sicherheitsmaßnahmen durch, die so wichtig sind: Telefonüberwachung, Internetkontrolle, bessere, umfangreiche digitale Kontrollen. Die Menschen werden das verstehen. Und wir, wir haben einen weiteren Terroranschlag verhindert. Darlene, das ist unsere Chance!«

Sie war sprachlos, Worte reichten nicht aus, um das zu

beschreiben, was sie gerade empfand. Empörung? Entsetzen? Enttäuschung? Wut? Hass? Trauer? Verzweiflung?

»Darlene«, fing er wieder an, und der vorwurfsvolle Unterton entging ihr nicht, »ich liege gerade noch bei einunddreißig Prozent. Das ist nicht gerade die beste Voraussetzung für einen Sieg. Die Schuldenkrise … Afghanistan … aber jetzt können wir den Fokus auf etwas anderes richten. Amerika wird bedroht! In so einem Fall haben die Amerikaner schon immer zusammengestanden. Die Republikaner werden einlenken, und ich kann Stärke und Führungskraft demonstrieren.«

Er hatte seine Entscheidung getroffen – ohne sie. Wie immer öfter in letzter Zeit.

»Weißt du, was du von mir verlangst, Syd?«

»Darlene, glaub mir, diese Entscheidung ist mir nicht leichtgefallen. Du stehst das durch. Du tust es für uns. Und für unser Land. Für ein vereintes, neues, starkes Amerika. Bitte, Darlene.«

Bitte, Darlene – mit diesen beiden Worten hatte er sie immer wieder auf ihr gemeinsames Ziel eingeschworen, den Sieg bei den Präsidentschaftswahlen, und selbst wenn sie auf ihn wütend gewesen war, hatte sie sich gefügt und ihm vertraut. Daran dachte sie jetzt, und dann dachte sie wieder an Susan Weller. Alles, was nach der ersten Begegnung mit Syd geschehen war, war Täuschung gewesen …

»Du hast es schon vorher gewusst«, sagte sie tonlos. »Es war alles geplant. Deshalb sollte ich mit Silva nach Brüssel … Syd … du hast Silva da mit reingezogen …«

»Darlene, die Bakterien werden nicht freigesetzt, das Ganze ist nur fingiert …«

All die Jahre hatte sie ein Leben gelebt, das von anderen für sie entworfen worden war, sogar ihr Stipendium war Betrug. Jetzt wusste sie nicht einmal mehr, wer sie wirklich war.

»Darlene? Bist du noch dran?«

»Was soll ich tun?«, hörte sie sich fragen.

»Du musst dich und Silva impfen lassen. Es wird im Fernsehen übertragen. Du gehst mit gutem Beispiel voran. Du musst dir wirklich keine Sorgen machen, hörst du? Darlene? Versprich mir, dass du mir vertraust.«

»Ja.«

»Sag es!«

»Ich vertraue dir.« Hatte sie das wirklich gesagt? Nein, die Darlene Redmond, wie sie bis vor einer halben Stunde existiert hatte, hatte das gesagt.

»Darlene, es gibt noch so viel zu tun. Wir müssen diese Wahlen gewinnen. Wir brauchen Zeit für all unsere Vorhaben! Das hast du doch selbst immer wieder gesagt! Das willst du doch auch ...!«

Sie hielt das Telefon noch immer in der Hand, als er schon längst aufgelegt hatte.

Diese Leute haben mein Studium bezahlt ... Er hatte immer behauptet, er habe ein Stipendium gewonnen.

Susan Weller war drei Tage vor Vergabe des Stipendiums beim Überqueren der Straße vor dem Haus ihrer Tante, die sie regelmäßig besuchte, von einem viel zu schnell fahrenden Auto erfasst worden. Der Fahrer beging Fahrerflucht und wurde nie gefunden.

Ab dem Zeitpunkt also, als sie Syd kennenlernte – auf einer politischen Demonstration während der letzten Wochen auf dem College –, war ihr ihr Leben aus der Hand genommen worden, stellte sie mit Bitterkeit fest. Nein, sie konnte es immer noch nicht glauben.

»Ist alles in Ordnung?« Saras Stimme drang durch die Tür.

»Jaja«, sagte Darlene, »ich komme gleich.«

Was soll ich tun? Sie schloss die Augen. Irgendwo musste

sie eine Antwort finden. Irgendwo in den Winkeln ihrer Erinnerungen musste es ein Muster geben, einen Ratschlag, ein Prinzip, ein Motto, ein …

Darlene faltete die Hände und schloss die Augen. Wie lange hatte sie schon nicht mehr gebetet? Wie lange hatte sie schon nicht mehr über ihren Glauben nachgedacht? Es hatte immer anderes, so viel anderes, Wichtigeres gegeben. So allein war sie schon seit vielen Jahren nicht mehr gewesen.

Herr, hast Du mich diesen weiten, beschwerlichen Weg so weit gehen lassen, um mir jetzt zu sagen, ich soll ihn aufgeben? Der Weg war falsch? Hast Du mich mein Leben lang auf einen falschen Weg geführt? Herr, ich flehe Dich an, bitte, gib mir eine Antwort!

Sie lauschte. Zweimal hatte *ER* mit ihr gesprochen, das erste Mal, als ihr Vater gestorben war, und das zweite Mal, als Silva geboren wurde.

Alles, was wir sind, sind wir, weil Gott es so wollte … Die Worte ihres Vaters drangen zu ihr. Diese Überzeugung hatte ihm die Kraft gegeben, den Tod seines Sohnes zu überleben, auf der Universität zu höchsten Ehren zu kommen und dem Mann zu vergeben, der ihn angefahren hatte. So jedenfalls hatte ihre Mutter es ihr immer erzählt. Wenige Tage später platzte das Aneurysma, das die Ärzte übersehen hatten.

Alles, was wir sind, sind wir, weil Gott es so wollte.

Herr, ich flehe Dich an, bitte, gib mir eine Antwort!

79

A 6, vor Brüssel

Vorbei, dachte Karen. Ich bin zu spät. Linh. Das kleine Mädchen ist tot. Gibbs hatte beide Vorderbeine gegen das Armaturenbrett gestemmt, eine kämpferische Pose, als wollte auch er es nicht glauben.

Sie hatten es gerade im Radio gebracht: Lieferwagen mit Aerosolbehältern gefunden. Im Zentrum von Brüssel.

Ob auch Lan Peyroux die Nachrichten gehört hatte? Es muss ja nicht Linh sein, hörte sie ihre Hoffnungsstimme sagen. Natürlich nicht, aber dennoch: Was war mit Linh geschehen? Was würden sie mit ihr machen?

In dem Augenblick meldete sich *Lanzelot*. Schon wollte sie Nyström mit Fragen bombardieren, als sie Lees Stimme erkannte.

»Nyström musste untertauchen«, sagte er.

Warum, wo ist er, wollte sie fragen, aber Lee redete schon weiter.

Lanzelot habe mit vielen technischen Tricks das Kennzeichen des Autos identifiziert, das an jenem Abend, als Michael weggegangen war, vor ihrem Haus gestanden hatte. Ein Porsche, zugelassen auf Hans-Peter Roth, Inhaber und Geschäftsführer von *HP Roth Consulting* in Brüssel. Er müsse sich unglaublich sicher gefühlt haben, sonst hätte er seinen Wagen wohl kaum so nah vor dem Haus geparkt.

»*HP Roth Consulting*. Die Firma arbeitet der Europäischen Verteidigungsagentur EDA zu. Die EDA hat den Auftrag, den Europäischen Rat und die Mitgliedstaaten hinsichtlich Verteidigung und Krisenbewältigung zu unterstützen. Die EDA legt den Bedarf an Waffen der EU fest, koordiniert die Rüstungsaktivitäten und Anschaffungen der Mitgliedstaaten und beteiligt sich mit einem Teil ihres Budgets an der Rüstungsforschung. Immerhin ist das Jahresbudget seit der Gründung der EDA 2004 von knapp zwei Millionen auf über einunddreißig Millionen Euro angestiegen. Bist du noch dran?«

»Ja.« Sie fühlte sich merkwürdig abwesend. In ihren Gedanken war sie mit der Frage beschäftigt, warum Nyström untertauchen musste – und was geschehen würde, wenn man ihn festnähme. Und sie dachte an Linh und hoffte, dass die Polizei sie längst gefunden hatte.

»Hat sich in wenigen Jahren sozusagen verfünfzehnfacht«, hörte sie Lee sagen. »Und jetzt wird es interessant: Geleitet wird die EDA vom Hohen Vertreter der EU für Außen- und Sicherheitspolitik. Roths direkter Ansprechpartner ist der Geschäftsführer der EDA, Dr. Jürgen Koch, ehemaliger Staatssekretär im deutschen Verteidigungsministerium. Ich hab hier einen netten Schnappschuss. Koch und Roth in ntspannter Atmosphäre bei einem Bier. Roth war damals, vor zwölf Jahren, Abteilungsleiter beim Rüstungskonzern *Jennewein* in Düsseldorf. Koch und Roth haben sich offenbar gut verstanden. Auf dem Foto haben sie immerhin vier leere und zwei volle Biergläser vor sich stehen. Und ich wette, dabei sind ein paar nette Millionengeschäfte rausgekommen.«

Lee schickte ihr ein Foto von Roth. Als sie es betrachtete, stutzte sie. Ein sympathisches Gesicht mit einem freundlichen Ausdruck, irgendwie kam es ihr bekannt vor. Oder glaubte sie es nur, weil es so ... so normal aussah, so alltäglich?

»Und dieser Roth soll ein Killer sein?«

»Er ist ein Psychopath. Wir wissen doch, Serienkiller sind meistens auch ganz nette Menschen«, sagte Lee, »er wohnt über seiner Firma, im obersten Geschoss. Ich bin sicher, der Typ hat irgendwas zu tun mit der ganzen Sache.«

»Es sei denn, jemand hat ihm seinen Porsche gestohlen.«

»Haben wir schon gecheckt. Nein.«

»Wenn sich Nyström meldet, sag ihm ...« Sie brach ab.

»Was?«

Ja – was? »Ach ... nichts. Ich melde mich wieder.«

»Karen, warte! Du fährst jetzt nicht zu diesem Roth!«

Roth war die einzige Spur, der einzige Anhaltspunkt. Sie legte auf. Noch jemanden, der sie warnte, brauchte sie nicht.

Roth. Rue de la Loi. Das war die einzige Spur.

In diesem Augenblick hörte sie im Radio eine neue erschütternde Nachricht.

80

Brüssel

Biowaffenalarm.

Roth genoss den Ausblick von seinem Apartment im obersten Stockwerk, ließ seinen Blick hinüber zum kühn geschwungenen Berlaymont-Gebäude der Europäischen Kommission wandern und strich dabei über sein perfekt rasiertes Kinn. Jedes Mal, wenn er sich klarmachte, dass er seine Fäden bis dort hinein hatte spinnen können, spürte er Stolz.

Vor knapp dreißig Minuten hatte die Brüsseler Polizei den anonymen Hinweis erhalten, sie solle sich den blauen Lieferwagen einer Installationsfirma, geparkt am Boulevard Anspach, also mitten im Zentrum, näher ansehen.

»Schließen Sie Fenster und Türen, schalten Sie Klimaanlagen und Lüftungssysteme ab, gehen Sie nicht auf die Straße«, lauteten die Ansagen im Fernsehen und Radio. Gleich würde ein Behälter im Gare Central hochgehen.

Er wandte seinen Blick vom Fenster ab, hielt kurz die Luft an und stach die Injektionsnadel mit dem Impfserum in seinen Oberarm. So, jetzt konnte ihm nichts passieren. Er zog die Nadel heraus und warf sie in den Papierkorb.

Das Fernsehen konnte gar nicht genug davon kriegen, die amerikanische First Lady Darlene Redmond und ihre Tochter zu zeigen, wie sie sich impfen ließen. Mit einem einstudierten zuversichtlichen Lächeln auf dem Gesicht setzte sie sich in einen Sessel. Sie trug ein ziemlich teuer aussehendes ärmelloses blaues Kleid. Ein Arzt in weißem Kittel, dessen Gesicht nur kurz zu sehen war, desinfizierte eine Stelle am Oberarm und gab ihr dann die Injektion.

Ein Sprecher erklärte, dass das Serum in einem Chip gespeichert sei und somit erst dann in den Körper gelange, wenn es dort auch benötigt werde. Diese Methode sei die schonendste und die allerneueste. Zusätzlich würden die persönlichen Daten gespeichert, da aus Sicherheitsgründen, um weitere Ansteckungen zu vermeiden, nur noch geimpfte Personen Zugang zu bestimmten Orten hätten.

Rund fünfzehn Minuten vor diesen Aufnahmen hatten der belgische Geheimdienst, das Büro des belgischen Innenministers, der Fernsehsender CNN und *Lanzelot* folgende Mitteilung per Mail zugesandt bekommen:

Wir bekennen uns zu der Zerstörung des gotteslästernden Ortes Le Chameau Noir *mitsamt seinen ungläubigen Gästen, die Lügen über uns und unsere Religion verbreiten. Stoppt den Krieg gegen uns und unsere Länder! Solange ihr nicht aufhört, geht unser Kampf weiter, bis ihr gelernt habt, Respekt zu zeigen!*

Der Absender war verschlüsselt und nicht zurückzuverfolgen.

Eine zweite Nachricht folgte kaum zwei Minuten später:

Wir sind im Besitz von Behältern mit tödlichen Pestbakterien. Wir werden mehrere davon in der Hauptstadt des ungläubigen und frevelhaften Europas öffnen. Ein Ort wird ein Bahnhof sein. Ein anderer der, wo die Ungläubigen ihr Geld scheffeln. Und es werden andere Städte folgen.

Glühender Halbmond hatte Roth die islamistische Vereinigung genannt, er lachte leise.

Lanzelot hatte die Nachrichten unverzüglich auf seine Homepage gestellt, wie Roth feststellte, der Fernsehsender brachte die Meldung wenige Minuten später.

Gedankenverloren ließ Roth seinen Blick zum Triumphbogen des Jubelparks gleiten.

Ja, die Dinge waren nicht ganz so gelaufen wie geplant. Grévy war doch tatsächlich umgefallen. Hatte er ihm, Roth, viele Monate lang etwas vorgespielt? Diese Frage begleitete ihn seit jenem merkwürdigen Treffen.

»Ich soll vor Gericht.«

Roth hatte Grévys Stimme noch im Ohr, darin lag nicht nur Angst, darin lag noch etwas anderes: Drohung. Er hatte nicht gesagt: »Dann packe ich aus.« Er hatte nur gesagt: »Ich soll vor Gericht«, und das mit diesem Unterton.

Dass Grévy so schnell handelte, hatte Roth nicht erwartet. Die Verabredung mit dem Journalisten auf der Skipiste hätte beinahe ernsthafte Konsequenzen gehabt. Und dann hatte er, Roth, auch noch erfahren, dass im Hotelzimmer dieses Journalisten zwei Leute gewesen waren. Wenn der Portier nicht so auskunftsfreudig gewesen wäre, hätte er länger gebraucht, um herauszufinden, um wen es sich handelte. Karen Burnett, sie hat einen Preis gewonnen. Roth musste lächeln. Und dass es keinen Thibault beim SE gab, hatte er dank seiner Kontakte ganz schnell rausgefunden.

Ein wunderbares Bild hatte die Überwachungskamera des Hotels von dem netten Pärchen gemacht, auch wenn die kleine Journalistin darauf etwas ramponiert aussah ... Aber die beiden liefen immer noch munter in der Gegend herum, das war ärgerlich – und demütigend.

Sein Blick wurde nach rechts gelenkt, wo ein Sonnenstrahl durch die graue Wolkendecke drang und in den verspiegelten Fassaden des über den Dächern hinausragenden Glaskomplexes des Europäischen Parlaments aufblitzte. Ein Babylon von Interessen – an dem er kräftig verdiente.

Soziale Intelligenz war die wichtigste Voraussetzung dafür, und damit war er reich gesegnet. Er wusste, wen man wegen welcher Sache ansprechen musste, wem man was geben oder versprechen musste, um etwas anderes zu bekommen, und er wusste viel, sehr, sehr viel über die Menschen, mit denen er zu tun hatte. Dazu beschäftigte er hier in seinem Büro in der Rue de la Loi drei Mitarbeiter, die nichts anderes taten, als in allen möglichen Quellen nach Informationen über bestimmte Menschen zu forschen.

Mit einem gewissen Stolz sah er die übrigen zehn Mitarbeiter vor sich, die seinem Büro gegenüber in drei Räumen untergebracht waren und die Internet, Datenbanken, Zeitschriften und Zeitungen nach bestimmten Begriffen und Themen durchforsteten, die er vorgab.

Er goss sich ein Glas Mineralwasser ein.

Koch, dachte er, er würde auch ihm etwas zukommen lassen müssen. Freundschaft musste schließlich gepflegt werden. So manches Kölsch hatte er damals in Bonn mit dem jetzigen Geschäftsführer der EDA gekippt, dabei hatten sie ihre Visionen von der Welt diskutiert. Und das waren ziemlich düstere Szenarien gewesen.

Koch hatte in einer Studie das formuliert, was er, Roth, sofort unterschreiben würde: Der Fokus der europäischen Verteidigung lag auf der Verteidigung des Weltwirtschaftssystems, indem man sich gegen den bevorstehenden Krieg rüstete gegen die vom Wohlstand ausgeschlossenen Massen. Gegen die ärmste Milliarde der bald acht Milliarden. Und die lebte außerhalb von Europa.

Er selbst stellte sich vor, wie wilde, hungrige Horden Schwarzafrikaner ein blühendes Europa überrannten, seine grünen Wiesen zertrampelten, seine Städte niederrissen, Kirchen und Frauen schändeten. Um das zu verhindern, war Koch angetreten. Bessere Kontrolle der EU-Grenzen, härtere Strafen gegen illegale Einwanderer. Allerdings: Die endgültige Entscheidung über Waffenkäufe und Forschungsaufträge fällte nicht die EDA, sondern der Lenkungsausschuss mit den EU-Mitgliedsstaaten, der wiederum den Vorgaben des Rats der Europäischen Union unterworfen war.

Behäbig und zäh funktionierte dieser Apparat, ständig wurden Vorschläge und Nachbesserungen hin und her geschoben, bis man sich nach oftmals ewig langer und zermürbender Zeit und endlosen Sitzungen auf einen lauen Kompromiss einigen konnte.

Doch er war schon mehr als zehn Jahre in Brüssel, er

kannte sich inzwischen aus in diesem engmaschigen Gewebe von Abhängigkeiten, Gefälligkeiten und Intrigen, er wusste, wie man den Informationsfluss lenken musste.

Es war nicht immer leicht gewesen, aber seitdem das *Syndikats*-Mitglied Jürgen Koch im Amt war, liefen die Geschäfte gut.

Roth drehte sein Handgelenk und sah auf seine goldene Rolex. Gleich war es so weit.

81

»Sieh dir das an, jetzt schicken uns die Franzosen auch noch ihre Biowaffen«, brummte Einsatzleiter van Ostaijen, der als einer der wenigen über den Zwischenfall in Grenoble unterrichtet worden war, während er seine Leute beobachtete, eine Spezialeinheit der belgischen Armee, die in Schutzanzügen und Atemmasken den Abschnitt des Boulevard Anspach mit dem blauen Lieferwagen einer Installationsfirma weiträumig abriegelte, wenn auch nicht weiträumig genug, um im Ernstfall eine Kontaminierung der Bewohner zu verhindern. Aber in der Öffentlichkeit muss unbedingt der Eindruck entstehen, als hätten wir die Lage im Griff, dachte van Ostaijen. Als Erstes fanden seine Spezialisten der Abteilung Minen- und Bombenentschärfung den Stahlbehälter. Und jetzt sahen sie sich drei Druckbehältern gegenüber, Pressluftflaschen für Taucher nicht unähnlich.

In diesem Augenblick wurde van Ostaijen über Funk von der Explosion eines Sprengsatzes im Eingangsbereich des Gare Central unterrichtet. Panik sei ausgebrochen. Bevor die Sondereinheit Biowaffenanschläge eingetroffen war und eine Evakuierung beziehungsweise eine Abriegelung des Gebäudes vornehmen und die Betroffenen in Quarantäne bringen konnte, seien die Menschen schon in alle Richtungen geflohen.

Wenn die alle kontaminiert sind, haben wir ein Problem, dachte van Ostaijen. Ein ernstes Problem – und keine Lösung.

Zum ersten Mal in seinem dreiunddreißigjährigen Berufsleben fühlte er sich vollkommen machtlos.

82

Sechs Stockwerke unter seinem Apartment hörte Roth Polizei- und Krankenwagensirenen, dazwischen lautes und hektisches Hupen. Autos rasten vorbei. Die kleine Explosion am Gare Central war ein guter Einfall gewesen, dachte er zufrieden.

Jetzt würde man die Drohungen des *Glühenden Halbmondes* wirklich ernst nehmen. Ein paar Pesttote waren doch ein überzeugendes Argument.

Wenig später war die Meldung auf allen Radio- und TV-Kanälen zu hören und zu sehen, und natürlich auch im Internet:

Explosion in Brüssel. Pestbakterien!
Massenpanik bricht aus. Tausende bereits kontaminiert?

Auch Pestbakterien auf europäischen Flughäfen? Anschläge in allen europäischen Großstädten befürchtet.

Ansturm auf Impfzentren in ganz Europa.

Die gesamte Stadt hätte abgeriegelt, die Flughäfen hätten gesperrt werden, und man hätte sofort eine strenge Ausgangssperre verhängen müssen, dachte Roth, doch all das geschah viel zu langsam und unkoordiniert.

Aber Impfzentren waren innerhalb kürzester Zeit errichtet worden. Das hatte funktioniert.

Er steckte die Pistole in den Hosenbund und zog den weißen Pullover darüber. Sicher ist sicher, dachte er. Am Ende soll schließlich nichts mehr schiefgehen. Gleich würde er seine Geschenke in Empfang nehmen. Wie sich die Narbe auf ihrer Wange unter seinem Finger wohl anfühlen würde?

Und der Kleinen würde er erst mal einen Kakao machen. Er lächelte. Er mochte Kinder. Kleine Mädchen ganz besonders. Mit ihnen musste man zärtlich und behutsam sein. Ganz anders als mit großen.

83

Grenoble

Jedes Mal, wenn Cortot es schaffte, durch den schmalen Schlitz zwischen den geschwollenen Augenlidern zu sehen, kam es ihm vor, als liege er eingeschlossen in einem Kristall, so verschwommen und so weit entfernt nahm er die Menschen und Geräte außerhalb des Quarantänezelts wahr.

So schnell hatte sich sein Leben verändert. Er hatte Dinge getan, die es bald beendeten. So bald. Nannte man das nicht Gerechtigkeit?

Es gab Verbrecher, die sich nach einem Geständnis und nach ihrer Verurteilung besser fühlten, das hatte er nie verstanden. Bis jetzt. Und, seltsam, er spürte, dass Gott seinen Blick auf ihn geworfen hatte, dass er wichtig war, dass es nicht gleichgültig war, was er getan hatte.

Er schloss die Augen.

»Wir nehmen einen anderen Weg hinauf«, hatte er gesagt.

Peyroux hatte nur kurz gezögert und war dann seinen Anweisungen gefolgt. Auf der Fahrt hatte er ihr seinen Plan erklärt, und sie hatte genickt, ja, sie würde mitmachen, sie würde alles tun, um Linh zu retten. Ohne Wenn und Aber, hatte sie noch hinzugefügt und ihm dabei fest in die Augen gesehen.

Die Idee war ihm ganz plötzlich gekommen, und während sie die gewundene Bergstraße hinaufgefahren waren, hatte er mehrmals seine Angst hinunterschlucken müssen.

Beim Aussteigen hatte sie gesagt – daran erinnerte er sich genau: »Cortot, wir beide wissen, es lässt sich nicht vermeiden, dass wir einen Teil des Aerosols einatmen. Sie sind nicht geimpft.«

Er hatte genickt, und dann hatte sie dankbar seinen Arm gedrückt. Dieser Augenblick, diese Geste war es gewesen, die ihn fast zum Weinen gebracht hatte.

Und dann hatte er sich verboten, weiter darüber nachzudenken. *Denk nicht so viel! Tu es einfach, du hast eine ganze Menge gutzumachen!*

»Noch achtzehn Minuten«, sagte sie, als sie im Dunkeln vor dem verfallenen Gebäude einer ehemaligen Fabrik anhielten und die Druckbehälter aus dem Kofferraum holten. »Okay«, sie sah auf die Uhr, »uns bleiben dann noch sechzig Minuten bis zu einer Impfung im Labor.« Sie vermied alles Sentimentale, und er war ihr dankbar dafür.

Sie setzte sich ins Auto und schloss die Türen.

Er kniete sich in den Schnee. Als er den Einfüllstutzen aufhebelte, hoffte er, dass der Tank dicht war. Selbst wenn er sich den Schal vor Mund und Nase band und selbst wenn er darauf achtete, die Öffnung des Tanks mit der Decke abzudichten, die Peyroux glücklicherweise im Kofferraum gehabt hatte, würde er Bakterien einatmen.

Sechzig Minuten sind eine lange Zeit, dachte er, zog noch einmal den Schal zurecht, hielt den Druckbehälter in den Stutzen des Tanks und öffnete das Ventil. Mit einem scharfen Zischen strömte das Aerosol aus. Cortot nahm den nächsten Behälter und versuchte, beim Wechseln die Öffnung mit der Decke so gut es ging abzudichten. So leerte er einen Behälter nach dem anderen und verschloss den Stutzen. Er arbeitete konzentriert und so schnell er konnte. Währenddessen verbot er sich jeden störenden Gedanken.

Dann stand er auf, klemmte sich die leeren Behälter unter die Arme, legte sie in den Kofferraum und stieg ein.

»Okay«, sagte er nur als Antwort auf Peyroux' besorgten Blick, worauf sie Gas gab. Zehn Minuten noch bis zum Treffen. Und sechzig Minuten bis ... Er dachte nicht weiter.

Nur eine dünne Schneeschicht bedeckte die Straße, sie war offensichtlich vor Kurzem geräumt worden. An manchen Stellen türmten sich Schneewände, an anderen fiel der Hang so steil ab, dass auch der Schnee keinen Halt fand. Cortot starrte geradeaus und zählte die Minuten.

»Ich habe nie geglaubt, dass das einmal Wirklichkeit wird«, brach sie auf einmal das Schweigen. »Die Versuche, die Berechnungen, die Protokolle – das alles war nur eine Hypothese, eine Art ...«

»... Spiel?«, fragte er.

»Ja.«

Ihm kam es vor, als hätte er eine neue Wirklichkeit betreten, in der schärfere Kontraste, härtere Konturen, klarere Töne vorherrschten, eine Wirklichkeit, in der auch er sich selbst auf diese veränderte Weise empfand.

»Ich habe Geheimnisse verraten«, sagte er deshalb. Die

Angst, für den Verrat bestraft zu werden, trat hinter das zurück, was er eben getan hatte.

»Sie? An wen?« Der Wagen schlitterte, doch Peyroux brachte ihn zurück in die Spur.

»An ein privates Sicherheitsunternehmen. Sie haben mir Geld geboten. Viel Geld für meine Verhältnisse. Und ich wollte …« Er schüttelte den Kopf, im Nachhinein erschien ihm sein Denken, überhaupt die ganze Art und Weise, wie er gedacht, wie er gelebt hatte, unglaublich naiv.

»… beobachten, wie es an Menschen wirkt?«, fragte sie.

»Ja.«

»Wissen Sie, dass Sie längst nicht der Erste sind?« Sie seufzte. »In den neunzehnhundertvierziger Jahren, im Chinesisch-Japanischen Krieg, ließen die Japaner von chinesischen Kriegsgefangenen Waffen herstellen, die mit *Yersinia Pestis* infizierte Flöhe enthielten. Bei Kriegsende wurde das Lager aufgelöst, und die mit Pestbakterien infizierten Ratten kamen frei. Mehr als zwanzigtausend Menschen starben an der Pest. In meinen Albträumen war ich selbst in einem solchen Lager, über und über mit Beulen bedeckt und … Ich hatte immer Angst vor dem Tag, an dem Linh die Wahrheit erfahren würde, was ich in Wirklichkeit im Labor mache.«

Ja, das konnte er verstehen. »Thérèse wusste nichts von den Chips. Ich hab ihr nie etwas erzählt. Das Wort *Technik* hat schon genügt, und sie hat das Thema gewechselt.«

»Und, haben Sie auch davon geträumt, von Ihrer Arbeit?«

»Ja«, zum ersten Mal öffnete er sich einem Menschen. Dass es gerade Peyroux sein würde, hätte er nie gedacht. »Ich fahre die Rampe einer Tiefgarage hoch und kann das Auto nicht mehr lenken und bremsen. Die Technik gehorcht mir nicht mehr. Die Knöpfe und Hebel funktionieren nicht mehr, weil irgendwo ein starkes elektromagnetisches Feld die Elektronik des Mikrochips blockiert. Ich rase auf die Mauer zu, auf die Mauer im sechsten Stock des Parkhauses … und dann endet der Traum. Mitten in der Angst. Mitten in der Panik.«

Sie lächelte nur matt, aber noch nie hatte ihn ein Lächeln so berührt. Ihm war, als hätte sich etwas in ihm geöffnet, ein Raum, den er nie gewagt hatte zu betreten, dabei war er … so … schön … und groß … »Sie haben ihn überwunden«, sagte sie, »Sie werden ihn nie wieder träumen.«

»Heißt das«, sagte er, »wir müssen unsere Albträume durchleben, um sie zu überwinden? Aber … enden sie nicht im Tod?«

Sie zögerte, dann sagte sie: »Wir müssen gleich da sein.«

Er sollte aufhören zu philosophieren.

Vor ihnen wies ein Schild auf eine Aussichtsbucht hin.

Sie blinkte, bog ein und hielt an. Durch die Scheibe sah er die Spitzen der schneebedeckten Tannen unter ihnen, und in diesem Moment fühlte er eine Wärme für sie, von der er nicht erwartet hatte, dass er sie überhaupt empfinden könnte.

Da sagte sie: »Wir müssen Opfer bringen, nicht wahr?«

»Ja«, sagte er, und in diesem Augenblick fühlte er sich vollkommen glücklich. Sein Leben hatte einen Sinn bekommen …

»Paul!«

Cortot hörte plötzlich eine Stimme rufen. War das Wirklichkeit oder war das Teil seiner Träume, seiner Halluzinationen?

Er versuchte zu lächeln. Sein Leben mit den ewigen Konflikten, den Unzulänglichkeiten, den Fehlern … »Thérèse …« Wieso war sie hier? Sie saß doch noch auf dem Stuhl, gefesselt, geknebelt … »Sie haben dir nichts … dir ist nichts …« Da war doch der Maskierte, und er hielt ihr den Pistolenlauf an den Kopf, im Hintergrund der Druck von Klee …

»Nein, mir ist nichts passiert. Ich bin ja hier.« Lächelte sie? »Ach, Paul …«

»Du musst nicht weinen«, sagte er. Er spürte, wie die Kraft ihn verließ, »Weine nicht, es ist alles okay.«

»Nein! Paul! Geh nicht!«

Auf einmal war er so müde, so unendlich müde.

Die Härte, die ihr Gesicht oft beherrscht hatte, war wie weggeschmolzen. Sie sah so jung aus, so … so wie früher. Aber … er fühlte sich so weit weg, weit, weit weg.

Und plötzlich – war er eingeschlafen? – war da nicht mehr Thérèse, sondern Lan.

»Linh?«, fragte er. »Haben sie Linh gefunden?«

»Nein, noch nicht.« Das war Lans Stimme. Nicht die von Thérèse.

»Es tut mir leid … und Thérèse?«

»Sie war da, ja, aber sie fühlt sich nicht so gut. Nichts Schlimmes, die Ärzte kümmern sich um sie.«

Nichts Schlimmes also. »Und das Gegenmittel …?«

Er wartete auf eine Antwort, aber Peyroux antwortete nicht.

»Zu spät, ja? Es ist zu spät …« Eben war da noch Hoffnung, ein bisschen Hoffnung, *Nein, Paul, Sie werden wieder gesund!*, müsste sie nur sagen. Aber sie sagte nichts.

»Ich …«, fing er an. Weiter kam er nicht. Ich bin kontaminiert, infiziert, all diese schrecklichen Wörter, die für ihn immer nur technische Begriffe gewesen waren, waren auf einmal Realität.

»Sie haben mich gerettet, Paul, und Tausende von Menschen«, hörte er sie sagen.

Also, keine Hoffnung mehr.

»Ich werde sterben«, sagte er und das Seltsame war, er konnte es immer noch nicht glauben.

Lan Peyroux warf einen letzten Blick auf den sterbenden Cortot, dann ließ sie sich von der Krankenschwester zurück in ihr Zimmer führen. Die Schuld lastete auf ihr, sie drohte ihr die Luft zu nehmen, und sie kämpfte mit den Tränen. Schnell drängte sie alles weg, wie sie es von klein auf tat. Nur nicht weinen. Sonst würde etwas aufbrechen in ihrem Innern, und davor fürchtete sie sich. Also, wie lauten die Fakten, Dr. Peyroux?, fragte sie sich streng.

In Brüssel war Biowaffenalarm ausgelöst worden. Sie begriff nicht, wieso die Polizei ihre Information nicht weitergegeben hatte. Dass die Behälter nämlich leer waren. Weil Dr. Paul Cortot sie geöffnet hatte. Weil er sich geopfert hatte. Er, den sie nie für voll genommen, nur als Streber wahrgenommen hatte. Schuldgefühle rollten heran, entschieden drängte sie sie weg und fragte sich: Warum ziehen die dieses ganze Impf- und Überwachungsprogramm trotzdem durch?

Wie war es überhaupt möglich gewesen, ins streng überwachte Institut einzudringen und die Behälter herauszubringen? Wenn nicht durch Hilfe von ganz oben? Durch eine Manipulation des Überwachungssystems? Wer war dazu in der Lage?

Jemand aus dem Ministerium? Ist so etwas überhaupt möglich?, fragte sie sich. Immerhin leben wir in einem zivilisierten Land, in Frankreich, und nicht in irgendeinem korrupten afrikanischen oder asiatischen Staat. Etwas in ihr zerbröckelte, ein Monument, etwas, das immer ihr Leitbild gewesen war.

Vor ihr tauchte der sterbende Cortot auf, und ihr Herz spielte verrückt, sie fand gerade noch Halt am Türrahmen. Cortot ... Sie hatte das Gefühl, als würde er sie mit sich ins Dunkel reißen, seine Hände saugten sich an ihr fest, ließen sie nicht los, drohten sie zu erwürgen, sie sollte auch sterben ...

»Nein!«, schrie sie und schüttelte sich, schüttelte seine

Fangarme ab. »Sie war für Linh!« Die Einheit Impfserum in ihrer Tasche. Sie hatte sie Cortot nicht geben können. Sie hätte sie Linh gegeben, sofort, wenn sie sie auf dem Parkplatz zurückbekommen hätte.

Wo bist du, Linh? Bitte, du darfst nicht sterben ... Linh, Linh, Linh. Du bist alles ... was ich habe.

Ihre Karriere kam ihr auf einmal so sinnlos vor.

84

Brüssel

Mein Gott, dachte Karen, wann geben sie denn endlich durch, dass es ein Fehlalarm war? »Dr. Cortot hat die Behälter geleert«, das hatte Lan Peyroux doch gerade am Telefon gesagt, »was immer behauptet wird, ist falsch! Verstehen Sie! Nur Cortot wurde infiziert – und ... er ist gerade gestorben.«

Die Fahrt durch die Stadt hatte etwas Unwirkliches, Gespenstisches – und Bedrohliches. Wie stellt man sich eine Stadt ohne Menschen vor?, ging ihr durch den Kopf. Von Fußgängern, Radfahrern keine Spur, nur vereinzelt fuhren Autos oder rasten Polizeiwagen oder auch Armeefahrzeuge vorbei. Mehrere Kreuzungen waren blockiert von Polizeiwagen oder gepanzerten Fahrzeugen, manchmal tauchten sie wie aus dem Nichts auf, um sie zu sperren, Polizisten und Soldaten mit Gasmasken sprangen heraus, um Autos anzuhalten und Menschen herauszuholen. Karen hatte es schon dreimal geschafft, im letzten Moment in eine Nebenstraße abzubiegen. Fast alle Läden, Bars, Cafés und sogar Tankstellen waren geschlossen. Jeder, der frei herumlief, galt als potenzieller Krankheitsüberträger. Da vorn, schon wieder eine Streife. Sie riss das Steuer herum, raste über die Kante des Bürgersteigs und verschwand in der kleinen Straße. Die Menschen hatten sich zu Hause verbarrikadiert, hinter geschlossenen Fenstern und Türen verschanzt, oder sie saßen in einem der vollbesetzten Busse, die Karen schon mehrmals aufgefallen waren. Vorne hinter der Fensterscheibe stand auf improvisierten Schildern: Impf-Center.

An einer Ecke sah sie, wie Soldaten mit Gasmaske und Maschinenpistolen drei Menschen aufgriffen und sie in einen solchen Bus drängten. Rasch gab sie Gas, um nicht gesehen zu werden. Wer nicht freiwillig kam, wurde zwangsgeimpft.

Gedankenverloren griff sie mit der freien Hand zu Gibbs hinüber, der wachsam nach vorn sah, und fuhr mit den Fingerspitzen durch sein Fell. Es fühlte sich dicht an und warm. Er warf ihr einen kurzen Blick zu und sah gleich wieder auf die Straße, als wollte er sagen, stör mich nicht, ich muss doch auf uns beide aufpassen.

Oder hatte Peyroux sich geirrt? Konnte es möglich sein, dass die Medien, dass die Politiker sich so sehr täuschen – und manipulieren ließen? Und dann hatte sich auch noch die amerikanische First Lady vor laufenden Kameras impfen lassen …

Nach mehreren Umwegen gelangte sie schließlich in die Rue de la Loi, eine Straße mit Fassaden aus spiegelndem Glas, glänzendem Metall und gold- und silberblitzenden Schildern von Rechtsanwälten, Praxen und Agenturen. An normalen Tagen herrschte hier sicher viel Verkehr, jetzt wirkte sie wie ausgestorben.

Sie parkte den Lexus in der nächstbesten Hofeinfahrt. Vielleicht zweihundert Meter weiter die Straße hoch standen zwei Armeefahrzeuge quer. Mehrere Soldaten patrouillierten. Offenbar hatten sie sie noch nicht gesehen.

Karen nahm die Sig Sauer aus dem Handschuhfach. Sie dachte an Nyström, und sie ertappte sich dabei, dass sie wünschte, er wäre jetzt hier. Auch wenn sie immer noch wütend war wegen dem, was er angeblich über ihren Vater herausgefunden hatte. Wer sagte denn, dass seine Informationen stimmten?

Aber ... im Hotel *Bristol*, da hatten sie ein ganz gutes Team abgegeben, sie und Nyström, oder nicht?

Doch jetzt war sie allein. Und sie hatte Angst. Angst, dass sie von den Soldaten gesehen und abgeführt wurde, Angst davor, die kleine Linh bei Roth zu finden, und dieselbe Angst davor, sie nicht zu finden. Was sollte sie dann Linhs Mutter sagen? Und wenn das Mädchen schon tot war? In ihrer Tasche war noch eine halbe Schachtel Ibuprofen. Eine Tablette – und die Angst würde sich zurückziehen, wie ein Tier, das man verjagte. Aber sie wusste auch, dass sie dann nicht mehr so schnell denken und reagieren konnte, und auch nicht so schnell laufen. Und wenn sie drei Tabletten nehmen und im Auto sitzen bleiben würde? Sie warf einen Blick auf ihre Tasche. Und dann? Sie seufzte. Die Situation hatte etwas Absurdes. Sie wusste, dass sie etwas völlig Unprofessionelles und mit größter Wahrscheinlichkeit etwas sehr Gefährliches vorhatte. Aber sie konnte nicht einfach im Auto sitzen bleiben oder zurückfahren. Wohin überhaupt? Da war nichts mehr. Ihr Leben, so wie es früher gewesen war, existierte nicht mehr. Ihr einziger Halt, das wurde ihr klar, war Michael gewesen. Zu ihm war sie zurückgekehrt, nicht in ihr Haus.

Gibbs schnaufte und sah weiter aus dem Fenster. Egal, wie sie sich entscheiden würde, er würde bei ihr bleiben. Er erwartete nichts von ihr. *Aber du, Karen, könntest du dir noch in die Augen sehen, wenn du dich jetzt einfach mit Tabletten zudröhnen würdest?*

Los, Karen, steig aus! Dieser Roth weiß etwas, er ist die einzige Spur, das einzig greifbare Puzzlestück. Sie gab sich einen Ruck und öffnete die Autotür.

Wieder peitschte ihr kalter Schneeregen ins Gesicht, es war wie eine Warnung. Gibbs wollte nicht allein im Auto bleiben und sprang auf die Straße.

»Das ist der Kerl, der auf dich geschossen hat«, sagte sie, »wir schnappen ihn uns, klar?« Es gab ihr Mut, mit dem Hund zu sprechen, der eng an ihrer Seite blieb.

Die Soldaten an der Straßensperre wurden auf sie aufmerksam und forderten sie per Megafon auf, ins Auto zurückzugehen. Sie hastete weiter, verbarg sich in der Nische einer Tiefgarageneinfahrt und wartete. Nach ein paar Augenblicken schienen die Soldaten das Interesse an ihr verloren zu haben oder sie hatten aufgegeben, und Karen schlich, an die Hausmauer gepresst, zur Eingangstür vor. Noch bevor sie sie erreicht hatte, dachte sie: Und warum sollte sie offen sein, Karen?

Sie war verschlossen, und Karen begann vor Wut zu zittern, so nah am Ziel, und jetzt scheiterte sie an einer verschlossenen Tür! Doch da entdeckte sie, dass das Rolltor der Tiefgarage nicht ganz heruntergefahren war. Kurzentschlossen lief sie die Auffahrt hinunter und kroch durch die Öffnung.

Ungehindert erreichte sie das Treppenhaus. Gibbs wich nicht von ihrer Seite, bis sie schließlich in der obersten Etage standen, direkt vor einer extra breiten Metalltür. Sieht aus wie eine Tresortür, dachte Karen. Roth muss panische Angst vor Einbrechern haben.

Wie sie in die Wohnung kommen sollte, hatte sie sich nicht überlegt. Läuten konnte sie wohl nicht. In Grenoble war sie völlig blauäuig in Cortots Wohnung gegangen, das würde ihr nicht noch einmal passieren. Dann bemerkte sie den Feuermelder an der Wand. Mit dem Pistolengriff zertrümmerte sie die Scheibe, drückte den roten Knopf, und ein ohrenbetäubendes Jaulen ertönte. Sie duckte sich und hoffte, dass Roth öffnete, um im Treppenhaus nachzusehen, ob es brannte oder rauchte.

Im Haus regte sich nichts, und ihr fiel ein, dass sie am Eingang mehrere Schilder mit Namen von Büros und Agenturen gesehen hatte. Womöglich war dies hier oben die einzige Wohnung, und wegen des Alarms waren die Angestellten alle zu Hause geblieben. Vielleicht war Roth auch geflohen? Das Schrillen der Alarmglocke schien immer lauter zu werden, immer bedrohlicher. Gibbs hatte den Schwanz eingezogen und drückte sich zwischen sie und die Wand.

Sie starrte auf die Tür, bereit, auf jeden, der herauskam, sofort zuzuspringen und ihm die Pistole an die Schläfe zu halten. Aber ihre Hände zitterten, und sie wollte lieber nicht darüber nachdenken, was mit ihnen passieren würde, sollte Roth tatsächlich herauskommen. Und was würde sie sagen? Würde sie ihn fragen, wer hat David auf dem Gewissen? Und wo ist Linh?

Schon begannen ihre Gedanken ein eigenes Spiel, verwickelten sich in Fragen, ob sie wirklich abdrücken und einen Unbewaffneten niederschießen könnte und wie sie Linh finden sollte, wenn er tot wäre?

Komm endlich! Gibbs drückte sich an sie, und auf einmal verschwand ihr Zittern. Ihr Griff um die Waffe wurde fester, und sie atmete langsamer und tiefer. Sie war bereit.

Und dann geschahen zwei Dinge gleichzeitig. Der Alarm brach ab, und sie entdeckte den Spalt zwischen Tür und Türrahmen. Sie trat näher, streckte zwei Finger aus und drückte gegen die Tür. Offen. Sie war nicht ins Schloss gefallen, weil irgendetwas unten auf dem Fußboden sie blockierte. Sie bückte sich. Steinchen. Wie sie seit Tagen auf den Straßen und Bürgersteigen gegen die Schneeglätte gestreut wurden.

Geh nicht, Karen, das ist zu gefährlich für dich. Nein, ich kann jetzt nicht aufgeben, jetzt nicht mehr.

Vorsichtig drückte sie die Tür auf. Nichts. Niemand, der

vor ihr stand und auf sie zielte. Nur ein Wohnzimmer. Ein großes Wohnzimmer, getaucht in goldenes Licht.

85

Dann sah sie die Verwüstung. Die aufgeschlitzte Liege. Die Glasscherben auf dem spiegelnden Marmorboden. Das Blut. Die Körper. Zwei Männer, schwarz gekleidet, einer hockte zusammengesunken an der blutverschmierten Wand, sein Kopf war zur Seite gekippt, der Hals war eine dunkle Wunde, dann sah sie auch die Blutlache neben seinem Arm. In den Hals geschossen, dachte sie, und ihr Blick wanderte zu dem zweiten Mann, einem dünnen, zähen Kerl mit spärlichem Bartwuchs und wirren Haaren. Er lag auf der Seite, beide Arme über den Bauch gepresst. Als sie näher trat, entdeckte sie die Stelle, aus der das ganze Blut, in dem er lag, gesickert war. Gibbs winselte und kroch hinter sie.

Und sie? Sie stand einfach da. Auf einmal war ihr schwindlig, sie spürte ein Rumoren im Magen und ein Würgen im Hals, sie war unfähig, sich zu rühren und zu denken. Keine Linh, kein Roth, stattdessen zwei unbekannte Tote.

Plötzlich fing Gibbs an zu knurren. Irgendwo schabte oder schleifte etwas über den Boden. Roth … Vielleicht war er verletzt und hatte sich irgendwo in der Wohnung versteckt. Sie holte Luft. Weiter, geh weiter. Gibbs blieb an ihrer Seite, seine Nackenhaare sträubten sich, sein Knurren wurde lauter.

»Was ist, Gibbs?«, fragte sie leise. Irgendetwas war hier … Die Pistole schussbereit, schlich sie an der Wand entlang. Hinter der geschlossenen Tür links von ihr vermutete sie das Schlafzimmer, die Küche war offen und ins Wohnzimmer integriert, und die beiden schmaleren Türen führten sicher ins Bad und in die Toilette.

Sie wischte ihre feuchten Hände an der Hose ab, dann hielt sie den Griff der Sig Sauer wieder fester. Sie stieß die Türen auf, eine nach der anderen. Schlafzimmer, Bad, Toilette – aber da war niemand. Sie drehte sich um, und ihr Blick fiel auf einen Sekretär aus Polyacryl. Langsam ging sie darauf zu. Ein Notebook, ein teurer Stift, ein Stapel Druckerpapier, die Blätter penibel geschichtet – und dahinter, an die Wand gelehnt, ein Foto, in Farbe, 8 × 13.

Nein, sie musste sich täuschen. Eine andere Erklärung gab es nicht. Sie starrte das Gesicht auf dem Foto an. Dieselben Augen, der Blick … Das konnte nicht … es war unmöglich …

Gibbs knurrte wieder, das schreckte sie auf, holte sie zurück, blitzschnell fuhr sie herum, die Waffe im Anschlag. Und dann hörte sie es. Ein Schleifen, mehr ein Schaben, als würde jemand leise den Boden kehren. Gänsehaut überzog ihren Körper. Jetzt erst fiel ihr die deckenhohe Glasscheibe auf, links neben der Küchenzeile. Dahinter war es dunkel, sodass sie sich darin spiegelte. Sie ging langsam näher. Wo war Gibbs? Er musste sich irgendwo verkrochen haben, sein Knurren war leiser geworden.

Irgendwo musste ein Lichtschalter sein, sie tastete mit zitternden Händen an der Wand entlang, da war er. Ganz langsam, als würde da drinnen eine eigene Sonne aufgehen, erstrahlte das Innere in einem sanften Gelb. Ein Ast tauchte aus der Dunkelheit auf, dann nahm sie den hellen Sand auf dem Boden wahr und dann – das Mädchen. Linh.

Es blinzelte ins Licht und verkroch sich noch tiefer in die Ecke. Karen suchte nach einem Mechanismus, der die Scheibe öffnen würde. Das Kind hatte alles mitangesehen, die Schießerei, das ganze Blut, und dann hatte es sich verkrochen …

Plötzlich wurde ihr klar, dass es sich hier um ein Terrarium handelte. Für Tiere, die auf Bäumen lebten oder ... im Sand ... und sich schabend darin vorwärtsbewegten ... Hektisch versuchte Karen, die Scheibe hochzuschieben, aufzudrücken, irgendwie musste dieses verfluchte Terrarium doch zu öffnen sein, Linh war doch auch reingekommen ... und das Tier ... irgendwo da drin musste es sein, was immer es sein mochte, endlich hatte sie den Schalter gefunden, und die Scheibe glitt zur Seite, langsam, unendlich langsam. Sie wollte nachhelfen, aber es ging nicht. Gibbs bellte. Sie drehte sich um, mit gesträubtem Fell kauerte er an der Eingangstür.

»Ist okay, Gibbs«, sagte sie beruhigend und wandte sich wieder zu Linh um.

»Komm, komm raus hier«, sagte sie und streckte durch den langsam größer werdenden Spalt dem Mädchen die Hand entgegen. Doch es verkroch sich noch tiefer in die Ecke. »Linh?«, versuchte Karen es wieder, »du bist doch Linh, oder? Komm raus, ich bringe dich zu deiner Mama.«

Linh schüttelte den Kopf, ihre Augen weiteten sich vor Entsetzen. *Ich bringe dich zu deiner Mama,* das hatten die Männer bestimmt auch zu ihr gesagt – und sie dann hierhergebracht. So musste es gewesen sein. Kein Wunder, dass Linh ihr misstraute.

Endlich, die Öffnung war groß genug, dass sie hindurchschlüpfen konnte. Und was war mit ... dem Tier, das in diesem Terrarium lebte? Der feine Sand knirschte unter ihren Sohlen. Hatte es sich hier eingegraben? Gab es vielleicht gar keins? Aber ... es roch nach Tier ... Nein, jetzt hatte sie keine Zeit für ihre Albträume, sie streckte den Arm aus. »Linh, komm!«

Doch Linh schrie auf, und Karen folgte dem entsetzten Blick des Mädchens durch die Scheibe. Etwas Großes kroch unter der Couch hervor, bewegte sich auf das Terrarium zu, etwas Dunkles. Mit offenem Mund starrte Karen auf die riesige Boa constrictor, der Körper so dick wie der Oberschenkel eines kräftigen Mannes.

Der Kopf hob sich, schwebte nur noch zwei Meter vor ihr hin und her, Linh brüllte, und da endlich riss Karen die Sig Sauer hoch und drückte ab. Sie traf genau in den Kopf, spritzend explodierte er, ein zweiter Schuss schleuderte den Schlangenkörper nach hinten, er klatschte gegen die Wand, prallte ab und fiel auf den Fußboden. Jetzt nicht nachdenken, sagte sie sich, mach weiter, raus hier. Schon zog sie Linh hinter sich her aus dem Terrarium, nur weg hier, weg von dem Horror, weg von dem Geruch, der aus den finsteren Winkeln ihrer Erinnerung heraufstieg …

Unten auf der Straße blieb sie kurz stehen und holte Atem, ihr Herz raste. Als sie sich umsah, glaubte sie, sie sei in ein Zeitloch gefallen. Die Straße war leer, keine Autos, keine Fußgänger, nur am Rondell vor dem Aufgang zum Jubelpark entdeckte sie noch die Blinklichter der Polizeiwagen.

Und still war es. Eine für eine Großstadt unnatürliche Stille hatte sich ausgedehnt, wie ein Vakuum, das alles erstickte. Die Menschen hatten sich in ihre Häuser und Wohnungen geflüchtet, Fenster und Türen fest verschlossen, und nur sie, das Mädchen und der Hund standen hier draußen. Jetzt schneite es sogar nicht mehr, und zwischen den Wolken schimmerte Sonnenlicht hervor.

Linh ließ ihre Hand nicht los. Die kleine Kinderhand war ganz feucht.

»Jetzt ist alles gut«, sagte Karen. »Wir fahren zu deiner Mama.«

Linh nickte nur. Sie kletterte auf den Rücksitz, Gibbs

sprang zu ihr und leckte ihr vorsichtig die Hand. Linh umarmte ihn wie einen Teddy, vergrub ihre Nase in sein Fell, und Gibbs bewegte sich nicht.

Gerettet, dachte Karen, ich habe Linh gerettet. Beinahe hätte sie angefangen zu weinen.

»Jetzt rufen wir deine Mama an, ja?«, sagte sie und drehte sich nach hinten um.

Doch Linh schlief schon, die Arme um Gibbs geschlungen, der Karen mit seinem ernsten Blick ansah, als wollte er ihr versichern, es ist alles in Ordnung. Und dann kamen ihr doch die Tränen. Rasch wischte sie sich mit dem Ärmel über die feuchten Wangen. Hör auf, Karen, es ist noch nicht vorbei.

Sie gab langsam Gas, fast lautlos setzte der Lexus sich in Bewegung.

Als Erstes würde sie Lan anrufen.

Und dann war da noch dieses verwirrende Foto. Es steckte in ihrer Jackentasche.

86

Das Wasser unter ihm im Kanal musste scheißkalt sein, und Fabio Izquierdo war froh, dass er nicht einer der beiden Taucher war, die da unten rumschwammen. Nach so vielen Jahren bei der Polizei hatte er seine Emotionen ziemlich gut im Griff, aber wenn er drüben im Streifenwagen die Fresse des Nigerianers hinter der Scheibe sah, packte ihn doch die Wut, am liebsten hätte er ihn aus der Wärme des Autos gezerrt und ihm den Kopf so lange unter Wasser gehalten, bis er krepiert wäre. Izquierdo wandte sich ab, wenigstens in der Fantasie konnte er seiner Wut freien Lauf lassen.

Alarm in Brüssel. Zuerst wollte keiner raus. Sollen die Mörder jetzt ungeschoren davonkommen?, hatte er gewettert. Alle wurden mit dem Chip geimpft, und dann hatte keiner mehr eine Ausrede. Die Stelle an seinem Oberarm brannte immer noch. Er war bestimmt kein ängstlicher Mensch, aber Stiche und Spritzen konnte er nicht ausstehen.

Unter ihm im Kanal tat sich was. Die Taucher hängten etwas großes Schwarzes an den Kran. Ein in schwarze Plastikfolie verschnürtes Paket, es gehörte nicht viel Fantasie dazu, auf den Inhalt zu schließen.

Sein Handy klingelte, er zog es aus seiner Daunenjacke. *A* las er auf dem Display. *A* wie *Anna Scarafia*.

Seit sie abgefahren war, hatten sie schon x-mal telefoniert. Er kam sich ein bisschen vor wie ein verliebter Teenager.

»Was ist denn los bei euch?«, fragte Anna und fiel gleich mit der Tür ins Haus. »Was ist mit diesen Pestbakterien?«

»Darum kümmern sich andere.«

»Fabio, nimm das nicht auf die leichte Schulter. Wo bist du überhaupt? Doch nicht etwa draußen?«

»Doch, aber weit weg.« Zwei Kollegen halfen dem Kranführer das Paket an Land zu hieven.

»Ein Aerosol ...«

»Anna, ich bin geimpft, mein Arm tut immer noch weh, also mach dir bitte keine Sorgen, ja?«

Eine Polizeisirene ging los, er drehte sich um. Sofort war es wieder still.

»Wo bist du denn?«, fragte sie, »doch nicht etwa in der Nähe vom Bahnhof?«

»Nein. Die Kollegen von der Drogenfahndung haben den Schuppen von einem Typen hochgenommen, den sie schon eine Weile auf ihrer Liste hatten. Er betreibt einen Club mit Tabledance und so, nach außen hin natürlich alles sauber. Unsere Leute haben einen Kellerraum gefunden, der von Sperma-

und Blutspuren nur so trieft.« Das Arschloch hatte ihnen die Wahrheit gesagt. Die Tote war, in schwarze Plastikfolie gewickelt und verschnürt, in den Kanal geworfen worden. »Der Besitzer des Clubs«, fuhr er fort, »arbeitet mit Schlepperbanden zusammen. Sie schaffen die Frauen aus Afrika hierher, du weißt schon, man verspricht ihnen Papiere und so weiter. Und jetzt pass auf«, er dämpfte die Stimme, streng genommen dürfte er ihr das natürlich nicht erzählen, »zu seinen Kunden zählte auch Grévy. Er kam über einen gewissen Roth zu diesem netten Club.«

»Grévy?«

»Ja. Unser Clubbesitzer ist ziemlich gesprächig. Roth nennt sich bei ihm *Rouge*, er betreibt eine Lobbyagentur in der Rue de la Loi. Ich denke, dieser Herr könnte uns vielleicht etwas über die andere Seite von Grévy erzählen.«

»Deine Rechnung wird langsam zu hoch für mich. Ob ich mir die noch leisten kann?«

Er sah sie an ihrem Schreibtisch, die schlanken Beine in dunklen Seidenstrümpfen übereinandergeschlagen. »Wir könnten uns auf Teilzahlungen einigen.«

Sie lachte leise, und für einen Moment überlegte er, ob er ihr die nächste Information nicht besser vorenthalten sollte. Aber so funktionierte ihre Beziehung nicht. Sie waren nie zurückgeschreckt vor unangenehmen Wahrheiten. »Übrigens, dieser Roth hat bei unserem Clubbesitzer ein Geschenk für einen guten Freund bestellt.«

»Was für ein Geschenk?«

Izquierdo sah wieder dieses weißlich graue Ding vor sich, das Nasser vor ihnen ausgerollt hatte, gut eins siebzig lang, Füße fehlten, ebenso Hände und Kopf. »Ich bin mir nicht sicher, ob du das wirklich wissen willst, Anna.«

»Sag's.«

»Albinohaut aus Nigeria«, sagte er, »soll dem Besitzer zu großer Macht verhelfen ...«

»Um Gottes willen! Und was hast du vor?«

»Wir machen Monsieur Roth unsere Aufwartung.«

»Fabio ... pass auf dich auf, ja?«

»Immer.«

Izquierdo steckte Hände und Telefon zurück in seine warme Jacke und sah den Tauchern und Helfern zu, wie sie die Plastikfolie aufschnitten.

Er seufzte. Ein schier unerschöpflicher Menschenstrom floss aus Afrika in die Stadt. Offiziell existierten sie nicht, sie besaßen keine Papiere, ihr Tod interessierte keine Behörde. Izquierdo schniefte, in der Kälte lief ihm immer die Nase. Und der Magen tat ihm weh.

87

Fast hätte Karen aufatmen können. In den Behältern waren keine Pestbakterien, Linh war von ihrem Vater – Lans Exmann, der in Brüssel lebte – abgeholt worden. Er hatte seine Tochter in die Arme genommen und nicht mehr losgelassen, sogar im Rückspiegel konnte Karen die beiden noch so stehen sehen.

»Jetzt sind wir wieder allein, Gibbs«, sagte sie zu dem Hund, der schon wieder nach vorn sah. »Du blickst nie zurück, was?«, sagte sie, und Gibbs warf ihr einen seiner kurzen Seitenblicke zu. »Du hast recht, aber ich krieg das einfach nicht hin.«

Ja, sie hätte erleichtert sein können, aber sie fühlte sich längst nicht so. Sie dachte an das Foto, während sie noch immer Nyströms Lexus fuhr, ständig musste sie Straßensperren ausweichen, und als sie in ihr Haus zurückkehrte, kam sie sich seltsam fremd und allein vor. Bisher war immer Michael da gewesen. Ein bisschen hatte sie sogar gehofft, sie würde ihn zu Hause treffen, und alles wäre so wie früher, wie ganz früher, als sie noch nicht so viel gestritten hatten, als ihr gemeinsames Leben sich so verheißungsvoll vor ihnen ausgebreitet hatte, voller Möglichkeiten – und voller Liebe.

Doch plötzlich fürchtete sie sich davor, dass Michael da sein könnte. Sie wusste nicht, was sie ihm sagen sollte, wie sie ihm jetzt begegnen sollte. Und ihm, ihm ging es wahrscheinlich genauso. Aber Michael war nicht da, und schließlich musste sie einsehen, dass es so besser war.

Als Erstes gab sie Gibbs von dem Hundefutter, das sie unterwegs gekauft hatte, dann duschte sie, zog frische Sachen an und ging ins Wohnzimmer. Dort fand sie ihn. Den Brief.

Er lag auf dem Esstisch, ein Kuvert mit Michaels Schrift. *Karen* stand darauf, geschrieben in seiner energischen, entschlossenen Art. *Und was schreibst du, Michael? Dass du mich inzwischen wirklich hasst?*

Zuerst wollte sie ihn nicht öffnen, sie ließ ihn liegen, aber als sie aus der Küche zurückkam, lag er natürlich immer noch da.

Gibbs saß neben dem Tisch und bellte. »Okay«, sagte sie, »ich hab's verstanden.« Sie riss ihn mit den Fingernägeln auf.

Liebe Karen,

ich schreibe dir, weil ich dich offensichtlich telefonisch nicht mehr erreichen kann. Leider konnte ich dich nicht davon abhalten, dich mit den Umständen von Davids Tod zu beschäftigen und dich damit womöglich in Gefahr zu begeben. So kann ich nur hoffen, dass es dir gut geht.

Ich möchte dir mitteilen, dass ich für vier Wochen nach

Malta gereist bin. Es gibt dort ein paar Aufträge für mich, und ich will über vieles nachdenken. Mir ist nicht entgangen, dass du dich immer weiter entfernt hast von mir, ich habe es aber nicht wahrhaben wollen und stets Entschuldigungen für dich gefunden. In den letzten Tagen ist mir klar geworden, dass ich mich damals nur in einen Teil der Frau verliebt hatte, die ich dann geheiratet habe. Den anderen Teil, den depressiven, egoistischen und verschlossenen Teil, habe ich nie sehen wollen. Deine Tablettensucht und deinen Alkoholkonsum habe ich mit deinen Erlebnissen in den Kriegsgebieten erklärt, aber inzwischen glaube ich, dass du vor etwas anderem wegläufst. Ich weiß nicht, wovor, denn du hast ja über das, was dich beschäftigt, kaum mit mir gesprochen. All die Jahre war ich sicher, dass ich dich liebe, aber heute weiß ich, ich habe mir etwas vorgemacht. Ich habe mich in ein Wunschbild verliebt, dem du nie entsprechen konntest. Zuletzt habe ich gehofft, dass, wenn du deinen Job aufgibst, wir wieder zusammenfinden, aber auch das hätte nicht funktioniert.

Dennoch danke ich dir für die Zeit, die wir miteinander verbracht haben, es gab ja auch schöne, intensive Augenblicke, in denen alles möglich schien.

Wenn du mir schreiben willst, dann bitte postlagernd: Valletta VLT 2000 Malta.

Ich melde mich, sobald ich zurück bin, um alles Weitere mit dir zu besprechen.

Michael

Kein Gruß. Kein Lebewohl. Sie ersparte es sich, den Brief noch einmal zu lesen. Jedes Wort hatte sich schon mit scharfen Krallen in ihre Seele geritzt. *Egoistisch. Depressiv. Verschlossen. So hast du mich also wahrgenommen!* Wütend knüllte sie den Brief mitsamt Kuvert zusammen und warf ihn in die Ecke. »Den hättest du dir schenken können, Michael!« Gibbs sprang hinterher, um damit zu spielen.

»Egoistisch ... Was hättest du denn lieber gehabt? Dass ich zu Hause sitze und auf dich warte? Dass ich meinen Job doch bitte nicht ganz so ernst und wichtig nehme?« *Tablettensucht, Alkoholkonsum, weil ich vor etwas davonlaufe.* »Auf deine Küchenpsychologie kann ich verzichten, Michael! Und außerdem: Wovor sollte ich denn davonlaufen?«

Sie fing an, die Küche aufzuräumen, Gibbs' Schüssel zu spülen, sie ging ins Bad, hängte ihr feuchtes Badetuch auf, warf ihre alten Sachen in den Wäschesack, kontrollierte aus Gewohnheit vorher die Taschen – und hielt plötzlich wieder das Foto von Roths Sekretär in der Hand. *Helen Durban* stand auf der Rückseite. Die Frau saß an einem Tisch in einem Café, sie sah nicht in die Kamera, sie hatte eine Tasse vor sich stehen, wahrscheinlich war sie ohne ihr Wissen fotografiert worden. Helen Durban. Sooft sie den Namen auch wiederholte, er sagte ihr nichts.

Das hätte sie nicht weiter beunruhigen müssen, wenn Helen Durban – wenn sie nicht aussehen würde wie ihre Mutter.

Sollte ihre Mutter eine Schwester verschwiegen haben? *Immerhin hat sie dir auch einen falschen Vater präsentiert, oder?*

Ihr fiel nur eine Möglichkeit ein, wie sie der Sache auf den Grund gehen könnte: *Lanzelot.*

Sie machte sich mit Gibbs auf den Weg.

Die blaue Unterwasserwelt, wie sie die Zentrale für sich nannte, war so etwas wie ihr Zufluchtsort geworden, vertrauter als ihr eigenes Haus. Als sie losfuhr, war sie noch immer wütend auf Michael.

Täuschte sie sich, oder gab es nicht mehr so viele Straßensperren? Oder hatte sie einfach nur Glück?

Eigentlich wirkte alles wie sonst, als Karen die Zentrale von *Lanzelot* betrat: das Licht, das einschläfernde Summen der Lüftungsanlage und der Rechner, auch Teecees Silhouette vor dem hellen Hintergrund des Monitors.

Aber es war nicht wie sonst. Nyström war nicht da. Und Lee auch nicht.

»Hi!«

Teecee wirbelte herum. »Du bist wieder da?«

»Überrascht?«, erwiderte Karen. Ihr fiel der Spruch auf Teecees gelbem T-Shirt mit dem Schimpansen auf. *The Other Branch*. Sie wollte jetzt nicht darüber nachdenken.

»Na ja ...« Er zuckte mit den Schultern. »Wenn man bedenkt, was da draußen so alles los ist.« Sein Grinsen wurde schief.

»Wo ist Nyström?«, fragte sie, ohne auf seine Bemerkung einzugehen. Sie war in der Stimmung, um einen Streit vom Zaun zu brechen.

»Ich hab nichts von ihm gehört, er musste untertauchen ...« Er zuckte wieder mit den Schultern, und der Schimpanse auf seinem T-Shirt legte kurz die Stirn in Falten.

Er sah verändert aus. Gerötete glasige Augen, trockene Lippen, seine Bewegungen waren irgendwie fahrig, und seine dicken Locken sahen nicht gerade frisch gewaschen aus. Sie war sich sicher, er warf regelmäßig Drogen ein.

»Wo ist Lee?« Irgendetwas stimmte nicht.

»Mit Nyström unterwegs.« Er grinste. »He, keine Panik! Die kommen schon wieder. Ich halte solange die Stellung.«

»Und wieso glaub ich dir nicht?«

Er kratzte sich am Kopf. »Schätze mal, weil du was gegen mich hast.«

Sie antwortete nicht, sondern legte ihm das Foto auf den

Tisch. »Helen Durban. Wer ist das und wo wohnt sie, kannst du das rauskriegen?«

»Aha!« Grinsend verschränkte er die Arme hinter dem Kopf und lehnte sich zurück. »Du willst, dass ich dir einen Gefallen tue?« Er wippte in seinem Sessel.

Sie ignorierte seine Bemerkung. »Nyström ist überzeugt, dass du loyal bist. Hat er sich geirrt?«

Teecees Augen verengten sich, und sie konnte beobachten, wie er nachdachte. Schließlich schob er das Foto neben die Tastatur und gab den Namen ein.

Währenddessen schweifte ihr Blick über die Rechner und Monitore auf der Suche nach ... ja, wonach eigentlich? Sie wusste es selbst nicht. Nach etwas Verdächtigem, nach einem Hinweis auf Nyström und Lee? Aber da war nichts, nur ein lose hängender Kabelbaum, der war ihr noch nie aufgefallen.

Dann gab Teecee ihr die Adresse: Helen Durban, Hansaallee 10, Frankfurt, Deutschland.

»Viel Glück«, sagte Teecee, als sie ging.

Sie wusste nicht, ob er das ernst meinte.

88

Den Haag

Dass er mit der Idee, das Apartment von diesem Roth zu durchsuchen, so sehr ins Schwarze treffen würde, hatte ihn selbst überrascht, das hatte Fabio ihr gerade gesagt. »Stell dir vor: Laokoon, der gegen eine Schlange kämpft. Und das hier sieht aus, als hätte jemand die Laokoon-Gruppe mit einem Presslufthammer auseinandergesprengt.«

Anna Scarafia konnte es sich tatsächlich vorstellen.

Einer der Toten hatte doch tatsächlich das Formular einer Mietwagenfirma in der Hosentasche, informierte er sie weiter.

Von einem weißen Lieferwagen aus Grenoble. Dem weißen, den man anstelle eines blauen in einem Gewerbegebiet gefunden hat. Und zwar des blauen, der nun hier in Brüssel steht – mitsamt einem Teil seiner Ladung. Den Pestbakterien.

Hans-Peter Roth.

Anna Scarafia las gerade Fabios Mail:

Hans-Peter Roth. Nachdem beide Elternteile bei einem Zugunglück bei Hannover ums Leben kommen, landet er mit zwei Jahren im Heim, wird nach einem Jahr bei Pflegeeltern in Wiesbaden untergebracht. Die haben zwei eigene Kinder, die schon älter sind.

Als Hans-Peter vierzehn ist, adoptieren sie ihn. Kurz darauf stirbt das sechzehnjährige Mädchen bei einem tragischen Unfall. Ein defektes Kabel hat das Bettgestell aus Metall unter Strom gesetzt. Die polizeilichen Ermittlungen werden schließlich eingestellt. Kaum ein Jahr später stürzt sich ihr Zwillingsbruder von einer Eisenbahnbrücke bei Mainz in den Rhein. Als er gefunden wird, stellt man eine hohe Dosis an Schlaftabletten fest. Ein Abschiedsbrief wird nie gefunden.

Einen Tag nach Hans-Peter Roths achtzehntem Geburtstag sterben die Eltern in der Garage ihres Reihenhauses durch eine Kohlenmonoxid-Vergiftung, verursacht durch einen laufenden Automotor.

Anna Scarafia blickte auf. »Was meinst du, Han?«

Han stellte die Kaffeetasse ab. »Und Roth erbt das gesamte Vermögen?«

»Das Reihenhaus und eine Mietwohnung.«

»Ich würde nicht gern in die Nähe dieses Herrn kommen«, meinte Han.

»Leider ist dieser Herr gerade der Polizei in Brüssel entwischt.«

89

Wieso lief alles schief?, fragte er sich und warf sich noch ein *Fisherman's Friend* in den Mund, trat das Gaspedal durch und schoss an dem Mercedes Kombi und dem silbernen Audi vorbei. Er hatte die drei Killer sorgfältig ausgewählt. Alle hatten Erfahrung, galten als zuverlässig, und dann? Dann hatten plötzlich nur zwei von ihnen in seinem Apartment gestanden, hatten nur das Kind mitgebracht und nicht diese Journalistin und wollten auch noch das ganze Geld. Das hatte er nicht zulassen können. Es gab Regeln. Einen Deal.

Zwei Schuss. Zwei Treffer.

Das Aufräumen müsste Nasser erledigen.

Allerdings hatte ihm dann die Ruhe gefehlt, um sich mit dem Mädchen zu vergnügen. Im Durcheinander war sie entwischt und hatte sich irgendwo versteckt.

Er wollte sich gerade auf die Suche machen, als er von einem Informanten eine beunruhigende Nachricht erhalten hatte. Nasser war festgenommen worden. Und der sonst so diskrete Nasser plauderte und plauderte. Es war nur eine Frage der Zeit, bis Nasser sein, Roths, Kapitel aufschlagen würde.

Die Entscheidung war ihm nicht leichtgefallen, aber auf unabsehbare Zeit hinter Gefängnismauern zu verschwinden sagte ihm noch weniger zu, also hatte er sich Bargeld geschnappt, die zwei falschen Pässe, Autoschlüssel und Mantel, hatte sich in seinen Porsche gesetzt und war losgefahren, obwohl es ihm um Janina außerordentlich leidtat. Sie würde womöglich in einem Zoo landen, die Arme. Dort würde man sie begaffen, mit dem Finger auf sie zeigen, ihr Mäuse zum Fraß vorwerfen und sich gruseln, man würde sie reizen, sie würde leiden, ach, er mochte sich das gar nicht vorstellen.

Wo dieses Mädchen geblieben war, konnte er sich allerdings immer noch nicht erklären.

Während er über die Autobahn raste, begriff er auf einmal. Er war an einem Wendepunkt seines Lebens angekommen, und all die Fehler, die ihm unterlaufen waren, führte er auf einen einzigen Umstand zurück: Er konzentrierte sich nicht auf sein wahres Können, auf seine wahre Leidenschaft. Er versuchte, eine Fassade aufrechtzuerhalten, und die Energie, die er dafür benötigte, fehlte ihm bei der präzisen Ausführung seiner eigentlichen Aufgabe. Er selbst hätte Grévy töten sollen.

Jetzt war er gezwungen, diese Fassade aufzugeben, jetzt war er endlich frei, um sich seiner wahren Bestimmung zuzuwenden. Wie Janina brauchte er lebendige Beute – leider hatte er Janina die nicht immer liefern können, sie hatte sich öfter mit Aufgetautem zufriedengeben müssen –, um sich lebendig zu fühlen. Er brauchte Lebendiges, das er töten konnte, manchmal mit Hass und Lust, manchmal mit Kälte. Dieser Akt spendete ihm Lebenskraft.

Der Porsche flog über die Autobahn, die Geschwindigkeit drückte ihn in den Sitz, und er fühlte sich – wenn er nicht gerade an Janina dachte – lebendig und frei.

Eliminieren, hatte der Baron gesagt und ihm vor drei Tagen das Foto geschickt. Und wie der Baron es gesagt hatte, bewies ihm, dass es etwas sehr Persönliches sein musste. So etwas wie Rache.

Sehr gern, hatte Roth geantwortet und ein wenig recherchiert.

Und was er da so herausgefunden hatte, versetzte ihn regelrecht in Entzücken. Es gab kein engeres Band zwischen Menschen als das des Blutes. Das hatte er schon in der Kindheit schmerzlich erfahren müssen.

90

Frankfurt

Ja, sie war egoistisch. Und verschlossen. Und depressiv. Und ja, sie lief vor etwas davon. Sie wusste nur nicht, wovor. Sobald sie darüber nachgrübelte, breitete sich ein schwarzes Loch in ihrem Gehirn aus, in das alle Gedanken hineinstürzten.

Auf eine rätselhafte, komplizierte Weise hingen die Dinge zusammen: Roths Agentur, der Überfall auf das *CRSSA*, der falsche Alarm, der noch immer nicht zurückgenommen war, die strengeren Kontrollen und Überwachungen, Grévy, David ... ihre Albträume, Nyström ... Und jetzt auch noch Helen Durban. Es kam ihr vor, als bliebe ihr keine andere Wahl, als einen Schritt nach dem anderen zu gehen, einem Hinweis nach dem anderen zu folgen, bis sich endlich eine Tür öffnen würde.

Als sie nach Frankfurt hineinfuhren, wachte Gibbs aus einem kurzen Schlaf im Fußraum auf. Er hatte sich zu einem sehr aufmerksamen Beifahrer entwickelt. Meist saß er aufrecht auf dem Beifahrersitz und beobachtete den Verkehr, hin und wieder bellte er kurz auf, meist dann, wenn Karen mit ihren Gedanken abgedriftet war, dann holte er sie wieder zurück in die Gegenwart. Und wenn Karen mit ihm sprach, wandte er ihr den Kopf zu oder klopfte mit dem

Schwanz. Jetzt schüttelte er sich und kletterte wieder auf seinen Sitz.

»Pass auf, Gibbs«, sie störte sich nicht mehr daran, dass sie mit ihm wie mit einem Menschen redete, »ich weiß nicht, was das hier wird, okay? Aber ich verspreche dir, dass wir danach einen langen Spaziergang machen.«

Gibbs reagierte nicht, sondern sah aus dem Seitenfenster.

»Spaziergänge sind nicht so dein Ding, verstanden. Mir fällt bestimmt was Besseres ein, versprochen.«

Der Himmel in Frankfurt war grau, und als Karen das Fenster herunterließ, konnte sie die Autoabgase riechen. Sofort bekam sie Kopfschmerzen, sie hatte sich fast schon daran gewöhnt, in letzter Zeit plagten sie sie immer öfter. Genauso wie ihre uralten Albträume heftiger wurden. Die Tür, das gleißende Licht, der brennende Schmerz auf der Wange, der Geruch, Mickey Mouse, und irgendwann war noch eine endlose heiße Wüste dazugekommen oder etwas, das sie als Wüste interpretierte. Ihr Gehirn arbeitete fieberhaft, diese Teile miteinander zu verbinden, einen Rahmen zu finden, in dem sie ein sinnvolles Ganzes bilden konnten. Und jedes Mal, wenn sie aufgeben musste, setzten die Kopfschmerzen ein.

Jetzt könnte sie vielleicht das Wetter dafür verantwortlich machen, aber das wäre nur eine vorgeschobene Erklärung. In Wahrheit wusste sie ganz genau, was ihr Kopfschmerzen bereitete: die Begegnung, die ihr bevorstand …

Hansaallee 10 war ein stattlicher restaurierter Altbau, Fenster, Sockel und Balkons aus rotem Sandstein. Neben der Eingangstür fiel Karen das Schild einer Kanzlei auf. Sie parkte den Lexus in einer gerade frei werdenden Lücke. Auf der gegenüberliegenden Seite öffnete sich ein kleiner Park.

Sie zögerte das Aussteigen hinaus.

So sehr sie sich auch anstrengte, sie fand keine Erklärung, weder für die Ähnlichkeit noch für die Tatsache, dass Roth dieses Foto besaß. Aber gleich würde sich hoffentlich alles aufklären.

Ein paar Minuten Aufschub gab sie sich, indem sie Gibbs zu den Bäumen führte, dann fand sie keinen Vorwand mehr, sie schloss ihn im Auto ein und ging zum Eingang.

Tatsächlich. *Durban* stand an einem der Klingelschilder. Kein Geheimname, kein dubioser Firmenname, ganz einfach *Durban*.

»Karen Burnett«, antwortete sie der männlichen Stimme am Türöffner. »Ich möchte zu Helen Durban.«

Keine Antwort, nur ein Rauschen und dann ein Klicken.

»Hallo?«, rief sie wieder.

Wieder ein Rauschen und ein Klicken. Dann ertönte der Summer, und Karen drückte die Tür auf.

Die ausgetretenen breiten Holzstufen knarrten, als sie sich der Wohnungstür näherte. Sie dachte an die Überraschung, die sie in Cortots Wohnung vorgefunden hatte, und blieb kurz stehen. Nein, sie würde jetzt nicht einfach umkehren. Sie ging weiter. Bis zur Tür. Sie war angelehnt.

Karen schob sie auf und wich einen Schritt zurück, als ihr Blick auf die Frau mit den bis auf die Schulter fallenden grauen Haaren und dem bunten Siebzigerjahre-Strickpulli fiel. Sie spürte, wie der Boden unter ihren Füßen nachgab …

Es schockierte sie, dass diese Frau ihrer Mutter so ähnlich sah, es schockierte sie der starke Geruch nach Räucherstäbchen, der aus der Wohnung drang, und es schockierte sie der Rollstuhl, in dem die Frau saß. Am meisten aber schockierte sie die Begrüßung: »Hallo, Liebes!«

Karen wollte etwas sagen, aber ihr war, als hätte sie plötzlich das Sprechen verlernt.

Hinter der Frau im Rollstuhl, die gerade *Hallo, Liebes* gesagt hatte, tauchte ein junger Typ mit blonder Rastamähne, gestreiftem Hemd und kariertem Pullunder auf, er lächelte durch eine Hornbrille. Er sah aus wie zwanzig. Höchstens zweiundzwanzig.

»Karen, das ist Vic, Vic, das ist Karen. Meine Tochter«, sagte die Frau im Rollstuhl, und Karen streckte mechanisch ihre Hand der von Vic entgegen. *Karen. Meine Tochter.* Ihre Knie drohten nachzugeben, sie musste sich an Vics Hand festhalten.

»Hi, Karen. Helen hat mir viel von dir erzählt.« Er war mindestens fünfundzwanzig, wenn nicht gar dreißig Jahre jünger als diese Frau, die denselben durchdringenden Blick hatte wie ihre Mutter, denselben Leberfleck an der Schläfe, dieselbe vorspringende Nase, dasselbe überlegene Lächeln, dieselbe klare Stimme …

»Wieso …«, fing Karen an, dann wusste sie nicht mehr weiter.

Karen stand in einer großzügigen Diele und fragte sich wieder und wieder, ob das alles Wirklichkeit war. Vic, der junge Typ mit Rastamähne und Hornbrille, hatte sie sanft am Arm gezogen und hinter ihr die Tür geschlossen. Bunte und schwarz-weiße Graffiti schmückten die Wände, Hocker aus Rattan standen aufgereiht an den Wänden, als warteten sie auf Besucher, und unter einem üppigen Blumenarrangement an der Stirnseite qualmten Räucherstäbchen. Karen fühlte sich wie in einer Galerie für subversive Gegenwartskunst.

»Ich musste meinen Namen ändern«, fing Helen Durban an – oder die Frau, die behauptete, ihre Mutter zu sein, was Karen immer noch nicht glauben konnte.

»Wie hast du mich gefunden?«, fragte sie. Sie nickte langsam, als Karen ihr das Foto zeigte. »Woher hast du das?«

Es irritierte Karen, dass diese Frau genauso wie ihre Mutter sprach. Dieselbe akkurate Aussprache, derselbe amerikanisch gefärbte Klang. Und dieselben bestimmenden Gesten.

»Aus dem Büro von HP Roth«, antwortete Karen benommen.

»Roth?«

Karen entdeckte ein kurzes Aufblitzen in den Augen von Helen Durban – so nannte sie die Frau im Moment noch.

»Wer weiß außer dir, dass du hier bist?«

Karen war sich nicht sicher, ob sie *Lanzelot* erwähnen sollte, aber während sie noch darüber nachdachte, ging Vic zur Tür, öffnete sie leise und warf einen Blick ins Treppenhaus. Dann schloss er sie wieder.

»Vic und ich ...«, fing Helen Durban an, doch die pochenden Kopfschmerzen machten Karen taub, und ihr war in diesem Augenblick auch völlig egal, was diese Frau und Vic taten, sie spürte nur diese ohnmächtige Wut, die gleich überkochen würde und ihren Schädel zum Platzen zu bringen drohte.

»Ist alles okay?«, fragte Helen besorgt.

»Wieso hast du dich nie gemeldet, *Mom?*«, brach es aus Karen heraus, *Mom*, jetzt hatte sie tatsächlich *Mom* gesagt. »Weißt du, wie viele Monate, nein, wie viele Jahre ich darauf gewartet habe, dass du mich anrufst und mir erzählst, wie du von ... von Seeräubern, Kannibalen oder Delfinen gerettet worden bist? Oder wie du jahrelang auf einer einsamen Insel irgendwo im Pazifik herumvegetieren musstest, bis du endlich dein Floß gebaut hast? Wieso bist du überhaupt zum Tauchen gegangen? Ich habe auf einen Anruf der Polizei gewartet, die mir sagt, dass sie irgendwas von dir gefunden haben. Einen angenagten Oberschenkelknochen oder einen ... einen Arm. Deinen Kopf, das wollte ich mir nicht vorstellen.

Kannst du das verstehen? Ich wollte endlich Gewissheit. Ich wollte dich beerdigen können! Aber dir war das natürlich völlig egal, du hast das einfach in Kauf genommen!«

Ihre Kopfschmerzen explodierten. Sie griff sich an die Stirn und hörte ihre Mutter sagen:

»Karen, bitte, ich erklär dir alles. Vic, hol uns was zu trinken.«

Vic ging, und Karen stand weiter da, presste die Finger gegen die Schläfen und kämpfte gegen die Kopfschmerzen und gegen das Rumoren im Magen.

91

»Mein Plan ging schief.« Helen Durban, nein, Jane Burnett, also ihre Mutter, wie sich Karen immer wieder einreden musste, klopfte auf die bunte Marokko-Decke auf ihrem Schoß. »Dabei war es ein guter Plan. Nur der Hai war nicht vorgesehen.«

Karen starrte auf die Decke, die ihre Mutter über die Oberschenkel gebreitet hatte, und jetzt fiel ihr auf, dass darunter nur ein Fuß, nur ein Schuh hervorschaute. Ihre Übelkeit wuchs.

»Oberhalb des Knies abgerissen. Mitsamt Neoprenanzug!« Helen lachte auf. »Der Junge muss einen Riesenappetit gehabt haben. Wie du weißt, waren meine Waden nie sonderlich dick oder muskulös.«

Karen versuchte ruhig zu atmen. Der Geruch der Räucherstäbchen machte sie schwindlig. Ein riesiges scharfzackiges Gebiss schoss auf sie zu … Sie suchte Halt an der Wand.

»Liebes? Alles in Ordnung?«

Karen schluckte.

»Entschuldige, ich hab dir noch gar keinen Platz angeboten.« Ihre Mutter lachte. »Das kommt davon, wenn man seinen Sessel immer dabei hat.«

Karen ließ sich auf einen der Rattanhocker fallen. »Was für ein Plan?«, brachte sie mühsam heraus.

»Von der Bildfläche zu verschwinden. Sie wollten mich beseitigen.«

»Wer?« In ihren Ohren erhob sich ein Brausen, als wäre sie es, die in einen Ozean tauchte.

»Vic! Wo bleibst du denn?«, rief ihre Mutter. »Ich glaube, ich muss dir was erklären.«

Karen nickte schwach. Noch immer fühlte sich alles falsch an, unwirklich, wie in einem Albtraum.

»Ich war jung«, sagte ihre Mutter und zupfte an ihrer Decke herum, »und ehrgeizig. Ich wollte es meinem Vater zeigen, diesem eingebildeten allwissenden Hochschulprofessor für Philosophie!« Sie seufzte. »Ich wollte ganz nach oben, verstehst du, an die Spitze. Jane Burnett – jeder halbwegs gebildete Amerikaner und Europäer sollte meinen Namen kennen. Und damit die unerschrockene Journalistin verbinden, die brillante Kommentare schreibt, messerscharf – und ... unfehlbar!«

»Die Päpstin des Journalismus ...«

»Aber ich musste sehr schnell lernen, dass ich das nicht umsonst haben konnte. Alles hat seinen Preis. Ich habe es geschafft mit, nun, mithilfe diverser Mittel in engen Kontakt zu kommen zu den höchsten Regierungskreisen in den USA.« Die Stimme ihrer Mutter schien immer lauter zu werden.

»Sie haben dich gelinkt mit dieser Uran-Sache ...« Allmählich fielen Karen die Fakten wieder ein. Oder das, was sie als Fakten betrachtete.

»Ja ... wieso ...« Ihre Mutter wirkte irritiert. »Du glaubst nicht, was das für eine Demütigung war ...«

»Und dann hast du beschlossen, dich zu rächen.«

»Nein.« Sie presste die Lippen zusammen. Es machte ihr offenbar immer noch etwas aus. »Ich wollte sie erpressen. Ihnen drohen, die Katze aus dem Sack zu lassen, der Öffentlichkeit die Wahrheit zu sagen, dass ich einer Täuschung aufgesessen bin.« Sie nickte langsam. »Ich hatte dich, und ich wollte dir eine gute Ausbildung ermöglichen.« Sie holte Luft.

Karen brachte kein Wort heraus.

»Verdammt, Vic! Wo bleibst du denn! Musst du das Zeug erst destillieren?«, rief sie, ohne sich umzudrehen. »Als meine beste Freundin mit meinem Auto, das ich ihr geliehen hatte, von einem Lkw gerammt und tödlich verletzt wurde, war mir klar, dass sie mich eliminieren wollten.«

Karen nickte nur.

»Nun, ich gebe zu«, ihre Mutter lachte auf, »es war nicht unbedingt die beste Idee, am Barrier Reef beim Tauchen für immer zu verschwinden!« Sie klopfte auf ihre Decke und schüttelte den Kopf.

Vic brachte zwei Gläser mit einer durchsichtigen Flüssigkeit und Eiswürfeln. Ihre Mutter nahm ein Glas und trank einen großen Schluck, erst dann schenkte sie Vic ein kurzes liebevolles Lächeln, worauf er ihr zärtlich über den Arm strich. Karen nippte an ihrem Glas. Gin. Es war Gin auf Eis.

»Es sollte ein spektakulärer Abgang der Jane Burnett werden«, sagte sie mit einer weit ausgreifenden Armbewegung. »Vor Jahren hatte ich mal von einem solchen Fall gelesen. Ein Pärchen war in den Flitterwochen und wurde vom Tauchboot am Riff vergessen. Tage später hat man an irgendeinem Strand ihre Pressluftflaschen gefunden.« Sie lachte, trank das Glas fast leer, schüttelte den Kopf und fügte bedauernd hinzu: »Nur diesen verfluchten Hai hatte ich nicht einkalkuliert. Es war Mittagszeit! Normalerweise fressen die erst am Nachmittag, hatte man mir erzählt. Falsch! Du kannst dich auf niemanden verlassen! Ich war schon fast am Boot, ich hatte einen Helfer, einen alten Freund, da kam der Hai direkt auf mich zugeschossen. Ich hab seine Flosse gesehen, sie pflügte direkt auf mich zu, verflucht, hab ich gedacht, das war's, jetzt haben die doch gekriegt, was sie wollten! Wisst ihr, wie schnell ein Hai ist?« Sie sah zuerst Vic und dann Karen an. »Da schießt ein Torpedo auf euch zu, ein Torpedo mit tausend Zähnen, die euch in Stücke reißen! Und dann hab ich nur noch einen Ruck gespürt und Blut gesehen. Es war ... als würde der ganze Pazifik aus meinem Blut bestehen.«

»Schschscht«, machte Vic und legte eine Hand besänftigend auf ihren zitternden Arm. Nicht nur ihr Arm, alles an ihr zitterte, und Karen glaubte, sie könne in den Augen ihrer Mutter das Bild des Hais sehen, wie er auf sie zugeschossen kam.

»An Bord konnten sie die Blutung stoppen, dann haben sie mich zu einem Arzt gefahren. Den neuen Pass hatte ich ja schon. Helen Durban, eine seit drei Jahren vermisste Engländerin.«

Karen wollte sagen, wie idiotisch ihr Plan gewesen war, aber sie brachte es nicht über sich. Ihre Mutter zitterte noch immer.

»Es tut mir leid«, murmelte sie nur und trank einen Schluck, in der Hoffnung, dass die harten Konturen der Wirklichkeit sich dadurch etwas abrundeten, geschmeidiger wurden, die Dinge übereinanderblendeten und dass dadurch alles einen Sinn bekommen würde, irgendeinen Sinn, sei er auch noch so dämlich.

»Wahrscheinlich hat ihm mein Bein in der Neoprenhaut nicht ganz so gut geschmeckt, sonst hätte er wohl auch mein zweites verspeisen wollen«, sagte ihre Mutter. Sie lachte bitter auf und warf ihr Glas gegen die Wand.

Karen erschrak. Sie starrte auf die Scherben, die Eiswürfel rutschten über das Parkett. »Sie haben mich benutzt, damit sie ihren Krieg führen konnten!«

Vic eilte hinaus.

»Weißt du, wie verletzend das war, wie demütigend, als ich es herausgefunden habe, Karen? Und ich konnte nichts mehr tun! Ich konnte es nur noch vertuschen.« Vic kam mit einem Mülleimer und sammelte die Scherben ein. Karen hatte das Gefühl, als würde er das nicht zum ersten Mal tun.

»Es gibt immer eine Alternative«, sagte Karen so neutral wie möglich, aber es hörte sich lasch an, »das hast du mir doch eingebläut.« Sie trank den Rest und reichte Vic das Glas, der es nahm, als wäre er der Kellner.

»Es gab keine! Es wäre mein Todesurteil als Journalistin gewesen!« Je lebendiger ihre Mutter wurde, desto matter und kraftloser fühlte sie sich. So war es schon immer gewesen. Als sauge ihre Mutter alle Energie aus ihr heraus. »Weil es immer nur um deinen Job ging«, sagte sie und richtete sich auf.

»Das ist kein Job! Das ist eine Berufung! Das habe ich dir *immer* beizubringen versucht!« Die Lippen ihrer Mutter zitterten vor Aufregung, Karen konnte sich nicht erinnern, dass sie sie jemals so gesehen hatte. »Vic?«

Er kam mit zwei frisch gefüllten Gläsern.

Mein Gott, dachte Karen, das ist alles absurd. Sie nahm ihr Glas, dabei wollte sie nichts trinken.

»Danke, Liebster«, sagte ihre Mutter und streichelte Vic über den Arm.

Ich will das alles nicht sehen, dachte Karen und trank einen Schluck.

»Du sollst wissen, Liebes«, sagte ihre Mutter, »dass ich sehr stolz war, als ich das von deiner Auszeichnung hörte. Es tat mir so leid, dass ich dir noch nicht einmal gratulieren konnte.« Ihre Züge wurden weich. Etwas in Karen wollte ihre Mutter jetzt umarmen, ihr zu verstehen geben, dass sie ihr vergeben könnte, ach nein, dass sie alles vergessen könnte. Aber etwas anderes warnte sie davor, sich wieder einnehmen zu lassen von ihr. Also zuckte sie nur mit den Schultern.

»Du hättest es einfach tun sollen, Mom.«

»Glaub mir, ich hätte es getan, aber ...« Ihre Mutter trank das Glas halb leer und sah sie mit einem sentimentalen Blick an, doch wenige Augenblicke später verhärtete er sich schon wieder.

»Gut, nachdem wir das jetzt geklärt hätten, Vic, zeig ihr, was wir machen.«

Karen war erleichtert, als sie sich Vic zuwenden konnte.

»Wir haben eine Uni gegründet«, sagte er und führte sie ins Wohnzimmer. »Eine virtuelle.«

»Wir wollen neue Gesellschaftsformen entwickeln!«, rief ihre Mutter ihnen hinterher. »Eine wirkliche Demokratie! Nur so werden wir eine bessere Welt schaffen!«

Karen seufzte. Mit ihrer Leidenschaft – egal wofür – hatte sie schon immer alle mundtot gemacht. Sie sah sich im Zimmer um, das wahrscheinlich das Wohnzimmer war, jedenfalls lagen Sitzkissen und Decken herum, als würde jeden Augenblick ein Haufen Leute kommen zu einem Sit-in.

»Schläfst du mit ihr?«, fragte sie Vic und sah ihm herausfordernd in die Augen.

Er lächelte auf seine zurückhaltende Art. »Helen ist die tollste Frau, der ich je begegnet bin.«

Sie wartete, ob er noch etwas sagte, aber er nahm eine Fernbedienung in der Hand. »Die Uni ist im Netz. Im Cyberspace.« Ein leidenschaftliches Leuchten füllte seine Augen. »Wir wollen wissen, wer uns wirklich regiert, wer wirklich die Gesetze macht und vor allem, warum sie gemacht werden. Wer hinter den Firmen steht ... Du weißt schon, wer regiert Europa, wer regiert die Welt? Und dann ...«, er sah sie triumphierend an, »... dann werden wir das alles verändern.«

»Revolution«, bemerkte sie trocken, aber er lächelte nur, als hätte sie nichts verstanden, und schaltete den großen Flachbildschirm an der Wand hinter den weichen Sitzkissen mit den Decken ein.

92

Ein großes Schaubild mit Strichen und Pfeilen blendete auf, Karen konnte einzelne Namen erkennen, wie zum Beispiel WHO und *Belling* Group und *Live ID*, EU-Kommission und CIA. China stand da, Öl-Mafia und Bilderberger, Trilaterale Konferenz, Militärisch-Industrieller Komplex, Vatikan und NATO und *Legend*, und hieß das da oben rechts nicht Ku-Klux-Klan?

»Wir haben alle möglichen Verbindungen untersucht. Personalverbindungen oder anderweitige Abhängigkeiten. Du siehst, am Ende sind alle miteinander verstrickt, es ist ein dichtes Gewebe, ein Filz, ein ...«

»China und der Ku-Klux-Klan?«, fragte Karen ungläubig.

»Nicht direkt natürlich«, sagte Vic, »aber hier: Vor fünf Jahren gab es ein Mitglied, James G. Taylor. Er war als Manager des größten amerikanischen Autokonzerns häufig in China. Dort pflegte er Kontakte zu hohen Regierungskreisen. Seine Tochter lernte einen chinesischen Studenten kennen aus Chengdu, einen IT-Spezialisten ...«

Vic sah sich nach Karens Mutter um, die ins Wohnzimmer gerollt war, und sagte: »Dieser chinesische Student kam nun ganz einfach an Firmengeheimnisse ran ... Aber das ist jetzt alles ein bisschen viel für dich, Karen ...«

Das Ganze war doch absurd, sah das denn keiner? »Meinetwegen, aber wer soll hinter all dem stehen? Wer steuert das Ganze?«, fragte sie mit einem spöttischen Unterton.

»Sie nennen sich *Das Syndikat*«, sagte Vic ohne Zögern und deutete ganz nach oben auf das Schaubild, auf eine blaue Weltkugel, über deren Äquator sich ein goldenes Band zog. »Alle Mitglieder kennen wir noch nicht. Aber fest steht, dass es diese Gruppierung gibt. Sie will die Welt beherrschen – und sie beherrscht sie größtenteils schon. Durch Geldgeschäfte, indem sie dafür sorgten, dass bestimmte Präsidenten gewählt werden, indem sie Unruhen schürt, Kriege anzettelt, sie beherrscht die Infrastruktur der meisten Informationsflüsse. Ihr gehören Mediengesellschaften, Satelliten, Internetprovider, sie vermischt Informationen so geschickt mit Falschinformationen, dass man sie nicht voneinander unterscheiden kann. *Das Syndikat* manipuliert alles und jeden! Es sind immer dieselben Leute, die sich auf Konferenzen treffen, die in denselben Ausschüssen und Aufsichtsräten sitzen, die gemeinsame Geschäfte machen, die sich gegenseitig protegieren und skrupellos ihre Machtinteressen verfolgen.«

Irgendwie hörte er sich ein bisschen an wie Nyström.

»Hinter dieser Impfaktion steht auf jeden Fall Baron Gustave Dubois«, sagte Vic und schob die Brille ein Stück zurück.

»Dubois. Wer ist das denn?«, fragte Karen.

»Er gehört definitiv zum *Syndikat*«, sagte ihre Mutter hinter ihr. Sie war wieder kühl und sachlich. »Er wohnt in einem Schloss in den Ardennen und gehört zu einem Kreis von Milliardären, die sich damit brüsten, die Hälfte ihres Vermögens zu spenden.« Sie lachte auf. »Wann das sein wird, verraten sie allerdings nicht. Während sie sich in der Öffentlichkeit mit

Wohltätigkeitsveranstaltungen beliebt machen, schmieden sie im Verborgenen radikale Machtpläne.«

»Sie finanzieren zum Beispiel das hier«, fuhr Vic fort und zoomte auf einen Namen im Schaubild. »Die Alzheimer und Parkinson Foundation. Wir haben mal nachgesehen, was die so machen.«

»Und, was machen die so?«, fragte Karen. Das alles kam ihr seltsam fremd vor, und dass ihre Mutter und Vic sich so leidenschaftlich dieser Sache widmeten, erschien ihr noch befremdlicher.

Vic grinste und warf Karens Mutter einen Blick zu, als müsse er sie um Erlaubnis bitten. Sie nickte. Mein Gott, dachte Karen, ihre Mutter, immer noch *die* Burnett.

»Sie implantieren den Betroffenen einen Mikrochip in den Oberarm, auf dem die persönlichen Daten gespeichert sind – falls die Patienten irgendwo orientierungslos gefunden werden. Oder sie implantieren den Chip ins Gehirn.« Er grinste wieder. »Es hilft tatsächlich. Das Zittern hört auf, wenn der Chip aktiviert wird.«

»Aber die Firma ...«, wandte Karen ein und zeigte auf das Schaubild. »Die Firma gehört *Belling*, dem Rüstungskonzern. Winston Vonnegut ist Mitglied des *Syndikats*.«

»Zu dem Kreis um Dubois gehört auch Ken Emerson, der Gründer von *LegendSoftware*. Sie treffen sich regelmäßig«, sagte ihre Mutter.

»*LegendSoftware* versorgt die wichtigsten Behörden in den USA und in Europa. Alle Datenbanken laufen mit *LegendSoftware*. Aber auch hochtechnisierte Waffensysteme von *Belling*.«

»Im Dunstkreis dieser drei Hauptkräfte«, übernahm ihre Mutter wieder, »bewegen sich Politiker und Banker. Sie treffen sich beim Weltwirtschaftsforum oder auf anderen wichtig klingenden Konferenzen. Da fallen sie nicht auf. Sie finanzieren Wahlkämpfe, beraten Entscheidungsträger, sie sammeln Informationen, kaufen Firmen – und Menschen.«

»Im letzten amerikanischen Wahlkampf zum Beispiel«, fuhr Vic fort, »spendete *Belling* drei Millionen Dollar. Aber nicht auf einmal, sondern versteckt durch viele kleine Firmen und Agenturen. Es hat uns anderthalb Jahre gekostet, um das alles aufzudröseln.«

»Dubois beeinflusst ganz massiv die Europäische Kommission, auch das Parlament und den Präsidenten«, dozierte ihre Mutter weiter, »was in der Sache nichts Neues ist. Die IG Farben mit ihrem Rat der sogenannten Sieben Weisen hat in den dreißiger Jahren des letzten Jahrhunderts die Herrschaft über alle Länder Europas angestrebt ...«

»Und der Geschäftsführer der europäischen Verteidigungsagentur«, übernahm Vic wieder, »ein gewisser Koch, ist ein ehemaliger Staatssekretär im deutschen Verteidigungsministerium.« Beide sahen Karen erwartungsvoll an. Vic hatte seine Hand auf Janes Schulter gelegt.

Karen fühlte sich wie erschlagen. Sie schüttelte den Kopf, als müsste sie sich von irgendetwas befreien. »Woher wisst ihr das alles?«

»Recherche«, sagte ihre Mutter sachlich.

Das war doch paranoid! Karen dachte an Thierrys Dachzimmer, an die vielen Zettel und die Zeitungsnotizen über wild gewordene Hunde. Da spürte sie eine neue Kopfschmerzattacke.

»Wir sind dem *Syndikat* seit Jahren auf der Spur«, drang die Stimme ihrer Mutter zu ihr.

»*Sie* ist ihnen auf der Spur«, berichtigte Vic, »*sie* hat diese Leute jahrelang verfolgt, *sie* hat alles gesammelt, *sie* hat herausgefunden, dass sie was planen, dass ...«

»Vic! Meine Tochter kennt mich lange genug.« Sie redete weiter. »Diese Pläne existieren seit fast fünfzehn Jahren. Pläne, eine Epidemie zu inszenieren, um die ganze Bevölkerung zu impfen, jeden mit einem Chip auszustatten, der nicht nur über Scanner lesbar ist, sondern der auch gezielt Medikamente, Drogen und Hormone abgibt. Die Menschen sollen nicht mehr selbstständig handeln, sie werden gesteuert durch ein gigantisches Geflecht aus Überwachungssystemen. Die Scanner an großen Plätzen zum Beispiel speichern nicht nur die Daten der Menschen, die sich dort aufhalten, sondern steuern auch die Ausschüttung der Stoffe auf dem Mikrochip. So kann man ohne großen Aufwand Demonstrationen verhindern oder Rebellionen! Und das Beste ist: Die Menschen merken nichts davon!«

Karen hörte zu und versuchte, das alles zu begreifen.

»Über den Chip können sie auch eine tödliche Menge Adrenalin ausschütten lassen! Sie können jeden umbringen, wann immer sie wollen! Sie bestimmen über unser Leben und über unseren Tod!«

Die Augen ihrer Mutter glänzten fiebrig. Mein Gott, Mom, das kann doch alles nicht wahr sein!, dachte Karen, aber da redete ihre Mutter schon weiter.

»Es gab zahlreiche Versuche, Vogelgrippe, Schweinegrippe, normale Grippe ... Auch bei sogenannten normalen Impfungen versucht man inzwischen – dank der Nanotechnologie –, Botenstoffe zu injizieren ...«

»Nanotechnologie?«

»Ja ...« Verwundert hielt ihre Mutter inne. »Erklär du's ihr«, sagte sie mit einer ungeduldigen Handbewegung zu Vic.

»Nein, nein, es reicht«, sagte Karen. »Warum hast du nie darüber berichtet?«

»Niemand hätte mir geglaubt! Du siehst doch, was sie mit

Leuten machen, die darüber reden! Sie stempeln sie ab als Anhänger von Verschwörungstheorien, als hysterische Gegner des Fortschritts! Ich wusste, ich musste sie mit anderen Mitteln zur Strecke bringen …«, sagte ihre Mutter. Ihre Lippen waren schmal geworden. »Ich musste sie ihren Plan ausführen lassen.«

Karen brauchte einen Moment, bis sie begriff, was ihre Mutter da gerade gesagt hatte. »Du hast also gewusst, dass sie einen Biowaffenanschlag planten?«

»Eine Epidemie, ja. Was genau, wussten wir nicht. Wir haben schon die Schweinegrippe für die geplante Epidemie gehalten und entsprechende Informationen im Internet gestartet. Ein großer Fehler. Wir haben an Glaubwürdigkeit verloren und waren gezwungen, abzuwarten.«

»Und jetzt ist wieder nichts draus geworden, oder? Die Bakterien sind nicht freigesetzt worden.«

Ihre Mutter seufzte. »So ist es.« Sie tätschelte Vics Arm und reichte ihm das Glas. »Liebster, bring mir noch einen.«

Wortlos ging er hinaus.

Karen wollte am liebsten auch gehen. Alles in ihr strebte weg von diesem Ort.

Aber eine Frage blieb.

»Wenn ich nicht aufgetaucht wäre, hättest du dich auch nicht gemeldet, oder?«

Ihre Mutter lächelte wissend. »Es war alles geplant. Du solltest kommen.«

»Wie?«

»David French …« Sie begann an der Decke über ihren Knien herumzuzupfen. »Wir sind uns begegnet.«

In diesem Augenblick brach der Rest ihrer schon kaputten Welt zusammen. »David hat gewusst, dass du lebst?« Der Kopf drohte ihr zu platzen.

»Wir sind uns hier in Frankfurt begegnet, er wollte mit mir zusammenarbeiten. Und wir, wir wollten dich für unsere Arbeit gewinnen. Ich hatte einfach Angst, dass du nicht verstehen würdest, warum ich mich nicht gemeldet habe bei dir ... Du solltest mit uns zusammenarbeiten. Deshalb hat er sich mit dir in Brüssel getroffen. Deshalb hat er auch mit *Lanzelot* kooperiert, wobei *Lanzelot* nichts von uns weiß. Solange wir nicht wussten, von wem *Lanzelot* finanziert wird ...«

Ein neuer Schlag, eine neue Enthüllung ...

»*Lanzelot* war ein Projekt der CIA, schon vor fünfzehn Jahren geplant. Man versorgte die besten Hacker – viele davon chinesische Exilanten – mit der besten Ausrüstung und ließ sie machen. Kontrolliert, natürlich. Zumindest glaubte man das. Doch dann drehte Peking die Hacker um und versorgte *Lanzelot* mit Falschinformationen.«

»Die Hacker in Chengdu saugen alle möglichen Infos aus dem Cyberspace ab«, rief Vic von irgendwoher.

»Chengdu ist Universitätsstadt und Cyberkriegszentrum der chinesischen Armee«, erklärte ihre Mutter. »*Lanzelot* hat sich verselbstständigt, weiß es womöglich nur noch nicht.«

»Und Nyström?«

»Nyström ist im Grunde unwichtig.« Das Gesicht ihrer Mutter war auf einmal ganz nah. »Was ist, Karen? Setz dich dahin, du bist ja ganz blass.«

»Es sind nur diese Kopfschmerzen«, hörte sie sich sagen. Wenn sie sich jetzt hinsetzte, würde sie hier nie wieder wegkommen, dann würde sie eintauchen in diesen Wahnsinn, in diese Paranoia.

»*Kopfschmerzen?*«, schrie ihre Mutter plötzlich – oder kam es ihr nur so vor? –, und sie zuckte zusammen. »Seit wann hast du *Kopfschmerzen?* Früher hattest du *nie* Kopfschmerzen! Vic! Sie hat *Kopfschmerzen!*« Sie streckte sich nach vorn, um Karen die Hand auf die Stirn zu legen.

»Ich hab kein Fieber, Mom!«, protestierte Karen und nahm ihren Kopf zurück.

»Wann tauchen die auf, Karen? Hast du dich röntgen lassen? Mein Gott, Karen, sie haben *dich* auch!« Ihre Mutter sah sie entsetzt an. »Hast du Albträume? Ängste? Bist du aggressiv, ganz plötzlich? Karen! Wann ist das passiert! Du warst in Afghanistan! Natürlich! Sie haben dich geimpft, oder? Natürlich haben sie dich geimpft, angeblich wegen dieser Krankheiten, die es da unten gibt. *Karen!* Zeig mir deinen Arm!«

»Hör auf!« Karen schüttelte die Hand ihrer Mutter ab.

»Zeig mir deinen Arm, Karen!«, rief sie. »Nun sei doch nicht so bockig! Sie haben dir einen Chip …«

»Nein!«, schrie Karen. »Hört doch endlich auf!«

Ihre Mutter und Vic, der mit einem neuen Glas hereingekommen war, starrten sie an.

»Ihr … ihr seid doch völlig durchgeknallt! Und du, Mom, du bist das Allerletzte.«

Sie musste raus, raus hier, sofort. Mühsam stand sie auf.

Ihre Mutter hieb mit der Faust auf die Lehne des Rollstuhls. »Karen, du gehörst zu uns, wir werden sie bekämpfen, wir werden die Herrschaft des *Syndikats* brechen, wir müssen dir nur den Chip entfernen, dann wird alles wieder gut, Liebes!«

»Nein!« Karen taumelte zur Tür.

»Karen!«, rief ihre Mutter hinter ihr her, »du willst doch nicht, dass alles umsonst war!«

»Was war denn umsonst?«, schrie Karen zurück. Sie hielt sich an der Türklinke fest. »Davids Tod? Die Opfer im Restaurant? Die Menschen in Afghanistan? Die Söldner? Glaubst du wirklich, du kannst all dem Sterben einen Sinn geben? Weil du *Die Burnett* bist? Mom, du bist genauso krank wie die Typen, die du jagst!«

Ihre Mutter sagte nichts. Auch Vic schwieg.

»Karen, warte!« Ihre Mutter rollte auf sie zu. »Bleib stehen!«

Karen prägte sich das Bild ein: ihre Mutter im Rollstuhl, Vic hinter ihr, treu ergeben. *Die Burnett* und ihre Verehrer, es hatte sich nichts geändert. Bis auf den Rollstuhl. Sie drehte sich um.

»Es gibt noch einen anderen Grund«, sagte ihre Mutter.

»Ach? Ja klar, weil du ein Buch schreiben willst, *Die Burnett* lebt – und rettet auch gleich noch die Welt …«

»Dein Vater …«, sagte ihre Mutter ernst.

»Ja, ich weiß, auch über ihn hast du mich belogen. Es war nicht der ehrwürdige Major John Kelly.«

»Ich …«, ihre Mutter stockte und schüttelte den Kopf, »ich … ich wollte nur dein Bestes, ich wollte …«

»*Die Wahrheit, nichts als die Wahrheit* … Weißt du was, du bist die größte Lügnerin, die ich kenne.«

»Karen, bitte …«, flehte ihre Mutter.

»Wer war es? Wer ist mein Vater? Sag mir endlich die Wahrheit!« Sie schrie, und da erst merkte sie, dass sie auf ihre Mutter zugegangen war, dass sie sie an den Schultern gepackt hatte und schüttelte. Erschrocken ließ sie los.

Ihre Mutter schwieg, legte die Finger an die Schläfen und verzog schmerzhaft das Gesicht.

»Karen«, schaltete Vic sich zaghaft ein, doch Karen beachtete ihn nicht.

»Schon gut, Mom, ich weiß«, sagte Karen, »ich war wahrscheinlich … eine Parthenogenese.«

»Eine …«

»… Jungferngeburt, Mom. Es wundert mich, dass du das nicht weißt, wo du doch sonst immer alles weißt. Ich gehe jetzt. Auf Wiedersehen. Aber ich glaube, wir sehen uns nicht mehr wieder.«

»Karen!«, hörte sie ihre Mutter rufen. »Du darfst mich nicht enttäuschen, hörst du? Du darfst nicht aufgeben!«

Sie rannte die Treppe hinunter, stieß die Eingangstür auf und stand endlich auf der Straße. Die kalte Luft traf sie so unvermittelt, dass sie stehen blieb und tief durchatmete.

Warum veränderte sich alles? Sie hätte so weiterleben können. Mit ihrem tapferen Vater John Kelly, ihrer Mutter, der bekannten, egozentrischen, bei einem tragischen Tauchunfall ums Leben gekommenen Journalistin. Alles hatte seine Ordnung gehabt, seinen Platz. Jetzt war nur noch Chaos um sie herum. Am liebsten hätte sie geheult, geschrien, wäre noch mal hinaufgelaufen, hätte ihre Mutter aus ihrem verdammten Rollstuhl gezerrt und sie geschüttelt, bis sie endlich den Namen ihres Vaters nannte, bis sie ihr endlich alle Geheimnisse verriet, bis sie ... bis sie sie endlich umarmte und weinte! Und sagte, es täte ihr leid wegen all der Jahre ...

Karen zog die schwere Haustür wieder auf. Warum nur hoffte sie noch immer, ihre Mutter würde ihre Gefühle ernst nehmen?

93

Es war dunkler geworden, schwere Wolken schienen in den kahlen Akazienbäumen festzuhängen, und die Autos schlichen mit eingeschalteten Scheinwerfern vorbei.

Gedankenversunken ging sie über die Straße auf den Lexus zu, in dem Gibbs auf dem Beifahrersitz hockte und sie nicht aus den Augen ließ. Jetzt fing er an zu bellen und sprang gegen die Scheibe, dann auf den Rücksitz.

Gibbs, was ist? Sie wandte den Kopf, und ihr Blick fiel auf den Wagen hinter dem Lexus. Irgendetwas stimmte nicht mit der Windschutzscheibe.

Sie ging näher. Ein weißer Stern, so sah es aus, prangte auf der Fahrerseite, in der Mitte ein sauberes Loch. Dahinter sah sie ein bleiches Gesicht mit einem kreisrunden schwarzen Fleck auf der Stirn. Ein dünnes Rinnsal verlief wie ein Riss über das Gesicht.

Beide Hände lagen schlaff auf den Oberschenkeln. Als sie näher trat, bemerkte sie an einem Finger einen großen Siegelring. Dann erst realisierte sie, dass es sich um einen Porsche handelte – mit belgischer Nummer.

Die Überwachungskamera ... Das war Roth, Hans-Peter Roth ...

Wieso wusste er, dass sie hier war?

Viel Glück hatte Teecee ihr gewünscht, als er ihr die Adresse von Helen Durban gegeben hatte.

Teecee?

Wie sie hinters Steuer gekommen war und zurück auf die Autobahn, wusste sie nicht. Erst als sie an einer Raststätte anhielt, wachte sie auf aus ihrem Schock. Sie stellte den Motor ab, und eine Weile saß sie nur da und versuchte etwas zu empfinden, Erleichterung, Glück, Freude, sogar Wut, aber da waren nur dieser graue Parkplatz und der Schneeregen – und eine stille Leere in ihr. Schließlich stieg sie aus, führte Gibbs herum, kaufte im neonhellen Shop einen Becher Kaffee, Hundefutter und eine Packung gekochten Schinken.

Während Gibbs sich im Fußraum über den Schinken hermachte, starrte sie durch den dichter werdenden Schneeregen ins ewige Grau.

Der Mann, der sie töten wollte, der Gibbs beinahe erschossen hätte, der die kleine Linh festgehalten hatte und der irgendwie mit dem Biowaffenanschlag zu tun hatte, Hans-Peter Roth, lebte nicht mehr. Jemand hatte ihn umgebracht. Jemand, der wusste, wo er ihn zu suchen hatte. *Du darfst mich nicht enttäuschen! Du musst gegen sie kämpfen!*

Glaubte ihre Mutter tatsächlich, sie würde weitermachen? Sie wäre genauso besessen wie sie?

Sie sehnte sich nach etwas, woran sie sich festhalten konnte, nach etwas Wahrem, Echtem, ohne Maske. Nach etwas Einfachem, ohne Hintergründe, ohne Lügen. Gibbs leckte sich übers Maul und sah sie an.

Nyström ist unwichtig …

Alles löste sich auf.

Und was sollte das mit dem Chip? Sie wollte nicht länger nachdenken über ihre Kopfschmerzen, doch je mehr sie es sich verbot, umso mehr dachte sie an das, was ihre Mutter gesagt hatte. Sie zog ihre Jacke aus, schob den linken Ärmel ihres Pullovers hoch und betastete ihren Oberarm.

Bevor sie nach Afghanistan aufgebrochen war, hatte sie sich impfen lassen.

94

Metz

Im Schlafzimmer des Einfamilienhauses in Metz lief der Fernseher. Thierry Traessart schob das Tablett mit dem leeren Suppenteller auf den Nachttisch und legte sich wieder hin. Maries Hühnersuppe schmeckte ihm, er verlangte sie immer wieder seit seiner Rückkehr. Endlich hatte der Schneeregen aufgehört, am Himmel zeigte sich sogar ein hellblauer Streifen zwischen den Wolken.

Es war richtig gewesen, diese beiden Wissenschaftler zu retten, jedenfalls vom menschlichen Standpunkt aus gesehen. Ein Teil von ihm hatte ihnen sogar verziehen, und er wollte, dass es auch der andere Teil von ihm tun würde. Hass vergiftete das Herz, verschloss es gegen die Liebe. Das spürte er jetzt ganz deutlich, nachdem er diese schwere Entscheidung gefällt hatte.

»Bisher genügte der Eintrag im Impfbuch, damit Kinder in die Schule aufgenommen wurden«, hörte er gerade den Nachrichtensprecher sagen. »In einem Eilverfahren hat die EU beschlossen, dass ab dem ersten März dieses Jahres jedes Neugeborene mit einem Chip ausgestattet werden muss, auf dem der Impfstatus gespeichert wird und jederzeit kontrolliert werden kann. Die Software stammt von der Firma *Legend*, dem Marktführer für Datenbanksoftware. Weiterhin verabschiedete die EU im Rahmen ihrer Antiterrormaßnahmen, den Chipcode als Zugangsberechtigung für Online-Dienste einzuführen. Dies erleichtere den Behörden die Identifizierung von Usern, die auf militante und der Terrorszene zuzurechnende Seiten zugreifen. Der versuchte Biowaffenanschlag hätte schon sehr viel früher vereitelt werden können, wenn man entsprechende Antiterrormaßnahmen angewendet hätte, sagte ein Sprecher.«

Thierry blickte auf, als Marie ins Schlafzimmer kam.

»Für dich«, sagte sie und gab ihm das Telefon. »Diese Journalistin, von der ich dir erzählt habe.«

Er stellte den Fernseher leiser und gab ihr ein Zeichen, dass sie ruhig dableiben könne. Er richtete sich in den Kissen auf, und sie setzte sich auf die Bettkante.

»Hallo?«

»Karen Burnett«, sagte die Frau, »ich habe mit Ihrer …«

»Sie hat mir alles erzählt«, unterbrach er sie und tauschte einen Blick mit Marie.

»Wie geht es Ihnen?«

»Es geht schon.«

»Man hat Ihnen einen Chip implantiert …«, hörte er sie sagen.

»Ja.«

»Haben Sie ihn noch?«

»Ich bin ihn los«, sagte er.

»Sie haben Ihn herausgeschnitten?«

»So ungefähr, ja.«

»Aber es heißt, dass eine tödliche Menge …«

»Das heißt es, ja.«

»Sie haben trotzdem …? Sie haben sich …?«

»Weshalb rufen Sie an?«, unterbrach er sie. Er brauchte weder Mitleid noch Entsetzen.

Sie schien zu begreifen, denn sie fragte: »Waren Sie oder einer Ihrer Mitkämpfer im Feldlazarett in Kabul?«

»Ja … nach dem … nach diesem Einsatz mussten ein paar von unseren Leuten wegen kleinerer Verletzungen behandelt werden. Ich auch. Mein Knie.«

»Wann war das? Nach dem …«

»Das Datum? Das werde ich wohl nie vergessen. Nach dem zweiundzwanzigsten Oktober. Warum fragen Sie?« Er warf Marie einen fragenden Blick zu, doch sie zuckte bloß mit den Schultern und hob die Augenbrauen.

»Und Sie wurden dort abgeschirmt?«

»Wie meinen Sie das?«

»Ich war am zweiundzwanzigsten Oktober in diesem Lazarett, habe aber nichts von Ihnen und Ihren Leuten gehört. Danach wurde ich entführt.«

»Glauben Sie ...«, auf einmal verstand er, »... man wollte verhindern, dass Sie mit uns in Kontakt kommen?« Ein Zittern breitete sich wie eine elektrische Welle in seinem Innern aus, er spürte es, aber er wusste, dass es nur aus ihm selbst heraus kam, dass es nur mit ihm zu tun hatte, nur mit ihm, und das beruhigte ihn.

»Sind Sie noch dran? Hören Sie«, sagte er, »in diesem Chip kann man alle möglichen Wirkstoffe, Hormone, Medikamente deponieren. Wir verhalten uns dann wie ... wie Tiere, wie Insekten. Bei Bienen oder Ameisen zum Beispiel, da gibt es die Arbeiterinnen, die Kriegerinnen ... Hallo? Sind Sie noch dran?«

»Ja ...«

»Bei uns – bei mir und meinen Leuten – war es offenbar der Klingelton unserer Handys, das hat mir dieser Wissenschaftler verraten. Aber es könnten auch Frequenzen sein, die man nicht hören kann. Mikrowellen ... alles. Aber ... hören Sie Nachrichten? Es gibt eine Macht da draußen, eine Macht, die uns lenken will, die uns unseren Willen nehmen will. Diese Leute achten darauf, dass sie namenlos und gesichtslos bleiben, verstehen Sie! Sie zeigen sich nicht! Sonst könnte man sie ja bekämpfen.« Er holte Luft. »Sie sind raffiniert, skrupellos, sie wollen die Welt beherrschen, sie wollen uns zu ... zu Ameisen machen, zu Wesen, die nur funktionieren, die nicht selbst entscheiden können, die durch Frequenzen gesteuert werden ... Vielleicht geben sie bestimmte Tonfolgen im Fernsehen durch oder ...«

Er spürte die Hand seiner Frau auf der Schulter, und er brach ab, sein Herz hämmerte vor Wut und Erregung. »Hören Sie«, sagte er, »Sie müssen das alles veröffentlichen. Und wenn Sie glauben, Sie haben auch so einen Chip, schieben Sie eine Metallmanschette über die Stelle, ja? Sie schirmt die Wellen ab. Aber … Sie müssen sich darüber im Klaren sein, dass Sie ihn in sich tragen, das fühlt sich nicht gut an, gar nicht gut, es ist wie eine dunkle Seite in Ihnen, sie wissen nie, wann sie aufbricht und … und was sie aus Ihnen macht …« Seine Stimme zitterte, und plötzlich war sein Mund ganz trocken.

»Was haben Sie jetzt vor?«, fragte die Journalistin.

»Ich will alles vergessen.« Seine Frau nickte ihm zu. »Wir haben keine Chance gegen die. Wir wissen ja noch nicht mal, wer *die* sind. Meine Frau und ich haben beschlossen, unser Leben von Grund auf zu ändern. Ohne Telefon und Fernsehen. Wir werden uns mit Gleichgesinnten zusammentun …«

Marie lächelte ihn an.

Die Journalistin wünschte ihm alles Gute. Sie klang irritiert, er hatte sie wohl überrascht.

»Danke«, sagte er, »das wünsche ich Ihnen auch. Ach … Sie brauchen mich nicht mehr anzurufen. Wir gehen ab sofort nicht mehr ans Telefon.«

Er machte das Telefon aus und gab es Marie, die es mit einem liebevollen Lächeln entgegennahm. Dann schaltete er den Fernseher wieder lauter, der Nachrichtensprecher redete immer noch. »Bürgerrechtler behaupten, in den reiskorngroßen Chips seien auch bewusstseinsverändernde Drogen und Hormone enthalten, die würden bei Aussendung einer bestimmten Frequenz in den Körper ausgeschüttet. Der Innenminister hat das als absurde Verschwörungstheorie bezeichnet und davor gewarnt, falsche Behauptungen zu verbreiten. Er betonte, die Maßnahmen dienten ausschließlich der Gesundheit und Sicherheit der Bürger Europas und der USA.«

Auf einmal konnte er diese Lügen nicht länger ertragen. »Stell das ab«, sagte er zu Marie, »ich will keinen Fernseher und kein Radio mehr im Haus haben.«

»Ja, Thierry.«

Wie lange hat sie nicht mehr so gelächelt?, fragte er sich. Er nahm ihre Hand. »Bist du glücklich?«

»Ja, Thierry. Du hast das einzig Richtige getan. Und ich weiß, du hast es für uns getan.« Sie beugte sich zu ihm und küsste ihn auf den Mund.

Ihre Lippen schmeckten süß, und er erinnerte sich an die wunderbaren Croissants mit Vanillefüllung aus der kleinen Konditorei, die sie am ersten Morgen ihrer Hochzeitsreise zum Frühstück gegessen hatten, damals, in Italien.

»Wir lassen nie wieder zu, dass sich irgendetwas zwischen uns stellt, ja?«, sagte sie leise.

»Nein, nie wieder, Marie.«

Sie drückte seine Hand. »Gut. Und jetzt müssen wir den Verband wechseln, Chéri.«

Er lächelte, dabei hatte er geglaubt, er hätte es verlernt, und streckte ihr seinen Armstumpf entgegen.

95

Brüssel

Die Rückfahrt nach Brüssel verging auf seltsame Weise. Immer wieder erlebte Karen die Begegnung mit ihrer Mutter und mit Vic, und auch das Gespräch mit Thierry Traessart wiederholte sich in einer Endlosschleife. Und am Ende jeder Sequenz standen dieselben Fragen: Was ist die Wahrheit? Waren ihre Mutter und Vic paranoid? Oder waren sie ihr um Lichtjahre voraus? War es Zufall, dass sie ausgerechnet nach dem Besuch des Lazaretts in Kabul entführt wurde? Aber wer hatte das Lösegeld gezahlt? Und warum konnte ihre

Mutter nicht sagen, wer ihr Vater war? Sie fand keine Antworten, und eine neue Sequenz der Wiederholung fing an.

Die Narbe im Gesicht tat wieder weh, und es war seltsam, aber auf einmal wurde ihr klar, dass sie weit zurückgehen musste, um die Wahrheit herauszufinden, dass ihr ganzes Leben, wie es verlaufen war, auf der Lüge ihrer Mutter begründet war und dass es mit einem dunklen Geheimnis zu tun hatte, aus dem ihre Albträume emporstiegen, wie giftige Pflanzen aus einem schwarzen See.

Und dann gab es da noch etwas, das sie ergründen musste: ihre Gefühle zu Nyström. Wo war er überhaupt?

Diesmal parkte sie den Wagen direkt vor dem *Lanzelot*-Haus. Gibbs weigerte sich mit gesträubtem Fell und in den Sitz gestemmten Vorderbeinen, hinauszuspringen, sie wusste nicht, wieso, und ließ ihn im Auto zurück.

Gelblich krank schimmerte Sonnenlicht über den Dächern, die Häuser warfen kalte schwarze Schatten. Es kam ihr merkwürdig still vor, noch immer hatten sich die meisten Menschen in ihren Wohnungen verbarrikadiert. Die Tür war nur angelehnt, sie gab ihr einen Stoß und ging hinein. Sofort fiel der muffige Geruch über sie her.

Unten im Keller schrak sie zurück. Als Erstes fiel ihr das schwarz verschmorte Tastenfeld auf. Und dann der Türspalt.

Lauf, lauf einfach weg, Karen!, meldete sich eine Stimme in ihr. Du musst da nicht rein. Dreh um, steig ins Auto und fahr weg, irgendwohin. Gib auf! Du musst nicht weitermachen! Du musst es nicht!

Es funktionierte nicht. Sie drückte die Tür auf. Dunkelheit schlug ihr entgegen und der Geruch von verschmortem Plastik. Sie tastete nach einem Lichtschalter, flackernd sprang in einer Ecke eine trübe Neonleuchte an.

Oh mein Gott! Wie ein ausgeweideter Wal, dachte sie. Einzig die blauen Wände waren noch da, Drähte ragten wie abgerissene Adern aus dem Putz heraus, Computer, Monitore waren verschwunden, selbst die Espressomaschine war nicht mehr da.

»Schön, dass wir uns wiedertreffen, Mrs. Burnett.«

Sie fuhr herum, die leise Stimme kannte sie doch.

»Auch wenn Sie unsere Abmachung nicht eingehalten haben, sind wir dennoch hier.«

Der Agent von der SE wirkte in der fahlen Beleuchtung noch grauer als damals im Auto. Er war wie aus dem Nichts aufgetaucht, er trug einen schwarzen Regenmantel über dem grauen Anzug. Jetzt sah sie ihn zum ersten Mal von vorn. Sein Gesicht war rundlich, ohne richtiges Kinn, und seine Lippen sahen aus wie zwei glänzende Wülste.

»Ich weiß nicht, was Sie meinen«, sie gab sich so gelassen wie möglich, »hier ist doch nichts.«

»Sie sind eine schlechte Lügnerin, Mrs. Burnett.« Sein Lächeln war falsch. »Jens Nyström selbst hat uns von Ihren Besuchen hier bei *Lanzelot* erzählt.«

Er bluffte, oder? Nyström war keiner, der sich dem Geheimdienst anvertraute. Lanzelot *war ein Projekt der CIA. Jetzt manipulieren es die Chinesen. Nyström ist unwichtig.*

Trotzdem, das Gefühl, ausgeliefert zu sein, kroch schon wieder in ihr hoch, breitete sich aus in ihr wie ein lähmendes Gift.

»Diesmal hat er Sie getäuscht«, redete der Mann weiter. »Ich habe Sie vor ihm gewarnt. Ach ...«, er griff in die Tasche seines Regenmantels, und Karen zuckte zurück, sie erwartete eine Pistole, aber er ließ die Hand einfach stecken, »... wir sind ihm ein bisschen entgegengekommen. Er war in Schwierigkeiten, um es vorsichtig auszudrücken. Sein Alibi zur Zeit des Mordes an seiner Frau ist zusammengebrochen. Die Entlastungszeugin hat ihre Aussage widerrufen.« Seine flüsternde Stimme klang triumphierend.

»Ich glaube Ihnen nicht.« Das war nur ein billiger Trick, endlich kehrte die Wut zurück. Sie würde sich nicht täuschen lassen. Nyström ist kein Mörder, sagte sie sich, daran würde sie glauben.

Spöttisch hob er einen Mundwinkel, nein, nicht spöttisch, grausam, dachte Karen.

»Wir haben ihm einen Neuanfang angeboten, und er hat unser Angebot angenommen. Er wird für uns arbeiten.«

Sie glaubte ihm kein Wort. »Schön für Sie. Was wollen Sie dann noch von mir?«

»Mich von Ihnen verabschieden.«

»Was Sie hiermit getan haben.«

Er machte Anstalten zu gehen, blieb dann aber stehen. »Wir behalten Sie im Auge, Mrs. Burnett.« Sein Regenmantel blähte sich auf, als er sich umdrehte und ging.

Langsam folgte sie ihm nach draußen. Alles war unwirklich geworden. Selbst das Licht wirkte so. Es hatte sich von einem Gelb in ein schwefliges Ocker verdunkelt, und in der Luft lag wieder der Geruch von Schnee.

Wie mechanisch fuhr sie los, bremste, hupte, fuhr an – und spürte, wie sie sich immer weiter von sich selbst entfernte. Schließlich bog sie in eine Einfahrt ein und stellte den Motor ab.

»Was mach ich nur, Gibbs?« Ich bin am Ende. Hat meine Mom doch recht? Was ist los mit mir? Werde ich verrückt? Oder bin ich es schon?

Und dann dachte sie an Nyström, und es fühlte sich an, als könnte er der einzige Mensch sein auf der Welt, der sie verstehen würde.

96

Den Haag

Zum Leiter des Ausschusses zitiert zu werden, bedeutete in der Regel, man erhielt ein neues Briefing oder man erntete Lob oder Tadel. Anna Scarafia erwartete eine Stellungnahme zu ihrem Bericht, den sie noch gestern Abend fertiggestellt und weitergeleitet hatte. Das, was sie in dem Brüsseler Apartment gesehen hatte, bewies, dass Grévys vermeintlicher Selbstmord tatsächlich in einem noch umfassenderen Zusammenhang gesehen und die Ermittlungen entsprechend ausgedehnt werden mussten. Untersucht werden mussten die genauen Vorgänge im *CRSSA*, wieso die Sicherheitssysteme versagt hatten, in wessen Verantwortungsbereich das fiel und so weiter. Grenzüberschreitende Ermittlungen gestalteten sich erfahrungsgemäß oft langwierig, bürokratische Hindernisse und nicht nachvollziehbare Erschwernisse führten dazu, dass sie sich nicht selten über Jahre hinschleppten, so lange, dass die Täter genügend Zeit hatten, sich skrupellose Anwälte zu besorgen oder Zeugen einzuschüchtern – bis die Öffentlichkeit nicht nur das Interesse daran verlor, sondern auch noch das Vertrauen in den Europäischen Gerichtshof.

Deshalb, um gewissermaßen zu prüfen, ob wirklich mehr dran war an der Sache, hatte sie, Anna Scarafia, eine kleine Abkürzung genommen, hatte sich auf unbürokratische Weise Informationen verschafft, vorab sozusagen, und jetzt konnten alle notwendigen und juristisch einwandfreien Schritte eingeleitet werden.

Aber nun saß sie in ihrem kurzen, betont schlicht geschnittenen schwarzen Wollkleid vor ihrem Chef, James T. Ashley, dem teigigen Engländer mit fliehendem Kinn und rötlich fleckiger Haut, und bemühte sich um Fassung.

Schon sein Blick, nachdem sie sein Büro betreten hatte, hatte ihr klargemacht, dass er ihren Bericht *nicht* mit Begeisterung aufgenommen hatte. Und jetzt erklärte sie ihm zum wiederholten Mal, was sie längst schriftlich dargelegt hatte.

»Aber es hängt alles zusammen. Der Anschlag mit den Pestbakterien und Oberst Grévy ...«

»Liebe Anna«, unterbrach er sie, als Engländer pflegte er alle beim Vornamen zu nennen, und schickte ein joviales Lächeln hinterher, »ich bitte Sie, Sie werden doch nicht auch eine Anhängerin dieser überall herumspukenden Verschwörungstheorien sein! Ich habe Sie immer für eine sehr vernünftige, sachliche Juristin gehalten, deren Urteil frei ist von ...«, er machte eine ausholende Handbewegung, »... von verrückten Spekulationen. Also, bitte, beweisen Sie mir jetzt nicht, dass ich mich in Ihnen getäuscht habe!«

»James, wir können unmöglich die Tatsache ignorieren, dass der Mietwagenvertrag, den wir bei einem der Toten in dem Brüsseler Apartment des Lobbyisten ...«

»Bitte, Anna«, er hob die Hände, »das sind doch alles Indizien, deren Relevanz oder Zugehörigkeit zu unserem alten Fall in keinster Weise bewiesen ist.«

»Der Fall ist nicht alt, er ist ...«

»Er *ist* alt – und kalt«, fiel er ihr ins Wort. »Es gibt keinen Fall mehr, Anna. Die Beteiligten sind tot. Aus welchen Gründen auch immer. Diese Gründe fallen nicht in unseren Zuständigkeitsbereich. Um die einzelnen Todesfälle haben sich die jeweils zuständigen Polizeiabteilungen der entsprechenden Länder gekümmert, das wissen Sie genauso gut wie ich. Und keiner der Beamten, ob es französische, belgische, niederländische oder deutsche Polizisten waren, haben irgendetwas …«, er rollte die Augen mit den schweren Tränensäcken, »… irgendetwas *Seltsames* gefunden. Die Männer hatten Stress in Afghanistan, sie litten unter dem bekannten posttrauma–«

»James!« Diesmal musste sie ihm ins Wort fallen. »Gerade das habe ich Ihnen doch in meinem Bericht deutlich zu machen versucht: Wenn man die einzelnen Fälle isoliert betrachtet, findet man auch nicht unbedingt etwas Merkwürdiges, außer dass die Opfer zu jung waren für einen Herzinfarkt oder einen Hirnschlag. Dieser Fall muss als *Ganzes* betrachtet werden.«

Seine Lippen schienen zu verschwinden, als er sie zusammenpresste. »Anna«, sagte er, und er klang erschöpft, »es gibt keinen Fall mehr. Wir werden keine weiteren Steuergelder verschwenden, um einer Chimäre hinterherzulaufen.«

»Chimäre nennen Sie …«, entrüstete sie sich.

»Ja, eine Chimäre. Eine Täuschung. Eine Fata Morgana! Das ist – paranoid! Im Übrigen muss ich Ihnen leider mitteilen, dass Ihre Tätigkeit für diese Abteilung ab sofort beendet ist.« Er schob ihr ein Schreiben zu.

Scarafia hatte mit Sanktionen oder Strafen gerechnet, mit dem Abzug ihres Assistenten oder mit zusätzlichen Aktenrecherchen irgendwelcher alter Fälle, aber an eine Abschiebung, nein, daran hatte sie nicht gedacht.

»Das ist nicht Ihr Ernst, James.« Ihr Hals war plötzlich trocken.

»Es tut mir leid, es war nicht meine Entscheidung. Wir brauchen Sie bei der Prozessvorbereitung in der Strafsache Kravic.« Er betrachtete seine auf dem Schreibtisch gefalteten Hände.

Abrupt schob sie ihren Stuhl nach hinten und fuhr hoch, doch auch da sah er nicht auf. »Sie glauben doch wohl nicht, dass Sie damit durchkommen? Es ist allzu offensichtlich, dass

Sie, oder wer immer dahintersteht, verhindern wollen, dass die Wahrheit ans Licht kommt. Zum Beispiel, wer beim *CRSSA* in Grenoble dafür gesorgt hat, dass alle Überwachungskameras ausgefallen sind? Nicht nur eine, nein, gleich das ganze System? Ist das etwa *normal?*«

Er zuckte zurück, als sie einen Schritt auf ihn zumachte, sich mit beiden Armen auf seinen gläsernen Schreibtisch stützte und auf ihn hinuntersah.

»Und Sie machen da einfach so mit?« In diesem Augenblick wurde ihr klar, viel zu spät jedoch, dass ihre Karriere hier endete, dass sie niemals die Nachfolge von Ashley antreten würde, ja, dass sie froh sein konnte, wenn ihr nicht umgehend gekündigt wurde unter einem fadenscheinigen Vorwand. Als sie ging, nahm sie noch seinen ausdruckslosen Blick wahr, mit dem er so tat, als könnte er sich seiner Verantwortung entziehen.

Während sie mit weit ausgreifenden Schritten versuchte, ihre Wut, ihre grenzenlose Wut, zu dämpfen, arbeitete ihr Gehirn auf Hochtouren. Zurück in ihrem Büro, sank sie in ihren Sessel. Wenn sie morgen sterben würde, was würde sie heute tun? Sie liebte hypothetische Fragen, sie halfen ihr in schwierigen Situationen, Entscheidungen zu fällen. Was würde ich tun, wenn ich morgen sterben müsste, hatte sie sich gefragt, als sie von Édouards Affäre erfahren hatte. Scheidung, und selbst wenn es nur noch für einen Tag im Leben ist, hatte sie entschieden.

»Aufrecht in den Kampf ziehen«, sagte sie zu sich.

Anna, der Bullterrier.

97

Brüssel

Unruhig wanderte Karen in ihrem Haus in Brüssel von einem Zimmer zum nächsten, sie war mitten auf dem Weg zur Wahrheit stecken geblieben und wusste nicht mehr weiter.

Das Haus deprimierte sie, überall sah sie die leeren Stellen, die Michael zurückgelassen hatte. In den Kleiderschränken hingen nur noch ihre Sachen, in den Bücherregalen im Wohnzimmer, wo sich früher Buch an Buch drängte, klafften große Lücken, und die CD-Sammlung existierte quasi nicht mehr, denn es war Michael gewesen, der nicht nur für Bücher, sondern vor allem auch für neue Musik gesorgt hatte. Das, was sie als ihr Leben betrachtete, hatte sich als eine Kulisse aus Pappmaché herausgestellt. Und sie, so kam es ihr vor, irrte nun ziellos in dieser halb zerstörten Kulisse umher.

Alles hatte sich verändert, nur sie war dieselbe geblieben, und jetzt kam sie mit der neuen Welt nicht mehr zurecht.

Wieder und wieder fragte sie sich, ob sie nicht doch den Überfall auf das *CRSSA* hätte verhindern können, wenn sie nur ein bisschen cleverer, ein bisschen schneller und vielleicht auch ein bisschen mutiger gewesen wäre. Dann wäre alles anders gekommen, oder nicht? Und dann ihre Mutter! Jane Burnett steht mitten im Kugelhagel, Jane Burnett entkommt einem Hai, Jane Burnett kämpft gegen das *Syndikat*, und dann bringt sie es nicht fertig, ihrer Tochter zu sagen, wer ihr Vater ist.

Gibbs trottete treu hinter ihr her und wartete darauf, dass sie eine Entscheidung traf. Irgendeine.

Um halb zwölf, sie sah aus irgendeinem Grund auf die Uhr,

läutete es an der Tür. Roth war tot. Und dass Michael zurückgekommen war, hielt sie für unwahrscheinlich. Gibbs bellte, wedelte aber mit dem Schwanz.

Nun gut, also kein Feind. Sie öffnete.

Ihre Mutter.

Eingehüllt in eine glänzende schwarze Daunenjacke und mit einer Kunstpelzmütze auf dem Kopf, sah sie aus wie eine sowjetische Parteifunktionärin.

»Wo ist Vic?«, fragte Karen anstelle einer Begrüßung.

»Im Hotel. Ich bin mit dem Taxi gekommen.« Ihre Mutter machte eine wegwerfende Handbewegung, als sei es das Selbstverständlichste auf der Welt für sie. »Es ist ziemlich kalt.«

Karen verstand es als Vorwurf, weil sie sie noch nicht hereingebeten hatte. »Soll ich?«, fragte sie und deutete auf den Rollstuhl.

»Nein, Liebes, das kann ich allein.«

Karen trat zur Seite und ließ ihre Mutter herein. *Liebes*, so hatte ihre Mutter sie früher nie genannt. Und typisch, zuerst machte sie ihr ein schlechtes Gewissen, dann wies sie ihre Hilfe ab. Immerhin ließ sie sich aus der Jacke helfen. Die Pelzkappe behielt sie auf.

»Gut, ich bin dir eine Erklärung schuldig«, sagte sie, nachdem sie den Blick durchs Wohnzimmer hatte schweifen lassen. Natürlich standen in den Bücherregalen nicht die Bücher, die *Die Burnett* sich für ihre Tochter vorstellte. Karen wusste, dass ihrer Mutter hier sowohl die klugen Biografien als auch die schweinsledernen Klassiker fehlten. Aber sie hatte nicht die Absicht, sich zu rechtfertigen.

»Also, wer war das Monster?«, fragte Karen und fiel mit der Tür ins Haus – nicht anders, als ihre Mutter es gerade getan hatte.

»Ich nehme an, du meinst deinen Vater.« Sie seufzte. »Hast du was zu trinken da?«

»Ich … ich habe gerade alles weggeschüttet.« Die leeren Flaschen standen noch in der Garage, gestern hatte sie immerhin diese Entscheidung gefällt.

»Oh, dazu hab ich mich nie überwinden können. Und jetzt weiß ich nicht mehr, wieso ich es tun sollte.«

»Ich kann dir einen Tee machen.«

Sie machte eine wegwerfende Handbewegung. »Vic wartet im Hotel, ich will dich nicht länger aufhalten als nötig. Du wirkst sowieso nicht sonderlich begeistert über meinen Besuch.«

Früher hätte sie das geleugnet, hätte womöglich Kopfschmerzen für ihre Laune verantwortlich gemacht oder zu viel Arbeit, jetzt schwieg sie.

»Du hast ihn nur ein Mal gesehen«, sagte ihre Mutter langsam, als wollte sie eine lange Geschichte erzählen. »Ich hab damals noch mit dir in London gewohnt. Ich hab ihm nie gesagt, dass er eine Tochter hat.« Ihre Finger begannen an der Wolldecke, die über ihren Beinen lag, herumzuspielen, fuhren die Muster nach.«

Damals wusste ich noch nicht, dass ich reingelegt worden war. Aber mein Instinkt hatte mir schon gleich am Anfang gesagt, dass er nie das Recht bekommen sollte, dich zu sehen, auf deine Erziehung Einfluss zu nehmen.«

»Aber wir haben ihn besucht?«

»Nein. Ich war auf einer Tagung, ich hab dich mitgenommen, weil ich noch ein paar Tage Urlaub dranhängen wollte. Ich bin ihm wieder begegnet, und er hat mich zum Tee eingeladen …«

»Mom! Gib's doch zu, du wolltest wieder was von ihm!«

Irrte sie sich oder errötete ihre Mutter tatsächlich? So offen ihre Mutter über alle möglichen heiklen Themen diskutieren und monologisieren konnte, sobald die Rede auf Sex kam, schwieg sie.

»Es war Mars, ja?«

»Mars?« Ihre Überraschung war gespielt, eindeutig.

»Sein Deckname bei der CIA. Du warst mit ihm im Tschad.«

»Er war bei der CIA ...«, sagte sie langsam, dann musste sie lächeln. »Siehst du, das hab ich nicht gewusst.« Sie lachte auf einmal. »Ich dachte, er arbeitet mit denen zusammen, aber ... bist du dir sicher?«

»Nyström hat ...«

»Ach, Nyström, ja ...« Sie wurde wieder ernst. »Aber wieso denkst du, dass Mars ...«

»Es war nicht besonders schwer. Ich habe zurückgerechnet. Neun Monate nach deiner Rückkehr bin ich zur Welt gekommen.«

Viele Möglichkeiten hatte sie durchgespielt. Ihr Vater war ein berühmter Journalist oder der mittellose Fahrer der Filmcrew, ein versoffener Produzent, ja, sogar eine Vergewaltigung hatte sie in Betracht gezogen und sich gefragt, wie sie sich fühlen würde mit dieser Wahrheit.

»Kannst du mir doch einen Tee machen?«, fragte ihre Mutter. Sie wirkte auf einmal angeschlagen, und Karen dachte, dass ihr kurzes Lachen nur vorgetäuscht war.

Als sie zurück ins Wohnzimmer kam, hatte Gibbs sich neben den Rollstuhl gelegt. »Ich mag ihn«, sagte ihre Mutter lächelnd und streichelte seine Ohren. »Ich hätte früher gern einen Hund gehabt, aber du warst zu klein, und ich war mir nicht sicher, ob ich dir so viel Verantwortung übertragen könnte.«

»Was redest du da? Du wolltest nicht, dass wir einen Hund haben, weil du nur deine Arbeit und deine Reisen im Kopf hattest!« Beinahe hätte sie den Tee verschüttet.

»Na, wie auch immer, jeder hat seine eigenen Erinnerungen.« Ihre Mutter nippte am Tee. »Oh, der ist aber stark.«

»Würde mich auch wundern, wenn du nichts auszusetzen hättest.«

»Bin ich so schlimm?«

Karen schluckte eine Erwiderung hinunter. »Und? Wer ist Mars?«

Ihre Mutter seufzte übertrieben und sah auf die Uhr. »Ich nehme an, du kümmerst dich nicht um deine Geldangelegenheiten. Ruf deinen Anlageberater an, er müsste noch im Büro sein.«

»Wieso ...?«

»Ruf ihn an und frag ihn nach deinen Aktien.«

Tatsächlich hatte Karen sich noch nie um ihr Aktiendepot gekümmert, was ihr Michael – zu Recht, wie sie fand – immer vorgeworfen hatte, was aber dennoch nichts geändert hatte. Als sie noch ein Kind gewesen war, hatte ihre Mutter ein Aktiendepot für sie angelegt und ihr später einen Anlageberater empfohlen. Auf ihn verließ Karen sich, da sie mit Geldangelegenheiten sowieso nichts zu tun haben wollte. Als sie ihn jetzt anrief, fragte sie, was sie all die Jahre nicht gefragt hatte, nämlich, welchen Wert ihr Depot hatte.

Insgesamt belief sich der aktuelle Wert ihres Depots auf 656 174 Euro und 43 Cent. Sie war angenehm überrascht.

Aber dieses Gefühl hielt nicht lange an. Es wich einem Schock, als sie erfuhr, wie es sich zusammensetzte: Fast die Hälfte waren *Belling*-Aktien. Und die waren in den letzten Tagen um sage und schreibe sechsundsechzig Prozent gestiegen.

»Ich habe schon über Jahre hinweg eine ganze Menge von diesen Aktien für Sie verkauft«, sagte John, der Anlageberater. »Ich schlage vor, noch einen Schwung zu verkaufen, so einen Gewinn sollten Sie mitnehmen.«

»Ja«, sagte Karen benommen, »ja, machen Sie nur.«

Da ahnte sie allmählich, auf wen es hinauslief, und sie spürte, wie ein Schatten aus ihrem Inneren heraufstieg, von dem sie bis dahin nichts gewusst hatte.

»Mars ...«

»... ist Winston Vonnegut«, sagte ihre Mutter ohne Umschweife, »Gründer von *Belling* und *Globe*.«

Karen brauchte eine Weile, um das Gesagte zu realisieren, es unter *wahr* und *wirklich* einzuordnen. Jane Burnett, die vehemente Kritikerin von Geheimdiensten und korrupten Politikern, lässt sich von einem CIA-Agenten und Rüstungsunternehmer schwängern – und täuschen.

Sie konnte sich nicht mehr beherrschen. »Mom, wie konntest du nur?«

»Mein Gott, Karen«, sie stellte die Tasse klirrend aufs Tablett, »ich war jung, er sah gut aus, hatte Manieren, war kultiviert. Ich konnte mich mit ihm unterhalten, und du weißt, wie viel mir das bedeutet. Der Auftrag im Tschad kam mir gerade recht. Dass er Rüstungsunternehmer war, nun ja, das ... das habe ich ausgeblendet.«

Karen betrachtete ihre Mutter, die auf einmal kleiner aussah, zusammengesunken, und sie spürte, wie so etwas wie Mitgefühl in ihr aufkam.

»Manchmal habe ich einen Schatten gespürt«, fuhr ihre Mutter dann fort, »da war etwas Dunkles, Düsteres, das ihn plötzlich umgab. Er hatte etwas Chamäleonhaftes an sich. Deshalb hab ich ihm auch nie von dir erzählt. Ich wollte nur dein Bestes«, sagte ihre Mutter schließlich. »Ich wollte, dass du in dem Bewusstsein aufwächst, du bist die Tochter eines großartigen, aufrichtigen Mannes. Es war doch auch gut für dich, oder?« Ihr Blick veränderte sich. »John Kelly war der anständigste ...«

»... Mann, dem ich in meinem Leben begegnet bin ...« Ja, sie kannte den Satz auswendig, und ihr Ärger kam zurück. Wie konnte ihre Mutter sie über dreißig Jahre lang anlügen?

»Du hättest an meiner Stelle vielleicht genauso gehandelt«, sagte ihre Mutter.

»Bestimmt nicht! Ein Rüstungsunternehmer, Mom! Dein ganzes Leben, alles, wofür du eingetreten bist, *angeblich* eingetreten bist, war ein Lüge! Ist dir das klar?«

»Karen, du musst das schon ein bisschen differenzierter sehen. Das Leben ist nicht schwarz oder weiß!«

Da war er wieder, der autoritäre Ton. »Hör auf mit deinen platten Weisheiten! Fakt ist: Du hast mich belogen, mein ganzes Leben lang. Und dein Publikum, das mit dir gebangt hat, das an deinen Lippen gehangen hat, das hast du auch betrogen!«

»Du wirst es Ihnen nicht sagen, Karen!«

»Nein. Warum auch? Es genügt, dass du weißt, dass ich es weiß, und dass du damit leben musst.« Sie stand auf und trug das Geschirr mit der noch halb vollen Tasse ihrer Mutter wieder weg. Sie musste jetzt einfach den Raum verlassen.

Als sie wieder zurückkam, hatte sie sich einigermaßen beruhigt, sodass sie fragen konnte: »Und wofür hast du die *Belling*-Aktien bekommen?«

»Bekommen? Ich hab jede einzelne gekauft!«

»Wieso?« Karen starrte ihre Mutter an. Es gab doch x andere Aktien, warum ausgerechnet die eines Rüstungsunternehmens?

»Als ich den Artikel geschrieben habe«, begann ihre Mutter, »wusste ich – oder sagen wir, ich rechnete es mir aus –, dass er zur Aufstockung des Verteidigungshaushaltes führen und ...«

»... die *Belling*-Aktien steigen würden.«

»Winston Vonnegut hat mich benutzt!«, sagte ihre Mutter zornig.

»Und jetzt willst du, dass ich mich an deiner Stelle an ihm räche, oder?«

Ein paar Sekunden verstrichen, bis ihre Mutter sagte: »Es ist deine Entscheidung. Du musst tun, was du für richtig hältst, genauso wie ich es getan habe.«

Beim Abschied sagte sie noch etwas Seltsames: »Du solltest möglichst bald alle *Belling*-Aktien verkaufen. Und falls du welche von *LegendSoftware* hast, auch.«

Auf das Warum antwortete sie nicht mehr.

Dick eingepackt in Daunenjacke und Fellmütze, rollte sie zum wartenden Taxi.

»Mom ...« Karen sah hinter ihr her, hinter dieser Frau im Rollstuhl, die sich nicht unterkriegen ließ, die den Kampf nie aufgab – und die den Mut hatte, nach ihren eigenen Regeln zu leben. Sie wusste nicht mehr, ob sie wütend sein sollte oder enttäuscht.

98

Fabio Izquierdo wartete nun schon seit mehr als dreißig Minuten auf dem Bahnsteig des Gare Central. Er wusste, dass am Eingang und an der Rolltreppe die neuen Scanner ihn erfasst und seine Daten längst mithilfe einer komplizierten Software verarbeitet und gespeichert hatten. Polizeibeamte hatten sich als Allererste gegen die Pesterreger impfen lassen müssen. Dass das Antiserum in einem ID-Chip gespeichert war, hatte man ihnen nur ganz flüchtig erklärt ...

Er hatte schon dreimal versucht, Anna auf ihrem Handy zu erreichen. Aber immer schaltete sich nur die Mailbox ein.

Wenn sie den Zug verpasst und einen anderen genommen hätte, hätte sie ihm Bescheid gegeben, da war er sich sicher. Vergessen? Konnte es sein, dass sie *vergessen* hatte, dass sie kommen wollte? Nein, Anna vergaß nie etwas und ganz bestimmt nicht ihr Treffen.

Izquierdo steckte die Hände in die Taschen seiner Daunenjacke. Er fror. Früher fror er nie. Es musste mit dem Alter zu tun haben. Durchblutungsstörungen vielleicht. Dabei rauchte er nicht mehr. Aber wer wusste schon, welche komplizierten Vorgänge in seinem Inneren vorgingen, um den Organismus am Laufen zu halten?

»Fabio!«

Er drehte sich um. War das Anna? Die Frau mit den blonden Haaren und der großen Brille? Nur die Beine, die Beine kamen ihm bekannt vor.

»Entschuldige«, sie zog ihn in eine Nische.

»Was ist los, warum die Verkleidung, warum ...«

»Psst!«, hektisch warf sie einen Blick über die Schulter, so aufgelöst kannte er sie gar nicht. »Meine Dateien wurden kopiert«, sagte sie leise. »Sie überwachen mich.«

»Wer?« Instinktiv sah er an ihr vorbei.

»Leute um diesen Baron Dubois«, sagte sie leise.

»Wie kommst du darauf?«

Sie holte Luft und zog in zu den Fahrplänen an der Wand. »Pass auf«, sagte sie leise, »wusstest du, dass *Live ID*, die Firma, die die Chips herstellt, die seit dem Pestanschlag implantiert werden, zum Imperium von Gustave Dubois gehört?«

Noch wusste er nicht, worauf sie hinauswollte. »Und?«

»Es kommt noch besser. Die Pharmafirma, die das Impfserum produziert, gehört auch dazu.«

»Aha.« Was wollte sie? War alles in Ordnung mit ihr?

Sie zog ihn näher zu sich. »Dubois trifft sich regelmäßig mit Kenneth Emerson, dem Gründer und Hauptaktionär von *LegendSoftware*, das ist die am weitesten verbreitete …«

»Ich weiß, wir arbeiten auch damit«, warf er dazwischen, aber sie redete weiter. »Eben. Sieh doch mal: Impfstoff, ID-Chips und die Software – alles in einer Hand.«

»Ja, aber …« Seine innere Distanz zu ihr wurde immer größer.

»Und: Dubois hält Anteile an der privaten Sicherheitsfirma *Globe*, das ist ein Tochterunternehmen von *Belling*. Und Grévy hatte Kontakte zu *Globe* …«

Atemlos ratterte sie die Namen herunter, er konnte ihr kaum folgen. »Was willst du damit sagen, Anna, ich verstehe nicht so ganz …«

»Begreifst du denn nicht!«, sagte sie ungeduldig und lauter als vorher. »Die arbeiten alle zusammen!«

»Na ja, das ist so in unserer globalen Welt …«

»Aber es gibt eindeutige Hinweise, dass dieses Imperium dahintersteckt!«

Er versuchte, in ihrem Gesicht zu lesen.

»Und jetzt kommt etwas, das du nicht für möglich hältst.«

»Und?«, sagte er müde.

»Ich habe dir doch von dieser Journalistin erzählt, Karen Burnett, die mich angerufen hat und die die ganze Sache ins Rollen gebracht hat.«

»Ja.« Er hoffte, sie würde keine neuen dubiosen Geheimverbindungen aufdecken. »Ihre Mutter, Jane Burnett, war vor dreißig Jahren im Tschad, sie hat eine Reportage über Uranschmuggel geschrieben, worauf das Pentagon den Rüstungshaushalt aufgestockt und Truppen dorthin geschickt hat. Erst viele Jahre später kam heraus, dass Jane Burnett, die bekannte und kritische Journalistin, einem Irrtum aufgesessen ist.«

»Ich verstehe immer noch nicht …« Anna Scarafia, mit der er so intensive und aufregende Stunden verbracht hatte, wurde ihm immer rätselhafter und fremder.

»Fabio, vor zwei Tagen erschien in der Online-Ausgabe der *Times* ein Artikel über die Gefahr des Megareichtums in unserer Gesellschaft, geschrieben von einer gewissen Helen Durban.«

»Und?« Er zuckte mit den Schultern, nein, er begriff wirklich nicht, worauf sie hinauswollte, noch dazu in dieser Verkleidung …

»Mir kam der Text bekannt vor, ich habe etwas ganz Ähnliches gelesen, nachdem mich ihre Tochter angerufen hat.«

Er sah sie konsterniert an.

»Ich habe die Texte verglichen. Helen Durban verwendet dieselben Wörter, zieht dieselben Schlüsse wie …« Sie machte eine Pause, und er sah ihren erwartungsvollen Blick.

»Ich weiß nicht, wirklich nicht.« Sein Schulterzucken hatte etwas Hilfloses, das spürte er.

»Wie Jane Burnett! Das ist doch seltsam, oder? Entweder hat Helen Durban schamlos abgeschrieben oder …«

»Oder?« Nein, er begriff nicht.

»Oder Helen Durban *ist* Jane Burnett! Und wenn das zutreffen sollte, dann …«

Er sah sie nur an.

»Fabio! Jane Burnett lebt.«

Mit der Brille und der blonden Perücke sah sie wirklich fremd aus.

»Ich frag mich bloß«, sagte sie nachdenklich, »was sie im Schilde führt.« Ihr Blick schweifte ab.

»Und was hast du jetzt vor?«

»Ich will die Wahrheit wissen, die ganze Wahrheit! Ich will wissen, warum man Grévy ausgeschaltet hat und wer es getan hat. Und wenn Roth mit den Leuten in Verbindung stand, die die Pestbehälter gestohlen haben, hat er da nur im Auftrag gehandelt? Wer hat ihm den Auftrag gegeben und welche Absicht steckte dahinter? Wollte man, das Panik ausbricht? Warum war man so schnell dabei, Chips zu impfen und Scanpoints einzurichten? Welche Rolle spielt Dubois? Und war es Zufall, dass ausgerechnet die amerikanische First Lady genau zu diesem Zeitpunkt in Brüssel ist?«

»Du glaubst doch wohl nicht an das, was diese Verschwörer ...«

»Fabio! Begreifst du denn nicht? Da sind Leute von ganz oben beteiligt! Vielleicht die Europäische Verteidigungsagentur, der amerikanische Präsident, der ...«

Jetzt konnte er sich nicht mehr zurückhalten. »Anna, bitte! Reicht es dir nicht aus, noch lebende Kriegsverbrecher anzuklagen? Hast du keine Arbeit auf deinem Schreibtisch?«

Sie atmete tief durch und schüttelte den Kopf mit dieser, dieser albernen Perücke.

»Nein, Fabio, offenbar reicht es mir nicht aus.«

Warum waren Frauen nur so starrsinnig? »Und, was willst du von mir?« Ein wenig Hoffnung lag in seiner Frage, obwohl er nicht wusste, was er hoffte.

»Mich verabschieden.«

Das nahm ihm die Luft. »Das meinst du doch nicht ernst ... Und deine Karriere? Du wolltest doch Ashleys Sessel.«

»Das hab ich mir vermasselt«, sagte sie. Das Pfeifen einer Lokomotive verschluckte ihre Worte. »... mein Zug.«

Frankfurt las er auf der Anzeige.

»Ich hab eine Verabredung.«

Ein ohrenbetäubendes Quietschen ersparte ihm eine Reaktion.

»Pass auf dich auf«, sagte sie mit einem kurzen Lächeln.

»Und wann kommst du zurück?«, fragte er schließlich, als er sich wieder gefasst hatte.

»Ich melde mich.«

Das Einzige, was ihm von ihr blieb, war ein flüchtiger Kuss und ein letzter langer Blick auf ihre Beine, als sie in den Zug stieg. Er wartete auf ihr Gesicht hinter den Scheiben, aber er konnte es nirgendwo entdecken, er lief am Wagen entlang, der sich in Bewegung setzte, aber umsonst.

»Anna …«, murmelt er noch, wütend und traurig zugleich. Er erinnerte sich an ihre erste Begegnung. Auf dem Bahnsteig in Zürich. An den Titel des Kongresses konnte er sich nicht mehr erinnern. Er hatte ihr den schwarzen Rollkoffer aus dem Zug gehoben, und dann war sie beim Aussteigen beinahe auf ihn gefallen. Für einen Augenblick hatte er sie in den Armen gehalten. Wie gut es sich angefühlt hatte …

Warum hatte sie ihn nicht gefragt, ob er mitkommen wolle? Weil sie wusste, dass du Nein sagen würdest, Fabio.

99

Sie war wütend auf sich selbst. Ihre Mutter hatte es geschafft, sie aufzuhalten bei ihrem mühsamen Versuch, in irgendeinen Alltag zurückzufinden.

Winston Vonnegut, Kopf des *Syndikats* – falls es das wirklich gab – war also ihr Vater.

Die Bilder ihres Albtraums überfielen Karen immer öfter, nicht mehr nur in der Nacht, sondern auch am Tag. Sie waren mit der Entführung in Afghanistan wieder öfter aufgetaucht, an die Oberfläche gespült worden wie Sedimente in einem See nach einem Sturm.

Immer öfter ging sie den langen dunklen Flur entlang bis zur Eisentür, doch nie konnte sie sie weiter öffnen als bis zu diesem hellen Spalt. Jedes Mal wartete sie darauf, dass sie die Hand ausstreckte und die Tür öffnete, um in den Raum dahinter zu sehen. Doch es geschah nicht. Immer endete die Erinnerung genau dann, wenn sie in diesen Türspalt sah, wenn sie in das Licht blickte und den Geruch wahrnahm, der aus dem Spalt hervordrängte, ihr Gesicht brannte plötzlich – und dann war Mickey Mouse da. Piratenwelt. Disneyland.

Anaheim in Kalifornien. Südöstlich von L. A. Sie stoppte ihre Gedanken. Konstruierte sie gerade einen Zusammenhang, den es gar nicht gab?

Sie war vier ...

Sie griff zum Telefon.

Vic meldete sich. »Ich muss meine Mutter sprechen.«

»Sie ... badet gerade.«

»Am Telefon ist doch keine Schnur mehr, oder?«

Er brauchte einen Moment, um zu begreifen, was sie meinte, dann murmelte er irgendwas, und kurz darauf war ihre Mutter am Apparat.

»Wir haben ihn besucht, als du mit mir in Disneyland warst, oder?«, fragte sie.

»Ja.«

»War er mit in Disneyland?«

»Nein. Warum fragst du?«

»Ich will endlich meinen Albtraum zu Ende träumen, Mom.«

Es rauschte im Hörer.

»Mom?«

»Ja, ja. Ich verstehe. Ich ... gut. Er hatte mich in sein Büro eingeladen, mit dir zusammen, er wollte mir die Firma zeigen, und anschließend wollten wir Eis essen gehen. Dann bekam ich eine Nachricht, und ich musste dringend an einen Computer und etwas umschreiben. In der Zeit wollte er dich herumführen.

Du bist ausgerutscht und hast dich an irgendwas Scharfkantigem geschnitten. Du warst völlig hysterisch, ich hab ihn ein Taxi rufen lassen, das hat uns ins Krankenhaus gebracht.«

»Und warum hast du mir immer von Disneyland erzählt?«

Im Hörer rauschte es. »Mom?«

»Ich wollte, dass du positive Gefühle hast, wenn du an deine Narbe erinnert wirst.«

»Mom! Du hast einfach … Das ist Gehirnwäsche!«

»Mein Gott, Karen, du bist schrecklich dramatisch!«

»Ich fahre zu ihm.«

»Was?«

»Ich glaube dir nicht mehr. Ich will die ganze Wahrheit wissen, und zwar von ihm.«

Karen erwartete Prostest, Widerspruch, irgendwelche logisch anmutenden Argumente, doch ihre Mutter sagte nur: »Sei vorsichtig.«

Kaum fünfzehn Minuten später schickte sie Karen eine Textmessage.

San Diego, Motel Best Times Inn, Adobe Falls Road, Zimmer 19.

Wenn du schon eine Zeitreise machst, dann fang sie dort an.

»Mom«, sagte sie zu sich selbst, »du hast genau gewusst, dass ich dich danach fragen würde.«

EINE WOCHE SPÄTER

100

Brüssel

USA. Das bedeutete Grenzüberschreitung, und das hieß: Sie musste sich den Identitäts-Chip mit ihren persönlichen Daten und einem Serum gegen die Pestbakterien implantieren lassen.

Noch nicht einmal das Flughafengebäude hätte sie ohne ID-Chip betreten dürfen, geschweige denn amerikanischen Boden. Und als Gibbs seit dem Packen nicht mehr von ihrer Seite wich, sich sogar in den Koffer auf ihre Sachen legte, war klar, dass er mitkam, und das bedeutete, dass auch er einen Chip bekommen musste.

Die Stelle an ihrem Oberarm brannte auch einen Tag später noch und zeigte eine reiskorngroße Schwellung. »Dauert nur ein paar Tage«, hatte der Arzt mit fröhlicher Stimme versichert und ihr dann das Formular aus der Hand genommen, auf dem sie unterschrieben hatte, den Chip weder zu entfernen noch sein Lesen zu verhindern.

Ein seltsames Gefühl beschlich sie seitdem, wenn sie an einem der sichtbaren – versteckte gab es noch viel mehr – Scanpoints vorbeiging. Ihr Bewegungsmuster wurde nun auch in diese gigantische Datenflut eingespeist, und wenn es in das Profil und das Muster eines gesuchten Verbrechers passte, würde sie zu den potenziellen Tätern gehören.

Dann erinnerte sie sich an Thierry Traessarts Rat, eine Metallmanschette über die Stelle mit dem Chip zu ziehen. Umgehend ließ sie sich vom Mechaniker in ihrer Autowerkstatt eine anfertigen. »Ich frag Sie lieber nicht, wofür Sie die brauchen«, hatte er augenzwinkernd gesagt.

Als sie die Haustür abschloss, dachte sie an Michael, und es kam ihr vor, als würde auch sie nicht mehr hierher zurückkehren. Im Taxi wollte sie noch einen Blick über die Schulter werfen, sie ließ es dann aber. Was würde sie sehen? Ein Haus mit einem vernachlässigten Vorgarten, schmutzigen Schneehaufen und graubraunem Rasen.

Sie hatte sich nicht mehr darum gekümmert. Gibbs lag ganz still in seiner Transportkiste.

Die Gedanken an Nyström drängte sie weg, wie schon die ganze Zeit. Sie hatte sich etwas eingebildet, hatte geglaubt, sie würde eine besondere Verbindung spüren, und hatte sich dagegen gewehrt. Warum dachte sie jetzt immer wieder an ihn? Hör damit auf, Karen.

101

San Diego, USA

Wie fühlt man sich, wenn man seinen eigenen Albtraum erforscht?

Noch wusste sie es nicht.

Und jetzt kam es ihr vor, als müsste hinter jedem Busch, hinter jedem Schild, hinter jedem auch noch so unbedeutenden Detail etwas darauf lauern, aus dem Dunkel ihrer Erinnerung hervorzuspringen, wie in diesen altmodischen Geisterbahnen. Palmen, die sich im Wind wiegten, kurz gemähter Rasen, Pools, Motelschilder, Werbetafeln ... Aber da war nichts.

Auch Gibbs blickte aufmerksam vom Beifahrersitz des gemieteten Toyota Landcruiser nach draußen, als halte er für sie Ausschau, während sie im dichten Verkehr vom Lindbergh Airfield, dem internationalen Flughafen mitten in der Stadt, den Hinweisen zur Interstate 8 folgte. Es heißt immer noch *Best Times Inn*, stell dir vor, hatte ihre Mutter zur Wegbeschreibung hinzugefügt und ein Smiley dahintergesetzt. Karen ärgerte sich über den schwarzen Humor ihrer Mutter.

Am meisten aber ärgerte Karen sich über sich selbst, denn wieder einmal tat sie das, was ihre Mutter von ihr verlangte. In die Höhle des Löwen zu gehen und Winston Vonnegut mit der Wahrheit zu konfrontieren.

Im Flugzeug holte sie sich das Bild ins Gedächtnis, das sie von ihm im Internet gefunden hatte, und suchte nach Ähnlichkeiten. Hatte sie die gleichen eng stehenden Augen? Nein, auf keinen Fall. Und das entschlossene Kinn? Und was war mit dem Mund? Gegen ihren Willen musste sie zugeben, dass er – selbst mit seinen fast siebzig – noch ein gut aussehender Mann war. Die dunkle, düstere Seite, wie ihre Mutter sie nannte, konnte man auf den Aufnahmen, die sie gefunden hatte, nicht ausmachen ...

Die kaum achtzehn Meilen bis zur Adobe Falls Road kamen ihr kurz vor, sie hatte sich die Fahrt sogar länger gewünscht, nein, ein Teil in ihr wünschte sogar, sie wäre endlos. Doch da entdeckte sie schon das Motelschild, und sie wusste, dass ihr wohl nichts anderes übrig blieb, als in die Einfahrt abzubiegen.

»Wir sind da, Gibbs.« Er stellte die Vorderpfoten aufs Armaturenbrett und sah hinaus.

Die Palmen. Das Motel. *Best Time Inn* stand auf dem schmutzigen Neonschild. Zwei Etagen, grüne Wände, gelbe Außentreppe. Davor der eingezäunte Pool, nierenförmig. Sie wartete auf diesen berühmten Augenblick, wenn sich etwas plötzlich erhellt, eine Erinnerung aus dem Dunkel ins Helle tritt. Aber auch als sie eine Weile in der Einfahrt stand und alles aus der Entfernung betrachtete, dieser Augenblick wollte sich nicht einstellen.

An die Palmen glaubte sie sich dann auf einmal doch zu erinnern, und auch an den Pool. Allerdings hatte sie ihn viel größer in Erinnerung. Und das Motel selbst? Es sah sicher nicht mehr so gut aus wie damals. Von den Mauern blätterte der Putz, und der Pool schimmerte mehr grün als blau. Sie war sicher, ihre Mutter hätte niemals ein solches Motel gewählt. Aber neunundzwanzig Jahre sind eine lange Zeit, dachte sie, nicht nur für ein Menschenleben, auch für ein Gebäude.

Sie öffnete die Autotür und stieg aus, und sofort fiel feuchte Hitze über sie her, als hätte sie nur auf ein neues Opfer gewartet. Kies knirschte unter ihren Schuhen wie zersplitterndes Glas, und dann entdeckte sie die Ameisenstraße, die irgendwo unter dem Wagen begann und auf die Palme zuführte. Rasch stieg sie darüber hinweg.

Gibbs schien das gar nicht zu bemerken, er dehnte Rücken und Beine und trottete neben ihr zu dem flachen Anbau, der sich vor dem dreistöckigen Gebäude mit den Zimmern und der Außentreppe befand. Auf der Schiebetür klebten das Schild *Klimatisiert* und das Zeichen für alarmgesichert.

Karen schob sie auf und schloss sie sofort wieder hinter Gibbs. Es war kalt wie in einem Kühlschrank, und es roch nach einem süßlichen Desinfektionsmittel. Nein, sie erinnerte sich an nichts. Der Geruch in ihrem Albtraum war ein anderer.

»Hi! Oh, der ist aber süß! Wie heißt er denn?« Eine junge Frau mit kalkweißer Haut, pechschwarzen Haaren und Augenbrauenpiercings kam hinter der mit Andenken und Postkarten überladenen Theke hervor. Sie trug ein schwarzes Top, hautenge schwarze Jeans und klobige Schuhe. In ihrem Nabel konnte Karen drei Ringe erkennen.

»Gibbs.«

»Hi, Gibbs.« Die Frau ging in die Hocke und streichelte den Hund. Sie war viel jünger als Karen, vielleicht sogar erst zwanzig, sehr dünn, auf beiden Armen hatte sie eine großformatige Tätowierung. »Normalerweise sind Tiere in den Zimmern verboten, aber«, sie grinste, »mein Dad kommt erst in vier Tagen wieder. Ab dann müsste er im Auto schlafen.«

»Ich bleib nicht so lange«, sagte Karen.

»Okay.« Die junge Frau stand auf und holte hinter der Theke das Gästebuch hervor. »Name, Adresse und Unterschrift.« Sie drehte es zu Karen hin und legte einen Stift dazu. »Ich sag immer, unser Scanner ist kaputt.« Sie zuckte mit den Schultern. »Ist doch auch völlig bescheuert, das mit dem Chip, oder? Ich bin übrigens Iggy.«

»Karen.« Sie trug ihren Namen ein.

»Ich hatte auch mal einen Hund«, sagte Iggy mit Blick auf Gibbs, »aber er hat einen Socken gefressen und ist daran erstickt. Können Sie sich das vorstellen? Einen blöden Socken!« Sie schüttelte den Kopf und ihre kreuzförmigen Ohrringe wackelten. »Irgendwie trau ich mich nicht mehr. Ich hab Angst, dass wieder so was passiert.«

»Aber so was kommt nur ganz selten vor«, sagte Karen, während sie die Spalten ausfüllte.

»Ja, ich weiß, es ist dumm. Aber ich träum immer noch davon.« Sie tippte sich an den Kopf. »Es ist da oben drin, verstehen Sie, eingespeichert, es lässt sich nicht löschen.«

»Hm, versteh ich«, sagte Karen, gab den Kugelschreiber zurück und nahm den Schlüssel.

Iggy neigte den Kopf, um die Eintragung zu lesen. »Karen Burnett?«

»Ja ...«

»He, das ist ja witzig!« Sie bückte sich und zog etwas unter dem Tresen hervor. »Kam heute Morgen per Kurier.«

Die gerettete Zukunft. Ein dünnes Buch mit einer endlosen Ameisenstraße auf dem Deckel.

»Sind Sie Wissenschaftlerin?«, fragte Iggy neugierig. »So eine für Insekten?«

»Nein.« Absender: *Helen Durban, Frankfurt* las sie.

»Sorry, dass ich's aufgemacht habe ...«

»Schon gut, kein Problem«, sagte Karen gedankenversunken. Ihre Mutter schaffte es jedes Mal von Neuem, sie zu irritieren.

»Ja, also dann, herzlich willkommen, Karen«, sagte Iggy, »übrigens, wenn Sie was essen wollen, gehen Sie ja nicht zu *Wenda.* Da haben sich letzte Woche zwei Gäste 'ne Salmonellenvergiftung geholt. Gehen Sie 'ne Ecke weiter, zu *Mark's Diner.* Die Hamburger sind ein echtes Highlight. Vegetarisches gibt's auch.«

»Danke, ich merk's mir.« Karen klemmte sich das Buch unter den Arm und hängte sich ihre Reisetasche über die Schulter. »Ach, sagen Sie, Iggy, hat das Motel auch schon vor neunundzwanzig Jahren Ihrem Dad gehört?«

»Puh! Da war meine Seele ja noch in einem anderen Leben!« Sie rieb sich über den Ring in ihrer rechten Augenbraue. »Nein. Er hat's erst später übernommen. Warum?«

»Ich war schon mal hier mit meiner Mom. Da war ich vier.«

»Das ist ja witzig!« Iggy kicherte. »Und warum kommen Sie jetzt wieder?« Erschrocken schlug sie sich die Hand vor den Mund. »Oh, sorry, Ihre Mom ist gestorben, oder? Und Sie machen so 'ne Art Erinnerungstour ...«

»Nein, nein. Ich hab mal gedacht, sie wär gestorben.«

»Hm ...« Iggy legte die Stirn in Falten und schien angestrengt nachzudenken.

Karen wandte sich um. »Und danke nochmals, wegen Gibbs.«

»Gern geschehen. Ich mag Hunde. Obwohl manche Leute seit Neuestem ganz schön Stimmung machen gegen Hunde.«

»Ja?«

»Ein Labrador hat einen Säugling aus dem Kinderwagen gezerrt. Ist letzten oder vorletzten Monat passiert. Die Besitzerin hat ihn erschossen. Ging durch die ganze Presse.« Iggy verzog das Gesicht. »Manche sagen, es kommt von den Chips, die sie den Hunden in den Nacken schießen. Mit Codenummern und so, na ja. Der Mann von der Hundebesitzerin hat angeblich bei *Belling* gearbeitet, Sie wissen schon, dieser Rüstungsladen hier in der Nähe.«

Karen wurde hellhörig und stellte die Reisetasche wieder ab.

»He, ich hab Ihnen doch jetzt keine Angst gemacht, oder? Das wollte ich wirklich nicht, ich glaub eher, das liegt an den Besitzern, die ihre Hunde einfach nicht im Griff haben, außerdem war ein starkes Gewitter, der Hund hat vielleicht Panik gekriegt ... Aber erschreckend ist das schon, ich meine, die Menschen haben doch jetzt auch so was.« Iggy schüttelte den Kopf und sagte dann leise: »Ich hab mich bis jetzt gedrückt. Aber im Winter wollte ich zu meinem Onkel nach Florida fliegen. Ohne die Impfung lassen die mich doch nicht ins Flugzeug ... Vielleicht bleib ich einfach hier.«

»Hm«, machte Karen und dachte an Thierry, der sich allem verweigert hatte und jetzt irgendwo in der Abgeschiedenheit lebte.

War das die einzige Lösung, um sich wieder unabhängig zu fühlen und nicht manipuliert? Sie nahm die Reisetasche auf und ging hinaus. Gibbs folgte ihr.

Die Zimmer erreichte man über die Außentreppe, die hinauf zu einem offenen Gang führte. Die Zahl 19 fehlte auf der verblassten blauen Holztür, nur der hellere Abdruck war noch dort.

Unter ihr schimmerte der Swimmingpool ...

Er war ihr unglaublich blau und groß vorgekommen, und die Außentreppe hinauf in die zweite Etage sehr hoch und steil. Sie trug damals einen roten Badeanzug, und ihre Luftmatratze war gelb. Während sie mit ihren Schwimmflügeln im Becken planschte, sonnte sich ihre Mutter im Liegestuhl.

Bis das dunkle Auto kam. Es war sehr dunkel und sehr groß und lang, die Scheiben glänzten schwarz, und man konnte nicht sehen, wer drin saß.

Sie sitzt mit ihrer Mom auf der Rückbank in dem riesigen Auto. Der Fahrer trägt eine Schirmmütze, wie ein Kapitän. Mom riecht gut. Sie trägt ein blaues Kleid, blau wie Wasser.

Karen wandte den Blick ab und drückte die Tür auf.

Ein süßlich scharfer Geruch drang ihr entgegen, eine Mischung aus chlorhaltigem Putzmittel mit Zitronenduft, Teppichschaum, Waschmittel, Mottenkugeln und Desinfektionsspray.

»Großartig«, murmelte sie. Nach dem Flug hätte sie sich etwas Netteres gewünscht.

Wenn du schon eine Zeitreise machst, dann fang sie dort an ...

Der orange-braun gemusterte Teppich war abgetreten, das braune Furnier von Bett, Nachttisch, Stuhl und Tisch wellte sich, war an manchen Stellen abgeplatzt, sodass das Sperrholz darunter zum Vorschein kam.

Karen warf ihre Tasche auf die Tagesdecke mit orange-gelbem Kringelmuster und füllte im Bad Wasser in die Schüssel für Gibbs.

Dann konnte sie nicht länger widerstehen. Sie setzte sich aufs Bett und schlug das Buch auf.

Die gerettete Zukunft
Von Winston Vonnegut
Belling-Verlag

Er hatte es selbst drucken lassen.

PROLOG

Ich werfe mich auf die Knie in den Staub. Glutrot und gewaltig erhebt sich der Feuerball der Sonne aus dem Reich der Nacht über der Wüste. Zugleich recken sich, aus dem Schlaf erwacht, die Türme der Stadt aus der Dunkelheit in den Tag. Goldenes Licht flutet vom Horizont aus über die Erde, taucht alles in herrliches Strahlen. Die Türme selbst leuchten und werfen helles Licht in die Straßenschluchten. Bald werden die Bewohner in vollkommener Ordnung ihr Tagwerk aufnehmen, in universeller Einmütigkeit, sodass sich das große Ganze zur Vollkommenheit entwickeln kann.

Die Großartigkeit der erhabenen göttlichen Schöpfung überrollt mich wie eine Woge und lässt mich ehrfurchtsvoll mein Haupt senken.

Wie ist solch ein Bauplan möglich? Nur durch ein perfektes Kommunikationssystem, durch eine Vernetzung von Informationen zur Aufrechterhaltung einer vollkommenen Ordnung. Ein sich selbst regulierendes System.

Und irgendwann ziehen die Bewohner weiter, erobern neuen

Boden, bilden eine neue Kolonie, ohne abzustimmen, ohne einen Führer zu wählen.

Ergriffen von dieser faszinierenden Vision, spüre ich ein Schaudern. Ich klopfe mir den Wüstensand von der Hose und werfe einen letzten Blick auf die verlassene Ameisenstadt.

Was für eine pathetische Einleitung für ein Sachbuch! Sie blätterte weiter.

Ameisenkommunikation funktioniert größtenteils über Duftstoffe.

Und hier eine verblüffende Parallele: Lange Testreihen haben bewiesen, dass das Wesen eines Menschen, ob er risikofreudig ist oder ängstlich, glücklich oder deprimiert, von der Kommunikation der Nervenzellen mit dem Gehirn abhängt. Und diese Kommunikation ist wesentlich bestimmt durch die Art und die Konzentration von Botenstoffen, Hormonen, chemischen Substanzen.

Dopamin beispielsweise löst starke Glücksgefühle aus, aber auch Aggression und Wagemut.

Serotonin beeinflusst das Sexualverhalten.

Wir müssen nicht über Stoffe wie Adrenalin reden, deren Wirkungsweise längst bekannt sind.

Es gilt, noch tiefer in das Kommunikationsnetz von Nervenzellen, Genen, Botenstoffen und Gehirn vorzudringen, um durch gezielte Ausschüttung bestimmter Stoffe eine ganze Gesellschaft, zumindest aber Gruppen von Menschen, zu verändern. Welche Möglichkeiten hätte die Menschheit dadurch? Sie könnte wagemutiger und überlebensfähiger werden.

Die Soldaten in Afghanistan waren die Versuchskaninchen. Und nach dem Biowaffenalarm und den Zwangsimpfungen waren inzwischen wohl alle Menschen Versuchskaninchen.

Karen klappte das Buch zu, Vonnegut war ein Monster, und es fühlte sich schrecklich an, ein Monster als Vater zu haben.

Sie streute Gibbs etwas Trockenfutter in die leere Wasserschüssel, duschte, zog frische Sachen an und ging mit Gibbs hinunter.

»He, ich wollte gerade anklingeln!«, rief Iggy ihr entgegen und schob ein Päckchen über den Tresen. »Ist gerade eben abgegeben worden.«

Reflexartig sah Karen hinaus. »Von wem?«

Iggy zuckte mit den Schultern. »Ein junger Typ. Hatte es ziemlich eilig.«

Ohne Absender, ohne Frankierung, aber ihr Name stand deutlich da, es war jedoch nicht die Schrift ihrer Mutter. Noch ein Buch, dachte Karen, als sie das in braunes Papier eingewickelte Päckchen nahm.

»Haben Sie vielleicht Geburtstag? Gäste kriegen bei uns, wenn sie Geburtstag haben, immer 'ne Überraschung.«

»Nein, ich hab heute nicht Geburtstag.«

»Wie blöd von mir, wär mir ja auch bei der Anmeldung aufgefallen.«

Sie lachte. »Also dann, schönen Tag. Und falls Sie nichts vorhaben: Heute Abend ist drüben beim Mexikaner Barbecue, all you can eat und so, und die Mojitos sind super!«

»Danke für den Tipp«, sagte Karen, nahm das Päckchen und ging mit Gibbs zum Auto. Bei der Palme blieb sie stehen und betrachtete die Ameisenstraße. Ameise folgte auf Ameise, manche drehten um und stießen die Entgegenkommenden an, überprüften sie nach Duftstoffen, nach Informationen.

Dann setzten sie ihren ursprünglichen Weg fort oder änderten die Richtung. Es gab nur diese beiden Möglichkeiten.

Es gilt, noch tiefer in das Kommunikationsnetz von Nervenzellen, Genen, Botenstoffen und Gehirn vorzudringen, um durch gezielte Ausschüttung bestimmter Stoffe eine ganze Gesellschaft, zumindest aber Gruppen von Menschen, zu verändern. Welche Möglichkeiten hätte die Menschheit dadurch? Sie könnte wagemutiger und überlebensfähiger werden.

Winston Vonnegut war ihr Vater – und sie war ein Teil von ihm.

102

Was dachte ihre Mutter sich eigentlich? Karen starrte in das geöffnete Päckchen auf ihrem Schoß und wusste nicht, ob sie wütend sein sollte oder schockiert. Eine Sig Sauer und Munition.

Liebe Karen, ich dachte mir, dass du so etwas brauchen könntest. Du konntest es ja leider nicht im Gepäck mitnehmen.

Mom

Wütend rief sie in Frankfurt an, doch dort schaltete sich nur der Anrufbeantworter ein.

»Was soll das, Mom?«, fauchte sie und legte auf. Die Zeit würde nicht ausreichen für das, was sie ihr sagen wollte.

»Und jetzt, Gibbs?«

Der Hund sah sie an. »Was soll ich jetzt damit machen?« Sie legte die Sig Sauer ins Handschuhfach und hoffte, dass sie nicht in eine Polizeikontrolle geraten würde …

Das Navi leitete sie auf den Mission Valley Freeway, von dort aus Richtung Los Angeles auf die CA-163 N Richtung Escondido. An der Ausfahrt 8 bog sie auf den Clairemont Mesa Boulevard ein und gleich darauf nach links auf die Kerry Mesa Road. Parallel zum breiten Cabrillo Freeway folgte sie der Straße, vorbei an Parkplätzen, Lagerhäusern und Firmengebäuden, bis ihr schließlich das Firmenzeichen von *Belling* an der Wand eines dreistöckigen Gebäudes auffiel. Die Weltkugel, fest umschlossen von einem breiten goldenen Metallband. Links und rechts von *Belling* erstreckten sich graue Lagerhallen.

Sie hatte sich unter ihrem richtigen Namen angemeldet, einen falschen Namen anzugeben hielt sie für keine gute Idee, ein Konzern wie *Belling* würde ganz sicher seine Besucher überprüfen lassen.

Gibbs ließ sie im Auto. Er winselte kurz. Sie sah, wie er sie beobachtete.

Kurz vor der Tür, noch auf dem Parkplatz, kam ihr in den Sinn, einfach umzukehren, irgendwo ein neues Leben anzufangen, in der Abgeschiedenheit, so wie Thierry. Doch der Gedanke verflüchtigte sich sofort, ihrem Albtraum konnte sie nicht entfliehen. Jetzt war der Augenblick gekommen, sich ihm zu stellen.

Sie ging durch die Tür, die sich automatisch öffnete, und stand in einer hellen, überraschend bescheiden wirkenden Lobby.

Als sie die Sicherheitsschranke passierte, wusste Karen, dass der Sicherheitsbeamte am Empfang ihre auf dem Chip gespeicherten Daten las und sie mit Informationen aus anderen Datenbanken abglich.

Ein zweiter Scan untersuchte sie nach Waffen und Sprengstoff.

»Mister Vonnegut erwartet Sie«, sagte eine professionell lächelnde Dame an der Rezeption und wies zu einem ernst blickenden Sicherheitsbeamten, der sie zum Aufzug begleitete.

Die Türen schlossen sich hinter ihr.

Seit Tagen hatte sie eine ganze Liste von Fragen im Kopf, die sie ihm stellen würde. Wieso hast du meine Mutter benutzt? Was ist das *Syndikat?* Bist du der Kopf des *Syndikats?* Welche Rolle hat das *Syndikat* beim Pestanschlag gespielt? ... Und warum habe ich diesen Albtraum? Was ist damals passiert, damals, vor neunundzwanzig Jahren? Doch jetzt, in diesem Aufzug in der Zentrale von *Belling*, kamen ihr plötzlich Zweifel, ob er ihr überhaupt glauben würde, dass sie seine Tochter war.

Im dritten – und obersten – Stockwerk hielt der Aufzug. Sie trat hinaus, und da niemand auf sie wartete, ging sie auf die einzige Tür zu.

In diesem Augenblick öffnete sie sich. Karen blieb stehen, aber es war zu spät, um umzukehren.

Winston Vonnegut. Groß, schlank, breitschultrig. Er wirkte konzentriert, zielstrebig, ehrgeizig. Und viel aggressiver als auf dem Foto.

»Hallo, Karen.«

Winston Vonnegut wusste längst, dass sie seine Tochter war. Wäre sie nicht stehen geblieben, hätte er sie womöglich sogar umarmt.

»Wie schön, dich endlich persönlich kennenzulernen!« Er schob sie ins Büro. »Setz dich doch. Möchtest du etwas trinken? Wasser, Kaffee? Oder soll ich dir etwas anderes bestellen?«

Sie schüttelte den Kopf und blieb stehen.

»Sicher? Es ist bester Kaffee aus Costa Rica, biologisch

selbstverständlich.« Er goss sich aus einer blitzenden Thermoskanne Kaffee in einen Becher. Er stand vor einer riesigen Glasfront, hinter der sich die Wüste ausdehnte bis zum Horizont. Die Straße, auf der sie hergefahren war, war von hier oben kaum mehr als ein schmaler Pfad, auf dem sich Ketten von Autos hin und her bewegten. Wie Ameisen …

Menschen werden von ihrer Umgebung geprägt, dachte Karen, er hat zu lange hier gestanden und hinuntergesehen.

»Im Übrigen freue ich mich, dass du wohlbehalten aus Afghanistan zurückgekommen bist. Im letzten Moment wäre ja fast noch etwas schiefgegangen.«

Langsam nahm Karen den Blick vom Fenster. »Du hast was mit meiner Entführung zu tun?« Bluffte er, spielte er sich auf?

Er lächelte breit und zeigte strahlend weiße Zähne. »Jemand fand, dass du dich zu sehr interessieren könntest für die Soldaten im Feldlazarett, und hat das verhindert. Ich musste ihn davon überzeugen, dass du meine Tochter bist.« Sein Lächeln wurde noch breiter. »Ich konnte doch nicht mitansehen, wie Barbaren meiner einzigen Tochter den hübschen, klugen Kopf abschlagen! Die Entführer wollten dann trotzdem ihr Geld. Wie es dann allerdings zu diesem dubiosen Friendly Fire gekommen ist, ist mir noch immer ein Rätsel.«

Die Situation entwickelte sich anders, als sie erwartet hatte. Musste sie ihm jetzt noch dankbar sein?

»Wolltest du mich damit kaufen?«, fragte sie angriffslustig.

»Aber nein!« Er lachte. »Ich weiß doch, dass du nicht käuflich bist. Genauso wenig wie deine Mutter!« Er schüttelte amüsiert den Kopf.

»*Die Wahrheit und nichts als die Wahrheit!*« Er griff ins Regal und zog ein Buch heraus. »Unsere Jane ist eine glänzende Lügnerin!« Sein Blick glitt an ihr hinunter. »Und ich werde ihr nie verzeihen, dass sie mir fast dreißig Jahre lang eine so attraktive Tochter vorenthalten hat.«

»Sie hat mir immerhin über dreißig Jahre lang einen besseren Vater gegeben als dich.«

»Major Kelly«, er krempelte die Ärmel seines weißen Hemdes hoch, »einen toten Soldaten.«

»Diese Soldaten tragen deine Waffen, du lebst also von ihnen, schon vergessen?«

»Scharfzüngig wie deine Mutter«, sagte er mit spöttischem Lächeln.

»Vier Millionen, damit sie die Tschad-Sache nicht an die Öffentlichkeit bringt. Bescheidenheit gehört ganz sicher nicht zu ihren Tugenden. Übrigens, wie geht's Jane? Pardon, sie nennt sich ja jetzt Helen. So eine dumme Idee ...« Er schüttelte den Kopf. »Jeder weiß doch, dass es vor Australien nur so wimmelt von Haien.«

»Du hast sie benutzt, Mars.«

»Ach, es kommt immer auf die Perspektive an, Karen. Jane hat durch die Sache wichtige Kontakte knüpfen können.« Er schien einen Augenblick lang nachzudenken. »Mars ... Weißt du, wie sie mich zuerst nennen wollten? Cesar.« Er lachte wieder. »Das fand ich irgendwie vermessen.«

Es ist Zeit, zum Kern der Sache vorzudringen, dachte Karen, sonst ist er in seiner Selbstverliebtheit nicht mehr zu bremsen. Sie holte sein Buch aus der Handtasche und warf es auf seinen Schreibtisch. »Ameisen als Vorbilder! Und die Soldaten in Afghanistan dienten als Versuchskaninchen. Hast du auch die Bombe in Brüssel hochgehen lassen und in Grenoble die Pestbakterien gestohlen? Für was bist du noch verantwortlich? Du – und das *Syndikat*?«

Ein dünnes Lächeln breitete sich über sein Gesicht, er

setzte sich auf die Ledercouch, legte einen Arm über die Rückenlehne und trank einen Schluck Kaffee. »Du verpasst etwas, wirklich, dieser Kaffee ist sensationell ... Hast du schon mal darüber nachgedacht, wie es mit uns Menschen weitergehen soll? Die Menschheit soll sich weiterentwickeln, effizienter werden, friedvoller ...« Sein Blick ging zum Buch auf dem Schreibtisch. »Du hast es nicht ganz gelesen, nicht wahr?«, sagte er mit sanfter Stimme. »Du bist ein intelligenter Mensch, du würdest meinen Ausführungen sicher zustimmen.«

»Das glaube ich nicht.« Sie stand noch immer an seinem Schreibtisch. »Du willst das Verhalten der Menschen verändern, du willst sie steuern und manipulieren. Das ist krank.«

»Ah«, sagte er, »du hast es doch gelesen.«

»Du bist größenwahnsinnig!« Karen spürte, wie ihr Widerstand wuchs, wie sie sich immer stärker wünschte, einfach wegzugehen.

»Komm, ich zeig dir was.« Er stand auf.

Komm, ich zeig dir was ... Der Tunnel tat sich auf, der Tunnel, der geradewegs in den Albtraum führte.

Die Zeitmaschine lief an. Sie merkte, wie ihre Hände zu zittern anfingen und wie ihr die körperliche Nähe ihres Vaters die Luft nahm ...

Quälend lang dehnte sich die Fahrt im Aufzug, und als sie endlich unten angekommen waren, und die Türen auseinanderglitten, drängte Karen sich in panischer Eile hinaus – und prallte zurück.

Das war er. Der Flur aus ihren Träumen. Nur war er in Wirklichkeit nicht dunkel, sondern wurde von einer Leiste aus Neonröhren in ein fahles Licht getaucht.

»Hier müsste mal wieder renoviert werden.« Seine Stimme klang hohl.

Ihre Schritte klackten hell auf dem nackten Boden, während sie auf eine Tür zugingen.

Eine Eisentür mit Schweißnähten. Aber sie war nicht rot wie in ihrem Albtraum. Sie war grau. Aber das konnte sich ja ändern in neunundzwanzig Jahren.

»Schade, dass Jane nicht mitgekommen ist, aber im Rollstuhl wird das Reisen ja beschwerlicher, nicht wahr?« Er war stehen geblieben und gab neben der Tür einen Zahlencode ein. »Ich hätte ihr gern persönlich erklärt, worum es geht.«

Jeden Augenblick würde die Tür aufspringen, ein Spalt würde sich öffnen und langsam breiter werden, und endlich könnte sie sehen, was dahinter war, in diesem gleißenden Licht, endlich ... Was war so entsetzlich, dass es sich neunundzwanzig Jahre lang verkrochen hatte?

Flackernd sprang eine Wandbeleuchtung an. Stumm stand sie da, unfähig, sich zu bewegen.

103

Da war nichts.

Nur ein fensterloser Raum mit zwei Reihen Stühlen vor einem wandgroßen Bildschirm.

»Setz dich«, sagte er, und sie, irritiert, enttäuscht – oder erleichtert, gehorchte.

»Hast du schon mal eine Ameisenstadt gesehen?«, fragte er.

»*Die Großartigkeit der erhabenen göttlichen Schöpfung?*«, zitierte sie mit pathetischer Übertreibung.

»Oh, du hast mein Buch ja richtig gründlich gelesen!«

»Es stand im Prolog, und ich habe ein gutes Gedächtnis«,

sagte sie. Am liebsten wäre sie aufgesprungen und gegangen. Sie fühlte sich gefangen, was nicht nur an diesem Raum mit den Betonwänden lag, sondern vor allem an Vonnegut.

»Hast du mal beobachtet, wie effizient sie sind?« Er nahm neben ihr Platz und löschte per Fernbedienung das Licht.

Es war die Dunkelheit, die ihre Panik verstärkte, die Körper und Denken auf Widerstand schalten ließ, sie schwitzte, atmete flach und schnell, und sie stellte sich vor, wie sie aufsprang und die Tür aufriss – nein, wie sie sie aufreißen *wollte*, denn sie ließ sich nicht öffnen.

»So!«, hörte sie ihn auf einmal sagen, und dann warf der Bildschirm wenigstens ein bisschen Licht in den finsteren Raum. »Du wirst staunen!«

Der Film zeigte einen Ameisenbau von innen. Ein Gewusel von braunschwarzen Ameisenkörpern, die sich aneinander vorbei drängten, übereinander krabbelten, anhielten, kehrt machten.

»Jede Ameise weiß, wo ihr Platz ist, welche Aufgabe sie hat«, hörte sie Vonneguts Stimme neben sich. Sie nahm ihn immer noch als Winston Vonnegut wahr, als Mars und CIA-Agenten, als Mitglied des *Syndikats* und nicht als ihren Vater.

»Sie vergeuden ihre Energien nicht damit, zu rebellieren, zu sabotieren«, dozierte er weiter, »also brauchen sie auch keine Gerichte, keine Polizisten, keine komplizierte Gesetzgebung.«

Im Video liefen Ameisen in den Gängen hin und her, und wenn sie sich trafen, berührten sie sich manchmal mit den Fühlern und änderten dann ihre Richtung.

»Das System steuert sich selbst, und zwar durch Botenstoffe, die von den einzelnen Ameisen ausgesendet und aufgenommen werden und die ihr Verhalten bestimmen. Eine ungeheure Effizienz!«

»Du willst doch wohl nicht behaupten, dass ein Ameisenstaat unser neues Vorbild sein soll!«

»Karen«, sagte er eindringlich, »all unsere Regierungsformen sind total veraltet, ob Diktatur, Monarchie oder Demokratie.« Seine Stimme wurde lauter und leidenschaftlicher. »Glaubst du denn, Massendemokratien, wie wir sie heute haben, sind ein Zukunftsmodell? Dass die Menschheit sich weiterentwickelt in diesem sinnlosen Rhythmus von vier oder fünf Amtsjahren eines Präsidenten, der sowieso von mächtigen Kräften im Hintergrund gelenkt wird?«

»Wie sonst?«

Er stand auf, sein Profil erschien als Silhouette vor den Nahaufnahmen der Ameisen. »Mit einer sich selbst organisierenden und regulierenden Kommunikationsstruktur!«

»Wie man sich die Zukunft des Internets vorstellt«, bemerkte Karen, sie hatte erst vor Kurzem etwas darüber gelesen, »es geht darum, wie Netzwerke miteinander kommunizieren.«

»Richtig! Beides beruht auf ähnlichen Prinzipien.« Er räusperte sich. »Die Welt ist zu komplex geworden, sie dreht sich immer schneller, da wird es für den Einzelnen oder für irgendwelche, wie auch immer gewählte Gruppen zu schwer, die richtigen Entscheidungen zu treffen. Wir haben etwas erschaffen, das unser Gehirn und unser Verhalten optimiert! Den Chip. Und jetzt schaffen wir damit einen Superorganismus, einen Organismus, der alle Lebewesen eines Staates – ein Begriff, der später auch neu zu definieren sein wird – miteinander vernetzt, ihr Verhalten aufeinander abstimmt. Hier«, er zeigte auf den Bildschirm, wo die Ameisen noch immer durcheinanderwuselten, »wenn weniger Ameisen an einem Ort sind, bewegen sie sich langsamer, als wenn es viele sind. Das ist sinnvoll, das spart Energie. Oder: Sie folgen der Spur mit den intensivsten Pheromonen, also Duftstoffen. Sie geben sich nicht mit dem Herumsuchen nach schwachen Spuren ab, das ist Verschwendung.«

Eine lange Ameisenstraße führte zu einer toten Heuschrecke. Ameisen hatten schon angefangen, sie zu fressen.

»Botenstoffe oder Hormone steuern das Verhalten«, erklärte er weiter. »In unserem – menschlichen – Fall aktiviert eine Frequenz den RFID-Chip, der wiederum aktiviert die Ausschüttung von Hormonen, also von chemischen Stoffen, die das Verhalten jedes Menschen steuern.«

»Wie bei den Soldaten in Afghanistan?«

»Nun, ja«, sagte er, »ist die Aufgabe erledigt, sinkt der Hormonspiegel, die Menschen ändern ihr Verhalten wieder. Ist das nicht genial?«

»Und wer aktiviert die Frequenz? Du?«

»Ein Computer selbstverständlich! Dafür brauchen wir die Überwachungsanlagen und Kameras und Daten. Hast du die großen grauen Gebäude neben diesem gesehen? Das ist eine Rechneranlage, eine Stadt aus Servern und Speicherplatz! *LegendSoftware* organisiert die Datenspeicherung. Der Supercomputer sammelt und verarbeitet alle Daten und sendet dann die entsprechenden Frequenzen, die, um nur ein Beispiel zu nennen, Adrenalin ausschütten, worauf die Menschen mutiger werden, weil sie gerade einen Brand löschen müssen, etwa in einem Atomkraftwerk.« Er zwinkerte ihr zu, als sei er besonders stolz auf diesen Einfall. »Oder er steuert das Sexualverhalten, wenn in einer bestimmten Region zu viele oder zu wenige Menschen leben. Er steuert den Aggressionslevel, sodass es keine Kriege mehr geben muss. Am Anfang wird es wohl noch Kriege geben, weil sich viele Menschen dagegen wehren werden, aber unser Experiment in Afghanistan hat ja gezeigt, welche Kämpfer wir aus unseren Leuten machen können!« Seine Augen leuchteten. »Sie haben sich gewissermaßen selbst vergessen, sie haben alle Hemmungen abgelegt und Frauen und Kinder regelrecht abgeschlachtet!«

»Das ist widerlich.«

Er reagierte nicht.

»Und bestimmt der Chip auch über den Zeitpunkt des Todes?«, fragte sie herausfordernd.

»Theoretisch … Durch bestimmte Frequenzen entlässt er eine tödliche Menge Adrenalin – oder einen anderen Stoff, da muss man noch experimentieren – in die Blutbahn, aber …« Er brach ab und lächelte wieder.

Ein Psychopath, dachte Karen, ich bin die Tochter eines Psychopathen, der die Welt beherrschen will. »Die Menschen wollen aber keinen Chip, sie wollen nicht fremdgesteuert werden.«

»Wir müssen lernen, nicht mehr als Individuum zu denken, sondern als Gesellschaft, als Superorganismus, der nur als Ganzes erfolgreich, gesund und wettbewerbsfähig ist, der die Aufgaben der Zukunft meistern kann. Es geht um das große Ganze, um eine neue Idee, was die Menschheit sein kann!«

Glaubt er wirklich daran, fragte sich Karen, oder spielt er mir etwas vor? Doch dann dachte sie an das, was geschehen war, an den Biowaffenalarm, an die Impfcenter und Scanpoints, und da wurde ihr klar, dass Winston Vonnegut alles, wovon er eben gesprochen hatte, ernst meinte.

»Nun kennst du die geheimsten Geheimnisse der *Belling*-Forschung.« Der Bildschirm erlosch, und das Licht ging wieder an.

Irgendetwas sagte ihr, dass dies noch längst nicht das Geheimste war. Benommen stand sie auf und folgte ihm hinaus in den Flur. »Was ist damals passiert, als meine Mutter und ich hier waren?«

Sein Blick ging an ihr vorbei, nur kurz, dann sah er sie wieder an, überrascht, fragend.

»Wieso sehe ich in meinem Albtraum immer einen Flur mit Türen und ganz am Ende eine Tür, die ich nicht öffnen kann? Sie ist einen Spalt geöffnet, gleißendes Licht und ein seltsamer Geruch dringen heraus, und dann brennt mein Gesicht.«

»Vielleicht hast du als kleines Mädchen einen Film gesehen, den du nicht hättest sehen sollen.«

Sie standen wieder im Flur, nur er und sie zwischen den grauen Wänden aus grobem Beton. Es kam ihr vor, als sei es heißer und feuchter als vorhin.

»Warte«, sagte sie. Da war sie, auf der linken Seite, eine rote Eisentür. »Wohin führt die?«

Vonnegut hob die Brauen. »In einen Technikraum«, sagte er. »Die Lüftungsanlage, die Klimasysteme und Stromaggregate für so ein Gebäude brauchen Platz, viel Platz.« Er drehte am Knauf. »Verschlossen. Da gehen nur die Techniker rein.«

Auf einmal begann sie zu frieren, und obwohl sie wusste, dass sie ganz nah am Ziel sein musste, war sie erleichtert, dass der Aufzug sie wieder hinaufbrachte. Oben, in der Eingangshalle, blinzelte Karen ins Sonnenlicht, das schräg durch die großen Scheiben hereinfiel.

Er wandte sich ihr zu. »Wir sollten unbedingt unser Wiedersehen feiern und über deine Zukunft reden. Ich hole dich ab, sieben Uhr. Wo wohnst du?«

Sie fühlte sich, als würde eine dunkle Macht sie verschlingen, und sie musste all ihre Kräfte aufbieten, um sich dagegen zu wehren.

»*Best Time Inn*, Adobe Falls Road.«

Sie ließ ihn stehen und ging hinaus ins Freie, über den Parkplatz zu ihrem Auto. Die Sonne prallte auf das Blech, und sie dachte an Gibbs, der die ganze Zeit dort eingesperrt war. Aber er sprang ihr freudig entgegen, und vor lauter Aufregung rührte er das Wasser, das sie ihm in die Schüssel goss, nicht an, sondern sprang sofort wieder auf seinen Platz auf dem Beifahrersitz, als wollte auch er nichts anderes, als endlich von hier wegzukommen.

»Warum ich zugesagt habe?«, fragte sie den Hund. »Ich muss noch etwas herausfinden. Fest steht, du musst heute Abend zu Hause bleiben.«

Als sie jetzt an den grauen Gebäuden vorbeifuhr, wusste sie, dass es keine normalen Lagerhallen waren, sondern Rechenzentren, mächtige Quader, die das Sonnenlicht schluckten.

104

Im Zimmer legte sie sich aufs Bett, betrachtete die Waffe neben sich und kämpfte gegen ihr Bedürfnis an, loszufahren und eine Flasche Brandy zu kaufen. Alles war in ihrem Kopf, die Bilder, die Gerüche, das Brennen der Narbe, die Angst und die Tatsache, dass ihr Vater, Winston Vonnegut, ein Psychopath war. Niemand schien ihn aufzuhalten. Wie weit war das *Syndikat* schon mit seinen Plänen? Sie tastete über die Stelle an ihrem Oberarm.

Die Vorstellung, den Abend mit ihm zu verbringen, ja, ihn überhaupt noch einmal zu treffen, versetzte sie in eine nie gekannte Hilflosigkeit, doch jetzt konnte sie nicht mehr zurück. Sie war nicht nur ihrem Albtraum zu nahe gekommen – auch dem *Syndikat*. Jetzt brauchte sie einen Plan. Winston Vonnegut war machtbesessen und eitel …

Sie trank Eiswasser, während sie grübelte, sofort fing sie an zu frieren, dann überfiel sie wieder diese fiebrige Hitze, währenddessen sich die Zeit träge dahinschleppte, als habe sie beschlossen, es diesmal viel später sieben Uhr werden zu lassen – oder vielleicht nie. Karen starrte an die Decke, betrachtete den Rauchmelder und die getrockneten Blutflecken von erschlagenen Moskitos. Sie dachte wieder an Afghanistan, an die Männer, die ihren Fahrer bei lebendigem Leib mit Benzin übergossen und anzündeten. *Jemand fand, dass du dich zu sehr interessieren könntest für die Soldaten im Lazarett ...* Nein, sie konnte nicht mehr zurück.

Schließlich begann es doch zu dämmern, die Palmen zeichneten sich dunkel ab vor einem sepiafarbenen Licht, die Vögel zwitscherten wieder, und im Nebenzimmer und auf der Außentreppe hörte sie Schritte und Stimmen anderer Gäste.

Sie duschte, zog sich um, führte Gibbs auf die Straße und wieder zurück ins Zimmer. Um halb sieben klopfte es an ihre Zimmertür. Viel zu früh.

»Karen!«

Das war auf keinen Fall Vonnegut. Sie kannte die Stimme. Aber das war doch nicht möglich, oder? Gibbs bellte und wedelte mit dem Schwanz. Sie machte die Tür auf.

Er stand vor ihr, seine rötlichen Haare dunkler und lockiger als in Brüssel. Sie starrte ihn an, und dann wurde sie wütend. »Was ... was willst du hier?«

»Karen ...«, fing Nyström an.

Warum hast du dich nicht gemeldet? Wo warst du? Warum ...?

»Ich musste untertauchen.« Er trug ein verwaschenes T-Shirt, alte Jeans und Leinenschuhe. Kein blütenweißes Hemd, keine teuren Schuhe.

»Aber eine Nachricht ...«

»Ich wollte nicht, dass irgendwas mich verrät«, unterbrach er sie wieder, »bestimmt zapfen sie auch dieses Handy an.«

Sie ließ ihn herein und machte die Tür zu.

Sie fand keine Worte. Sie stand einfach nur da, unfähig, sich zu bewegen, ein Teil in ihr wollte ihn umarmen – aber, Herrgott noch mal!, warum war er so lange verschwunden, ohne ihr eine Nachricht zu hinterlassen?

»Teecee«, sagte er schließlich, und es hörte sich an wie eine Entschuldigung, »hat sich ans *Syndikat* verkauft. Er hat ihnen verraten, dass du nach Frankfurt wolltest. Lee und ich sind ihm auf die Schliche gekommen. Für Geld tut er alles. Zuerst hat er sich an die Chinesen verkauft.« Er schüttelte fassungslos den Kopf.

Sie fragte nicht weiter. »Roth ist tot.«

»Ja.«

Er wusste es also.

»Hast *du* ihn …?« Ermordet brachte sie nicht über die Lippen.

»Nein …«

Die durchschossene Windschutzscheibe, Roths bleiches Gesicht mit dem dunklen Loch in der Stirn. Sie wartete darauf, dass sie Nyström anders sah, gewalttätig, als Mörder – und als Mörder seiner Frau. Aber nichts geschah.

»Der Geheimdienst hat behauptet, dass du mit denen zusammenarbeitest«, sagte sie rasch und stieg aus dem Gefühlskarussell aus, das gerade anfing sich zu drehen.

»Der SE!«, sagte er belustigt. »Lee und ich konnten gerade noch fliehen, bevor sie angerückt sind.«

Sie schluckte etwas hinunter, das in ihr hochstieg, das Gefühl, vor dem sie sich fürchtete, und so fragte sie spöttisch: »Und, hast du irgendwelche Überwachungskameras angezapft, um mich zu finden?«

Sein Lächeln sah müde aus, er wirkte erschöpft, als hätte er viel zu lange nicht richtig geschlafen. Statt zu antworten, schob er die Lamellen der Jalousie auseinander und sah hinaus.

»Wirst du verfolgt?«

Er ließ die Lamellen wieder los. »Nur eine Angewohnheit …«

»Du hast mir nicht geantwortet. Wie hast du mich gefunden?« Ihr Misstrauen meldete sich, zu viel war in letzter Zeit passiert.

Er holte Luft. »Deine Mutter …«

Nicht schon wieder! »Nein, du kannst sie nicht kennen! Unmöglich!«

»Ich kenne sie auch nicht. Aber David kannte sie.«

Eine ewig lange Zeit verstrich, so kam es ihr vor, bis sie begriff. »Du wusstest, dass meine Mutter lebt, dass …«

»Nein! Karen! Nein! David hat etwas erzählt …«

»Warum hast du es mir dann nicht gesagt?«

»Weil ich gar nichts wusste von deiner Mutter! Weil er keine Namen genannt hat! Weil ich, als ich dich gesucht habe, alle möglichen Kontakte durchforstet habe, die irgendwie mit dir in Verbindung stehen! Dabei bin ich auf Helen Durban in Frankfurt gestoßen.«

»Und sie hat dir die Adresse gegeben?« Wie argwöhnisch sie sich anhörte.

»Ja … und Winston Vonnegut ist …«

Sie nickte, und er brach ab. »Es tut mir leid …«, sagte er nur noch. Schulterzuckend wandte sie sich ab.

»Karen, ich hab begriffen …«

»Nein!« *Karen … ich hab begriffen, du bist der einzige Mensch … Ich hab nachgedacht, Karen. Da passiert so was wie in Afghanistan oder auf dieser Skipiste … oder wer weiß wo. Wie viele Jahre bleiben uns wohl noch? Die Hälfte unseres Lebens ist vielleicht schon vorbei. Wir werden alt und einsam und ...*

Sie schloss einen Augenblick lang die Augen und versank in der Erinnerung. Dann sagte sie: »Was willst du eigentlich von mir?«

Er wich ihrem Blick aus und sah zur Pistole, die noch immer auf dem Bett lag. »Tu jetzt nichts Unüberlegtes«, sagte er und fasste sie am Arm. »Überlass das mir und ...«

»Nein, das ist allein meine Sache!« Sie fühlte die Wucht ihrer Worte, riss sich los und steckte die Sig Sauer in die Umhängetasche. »Ich muss gleich los. Kümmerst du dich um Gibbs? Ich gehe mit Vonnegut essen.« Sie wollte an ihm vorbei, doch er hielt sie fest.

»Karen, geh nicht!«, sagte er eindringlich, und sie spürte, wie sich ihre Gefühle an die Oberfläche kämpften. Sie wollte sich endlich jemandem anvertrauen, sie wollte sich fallen lassen, aber sie wusste, dass sie das nicht zulassen durfte, weil sie dann nicht gehen würde. Sie war so nah am Ziel – und je länger sie zögerte, desto weniger Mut hätte sie, Vonnegut noch einmal gegenüberzutreten.

»Warte ... Karen, ich muss dir ...« Ein altmodisches Telefonläuten schnitt ihm das Wort ab.

Karen nahm den Hörer ab.

»Karen?«, sagte Iggy. »Ihr Vater ist unten.«

»Danke, ich bin gleich da.« Als sie auflegte, spannte sich alles in ihr an, und das Gefühl, das sie gerade eben noch für Nyström gespürt hatte, nahm sie nur noch wahr wie ein entferntes Echo.

»Karen ...«

Sie schüttelte den Kopf. »Ich muss los«, sagte sie entschieden. »Pass auf Gibbs auf.«

Einen endlosen Augenblick lang begegneten sich ihre Blicke, dann nahm sie ihre Handtasche, ging mit steifen Schritten hinaus und machte die Tür hinter sich zu.

Draußen auf der Treppe erwartete sie, dass ihre Beine zitterten oder dass ihr irgendwie übel wurde, aber sie fühlte Wärme nur noch an der Stelle am Arm, wo Nyström sie berührt hatte, dann erkaltete auch die, und es kam ihr vor, als habe etwas anderes in ihr die Kontrolle übernommen. Eine Kraft, die keine Furcht zuließ – und auch kein Gefühl.

»Er wartet im Wagen«, sagte Iggy.

Karen nickte und hörte noch, wie Iggy ihr »Schönen Abend!« wünschte.

Die dunkle Mercedes-Limousine parkte direkt vor dem Eingang, Insekten schwirrten im Lichtkegel der Scheinwerfer, und Karen dachte, dass er mitten über die Ameisenstraße gefahren sein musste.

Vonnegut stieg aus und öffnete ihr die Beifahrertür. In seinem dunklen Anzug sah er würdevoll und elegant aus. »Du bist pünktlich, wie deine Mutter.«

Sie bemühte sich um ein charmantes Lächeln, schnallte sich an und legte die Umhängetasche auf ihren Schoß. »Ich glaube, wir haben noch mehr gemeinsam«, sagte sie.

Mit einem amüsierten Lächeln fuhr er an, und Karen dachte wieder an die Ameisen, die er gerade unter den Reifen zerquetschte. Entspannt lehnte er sich zurück. Das Motorengeräusch war so leise, dass es Brahms' Klavierkonzert nicht störte.

Ein kultivierter Mann. Ich konnte mich angeregt mit ihm unterhalten, nur manchmal habe ich einen Schatten gespürt … so etwas wie eine chamäleonartige Aura …

Zum ersten Mal fiel Karen sein Siegelring auf. Die blaue Kugel mit dem goldenen Band.

Worauf habe ich mich nur eingelassen, dachte sie und fühlte das Gewicht der Sig Sauer in ihrer Handtasche, während draußen Leuchtreklamen, Ampeln und Palmen vorbeiwischten.

Und plötzlich begriff sie.

Liebe Karen, ich dachte mir, dass du so etwas brauchen könntest. Du konntest es ja leider nicht im Gepäck mitnehmen.

Mom

Winston Vonnegut wird von seiner eigenen Tochter gerichtet!

Mom, das klingt nach griechischer Tragödie!

Das Klavierkonzert endete, und in die plötzliche Stille hinein sagte sie: »Ich habe nachgedacht, deine Idee von einer friedlichen und effizienten Gesellschaft ist gar nicht so schlecht.«

Die Ampel schaltete auf Rot, er hielt hinter einem weißen Mercedes. Sie hörte ihr Herz klopfen, als sie auf seine Antwort wartete.

»Wir sollten unbedingt über deine Zukunft sprechen«, sagte er mit Wohlwollen in der Stimme. Als sie zu ihm hinübersah, begegneten sich ihre Blicke, und er fügte hinzu: »*Belling* zahlt gut.«

Sie wusste nicht, was sie darauf erwidern sollte.

Es ist alles so absurd, dachte sie nur.

Er hob die rechte Hand, und es sah aus, als wollte er ihr über die Wange streichen. »Tagsüber verdrängt man die Ängste, doch nachts kriechen sie hervor, übernehmen die Herrschaft über unsere Gedanken, quälen uns …«

Sie nahm ein Flackern in seinen Augen wahr und ein Zucken um seinen Mund.

»Was meinst du«, fuhr er fort, »vielleicht könntest du deinen Albtraum loswerden, wenn wir noch einmal zurückgehen in diesen Raum?«

Ihr war, als drücke er ihr die Kehle zu. Sie schluckte, dann sagte sie: »Ja, wahrscheinlich schon.« Sie schaffte sogar ein Lächeln.

»Die Küche im *Croce's* schließt erst um elf«, sagte er leichthin und blinkte nach rechts. »Das Seeteufel-Carpaccio ist übrigens sensationell! Das sollten wir uns auf keinen Fall entgehen lassen. Aber«, er lachte, »keine Sorge, uns bleibt genügend Zeit.«

Wenig später konnte sie neben den dunkelgrauen Quadern der Rechenzentren die gold umgürtete Weltkugel aufleuchten sehen.

105

Vonnegut stellte den Mercedes direkt vor dem Eingang ab.

Das letzte Sonnenlicht war verschwunden, und ein heißer Wind wehte aus der Wüste heran, die sich direkt hinter dem *Belling*-Gebäude ausdehnte. Dennoch fröstelte Karen auf dem fast leeren Parkplatz. Es lag an der unerträglichen Anspannung, die sie in sich spürte.

Erst als die gläsernen Gebäudetüren sich öffneten und der Wachmann Vonnegut mit einem unterwürfigen Lächeln begrüßte, begriff sie, dass sie ihre Tasche nicht im Wagen gelassen hatte, sondern an sich drückte. Nur wenige Schritte trennten sie noch von der Sicherheitskontrolle, die Sig Sauer wog jede Sekunde schwerer ... Vonneguts triumphierendes Grinsen wollte sie sich lieber nicht vorstellen.

In diesem Augenblick winkte Vonnegut dem Wachmann zu. »Das ist meine Tochter! Wir gehen so durch.«

Ihre Hand hatte sich in die Handtasche gekrallt, und sie war sich sicher, dass der Wachmann sie gleich zurückhalten würde.

»Guten Abend, Sir!«, sagte er jedoch nur.

Vonnegut ging zu den Aufzügen, sie folgte ihm steif und sprachlos.

In der Enge der Kabine empfand sie Vonneguts Nähe noch erstickender als beim ersten Mal, als hätte sein Schatten sich ausgedehnt.

Wieder der Flur, wieder das Neonlicht, wieder dieselben grauen Betonwände. Diesmal würde sie ihrem Albtraum begegnen. Ihre Hände ballten sich zu Fäusten. Einen Augenblick lang fragte sie sich, wieso Vonnegut sich so arglos gab, doch da blieb er schon vor der roten Eisentür stehen.

»Fangen wir doch mit dem Technikraum an«, sagte er und schloss auf.

Wenn du diese Tür öffnest, wirst du dir wünschen, du hättest es nie getan, sagte eine Stimme in ihr. Für einen Rückzug war es längst zu spät.

Die Tür sprang auf, und der intensive Geruch, den sie immer und überall wiedererkennen würde, schlug ihr entgegen. Derselbe wie damals.

Der Geruch nach Angst. Beißend und scharf.

»Es stinkt«, sagt das Kind. Der Mann lacht.

»Es riecht …«, sagte Karen.

»Das kommt von den Abflussrohren«, entgegnete Vonnegut. »Die Lüftungsanlage arbeitet schlecht.«

Er öffnete die Tür, doch noch immer ging kein Licht an im Raum.

Der Geruch wurde stärker, oder vielleicht empfand sie es nur so. Und war da nicht ein Geräusch? Ein Schreien oder Stöhnen?

Flackernd sprangen die Lichter an, und gleißende Helligkeit blendete sie. Und dennoch wich sie nicht zurück, denn da war etwas, das sie weiterdrängte, hineinschob in diese Hölle.

Blitzende Metalltische. Käfige. Schläuche. Zangen, Nadeln, Messer – und Tiere: Katzen steckten in Schraubstöcken, mit Elektroden im Kopf; aus einem gläsernen Kasten ragten Hasenköpfe, Schläuche im Maul; Hunde bellten in engen Käfigen, Affen kreischten in ihren Boxen, dazwischen Monitore, Kabel, Kameras und Computer. Und über allem hing dieser durchdringende Geruch.

»Komm näher, sie es dir an!«

Das weiße Kaninchen auf dem Metalltisch zittert. Der Mann nickt einem anderen in einem weißen Kittel zu, der nimmt eine Spritze und sticht dem Kaninchen ins Auge.

»Nein!«, schreit das Mädchen, es will sich die Augen zuhalten, aber der Mann hält es am Handgelenk fest.

In sprachlosem Entsetzen sah sie ihren Vater an. Er stand da, vollkommen ruhig, und genoss es, sie zu beobachten.

»Damals hast du das nicht verstanden«, sagte er schließlich und wandte sich einem Bildschirm zu. »Sie tragen Chips. Und wenn ich eine Frequenz aussende, werden bestimmte Hormone aktiviert. Pass auf!«

Jetzt, spätestens jetzt hätte sie sich auf ihn stürzen oder ihre Pistole ziehen, egal, irgendetwas tun müssen, aber sie stand nur da, paralysiert und stumm, und beobachtete, wie sein Finger eine Taste drückte.

Was jetzt begann, war schlimmer, viel schlimmer als ihr Albtraum. Die Hasen wanden sich, kämpften verzweifelt gegen ihre stählernen Halterungen, Katzen schrien voller

Qual, während sie immer wieder gegen die Gitterstäbe ihres Käfigs sprangen, der Schimpanse in seinem Glaskäfig drehte sich in rasender Geschwindigkeit um sich selbst und schlug dabei wild auf die Glaswand ein, und irgendwo in einem anderen Käfig bellte ein Hund, schrill und voller Todesangst.

»Wir haben ihm eine Elektrode eingesetzt ... Wir können jetzt bestimmen, was das Kaninchen sieht! Spiel ihm etwas vor!«, sagt der Mann zu dem anderen in dem weißen Kittel.

Das Kaninchen zuckt, windet sich.

»Weißt du, was wir ihm zeigen?«, fragt der Mann, »wir zeigen ihm eine Schlange, die sich langsam nähert!«

Endlich explodierte etwas in ihr, und sie stürzte sich auf ihn, wollte ihn wegreißen von diesem Computer, wollte ihn zu Boden werfen und auf ihn einschlagen. Doch er war stark, viel stärker, als sie erwartet hatte. Er schleuderte sie von sich, sie stürzte, rutschte über den Boden, Glas klirrte, Metall knirschte, und sie hörte auf zu denken. Eine neue Kraft brach in ihr auf, eine archaische, sie riss sie wieder auf die Füße, sie ließ sie sich ihm entgegenwerfen. Er hielt sich irgendwo fest, jetzt war er ihr ganz nah, Vonnegut, das Monster, ihr Vater, sein Gesicht nur Zentimeter von ihrem entfernt, und plötzlich fürchtete sie, sie könnte sich darin erkennen.

Aber das war sie nicht! Da war nichts von ihr!

Sie sammelte alle Kraft in sich und rammte ihm ihr Knie in den Unterleib ...

Da lag er vor ihr, er krümmte sich vor Schmerz, und sie tat, was sie nicht hatte tun wollen. Aber was sie wollte, spielte keine Rolle mehr, sie hielt die Sig Sauer in der Hand und zielte auf seinen Kopf.

Nein, sagte etwas in ihr. Nein.

»*Du kleines Biest!*«, schrie er.

Das Mädchen schreit und schlägt und tritt um sich, beißt in seine Hand.

»He, du kleines Biest!«

Ein brennender Schmerz flammt auf in ihrem Gesicht. Sie stürzt, und etwas reißt ihr das Gesicht auf.

Ihr Finger krümmte sich um den Abzug.

In diesem Augenblick wurde es finster. Alle Lichter erloschen, selbst die bunten Kontrolllampen an den Geräten.

Es war dunkel.

Und still.

Und sie drückte ab.

Die Tiere gerieten in Panik, sie bellten, sie brüllten, sie rüttelten an ihren Käfigen. Eine Notbeleuchtung schaltete sich an, und Karen sah ihn am Boden liegen. Die Augen weit aufgerissen, der Mund offen, als könnte er nicht glauben, dass seine eigene Tochter ihn erschießen würde. Sie hatte ihn mitten in die Stirn getroffen.

Karen riss sich los. Plötzlich hörte sie einen dumpfen Knall, und der Boden unter ihr zitterte, als sei er unter Strom gesetzt. Glas zerplatzte, Scherben fielen klirrend zu Boden, Metall kreischte, ein Brausen erhob sich und rollte grollend näher. Wasser oder Feuer, schoss es Karen durch den Kopf.

Wieder ein dumpfer Knall hinter ihr, diesmal noch lauter, sie drehte sich um, die Eisentür krachte zu Boden, Licht schoss herein und blendete sie. Sie riss die Arme hoch und schlug die Hände schützend vor die Augen.

Sie begriff nicht, was da gerade passierte, sie taumelte einfach dieser gleißenden Helligkeit entgegen, die sie irgendwie in Bann zog, wie Tiere in die todbringenden Scheinwerfer eines Autos starren. Hitze quoll auf sie zu, nahm ihr den Atem, versengt ihr die Haut, sie wusste, sie musste weg von der Tür, weg von dem Ausgang – und doch schaffte sie es nicht. Ihr Leben explodierte in Sekundenbruchteilen in Tausende von Bildersplittern.

Aus, vorbei, gleich ist es vorbei, ahnte sie, ich werde verbrennen ... Was war das? Mitten im Hitzeflimmern bildete sich ein dunkler Punkt heraus, er wurde immer größer, bewegte sich auf sie zu, bekam Konturen ... War das Wirklichkeit? Oder wünschte sie sich nur einen gnadenvolleren Tod ...?

»Hier entlang!«, hörte sie Nyströms Stimme im Toben des Feuers. Hustend und nach Luft ringend folgte sie ihm, quer durch das Labor, hinüber zu einer anderen Tür. Sie konnte nicht anders, sie warf einen Blick zurück und sah gerade noch, wie eine Feuerwalze eine verschüttete Flüssigkeit erfasste und ein Flammenteppich auf sie zuraste. Sie rannte weiter, den Flur hinunter, durch einen langen Tunnel, eine Treppe hinauf, immer höher – bis sie schließlich ins Freie stolperte.

Ihre Lungen blähten sich auf, sogen gierig die frische Luft ein. Ihr Blick wanderte hoch zum Sternenhimmel.

War das Wirklichkeit?

»Weiter!«, hörte sie Nyström rufen, und sie lief weiter, über den Parkplatz, bis zu einer Mauer. Da warf er sich auch schon schützend über sie. Wieder eine Explosion, dann noch eine. Brennende Trümmer flogen in den Nachthimmel, so hoch und so hell, dass die Sterne zu erlöschen schienen. Alles brannte! Die Außenwände der riesigen Quader stürzten ein und wurden brennende Gerippe. Und das *Belling*-Gebäude? Im aufsteigenden Qualm sah sie nur noch eine rauchende Ruine.

»Ich dachte, du bist im Restaurant«, hörte sie Nyström sagen, »doch dann haben wir euch auf den *Belling*-Parkplatz fahren sehen.«

Sie setzten sich auf und lehnten sich an die Mauer.

»Wir?«, wunderte sie sich.

»Lee und ich.«

»Lee?«

Er nickte. »Lee Emerson«

»Emerson? Ist Lee etwa …?«

»Der Sohn von Ken Emerson, ja.« Er schob eine Haarsträhne zurück. Ein Rußstreifen bildete sich auf seiner Stirn. »Vic und deine …« Er brauchte nicht weiterzusprechen, sie schüttelte den Kopf. »Ich wollte es dir im Motel sagen …«, redete er trotzdem weiter, »sie hat es wohl schon lange geplant, doch dann bist du aufgetaucht …«

Mom, Herrgottnochmal … Die Wahrheit, nichts als die Wahrheit, warum hast du sie nicht wenigstens ein Mal mir gesagt?

»Wo ist sie jetzt?«

»In Frankfurt, zu Hause. Sie meinte … du würdest die richtige Entscheidung treffen.«

Mom, Mom, Mom …

»Ich muss dir was sagen«, begann Nyström in dem Augenblick.

»Nein.« Sie schüttelte den Kopf.

Nur keine Geständnisse.

»Und jetzt?«, fragte er, und es kam ihr vor, als sei er zum ersten Mal unsicher.

Da schoss etwas Dunkles auf sie zu und warf sich auf sie.

»Er wollte unbedingt mitkommen. Ich hab dein Auto genommen«, sagte Nyström.

Sie umarmte Gibbs, der nicht müde wurde, ihr übers Gesicht zu lecken.

»Wir sollten besser fahren«, sagte Nyström. Er stand auf und zeigte zur Straße. Sirenen und Blinklichter kamen näher.

Nyström half ihr hoch, dann lief sie hinter ihm und Gibbs zu dem Toyota Landcruiser. Nyström setzte sich hinters Steuer. Gibbs kletterte auf ihren Schoß.

»Wohin?« Nyström sah sie an.

Während hinter ihnen das Inferno loderte, breitete sich vor ihnen, jenseits der Mauer, die unendliche Wüste aus.

Karen spürte das warme Fell, und sie spürte Nyströms Nähe. Sie fühlte sich nicht bedrohlich an, nicht unangenehm, nicht erdrückend und auch nicht zu nah.

»Einfach vorwärts«, sagte sie.

Während der Wagen vom Parkplatz hinunterfuhr, warf Karen einen Blick zurück. Sie sah nur noch grauen Qualm, als hätte es das unterirdische Labor, *Belling* und *Legend* nie gegeben.

Sie tastete über ihre Narbe, und endlich wusste sie, dass sie ihren Albtraum nie wieder träumen würde.

Am Horizont fing ein violetter Bogen an zu glühen. Wie viele Tiere hatte sie retten können? Sie wusste es nicht. Aber die, die es geschafft hatten, der Hölle zu entkommen, waren längst in der Ferne verschwunden. Sie würden Wasserstellen finden, Bäume, Nahrung, einen Platz für ein neues, besseres Leben …

Da sah Nyström zu ihr herüber, und sie empfand etwas Seltsames. Sie hatte nie geglaubt, dass so etwas möglich sein würde: Sein Lächeln wärmte ihr Herz.

106

Belgien, bei Spa in den Ardennen

Zur selben Zeit auf dem europäischen Kontinent, bei Spa in den Ardennen, gab das bekannte Dröhnen des sich nähernden Hubschraubers Hermès das verabredete Zeichen. Er trug das Paket, das ihm vor zwei Tagen in der Verpackung eines neuen Heizlüfters von einer – nicht existierenden – Firma in Frankfurt geliefert worden war, in den Wintergarten und stellte es zwischen die beiden Campingstühle. Mit routiniertem Blick überprüfte er, ob alles wie üblich gerichtet war: das Spielbrett auf dem Tisch, das Tablett mit dem Kartoffelsalat in der Frischhalteschüssel, die beiden Gläser und die Flasche Preiselbeersaft. Er schob den Stuhl des Barons etwas weiter weg vom Tisch, wie immer, damit er sich leichtertat beim Hinsetzen, dann ging er zur Haustür, um ein letztes Mal Ken Emerson hereinzulassen, der gerade aus dem Helikopter gestiegen war.

»Hallo, Hermès! Ist der Alte schon angezogen?« Emerson lachte ihm entgegen. »Der verdammte Pilot wäre beinahe vorbeigeflogen. Nächstes Mal soll der Baron wieder jemanden schicken, der sich auskennt.«

»Sehr wohl«, sagte Hermès. »Der Herr Baron erwartet Sie wie immer im Wintergarten.«

»Ach, Hermès, steif wie eh und je.« Er lachte. »Hier, den können Sie uns später zum Lunch servieren, anstatt dieses grässlichen Preiselbeersaftes! Und das hier auch.« Emerson zwinkerte ihm zu und drückte ihm eine Flasche Champagner und zwei große Frischhalteboxen in die Hand.

»Sehr wohl, Sir«, sagte Hermès.

Er wartete, bis Emerson durch die Halle in Richtung Wintergarten verschwunden war. Dann stellte er die Flasche *Bollinger* in den Schirmständer, legte die beiden Boxen eines Londoner Feinkostgeschäfts auf die Hutablage, zog seinen Mantel an und ging ohne Hast hinaus in den Garten. Geduckt lief er – Emerson hätte sich über seine plötzliche Geschmeidigkeit gewundert – auf den mit wirbelnden Rotorblättern wartenden Helikopter zu, kletterte hinein, ließ sich auf den Rücksitz fallen und zog die Tür zu.

»Können wir los, Sir?«, fragte der Pilot und gab ihm einen Aktenkoffer und ein Handy.

»Ja«, sagte Hermès, der endlich wieder Gérard heißen durfte. Er zog den Koffer auf seinen Schoß, legte das Handy darauf und setzte die Kopfhörer auf.

Der Helikopter hob ab. Unter sich, im Wintergarten, konnte Gérard den Baron und Emerson sehen. Emerson saß schon, während der Baron sich gerade über das Paket beugte. Gérard zählte bis zehn, während der Helikopter höher stieg und nach rechts wegschwenkte, er hielt die Luft an, drückte auf die Kurzwahltaste 1, und das rosafarbene Schloss explodierte in einem Feuerball.

Der Pilot drehte sich zu ihm um und reckte den Daumen in die Höhe.

Gérard ließ den Verschluss des Aktenkoffers aufschnappen. Der Briefumschlag lag obendrauf.

Wir danken Ihnen für die jahrelange gute Zusammenarbeit. Sie haben mit dazu beigetragen, die Welt ein Stück weit freier zu machen.

Helen D.

Zweihundertfünfzigtausend Euro in sauber gebündelten Scheinen. Helen D. hatte ihr Versprechen gehalten. Als der alte Diener von Dubois pensioniert worden war, hatte sie ihn geschickt eingeschleust. Er war bereit gewesen, Demütigungen zu ertragen, denn sie hatte ihm den entscheidenden Augenblick der Rache versprochen. Sein Sohn wurde zwar nicht mehr lebendig, aber – er sah noch einmal nach unten – Dubois und Emerson auch nicht mehr.

Ameisen, dachte er kopfschüttelnd. Der Baron und sein *Syndikat* verstanden wirklich gar nichts von den Menschen.

EPILOG

Seit den Anschlägen in Brüssel dozierten unzählige Spezialisten in den Medien darüber, wie es überhaupt zu einem solchen Biowaffenanschlag hatte kommen können. Eine Internetseite – und später dann auch ein Fernsehsender – erwähnte einen Überfall auf ein Forschungsinstitut des französischen Verteidigungsministeriums in Grenoble und stellte Mutmaßungen an über einen möglichen Zusammenhang. Wieso, fragten sie, hatten alle Sicherheits- und Überwachungssysteme versagt? Wieso hatte es schließlich doch keine Infektionen gegeben? Und warum war nur ein einziger Mitarbeiter des Instituts an der Pest gestorben?

Kurz darauf entbrannte eine heftige Diskussion über Biowaffen im Allgemeinen, denn bisher hatte die Bevölkerung nicht gewusst, dass in Grenoble, quasi mitten in der Stadt, mit Pestbakterien experimentiert wurde. Und nicht nur mit Pestbakterien, auch mit Anthrax, mit Milzbranderregern, mit dem Ebola-Virus und wahrscheinlich noch mit anderen todbringenden Bakterien und Viren, die von der WHO unter dem Begriff *Schmutziges Dutzend* zusammengefasst wurden.

Dazwischen zeigten die meisten Nachrichtensender weltweit immer wieder, wie Darlene Redmond, die amerikanische First Lady, und ihre Tochter sich im Hotel *Marriott* in Brüssel vor laufenden Kameras gegen Yersinia Pestis hatten impfen lassen – mit dem modernsten und effizientesten Impfserum, das dank eines Chips genau dosiert in den Körper abgegeben wurde. Zudem enthielt der Chip alle persönlichen Daten, die die jeweilige Person eindeutig identifizierbar machte.

Eine Frage, die durch die Medien geisterte, lautete: Wie ist es möglich gewesen, dass die Impfcenter so schnell eingerichtet wurden und dass nicht nur das passende Impfserum zur Verfügung stand, sondern auch Chips in ausreichender Anzahl vorhanden waren?

Viele Bürger allerdings waren nur einfach froh, dass es so schnell effiziente Hilfe gab. Zur raschen Eindämmung der Epidemie wurden Zugänge zu öffentlichen Gebäuden und Einrichtungen wie Schulen, Behörden und Bahnhöfen mit Scanpoints versehen, die nur geimpfte Personen durchließen. Aber auch Flughäfen, Kaufhäuser, Büros und Kinos führten Einlasskontrollen durch. Ohne Impfung und ID-Chip, darauf lief es hinaus, kam niemand mehr in den Schengener Raum. Die bereits Geimpften bestanden auf Zwangsimpfungen. Eltern weigerten sich, ihr Kind mit nichtgeimpften Kindern spielen zu lassen. Schulen lehnten es ab, nichtgeimpfte Kinder aufzunehmen, Ärzte behandelten nur noch geimpfte Personen.

Die *Belling* Group, die diese Scanpoints herstellte, bekam wegen der Flut von Aufträgen bereits Lieferschwierigkeiten. Glücklicherweise, teilte die neue Firmenleitung mit, sei durch den terroristischen Anschlag auf das Headquarters in San Diego die Fertigung nicht beeinträchtigt. Die zerstörten Rechenzentren würden, so hieß es, schnellstmöglich wieder aufgebaut.

Auf den Fluren europäischer Regierungsgebäude tuschelte man über die geniale Idee, mit der das Schengener Sicherheitsabkommen so rasch – und durch die Hintertür – vorangetrieben worden war, denn von nun an konnte man die Bewegungen jeder Person anhand der Scanpoints auf die Sekunde genau nachverfolgen. Dass keine einzige Pestbakterie freigesetzt worden war, verschwieg man.

Überhaupt eröffneten sich jetzt unendliche Möglichkeiten, was die Vermarktung des Chips anging. Werbeagenturen stylten ihn zum coolen Tool, mit dem man dem Scanner am öffentlichen Computerterminal lässig den Oberarm hinhalten konnte. Sie wurden so schick wie Tätowierungen. Das Tastentippen galt schnell als altmodisch.

Autobauer konstruierten eine Wegfahrsperre, die nur mit dem persönlichen Chip-Scan aufgehoben werden konnte. Banken erwogen die Abschaffung von Kreditkarten, da der Chip im Arm ja wesentlich schwieriger zu verlieren oder zu stehlen war.

Wie einfach war das Leben geworden! Das wurde den Menschen suggeriert. In Wirklichkeit war der Chip jedoch ein digitales Brandzeichen, ein Code, der in alle möglichen Datenbanken eingegeben werden und umfassende Informationen über jedes Individuum liefern konnte.

Natürlich hatte *Legend* schon eine Service-Firma gegründet. *Missing Link* bot *Informationen aus einer Hand* an. Sie lieferte alle Daten einer gewünschten Person aus allen Datenbanken und erstellte daraus eine umfangreiche Analyse, anhand derer ein genaues Profil erstellt werden konnte, basierend auf den Vermögensverhältnissen, Vorlieben, Reisezielen, Bewegungsmustern, Krankheiten und so weiter. Gegen eine zusätzliche Gebühr wurde die Analyse auf polizeiliche und andere behördliche Datenbanken ausgedehnt.

Wir sind gerade noch einer Katastrophe entkommen, lautete der allgemeine Tenor. Darin lag auch eine Warnung: In Zukunft werden wir besser gewappnet sein.

Präsident Sydney Redmond wurde mit überwältigender Mehrheit wiedergewählt. Und Darlene Redmond engagierte sich noch mehr als vorher in sozialen und gesundheitsfördernden Projekten.

Es gab jedoch auch eine Gegenbewegung. An immer mehr Orten, zuerst nur in schwer zugänglichen Bergregionen Europas und der USA und dann auch weltweit, entstanden *Pueblos*. So nannten die Menschen, die dort lebten, ihre Siedlungen. Viele von ihnen waren gut ausgebildete Computerspezialisten, die es mit allerlei Tricks geschafft hatten, ihre Existenz den Behörden zu verschleiern. Sie manipulierten Überwachungssysteme, staatliche Register und Datenbanken, beschafften sich und ihren Mitbewohnern Geld, indem sie Transfers umleiteten oder bei den Banken Kredite schufen, die diese gar nicht bewilligt hatten. Sie pflanzten, betrieben Viehzucht, nutzten alternative Energien und zahlten untereinander mit einer eigenen Währung.

Jane Burnett, wie sich Helen Durban jetzt wieder nannte, verlieh sich selbst die Ehrendoktorwürde der virtuellen University of Grassroot. Wo sie lebte, wusste jedoch nur ihre Tochter Karen, die es sich nicht nehmen ließ, sie hin und wieder zu besuchen. Nicht nur, damit Jane Burnett ihre Enkelkinder sehen konnte.

DANKSAGUNG

Bei meiner Agentin Franka Zastrow und meiner Lektorin Gerke Haffner möchte ich mich für ihre Geduld und ihr Vertrauen bedanken, als der Roman den zeitlichen Rahmen sprengte. Wie immer hat Dr. Lutz Steinhoff mit seinem besonderen Einfühlungsvermögen die Überarbeitung des Textes zu einem Vergnügen gemacht.

Für das intensive Gespräch über Biochips und militärische Zusammenhänge danke ich Christian Koppelkamm.

Was wäre eine Rechercheireise ohne kompetente Führer? Danke an Willy Haaken in Den Haag, an Bruno Hermans und Sandrine Renier, die mir in Brüssel und Umgebung mit Rat und Tat zur Seite gestanden haben, danke an Luc, für den Eindruck bei der belgischen Polizei, und Marie-Hélène de Kuyper für die inspirierenden Gespräche über die EU und ihre Einrichtungen.

Ohne Peter S., der mich an seinen Erlebnissen und Erfahrungen als Mitarbeiter einer privaten Sicherheitsfirma hat teilhaben lassen, wären einige Kapitel nicht so zustande gekommen. Dass ein Teil des Romans in Spanien spielt, verdanke ich der Anregung von Dr. Dolores Martinez-Font und einem wunderbaren Abend mit Richard und Weena Edelman. Dass Karen Burnett so geworden ist wie sie ist – dafür mache ich Pauline Harwoods mitverantwortlich!

Danke auch an mein Team, Ann-Kathrin Marr und Arne Kirschenberger und Toni Miene – besonders für den neuen Auftritt im Internet.

Zum Schluss muss ich unbedingt meine Hunde und Katzen erwähnen, die mir überhaupt erst die Idee für den implantierten Biochip geliefert haben – und mich jeden Tag treu in mein Arbeitszimmer begleiten.

Den größten Dank aber schulde ich Simona Roscher, der Liebe meines Lebens.

Überbevölkerung, Globalisierung, Genfood – der Thriller des 21. Jahrhunderts!

Fran Ray
DIE SAAT
Thriller
512 Seiten
ISBN 978-3-404-16411-0

In einem Labor der Pariser Universität wird die grausam zugerichtete Leiche des Wissenschaftlers Dr. Frost gefunden. An der Wand eine blutige Botschaft, die den Verdacht auf militante Umweltschützer lenkt. Am selben Tag findet der Schriftsteller Ethan Harris die Leiche seiner Frau. Sylvie hat sich das Leben genommen. Was hat der Tod seiner Frau mit dem Wissenschaftler und was hat der Agrarkonzern Edenvalley, für den Frost vor Kurzem noch gearbeitet hat, mit der Sache zu tun? Die gefährliche Suche nach der Wahrheit führt über Genf und Norwegen nach Uganda, wo sich langsam eine unheimliche Krankheit ausbreitet …

Bastei Lübbe Taschenbuch

Werden Sie Teil der Bastei Lübbe Familie

- Lernen Sie Autoren, Verlagsmitarbeiter und andere Leser/innen kennen
- Lesen, hören und rezensieren Sie Bücher und Hörbücher noch vor Erscheinen
- Nehmen Sie an exklusiven Verlosungen teil und gewinnen Sie Buchpakete, signierte Exemplare oder ein Meet & Greet mit unseren Autoren

Willkommen in unserer Welt:

BASTEI LÜBBE – www.luebbe.de

www.facebook.com/BasteiLuebbe

twitter – www.twitter.com/bastei_luebbe

YouTube – www.youtube.com/BasteiLuebbe